T0059890

LA MANSIÓN

ANNE JACOBS

LA MANSIÓN

Tiempos gloriosos

Traducción de
Mateo Pierre Avit Ferrero y Ana Guelbenzu de San Eustaquio

PLAZA JANÉS

Papel certificado por el Forest Stewardship Council®

Título original: *Das Gutshaus. Glanzvolle Zeiten* by Anne Jacobs
Primera edición: marzo de 2020

Printed in Spain – Impreso en España

ISBN: 978-84-01-02470-2
Depósito legal: B-498-2020

Compuesto en La Nueva Edimac, S. L.

Impreso en Liberdúplex
Sant Llorenç d'Hortons
(Barcelona)

L 0 2 4 7 0 2

Penguin
Random House
Grupo Editorial

Franzi

Noviembre de 1939

La niebla matutina pendía sobre los campos cosechados como una capa lechosa, se iba extendiendo con el viento y de vez en cuando dejaba entrever una manada de corzos desprevenidos paciendo. La maleza de tonos otoñales sobresalía del terreno blanquecino como islas en un mar de niebla ondulante. Franziska era la última del trío, se detenía una y otra vez para empaparse del ambiente otoñal, notar la humedad de la niebla, inspirar el aroma de las setas que llegaba del bosque. Tras ellos sonaron cascos de caballos, el estrépito de un carruaje. Era el inspector, que llevaba a «los ancianos señores» al mirador que había en la linde del bosque.

—Espero que esta vez el abuelo Wolfert lleve las gafas encima —dijo Jobst con una sonrisa—. El año pasado disparó unas cuantas balas perdidas y le dio a un perro.

Franziska guardó silencio: todavía no se lo había podido perdonar al abuelo. Desde entonces su perra Maika cojeaba, después de sobrevivir por los pelos al disparo que le destrozó una pata trasera. Los hermanos tuvieron que apartarse para que el coche de caballos descubierto pasara con los dos abuelos. Los hermanos de la madre, tío Bodo y tío Alwin, también iban sentados en el carruaje. Todos llevaban chaquetas impermeables y sombreros que ya habían vivido unas cuantas cacerías. El tío Alexander los saludó con la mano; había engordado aún más desde el año anterior.

—La gente mayor corta de vista no debería seguir cazando —comentó Brigitte.

—Eso explícaselo al abuelo Wolfert —repuso Jobst, entre risas—. Te dirá que él ya mataba ciervos de doce puntas cuando tú aún ibas en pañales.

Jobst hizo un amago cauteloso de ponerle un brazo sobre los hombros a su prometida, pero ella se zafó de él mirando a Franziska. Una pareja joven no podía estar a solas prácticamente nunca hasta el día de la boda, por eso su madre se había ocupado de que Franziska acompañara a su hermano Jobst y a su prometida Brigitte von Kalm como dama de compañía.

Franziska acababa de cumplir diecinueve años y se sentía fatal desempeñando ese papel. En general, no le gustaban las batidas en las que los animales salvajes salían corriendo frente a los fusiles de los cazadores para ponerse a tiro. Era mucho más bonito atravesar sola el bosque con su padre a primera hora de la mañana hasta el mirador. Entonces notaba la hierba húmeda por el rocío, olía el aroma dulce y herbáceo de las plantas, aguzaba el oído para percibir los pasos de un corzo sobre el follaje del año anterior. Cuando, tras una larga espera en el silencio matutino, aparecía en el claro una manada de ciervas, con el alegre crujido de las hojas, observaba la cara de su padre y procuraba adivinar sus intenciones. Rara vez disparaban a un animal, casi siempre se quedaban sentados en el mirador a observar, para controlar la población.

—La niebla se disipa —comentó Jobst—. Gracias a Dios. De lo contrario, apaga y vámonos.

Habían llegado a la linde del bosque, así que en la encrucijada tomaron el sendero que llevaba al mirador. Faltaba poco para las nueve, seguramente pronto irrumpiría el sol entre las nubes y entonces saldrían los ojeadores que ahora esperaban con los perros en tres lugares distintos a que los cazadores llegaran a sus puestos.

Jobst fue el primero en subir la escalera; Brigitte lo siguió, agarró el brazo que le tendía y se dejó ayudar para subir el último tramo. Franzi esperó a que los dos se acomodaran en el tosco banco de madera y luego subió también al estrecho cobertizo. Jobst y Brigitte cargaron sus escopetas. Franziska iba sin arma. No tenía ganas de participar en ese ejercicio general de tiro. ¡Ojalá no les pasara nada a sus perros! O, aún peor, que ningún ojeador recibiera un disparo. De vez en cuando ocurría. Uno de sus mozos de cuadra había recibido siendo un muchacho un disparo en el muslo, e incluso un joven campesino había muerto de un tiro por error muchos años atrás. Por supuesto, en esos casos el señor de la finca se ocupaba de los heridos y de los parientes del difunto, pero aun así era horrible y muy embarazoso para los desafortunados tiradores.

—Ya empieza… —murmuró Jobst.

Brigitte asintió. A lo lejos se oía el ruido de los ojeadores y los ladridos de los perros. Se escucharon disparos, entre ellos los de la vieja escopeta de caza de su tío Alexander y el arma del abuelo Dranitz. Los ojeadores espantaron a todo lo que se había escondido en la maleza del bosque y los matorrales bajos: gamos, venados, zorros, liebres, también jabalís y perdices. Un festín para los fusiles, que llevaban todo el año esperando. Más tarde se repartirían los animales abatidos entre los cazadores para que al copioso almuerzo de caza en la mansión Dranitz se sucedieran comidas aún más opulentas en casa con buenos amigos y familiares.

Sin embargo, por lo visto los ojeadores habían olvidado el mirador de la encrucijada. Pese a la tensa espera y a la observación atenta de las matas solo percibieron en dos ocasiones un breve movimiento, seguramente un jabalí que había decidido esconderse mejor en la maleza que correr presa del pánico por el claro. Eran astutos, los jabalís. Por desgracia, con frecuencia ocasionaban daños en los campos, por eso había que disparar a una parte de la población.

—¡Lástima! —suspiró Brigitte von Kalm—. Creo que se ha acabado. Esperemos que los demás hayan tenido más suerte que nosotros.

—Al final Franzi ha ahuyentado a los animales —bromeó Jobst—. ¡A la señorita Diana no le gusta nada que se le dispare a un animal del bosque! —Agarró a su hermana por los hombros y la sacudió con suavidad, como hacía tan a menudo cuando eran niños.

Franziska le empujó entre risas.

—Ahora os lo puedo decir: ¡he lanzado un conjuro mágico en el mirador! —exclamó ella sin tener en cuenta la cara de pocos amigos de Brigitte. A Franziska no le gustaba demasiado su futura cuñada. Era una de esas mujeres que hablaban poco pero sabían perfectamente lo que querían. Jamás entendería por qué su hermano mayor, tan apuesto, el heredero de Dranitz, había escogido a una persona tan poco atractiva, pero eso era asunto suyo.

Franziska fue la primera en bajar la escalera y echó a andar con paso lento por el sendero del bosque hacia la mansión sin mirar alrededor. Quería dar a la pareja la oportunidad de estar al menos un momento a solas. Alemania estaba en guerra desde septiembre, así que el teniente Jobst von Dranitz tenía que marcharse al día siguiente al este junto con algunos de sus compañeros y reunirse con su regimiento.

—¡Guerra o paz! —rugió el abuelo Dranitz—. No permitiremos que nos arrebaten las antiguas tradiciones de Dranitz. Y, mucho menos, la batida.

Poco antes de que el sendero del bosque desembocara en

los campos una manada de ciervos comunes salió del bosquecillo y cruzó corriendo el camino hasta el otro lado del bosque. Franziska se quedó fascinada. Siete ciervas y varias crías adolescentes pasaron por su lado como un fantasma, y durante unos segundos hicieron vibrar el suelo del bosque, una danza de fuerza y belleza bajo la luz matutina que caía en diagonal entre los árboles. Ni Jobst ni Brigitte se habían enterado de nada, seguían en el mirador, y Franziska prefería no pensar en lo que estaban haciendo.

Los ojeadores habían llevado a la linde del bosque los animales abatidos: tres ciervos, seis ciervas, varios jabalís —todas hembras—, así como dos zorros, y habían metido en el morro de los animales inertes, ordenados en una fila, «el último bocado». Los orgullosos cazadores gesticulaban al lado, fumaban y se felicitaban los unos a los otros. Cuando por fin volvieron Jobst y Brigitte, todo el mundo lamentó que no hubiera aparecido ni un solo venado delante de su escopeta. Poco después los cuernos dieron la señal que ponía fin a la cacería.

—¡Ahora viene la parte más agradable! —se regocijó el tío Alexander von Hirschhausen; al tío Bodo y al tío Alwin ya les había costado lo suyo subirlo al mirador del bosque rojo. Una vez arriba, Alexander demostró ser un excelente tirador. Era el único que disponía de un arma de caza hecha por encargo en Austria.

El inspector Schneyder se ocupó del transporte de las presas de caza, el pago de los ojeadores y todo lo demás mientras el grupo de cazadores subía a los coches de caballos que ya habían llegado. Tras la extenuante montería tocaba disfrutar del consabido y merecido opíparo almuerzo de caza en la gran casa.

Hacía días que los preparativos estaban en marcha en la mansión Dranitz. Pese a la cautelosa planificación de la baronesa Von Dranitz, todos los años se producía el mismo caos frenético: o llegaban invitados imprevistos, o enfermaba un miembro de la familia o un empleado, o no entregaban la cerveza a tiempo, o los ratones se habían comido un saco de harina o el perro robaba una de las patas de carnero porque la criada de la cocina no había tenido cuidado. Esas catástrofes siempre eran culpa de las criadas de la cocina o de los mozos, nunca de la cocinera, y mucho menos de la señora de la mansión.

Pese a todos los contratiempos, siempre conseguían acoger a los numerosos parientes y amigos en las salas de la mansión con bastante holgura y darles fuerzas con un buen desayuno antes de que algunos, sobre todo los hombres, se dedicaran al agotador placer de la batida. Los demás invitados, en especial las mujeres, se sentaban con un café y unos dulces a charlar de todas esas cosas que se comentan y resuelven mejor entre féminas. Uno de los temas preferidos eran los posibles matrimonios, igual que los nacimientos inminentes o el destino de los familiares enfermos, pero también las vacaciones en el mar Báltico o la cuestión de si hoy en día una chica joven debe ir a un internado. Luego se sucedían las inevitables quejas sobre el servicio. Las señoras coincidían en que hoy en día las criadas mostraban una impertinencia increíble y los mozos también eran cada vez más descarados. Cuando ya se habían quejado lo suficiente, llegaban las nuevas tendencias y las costumbres que pasaban de moda en la capital, Berlín, y aquel año también hablaban de la guerra. No obstante, solo la mencionaban por encima, pues ahora Polonia estaba ocupada, habían firmado el tratado de Brest-Litovsk con los rusos y cabía esperar un inminente acuerdo de paz. De todos modos, Hitler había ofrecido a las potencias occidentales una paz estable, o al menos eso decía la prensa.

La abuela Libussa von Dranitz se lamentaba como todos los años de que ya no corrieran tiempos heroicos, sino terriblemente prosaicos. Ni ese advenedizo de Hitler ni el pequeño ruso

Stalin poseían ni una pizca del aura de poder de épocas anteriores, cuando aún gobernaban Europa los descendientes de la reina inglesa Victoria y en Alemania había un káiser.

En la cocina y arriba, en el salón, reinaba una actividad frenética para poder servir el almuerzo de caza a la hora convenida. Hacía tiempo que habían retirado la vajilla del desayuno, habían puesto la mesa larga para el festín y, como mandaba la tradición, la habían decorado con hojas de tonos otoñales y ramas de abeto. También volvía a ocupar su lugar de honor el gran «ciervo bramando» de bronce, que se alzaba en medio de la larga mesa.

La baronesa Von Dranitz en persona le dio a la madera el último pulido, fue de servicio en servicio enderezando la cubertería de plata, giró los platos de porcelana, con flores verdes, de manera que el blasón plateado del borde quedara justo en el medio, de vez en cuando levantaba alguna copa de vino de pesado cristal de Bohemia para ponerla a contraluz y finalmente dejó un cartelito con el nombre en cada cubierto.

Cuando los primeros cazadores bajaron de los coches de caballos, las damas subieron presurosas a las habitaciones de la primera planta a ponerse la ropa adecuada para el banquete. Por todas partes se oían gritos y órdenes a los respectivos criados, de modo que la confusión en la casa derivó en un caos absoluto. Abajo, en la entrada, había unos veinte pares de botas sucias de lodo que alguien había quitado a los señores cazadores, arriba se oían voces femeninas y masculinas que pedían agua caliente, una plancha, un rizador o unas gotas para el corazón. Al mismo tiempo, de la cocina se desprendía un olor tan delicioso y abrumador que a todos, también a las señoras, se les hacía la boca agua. Hanne Schramm, la cocinera en la mansión Dranitz, era una artista, un día como aquel volvería a presentar algo inolvidable a la mesa, y como siempre, la tía Susanne intentaría llevarse a la cocinera de la mansión Dranitz.

Sin éxito, por supuesto; Hanne era leal y jamás dejaría a sus señores en la estacada.

Franziska miró primero a sus perros. Por suerte habían regresado todos de la cacería. Bijoux se había clavado una espina en la pata y se la sacó con cuidado. A continuación desinfectó la herida y comprobó aliviada que no tenía más lesiones. Arriba, en su habitación, que un día como aquel tenía que compartir con su hermana pequeña Elfriede y su prima Gerlinde, se había desatado una intensa pelea por unas sandalias de color beis claro que por lo visto Gerlinde había prometido a Elfriede para la velada, pero que ahora quería ponerse ella. Franziska, que era seis años mayor, intentó mediar entre ellas y le prometió a Elfriede prestarle las sandalias de tacón, que como mínimo quedarían igual de bien con su vestido. Su hermana, que era una pequeña arpía, chilló y escupió a Gerlinde y, cuando cedió, le tiró a la cabeza el objeto de la discordia.

—¡Pues póntelas tú! —gritó, enfadada—. Con zapatos o sin ellos, ¡eres igual de fea!

Gerlinde rompió a llorar y amenazó con contárselo a su madre.

—Ahora vestíos de una vez —ordenó Franziska a las dos—. Mine ya ha hecho la primera llamada.

Mine, la criada, era la empleada más rápida y eficaz. Estaba en todas partes, ayudaba en la cocina y arriba en las habitaciones, planchaba la ropa delicada y sabía cómo preparar una mesa festiva. Hacía tres años que estaba prometida con el carretero Schwadke, pero dudaba si casarse porque entonces tendría que renunciar a su trabajo. Franziska se lavó la cara, los brazos y los pies con agua fría, se puso el vestido de color verde oscuro con el cuello ancho y unas sandalias a juego porque ahora Elfriede llevaba las de tacón, aunque le iban casi dos números grandes. Elfriede acababa de cumplir trece años y estaba flaca como un palo. Tenía la piel pálida, pecosa, la cabeza llena de rizos encrespados y unos ojos marrones soñadores capaces de irradiar una enorme fuerza de voluntad.

Las tres chicas bajaron juntas los escalones y cuando se encontraron con la abuela Wolfert y Libussa von Dranitz cogieron a las ancianas del brazo para facilitarles el descenso por la escalera. A derecha e izquierda pasaban camareras y criados ajetreados; el tío Alexander pidió con su rotunda voz de bajo sus calzas largas; Gabriel, el hermano gemelo de Gerlinde, se dedicaba a deslizarse por la barandilla de la escalera, pero el barón lo pilló y lo agarró de la pretina del pantalón.

—Si quieres romperte la crisma, hazlo en tu casa, ¡no en la mía! —le riñó el barón Von Dranitz, que puso cara de desesperación cuando Gabriel rompió a llorar de nuevo.

Pese a los cartelitos con el nombre, hizo falta un buen rato para que todos encontraran su sitio en la mesa y pudiera servirse el aperitivo que la abuela Libussa siempre llamaba «abreboca». Los hombres preferían el aguardiente de trigo «de verdad» de los Dranitz, mientras que las damas solían decantarse por un jerez seco.

A los jóvenes se les servía «bebida de ranas», que era agua con una pizca de zumo de limón.

El barón se compadeció de los hambrientos invitados y su discurso de bienvenida, en el que les deseó suerte en la cacería, fue breve, así que pudieron servir pronto la sopa de ostras. Mine y Liese sacaron la comida, ayudadas por dos muchachos jóvenes que había traído el tío Alwin desde Brandemburgo. Llevaban una librea de rayas negras y blancas y pantalones blancos, y hacían muy bien su trabajo.

Franziska conversó con la tía Susanne y Gerlinde, y luego charló un poco con el tío Alwin y el tío Bodo von Wolfert. El hermano de Franziska, Heinrich-Ernst, al que todos llamaban simplemente Heini, se había juntado con Elfriede, que seguía renegando; esos dos siempre habían sido uña y carne. En la cabecera de la mesa estaban sentados su madre y su padre, con los abuelos a derecha e izquierda y el viejo pastor Hansen a su lado. Junto a la abuela Libussa estaba sentada su única hija, que se había unido a las monjas cistercienses. Maria von Dranitz era baja y delgada, y el rostro, enmarcado por una cofia blanca, parecía el de una musaraña. Una vez el padre de Franziska dijo, tras unas copas de vino, que su hermana Maria estaba en buenas manos en el convento, pues de todos modos «no habría conseguido a nadie». Aquel día Maria tenía permiso para una visita familiar, aunque no para pernoctar, por lo que a las seis debía estar de regreso en el convento.

Con el pescado gratinado se sirvió un vino blanco suave que a Franziska le encantaba. ¿Había bebido demasiado deprisa? Se sentía mareada y al mismo tiempo la asaltó una sensación de felicidad muy agradable. Se reclinó en la silla con una sonrisa y se dejó llevar por los ruidos y las imágenes. Las voces, entre las cuales de vez en cuando destacaba un bajo potente o una enérgica soprano, el agradable calor en la sala, los destellos de las copas y la cubertería recién pulida, el aroma que desprendía la pata de carnero con repollo y las pechugas de ganso curadas. Las risas de más allá de los hermanos Von Wolfert, que estaban sentados con su padre, el inspector Schneyder y el tío Alexander y contaban historias de cacerías. Jobst y Brigitte, que intercambiaban miradas de enamorados, y su madre, que comentaba a voces con la tía Irene y la abuela Wolfert la reforma pendiente del salón verde.

Todas esas personas gritonas y jubilosas, animadas por el vino y los sabrosos platos, estaban sentadas a la mesa con el rostro sonrosado y llenaban hasta el último rincón de la sala con su vivacidad. Acto seguido se levantó el abuelo Dranitz y dio su charla de siempre sobre la patria y su tierra natal, Mecklemburgo, luego levantó su copa y todos brindaron por el káiser alemán, que aguardaba con añoranza en el exilio holandés. También brindaron Bodo y Alwin, fervientes seguidores del Führer, por no contradecir al anciano.

—Mañana a primera hora vendrá un amigo mío antes de que nos vayamos juntos —le dijo Jobst a su tía Susanne—. El comandante Walter Iversen es un tipo extraordinario. Sería el marido perfecto para Franzi.

Franziska se rio de él y le dio a Mine el plato de postre, que llenó con manzanas asadas y arándanos rojos.

—Mis queridos amigos y familiares que llenáis nuestra casa de ruido y alborozo, devoráis nuestras provisiones para el invierno y vaciáis nuestra bodega —empezó a decir el abuelo Dranitz en ese momento.

Era el señor de siempre, tal como lo conocíamos. Los invitados estallaron en risas y gritos de alegría, pero el abuelo los acalló con un gesto enérgico para continuar con su discurso.

Franziska lo miró con una sonrisa y sintió una increíble felicidad.

Franziska

Mayo de 1990

A medida que se acercaba al paso fronterizo iba clavando los dedos en el volante. «Lauenburg/Horst», decía. Horst. Sonaba como un ave de rapiña que acechaba en lo alto, en su nido, observando, ávido de una presa...

«Ya me estoy dejando llevar por la imaginación —pensó, y bajó una marcha del coche—. Cornelia tiene razón: soy demasiado mayor para este viaje. Con setenta años todo se ralentiza, el cuerpo ya no es el de antes, la cabeza funciona más despacio. ¿Qué hago si no me dejan pasar? ¿O si me detienen? Los nobles hacendados y latifundistas tuvieron que abandonar la tierra. Quien se quedó pese a todo, lo hizo bajo la amenaza de cárcel y algo peor.»

Se estremeció y se quedó mirando fijamente la carretera estrecha y asfaltada, flanqueada a ambos lados por broza silvestre y arbolitos. Aquella vegetación crecería en abundancia en primavera, eran plantas salvajes que se reproducían bien en tierra de nadie, a sus anchas.

Eran casi las nueve. Muchos coches se acercaban en dirección contraria, casi todos de Trabant y Wartburg, pero también había coches occidentales. Eso la tranquilizó. Todo iba bien, las fronteras estaban abiertas, no había motivo para caer presa del pánico. Aparecieron unos edificios planos, grises, con ventanas relucientes y un armazón de acero. El águila federal le dio la bienvenida.

El puesto aduanero de la RFA tenía un aspecto aburrido: había un empleado de aduanas tras un cristal bebiendo café, otro de pie fuera, que de vez en cuando escogía un vehículo de la RDA, le hacía enseñar los papeles y charlaba con los ocupantes. Su voz sonaba alegre, displicente, de vez en cuando reía. Nadie se ocupó del Astra blanco de Franziska, así que siguió adelante despacio.

Al otro lado de la frontera la carretera estaba formada por grandes placas de color gris claro, muchas estaban dañadas, en parte hundidas, había charcos en la vía. El coche iba dando tumbos, la suspensión estaba trabajando de lo lindo. Franziska olfateó, percibió un olor penetrante y apagó la ventilación. Lignito. Cornelia le había dicho que allí todo apestaba a lignito. Incluso la ropa, la comida, los libros. Al volver a casa había que ducharse enseguida y lavarse el pelo. Bernd, uno de sus compañeros de piso, incluso había eructado lignito.

Cornelia, la hija de Franziska, había estado allí hacía cuatro años, en un encuentro de jóvenes socialistas, cuando aún estaban cerradas las fronteras. No le había contado mucho, solo unos cuantos incidentes divertidos. Seguramente se había llevado una decepción, esperaba más del socialismo real, una especie de paraíso terrenal. Tal vez por fin su hija lo había entendido y había visto que con el comunismo no se llegaba a ninguna parte. Así no conseguiría quebrantar su rebeldía, tenía motivos de peso. Por desgracia. Franziska se arrepentía de haberle hablado a su hija de ese viaje. Con tanta emoción, incluso esperaba que Cornelia la acompañara en ese periplo al pasado, pero era absurdo. Su hija se limitó a dar vueltas con el dedo en la sien.

—Estás loca. A tu edad. Y que sigas conduciendo a los

setenta años. Además, ya no queda nada. Lo quemaron. Se desmoronó. ¡No puedes retroceder en el tiempo, Franziska!

Empezó en 1968, cuando estudiaba el bachillerato. De pronto dejó de decir «mamá» y «papá» y los llamó «Franziska» y «Ernst Wilhelm». Ahí se produjo la fractura que durante los años siguientes no hizo más que ahondarse. La grieta que separaba a madre e hija. Dos mujeres, dos mundos, dos mentalidades.

Franziska siguió avanzando, despacio. Así que ahí estaban las fronteras de la RDA. Hacía tiempo que había visto la torre. Esbelta y blanca, con un ensanchamiento en la punta, parecía un nido de cornejas en un barco. ¿Los que estaban ahí arriba disparaban a los fugitivos? Bueno, ya no. Hacía meses que las fronteras estaban abiertas. Es que aún costaba de creer.

«Control fronterizo de Lauenburg», se leía en la placa. La construcción de detrás era compleja. La carretera se dividía en varias vías. Bajo unos techos oscilantes blancos había unas construcciones de cristal no muy altas donde estaban sentados los empleados de aduanas. La deslumbrante luz de los focos permitía distinguir todos los detalles de los vehículos que pasaban; los ocupantes destacaban como en una fotografía, y seguramente los aduaneros hasta podían contar las motas de polvo en las carrocerías.

Las instalaciones estaban flanqueadas a ambos lados por unos edificios de color blanco amarillento, también provistos de unas grandes superficies de cristal, muy impresionantes. Franziska había oído que registraban el equipaje, desmontaban los coches, confiscaban objetos. Sobre todo cuando los que visitaban la RDA regresaban a la RFA. Los aduaneros creían que los occidentales escondían a un fugitivo en algún lugar del coche. Por lo visto también habían realizado cacheos hasta en los lugares más íntimos del cuerpo. Y habían detenido a gente. Sobre todo a los suyos. Pero a veces también a gente de la parte occidental...

Franziska se sintió flojear, aunque sabía que ya había pasado todo. Se podían cruzar las fronteras con libertad, a no ser que pillaran a alguien con una maleta llena de droga o un recipiente de plutonio. O que fuera una Von Dranitz, hija de un noble hacendado y brutal explotador de la población rural necesitada. Dios mío, ¡pero qué cínica era!

En el puesto de control el tráfico era denso, los Trabant y los Wartburg avanzaban en dirección a Occidente sin ni siquiera parar, pero había dos camiones a un lado, en un aparcamiento, y los estaban registrando. Un aduanero joven y fornido con una gorra de visera verde se acercó a su Opel Astra y le pidió que parara el motor y le enseñara su pasaporte. Parecía de mal humor, seguramente no estaba de acuerdo con la evolución política de los últimos meses, temía por su estatus de poder, por su trabajo. La miró un momento, comparó a la mujer que tenía enfrente con la fotografía del pasaporte que sujetaba en la mano y comentó que le urgía renovarla. A continuación cerró el documento y se lo devolvió en silencio.

Ella lo recogió y se peleó con el bolso que estaba en el asiento del copiloto hasta que consiguió meter dentro el pasaporte. ¡Se estaba comportando como una tonta! El corazón le latía tan deprisa como si acabara de correr los cien metros lisos. El aduanero de gorra verde le indicó con impaciencia que avanzara de una vez. Franziska arrancó el motor, se le caló, lo arrancó una segunda vez y entró en la tierra prohibida abochornada y enfadada consigo misma. Hacia el Este. De regreso al pasado.

Pensó que los aduaneros tenían instrucciones. Nada de hablar con los del Oeste. Era algo que tenían interiorizado. Seguía siendo así. Con todo, podría haber sido un poco más educado. La fotografía del pasaporte tenía siete años. Entonces tenía sesenta y pocos, y tampoco había cambiado tanto durante este tiempo. No era alta, llevaba el pelo canoso con rizos cortos y tenía la típica nariz de los Von Dranitz: estrecha y un poco aguileña. «De pura raza», esa fue la definición de su madre. En algún punto de la serie de ancestros había un conde polaco. Ernst-Wilhelm, el difunto marido de Franziska, la definía como «afilada», con una sonrisa. Cornelia, que había heredado la nariz de su padre. Afirmaba que para tener una nariz Von Dranitz había que contar con una licencia de armas. Así perdió las simpatías de su abuela, pero de todos modos Margarethe von Dranitz falleció poco antes de cumplir los setenta años.

Los nervios fueron remitiendo poco a poco. Franziska entró en un camino vecinal, se detuvo y buscó la botella de agua en su cesta de picnic. Se sintió mejor después de echar unos buenos tragos, los latidos del corazón se normalizaron y los temblores cesaron. Había superado la primera dificultad, no de manera brillante, pero estaba superada. En adelante no se dejaría intimidar con tanta facilidad. De hecho, a su edad, ¿qué tenía que perder? Absolutamente nada. Era libre, nadie tenía por qué darle instrucciones, era económicamente independiente y haría lo que le apeteciera. Y si se llevaba una decepción, se deprimiría, se desilusionaría, no le importaba. Por lo menos lo habría hecho. Y de eso se trataba.

El sol de mayo sentaba bien. Franziska abrió la puerta del coche y respiró hondo el aire fresco del campo. Bueno, olía un poco a ese maldito lignito. Una mezcla penetrante de madera y turba en llamas. Los prados estaban preciosos, de color verde claro, lucían exuberantes tras las últimas lluvias y brillaban bajo la luz matutina.

¿Eso de ahí detrás era un pueblo? ¿O una fábrica? Tal vez fuera también una de esas cooperativas de producción agraria, ¿cómo se llamaban? Un día Ernst-Wilhelm los llamó en broma «cooperativas de frustración monetaria». Bebió otro sorbo de agua, enroscó el tapón y guardó la botella en la cesta. Se la regaló su marido unos años atrás por Navidad, una cesta de picnic con platos de plástico, cubiertos, cuencos con cierre, un mantel y servilletas de tela a juego. Fueron unas cuantas veces con Cornelia y sus amigas a la cordillera del Taunus, y el día antes ella preparaba carne rebozada y ensalada de patata. Luego Cornelia ya no quiso ir con ellos, y Franziska iba con Ernst-Wilhelm al Rin. Sin cesta de picnic. En aquella época su tienda de bebidas iba bien y podían permitirse un capricho el domingo. Pescado del Rin, judías verdes finas y patatas nuevas, luego un helado con frambuesas calientes. Todo ello regado con un Riesling seco.

Seguramente Ernst-Wilhelm habría intentado disuadirla de que hiciera ese viaje. No le gustaba que hablara de la mansión Dranitz, como tampoco soportaba la vieja fotografía que colgaba enmarcada encima del piano. «Lo pasado, pasado está», decía siempre. «Vivimos aquí y ahora y no vivimos mal.»

Murió en 1980 de un insidioso cáncer de próstata detectado demasiado tarde. Franziska lo cuidó durante un año, pero Cornelia no apareció hasta el último momento. Por aquel entonces estaba atrapada en una difícil crisis en su relación, además estaba estudiando para sus exámenes oficiales y tenía que cuidar de su hija de once años. Con todo, asistió al entierro de su padre y llevó a Jenny. Fue la primera vez que Franziska vio a su nieta, esa niña de semblante serio y pálido, con la nariz Dranitz y unos rizos de color cobrizo. Era el cabello de Elfriede. Franziska tuvo cuidado de no decirle a Cornelia que Jenny se parecía a su difunta hermana. No era el momento adecuado. Además Cornelia tenía prisa por volver a irse. Se había reencontrado con una antigua compañera de piso y las dos querían «recordar sus cosas».

A Franziska le dolió perder a su nieta tan rápido. La niña sentía curiosidad, buscaba su cercanía. Seguramente a la criatura le faltaba seguridad, no era de extrañar si su madre iba de un piso compartido a otro. Pero claro, ella era una anticuada. Cornelia le explicó que los niños necesitaban personas de referencia, pero que podían ser cualquiera, no necesariamente los padres. Y lo más importante entre el niño y la persona de referencia sucedía durante las primeras seis semanas de vida. Lo que los niños no necesitaban era una vivienda que oliera a moho, cortinas de tela, tapetes de ganchillo y una madre demasiado preocupada debido a su insatisfacción sexual. Por consideración a las circunstancias, Franziska evitó contestar.

Tenía que orientarse al norte, así que tomó la carretera nacional llena de baches que pasaba por Camin hacia Wittenburg y vagó de pueblo en pueblo pasando junto al lago Dümmer. Tuvo la sensación de que el tiempo se había detenido. Era bonito: el agua reluciente, el cañaveral de la orilla, los pequeños botes pesqueros que se bamboleaban en el lago y el color verde lima tan fresco de la primavera que irradiaban todas las ramas. Las flores de los prados, amarillas, moradas, blancas. ¿Dónde había algo así en el Oeste? Había corzos en las lindes del bosque que pacían a última hora de la mañana con toda tranquilidad en campos florecientes, nadie los molestaba, no había gente de paseo, ni un perro, ni un cazador. Era el paisaje de su infancia. La amplitud era increíble, había bosquecillos en el horizonte, la forma oscura de los lagos, los días de buen tiempo podían verse las torres de las iglesias que sobresalían en los pueblos de los alrededores sobre las colinas. Así era la vista desde su habitación de niña.

Los pueblos permanecían casi intactos, aunque se habían añadido algunas horribles construcciones de grandes dimensiones con la inscripción «Casa de cultura». No encajaban con las casitas bajas de ladrillo, la mayoría aún cubiertas con cañas como antes. En los jardines se veían bancales con nabos, apios, puerros y todo tipo de hierbas, además de unas cuantas impatiens en ollas sobre los alféizares. Los pueblos parecían un poco venidos a menos. Muchos tejados de las casas estaban hundidos, las paredes de los escasos edificios nuevos tenían el revoque desconchado, en todas partes la pintura de las vallas lucía apagada. Muy de vez en cuando se veían correr gallinas o cabras en la ancha carretera rural, como antaño.

Eso no significaba que Franziska lo echara de menos: de niña vivió cómo su cochero se peleaba con un campesino por una gallina que murió atropellada y al final incluso llegaron a las manos. Entonces tenía cuatro o cinco años, y aquellos hombres que maldecían y gesticulaban con los puños le dieron tanto miedo que se escondió en el coche de caballos bajo una manta de lana.

Pasó por Schwerin en dirección al este. En los letreros figuraban los topónimos de su antigua patria. Crivitz, Mestlin, Goldberg... Se entregó con una sonrisilla a sus recuerdos. Su hermana pequeña, Elfriede, creía que existía una montaña dorada en Goldberg y preguntó si se podía llevar un trocito. Todos en el coche de caballos soltaron una carcajada mientras la niña los miraba entre sorprendida y avergonzada. Más tarde, su madre reprendió a la señorita... Dios mío, ¿cómo se llamaba la niñera? ¿Stiller, Steltner, Sellner? Bueno, en todo caso su madre la reprendió por contarle tantos cuentos.

En el campo no sucedían muchas cosas. De vez en cuando Franziska avistaba un tractor con remolque que rociaba un líquido sobre la siembra reciente. A veces se acercaba en dirección contraria un vehículo occidental, un Mercedes o un Audi, casi siempre negro. A diferencia de los vehículos de la RDA, emitían un sonido agradable y suave por las verdes avenidas. Sus ocupantes, la mayoría un solo conductor, no parecían tener mucho interés en la naturaleza floreciente y los pintorescos pueblos descuidados.

En la cafetería de la tercera edad de la parroquia de Königstein se hablaba de que el Este ahora se vendería. Los habitantes del Este daban sus muebles antiguos «por una manzana y un huevo» y encargaban a cambio sofás con tapicería en Quelle. Antes se enviaban paquetitos con café, harina, azúcar y lana para tejer «ahí arriba», a «la zona del Este». Más tarde algunos empezaron a escribir que eso ya lo tenían ellos. Querían patrones modernos para coser, chaquetas tejanas, crema de cacao y galletas Príncipe. Se habían vuelto unos descarados, venían con exigencias. Tampoco querían la ropa y los zapatos de segunda mano.

De todos modos, ya se habían acabado los paquetitos, ahora los familiares podían viajar a la Alemania Occidental y satisfacer ellos mismos sus deseos. Así, algunos habitantes de la zona Oeste se vieron sorprendidos por la visita de los del Este. Llamaban a la puerta y aparecía el tío Rudi, de Chemnitz, con una sonrisa de oreja a oreja, y empujaba al otro lado del umbral a su tribu de cinco miembros. Esas visitas podían prolongarse semanas y poner a prueba los nervios y la economía de los anfitriones…

Franziska no había recibido ninguna visita, y tampoco había enviado ningún paquetito. Los Von Dranitz, Von Wolfert, los Von Hirschhausen… ya no existían en el Este. Como mucho quedaban los antiguos empleados, pero nunca había tenido contacto con ellos. Cuando su madre, Margarethe, aún vivía, celebraron un par de reuniones familiares en Hamburgo a las que se presentaron algunos primos y primas lejanas de la rama de los Von Wolfert, así como el viejo Alexander von Hirschhausen y el cochero Josef Guhl, que en 1946 los acompañó hasta Hamburgo. Su madre les tenía mucho cariño por haber mantenido unida a la familia pese a todas las dificultades.

«Sin familia no eres nadie», decía. «Hemos estado unidos durante siglos, hemos superado épocas difíciles. Quien gozaba de bienestar ayudaba a aquellos que pasaban necesidad, quien tenía contactos los utilizaba para que los jóvenes prosperaran. No hace falta querer a todos los miembros de la familia, pero juntos conforman una gran comunidad, un refugio seguro.»

Por aquel entonces Franziska se burló del comentario. Consideraba que esa filosofía ya no se adaptaba a los tiempos, ni mucho menos a la vida bulliciosa y ajetreada de la gran ciudad de Frankfurt. Además, Ernst-Wilhelm siempre había tenido problemas con esa «gentuza noble», así que, para gran disgusto de su madre, ya no asistió a más encuentros familiares en Hamburgo. De todos modos tampoco se celebraron muchos más, seguramente porque sus primos y primas pensaban lo mismo que ella.

Malchow. Waren del Müritz. El lago interior de Müritz era como un ancho mar, con olas pequeñas que lamían la hierba de la orilla. Allí apenas había cambiado nada. Volvieron las palpitaciones. Inquieta, Franziska agarró con fuerza el volante para que no le temblaran los dedos. Ya no quedaba mucho.

Se preparó. Estaba segura de que se llevaría una decepción. La cuestión era hasta qué punto estaría mal. Quizá ni siquiera existiera. Ni una piedra sobre otra. Todo desmoronado, lleno de malas hierbas, invadido por la maleza...

Giró a la izquierda en dirección a Vielist y subió por la antigua carretera. Unos cuantos árboles en el margen de la carretera habían caído, los baches se sucedían unos a otros como antes, incluso peor, pues entonces se rellenaban de grava una y otra vez. Los recuerdos la asaltaron como una potente ola. Franziska vio cómo frenaba un vehículo de la Wehrmacht, con un comandante sentado en el asiento trasero. Levantó la mano para saludarla y se fue. Un fantasma del pasado.

En 1945 pasaron por allí en un coche con toldo para huir de los rusos. No lo consiguieron.

Dejó a su derecha el gran castaño y siguió por el camino vecinal entre espinos blancos floridos, sin esperar nada. No lo consiguió, pisó el freno y se quedó mirando el letrero. Colgaba torcido y medio desmoronado en el poste que el inspector Schneyder hizo renovar antes de irse. Cincuenta años atrás... «M...ión Dra..tz» se descifraba. Mansión Dranitz. Por lo menos el letrero seguía ahí.

Siguió avanzando, despacio. A la izquierda debería aparecer el parque, pero solo se distinguía una especie de zona boscosa. Todo estaba cubierto de vegetación. De vez en cuando se veían árboles caídos, con los tocones cubiertos de moho, en proceso de putrefacción. Las matas crecían a sus anchas en los claros, se espigaban lozanas, y los arbolitos competían por el sitio libre. A la derecha se veían casas bajas de ladrillo que pertenecían al pueblo de Dranitz. La iglesia con la torre puntiaguda donde antes brillaba el gallo dorado al sol había desaparecido. En la RDA habían abolido el cristianismo, no necesitaban iglesias.

A la izquierda se fue disipando el bosque; ahí debía de estar la entrada. La señorial puerta que daba a la entrada de castaños. Los pilares estaban bien construidos y cubiertos de un revoque claro, y encima descansaba una esfera de piedra que antes era dorada. Las hojas de la puerta eran de hierro forjado con un trabajo suntuoso; todas las primaveras había que quitarles la herrumbre y pintarlas de nuevo. No quedaba nada de ellas. Ni un poste, ni una piedra. También las esferas habían sido engullidas por el tiempo. La preciosa entrada de castaños se había esfumado, pero tras los pinos y los troncos de hayas avistó edificios.

Franziska giró la manivela de la ventanilla, y aun así tardó unos segundos en ver con claridad. En efecto, había unos edificios. No cabía duda, no habían arrasado con todo. A la izquierda, las paredes de la casa que se veía entre los pinos, grises, desmoronadas, podían ser de la casita del inspector, antes tan bonita. A la derecha, un camión tapaba la vista. Dos hombres estaban descargando algunos objetos. Siguió un trecho para verla mejor y luego se detuvo.

Ahí estaba. ¡Dios mío! Seguía en pie, no estaba quemada ni derruida. La mansión. Le pareció más pequeña que antes, más gris, más sencilla. Faltaba el precioso porche con las columnas, también habían cambiado la puerta de la casa, pero las ventanas y el techo estaban intactos. Las dos casitas de caballería a derecha e izquierda, que antes servían de refugio de los coches de caballos y automóviles, estaban en ruinas. Pero la mansión seguía en pie.

Franziska paró, apagó el motor, sacó la llave y bajó. Ahora el corazón le latía con calma, los temblores habían desaparecido y caminaba con paso firme. Poco a poco, disfrutando del momento de su regreso, fue siguiendo un angosto sendero que transcurría entre los árboles hasta la casa y que antes no existía. Allí, en aquella mansión, nació ella, allí jugaba con sus hermanos, allí habían vivido sus padres, en aquel cementerio estaban enterrados sus antepasados.

Llevaba más de cuarenta años sintiendo nostalgia por ese lugar. Ahora había llegado a su destino.

Aquel era su sitio. Iba a quedarse ahí costara lo que costase.

—Busca la tienda de la cooperativa, el Konsum, ¿verdad? —preguntó una voz de mujer—. Tiene que ir ahí detrás.

Jenny

Julio de 1990

Odiaba ese calor veraniego tan pringoso. Odiaba Berlín, caliente y pegajoso. El despacho de arquitectos Strassner en Kantstrasse, con esos grandes ventanales. Odiaba a Angelika, su colega, tan emperifollada. A los dos jóvenes arquitectos, Bruno y Kacpar. ¿A quién más? A Simon, por supuesto. A ese el que más. ¡Ojalá no hubiera conocido nunca a ese cobarde mentiroso!

Ay, en realidad no se aguantaba a sí misma.

Jenny dejó otra hoja en la fotocopiadora, cerró la tapa y apretó el botón. Un destello de color verde fluorescente se paseó de un lado de la tapa al otro, después salió la copia del aparato con un leve siseo y Jenny la dejó en el montón. Notaba un olor raro; seguro que no era sano estar en la salita de la fotocopiadora sacando treinta copias de la barriga de esa caja gruesa y gris.

Por lo menos se lo había soltado. La conversación de aquella mañana había sido breve, pero concisa. Él le había anunciado que antes de separarse de Gisela, su mujer, quería ir de vacaciones familiares de nuevo a Portugal. Por los niños. Al fin y al cabo era la última vez que irían todos juntos, tenía que entenderlo. Jochen tenía trece años y Claudia nueve. Los dos tenían derecho. Todo aquello tampoco era fácil para él, siempre expuesto en el hotel a las expectativas conyugales de Gisela.

—Ahórrate las explicaciones —le dijo ella por teléfono—. Si te vas, se ha terminado definitivamente. Es mi última palabra.

Luego colgó. Ese cobarde llevaba un año diciendo que su matrimonio había terminado, pero aún no había sido capaz de abandonar a Gisela. Y ese teatro constante con los «pobres» niños, que tenían derecho a una vida familiar sana. ¡Precisamente a ella no podía venirle con esas!

A los nueve años ya había vivido en tres pisos compartidos. Y mejor no hablar de la vida amorosa de su madre. Hubo unos cuantos tipos majos, pero se largaron como los demás. Derecho a una vida familiar sana, ¡bah!

Cinco copias más. Al otro lado se oía el tecleo de la máquina de escribir de Angelika; era increíble lo rápido que tecleaba a golpes las cartas. Jenny nunca había aprendido a mecanografiar bien. Todo lo que hacía en el despacho podría hacerlo cualquiera. Hacer fotocopias, ensobrar cartas y llevarlas al correo, desviar llamadas, recibir a los clientes, llevarles café y galletas, estar guapa, pestañear... Tal vez no debería haber abandonado el puesto de aprendiza en un banco, ahora habría terminado y tendría un trabajo fijo. De todos modos no ganaría mucho. Allí, como chica para todo recibía un sueldo bastante generoso porque Simon era el dueño del despacho de arquitectos y era el que tomaba las decisiones.

¿Y si se iba de vacaciones a pesar de todo? ¿Y si elegía dejarla? Se quedó mirando fijamente el borde luminoso de color verde que se arrastraba despacio sobre la carcasa gris. ¿Soportaría el hecho de perderlo? Le costaría. Lo necesitaba. Era su amante y su padre a la vez. Era veinte años mayor que ella, experimentado, comprensivo, reflexivo. Cuando estaba cerca de él se sentía libre y a salvo al mismo tiempo, podía hablar con sinceridad de cualquier cosa, comportarse como era.

No, el dinero y el trabajo no eran importantes. Quería tener a Simon, entero, para siempre. Vivir con él, despertarse a su lado por la mañana, prepararle la cena. Mantener su casa en orden, plancharle las camisas, comprarle corbatas nuevas. Ser la perfecta ama de casa burguesa, lo contrario que su madre fruto del 68, justo eso quería. Por supuesto, también las noches con él. Sin tener que mirar el reloj todo el tiempo. «¡Cielo santo, tengo que irme! Gisela cree que tenía una reunión..., una visita..., una comida de negocios...» Simon tenía preparadas un montón de mentiras. Por desgracia, no solo para su mujer.

Jenny sacó la última hoja de la superficie de la fotocopiadora, cerró la tapa y dejó las copias ordenadas unas encima de otras. Ya era casi mediodía. Simon empezaba ese día las vacaciones. Esperaba que ahora estuviera en plena crisis matrimonial con su Gisela y la llamara por la noche. Destrozado y necesitado de consuelo, le pediría si podía vivir una temporada con ella porque su mujer lo había echado. Seguro que lo haría, su Gisela. Ella quería la casa, así que se quedaba. Él era el que tenía que irse. A Jenny le parecía bien así, no quería esa cabaña pomposa. Una casita normal en algún lugar junto al mar, con eso le bastaba.

Angelika había dejado de teclear. Jenny la oyó conversar muy animada con Bruno, uno de los dos arquitectos jóvenes; alguien abrió el grifo, seguramente para llenar el recipiente de la cafetera. Los ruidos procedían del despacho de Simon, así que Angelika se lo había llevado allí y ahora estaban sentados en el sofá de piel negro que tenía un tacto tan agradable. Jenny había tenido en él las mejores experiencias, sobre todo una vez terminada la jornada laboral, cuando se quedaba a solas con Simon.

Kacpar Woronski entró en la sala de la fotocopiadora con un mapa abultado bajo el brazo. Era un tipo torpe, siempre olía a sudor y parecía que le había pasado un cortacésped por el pelo negro. Era de Polonia, pero hablaba un alemán perfecto.

—Vaya —dijo, cohibido—. Aún te queda, ¿verdad?

—Acabo de terminar. ¿Quieres que te copie algo?

—Gracias, ya lo hago yo.

Dejó su mapa sobre la mesa y lo abrió. Jenny atisbó planos, vistas laterales, la perspectiva delantera de un edificio ultramoderno. Utópico, como una nave espacial que flotara.

—¿Es para el concurso? —preguntó.

Kacpar levantó la cabeza, como si lo hubieran pillado en falta.

—Eh, sí…

Vaya, no eran esbozos de Simon, sino suyos. Quería copiarlos a toda prisa, ahora que el jefe no estaba.

—¡Tienen muy buena pinta!

El joven arquitecto se puso rojo de alegría, seguramente recibía muy pocos elogios. Hacía tiempo que Jenny había notado que Kacpar tenía algo. Sus ideas eran originales, a veces alocadas, pero nunca comunes y corrientes. Simon le había dicho que ese chico podría llegar a algo si consiguiera aprender modales de una vez.

—Gracias —respondió Kacpar con humildad—. Es para el salón de congresos. Pensaba que estaría bien poder volar en una ciudad como Berlín. Por si los rusos nos cortan el grifo alguna vez…

Ese miedo constante a los rusos lo había contraído en Polonia. Era uno de sus defectos.

—No empieces otra vez. ¡Ahora está Gorbachov en el poder! —rio Jenny.

Kacpar hizo un gesto con la palma de la mano, como si se moviera en aguas revueltas.

—Con los rusos nunca se sabe...

—¡Bobadas! —Jenny se sentó en la mesa, al lado de sus dibujos, y vio cómo colocaba los grandes planos en la fotocopiadora con meticuloso cuidado, con el gesto torcido por el esfuerzo. Jenny observó que tenía la camisa oscura por el sudor en la espalda y bajo las axilas. «Modales», había dicho Simon. En realidad se refería a otra cosa. La capacidad de parecer simpático. Encandilar sin esfuerzo a la gente, sin importar lo que uno hiciera o dejara de hacer. Cierta facilidad que no se podía aprender. Simon iba sobrado en ese aspecto. Brillaba en las veladas, en las grandes recepciones, en su despacho con clientes importantes. Conocía a infinidad de personas y aprovechaba esos contactos. Los grandes encargos no los recibía el mejor arquitecto, sino el que conocía a alguien que conocía a alguien. Kacpar no conocía a nadie, y si seguía así eso no iba a cambiar.

—¿Te interesa la arquitectura? —preguntó de pronto, sacándola de golpe de sus pensamientos.

—Claro. Si no, no estaría aquí, ¿no? —Soltó una risita y se sintió como una tonta. No estaba ahí porque le interesara la arquitectura, eso lo sabía hasta Kacpar.

—¿Quieres estudiar arquitectura algún día? —Él la miró con atención. Tenía los ojos de color azul marino. Rodeados de pestañas oscuras.

—No...

—¿Por qué no?

¿Eso era un interrogatorio? La estaba poniendo de los nervios. Y encima ese semblante serio, como si fuera un asunto de vida o muerte.

—Porque no tengo el bachillerato.

—Puedes hacerlo ahora.

Ella calló. ¿Qué sabía él de esos grandes intelectuales atiborrados de hachís y LSD de los distintos pisos compartidos? Se consideraban el ombligo del mundo por terminar unos estudios tras otros, cobraban el paro y echaban pestes a cada momento de los capitalistas de mierda y el proletariado esquilmado. No, ella dejó el colegio en secundaria y empezó de aprendiz en un banco.

—Pero no quiero —dijo por fin.

Él asintió con la cabeza. Aceptó su respuesta, pese a que seguramente no le convencía. Trabajó un rato en silencio con la fotocopiadora. Jenny decidió ir al despacho de Simon a ensobrar las copias.

—Lástima —musitó Kacpar cuando ella bajó de un salto de la mesa—. Siempre pensé que podrías hacer algo más con tu vida que… —Se interrumpió, consciente de que había entrado en terreno resbaladizo. Jenny ya estaba en la puerta, con la mano en el pomo, cuando terminó de hablar—, que ser solo la amante del jefe.

Lo miró furibunda, le entraron ganas de darle una bofetada.

—¡Ocúpate de tu propia mierda, Kacpar Woronski! —le soltó, y salió de la sala de la fotocopiadora.

¡Pero qué idiota era! Si se lo contaba a Simon, ya podía Kacpar recoger sus cosas. Seguro que lo despedía. Al cien por cien.

Jenny se detuvo, respiró hondo y reflexionó. No, no iba a mencionarlo delante de Simon. En el fondo, Kacpar había sido muy valiente al decirle algo así a la cara. El joven arquitecto no era idiota. Sabía a lo que se estaba arriesgando. ¿Sería que al final estaba loco por ella? Dios mío, lo que le faltaba.

En el despacho de Simon, Angelika y Bruno interrumpieron su conversación en cuanto entró ella. Estaban sentados muy juntos en el sofá de piel negro, y enseguida cogieron sus tazas de café, que yacían intactas sobre la mesa de cristal.

—La máquina de café de la sala de espera no funciona —aclaró Angelika con una sonrisa de colegiala—. Por eso hemos entrado aquí. No molestamos a nadie, ¿no?

Jenny disfrutaba de su poder, aunque en realidad le hacía sentir fatal. Los dos sabían que les convenía llevarse bien con ella.

—A mí no me molesta… ¿Me haces también un café, Geli?

—Claro. —Angelika se levantó y se dirigió a la máquina mientras Jenny clasificaba una vez más las copias, las metía en sobres y pegaba las direcciones correspondientes. Bruno también se puso en pie, hizo un gesto a Jenny con la cabeza y regresó a su despacho. Era un tipo flaco y callado del norte, cumplidor en el trabajo, y hacía tiempo que miraba a Angelika con buenos ojos.

—Cuando el jefe está de vacaciones no hay mucho movimiento —comentó la joven, que estiró los dedos hasta que le crujieron. Era un ruido desagradable.

Jenny se encogió de hombros y cogió su café. Angelika le había puesto leche, la desgraciada, cuando sabía perfectamente que Jenny lo tomaba solo.

—Tú pronto tendrás vacaciones, ¿verdad? —siguió hurgando Angelika.

Jenny asintió con la cabeza.

—A partir del lunes…

—Sí, exacto. Kacpar, Bruno y yo nos quedamos de guardia. ¿Vas a ir de viaje?

—Claro. A Balconia. El país donde florecen los geranios…

—Ah, yo pensaba que ibas a ir a Portugal…

Simon había encargado a Angelika que reservara su viaje familiar, a escondidas, a espaldas de Jenny.

—¿Portugal? ¿Por qué lo dices? Hace demasiado calor. Y eso de comer solo pescado tampoco es lo mío.

Alguien abrió la puerta principal, se oyeron pasos en el pasillo de entrada. Angelika agarró presurosa su taza y la de Bruno, pero en ese momento ya se estaba abriendo la puerta del despacho y entró Simon, que las miró con cara de asombro.

—Buenos días, señor Strassner —balbuceó Angelika, cohibida—. ¡El trabajo no lo deja en paz! La máquina de café de la sala de espera está averiada, por eso nos hemos preparado una tacita aquí...

Simon llevaba un traje claro de verano que Jenny no le había visto nunca. Corte caro, le quedaba perfecto, seguramente cortado a medida. Hacía tiempo que no compraba ropa de confección industrial.

—No pasa nada, señora Krammler. Ahora mismo me voy. —Sonrió a Jenny y luego se volvió de nuevo hacia su secretaria—. Seguro que tiene algo que hacer, ¿verdad?

—Por supuesto. ¡Espero que disfrute usted de unas tranquilas vacaciones! —Angelika se dirigió a paso ligero hacia la puerta acolchada y la cerró al salir. Para escuchar a escondidas había que tener el oído de un murciélago. Seguro que Simon no hizo poner esa puerta porque sí, meditó Jenny. Conocía a su secretaria.

Dejó con diligencia el maletín sobre el escritorio, echó un vistazo rápido al correo y miró los sobres en los que Jenny había escrito la dirección para luego cerrarlos.

—Voy con prisa —le informó—. Aún tengo que ir al peluquero, ya sabes...

Lo conocía demasiado bien. Esos movimientos inquietos, la sonrisa nerviosa, ese intento inútil de ocultar algo. Qué raro. Delante de un cliente mostraba en cualquier situación una actitud relajada y sonriente, pero cuando se trataba de sentimientos no lo conseguía.

—Pensaba que querías comunicarme tu decisión —dijo ella con firmeza.

Él volvió a dejar los sobres en el escritorio, expulsó el aire en un gesto audible y se aclaró la garganta.

—Me has planteado un ultimátum —respondió, y le lanzó una mirada irónica, un tanto despectiva.

—Exacto.

Soltó una breve carcajada que sonó más bien a tos cohibida.

—Por supuesto, no puedo aceptarlo, cariño. Los dos somos adultos, y si estamos juntos solo puede ser por voluntad propia.

—¿Y cuándo?

El gesto tenso se relajó; era evidente que creía haberla convencido. Se acercó a ella con una sonrisa para consolarla entre sus brazos, pero ella retrocedió.

—¿Cuándo? Pero si ya te lo he dicho. Después de las vacaciones. En Navidad estaremos en Tenerife, cariño. Solo nosotros dos. Y llevaré una maravillosa sorpresa para ti en el equipaje...

Su cercanía era tentadora. Sería muy fácil dejarse abrazar, arrimarse a él, notar su mano cálida acariciándole el pelo, la espalda. Su voz, donde se mezclaba el deseo y la madurez. Sin embargo, se mantuvo firme. Tal vez fue por el comentario de Kacpar. «Pensaba que podrías hacer algo más con tu vida que ser la amante del jefe.» Ah, no, ella no era solo la amante del jefe. No era el juguetito de nadie.

—Cuando vuelvas de Portugal ya no estaré aquí, Simon.

—Por favor, Jenny, no quiero un numerito en el despacho —le advirtió.

De pronto lo odiaba. «No quiero numeritos», «ten cuidado de que no te vea nadie cuando bajes del coche», «no me llames a casa en ningún caso». Al principio le parecía emocionante, la divertía. Ya no.

—¿Quién está montando un numerito? —gruñó ella—. Te lo digo con toda la calma: la decisión es tuya.

La miró durante un momento como si la viera por primera vez.

—Entonces nos vemos en dos semanas, Jenny. —Cerró el maletín con ímpetu y salió del despacho sin decir nada.

«Bien —pensó ella—. Eso es una respuesta. Ahora sé a qué atenerme.» Oyó cómo se cerraba la puerta principal. Empezó a sentir un dolor intenso en su interior que le llenaba el pecho como una gran herida ardiente. ¡Ahora no puedes echarte a llorar! ¡Bajo ningún concepto! Enseguida entrará Angelika, esa cotilla.

Jenny tenía práctica en disimular sus penas, lo aprendió de niña. En los pisos compartidos casi todos eran buenos y jugaban con ella, le daban de comer, incluso de vez en cuando se ocupaban de su ropa. También lo hacía su madre. Sin embargo, nadie quería estar con una llorona. Todos tenían suficiente con lo suyo. Así que se recompuso y luego hizo como si no pasara nada hasta que salió del despacho puntual, a las cinco.

Se acabó, se acabó, se acabó... La frase era como un martilleo rítmico en la cabeza mientras conducía en hora punta, esperaba en los semáforos y miraba a la gente que pasaba a toda prisa. Me lo he buscado. Me lo he jugado todo a una carta y he perdido. Perdido... Había perdido a Simon...

No sabría decir cómo había llegado exactamente a su casa. Por lo visto su Kadett rojo había encontrado el camino por sí solo. Las casitas bajas de una planta se sucedían unas a otras, un poco descuidadas, con los jardines cubiertos de maleza. La mayoría de los propietarios hacía tiempo que habían superado la sesentena y no estaban dispuestos a volver a invertir dinero en sus casas. Los inquilinos tenían que ingeniárselas. A Jenny le parecía correcto, no necesitaba lujos, y los vecinos estaban bien. Eran estudiantes, una familia turca, dos gais que aireaban a diario las sábanas en el alféizar de la ventana de la cocina.

Dentro el ambiente estaba cargado. Jenny abrió las ventanas y se metió en la cama. Hundió la cabeza en la almohada y quiso llorar, pero ya era demasiado tarde. Ya no funcionaba. Una calma paralizadora se había apoderado de ella, un estado de aturdimiento, como si alguien le hubiera dado un golpe en la cabeza con un martillo de goma.

¿Por qué se exasperaba? Que se fuera a Portugal con su familia. A la vuelta solicitaría el divorcio. Navidad en Tenerife. Solos los dos y una maravillosa sorpresa. Solo podía referirse a un anillo de compromiso. Se imaginó su cara de pícaro, su alegría cuando ella abriera el paquetito y soltara un grito de emoción. Cómo la estrecharía entre sus brazos, la besaría y la mecería con ternura. La ternura daría paso a la sensualidad, él la desnudaría despacio, le rozaría la piel con la lengua...

Con la ducha fría la cabeza le volvió a funcionar con normalidad. ¿Cómo podía ser tan tonta? Estaba claro que después de las vacaciones encontraría otra excusa. Uno de los niños estaba enfermo. Su mujer estaba en tratamiento. Estaba muy ocupado con el trabajo, la abuela yacía en su lecho de muerte...

Basta. Punto. Fin. Había tenido su oportunidad. Se había engañado a sí misma. No quería a Simon, sino a un personaje imaginario que por desgracia ya no la quería.

Salió de la ducha, se secó y se puso una camiseta y unas bragas, luego se acurrucó en la cama y se quedó mirando por la ventana. Enfrente, al otro lado de la calle, había un pequeño parque. Los niños jugaban, las madres estaban sentadas en los bancos, los ancianos paseaban con sus perros. ¿Eso eran hayas? ¿O robles? ¿Tilos? ¿Chopos? No tenía ni idea. Era una urbanita. Ni siquiera conocía las principales especies de árboles. Tampoco mucho más. Centeno, trigo, cebada… ¿qué más había? Salvado, mijo… Pero se cultivaba en África. Colinabo…

Colinabo… ¿Dónde había oído esa palabra tan rara? En todo caso, había sido mucho tiempo atrás. Aún era una niña. Colinabo. Fue con su madre a un entierro, cerca de Frankfurt. Cómo era…, no sé qué del káiser…, del conde…, Königstein. Eso, Königstein, así se llamaba la población. Llovía en el cementerio, la gente vestida de negro aguantaba los paraguas abiertos. Había paraguas rojos, azules y amarillos, como manchas de colores entre los árboles altos y la multitud de adoquines. Luego estuvieron en casa de su abuela, se sentaron a la mesa con unos escandalosos desconocidos a comer pastel. Entonces aún no había visto nunca una casa con alfombras, cortinas y muebles de verdad, y apenas se atrevía a levantar la vista. «Qué burgués», le dijo su madre. «¿Has visto los tapetes de ganchillo? Y encima del teléfono tiene una funda de seda con borlas doradas.» Cuando Jenny le dijo que a ella le parecía bonita la fotografía que había encima del piano, su madre soltó un bufido de desdén.

Jenny ya no recordaba el rostro de su abuela. Había sido simpática con ella. Y le había contado que en la imagen se veía una mansión. Entonces se puso a hablar de todo tipo de cosas que ella había olvidado tiempo atrás; solo recordaba los colinabos.

—¿Colinabos? ¿Qué es eso? —preguntó entonces.

—Nabos, niña —le explicó la abuela—. También se llaman chichinabos.

Su madre tenía prisa por volver a casa. Más tarde Jenny le preguntó en dos ocasiones si podía visitar a su abuela, pero su madre no se lo permitió.

Cuando Jenny dejó los estudios se marchó del piso compartido de su madre y la relación con Cornelia se enfrió.

También la abuela Franziska cayó en el olvido. De hecho, ni siquiera sabía si seguía viva.

Tal vez no fuera ninguna tontería averiguar su número de teléfono. Si es que tenía. A fin de cuentas era una familiar cercana, y podría visitarla. Largarse un tiempo. Dejar su dimisión a Simon en la mesa y luego irse a Königsberg..., eh, Königstein. Poner orden. Olvidar. Hacer planes. Empezar de nuevo.

«Qué idea tan descabellada —meditó—. Si mi abuela sigue con vida, lo más seguro es que esté enfadada conmigo por no haber dado señales de vida. Y por desgracia con toda la razón.»

Pese a todo, levantó el auricular y llamó a información.

—Un número en Königstein, al lado de Frankfurt, por favor. Franziska... —Dios, ¿cómo se apellidaba su abuela? Kettler. Claro. Como ella y su madre—. Franziska Kettler.

—Hay una F. Kettler. Talstraße, 44 —le comunicó la mujer de información.

—Puede ser esa.

Jenny anotó el número con el prefijo y colgó. Estuvo un rato sentada delante de la hoja, mirando por la ventana y escuchando a los niños que se peleaban fuera, en el jardín de la casa de al lado. Discutían en turco, por eso no entendía lo que decían.

De pronto, el dedo índice pareció cobrar vida propia. Giró el dial, lo dejó volver, volvió a girar... Tono de llamada. Tono de llamada. Tono de llamada. La abuela tenía un contestador. No se lo esperaba. ¿La que hablaba era ella? La voz de mujer sonaba bastante animada, no como la de una abuela anciana.

—Lo siento, pero no puedo atender personalmente la llamada. Por favor, diga su nombre y su número de teléfono después de la señal y le llamaré. —Pip.

Jenny tomó aire.

—Soy…

En ese momento llamaron a su puerta. Perfecto, ahora tendría que volver a llamar. De mal humor, se puso encima el albornoz, se pasó una mano descuidada por el pelo húmedo y fue a la puerta.

Fuera estaba Simon con una maleta en la mano.

—Me he quedado sin casa, cariño. ¿Me aceptarías en la tuya?

Franziska

Mayo de 1990

—¿Al Konsum? —Franziska se dio la vuelta. Tras ella había dos chicas, las dos de unos veinte años, una con vaqueros occidentales y la otra con una falda corta de colores. Parecían de campo, fuertes, bien alimentadas, sin maquillar.

—Sí, para comprar. Está ahí detrás. ¿O quiere ir a las oficinas municipales?

Franziska quería entrar en el vestíbulo de la mansión. Desde ahí por la izquierda se accedía al comedor, detrás estaba la sala de caza del abuelo. A la derecha se encontraban las estancias donde había residido su madre. Con unos preciosos papeles pintados de colores y muebles de estilo *Biedermeier*.

Las jóvenes la observaban con curiosidad y desconfianza. Comprendió que tenía que decir algo.

—No, no quería ir a las oficinas municipales...

—De todos modos están cerradas —le comunicó una de las mujeres.

En efecto, junto a la puerta de la casa había colgada una placa. «Oficinas del municipio de Dranitz. Horario de apertura: martes y jueves, 9.00-12.00.»

—¿Pero el Konsum está abierto?

—Sí, por supuesto.

—Muchas gracias. —Franziska regresó al coche a buscar el bolso y el monedero. Cuando volvió, las chicas estaban girando por la izquierda del edificio. Una volvió la cabeza hacia ella y le dijo algo a su acompañante.

¿Y si sabían quién era? Podría haber sido más hábil, contarles que estaba de paso y que solo había parado un momento a comprar algo. Los Konsum eran los supermercados del Este. Antes también existían en Occidente. En los años sesenta se compraba en la cooperativa registrada. Como Raiffeisen. Pero los Aldi y los Tegelmann pronto engulleron a los Konsum.

El sendero trillado que transcurría junto a la casa tampoco existía. Por aquel entonces, cuando aún estaba en pie el precioso porche de columnas, había a derecha e izquierda terrazas cubiertas. Allí se sentaban en verano bajo la hiedra y las uvas silvestres a desayunar o tomar café cuando tenían invitados. Ahora había ladrillos destrozados y escombros invadidos a medias por la hierba. El Konsum se encontraba en el antiguo salón de la mansión, donde antes se agasajaba a los grupos de cazadores y se celebraban los grandes eventos familiares. Las bodas de oro de los abuelos. La boda de su hermano Jobst. Su compromiso. Ah, y esas celebraciones navideñas tan bonitas que pasaban juntos con el servicio bajo el árbol de Navidad...

Las amplias puertas de dos hojas que daban al jardín ya no estaban, habían tapiado la entrada y colocado una sólida puerta metálica. Al lado había una pequeña vitrina donde se amontonaban latas polvorientas. Franziska posó la mirada en un ramo de rosas artificiales, ya bastante descoloridas, y una placa que rezaba: «paté de hígado fresco». Abrió la puerta, que rozó los peldaños de piedra, aunque a nadie parecía importarle.

La primera imagen del salón la dejó atónita. No por los estantes metálicos grises que había en las paredes, ni por el suelo de linóleo pisoteado o por las lámparas planas de las parcas paredes. No. Fue el techo de la sala. El precioso estucado se había conservado casi por completo, solo en algunos puntos faltaban unos pequeños ornamentos. También se veían aún las cinco guirnaldas de flores en forma de círculo, de cuyo centro colgaban antes las lámparas. Las tres más grandes las electrificó su padre a principios de los años treinta, mientras que en las dos pequeñas colocaban velas. ¿Dónde estarían?

El Konsum ocupaba solo la mitad del salón. Detrás, un tabique de madera separaba la otra mitad, y en invierno se calentaba la estancia con madera o carbón, como demostraba la pequeña estufa. Franziska cogió una de las cestas de rejilla metálica que conocía de tiempos pasados de las tiendas de cooperativa y recorrió despacio los estantes. Las dos chicas jóvenes estaban junto a la caja, charlando con la cajera. Hablaban un dialecto que a Franziska le sonaba, aunque solo lo entendiera a medias. En la mansión, su madre procuraba que se hablara el alemán culto, pero Franziska había aprendido el dialecto de los empleados, y cuando salía con sus hermanos a jugar con los niños del pueblo todos hablaban en la misma jerga. Pero eso eran los años sesenta...

La oferta de productos era parecida a la de un gran economato, pero sin ser tan variada. Tenían los alimentos básicos, empaquetados en recias bolsas marrones, las bebidas en botellas de cristal con chapas, un mostrador de carne mal abastecido con tres tipos de salchicha y una variedad de queso. Aún quedaba pan, pero los panecillos se habían terminado. En un rincón había tres tarros de Nutella y una caja de sopas instantáneas de Maggi. También había productos occidentales. La mujer de la caja rondaba los cincuenta años, era regordeta y de pechos generosos. Estaba pegada a la silla, solo se levantaba cuando era imprescindible y con sus ademanes enérgicos dejaba claro quién mandaba allí. Metió la compra de Franziska en la caja y exigió el importe en marcos de la RFA. A Franziska le molestó, pero no quería caer mal de buenas a primeras y pagó sin rechistar.

—¿Está visitando a unos parientes? —preguntó la cajera, intrigada.

«Ten cuidado con lo que dices», pensó Franziska, y metió la compra en una bolsa de plástico que llevaba encima.

—Sí, cerca de Güstrow. Ahí vive un tío mío.

No era mentira, solo que los rusos mataron de un tiro al tío Bodo en el umbral de su casa. Con todo, su mansión estaba en Güstrow, también tenía bosque y un lago.

—Güstrow, una ciudad bonita... Sí, no para de venir gente de Occidente aquí. También algunos de aquí se han ido, como nuestro médico. Pero solo algunos. ¡En Dranitz estamos muy arraigados a nuestra tierra! —Se echó a reír y le dio el cambio en marcos del Este.

Franziska vio que las dos chicas intercambiaban miradas. Parecía que condenaban la actitud de la cajera pechugona, pero no se atrevieron a decir nada.

—Una casa muy bonita —comentó con aire inocente—. ¿Pertenece al Estado?

La cajera posó sus ojillos grises un momento en Franziska antes de contestar titubeante:

—La vieja casa pertenece al municipio. Pero ya no vale mucho. Antes ahí dentro estaba la guardería, pero como las ventanas no cierran bien y el suelo tampoco sirve para nada, ahora están en un edificio nuevo junto a la cooperativa de producción agrícola.

Señaló con el pulgar detrás de ella. Una cooperativa de producción agrícola. ¿Al otro lado de la calle? ¿Donde antes se extendían los prados y campos de la mansión? Las vaquerizas y más allá la pocilga.

—Qué lástima —comentó Franziska, y miró hacia arriba—. Pero ese precioso estucado tenía que conservarse, ¿verdad?

La cajera no parecía conocer la palabra «estucado». Siguió con los ojos la mirada de su clienta hasta el techo.

—Ah, se refiere a los adornos. —Hizo un gesto de desprecio—. Eso no le hace falta a nadie. En general una casa tan grande es puro derroche de espacio.

Franziska calló, era evidente que no tenía sentido discutir con aquella mujer sobre arquitectura y estética. Visto así, tal vez incluso tuviera razón.

—Se devuelve dinero por traer las botellas. Y las chapas también las recogemos nosotros. Se lo digo para que lo sepa...

—Ah, ¿sí? Eso me parece muy sensato. Deberíamos aprender algunas cosas de vosotros en el Oeste. —Franziska esbozó una sonrisa amable.

—Allí se tiran muchas cosas, ¿eh?

Otra clienta entró en el Konsum. Franziska miró por la puerta de entrada abierta hacia fuera. Donde antes estaba el jardín inglés con bancos, arbustos cortados y arriates, ahora se erguían los árboles de un bosquecillo entre cuyos troncos brillaba el lago. Ahí detrás estaba antes la casa guardabotes pintada de verde, donde su hermano Jobst se veía en secreto con Brigitte mucho antes de la boda; ella misma una vez se acercó hasta allí, aprovechando las sombras de los árboles y los matorrales, emocionada, con el corazón acelerado, pues la estaban esperando...

—¿Los terrenos de alrededor de la casa también pertenecen al municipio? —preguntó con cara de inocencia.

La cajera se había levantado a regañadientes para pesar a la clienta nueva doscientos gramos de paté de hígado. Se encogió de hombros e intercambió una mirada con la mujer, que llevaba atado un pañuelo en el cabello cano. Franziska miró su pequeña nariz chata, las pobladas cejas blancas y la boca decrépita sin labios.

—Todo pertenece al municipio, todo lo que está a este lado de la calle —respondió—. También el lago. Allí pescan siempre los jóvenes, hay anguilas y carpas. De vez en cuando también pica un lucio...

En su época también lo hacían. Jobst y Heinrich sacaban el bote y lanzaban la caña de pescar. Elfriede tenía ocho años, en realidad no podía ir con ellos, pero como siempre armaba un escándalo se la llevaban al bote. A veces esa niña se portaba como un pequeño mal bicho. ¿Cuánto tiempo hacía que había fallecido? Más de cuarenta años...

—Entonces, adiós —dijo Franziska, y se dirigió a la puerta.

—Adiós. Y que lo pase bien en Güstrow —le deseó la cajera.

Le dio las gracias y salió de la tienda. Se detuvo una vez fuera y miró entre el nuevo bosquecillo hacia el lago. Era demasiado tentador. En vez de tomar el sendero trillado de vuelta a su coche, se abrió paso entre los matorrales asilvestrados, se hundió con los zapatos en los cojines de musgo, olió los galios y el aroma a musgo y hongos de los troncos que se pudrían. El camino que bajaba al lago le pareció infinito en comparación con su recuerdo; en aquella época, en unos minutos cruzaba los prados hasta la orilla. Sin embargo, entonces era joven, deportista, buena amazona y una corredora resistente. Lamentablemente, ya no quedaba nada de eso.

El lago estaba intacto, la superficie del agua, de color turquesa y un poco encrespada, brillaba al sol. Una bandada de ánades reales daba vueltas, entre ellos las crías mullidas y de color claro. Más allá, donde crecían las cañas, Franziska vio una garza gris inmóvil entre la paja, como si fuera de yeso.

Desvió la mirada hacia la derecha como si buscara algo, sin mucha esperanza de encontrar nada más que un montoncito de tablones descompuestos. Sin embargo, lo que vio entre la maleza espesa y llena de flores blancas parecía bien firme, aunque no estuviera pintado de verde. Se acercó intrigada y comprobó que no se trataba de la vieja casa guardabotes, sino de un cobertizo sólido en forma de caja, con la puerta asegurada con una cadena y un candado. Pensó que dentro guardarían los botes y los aperos de pesca, como se hacía entonces. Solo que la vieja casa guardabotes era un poco más grande y la madera estaba tallada como una dacha rusa. Había un espacio para cambiarse y un porche cubierto que llegaba hasta el embarcadero.

De pronto Franziska se sintió cansada y buscó un lugar seco en la hierba de la orilla para descansar. «No me extraña —pensó—, llevo en pie desde las cinco de la mañana, y encima sin desayunar.» Había pasado la noche en un hotel de Hannover, pero se había marchado muy pronto, cuando la cocina aún estaba cerrada. Luego llegó el emocionante cruce de la frontera, y después la imagen de la mansión. Tantos recuerdos, tanta dejadez, tanta incomprensión, tanta ruina.

«No quería otra cosa —reconoció, cansada—. Y sigo queriéndolo. Sea lo que sea lo que le hayan hecho a esta vieja casa, es mi hogar, mi patria. Estas paredes han presenciado ciento treinta y cinco años el devenir de la familia Von Dranitz, han acogido nacimientos y muertes, diversión y dolor, amor y odio, respiran mi historia, me pertenecen, y yo a ellas.»

Franziska intentó abrir la botella de limonada, algo nada fácil sin un abridor. Al final se ayudó con la lima de las uñas y el líquido amarillo salió echando espuma por el borde. ¡Puaj, qué sabor tan dulce! Sacó una galleta del paquete, que no estaba nada mal. Contempló el lago mientras masticaba.

Ahora estaba bajo el sol y formaba una amplia superficie plateada. Unas pequeñas olas acariciaban la orilla, las abejas zumbaban, una gaviota planeó por encima del agua y asustó a los patos. Presente y pasado confluían.

«Quieren los marcos occidentales y la reunificación», reflexionó. «El bienestar de Occidente, kiwis, plátanos, piña. Pues entonces tendrían que compensar las injusticias cometidas y devolver lo que han robado. La casa, la tierra, el lago, los bosques..., todo. Pero sobre todo la casa. En realidad solo quiero la casa, el resto no lo necesito.»

—¡Eh! ¡Usted! —gritó una voz masculina—. ¡Luego llévese la basura!

Se estremeció, la voz sonaba áspera.

A su izquierda apareció un hombre entre los troncos de los árboles, la miró con una sonrisa y luego se acercó a donde estaba comiendo. Era un tipo rechoncho con la cara roja y una barriga incipiente, ataviado con botas de goma y una chaqueta de trabajo gris. Seguramente salía de la cooperativa, al menos le pareció respirar cierto olor a establo.

—Pospuscheit —se presentó, y le tendió una mano ancha y dura, la mano callosa de un campesino que llevaba toda la vida trabajando duro—. Gregor Pospuscheit. Soy el alcalde de este maravilloso pueblecito. No se enfade, solo era una broma. —Apretó con fuerza, pero Franziska no hizo ninguna mueca—. Antes ha estado en el Konsum —continuó—. Me lo ha contado mi mujer, es la de la caja.

—Sí, es correcto —admitió Franziska, vacilante. La cajera había ido a buscar a su marido, así que ahí había gato encerrado—. Me llamo Kettler. Estoy de paso. Es un lago muy bonito... ¿En el cobertizo hay botes?

—Pertenecen a la asociación de pescadores. Solemos cerrar con llave, nunca se sabe... —comentó entre risas.

Pero su risa sonó un tanto falsa, contenida, cómplice, pensó Franziska. Ningún conocido suyo se reía así. Tal vez fuera porque allí siempre estaban rodeados de espías, y eso marcaba.

—Sí, hay que andarse con cuidado —le secundó ella para no contrariarlo.

El hombre parpadeó al sol y se encajó aún más la gorra de visera en la frente. Parecía reflexionar sobre algo. Al cabo de un rato preguntó:

—¿No tendrá por casualidad algo que ver con la mansión? Quiero decir, de parentesco.

Vaya. Se lo temía. Bien, entonces ella también iba a poner las cartas sobre la mesa. De todos modos, tarde o temprano tendría que hacerlo. La cuestión era si ese Pospuscheit, vaya con el apellido, era el interlocutor adecuado.

—Soy una Von Dranitz de nacimiento.

Pospuscheit asintió varias veces y guardó silencio. Había confirmado sus sospechas y ahora sopesaba cómo proceder.

Franziska vio la tensión en su rostro, arrugó la nariz varias veces.

—Mira por dónde —murmuró por fin, y sonrió—. ¿Quería ver qué había sido de la mansión? Bueno, está todo. La tierra se cultiva, tenemos vacas y cerdos, antes también aves, pero daban demasiado trabajo, así que lo dejamos. Y la casa se usa, dentro está la guardería, un médico, la oficina local, la tienda y además hay viviendas. La buhardilla la alquilamos a estudiantes.

La miró triunfante, y Franziska comprendió que temía que ella reclamara la casa y la tierra. Por eso lo presentaba como si la vieja mansión estuviera llena hasta la buhardilla.

—Su esposa me contó que ahora han trasladado la guardería a un edificio nuevo.

Él se la quedó mirando. Malhumorado. Casi indignado. Probablemente estaba maldiciendo en su fuero interno la verborrea de su media naranja.

—Y que el médico se fue a Occidente…

Gregor Pospuscheit hizo un gesto despreocupado y soltó un bufido.

—¿Qué más da? No era de aquí. No hemos derramado ni una lágrima por él.

—Parece que el tejado tiene goteras, así que ya no se puede alquilar la parte de arriba.

—Bueno, lo hacíamos hasta hace unos años. —Pospuscheit no se dejó amedrentar. No mostraba ni una pizca de vergüenza por haber sido pillado en una mentira. Era un tipo duro de pelar—. Ahora tiene peor aspecto. La casa está bastante machacada. Tiene unos cuantos años, ¿verdad? —Soltó de nuevo una extraña carcajada conspirativa.

Franziska se sintió obligada a dar una explicación.

—Ciento treinta y cinco años, para ser exactos.

—¿Tantos? —exclamó, con asombro y alborozo a la vez—. Bueno, entonces ya ha prestado su servicio. El municipio la derribará y la sustituirá por un edificio nuevo.

Franziska notó que se le paraba el corazón. ¿Derribarla? ¿De verdad había dicho «derribar»?

—Pero…, no puede hacer eso —balbuceó con la voz ronca—. La casa tiene una buena base y aguantará los próximos siglos con unas cuantas reparaciones. ¡Sería más caro derribarla que sanearla!

Pospuscheit sonrió, satisfecho. Había conseguido sacar de sus casillas a la «vieja arrogante de Occidente». Él se encogió de hombros, como si lo lamentara.

—Eso no depende de nosotros. Esas mansiones y castillos, esos edificios pomposos que se construyeron los nobles hacendados a costa de los campesinos subyugados, nadie los quiere aquí, ¿lo entiende? Son vestigios de una época que por suerte ha pasado.

La ira se apoderó de ella, se plantó delante de él y entonces se dio cuenta de que le pasaba dos cabezas. Pero eso le daba igual.

—¡Han utilizado el edificio durante cuarenta años, y totalmente gratis!

—Sí, ¿y? —repuso él, impasible—. Nos convenía y era barato. A fin de cuentas, dentro están el sudor y el trabajo de los campesinos explotados. Ellos tuvieron que prestar servicio a los señores feudales por nada. Se ve que en Occidente no se lo explican, pero aquí sí lo sabemos. Lo aprendemos en el colegio.

Franziska se lo quedó mirando, anonadada. ¿Qué tonterías estaba diciendo ese tipo? ¿Señores feudales? Eran de la Edad Media. En el siglo XIX se pagaba a los trabajadores, pero no tenía sentido discutir. Con esa visión distorsionada por la ideología socialista no comprendería que estaba equivocado.

—Está bien —transigió ella—. En ese caso podría alquilar una vivienda aquí, tal vez la consulta médica, que debe de estar vacía.

El hombre tardó un momento en procesar aquella rápida jugada maestra. Luego negó con la cabeza.

—No, no puede ser.

—¿Por qué no? —repuso ella.

—¿Por qué no? Está muy claro: la casa está destartalada, el tejado tiene fugas, hay hongos en las paredes. Lista para ser demolida. No podemos admitir nuevos inquilinos.

—¿Aunque paguen en marcos occidentales?

Era evidente que le costaba responder.

—Tampoco.

Franziska estaba dispuesta a todo. Iba a proteger la casa de la demolición aunque tuviera que encadenarse a la pared.

—Entonces alquíleme la casa del inspector.

Al principio no la entendió, siguió con la mirada el brazo

estirado de Franziska y soltó una breve carcajada. Burlona y nada disimulada.

—Ah, eso... Ahí no se puede vivir.

—Pago quinientos marcos occidentales al mes.

Pospuscheit la observó con escepticismo, intentando adivinar qué tramaba.

—Hay agua corriente gratuita —bromeó él—. Un retrete en el cobertizo. Y las lámparas de petróleo aún están en el sótano.

Ahora fue ella quien le tendió la mano.

—¿Entonces? Firmemos un contrato. Medio año. Eso son tres mil marcos occidentales.

Él se encogió de hombros. Oteó entre los troncos, pero desde ahí no se veía la casa del inspector. Estaba a una considerable distancia de la mansión, los dos lo sabían.

—Primero tiene que aprobarlo el consejo municipal... —murmuró, y dio media vuelta para marcharse.

Mine

Mayo de 1990

Ya no era tan rápida caminando como antes. A los ochenta años no podía ser de otra forma. En enero celebraron su cumpleaños a lo grande en la cooperativa de producción agrícola, con un bizcocho con glaseado de chocolate y velas encima. No fueron ochenta velas, no había tanto espacio, pero sí muchas, le había costado un gran esfuerzo apagarlas. Pospuscheit dio un discurso y elogió su incansable dedicación a la empresa, el bienestar del pueblo y la paz. Sonó bastante pomposo, como los certificados que le dieron, que no le hacían falta. Pero había sido bonito. Después, cuando estuvieron cómodamente sentados tomando unos canapés y vino, Pospuscheit y su mujer, Karin, se fueron a casa.

Como caminaba tan despacio, Elke y Mücke la recogieron en la calle. Ya había notado en el Konsum que esas dos estaban a punto de reventar y necesitaban soltar algo. Todas las mujeres del pueblo acudían a ella. Siempre había sido así. Mine era el alma de Dranitz. Elke lo dijo en su cumpleaños, y todos aplaudieron. Luego brindaron porque siguiera siendo así durante mucho tiempo.

—Lo que te has perdido, Mine. La señora Pospuscheit, ya la conocemos, no puede evitarlo, esa Karin…

Mine se detuvo y se colocó bien el pañuelo de la cabeza. Aquel era uno de los primeros días bonitos de primavera. Había sol y nubes que parecían hechas de lana mullida.

—Bueno, contadme, no tengáis en vilo a una anciana, chicas...

Mücke tuvo que desabrocharse el botón de los pantalones occidentales comprados a toda prisa, que le iban estrechos y le apretaban en la barriga. Cuando se liberó la cintura suspiró aliviada y esbozó su característica sonrisa alegre. Mücke era la favorita de Mine, siempre de buen humor, curiosa, desenfadada. Lástima que Ulli, su nieto, hubiera tomado otra decisión. Mücke era la chica perfecta para él.

—Ha calculado la compra de la mujer en marcos occidentales, uno por uno, ¿entiendes? —le contó Elke, exaltada—. Y luego le ha dado el cambio en marcos orientales.

—¿Y ella no se ha quejado? —preguntó Mine, asombrada.

—No —repuso Mücke—. Es nueva aquí, en el Este.

La anciana se quedó callada. Caminaron juntas por la calle en dirección al pueblo. No quedaba mucho, solo diez minutos.

—Por cierto, ¿dónde se ha metido? —se sorprendió Elke—. Su coche sigue ahí. Un Astra. Jürgen también quiere comprarse un Opel, pero cuando lleguen los marcos occidentales. Los Mercedes son para los fanfarrones. Y los Volkswagen para los burgueses. Opel, dice Jürgen, es para la gente que mira hacia delante. Que quiere hacer algo en la vida.

Jürgen era el prometido de Elke. También pertenecía a la cooperativa de producción agrícola, era especialista en regar los campos y también tenía mucho trabajo en otras cooperativas, porque las empresas cada vez se fusionaban y especializaban más. Unas en ganadería, otras en producción de plantas. A ellos les había costado conservar unas cuantas vacas y cerdos, luego se acabaría. Ya no habría animales. Mine no podía ni imaginarlo.

—¿Es cierto que Jürgen quiere irse? —preguntó Mücke.

Elke contestó con evasivas. En el pueblo no se hablaba bien de los que se iban a Occidente. Por otro lado, muchos ya no tenían ganas de partirse la espalda día sí, día también para la cooperativa de producción agrícola cuando la vida en el otro lado era mucho más fácil y se podía tener todo.

—No lo sé. Seguro que pronto llega la reunificación y nadie tendrá que irse ya. Entonces aquí también tendremos de todo.

—¡Exacto! —Mücke asintió, satisfecha—. Yo, por lo menos, no me voy de aquí. Me gusta esto, es mi hogar y por eso me quedo. ¡Y ya está!

—¡Tienes razón, niña! —Mine le sonrió. Ojalá siguiera así Mücke. Tan optimista. Y tan auténtica. Elke no dijo nada. Así era el amor. Se iría con su Jürgen. A cualquier parte. Estaba bien que así fuera. Una pareja debe permanecer unida.

—Mañana iremos a Waren —le dijo a la anciana cuando llegaron a la antigua casa de los campesinos del pueblo donde había varias viviendas. En una de ellas vivía Mine con su Karl-Erich—. Te llamo al timbre por si quieres venir, ¿vale?

Mine le dio las gracias. Necesitaba comprar pomada para el reuma de Karl-Erich y sus gotas para los ojos. Antes los medicamentos se los daba el doctor Meinhard, pero se había marchado al otro lado dos meses antes.

—Es raro eso de la mujer de Occidente —comentó Mücke, que paró a Mine en la puerta de entrada—. El coche sigue ahí.

—Seguro que es una de esas que quiere acaparar tierra. Abajo, junto al lago Müritz, algunos ya han vendido terrenos. Por marcos occidentales, se entiende —supuso Elke.

Mine se despidió de Elke con un gesto de la cabeza y subió despacio la escalera. Los viejos peldaños de madera, hundidos en el medio, crujieron con cada carga. A la derecha de cada escalón se veían dos puntos negros del tamaño de una pata. Eran el legado de su terrier, que durante catorce años bajó los escalones a diario tres veces para volverlos a subir. Ahora tenían a Falko, un pastor alemán, pero aún era joven y la mayoría de las veces saltaba varios peldaños a la vez. En realidad era de su nieto Ulli, para ella el animal era demasiado grande y alocado.

Cuando aún estaba en la escalera oyó que el perro daba vueltas exaltado en el pasillo del piso. Por lo menos había abandonado la costumbre de saltar encima de la gente. Una vez estuvo a punto de derribar a Karl-Erich. No lo hacía con mala intención, el pobre Falko. Era joven e impetuoso. Y bastante glotón.

—Buen perro... Siéntate... No... ¡Siéntate! —ordenó Mine con energía—. Atrás, en el suelo. ¡Así! Sí, dentro del bolso hay paté de hígado, lo hueles, ¿verdad? Y carne para ti.

—Te has tomado tu tiempo —gruñó Karl-Erich cuando entró en casa después de saludar a Falko—. Has estado charlando, ¿eh? Y a mí me dejas aquí sentado...

—Ya estoy aquí —repuso Mine, y se plantó delante de la butaca de su marido.

Ya no podía levantarse solo porque la pierna izquierda no le funcionaba del todo. Tenía que sostenerlo cuando quería ir al lavabo. No quería usar una botella para orinar. «Aún no estoy acabado», decía siempre.

Mine lo llevó al retrete, que estaba justo al lado de la cocina. La puerta se atascaba, así que la dejaban abierta. Ulli no lo soportaba. Cuando iba a verlos se ponía a trabajar en la vieja puerta de madera, la pulía y conseguía que cerrara, pero siempre se volvía a torcer por los vapores húmedos de la cocina y el baño.

Guardó la compra en la nevera y puso a hervir patatas antes de poner dos salchichas en la sartén.

Falko seguía todos sus movimientos. Tenía los ojos marrones un poco rasgados, lo que le daba el aspecto de un lobo. Cuando encendió una llama en el fogón de gas, retrocedió, desconfiado. Le daba miedo el fuego.

—Ahora va...

Aún le quedaba comida para perro en la nevera, la hacía cada tres días. Restos con copos de avena, a veces patatas. Falko comía prácticamente de todo, incluso fruta y verdura, además de hierba, colinabos, centeno joven o pan viejo. Tenía un estómago a prueba de bombas.

Oyó gemir a Karl-Erich, que se levantó agarrándose a un tirador que habían puesto en la pared, junto al retrete. Aún no tenía que ayudarle a vestirse, pero si seguía así con el reuma, no tardaría mucho. Ya tenía las manos casi rígidas. Era duro para él. Antes era carretero, se encargaba del mantenimiento de carros y maquinaria de labranza, además de los coches de caballos de los señores.

Preparó café por si acaso, puso dos tazas y la lechera sobre la mesa. Karl-Erich entró cojeando en la cocina y se acercó una silla. Se apoyó en la mesa para sentarse. Le salió muy bien.

—¿Hay salchichas? —preguntó, olfateando.

—He cogido las dos últimas —contestó Mine.

Karl-Erich bebió un trago de café y dejó la taza con cuidado.

El tiempo, suspiró, y observó las mejillas arrugadas y sin afeitar de su marido, el cuello lleno de pliegues. Hubo una época en la que era un muchacho atractivo, fuerte como un roble y siempre lleno de esperanza.

—Adivina a quién he visto hoy.

—Eh... —¿A quién podía haber visto?—. A la señora Pospuscheit.

—También, pero no me refiero a ella.

—Va, dímelo... —la apremió él.

Mine removió la sartén, dio la vuelta a las salchichas y dejó una cuchara de madera bajo la tapa de la cazuela de las patatas para que no se cayera.

—He visto a la baronesa Von Dranitz.

Karl-Erich parpadeó, incrédulo, y bebió otro sorbo de café antes de preguntar:

—¿A la baronesa Margarethe von Dranitz? ¿Se te ha aparecido como un espíritu?

Mine cortó las patatas y puso una tapa en la sartén para que las salchichas se hicieran poco a poco.

—¡Qué dices! He visto a Franziska. En la tienda.

Eso entraba dentro de lo posible. Karl-Erich se acarició la barbilla, pensativo, por encima del rastrojo de pelo blanco.

—¿Estás segura?

—¡Conozco a Franziska von Dranitz! Tenía veinticinco años cuando tuvieron que irse. Ahora tiene setenta. Tiene el pelo muy blanco. Siempre fue delicada, pero se ha conservado bien. Camina erguida y recta como su madre. Pero tiene la nariz de su padre.

Karl-Erich dejó la mirada perdida en el trapo de flores.

—¿Crees que quiere reclamar la mansión?

Mine no tenía mucho que decir sobre el tema.

—Primero quería ver qué había sido de ella.

Karl-Erich asintió. Al principio nadie sabía qué pasaría con los dos estados alemanes, pero la antigua mansión Dranitz pertenecía por una parte a la cooperativa de producción agrícola y por otra al municipio. Era así desde hacía cuarenta años, y no podía imaginar que fuera a cambiar nada.

—¿Habéis hablado? —preguntó.

—No. Ni siquiera me ha reconocido. Mejor así.

Él asintió. No era bueno remover viejas historias, no le convenía a nadie.

Mine sabía que su marido estaba pensando en su hermana Grete. Era algo que no iba a olvidar jamás. En toda su vida. Y también estaba la historia con Elfriede von Dranitz...

—¡Pero qué quieres! —rugió de pronto Karl-Erich, y Falko, que se había acercado a la sartén y husmeaba con el hocico, se estremeció y se retiró a un rincón.

—No lo va a hacer —le tranquilizó Mine—. No quiere quemarse el hocico.

Karl-Erich no opinaba lo mismo. Siempre habían tenido perro, a menudo salía después de trabajar en bicicleta durante horas, con el perro a su lado. Ahora que su reuma había empeorado tanto, el perro también le molestaba.

—Que se lo lleve Ulli a Stralsund —repuso él—. Un perro tan grande no es para dos ancianos.

Mine sabía que no le faltaba razón, pero defendió al animal. Además, Ulli no podía tenerlo en su pisito de Stralsund, sobre todo porque a su Angela no le gustaban los animales.

—Luego vendrá Mücke y lo sacará —dijo ella para justificarse, y dio la vuelta a las salchichas.

Mücke llamó hacia las cinco de la tarde, cuando terminó su turno en la guardería. Tenía muchas novedades emocionantes.

—Imaginaos —soltó—, ¡quiere quedarse aquí! Es una baronesa de la nobleza que antes vivía en la casa vieja. Y se apellida como nuestro pueblo: ¡Dranitz!

—Von Dranitz —corrigió Mine.

—¿La conoces? —preguntó Mücke, intrigada.

La anciana asintió, pero eso no sació su curiosidad, así que preguntó:

—¿Quiere quedarse? Pero ¿dónde? ¿En casa del doctor Meinhard?

—No.

Mücke cogió la correa del perro del gancho. Falko empezó a bailar a su alrededor, entusiasmado, rascando el linóleo con las patas.

—Anne ha visto que Pospuscheit firmaba con ella un contrato de alquiler. A escondidas, sin la aprobación de los representantes del consejo. ¿Y sabéis qué le ha alquilado?

Anne Junkers, la mecanógrafa del alcalde Pospuscheit, estaba divorciada y tenía un hijo de tres años que iba a la guardería. Anne y Mücke se llevaban bien.

—¿No será una habitación en la buhardilla? ¡Hay goteras, y todo está podrido!

—No. Le ha alquilado la casa destartalada del bosque. Esa de la que solo quedan dos paredes, donde crecen abedules en el interior.

Mine y Karl-Erich se miraron. La chica debía de haber oído mal.

—¿La antigua casa del inspector? ¿La ruina que hay a la izquierda de la mansión, entre los árboles?

Mücke asintió para corroborarlo y enganchó la correa al collar de Falko.

—¿Y qué quiere hacer con eso? —continuó Karl-Erich, asombrado—. Ahí no se puede vivir. ¿No decías que quería quedarse?

Mücke se encogió de hombros; ella tampoco lo entendía.

—Ni idea. Pero una cosa sí sé, aunque no podéis contárselo a nadie, me lo ha explicado Anne en confianza. Porque somos buenas amigas y Timo me tiene mucho cariño. Hace poco dijo de nuevo que era su chica preferida de la guardería...

—Nadie sabrá una palabra por nosotros —prometió Mine—. Ya lo sabes.

Mücke lo sabía.

—Anne me ha dicho que Pospuscheit cobra un buen alquiler por ese montón de piedras. En marcos occidentales, claro. ¡Quinientos marcos occidentales, no puedo ni imaginármelo!

Mine ya lo sospechaba. Karl-Erich no pudo reprimir un silbido agudo entre dientes: también podía hacerlo con dentadura postiza.

—Ese viejo estafador... Pero tiene que registrarlo en los libros, el dinero pertenece al municipio —comentó, enfurruñado.

—Ya se llevará un buen pellizco. Pero ahora todo es un lío. Nadie sabe qué pasará. —Mücke abrió la puerta de la casa. Falko tiraba de la correa con fuerza.

—¿Y la baronesa? —preguntó enseguida Mine—. ¿Sigue ahí?

Mücke ya estaba en la escalera de la entrada, y tuvo que sujetar bien a Falko porque el gato de los Kruse estaba sentado otra vez delante de la puerta esperando a que alguien le abriera.

—No, se ha ido.

Falko se puso a ladrar como un loco. La señora Kruse salió de su casa corriendo para salvar a su gato y maldijo a voz en grito al maldito perro.

Mücke le contestó:

—¡Pues deje al gato dentro y no estará holgazaneando por las entradas! Puede darse con un canto en los dientes de que haya un perro en esta casa, así seguro que no le roban.

Esa última frase era una exageración, en el pueblo nunca habían entrado a robar en una casa. De vez en cuando se afanaban algunos materiales de construcción, y también piezas de automóviles, sobre todo eso, porque eran muy difíciles de conseguir. El año anterior, antes de la reunificación, alguien sustrajo una sierra circular eléctrica y una amoladora angular en el garaje de casa de Pospuscheit. Todo de Black&Decker,

de Occidente. Dos años antes el alcalde había viajado a Hamburgo un fin de semana como miembro de una delegación deportiva y se abasteció de productos occidentales. La empatía de los vecinos del pueblo hacia el robo fue más bien discreta.

—Ya ves —dijo Mine con un gesto de desaprobación cuando Mücke se fue—. No tiene sentido. ¿Para qué quiere Franziska, la hija del barón, la casa destartalada? Bueno, ahora ya es la baronesa. Seguro que la madre no sigue viva.

—Sea baronesa o no, algo tendrá en mente —repuso Karl-Erich—. Ya verás como vuelve. Esa es como su padre. Cuando al señor barón se le metía algo en la cabeza, no había nada que hacer. No nos quedaba más remedio que ver cómo nos las arreglábamos. Una vez me pasé toda la noche en el taller porque quería tener listo el trineo oxidado para la mañana. Entre tres retiramos el óxido de la cuchilla, engrasamos el cuero y Grete cepilló el acolchado rojo. Fue poco antes de que ocurriera...

De pronto los asaltaron los recuerdos. Sucesos sobre los que llevaban décadas sin hablar, que creían haber olvidado tiempo atrás, de repente revivían en su cabeza como si hubieran ocurrido el día anterior. También esos viejos términos y conceptos que llevaban tanto tiempo sin usar salían con toda naturalidad de su boca. «La señora baronesa», «el señor», «la hija del barón» «Franziska», «el señor inspector», «la señorita». Solo obviaron la desgracia acaecida con Grete, la hermana de Karl-Erich, y el joven barón, Heinrich-Ernst. Mine opinaba que Grete era la culpable de su desgracia, que debería haber confiado en la señora baronesa, pero no lo hizo. En cambio se fue corriendo a ver a la vieja Koop, que vivía en la cabaña de pescados situada en la orilla del lago, y conocía todo tipo de remedios. El joven barón Heinrich-Ernst era un hombre guapo. Travieso como eran todos esos chicos jóvenes. Había destacado en Francia y lo promocionaron pronto a subteniente.

De noche, acostados en el lecho conyugal, siguieron hablando de los viejos tiempos. Se casaron en 1940, y el señor barón les dio esa vivienda en la antigua casa de los campesinos, no muy lejos de la mansión, además del armario, la cama y un regalo en metálico. Cuando llamaron a filas a Karl-Erich, Karla acababa de nacer. Vinzent y Olle fueron «engendrados» cuando Karl-Erich volvió de vacaciones a casa.

—Cuando pienso que regresaste sano y salvo conmigo y los niños... —musitó Mine a media voz—. Y arriba, en la mansión, seguían todos ausentes. Los dos hijos y el bueno del señor barón...

—Tienes toda la razón —murmuró Karl-Erich, y ella notó su mano nudosa y dura en el codo—. Pero eso de «el bueno del señor barón» será mejor que no lo digas muy alto.

—Pero es verdad —insistió ella—. Seguro que había otros, pero nuestro barón era un buen señor. Y si Franziska von Dranitz se vuelve a instalar en la mansión, no seré yo quien ponga reparos.

—Buenas noches —dijo Karl-Erich, que no tenía ganas de cerrar una noche tan bonita con una discusión, y se giró a un lado.

La mañana llegó con una sorpresa que, sobre todo, gustó muy poco al matrimonio Pospuscheit. Cuando Mine se dirigía al Konsum bajo la llovizna porque la señora Kruse le había contado que había naranjas, vio un coche blanco parecido al vehículo de la señora baronesa. El vehículo giró en el camino de arena hacia la antigua mansión y se detuvo muy cerca de la entrada. No cabía duda: era Franziska von Dranitz la que bajó y le hizo una señal a un camión para que siguiera hacia la izquierda hasta la casa del inspector. El camión iba dando bandazos, pues el antiguo acceso hacía tiempo que estaba cubierto de malas hierbas y lleno de piedras, por lo que tuvo que detenerse antes de los primeros árboles.

El conductor bajó la ventanilla.

—A partir de aquí no podemos continuar. ¿Dónde podemos descargar?

—Ahí arriba. ¿Ve las paredes? Colóquese justo delante de la cabaña del jardín —ordenó Franziska von Dranitz tan alto que Mine lo oyó todo.

La anciana se quedó clavada delante de la tienda, con la bolsa de la compra en la mano. La voz aguda y enérgica de la señora baronesa no había cambiado nada en los últimos cuarenta y cinco años. Tampoco su determinación.

Jenny

Julio de 1990

¡Menudo triunfo! ¿Cómo había podido dudar de él? Solo había necesitado un empujoncito para deshacerse de la vieja rutina que tanto detestaba. Ahora era suyo. Como siempre había deseado: entero, en cuerpo y alma. Sus pensamientos, sus esperanzas, sus sueños... ahora todo estaba en sus manos.

Ya se daría cuenta de que ella no pensaba en otra cosa que no fuera hacerle feliz. Era su sombra, su amante, su ángel protector, ahora y para siempre.

Por supuesto, tenía que empezar con sensatez. Cuando se plantó en su puerta con la maleta, tan desvalido, tuvo una reacción demasiado visceral. Se lanzó a sus brazos con un grito de alegría. Lo besó como una loca, lo arrastró a su casa, rompió a llorar y lo abrazó muy fuerte, como si se ahogara. Cuando se dio cuenta de que la escena lo estaba sobrepasando por completo y que apenas respondía a sus caricias, se calmó y se puso a pensar.

Simon necesitaba ayuda. Estaba herido. Era una planta arrancada de la tierra, con las raíces hacia arriba, buscando a la desesperada dónde agarrarse. Tenía que ofrecerle un nuevo nutriente. Plantarlo con cariño en una maceta y regarlo. Ahora hacían falta empatía y cuidados. Una bebida fría. Una ducha. Ropa limpia de la maleta. Algo de comer. Dios, la nevera estaba casi vacía. Con lo que había podría hacer como mucho una tortilla de queso.

Le añadiría pan seco y un vino tinto que primero había que enfriar; hacía demasiado calor en su pisito. Ante todo no debía mostrar satisfacción ni malicia, sino maravillarse ante su viril decisión. No podía preguntar por Gisela ni mucho menos por los niños. Tenía que cuidar de él. Dejarlo hablar. Servirle vino. Tal vez ver un poco la tele. Y luego le ofrecería la embriaguez de una larga noche con todas las variantes que conocía. Le gustaría, de eso estaba segura.

Salvo por algunos detalles, el plan salió bien. Bebida fría, ducha, ropa limpia, todo perfecto. Solo que apenas había ropa en la maleta, casi todo eran trajes, unas cuantas corbatas y un montón de papeles. Acciones, títulos de participación, contratos de compra. El libro de familia, ¿para que lo necesitaba? Tal vez para el inminente divorcio. Mejor. Tendría que comprarle algunas cosas. Ropa interior, calcetines, también calzado. No, eso mejor que se lo comprara él.

Se comió su fabulosa tortilla sin hacer comentarios, describió el vino tinto como «mejunje», pero bebió un vaso tras otro. Le dejó hablar a ella, él se sumió en el silencio, encendió el televisor y vio un programa de deportes. En algún momento le pidió el teléfono y llamó a su ama de llaves. Jenny no entendió nada de sus monosílabos, estaba claro que la mujer hablaba por los codos al otro lado de la línea. Cuando colgó, lo miró intrigado.

—¿Todo bien, cariño?

Él le lanzó una mirada entre el reproche y la ironía. ¿Qué podía ir bien cuando su mundo estaba patas arriba?

—Quiero decir..., ¿cómo se lo ha tomado tu mujer? —insistió Jenny.

Simon soltó un bufido, enfadado, y ahogó su frustración en un largo trago de vino tinto.

—Se han ido al aeropuerto.

«Mis respetos», pensó Jenny. Se había ido de vacaciones con los niños con toda su sangre fría. Sin su marido. Bueno, habría sido peor que se hubiera cortado las venas, así tendría a Simon entre la espada y la pared.

—Las vacaciones están reservadas —comentó ella, y le rozó el hombro izquierdo a modo de consuelo.

Él no reaccionó, miraba en silencio el televisor, donde ponían una etapa de montaña del Tour de Francia. Rostros empapados en sudor, espaldas coloridas y encorvadas, los músculos de las piernas que se contraían rítmicamente. En los márgenes de la carretera se veía a los papanatas de siempre, apretujados, con los brazos estirados, aplaudiendo, gritando, saltando como monos exaltados. Cómo podía gustarle eso...

Cuando terminó el programa, se reclinó y miró alrededor. Una cómoda con el televisor encima, un sofá, una mesa, dos butacas pequeñas. Cortinas grises en las ventanas, ninguna alfombra. Conocía su piso, había estado varias veces, pero por lo visto nunca lo había observado con detenimiento. Ella se sentía a gusto, pero en la expresión del rostro de Simon se leía que había vivido en casas más lujosas. De acuerdo, tampoco iban a quedarse allí para siempre.

—Vamos a comer algo decente, cariño —comentó él, y le dio una palmadita en el muslo. El roce fue entre exigente y de camaradería, nada erótico. Bueno, una tortilla se digería rápido, para un hombre solo era un pequeño tentempié. En adelante compraría carne, a poder ser filete, redondo o escalopes de Viena de ternera. La lista de la compra, aún incompleta, era cada vez más larga y cara en su cabeza. Tendría que pedirle su tarjeta de crédito.

—Podríamos comer en el Riz. O en...

Él lo rechazó con un gesto y se levantó para guardar la cartera y los papeles que ella había dejado en la cómoda del dormitorio. Ya había metido el traje polvoriento en una bolsa para la tintorería, y la camisa y la ropa interior las pondría en la lavadora al día siguiente. Sí, cuando quería podía ser perfecta.

—En el centro no. ¿No hay nada por aquí cerca? ¿Una pizzería que esté bien o un bar?

Ahora tenía que adaptarse. Nada de hacerse la ofendida. Nada de refunfuñar porque él seguía teniendo miedo de que lo vieran con ella. Tenía que demostrar altura. A fin de cuentas era todo muy reciente. Necesitaba tiempo.

—Aquí mismo, en la esquina, hay un italiano pequeño. Podemos ir a pie —propuso—. Sería una insensatez conducir después del vino.

Durante la cena y con otra botella de tinto por fin se animó un poco. El primer impacto parecía superado. Charlaron de esto y de aquello, como hacían antes, nada importante, más bien superficial, pero se rieron mucho, y a él se le volvió a encender el fuego en los ojos cuando se cruzaron sus miradas. Le acarició los muslos por debajo de la mesa, luego subió la mano y ella tuvo que retroceder con la silla para que no llegara demasiado lejos.

—¿Vamos? —preguntó él con la voz ronca.

Jenny asintió.

Pagó, dejó una generosa propina y durante el camino de vuelta le rodeó los hombros con el brazo. El frescor del aire nocturno era agradable después del caluroso día, por todas partes en las calles del barrio se veían parejitas o grupos de jóvenes, y una anciana sacaba a pasear a un perrito blanco. Simon se apoyó con pesadez por el vino en los hombros de Jenny, hablaba a trompicones, pero sin parar. Cuando por fin abrió la puerta de casa, él murmuró que se encontraba mal.

Consiguió llegar al baño, vomitó varias veces, se metió bajo la ducha y pidió su pijama.

—¡Te lo has olvidado, cariño! —gritó Jenny desde el dormitorio, donde había buscado en su maleta. Se metió en la cama desnudo y con el pelo mojado, se tapó con la manta y se durmió en el acto.

Jenny retiró la porquería del baño, se duchó y se acostó a su lado. En la medida de lo posible, porque no le había dejado mucho espacio. Como no quería despertarlo, intentó empujarlo un poco a un lado. Al ver que no lo conseguía, se quedó atrapada entre la pared y su cuerpo caliente y lo contempló con ternura. Dormido parecía un niño, una criatura triste y sola. Le dio un beso en la frente, le retiró el pelo húmedo hacia atrás y empezó a urdir planes.

¿Tal vez deberían irse de viaje? ¿Por qué no adelantar las vacaciones juntos? Así él podría disfrutar del lujo al que estaba acostumbrado y ella tendría la oportunidad de hacerle apetecible la vida en común. Se distraería del dolor de la separación y estarían mucho mejor que allí, en el caluroso Berlín, sudando en un piso pequeño.

Poco antes de quedarse por fin dormida pensó en sus hijos. ¿Gisela les habría contado la verdad o algún cuento? «Papá aún tiene trabajo en el despacho, vendrá dentro de unos días.» «Llegará más tarde.» «No ha podido venir y nos espera en casa...» Confiaba en que Gisela no fuera una mentirosa. No había que mentir a los niños, porque de todos modos descubrían la verdad. Ella siempre sabía que le esperaba otra mudanza, su madre podía contarle lo que quisiera. En realidad Cornelia no le mintió nunca, es que ni ella misma sabía lo que sentía ni lo que iba a hacer. Jenny siempre lo sabía antes que ella.

«Cuando Simon y Gisela se divorcien, los niños podrán venir a vernos tranquilamente», imaginó. Podríamos ir con ellos al zoo o a bañarnos, tal vez también llevárnoslos de vacaciones. Y cuando Gisela superara la separación, seguro que encontraría otra pareja. ¿Por qué no? Su madre siempre tenía un novio nuevo...

De todos modos, ella solo quería a Simon. A él y a nadie más. Para ella sola.

Se quedó dormida tarde y cuando notó los dedos de Simon estaba exhausta. No solo los dedos, también su miembro viril, era evidente que estaba descansado y en plena forma. Empezó el juego, ansioso y casi grosero, pero eso le gustaba. Cuando superó el sopor se sumó a la diversión y lo llevó al límite de lo salvaje. ¡Oh, cómo le gustaba eso de él! Esos gemidos profundos y roncos que le salían de la garganta como sonidos animales. La excitación que ella podía controlar y que los llevaba a los dos al éxtasis en olas cada vez más potentes. Él le había enseñado mucho, pero al final siempre era ella la que dominaba el juego. «Mi alumna aventajada», le decía él. «Eres una pequeña bestia con mucho talento. Mi hada mágica. Mi dulce dueña. Mi bruja seductora...»

Esa mañana no dijo nada al terminar. Se quedaron los dos tumbados, completamente agotados, con el corazón acelerado y sudorosos. Al final Jenny se separó de él. Tuvo que hacerlo muy despacio y con mucho cuidado, pues el calor matutino había hecho que casi se quedaran pegados.

—Voy a buscar unos panecillos —se ofreció ella, y cuando se iba a levantar él la retuvo.

—No, espera...

Se inclinó sobre ella y la miró a los ojos. De pronto volvía a ser Simon, el paternal, despierto y listo, un poco irónico, autocrítico y por tanto lleno de encanto.

—Mi comportamiento de ayer fue imperdonable, Jenny.

Ella sonrió, levantó una mano y se la pasó con ternura por el pelo pegajoso. Era increíblemente espeso, salpicado de algunos hilos blancos. En las sienes, el inicio del cabello retrocedía de manera apenas perceptible.

—¿Quieres que te diga la verdad? —preguntó ella a media voz.

Él le besó en la palma de la mano.

—Mejor no digas nada, cariño. Me da mucha vergüenza. Me comporté como un chaval de dieciséis años.

—Más bien de doce —le corrigió ella entre risas.

—Me preocupa de verdad que me pongas de patitas en la calle.

—¿Qué harías en ese caso?

Levantó la mirada hacia ella; de pronto parecía mucho mayor. Una sensación de ternura se apoderó de ella.

—No lo sé —confesó a media voz. El tono revelaba lo desamparado y perdido que se sentía, y eso le rompía el corazón.

—Bueno —zanjó ella con una sonrisa—. Aún no se ha perdido nada, cariño. Pero solo si vas a buscar tú los panecillos mientras yo preparo café y pongo la mesa...

Él la besó, la castigó con unas cosquillas bajo los brazos, donde ella era tan sensible, y Jenny se vengó con un mordisco en la oreja.

—¡Ay! ¡Animal! —exclamó él, y se llevó la mano a la oreja fingiendo estar enfadado. Luego se levantó, se vistió y salió del piso.

Poco después estaban sentados a la mesa del desayuno que ella había preparado con tanto cariño.

—Ay, Jenny. —Él suspiró, bebió satisfecho un gran sorbo de café y cortó su panecillo—. ¿Me crees si te digo que hacía tiempo que no era tan feliz?

Le sentó bien oírlo. Contestó que entendía tantas dudas, seguro que no le había resultado fácil dar el paso.

—Lo conseguiremos, Simon —le aseguró—. Los dos. Juntos. ¡Ya verás, hoy empieza la vida! ¡Nuestra vida!

Él la observó con una mirada completamente nueva. De admiración, ternura. El padre orgulloso que se asombra al ver a su hija ya adulta.

—¡Brindemos por ello! —exclamó, animado, y levantó la taza de café.

No dijo nada de ir de vacaciones juntos. Más tarde sí, pero no en esa situación. Tenía varios asuntos que solucionar, necesitaba ponerse en contacto con su abogado y acudir a varios departamentos oficiales.

—Para hacerlo de la manera más rápida y sencilla posible, cariño...

Con eso se refería sin duda a su divorcio. ¿Qué había tan importante que arreglar? Tras pensarlo un poco entendió que estaba cambiando el dinero y las acciones a cuentas en el extranjero. A Jenny no le gustaba. ¿Por qué quería engañar a su mujer sobre sus bienes? ¿Tan poco dinero tenía él?

—Tendremos que apretarnos el cinturón —comentó cuando regresaron de un breve paseo matutino por el parque—. Tendré que pagar una pensión para Jochen y Claudia, y por lo menos al principio también a mi mujer.

Evitaba mencionar el nombre de Gisela en presencia de Jenny. Tal vez le resultara demasiado íntimo.

Compraron en un supermercado algo de comida y regresaron a su piso. Del pijama, la ropa interior y los zapatos se encargaría él. Por lo visto hacía años que era así, tenía sus tiendas predilectas. En vez de sentarse en el salón, guardó con ella las cosas en la nevera y le dijo que quería hacer la comida.

—¿Sabes cocinar? —preguntó Jenny, asombrada.

—Y no sabes cómo, cariño. ¡Te encantará!

Ella aceptó su propuesta un poco a regañadientes. En realidad le apetecía cocinar para él. Bueno, entonces aprovecharía para ordenar un poco.

—¿Quieres ayudarme? —preguntó él, que se ató el delantal de cuadros verdes y se arremangó la camisa. Estaba muy raro así. Muy familiar. Hoy papá cocina para nosotros. Y parecía pasárselo en grande. Mientras lavaba y picaba verdura, le dio un discurso sobre cómo tratar un rosbif, acarició la carne roja y brillante con los dedos delicados, la apretó y le dedicó una sonrisa cariñosa.

Tenía un aire depravado, pensó ella, y se sorbió los mocos por culpa de la potente cebolla que estaba cortando en daditos.

Además de cocinar, Simon sirvió, decoró la carne y las guarniciones en los platos, pidió un mantel blanco y le explicó a Jenny dónde tenía que poner el tenedor, el cuchillo y la cuchara, dónde quedaba la copa de vino, cuál era el sitio de la servilleta.

—¿Y bien? —preguntó en tono triunfal, como si hubiera dado el primer paso en la luna—. ¿Qué te parece? Asado al punto. Ligeramente dorado, un aroma suave, rosado por dentro, como debe ser. —Comió con deleite, brindó con ella y estaba tan orgulloso de su obra que ella dudaba si dar su opinión.

—Lo habría preferido un poco más hecho… —comentó por fin, mirando el mar rojo que se extendía en su plato. Odiaba ese sabor a carne que le recordaba a un ser vivo y caliente.

—Ya aprenderás, niña —repuso él, displicente—. Unos días más y tendrás el paladar educado.

¿De verdad quería cocinar todos los días? ¿Y ella tenía que comer carne sangrienta a diario? Muy bien, estaba participando de su vida en común, pero precisamente por eso era importante que no hubiera malentendidos.

—No creo, Simon. Por favor, en adelante deja mi bistec cinco minutos más en el fuego.

Él negó con la cabeza, dijo que era una pequeña paleta y encima testaruda, pero lo hizo de una forma entre tierna e irónica, y al final aceptó la decisión de Jenny, volvió a poner su carne en la bandeja y la metió en el horno.

Después de comer Jenny quiso lavar los platos, y él comprobó perplejo que en su cocina no había lavavajillas.

—Ya lo haremos luego juntos, cariño. Primero vamos a dormir una siestecita —propuso, con un guiño.

¡Era maravilloso! Podían amarse siempre que les apeteciera. Nada de citas presurosas, ni de secretismo, solo había unos pasos hasta el dormitorio, donde se quitaron la ropa y desahogaron de nuevo el éxtasis de sus cuerpos. Esta vez con suavidad, sin prisas, con mucho placer y cariño. A continuación se durmieron muy abrazados, aunque se separaron al cabo de un rato porque hacía demasiado calor.

—Vamos al Wannsee —propuso Jenny cuando se despertaron por la tarde.

Él murmuró algo de un «gentío» y de que no tenía bañador, pero cuando insistió en su propuesta él no se cerró en banda. De camino compraron un bañador de color amarillo chillón y una enorme sombrilla azul con flecos blancos. Más tarde Simon se sentó debajo sobre una toalla en la sombra y observó cómo ella daba saltitos en el agua, sin hacer amago de darse un baño. Según él, enseguida se quemaba y no llevaban crema solar.

Al cabo de un rato Jenny comprendió que los niños que correteaban alegres por allí le hacían sentir melancolía. ¡Claro, cómo podía haber sido tan tonta! Pensaba en Jochen y Claudia, a los que no vería en un tiempo. ¿Conseguiría Gisela la custodia de los niños? ¿O podían decidir ellos si querían vivir con su padre o con su madre? La idea de hacer de madrastra de la niña de nueve años y el niño de trece no le gustaba nada. Sabía muy bien cómo era para un niño, ella misma lo odiaba cuando le presentaban a otro «Armin», o «Basti» o «Michi».

De noche ya no hicieron mucho. Se sentaron frente al televisor, bebieron vino y comieron unos escalopes que Simon rellenó con asado frío, caviar rojo y anchoas. El caviar no le gustaba nada, cada vez estaba más claro que Jenny era una causa perdida para la alta cocina. Poco antes de medianoche se acostaron, se dieron un beso en la mejilla como un viejo matrimonio y Simon se quedó dormido enseguida. Jenny permaneció mucho rato despierta, sopesando si era feliz o no. No halló una respuesta clara, debido también a que sus ronquidos le molestaban. Seguramente estaba de camino a la felicidad, pero aún no había llegado.

La pasión matutina fue más bien discreta, una obligación medianamente aceptable pero que por algún motivo no los satisfizo. A cambio, en el desayuno él no se cansó de decirle cuánto la quería.

—¡No sé qué haría sin ti! Eres una amiga fantástica, una fuerza fiable a mi lado...

La sonrisa de Simon era entre desvalida e irónica, y resultaba encantadora, conmovedora. Seguro que encandilaba a casi todas las mujeres con una frase parecida. Tal vez incluso a Gisela... ¿Por qué pensaba en su esposa justo en ese momento?

Jenny anunció que era su día de limpieza y él dijo que entonces se ocuparía mientras tanto de las compras y otras cosas.

—Las mujeres no están muy seductoras con un aspirador...

A veces sus chistes eran malvados. ¿Pensaba que la casa se limpiaba sola? Claro, en casa de los Strassner tenían ama de llaves y mujer de la limpieza. A Gisela no le hacía falta pasar ningún aspirador.

Jenny limpió el polvo y fregó el suelo, ordenó la cocina, lavó los platos, cambió las sábanas y limpió el baño. Terminó al cabo de dos horas. Simon aún no había vuelto, así que se duchó con calma y se sentó delante del televisor en bragas y camiseta. ¿Dónde se había metido? ¿Estaba con el abogado, comprobando sus opciones para salvar la mejor parte de su fortuna en el divorcio? ¿O en el banco, arreglando sus cuentas? ¿En una tienda de caballeros? ¿Se había encontrado a unos conocidos y se estaba tomando con ellos un capuchino en la calle?

«Me estoy comportando como una esposa celosa —reconoció avergonzada—. Da igual dónde esté y qué haga, confío en él...» ¿O había subido en el primer avión a Portugal?

«Si lo hace quedará todo aclarado —decidió, desconsolada—. Entonces no derramaré ni una lágrima por él.» Se levantó con un suspiro y se alisó el vestido de verano que acababa de ponerse para llevar el traje de Simon a la tintorería. Por un momento pensó en dejarle una nota en la mesa, pero no lo hizo. Si volvía y no la encontraba en casa, que le diera unas cuantas vueltas a la cabeza.

—Es lino con algodón, no es fácil de lavar —dijo la empleada cuando desenvolvió la chaqueta y los pantalones—. A veces pueden producirse rasguños finos.

—Entonces haga todo lo que pueda —animó Jenny a la mujer con una sonrisa.

—Siempre lo hacemos. —La joven empleada tanteó la chaqueta con dedos expertos y sacó un papel doblado del bolsillo interior que Jenny no había visto.

—Esto es suyo.

—Gracias. —Cogió el papel de la mano de la mujer, se lo metió en el bolso y pagó, lo que le hizo pensar que su cuenta debía de estar ya bastante vacía, porque también había pagado las compras del supermercado. Era el momento de usar la tarjeta de crédito de Simon.

De regreso a casa dio un pequeño rodeo por el parque, se sentó en un banco en la sombra y observó a un empleado municipal que con una calma estoica regaba el césped reseco. Tres niños y un perro negro no paraban de intentar pasar corriendo por el chorro de agua de su manguera. Él los dejaba, y solo cuando se pusieron demasiado pesados dirigió el chorro de agua directamente hacia ellos. Los niños salieron huyendo entre gritos, pero volvieron enseguida, seguidos del perro, que ladraba entusiasmado.

«En realidad, no hace falta mucho para divertirse», pensó Jenny. El calor del verano y un chorro de agua fría bastaban. La felicidad puede ser así de sencilla. ¿Por qué lo complicamos tanto?

Sus pensamientos se desviaron hacia la hoja de papel doblada que llevaba en el bolso. No tenía por costumbre leer notas que no eran para ella. Sin duda se trataba de algo de trabajo. Una carta importante a un cliente, tal vez. Luego le dejaría el papel sobre la mesa. «Esto estaba en tu traje, cariño... ¿aún lo necesitas?»

Notó que empezaba a sudar. ¿Aún llevaba el desodorante en el bolso? Mientras revolvía en su interior, le cayó la hoja doblada en las manos. «Es una señal, tal vez deberías leerla», intentó razonar. Con los dedos temblorosos y mala conciencia, la abrió.

«... es culpa mía... Gisela... Una desafortunada coincidencia...»

«No lo leas», se dijo. «Te dolerá. Estrújala y tírala a la papelera.»

> ... admito sin reparos que es culpa mía. Me he enamorado, esas cosas pasan de vez en cuando a un hombre de mi edad,

no soy ni un ángel ni un santo. Pero debería habértelo dicho desde un principio. Seguramente no me creerás, pero justo hoy estaba decidido a confesarte esta aventura con la esperanza de que me comprendieras. Pero te has enterado por una desafortunada coincidencia y tengo que aceptar tu ira, tu profunda decepción. Por favor, intenta proteger a los niños pese a todo el dolor. Encontremos la manera de poner fin a esta crisis, de la que solo yo tengo la culpa, por el bien de Jochen y Claudia, de una forma sensata.

Con amor,

SIMON

A Jenny se le iban los ojos a la hoja repleta de texto, se posaban en palabras concretas, las absorbían, se separaban y pasaban a otro punto. Saltaba a la vista que era el borrador de una carta a Gisela. ¿Cuándo la había escrito? Seguramente dos días atrás, antes de ir a su casa.

Se resistió. Se aferró a la esperanza y al mismo tiempo era consciente de que era inútil. No decía en ningún sitio que hubiera encontrado al amor de su vida. Ella era una «aventura». Lo que es peor: ni siquiera había provocado la conversación para explicarle a Gisela que amaba a otra. No, ella había descubierto su amorío, Gisela se había enterado, como fuera. Y ahora Simon se esforzaba por lograr que Gisela le perdonara y salvar el matrimonio por el bien de los niños.

Lo conocía lo suficiente como para saber que tarde o temprano lo conseguiría. Quizá no fuera la primera vez. ¿No le había contado alguien que Simon Strassner tenía un montón de historias con mujeres? ¿Quién había sido? ¿Angelika? ¿Kacpar?

Cerró la mano en un puño, poco a poco, y estrujó el papel hasta formar una bola arrugada. Le caían las lágrimas por la cara. Se las limpió, impaciente, con el dorso de la mano y se metió la hoja en el bolso, luego se levantó y notó un mareo, seguramente por el calor. En casa abriría las cortinas y las ventanas. No serviría de mucho, pero era mejor que nada.

Percibió el olor a carne asada y ajo desde la calle. Así que Simon había vuelto y estaba ocupado en la cocina.

—¡Hola, cariño! —exclamó cuando la oyó en el pasillo, sin apartar la vista de la sartén—. ¿Dónde te habías metido con este calor? He conseguido carne de alce, tierna y jugosa, un poema...

Jenny pasó de largo de la cocina hasta el dormitorio y empezó a recoger las cosas de Simon. No había mucho que meter en la maleta. Dejó encima la nota de la tintorería. La factura ya estaba pagada, solo tenía que ir a recoger el traje. Cuando terminó, puso la maleta delante de la puerta. Fuera.

—Cariño, ¿dónde están las servilletas de papel azules? —gritó él desde la cocina—. Las que compramos ayer.

Jenny se plantó de brazos cruzados en la puerta de la cocina y observó los platos ya servidos. Cogollos de brócoli con crema de patata y alce troceado, por fuera dorado y grasiento, por dentro sangriento.

—Tienes la maleta en la puerta, Simon —le anunció en un tono calmado.

Se la quedó mirando y tardó un momento en comprender. Luego dejó caer los brazos en un gesto dramático y sacudió la cabeza, afligido, como si estuviera siendo víctima de una injusticia.

—Me has visto en la cabina telefónica, ¿no? Jenny, te lo ruego... ¿Por qué me espías? ¿Por qué no confías en mí?

Ella no tenía ganas de discutir. Quien discutía con Simon siempre llevaba las de perder. Jenny prefería luchar en un terreno en el que era mejor que él. Más rápida. Más precisa.

—¡Y llévate tu alce medio muerto!

El primer plato que le lanzó estuvo a punto de darle.

Cuando Simon vio que le tiraba un segundo plato, que atravesó la cocina como un platillo volador, tuvo que agacharse y protegerse la cabeza con las manos. En el momento en que Jenny agarró la sartén de los fogones, Simon ya estaba saliendo por la puerta.

Franzi

Junio de 1940

El sol de mediodía brillaba intenso y ardiente sobre el paisaje. Los cerros parecían olas del mar de color verde plateado sobre las que crecía el cereal y el maíz, no se levantaba ni una brisa, ni un soplo de aire movía los tallos. El lago reflejaba el cielo azul claro de verano, se veían los destellos de unas pequeñas olas que se clavaban en los ojos para luego desaparecer de nuevo. Dos botes de remos dibujaban círculos con parsimonia. Arriba, donde la gente del pueblo podía bañarse, había unos cuantos chicos agachados con sus cañas de pescar artesanas en el agua.

Franziska se sentó en el banco de la caseta del timón y se protegió los ojos con la mano mientras contemplaba con añoranza las mareas frescas y relucientes. Se moría de ganas de darse un baño en el lago, como solía hacer con Elfriede y sus hermanos, pero sus dos hermanos estaban en el campo de batalla y Elfriede tenía amigdalitis. Su madre le había prohibido bañarse sola. También porque sobre esa hora los chicos del pueblo se refrescaban en el lago y, por tanto, no existía la distancia necesaria que debía mantener la joven hija de un barón.

Suspiró y sopesó si era mejor regresar a la mansión para tranquilizar a su madre, que, una vez más, sufría demasiado por

Elfriede, pero luego recordó que la tía Irene había avisado de que haría una larga visita la semana siguiente con Kurt-Erwin, Gabriel y Gerlinde. Lo más sensato era disfrutar de la apacible calma junto al lago y enfrascarse en la lectura del volumen de poemas que se había llevado. Para tener reservas, por así decirlo. Cuando sus dos primos subieran a los botes de remos y el alboroto de Elfriede y Gerlinde se oyera por todo el parque se acabaría la paz en la mansión Dranitz. Kurt-Erwin, de dieciséis años, estaba especialmente insoportable porque se moría de ganas de ir a la guerra, pero aún era demasiado joven. «Espero que no firmen la paz antes de que cumpla dieciocho años», le dijo poco antes a su padre, el tío Alwin. Aquel comentario le valió una buena bofetada, y eso lo tenía amargado. La tía Irene escribió a su madre que por desgracia Kurt-Erwin estaba en la edad del pavo y había que disculparle algunas cosas.

Pues ese muchacho enojado se iba a llevar una sorpresa. Su madre podía ser muy enérgica. Por no hablar de su padre y del abuelo Dranitz, esos nunca habían «perdonado» nada a Jobst y Heini. Con Gabriel había sido más fácil, solo tenía catorce años y, salvo algunos «patinazos», era un buen chico. Gerlinde era realmente insoportable, sobre todo cuando se juntaba con Elfriede, lo que sucedería durante esa visita conjunta.

Franziska suspiró. Por supuesto, las dos dormirían en la habitación de Elfriede, así que viviría las peleas en primera persona, pues la suya estaba justo al lado. Su única esperanza era la señorita Sophie, que seguía trabajando en la mansión Dranitz como institutriz y se ocupaba sobre todo de su hermana pequeña. El único rayo de luz era la bondadosa tía Irene, cada vez más regordeta con el paso de los años, y que nunca perdía el buen ánimo. Su madre la quería mucho, solía decir que el cabezota de su hermano Alwin había tenido mucha suerte de encontrar a una mujer tan encantadora como Irene. Aunque la buena de Irene solo fuera una Kunkel y no perteneciera a la nobleza.

Franziska decidió refrescarse por lo menos los pies. Se quitó sus sofisticadas sandalias nuevas, pisó con cuidado el banco y caminó hacia el embarcadero. La madera se había calentado al sol y ardía en las plantas de los pies desnudos. Se sentó deprisa en el borde de la pasarela y sumergió las piernas en el agua del lago, que al principio le pareció helada. Chapoteó con los pies, hizo salpicar el agua y vio dos pececillos como sombras oscuras que salían huyendo. En el lago había carpas y tencas, y en las corrientes del río se encontraban cangrejos. Antes, cuando eran pequeños, iba a buscar cangrejos al riachuelo, seguramente los gemelos y Elfriede harían lo mismo la semana siguiente. Bueno, al final era muy agradable tener invitados de verano en la finca. Seguro que habría peleas, pero luego volverían a llevarse bien.

Franziska dejó de chapotear, se reclinó y se imaginó a todos saliendo a caballo a primera hora de la mañana. Los perros correrían con libertad a su lado y, cuando luego volvieran de buen humor y despejados a la mansión, les estaría esperando el desayuno. Con café, pan recién hecho, paté de hígado, jamón ahumado y, por supuesto, las incomparables mermeladas que Hanne preparaba varias veces al año.

De día casi siempre estarían fuera: los dos chicos deambulando por el lago, Elfriede y Gerlinde construyendo en el parque un «palacio-carpa» con ramas y pañuelos y disfrazándose con cosas que nadie usaba que encontrarían en la buhardilla en un gran baúl. Y ella, Franziska, se esmeraría con la cámara nueva que su padre le había regalado por Navidad. Era pequeña y manejable, fabricada por Zeiss, con un estuche de piel que se abría con un botón a presión y que no podía perder porque iba colgado de la cámara. También incluía un aparato que medía la luz y la distancia para poder colocar la cámara correctamente. Franziska se había montado un laboratorio en el sótano donde revelaba sus fotografías. Era toda una hazaña que ya dominaba bastante bien. Con la lámpara se proyectaba la imagen en papel fotográfico, luego el papel pasaba a un líquido que previamente había vertido en una fuente plana de plástico. Al final pasaba a un baño de fijación y tenía que secarse en papel secante. Listo.

Sí, le gustaba la cámara. Así tenía algo que hacer y no estaba siempre absorta en sus sueños absurdos. Y eso que nunca había sido una soñadora. Había heredado la mente recta y realista de los Von Dranitz, como decía siempre su padre. Seguro que pasaba por un momento un poco «romántico» por las cartas de Jobst. Por las cartas y por los recuerdos.

Fuera todo. No eran más que tonterías. Sensiblerías.

Recordó cómo se sentaban todos por la noche en la terraza, los adultos con una copa de ponche de fresa en la mano y los jóvenes con un vaso de limonada. Franziska les enseñaba sus fotografías, que eran objeto de admiración. Algunas de las imágenes se las regalaría a la tía Irene. Para su padre había captado una preciosa imagen de la mansión que quería ampliar y enmarcar. Tendría que esperar a Navidad para recibir su regalo, hasta entonces la guardaría con celo en su cómoda de la ropa interior.

Apoyada sobre los codos, se sujetó la cara un rato hacia el sol y luego parpadeó hacia la mansión. ¿Esa no era su madre, con el vestido floreado y el sombrero de verano? Por supuesto, bajaba por el sendero de arena hacia el lago y muy pronto estaría a su lado. Era algo extraordinario que su madre se concediera una pausa junto al lago durante el día, por lo que dedujo que quería mantener una conversación muy íntima.

—Ahí estás, Franzi… ¿Interrumpo la lectura?

Franziska negó con la cabeza, se levantó y volvió al banco de delante de la casa guardabotes, de donde retiró los restos de una corona de flores secas para que su madre pudiera sentarse. El día antes, Elfriede había estado elaborando coronas con dientes de león y francesillas, pero luego se las dejó en la casa guardabotes.

—Qué calor —se quejó su madre con un suspiro mientras se colocaba bien el sombrero de verano y se acomodaba en el banco.

—¿Está mejor la pequeña Elfriede? —preguntó Franziska.

—Mañana volverá a pasar el doctor Albertus. Es la tercera amigdalitis de este año. Tiene la fiebre muy alta, espero que no sea difteria.

Elfriede siempre estaba enferma. A menudo no se sabía si fingía o iba en serio. La hermana pequeña de Franziska era muy buena actriz, podía fingir indigestiones, cistitis, dolores corporales o incluso una fiebre alta para cumplir sus deseos. Pero siempre que Franziska estaba convencida de que ese pequeño bicho estaba fingiendo de nuevo, estaba enferma de verdad.

—Esperemos que se recupere para la boda —comentó.

Su madre asintió y sacó el pañuelo de bolsillo para secarse el sudor de la frente. Las dos llevaban vestidos de algodón por encima de la rodilla y unas sandalias a juego. La abuela Dranitz solía hacer un gesto de desaprobación al ver las «faldas cortas» y la «ropa interior a la última moda» que llevaban las mujeres hoy en día. Ella seguía vistiendo un corsé ceñido que Liese le tenía que atar todas las mañanas, y sus largas faldas negras solo dejaban ver los zapatos de cordones.

—¿Has terminado de escribir las direcciones? —preguntó su madre.

—Sí, salvo las últimas cinco. Me ocuparé más tarde de los Hirschhausen y los de Berlín. ¿Tenemos que escribirles a todos por separado?

—Queda mejor, Franzi.

La boda de su hermano Jobst con Brigitte von Kalm estaba fijada para el 10 de agosto, y había que imprimir las tarjetas de invitación que su madre remataba con unas palabras personales. Franzi había asumido la tarea de escribir las direcciones en los sobres.

—Esperemos que la guerra no nos desbarate el plan. —Su madre suspiró de nuevo—. Ahora hemos vencido a los franceses, se han rendido, el armisticio está firmado. Dios quiera que el Führer aspire a una paz estable.

Franziska era de la misma opinión. La paz siempre era mejor que la guerra, por mucho que Jobst y Heini lamentaran no poder seguir destacando en «el campo del honor». Sobre todo Jobst, que no estaba nada satisfecho con su rango de subteniente y anhelaba un rápido ascenso. Su hermano pequeño, Heinrich, también era subteniente, así que ¿cómo quedaba él como hermano mayor? La Wehrmacht alemana no dejaba de cosechar victorias, de ahí tenía que salir como mínimo un rango de comandante para todo un Jobst von Dranitz.

—Pase lo que pase, queremos que la boda de Jobst en la mansión Dranitz sea una celebración bonita y festiva. Papá está muy contento de que nuestro Jobst se case con una Von Kalm. Por supuesto, todos esperamos que pronto tengan criaturas...

«Hijos», pensó Franziska. Eso era lo que quería decir en realidad su madre. Descendientes para que el mayor se hiciera cargo de Dranitz con el tiempo. Las hijas eran secundarias. A ella le entristecía pensar que un día la mansión quedaría en manos de Jobst y Brigitte, ya que le tenía mucho cariño a Dranitz. Sin embargo, quedarse implicaría someterse a su cuñada, y eso no le apetecía lo más mínimo. Quería hacer algo mejor con su vida.

—¿Qué te escribe Jobst? ¿Hay novedades? —preguntó su madre como de pasada, y contempló el lago, donde ahora se veían las cabezas de algunos valientes nadadores.

Franziska comprendió que su madre quería «ir al grano», y enseguida sintió miedo. No tenía intención de revelar bajo ningún concepto el lío sentimental que se había desatado en su interior.

—Bah, escribe de todo. Lo han conseguido, están alojados en casa de un conde polaco. Espera que lo destinen a Francia.

Su madre se rio y espantó a una abeja fisgona de la falda con el pañuelo de bolsillo.

—¡Eso ya me lo imagino! —exclamó con alegría—. Quiere ir a París. Ver la capital francesa. El Louvre. La torre Eiffel. Las Tullerías... Dios, cuánto tiempo ha pasado desde que Heinrich y yo estuvimos allí de viaje de novios...

—Casi treinta años, mamá —respondió Franziska, con la esperanza de que su madre siguiera hablando de París. Sin embargo, por desgracia no lo hizo.

—¿Y qué más escribe?

Franziska se encogió de hombros.

—Bueno, escribe sobre su compañero, el comandante Iversen. ¿Te acuerdas de él? Estuvo unos días en Dranitz en octubre del año pasado y luego se fue con Jobst a Polonia.

Como temía, su madre estaba al corriente. Preguntó por cómo estaba el comandante Iversen y si también estaba alojado en casa del conde polaco.

—Sí, por supuesto. Incluso comparten habitación.

—Ah, ¿sí? Qué bien. Entonces seguro que charlarán...

Franziska se aclaró la garganta. Era inútil, a la mirada escrutadora de su madre no se le escapaba nada.

—Jobst lo ha invitado a su boda. De ser necesario, si no le dan vacaciones a Heini, actuará como testigo.

Su madre no se mostró muy entusiasmada, pero por supuesto respetaría la decisión de Jobst.

—¿Y qué más? —insistió, y miró a Franziska con las cejas levantadas.

—¿Más? Bueno, escribe todo tipo de tonterías. Como que

es evidente que el comandante Iversen se siente atraído por mí y quiere volver a verme sin falta.

Su madre asintió en un gesto apenas perceptible. Era justo lo que suponía, o más bien lo que temía.

—Bueno —comentó—. Me pareció que en el breve desayuno estuvisteis conversando la mar de bien.

—Sí, el comandante Iversen es un conversador muy agradable —repuso, procurando mostrar indiferencia, pero su madre no se dejó engañar.

—Seguro que lo es. Es simpático y tiene buenos modales. Con todo, me parece un poco inconstante, con un carácter inestable. Ya sabes a qué me refiero.

—En absoluto —repuso Franziska, que notó cómo se iba indignando.

Walter no se podía comparar con Jobst. Su hermano tenía ideas fijas para todo, la mayoría tomadas de su padre. Walter Iversen, en cambio, era curioso, se mostraba abierto a la vida como un niño que investiga el misterio del mundo con alegría y asombro. Precisamente esa inestabilidad, esa búsqueda en el carácter era lo que la había conmovido tanto. Cielo santo, pero ¿qué le estaba pasando? ¿No estaría enamorada?

—Bueno —continuó su madre, que había sabido interpretar el tono de la hija—. Sin duda es una persona interesante y, además, de aspecto estupendo. No tiene ni treinta años y ya es comandante, seguro que en eso algo tuvo que ver la muerte heroica de su padre.

—Jobst me ha contado que Walter Iversen ya fue condecorado durante la campaña en Polonia —intervino Franziska, pero se arrepintió en el acto, pues seguro que a oídos de su madre había sonado como si quisiera defenderlo. Su madre se levantó del banco con una sonrisa y le puso una mano en el hombro a su hija, una tierna caricia.

—Eres una chica lista y sensata, Franzi —dijo—. Seguro que harás lo correcto.

Para ella, esa confianza maternal era como una carga. Calló. Seguramente sus padres ya habían hablado del tema «Walter Iversen» y, por muy ridículo que fuera, ya lo habían evaluado y descartado como candidato para una boda. Así era en la familia: pensaban en el futuro, sopesaban quién podía considerarse marido de la hija mayor, y seguro que ya habían dado pasos cautelosos que la guerra había esfumado.

—Entonces voy a ver a Elfriede —suspiró su madre—. Mine está con ella y le está poniendo compresas frías. ¡Ay, qué propensa a enfermar es esta niña!

—Ahora mismo voy —prometió Franziska.

Su madre le indicó que se quedara sentada tranquilamente leyendo y descansara un poco. Después llegarían las chicas a recoger cerezas y necesitarían todas las manos disponibles. Todas las mujeres de la mansión ayudaban a deshuesar los brillantes frutos granates con un cuchillo de cocina afilado para hacer mermelada o conservas en tarros de cristal.

Siguió a su madre con la mirada. El vestido claro brillaba entre los cedros y los arbustos de enebro que había plantados en grupitos por todo el recinto del parque. Un camino de arena transcurría entre los prados, pasando por pedestales de piedra y pequeñas estatuas. Se bifurcaba varias veces, ofrecía al paseante bancos pintados de blanco para descansar y terminaba en la mansión. A Franziska le encantaba ese jardín, por donde correteaba de niña. Generaciones de descendientes de los Von Dranitz habían trepado a aquellos árboles, jugado a saltar el potro en los prados y bañado en el lago. En algún momento uno de los niños se ahogó, una desgracia que su madre jamás olvidaba mencionar cuando iban a bañarse.

Se enderezó en el banco duro, estiró las piernas y observó los dedos de los pies desnudos en sus sandalias con correas. Se las había enviado la tía Guste por Navidad desde Berlín. La última moda. Elfriede se puso hecha una furia porque la tía Guste le había regalado una muñeca. Ya tenía catorce años y no jugaba con muñecas. Por mucho que disfrutara de ese momento de sosiego, Franziska seguía teniendo el corazón agitado, aunque intentara pensar en otra cosa que no fuera Walter Iversen.

Empezó aquella mañana en la que el comandante entró en la casa con Jobst y besó la mano de su madre con galantería. Era alto, tenía el pelo oscuro y los ojos muy azules. De un azul brillante. Cuando le sonrió con esa expresión infantil y sincera, con esa predisposición a descubrir cosas nuevas, a entusiasmarse, de pronto se le aceleró el corazón. Era muy distinto de todos los hombres jóvenes que conocía. Más tarde estuvieron un rato sentados juntos, hablando de todo un poco, ya no recordaba de qué. Solo se acordaba de su mirada intensa y cálida, su manera de formular preguntas que no se le ocurrían a nadie más, de ir al fondo de las cosas y lanzar una mirada de soslayo, pícara y desafiante.

Franziska recordó cómo jugaba con la servilleta con la mano. Tenía los dedos delgados pero fuertes, regulares, las uñas arqueadas, el vello oscuro sobre la piel clara. Llevaba un anillo de sello de oro con un blasón. «Espero volver a verla pronto», le dijo al despedirse, y ella supo que lo decía en serio. Quiso darle una respuesta, decirle que también deseaba un reencuentro, pero en ese momento Mine le tiró del vestido y cuando se estaba dando la vuelta su madre acaparó a Walter Iversen. Mine le susurró alterada que tenía que subir a ver a su hermana enseguida, que estaba muy enferma, pero su madre no podía enterarse. Resultó ser que Elfriede, ese mal bicho, se había bebido la noche anterior varias copas de vino tinto a escondidas y le habían sentado tan mal que de verdad creía que se iba a morir.

Tuvo que despedirse muy deprisa, y todo por culpa de Elfriede. Se había pasado la noche entera en vela, reprochándoselo. ¿Qué pensaría de ella? Que era una engreída. Que lo rechazaba y que solo había estado charlando con él por educación. Cuando luego Jobst le escribió contándole que el comandante hablaba de ella casi a diario, al principio no se lo creyó. Sin embargo, seis semanas después llamó. Fue como un milagro. Una mañana despejada, cuando su padre recorría los campos con el inspector para supervisar la reciente siembra y su madre se había ido a Waren a comprar con Elfriede y la señorita Sophie. El abuelo le pidió que contestara al teléfono, no soportaba ese aparato, ya no tenía buen oído y apenas entendía lo que decían.

—Una llamada interurbana desde Berlín —le comunicó la señorita de la centralita.

—Comuníqueme... —accedió Franziska. Supuso que Jobst o Heini estaban al aparato, quizá la tía Guste o el tío Albert. Aun así, de pronto se acaloró y se le aceleró el pulso.

—Al habla el comandante Iversen, ¿con quién hablo?

Su voz. Un poco débil y metálica, pero clara y nítida. Tuvo que sentarse en la silla del despacho de su padre.

—Al habla Franziska von Dranitz... —respondió con la voz ronca.

¿Por qué tenía calor de repente?

—¡Estimada señorita! —exclamó él—. Qué suerte. ¿Sabe que pienso mucho en usted? En la conversación que tuvimos en noviembre en Dranitz, cuando fui a recoger a Jobst. Tal vez hace tiempo que lo ha olvidado...

—Claro que no. Yo... la recuerdo muy bien. Fue una conversación muy intensa y yo..., quería decirle al despedirme cuánto me había gustado, pero por desgracia no tuve tiempo.

No paraban de oírse chasquidos en la línea, y Franziska temió que se cortara la comunicación, pero el comandante seguía ahí y la había oído.

—Entonces mi intuición no me engañó —dijo—. Hay momentos en la vida que son como puntos de luz, Franziska. No me malinterprete, por lo que más quiera. Lo que quiero decir es que me dio la sensación de reencontrarme con una querida amiga de mucha confianza. Una persona a la que me sentía unido, con la que podía ser sincero, un alma gemela.

¡Pero qué adulador! Aun así, sus palabras eran como champán, le embriagaban los sentidos y le provocaban una dicha que no había vivido en su vida hasta entonces.

—Yo tuve una sensación parecida —admitió ella.

—¡Eso era lo que quería oír, Franziska! Se lo agradezco de todo corazón.

—¿El qué? Solo estaba siendo sincera.

Se levantó de un salto, se inclinó sobre el escritorio y se acercó el aparato. Solo con la voz era como si estuviera en aquel despacho y se acercara a ella con una sonrisa. Era tan feliz que ni siquiera advirtió que el abuelo estaba en la puerta.

—¿Quién es? —preguntó en voz alta.

La voz del abuelo rompió el hechizo y la devolvió con rudeza a la realidad. El comandante Iversen también debió de oír la pregunta, pues la sorteó con destreza.

—Quería enviarle a usted y a su familia saludos de Jobst. En este momento está en Francia y seguramente pronto les escribirá.

—Muchas gracias, comandante —contestó ella en un tono formal, y se volvió hacia su abuelo—. Es el comandante Iversen. Manda saludos de Jobst. Lo han destinado a Francia.

El abuelo asintió y se retiró de nuevo al salón verde.

—Espero que no haya oído nada —le oyó murmurar Franziska. Cuando cerró la puerta, comprobó que se había cortado la línea con Berlín.

—Que vaya bien —susurró al auricular—. Hasta pronto…

Franziska

Mayo de 1990

Ya era la tercera noche. Daban voces y armaban escándalo, era evidente que estaban borrachos. Luego la primera piedra golpeó contra la puerta de madera y toda la cabaña tembló. Sacudieron las contraventanas, que por suerte había cerrado con pestillo. No fue idea suya poner ventanas y puertas a prueba de robos. El joven que le había ayudado a montarla con sus amigos fue expresamente a la tienda de material de construcción y reforzó la puerta con cerrojos en tres puntos. Se llamaba Jürgen, y su amiga Elke era una de las dos mujeres que vio el primer día en el Konsum. Eran unos jóvenes muy simpáticos y serviciales. Les había prometido interceder por ellos en la empresa de bebidas de la que antes eran dueños. Con su oficio, Jürgen no tenía muchas perspectivas en Occidente.

—*¡Nobles fuera!* —gritaron desde la calle.

—*¡Nobles fuera! ¡Fuera de nuestra vera! ¡Fuera de aquí, sucios, fuera o a la hoguera!*

Cantaban a gritos esa horrible canción con las voces tomadas por el alcohol y arrojaban piedras a la cabaña. Franziska permanecía tiesa como una vela en su silla, que había colocado en un rincón. Ah, no, no les iba a dar el gusto de quedarse agazapada en el suelo, temblando de miedo. Una Von Dranitz no se rendía. Se defendía hasta el último suspiro. Para eso se había procurado un grueso garrote de madera. Solo en caso de necesidad. Hasta el momento siempre se habían marchado al cabo de un rato, y los daños en la cabaña eran limitados. No podía decir lo mismo de sus nervios, que acababan de punta todas las noches.

¿Es que esos chicos no tenían nada que hacer durante el día que podían dedicar las noches a esas aventuras? ¿No se decía que la RDA gozaba de pleno empleo? Entonces tendrían que ir a trabajar. Al día siguiente era martes, un día laboral normal. No era fin de semana.

Varios perros ladraron desde el pueblo. Oyó a los vándalos discutir fuera, mofarse los unos de los otros. Un brillo de luz apareció por una ranura de la contraventana, centelleó, paseó de un lado a otro y desapareció de nuevo. Franziska clavó los dedos en el asiento de la silla de madera. Intentó con todas sus fuerzas mantener bajo control el pánico que la estaba invadiendo. Había llovido durante todo el día. La cabaña estaba húmeda, había goteras en dos puntos del techo y había tenido que colocar ollas. Ahí no podía arder nada. Estuvo unos minutos sentada, quieta, escuchando, decidida a abrir la puerta en caso de incendio y salir corriendo. Con la silla con las patas por delante a modo de escudo. No iba a morir en esa cabaña intoxicada por el humo, no quería concederle ese triunfo a Pospuscheit.

Como se temía, no ocurrió nada. Los vándalos habían lanzado una antorcha contra la cabaña empapada por la lluvia, pero rebotó y cayó al suelo, donde siguió ardiendo un ratito, hasta que se apagó. Sus visitantes nocturnos le dieron unas cuantas patadas fuertes a la puerta de la casa y luego se largaron en dirección al pueblo.

Franziska se fue relajando poco a poco, soltó los dedos entumecidos, respiró hondo, notó el latido del corazón agitado. Al cabo de un rato consiguió abrir la cremallera del saco de dormir verde. Jürgen y Elke le habían llevado varias cosas, entre ellas un colchón que podía poner debajo del saco de dormir para no tener que acostarse sobre el suelo duro. De noche se helaba, aunque no hiciera frío.

¿Por qué lo hacía? En casa le esperaba una cama cómoda. Un baño espacioso con ducha, bidé y bañera. Una cocina bien equipada, con fogones eléctricos, nevera con congelador y lavaplatos. Y su cómodo sillón orejero rojo, eso era lo que más echaba de menos. Por no hablar de otras comodidades importantes para una mujer mayor. El «retrete» había resultado ser una casita ladeada con un apestoso agujero en la tierra.

Pese a todo, estaba decidida a no abandonar la mansión Dranitz. Era responsable de esa vieja casa porque era la propietaria legítima. Allí vivían los últimos recuerdos de su padre, que no regresó de la cárcel de los rusos. Del abuelo. De sus dos hermanos. No podía devolver la vida a sus seres queridos, se habían ido antes que ella. Solo perduraba esa mansión. La casa y el paisaje. Los campos de color verde claro, amarillo suave, con ligeras ondas como las olas del mar. Las avenidas, las franjas de sombras violetas bajo la luz vespertina, los pequeños pinares, manchas oscuras, como mercancía que flota en ese mar de tierra ondulada. Y el lago, que tantas veces habían recorrido con el bote de remos.

El día anterior estaba gris, reflejo del cielo lluvioso, rizado, moteado, bañando inquieto las cañas de la orilla. Dentro vivía una mujer del agua, eso le habían contado, y por aquel entonces sus hermanos incluso afirmaban haberla visto. Franziska estaba segura de que seguían existiendo las ondinas. Los espíritus del agua eran inmortales, el socialismo no había podido con ellos.

No esperaba que la hostigaran de esa manera. Estaba preparada para afrontar dificultades, también a causar indignación o problemas con las autoridades. Prohibiciones. Interrogatorios e investigaciones policiales. Sin embargo, Franziska von Dranitz no interesaba ni a la policía ni a las autoridades, pese a haber vuelto después de haber sido expulsada hacía más de cuarenta años. Era la gente del pueblo la que le daba quebraderos de cabeza. El odio se había instalado en sus corazones, un odio hacia los supuestos explotadores, los nobles terratenientes entre los que debía contarse ella. Era un odio sin sentido, a su juicio. ¿Acaso su padre había dejado morir de hambre o de frío a sus empleados? Seguro que no. ¿Les pegaba? No lo recordaba, aunque llevaba un látigo encima cuando salía a caballo.

¿Y su madre? Está bien, en una o dos ocasiones le había dado una bofetada a una criada. Entonces era habitual castigar así a los niños y a los empleados jóvenes. Se hacía en todas partes, por toda Alemania, no solo en la mansión Dranitz. Solo afectaba a los empleados de menor rango, su madre jamás habría pegado a la cocinera Hanne. Tampoco a las distintas «señoritas» que se hacían cargo de la educación de los niños en la mansión.

No, el odio del que era objeto allí no podía tener nada que ver con lo sucedido en la mansión Dranitz. La gente estaba ideologizada, les explicaban sandeces en el colegio sobre los antiguos terratenientes y les presentaban el socialismo como el salvador de los campesinos oprimidos.

Intentó encontrar una postura algo cómoda para dormir sobre el fino colchón. El saco de dormir era un regalo de los padres de Elke, una pieza muy vieja que emanaba un olor horrible a moho de buhardilla y lignito. No, no todos los vecinos de Dranitz eran malos y estaban llenos de odio. Gracias a Dios.

—Detrás de todo esto está Pospuscheit. Está claro —le

había dicho Elke—. Se puso a echar pestes como un tabernero cuando vio que montábamos la cabaña.

Franziska lo recordaba. El alcalde, Pospuscheit, apareció en la entrada de la oficina municipal, se protegió los ojos con la mano y se les quedó mirando fijamente. Tenía la boca tan torcida que se le veían los colmillos amarillos. Al cabo de un rato se acercó a ellos y se puso hecho una furia.

—Arrancadlo. Arrancadlo todo. El suelo es propiedad del municipio, nadie puede montar una cabaña...

—Tenemos un contrato de alquiler, señor Pospuscheit —le recordó Franziska.

Le daba cierto apuro que mencionara ese detalle, pues, además de Jürgen y Elke, sus amigos Kalle y Wolf estaban también ayudando con el montaje.

—Hace referencia a la casa del inspector que tiene detrás, señora baronesa. Aquí nos encontramos en propiedad municipal.

Cómo sonaba en su boca el tratamiento «señora baronesa», con ese aire de suficiencia. Franziska se había presentado por su apellido, Kettler, pero él no se dejó engañar. Le explicó que justo donde estaban montando la cabaña antes se hallaba la terraza acristalada de la casa del inspector.

—Aquí se ven todavía los restos de la pared de ladrillo —dijo, y golpeó con el pie dos ladrillos marrones y quebradizos—. Las baldosas de piedra rectangulares han desaparecido, por desgracia.

—No siga con sus descaradas mentiras, señora baronesa —la reprendió Pospuscheit—. ¡No se lo permito! ¡Y punto!

Al ver que los tres chicos jóvenes no hacían amago de dejar de montar la cabaña de madera se retiró refunfuñando, sobre todo cuando Kalle le preguntó a su amigo Wolf con qué derecho el alcalde se tomaba la libertad de firmar un contrato de alquiler sin la autorización del consejo municipal.

—Ni siquiera se ha dado cuenta de que han cambiado los tiempos —comentó Wolf, un chico bajo y vigoroso que demostró tener una fuerza asombrosa al transportar los tablones del suelo.

—Pospuscheit se llevará una buena sorpresa —afirmó Kalle con malicia—. Ya pasó la época en que abría la boca y podía desacreditarnos. ¡Ese asqueroso espía de la Stasi! Está ansioso por el terreno. Y por la tierra de la cooperativa de producción agrícola...

Así que era eso. El señor alcalde quería enriquecerse a costa de las propiedades de la familia Von Dranitz. Pues no iba a tener suerte. Les quitaron la mansión por la fuerza, se la expropiaron y los expulsaron. Había que reparar esa injusticia. Pospuscheit quería comprar la tierra o convertirse en el propietario de alguna manera, pero iba a tener que entregarla. Franziska solo tenía que andarse con cuidado de que la vieja mansión no sufriera más daños o incluso fuera derribada antes de que pudiera ser de nuevo la propietaria. Legítima.

Se había instalado en su cabaña lo mejor que había podido. Por suerte había pocos días fríos, que superaba bien gracias a un jersey abrigado y un café caliente. Podía cocinar en un hornillo de gas y sacaba el agua para lavarse de un depósito de lluvia. Poco a poco fueron apareciendo lugareños curiosos, se detenían cerca de la cabaña, la miraban y algunos incluso le hablaban.

¿No le resultaba incómodo? ¿No le importaban las moscas y las hormigas? ¿Por qué no se alojaba en casa del doctor Meinhard? Pocos se acercaban más, la mayoría iban a la tienda o tenían algo que hacer en la oficina municipal. Unos cuantos llegaron en coche, pararon el Trabant en la calle y atravesaron el bosque con paso firme para ver a la chiflada en su cabaña de madera. Franziska tenía claro que se había convertido en el tema estrella de conversación en el pueblo.

La noble hacendada en la cabaña de madera con letrina sin agua.

Cuando empezó el acoso nocturno comprendió que Gregor Pospuscheit no iba a ceder tan rápido. Sin duda, había sido él quien había sublevado a los jóvenes. Y seguiría haciéndolo. Cuando Franziska dejó la cesta llena del Konsum en la caja, Karin Pospuscheit se negó a venderle los productos.

—¡Aquí no servimos a nobles negreros y capitalistas! —le comunicó la cajera en un tono glacial.

Había otros clientes en la tienda, pero nadie intercedió por ella, así que Franziska dejó la cesta, subió al coche y se fue a Waren a comprar. En una librería y papelería consiguió un *Frankfurter Rundschau*, por fin información actual y alimento para el espíritu.

De regreso en su cabaña, colocó la silla al sol en un gesto osado, bebió café, comió pan con paté de hígado y leyó el periódico. Podían estar tranquilos, no se iba a dejar amedrentar.

El gobierno de Modrow había firmado «la adhesión inmediata y responsable» de la RDA a la RFA. Eso ya lo sabía. La novedad era que querían crear un organismo para regular casos de patrimonio abiertos. Los antiguos propietarios podían recuperar sus bienes o ser indemnizados.

«Muy bien», decidió. Solo tenía que dirigirse a ese departamento y explicar que era la heredera de la mansión Dranitz, con sus campos, prados y bosques colindantes, una almazara, una destilería y una fábrica de tejas y ladrillos. Su madre había salvado diversos documentos familiares en una carpeta durante la huida, y ahora le vendrían muy bien. No paraba de alzar la vista de su lectura para contemplar la mansión. Pese a las décadas de abandono y los lamentables daños en la construcción, seguía siendo bonita. Imponente. ¡Qué regalo sería recuperarlo todo! Ay, si su madre pudiera verlo... Estaba convencida de que un día la mansión Dranitz volvería a pertenecerles.

Franziska renovaría a fondo la vieja casa y volvería a levantar el voladizo con sus columnas. Había que arreglar el tejado y dejar las habitaciones de nuevo como estaban. O lo más parecidas. Compraría muebles semejantes a los que destrozaron. Encargaría el mismo papel pintado. Tal vez incluso compraría trofeos de caza, de los que tanto se enorgullecía su padre... Entonces pensó que no había nadie por quien hacer todo eso, y notó que se apoderaba de ella una sensación de desánimo. Seguro que Cornelia no querría quedarse con la mansión. La fotografía antigua que colgaba enmarcada encima del piano en Königstein había sido motivo de discusión entre madre e hija desde muy pronto.

—Me importa un bledo la maldita mansión —le gruñó Cornelia—. Siempre con el discursito de nuestros orígenes nobles. Que lo hemos perdido todo. Que un día lo recuperaremos todo... Hay dos estados alemanes, Franziska. ¡Es un hecho que deberías entender tú también de una vez!

En eso se equivocaba del todo su hija, tan lista ella. Pero jamás lo admitiría. ¿Qué había hecho para que su hija fuera tan rebelde? ¿Tal vez no debería haberla dejado estudiar? La universidad en Frankfurt, eso era lo que había echado a perder a Cornelia. Los tipos de pelo largo, con sus vaqueros y sus parcas, los rebeldes como Rudi Dutschke y ese demonio rojo...

Sin embargo, el momento de desánimo pasó. Lo hacía por su familia, que vivió y trabajó durante cien años en esa casa. Por su padre, que nunca volvió a ver su querida propiedad. Por su madre, que murió en el extranjero. Por sus hermanos. Por todos los que vivieron entonces con ella en esa mansión. Por el abuelo Dranitz, que se resistió a los soldados rusos con furia. Y por todos los empleados con los que tenía una relación tan estrecha. Franziska se estremeció cuando algo le rozó la pierna y levantó el periódico que tenía abierto en el regazo. Un perro. El pellejo oscuro del lomo brillaba al sol, y la cola se agitaba con tanta fuerza que se balanceaba todo el trasero.

—¡Falko, aquí! ¡Obedece! ¡Disculpe, no lo hace con mala intención! —exclamó una voz aguda. Era de una mujer joven que Franziska había visto a menudo por allí. Una amiga de Elke, muy simpática. ¿Cómo se llamaba? ¿Abeja? ¿Serpiente? No, Mücke, mosquito en alemán.

—No importa, me gustan los perros —contestó Franziska con una sonrisa—. Antes teníamos perros de caza.

La chica se acercó a ella y agarró por la correa al perro, que miraba intrigado la cabaña por la puerta abierta. Le temblaba el hocico oscuro.

—Está oliendo la carne que he comprado —dijo Franziska.

Mücke se rio y enganchó con cuidado la correa.

—Sí, Falko tiene buen olfato.

—¿Le apetece tomar un café conmigo? Usted es Mücke, la amiga de Elke, ¿verdad?

La chica asintió, pero dudó si aceptar la invitación de Franziska. Se veía que tenía muchas ganas, pero también sus reparos. ¿Sus padres? ¿El novio? ¿O incluso Pospuscheit, cuyos tentáculos llegaban a todas partes?

—Tengo que volver enseguida a la guardería. Solo quería sacar rápido a Falko en la pausa del mediodía. Sus dueños, dos ancianos, ya no caminan tan ligeros.

Franziska estaba decidida a ganarse otra adepta. La chica le caía bien. Era un poco rechoncha, pero justamente eso la hacía encantadora, igual que su rostro sincero, que trasmitía curiosidad y entusiasmo. El sistema no había conseguido convertirla en una gris funcionaria.

—Solo unos minutos —rogó Franziska, que se levantó y entró en la cabaña. Volvió enseguida y le puso en la mano a

Mücke una taza servida a toda prisa—. Tenga... ¿Le gusta con leche y azúcar?

Mücke, desprevenida, aceptó el café, dejó que le pusiera leche y azúcar y se sentó en un resto del murete de la terraza.

—Puede tutearme sin problema.

Franziska sonrió y ocupó de nuevo su sitio.

—Gracias. Puedes dejar que el perro deambule sin problema.

—Pero hace tonterías —intervino Mücke—. Caza liebres o entra corriendo cuando puede en el Konsum.

—Entonces ¿no obedece?

Mücke bebió un sorbo de la taza y negó con la cabeza.

—Solo a veces, por desgracia.

Franziska miró al perro, que olisqueaba el suelo. Era evidente que había detectado el rastro de animal. Un gran logro, con todos los rastros que habían dejado los chicos por la noche.

—¡Falko! —gritó con firmeza—. Aquí.

Franziska sabía tratar a los perros, lo había heredado de su padre. En eso era mejor que sus hermanos, más paciente y también más tranquila. Le hacía sentir muy orgullosa. Bijoux, el gran Münsterländer con manchas, solo la obedecía a ella y a su padre. Sintió un dolor reprimido durante mucho tiempo. Los rusos habían matado al perro de un disparo cuando entraron en la mansión. Él solo quería defenderlos.

—¡Vaya, no me lo puedo creer! —exclamó Mücke—. Viene de verdad. ¿Sabe hacer magia?

—No tiene nada que ver con la magia. Es que se me da bien.

Mücke estaba impresionada. Se acomodó en el murete caído y preguntó qué aspecto tenía antes la mansión. Si tenían un coche de caballos. Si sabía montar. Si había llevado faldas largas y un corsé...

Franziska se lo pasó de lo lindo con la ingenua franqueza de Mücke. Lo preguntaba todo, no le daba vergüenza, no tenía reparos.

—¿Es cierto que tenía una institutriz? ¿Una profesora para ustedes solos?

—Por aquel entonces era habitual. Cuando era pequeña iba a la escuela del pueblo con los demás niños. Mis hermanos también, pero más tarde mis padres los enviaron a un centro de secundaria en Berlín.

—¿Y por qué usted no podía ir al instituto? ¿Porque era una chica?

Vaya. Ahí estaba, la ideología. A esas alturas, en el Oeste todo el mundo estaba convencido también de que una mujer debía recibir la misma formación que un hombre. En su época era distinto.

—Bueno, si hubiera querido hacerlo a toda costa, mis padres me habrían dado la posibilidad. Pero no tenía ambiciones de hacer carrera científica.

Mücke se encogió de hombros, luego miró el reloj, dejó la taza y anunció que tenía que irse ya.

—Aún tengo que devolver a Falko a sus dueños, Mine y Karl-Erich. Gracias por el café.

—Sí, claro. Me ha gustado charlar contigo. Pasa cuando quieras.

Mücke bajó del muro de un salto para ir a buscar a Falko, que se había parado entre los árboles, cerca de la cabaña. Saltaba a la vista que había perdido la prometedora pista.

Acudió rápido a la llamada de Franziska. Le acarició la cabeza y le rascó el hirsuto pellejo del cuello.

—Hay que cepillarlo —afirmó—. Donde le roza la correa ya tiene el pelo enredado.

Mücke asintió. Destacó que ella era de la misma opinión, pero no tenía tiempo ni cepillo para perros.

—En realidad es de Ulli, el nieto de Mine y Karl-Erich, que viven en el edificio de ahí detrás. Pero Ulli está en Stralsund y no puede tener un perro tan grande.

A Franziska le gustaba Falko.

—Tal vez pueda quedármelo yo —propuso con cautela—. Más adelante, cuando se hayan aclarado las cosas aquí.

Mücke esbozó una sonrisa de oreja a oreja.

—Eso sería genial. Para todos. Para Falko y también para los Schwadke.

Por fin se le encendió la luz. Ese apellido..., Schwadke. Así se llamaba el carretero. ¿Cómo era su nombre de pila? Siempre lo llamaban «el Schwadke».

Mücke ató a Falko y arrastró al perro, que la seguía a disgusto. Por lo visto prefería quedarse con Franziska.

—¡Los Schwadke! —exclamó—. ¿Tenían algo que ver con la mansión?

—¡Claro! Mine era sirvienta, y Karl-Erich era el carretero. Debería conocerlos.

Por supuesto que los conocía. La cuestión era si los Schwadke aún querían conocer a Franziska Kettler, una Von Dranitz de nacimiento. Por lo que parecía, más bien no...

Mine

Julio de 1990

A mediados de julio había un montón de moscardones en el lago. Zumbaban bajo los árboles como pequeños torbellinos, bailaban arriba y abajo en salvajes arrebatos de pasión y, si uno no iba con cuidado, picaban en pleno mediodía. Ulli había llevado a Karl-Erich en coche a la orilla del lago y luego recorrió a pie el último tramo, del brazo del nieto, que lo sujetó con paciencia hasta que se sentó en el banco inestable que había delante de la casita de la asociación de remo. Mine, que los seguía con Angela, la mujer de Ulli, se había llevado un cojín a propósito, además de una cestita por la que asomaban los cuellos de dos botellas de limonada. Falko corría libre tras ellos. Cuando Ulli estaba cerca no hacía falta atarlo. Más tarde, cuando el joven puso el bote de remos en el agua junto con Kalle y Angela y se dispusieron a partir, Mine sacó la labor de punto.

—¿Qué pasa, abuela? —le gritó Ulli con alegría—. ¿No quieres venir al bote? Una vuelta por el lago. ¡Kalle ya está ansioso!

Kalle se retiró hacia atrás la melena de color castaño oscuro y asintió, luego se dio una palmada en el pecho desnudo para atrapar un mosquito.

—Sois muy amables —contestó Mine, y sacó una aguja de la media de punto—. Pero prefiero quedarme aquí sentada mirando cómo remáis. Si luego tenéis sed, tengo limonada.

Los dos jóvenes sonrieron. Limonada, igual que siempre. Limonada, pan con paté de hígado y pepinillos rellenos y huevos duros.

—Como quieras, abuela. Pero mi oferta sigue en pie. También para ti, abuelo.

Karl-Erich la rechazó con un gesto del brazo y se puso bien el cojín.

—¡Demostradme lo que sabéis hacer! —gritó a los chicos—. Antes remaba en veinte de minutos de un extremo al otro del lago.

Kalle lo miró, incrédulo.

—¿Solo?

—No. Mine iba sentada en el bote.

—¿Yo? —Mine levantó una ceja, sorprendida—. No recuerdo que me llevaras por el lago a remo.

—Entonces era otra —gruñó Karl-Erich—. Ha pasado mucho tiempo, lo he olvidado.

Kalle y Ulli se echaron a reír, Angela seguía seria. La mujer de Ulli era delgada y morena, con el rostro más bien duro, un tanto anguloso. Tras sufrir un aborto espontáneo, a Mine le parecía aún más flaca, casi transparente. Le daba lástima. Ulli también parecía afligido, los dos estaban muy contentos con el niño. Con todo, Ulli no era de los que se hundía con facilidad, cuidaba de Angela y la animaba en la medida de lo posible.

Los jóvenes subieron al bote y acordaron entre ellos quién remaba. Al principio lo hizo Kalle, que por lo visto estaba resuelto a batir el récord de Karl-Erich. O por lo menos a probar si el anciano mentía. Veinte minutos. ¡Para eso había que tener los brazos de un gorila!

Mine bordó un círculo y esperó a que los remeros no pudieran oírlos. Luego preguntó:

—¿Quién fue? ¿Liese? ¿O llevaste a otra en el bote de remos?

La miró de soslayo, divertido, espantó un mosquito, tosió y luego dijo:

—¿Liese? No, esa no. Tal vez Irma, la hija del profesor Schwenn.

—Mira tú por dónde —dijo Mine entre risitas—. La hijita del profesor Schwenn. Apuntabas alto, ¿eh?

Por aquel entonces él era impresionante. Las chicas lo adoraban. Podía escoger a quién llevar en el bote por el lago. En realidad, en el bote propiedad del señor de la casa. Lo que ocurría después en algún lugar de la tranquila orilla, en la hierba o tras los arbustos, no lo veía nadie.

—¿Por qué nunca fuiste conmigo en el bote? —preguntó ella.

—Porque tú no eras de esas.

—¿De qué tipo no era?

—De las que uno se llevaba a dar una vuelta por el lago y luego..., te la bebías de un trago.

—Ay —exclamó ella.

Permanecieron un rato callados, mirando la superficie del agua clara sobre la que se alejaba con rapidez el bote de remos, dejando por detrás una línea oscilante de olas relucientes.

—¿Acaso lo lamentas? —preguntó él, mirándola de reojo.

—Pues sí —respondió ella con una leve sonrisa—. En realidad, sí.

Él respiró hondo y volvió a sacar el aire. Fue un suspiro de indignación.

—¡Bueno, pues ahora es demasiado tarde!

En eso tenía toda la razón. Con las manos agarrotadas por el reuma ya no podía coger los remos. Por no hablar de avanzar.

—Así es —comentó ella. Luego se inclinó a un lado y puso la cesta en el regazo, de la que sacó un paquete de cigarrillos y una cajita de cerillas—. Lo ha traído Ulli. Aquí, al aire libre, no molesta.

Karl-Erich casi había dejado de fumar. Pero solo casi. A veces tenía pequeñas recaídas.

Le abrió la cajita y esperó con paciencia a que lograra sacar un pitillo con los dedos torcidos. Luego encendió una cerilla y él se inclinó, con el cigarrillo entre los labios. No olía mal. Olía a hierbas y desprendía cierto aroma viril.

—Ahí, mira —dijo, y entornó los ojos contra el humo—. Ahí está la baronesa. También quiere pasar el domingo en la orilla del lago, la señora.

Mine ya la había visto. Franziska von Dranitz había extendido un toldo entre los árboles y se sentó, con la espalda apoyada en un tronco, a leer el periódico. Mücke le había contado que la señora Von Dranitz compraba siempre el *Frankfurter Rundschau* en Waren. La gente solo quería leer periódicos occidentales, los de la RDA no contaban más que mentiras, decían. La cuestión era si la prensa occidental siempre decía la pura verdad. Karl-Erich no lo creía, y Mine tampoco.

—¿Ese es Falko, el que está a su lado? —interrumpió él sus reflexiones.

Mine alzó la vista de su labor y tuvo que esperar un momento a que sus ojos se acostumbraran a la distancia. Antes era más rápido, pero en el fondo podía estar contenta de no necesitar gafas para las tareas de la casa ni para coser. Lo único que ya no podía hacer sin ellas era leer.

—Es Falko —confirmó—. Pero si hace un momento estaba aquí.

—Sí —gruñó Karl-Erich—. Y ahora está ahí con ella. A Ulli no le gustará.

—Es culpa suya —repuso ella—. Que se ocupe mejor de su perro. Desde que está aquí, apenas lo ha visto.

En efecto, Ulli se ocupaba solo de Angela, que de todos modos no soportaba a Falko. Era comprensible que necesitara el consuelo de su marido, pero eso no lo entendía el pobre Falko.

—A la baronesa siempre se le dieron bien los perros —murmuró Mine—. También los caballos, pero sobre todo los perros. ¿Te acuerdas de Maika? ¿Y de Bijoux?

Karl-Erich asintió y le dio una calada al cigarrillo. Ya no daba caladas tan profundas como antes a los cigarrillos, era mejor para sus pulmones.

—Bijoux..., el marrón con manchas blancas y negras, un perro bonito —murmuró él, pensativo—. Solo obedecía a su padre y a ella. Pasaba por el lado de uno con el hocico levantado, como un conde noble. Ya podías llamarlo hasta quedarte afónico, eras como el aire para él.

Mine le dio la razón. De todos modos, por aquel entonces consiguió, con ayuda de una punta de paté de hígado, que ese chucho de pura raza se interesara por ella, pero prefirió no contárselo a Karl-Erich.

Estuvieron un rato sentados juntos en silencio, disfrutando de la paz dominical del lago, contemplando los patos, observando a unas cuantas gaviotas blancas que hacían gala de sus osadas artes de vuelo por encima del agua. Las abejas zumbaban en la hierba y unas pequeñas olas acariciaban con suavidad la orilla. Mine seguía bordando, de vez en cuando levantaba su obra y contaba los puntos para no perderse cuando tuviera que empezar con el talón.

—Ahí se están bañando. —Karl-Erich señaló con la colilla apagada un punto en la orilla de arena que se usaba como playa.

Mine levantó la mirada de su media de punto.

—Son chicas...

—Están Elke y Mücke…

Tenía más de ochenta años, pero cuando las chicas estaban en el lago, miraba. Se ponía nervioso, se hacía sombra en los ojos con la mano para ver mejor.

—¡Eh, las chicas van sin nada! —anunció, entusiasmado.

—Antes también lo hacíamos.

—Pero no a plena luz del día. Ni mucho menos un domingo.

A esa distancia no había mucho que ver, y si las chicas estaban dentro, solo se veían bailar cabezas en el agua, rubias y morenas, y de vez en cuando un hombro. Karl-Erich desmenuzó la colilla y esparció los restos junto al banco.

—Arriba, en la costa, muchos se bañan desnudos. Para mí no sería nada.

Mine iba a añadir que de todos modos siempre lo hacían solo los que deberían procurar no hacerlo, pero en ese momento vieron que regresaba el bote con fuertes paladas. Era Ulli, que tenía bastante energía en los brazos, igual que Karl-Erich en tiempos pasados.

—Veinte minutos, lo conseguirá —dijo con orgullo de abuelo.

Sin embargo, Ulli no batió el récord ese día. Oyeron un grito, un sonido agudo de terror, y el bote dio un bandazo. Desde la orilla vieron cómo los ocupantes se ponían en pie y se inclinaban hacia delante.

—¡Han atropellado a una de las chicas! —exclamó Karl-Erich, horrorizado. Iba a levantarse para correr hacia la orilla pero recordó justo a tiempo que su pierna izquierda no respondería.

Fuera, en el lago, un chico saltó al agua. Debía de ser Ulli, pues Kalle tenía agarrados los remos para no perderlos, y Angela estaba sentada de nuevo en su sitio en la proa.

El intento de rescate de Ulli no fue muy bien recibido. El

agua salpicó, y una voz de mujer protestó a voces. Aparentemente la chica no estaba herida, por lo menos no era nada grave. Tampoco llevaba nada puesto, pero Ulli no podía saberlo, porque solo había visto las cabezas. Seguida de Ulli, la chica nadó hasta la orilla, corrió por la arena y se tapó a toda prisa con una toalla antes de volverse hacia él. Tras un breve intercambio de exabruptos, Ulli regresó y nadó hasta el bote. Al intentar subir a bordo, el bote volvió a zozobrar, y al tercer intento logró elevarse sobre el borde.

—¿Y si era Mücke? —reflexionó Karl-Erich.

—No lo sé —contestó Mine—. Estaba demasiado lejos.

Los tres guardaban un silencio extraño cuando atracaron y bajaron del bote. Kalle y Ulli llevaron el bote y los remos a la casa guardabotes mientras Angela se sentaba con Mine y Karl-Erich. Mine abrió una botella de limonada y se la dio a la esposa de su nieto.

Ella le dio las gracias y bebió, sedienta, pero tenía que ir parando por el gas. Cuando apagó la sed, miró con los ojos entornados hacia el lago.

—¿Esa es la baronesa? —preguntó.

—Sí —respondió Mine, que había seguido su mirada—. La señora Von Dranitz.

Angela eructó con discreción y se quedó callada. Cuando estaba con los abuelos de Ulli hablaba poco, nunca se sabía muy bien lo que estaba pensando. Karl-Erich se enfadaba con frecuencia por eso, pero a Mine le parecía que, mientras Ulli y Angela se llevaran bien, no era para tanto.

Ulli y Kalle se tomaron su tiempo. Mine supuso que estaban hablando en la casa guardabotes, pues no podían tardar tanto en guardar un bote. Kalle cerró con llave. Tenía una porque su padre formaba parte de la asociación de remo.

—¿Qué pasa con los bocadillos de paté de hígado y los huevos duros? —preguntó Ulli con falsa alegría. Le quitó la botella de la mano a Angela para beberse el resto y Kalle dio buena cuenta del contenido de la otra botella.

—No he traído nada —comentó Mine—. Hay pastel de cereza. Horneado esta mañana a primera hora. Con nata montada.

—Tampoco está mal.

Kalle rechazó la invitación de tomar café, aún tenía algo que hacer pero no quiso decir qué. Mine supuso que quería ir a ver a Mücke para calmar los ánimos. Y por verla. Kalle iba detrás de Mücke, pero ella siempre le había dado calabazas.

Con todo, Karl-Erich estaba contento de volver a su butaca de casa, pero torció el gesto cuando Ulli lo levantó del banco. Saltaba a la vista que le costaron los primeros pasos, luego fue mejor, y cuando llegaron al coche afirmó que ya podría andar hasta el pueblo.

—Pues yo no —aseguró Mine—. Un coche es muy práctico.

Solo faltaba que de verdad quisiera ir a pie al pueblo. Cuando se ponía en marcha se sobrevaloraba un poco, siempre había sido así. Ahí tenía que ir ella con mucho cuidado. Por suerte, subió al coche sin rechistar, gimió un poco al notar el asiento duro e incluso logró cerrar la puerta sin ayuda.

En casa, Angela ayudó a poner la mesita de café y a cortar el pastel. Mine sirvió la nata y recordó demasiado tarde que Angela no quería azúcar.

—No importa —dijo la joven—. De todos modos no como nata.

—Pues deberías. Te sentaría bien.

Angela no contestó, probablemente le sentó mal la frase. Mine suspiró. Siempre decía algo mal, cuando en realidad solo quería ser amable.

El ambiente no fue muy bueno mientras tomaban café. Ulli y Karl-Erich elogiaron el pastel y engulleron un trozo tras otro, Angela comió solo un trocito y, de repente, encontró una cerecita que dejó en el borde del plato con mucha discreción. Mine estaba ocupada repartiendo el pastel y sirviendo café, apenas comía, pero tampoco tenía mucho apetito.

—¿Cómo va por el astillero? —preguntó Karl-Erich.

Ulli terminó despacio, tragó y se ayudó con el café.

—Está en la prensa, ¿no? —dijo luego—. Desde el 1 de junio somos una S.L.

—¿Una qué? —intervino Mine.

—Una sociedad de responsabilidad limitada. Pertenece a una S.A. de construcción de máquinas y embarcaciones alemanas de Rostock.

—¿Ahora se llaman así?

Ulli hizo un gesto de resignación con la mano.

—Las empresas nacionalizadas se han acabado, abuelo.

Mine pensó que el nuevo nombre del astillero sonaba bien. Antes, el astillero de Stralsunder pertenecía al «combinado de construcción naval» de Rostock. Así que ahora era una sociedad limitada. Había empezado una nueva era. Otra vez.

—Lo principal es que sigue adelante —comentó Karl-Erich.

Ulli miró a Angela y luego asintió.

—Claro. En Stralsund se construyen los mejores barcos de arrastre del mundo. En eso aún tienen que igualarnos en el Oeste. Arrastrero congelador tipo Atlántico 333. Van por todo el mundo.

Angela apartó el platito vacío con la cereza y se cruzó de brazos.

—Por todo el mundo —repitió, y soltó una risa amarga—. Se te olvida que ahora el mercado del Este está completamente colapsado. Ya no llegan encargos de Rusia y Polonia.

Ulli no contestó enseguida, primero se dejó servir otro trozo de pastel y se puso nata.

—Aún tenemos suficientes encargos, Angela. Y luego llegarán algunos de Noruega y Suecia. Espera, pronto volveremos a avanzar.

—Qué bien hablas —mascullo con los labios apretados—. Tampoco has recibido la carta de despido.

Ya estaba. Mine y Karl-Erich se miraron asustados. Qué horrible. Las desgracias nunca llegan solas.

—¿Te han despedido? —preguntó Mine con empatía.

Angela asintió. A regañadientes, como si no quisiera la compasión de Mine.

—Aquí antes eso no pasaba —afirmó Karl-Erich—. Pero eso es el capitalismo. No solo tiene su lado bueno...

Ulli se esforzó por que no cayeran del todo los ánimos. Explicó que la empresa necesitaba ahorrar en personal para ser rentable, pero más tarde, cuando todo se estabilizara, volverían a contratar a la gente.

La expresión de Angela indicaba claramente que no opinaba lo mismo, pero calló y le dio a Mine su taza de café. Por supuesto, en ese momento la cafetera estaba vacía.

—Voy a hacer más en un momento —se ofreció Mine, y se levantó.

—Por mí no lo hagas —repuso Angela enseguida—. De todos modos tendremos que irnos pronto.

—¡Yo sí tomaría una tacita! —exclamó Karl-Erich, que en realidad solo podía tomar una taza al día por la tensión arterial, demasiado alta. Sin embargo, como el médico se había ido al Oeste y ya nadie le tomaba la tensión, pensaba que ahora podía tomar todo el café que quisiera.

—¿Ya os habéis enterado de que nuestra baronesa ha vuelto? —preguntó Mine, que trasteaba en el fuego con el hervidor.

—Me lo contó Kalle —contestó Ulli, al tiempo que agarraba la mano de Angela y la acariciaba.

Ella suspiró con impaciencia.

—Ya la habéis visto, a vuestra baronesa. Ahí sentada cómodamente en una toalla, con el sol dándole en la barriga —dijo con desprecio—. Esas sanguijuelas vuelven a salir ahora de todos los agujeros.

Ulli tampoco hablaba bien de la baronesa, sobre todo porque se había enterado de que Falko se acercaba a ella.

—Allí todos han conseguido poder y riqueza, esos Dönitz y Lambsdorf, o como se llamen. Y ahora se quejan de haberlo perdido todo…

Mine comprendió que Ulli exageraba un poco porque quería calmar a Angela, así que decidió ocultar su propia visión de las cosas.

Karl-Erich, en cambio, no llegó a tanto.

—No sabemos si es rica —repuso, estirado—. Ahora mismo vive en una cabaña de madera. Pospuscheit le ha alquilado la casa del inspector. —Primero tuvo que explicarles qué era la casa del inspector. O más bien qué había sido.

—Esto es una locura. —Ulli sacudió la cabeza—. Pospuscheit y la baronesa… No sé cuál de los dos es el mayor estafador.

—Para nosotros, sin duda Pospuscheit, ese maldito espía de la Stasi —repuso Karl-Erich.

Ulli asintió. Ya había oído hablar de eso, pero no estaba seguro de si era cierto. Lo único que sabía era que en el pueblo casi nadie soportaba a Pospuscheit ni a su Karin. Sin embargo, tampoco nadie rechistaba, porque les daba miedo.

—Seguro que la baronesa está a su altura —comentó Angela—. No va a dejar que le quiten lo que más quiere. Ya veréis, pronto volverán a ser suyos la mansión y el pueblo entero, y se quedará con la cooperativa agrícola de regalo. A esos el viento siempre les sopla de cara…

Mine se hartó. Franziska no merecía tanta malicia. Lo que

ocurrió cuando llegaron los rusos no se lo deseaba a nadie. Pero ¿qué sabían los jóvenes de eso?

—La señora Von Dranitz no es de esas —aseveró en tono firme.

Angela soltó una sonora carcajada, casi histérica.

—¿Que no es de esas? ¡Esa sabe lo que puede conseguir! Se esconde ahí, en su cabaña, al acecho, esperando a su presa. A Falko ya se lo ha ganado. Está loco por ella, el perro...

Ulli le lanzó a su abuela una mirada de reproche.

—Angela tiene razón. ¡No me gusta que dejéis a Falko con ella!

Karl-Erich se levantó, indignado, al lado de Mine. ¡Primero les dejaba el perro con ellos en el pueblo y luego encima les daba instrucciones!

—¡Si no te gusta, te ocupas tú de tu Falko! Es joven y necesita movimiento. ¡Si no lo sacara a pasear Mücke, hace tiempo que nos habría destrozado la casa!

—¡Ahí lo tienes, Ulli! —exclamó Angela—. ¿No te he dicho siempre que el perro debería estar con Konradi? ¿Por qué no haces nada? Te quedas ahí sentado, quejándote y sin levantar el culo. Ve a buscar al perro, nos lo llevamos.

Mine se asustó. Por supuesto, volvió a decir lo incorrecto, pero esta vez de verdad.

—¿Llevaros el perro? ¿Y cómo se lo explico a Mücke? Le gusta tanto Falko...

Entonces se armó una gorda. A Mine le dio miedo lo pálida que se puso Angela, su voz chillona.

—¡A Mücke no tienes que darle ninguna explicación! Se baña desnuda en el agua para atraer a los hombres. Esa es muy astuta. «Le gusta tanto el perro», ¡no me hagas reír! ¡Esa es una ninfómana, y a Ulli se le cae la baba!

—Angela, por favor... Eso no es verdad —tartamudeó

Ulli, abatido por el arrebato histérico de su media naranja—. Ni siquiera la he tocado.

Angela había pasado al llanto nervioso. Cuando su marido quiso abrazarla, le dio un empujón.

—¿Que no la has tocado? ¡Has salido detrás de ella a nado! ¡Porque querías verla desnuda con ese culo gordo!

Karl-Erich golpeó la mesa con la mano agarrotada por el reuma. La vajilla tintineó.

—¡Ya basta! Maldita sea. En nuestra casa no se discute. Eso podéis hacerlo en la vuestra. ¡Mine no ha hecho un pastel para que luego os peleéis como vulgares caldereros!

Angela empujó hacia atrás la silla llorando y se levantó de un salto, Ulli abrazó a su mujer y la llevó a la puerta.

Se detuvo un momento en el pasillo y miró afligido por encima del hombro a sus abuelos, que se habían quedado sentados en el salón, delante de la mesita de café.

—Hasta pronto —dijo—. Lo siento. Os llamo.

Mine y Karl-Erich no contestaron. Bebieron en silencio el café recién hecho, que Mine aclaró con agua caliente para Karl-Erich.

Jenny

Julio de 1990

Rara vez se había sentido así. ¡Qué demonios, le había dado su merecido! No, no era de esas mujeres a las que se les podía tomar el pelo tan fácilmente. ¡Que lo hiciera con su Gisela, pero no con ella!

Simon se había ido del piso deprisa y corriendo, y fuera tropezó con su maleta. De todos modos no debió de ser una caída grave, porque poco después oyó arrancar el motor de su BMW. Cuando se fue, ella se quedó un rato acurrucada en el sofá del salón, saboreando el triunfo. Simon se había creído que podía hacer lo que quisiera con ella, que no servía para nada, pero en eso se equivocaba. No se lo iba a tolerar.

«La amante del jefe», la había llamado Kacpar para decirle que podía hacer algo mejor con su vida. Cuánta razón tenía. Bien, hasta ahora se pasaba el día haciendo tareas auxiliares anodinas. Fotocopias, preparar el correo, hacer café... Y, una vez terminada la jornada laboral, estar en el sofá con Simon. Él siempre miraba el reloj porque tenía que irse a casa con Gisela y los niños, que lo esperaban para cenar.

¡Era libre! ¡Viva! Tenía que hacer algo con su vida. Iniciar unos estudios o recuperar las prácticas en un banco. Tal vez podía incluso hacer el examen de bachillerato y estudiar medicina. O arquitectura. Pero solo si su madre no se enteraba. No quería concederle esa victoria.

Se detuvo dos veces en medio de sus planes de futuro, corrió a la ventana y se quedó mirando la calle con el corazón acelerado. Por supuesto, no paró ningún BMW en el arcén de la calle. ¿Por qué iba a hacerlo? Ya estaba todo dicho. Simon no era de los que se arrastraban. Y mucho menos después de haberle lanzado el bistec de alce sangriento a la pared de la cocina.

Jenny decidió consultar con la almohada su decisión sobre la estrategia profesional que debía seguir y encendió el televisor. Primero vio una película divertida con Bud Spencer y Terence Hill, y luego una policíaca con la que finalmente se quedó dormida. En algún momento de la noche se despertó, apagó el aparato y se metió en la cama.

Cuando por la mañana la arrancaron del sueño los gritos de los vecinos turcos, no notó nada más que un cansancio muy pesado. Se arrastró hasta la cocina, fue esquivando las esquirlas y los pedazos de carne y se preparó un café. Su cerebro era una cavidad llena de algodón, le dolían las sienes y tenía la garganta irritada. ¿Es que había cogido una gripe de verano? Seguramente. No era de extrañar, los virus flotaban por todas partes. Llevó la cafetera al dormitorio y se metió en la cama.

No era una gripe. La tristeza se apoderó de ella como un manto oscuro, pesado y pegajoso del que costaba deshacerse. Para colmo, la ropa de cama aún olía a él, emanaba una mezcla de gel de ducha, sudor masculino y loción de afeitado con ámbar, un aroma que le provocaba añoranza y deseo. ¡Maldita sea! ¿Por qué lo había echado? ¿Y si todo había sido un malentendido? Esa hoja solo era un borrador. Un intento de calmar los ánimos para tener menos disputas después en la separación. Dios, lo había estropeado todo por precipitarse.

Por lo menos ahora podía llorar. Berrear con todas las de la ley. Cuando el sollozo fue remitiendo poco a poco, se tumbó boca arriba, con la mirada fija en el techo de la habitación, la cabeza apoyada en la almohada húmeda y la sensación de dirigirse sola hacia un témpano de hielo en la Antártida. Estaba sola. El gran amor al que había dado alas durante un año había terminado. Se había desvanecido en el aire. ¿Dónde había quedado esa dicha maravillosa y embriagadora?

En octubre, cuando todos corrieron de noche hacia la puerta de Brandemburgo, Simon y ella estuvieron entre la multitud, muy juntos, y se besaron. La noche en que se abrió el Muro, la noche en que los sueños se hicieron realidad. Entonces estaba segura de que su amor era grande y eterno, aunque en un momento dado, cuando Simon se dio cuenta de que estaba la televisión, la soltara con brusquedad por miedo a salir en el telediario. Se enfureció y, cuando la multitud se puso en marcha, hizo que ella caminara por delante. Era evidente que tendía a exagerar en sus reacciones.

«He arruinado mi vida», pensó desesperada, y rompió a llorar de nuevo.

La fase de autocompasión duró hasta el mediodía, luego se animó y recogió la porquería de la cocina. A continuación quitó las sábanas de la cama, las metió junto con la colcha en la lavadora y se fue a la ducha, donde se enjabonó bien, como si quisiera eliminar todo rastro de él.

Ropa interior sexy negra, fuera esa mierda. Fuera todos los trastos, la cadenita del cuello y los pasadores para el pelo, las barras de labios, los bolsos de piel de España, las sandalias con correas de Marruecos. Metió todos sus regalos en una bolsa y la tiró al cubo de la basura. De lo único de lo que no se quiso desprender fue del gran osito de peluche marrón colocado en el respaldo del sofá. Se lo había comprado el año anterior en el mercado de Navidad.

Decidió que podía quedarse ahí, de recuerdo.

Con la casa libre de todo rastro de Simon pudo volver a pensar con claridad, y le sentó bien en cierto modo. El problema era muy sencillo: Simon y ella tenían ideas completamente distintas del amor. Jenny soñaba con un gran amor eterno, mientras que él buscaba lo que no recibía en casa: la pasión, el éxtasis. Una compensación por la agotadora e insatisfactoria vida familiar. Al mismo tiempo, estaba unido a su esposa y sus hijos y no los abandonaría nunca por voluntad propia.

Una cosa sí se podía decir de los tipos que deambulaban por los pisos compartidos de su madre: todos fueron más sinceros que Simon. A menudo tenían algo con dos o incluso más mujeres a la vez, pero nunca lo mantenían en secreto.

«En el fondo, el amor está muy sobrevalorado», pensó Jenny, y se dejó caer en una silla de la cocina, exhausta. ¿Para qué sirve, aparte de para garantizar la procreación? Bueno, en eso sí que había tenido cuidado. Tomaba la píldora. Simon le daba mucha importancia, ya tenía dos niños y sabía lo que significaba asumir la responsabilidad de la descendencia.

¿Cuánto tardaría Simon en tener una nueva aventura? Solo con pensar que se acostaba con otra, que le susurraba las mismas palabras dulces al oído que a ella, sintió una puñalada en el corazón.

Al día siguiente a primera hora escribiría su carta de dimisión y la enviaría al despacho, así Simon la tendría sobre la mesa cuando volviera de las vacaciones. En cuanto al aspecto económico, tendría que pensar algo. Aún le quedaba un sueldo, pero luego se acabó. Llamó a dos amigas con las que había empezado las prácticas en el banco. Tal vez pudieran darle algún consejo. No localizó a ninguna de las dos, probablemente estuvieran de vacaciones. Ahora se arrepentía de haber abandonado a sus viejas amigas. Las amistades hay que cuidarlas, de lo contrario se enfrían, pero ella llevaba un año entero viviendo solo para Simon.

Su madre estaría encantada si volvía a estudiar. Cornelia la habría acogido en su casa y la habría ayudado económicamente. Seguro. Pero Jenny no lo quería bajo ningún concepto. Por principios. Antes se iría a un cuartucho de estudiantes y se pondría a limpiar. Suspiró. Ya no podría permitirse en un futuro próximo una casita con tres habitaciones, cocina y baño. Como mucho en el Este. Aquel año había estado dos veces con Simon, que fue a ver edificios, pero no le gustó nada. Todo era gris y estaba destartalado. La gente era rara. No entendía del todo a los del Este. Unos se hacían los simpáticos, otros se mostraban hostiles y envidiaban el supuesto bienestar de los occidentales. Se sorprenderían. Y todos tenían algo en la cara. Una expresión de ofensa que decía: «¿Qué sabes tú, tía del Oeste? No tienes ni idea de cómo fueron las cosas aquí». A decir verdad, tampoco quería saberlo. Ya se darían cuenta de que aquí a nadie le daban nada gratis. No, a Berlín del Este no quería ir. Aunque ahora hubieran derribado el Muro.

Podría llamar de nuevo a su abuela. No para pegarle un sablazo ni nada por el estilo. En absoluto. Simplemente necesitaba a alguien con quien hablar. Si seguía allí sola, se iba a volver loca.

La hoja con el número de Franziska Kettler estaba en la cómoda, bajo la guía de teléfonos. De nuevo saltó el contestador, la cinta parecía estar llena, pues se le cortó la línea.

Vaya. Una mujer mayor debería estar en casa, tejiendo calcetines. También podía ser que su abuela no fuera como las demás. No sería raro en su familia. Por otro lado, no paraban de oírse historias de ancianos que yacían muertos en su piso durante meses porque nadie se ocupaba de ellos. Qué idea tan horripilante. «Se acabó. Voy a llamar a casa de mamá, en

Hamburgo.» A fin de cuentas, Franziska era su madre, aunque la llamara por el nombre de pila.

Tuvo que hacer un gran esfuerzo para marcar ese número. Si su madre se había mudado, le costaría encontrar la información.

Contestó una voz de hombre.

—¿Sí?

—Soy Jenny Kettler. La hija de Cornelia. ¿Puedo hablar un momento con mi madre?

—¿Conny? ¡Ven, tu hija al teléfono!

—¿Jenny? ¿Eres tú? —sonó unos segundos después la voz incrédula de su madre en el auricular. Jenny respiró hondo.

—Soy yo, mamá.

—Mejor me llamas Conny. Da igual, ¿cómo estás? ¿Y por qué abandonaste la formación profesional? No es de mi incumbencia, pero...

—Tienes razón, no es de tu incumbencia —replicó, pero luego recobró la compostura. Quería hablar con su madre, no discutir con ella—. Estoy bien —mintió—. Te llamo por la abuela.

—¿Por Franziska? ¿Qué pasa con ella? ¿Es que te ha prestado dinero? Típico de ella. Pero no creas que lo hace de forma desinteresada. Si Franziska te presta dinero, solo quiere una cosa: comprarte. Así es ella. Solo quiere tener, tener, acumular, no desprenderse de nada...

A Jenny le dieron ganas de colgar el teléfono. No iba a aguantar más de tres minutos hablando con su madre, aunque solo fuera por teléfono.

—¡No me ha prestado nada!

—Ah, entonces ¿por qué llamas?

«¿Porque tenía ganas de hablar contigo? ¿Porque eres mi madre? ¿Porque tengo problemas?», pensó Jenny, pero no dijo nada de eso.

—La abuela no me ha prestado dinero. ¿Por qué iba a hacerlo? —dijo, en cambio—. No contesta al teléfono, es por eso. La he llamado varias veces, y siempre salta el contestador.

—¿Y? Estará de vacaciones. Se forró con la venta del negocio de bebidas, puede permitírselo...

¿Su madre se enfadaba porque la abuela tenía dinero y ella no? Antes, Cornelia siempre hablaba de los capitalistas de mierda y los explotadores.

—Entonces ¿no sabes dónde puede estar? —preguntó, vacilante.

—No tengo ni idea. Cuéntame qué es de ti. ¿Dónde estás? ¿Y de qué vives? Deberías entrar en razón de una vez y recuperar el bachillerato...

Eso era lo que acababa con Jenny cuando hablaba con su madre. Cornelia solo seguía su propia línea, Jenny siempre tenía que devolverla a su rumbo una y otra vez.

—¡Por Dios, mamá! ¿No podría ser que le hubiera pasado algo? La abuela ya es mayor, ¿no?

—La abuela, la abuela... ¿Qué te pasa con ella? —preguntó Cornelia sin rodeos—. Franziska solo tiene setenta años, goza de una salud de hierro y es indestructible. ¡Me encantaría haber heredado su aguante!

«Sin duda lo has heredado, mamá», pensó Jenny.

—Está bien... —dijo al auricular—. Tienes razón. Con setenta años no es una vieja.

—Escucha. Sé que no vas a dejarlo. —En el auricular sonó un bufido malhumorado—. Franziska siempre escondía la llave de su casa debajo del tiesto grande de la terraza. Para llegar hay que subir por detrás, entre los setos, que no es muy fácil.

«¿Y qué es fácil?», pensó Jenny.

—¿Crees que sigue ahí?

—Seguro. Ah, Jenny... si vas a casa de Franziska, ¿podrías traerme las fotografías?

Eso era típico de su madre. No dejar pasar ni una ocasión. A Cornelia no le interesaba lo más mínimo si la señora mayor estaba bien o no.

—¿Qué fotos? —preguntó, un tanto irritada.

—Bueno —continuó su madre un poco abochornada—. Las viejas de antes. De cuando era pequeña. Franziska me preguntó hace tiempo si quería tenerlas, de lo contrario las tiraría.

¡Vaya! Jenny estuvo a punto de soltar una carcajada. Su abuela le había lanzado un ultimátum a su madre. Y Cornelia estaba a punto de ceder. ¡Era realmente gracioso!

—Intentaré acordarme. ¡Adiós, mamá, que vaya bien!

—No tan rápido, Jenny. Aún no me has contado dónde estás ni qué haces...

—Otro día —dijo, colgó y respiró hondo.

¡Vaya esfuerzo! Se reclinó en los cojines del sofá y estiró las piernas. Una llave debajo del tiesto. ¿De verdad seguiría ahí? ¿Y si iba hasta allí y no podía entrar en la casa? Daba igual. Al día siguiente por la mañana volvería a llamar, y si no contestaba nadie se subiría al coche y se acercaría a casa de su abuela. Seguro que los vecinos tenían una llave.

Aquella noche durmió como un tronco. Ni los gritos de los niños ni las reprimendas maternales penetraron en su profundo sueño. Solo el sonido agudo del timbre la sacó del sueño de un susto. Salió disparada de la cama, se puso a toda prisa la bata y fue corriendo a la puerta. Era el cartero, con un certificado en la mano.

—Muchas gracias.

Jenny firmó, cogió la carta y cerró la puerta. La carta era de Simon, que le comunicaba oficialmente que estaba despedida. Por motivos empresariales. Las cuatro semanas del plazo legal de preaviso se contarían con las vacaciones pendientes. No hacía falta que volviera a aparecer por el despacho de arquitectos.

¡Ese maldito canalla había sido más rápido! Ahora sí que estaba furiosa con él. Ni siquiera le había dejado el triunfo de plantarle su dimisión delante de las narices. Seguramente ahora mismo estaba en un avión rumbo a Portugal para anunciarle a Gisela que hacía tiempo que había terminado su «aventura». Que era la única mujer a quien quería de verdad. ¡Ja!

Se hizo un café, fue con él al teléfono y echó un vistazo al reloj. Ya eran más de las ocho. ¿Y si la abuela aún dormía? Qué va, los viejos se levantaban pronto. ¿Cómo lo llamaban? Insomnio senil.

Jenny marcó el número, ya se lo sabía de memoria, y como siempre enseguida saltó el contestador. ¿Y si su abuela estaba realmente de viaje de vacaciones? Daba igual, iba a ir a Königstein. Algo le decía que tenía que hacerlo. Un instinto. Aunque su intuición ya le había fallado en varias ocasiones.

Preparó con rapidez una pequeña bolsa de viaje, cerró las ventanas y metió dinero y la tarjeta de crédito en el bolso. Necesitaba con urgencia poner gasolina en el Polo rojo, hasta Frankfurt había unos quinientos kilómetros, y por suerte su cuenta aún tenía fondos. Menos mal que los estúpido controles fronterizos en tránsito ya no existían, que tanto tiempo y nervios le costaban. Ahora se pasaba sin más, nadie registraba el coche ni hacía preguntas absurdas. La reunificación era fantástica. Salvo por la gente del Este, claro.

A Jenny le gustaba conducir. Puso un casete tras otro, oyó varias veces a sus grupos favoritos y cantó a voz en grito los mejores temas. En Jena paró en un área de servicio, se permitió un capuchino y un bocadillo y llenó el depósito. De momento los del Este tenían precios decentes. Claro, el marco occidental ya era moneda oficial. Antes también se podía pagar con marcos occidentales, pero a precios de oro, y si no era imprescindible poner gasolina era mejor dejarlo. De todos modos el capuchino estaba imbebible, era tan dulce que resultaba repugnante.

La siguiente pausa la hizo en Fulda, donde tomó una taza de café con leche y comió un trozo de pastel de cereza. Luego continuó por carreteras comarcales por la cordillera del Taunus, una zona preciosa con colinas bajas, bosques, prados y mucho entramado de madera. ¿Por qué no lo recordaba? Cuando fue con su madre al entierro del abuelo tuvo que pasar por el Taunus.

Königstein no se parecía en nada a un típico pueblo del Taunus. Estaba construida con suntuosidad y recordaba a un balneario. En la búsqueda de la Talstraße comprobó que había un montón de villas con un gran jardín. Así que a su madre no le faltaba razón, la abuela no era una mujer pobre.

El número 44 no daba la impresión de ser una villa de lujo. Parecía una casa de guardabosque, anticuada, con el tejado rojo en punta y contraventanas verdes. Delante de algunas ventanas había una reja de hierro forjado, y unas rosas trepaban por la pared junto a la entrada con porche. Jenny aparcó delante de la casa y se dirigió a la entrada del jardín. Se quedó mirando un rato la casa, se movió entre sus recuerdos y le costó bastante encontrar algo. ¿Había estado allí alguna vez? Seguramente sí, pues en la placa de latón del poste decía muy claro «Kettler».

Las contraventanas verdes estaban abiertas, así que había alguien en casa. Jenny respiró hondo y apretó el botón del timbre que había junto al interfono. No hubo reacción. Tampoco con el segundo timbrazo. Así que se dirigió a los setos. Por detrás, había dicho su madre. ¿Y cómo iba a hacerlo? Los terrenos de los vecinos a derecha e izquierda del número 44 también estaban vallados y rodeados de setos.

Tal vez los recuerdos de infancia de su madre necesitaran una revisión. En todo caso, Jenny no tenía ganas de colarse en jardines ajenos, así que se puso a observar el cercado del terreno de su abuela. «El típico refugio de capitalistas», oyó decir a su madre. El murete que llegaba a la altura de las rodillas tenía puntas de lanza de hierro forjado incrustadas, y detrás se veía un seto de boj, espeso como la selva brasileña. El punto débil del jardín eran los dos postes anchos y destartalados, fáciles de escalar usando los preciosos ornamentos de las puntas de lanza para apoyar el pie. Dicho y hecho, y ya estaba en el terreno de la abuela. Con un poco de suerte no la había visto ningún vecino.

Se acercó al edificio a grandes zancadas, miró por una de las ventanas y vio un salón con muebles de felpa. Por fin un recuerdo. Ya temía que su memoria hubiera dejado de funcionar. Dentro sonó el teléfono. Tres veces, cuatro veces, cinco veces, luego se hizo de nuevo el silencio. Un silencio inquietante.

Jenny rodeó la casa con sigilo y llegó a un jardín maravilloso. Césped, árboles altos, antiguos, arbustos, una sinfonía de plantas sombrías. Así que allí había pasado su madre su infancia. No estaba mal. Era un pequeño paraíso, ¿de qué se quejaba tanto?

La terraza estaba techada y medio invadida por las malas hierbas, y había un montón de tiestos. Dentro crecían tomates, calabacines, pimientos... Por lo visto la abuela tenía mano para las verduras. Debajo de los tiestos había sobre todo cochinillas grises que huían en desbandada cuando levantaba la maceta. Debajo de los tomates no había nada. Tampoco de los calabacines. En los pimientos encontró algo. Una bolsa de plástico, y dentro una llave plana y dentada. ¡Qué bien, esas costumbres irresponsables de la anciana!

Jenny abrió la puerta con el corazón acelerado y entró.

Olía bastante a moho, por la cantidad de muebles antiguos y alfombras gruesas.

—¿Abuela? ¿Hola? ¿Estás ahí?

Silencio. Fue de habitación en habitación, vacilante, preparada para encontrar a su abuela enferma, quizá muerta. Una cocina del pleistoceno. Un comedor con papel de pared floreado y muebles con filigranas y arabescos. Un bufé antiguo tallado. Y luego el salón con esa imagen sobre el piano. De eso sí se acordaba. Una fotografía antigua descolorida, de color sepia, en la que se veía una casa. Era una mansión bonita, bastante grande, con un porche con columnas. A derecha e izquierda se veían más edificios.

¡Ring!

Jenny se estremeció del susto y se quedó mirando el teléfono. Por un momento dudó si debía contestar, pero de pronto percibió un movimiento. No estaba sola en la casa. Alguien había bajado la escalera y acto seguido apareció una silueta de mujer en la puerta del salón.

Cuando vio a Jenny profirió un chillido y retrocedió dando tumbos hacia el armario del pasillo.

«Mi abuela», pensó Jenny. Está viva. Gracias a Dios.

—¿Abuela? No te asustes, soy yo, Jenny.

La mujer no contestó. Con la respiración entrecortada, Jenny se quedó con la espalda apoyada en el armario, jadeando. Era baja y rechoncha, y llevaba el pelo teñido de negro. En su memoria su abuela era un poco distinta…

—¿Jenny? —soltó la mujer—. No conozco Jenny.

Era extranjera. Entonces no era la abuela. El teléfono seguía sonando. Jenny se dirigió decidida a la mesa y cogió el auricular. En efecto, seguía existiendo la funda de seda verde con ribete dorado.

—¿Jenny? ¿Eres tú? —dijo una voz conocida y enérgica al aparato.

Ella se aclaró la garganta y luego hizo un gesto amable con la cabeza a la mujer temblorosa.

—Sí, mamá.

—Tienes que llamarme Conny. Escucha, se me ha ocurrido dónde podría estar Franziska. Quería ir a Dranitz.

—¿A Dranitz? ¿Qué es eso?

—La maldita mansión en Mecklemburgo-Pomerania Occidental. Se cree que puede volver a jugar a ser la señora de la casa.

—¿Y no se te ha ocurrido hasta ahora? —repuso, furiosa, y colgó el auricular en la horquilla.

Franzi

9 de agosto de 1940

Él había llegado a última hora de la tarde, la mesa estaba puesta para la cena y Franziska estaba repartiendo centros de mesa de flores junto con su madre y la tía Susanne. Jobst había visto el vehículo militar desde el jardín y se dirigió hacia el comandante Iversen junto con Heini y el primo Kurt-Erwin. Ella corrió a la ventana del cuarto de caza y vio cómo bajaba del coche y le daba un abrazo fraternal primero a Jobst y luego a Heini. Franzi no entendía lo qué decían, pero se reían mucho y parecían estar de muy buen humor.

—Va con conductor —dijo la tía Susanne, que estaba tras ella y también miraba hacia el patio—. Dios, un comandante como testigo habría causado mejor impresión que un mero subteniente. —Luego se fue corriendo para ayudar a su hermana con las tarjetitas de los nombres.

Franziska respiró hondo para deshacerse del absurdo temblor que se había apoderado de su cuerpo. Él estaba allí, en la mansión Dranitz, en cualquier momento podía estrecharle la mano y confundirla con una sonrisa.

Cuando salió con su madre a la terraza bañada por el sol ya había conseguido dominarse. Los abuelos Wolfert y la abuela Dranitz estaban sentados en las sillas blancas bajo una sombrilla, el tío Bodo se había unido a ellos y en ese momento también estaba su padre. Jobst presentó a su amigo, el comandante Walter Iversen, que explicó que había estado a punto de no tener vacaciones debido a sus importantes compromisos en Berlín. Entonces Walter la vio y se acercó a ella con un brillo en los ojos.

—Estimada señorita —saludó y le agarró la mano—. ¡Me alegro muchísimo de volver a verla!

Tenía que guardar las formas delante de tantos parientes reunidos.

—Yo también me alegro, señor comandante.

Se aguantaron la mirada, sus ojos decían lo que no podían expresar con palabras.

Su madre le invitó a sentarse un ratito con ellos hasta que los muchachos hubieran bajado el equipaje, luego seguro que el señor comandante quería «asearse» un poco. Walter Iversen se lo agradeció, se sentó y le sirvieron un café. Estuvo conversando animadamente con los abuelos Wolfert, hizo reír a la abuela Dranitz y charló con su padre de vinos italianos. A Franziska le dirigió la palabra una sola vez para preguntarle cómo estaba su perro Bijoux, que se había clavado una espina en la pata cuando la conoció.

—Hace tiempo que está curado —contestó ella, contenta de que se acordara.

Al ver que su mirada descansaba unos segundos de más en ella, Franziska sintió vergüenza y se apresuró a preguntar cuáles eran los importantes compromisos que debía atender en Berlín.

—¿O son obligaciones secretas de las que no le está permitido hablar, señor comandante? —Sonó desafiante, pese a que no era su intención, pero él se echó a reír, al parecer encantado con su curiosidad.

—Así es mi hermana Franzis —intervino Jobst—. Siempre quiere saberlo todo.

—¿Por qué no? —repuso Walter Iversen—. Tu hermana es una joven muy lista. Me merece un gran respeto.

La abuela Wolfert alzó la vista desesperada hacia el cielo, convencida de que una chica soltera debía esmerarse en ocultar cualidades como la inteligencia si no quería acabar siendo una vieja solterona.

—Ahora mismo estoy destinado a la formación de oficiales —explicó el comandante—. Además, viajo mucho a ver a nuestras tropas para dar discursos. Tratan sobre todo de batallas históricas y táctica militar moderna, pero también de la esencia alemana, la poesía nacional y el espíritu alemán.

Jobst aseguró a todos los presentes que los discursos de su amigo eran increíblemente arrebatadores, que tenía el don de encender a su público y siempre cosechaba aplausos apasionados. Franziska no dijo nada, pero notó la mirada esperanzada del comandante y su alegría cuando ella mostró su entusiasmo.

Un sirviente anunció que la habitación del señor comandante ya estaba preparada.

Walter Iversen pidió que lo disculparan un rato, se levantó y salió de la terraza.

—Es un chico muy simpático —le dijo el abuelo Wolfert al padre de Franziska, que bebía café en silencio—. Pero no es un luchador, sino más bien un charlatán.

—¡En absoluto! —repuso Jobst, enojado—. Walter participó en la campaña de Polonia y fue condecorado. Su padre era oficial del Estado Mayor, cayó en 1918 en el frente occidental.

—Impresionante —reconoció su madre, y escudriñó con la mirada a Franziska, un tanto preocupada. La abuela Dranitz aconsejó a su nieta practicar la modestia y la discreción, como correspondía a una chica joven casadera.

Franziska se alegró cuando sonó la campana que los llamaba a cenar y los dos criados salieron al jardín para pedir a los invitados que entraran en la casa. Ay, todo era tan difícil. Tan complicado. La presencia del comandante, que la alteraba por completo. Los comentarios de la abuela. La sonrisa de advertencia de su madre. El silencio precavido de su padre. Sin embargo, lo peor era ese potente anhelo, el deseo irracional e inmoral de estar a solas con él. Tocarlo. Entregarse a él.

—Oye, Franzi —dijo Elfriede cuando ocuparon sus sitios en la mesa—. ¿Quién es ese oficial tan guapo que está al lado de la tía Irene?

Elfriede tenía que poner siempre el punto sobre la i.

—Es el comandante Walter Iversen. Un buen amigo de Jobst.

Elfriede le sonrió. Inocente como una niña y al mismo tiempo con una capacidad de seducción nueva que ya no era nada infantil.

—¡Antes, en la escalera, me ha besado la mano!

El banquete festivo la víspera de la boda fue un tormento para Franziska, aunque fue culpa suya. ¿Tenía que mirar constantemente por encima del centro de mesa de rosas? Hacia donde él estaba sentado, entre la tía Irene y Brigitte, manteniendo una conversación animada con sus compañeras de mesa y bromeando continuamente con Heini y Jobst. Levantaban las copas y brindaban, se reían, charlaban, disfrutaban de los sustanciosos platos y se lo pasaban de maravilla. De vez en cuando la mirada de sus ojos azules la atravesaba como una flecha, y entonces ella se sentía pillada en falta, humillada, y se enfurecía porque creía ver una sonrisa triunfal en los rasgos del comandante. Encima tenía que aguantar las miradas escrutadoras de su madre, la abuela Wolfert con sus impertinencias y la cháchara de Elfriede.

—Es un hombre muy guapo, Franzis. ¿Has visto? Tiene los

dientes blancos como la nieve. Y qué alto es... ¡Tiene los labios muy ardientes y elásticos! —Su hermana estaba desbocada.

Serenidad, diría la abuela Dranitz. Siempre había que mantener la serenidad. Aunque costara.

—¿Elásticos? ¿De dónde sacas eso? —repuso Franziska.

—Porque antes me ha besado la mano...

—No vuelvas a decir eso, Elfriede. Es poco elegante y desagradable. Menos mal que mamá no te ha oído.

—¿Por qué?

«Dios mío, haz que el tiempo pase rápido», suplicó Franziska para sus adentros. Ya no se atrevía a mirarlo porque sabía que se iba a ruborizar sin querer. Era increíble, su hermana pequeña... «Ardientes y elásticos», ¡por el amor de Dios! ¡Pero qué precoz!

Sin embargo, el tiempo no tenía ninguna prisa. Transcurría a paso de caracol, avanzaba con una lentitud cruel de un segundo a otro. Tuvo que oír las quejas de la tía Susanne sobre su modista, que había cortado mal cinco metros del mejor tejido de lana inglés, y las opiniones del tío Bodo sobre la futura cosecha de colinabos, que ese año caería, por desgracia.

Al otro lado de la mesa el abuelo Dranitz cada vez alzaba más la voz, bajo los efectos del vino tinto francés.

—¡Un civil como ese Adolf Hitler no pinta nada en el alto mando militar! Un ejército llega a la victoria guiado por generales con experiencia en la guerra. ¡Bah, Francia! Eso fue pura suerte, nada más. ¡Ese advenedizo no tiene ni idea!

—No te alteres, padre —intentó calmarlo el padre de Franziska.

—¡Cierra la boca, Heinrich! —bramó el abuelo, enfadado, y se volvió con brusquedad hacia Walter Iversen—. ¡Usted debería saberlo, comandante! ¿Su padre no fue oficial adjunto en Hindenburg?

—Cierto. —Oyó que contestaba Walter Iversen con calma y amabilidad—. En principio le doy la razón, barón.

—¿No comes nada, Franzi? —preguntó Wilhelm von Dranitz, el compañero de mesa de Franziska—. ¡El guiso de carnero con judías es una delicia!

En efecto, apenas había probado nada, y en cambio había bebido tres copas de vino del Mosela, lo que aún la aturdía más. Cuando por fin llegaron a los dulces, el licor de fruta y el café moca, fuera ya oscurecía, y Liese, la criada, encendió en la terraza los farolillos de papel. Estaba precioso. Las lunas amarillas y las esferas rojas flotaban en la penumbra, en las mesas blancas del jardín titilaban las linternas y alrededor revoloteaban todo tipo de aves nocturnas en busca de luz.

Poco a poco se fue vaciando la sala. El grupo se dispersó, se dividió en grupitos sueltos, algunos fueron a ver el lugar, las damas se cambiaron de ropa, la abuela Dranitz se acostó, los jóvenes salieron a la terraza a probar el ponche de fresa. Franziska también quiso subir la escalera para ir a buscar en el armario el pañuelo de seda cuando de pronto alguien la agarró del brazo.

—Siéntate con nosotros, hermanita —rogó Jobst—. Aquí hay alguien que tiene muchas ganas de verte.

A Franziska se le aceleró el corazón. Miró a Walter, que estaba al lado de Jobst, con una sonrisa esperanzada en el rostro.

—¡Claro! —exclamó Heini en ese momento. Saltaba a la vista que había bebido una copa de más—. Hace meses que no nos vemos, Franzi. Elfriede me ha contado que quieres ser fotógrafa, ¿es cierto?

¡Dios, qué vergüenza! Por supuesto, había creído que era Walter el que tenía ganas de verla. Qué ingenua era. Qué conducta tan vergonzosa. ¿Cómo se le había ocurrido la ridícula idea de que pudiera sentir lo mismo que ella?

—Entonces ya somos dos —dijo Walter Iversen, y puso un brazo sobre el hombro de Heini—. Yo he pedido primero su compañía, joven baronesa.

Qué comprensivo era. Con qué habilidad la había ayudado a superar la vergüenza, y parecía hablar completamente en serio. Explicó aliviada que iba a buscar un momento el pañuelo y rogó a los caballeros que le guardaran una silla.

Arriba, en su cuarto, le costó abrir el armario ropero porque Brigitte había colgado el vestido de novia, la ropa interior, el velo y todo lo demás en la parte externa. Se quedó un momento ahí, sumergida en el blanco inmaculado del vestido nupcial, admirando el encaje, el delicado bordado de perlas en el escote y el dobladillo, soñando con su propia boda…

El alboroto que armaba Elfriede, que le llegaba por la ventana abierta desde la terraza, la sacó de sus pensamientos.

—¡Pero yo quiero sentarme aquí!

Se colocó a toda prisa el pañuelo sobre los hombros y bajó la escalera dando brincos, por lo que estuvo a punto de chocar con la tía Irene, que subía los escalones entre gemidos para ponerse un calzado más cómodo. Abajo, Heini ya había llevado otra silla para que Elfriede también pudiera unirse a ellos, pero el sitio junto a Walter Iversen seguía libre.

—Ha sido una dura batalla —reconoció el comandante con una sonrisa, y se levantó para apartarle la silla—. Pero hemos llegado a un acuerdo, ¿no es cierto, jovencita?

Elfriede torció el gesto en una mueca malhumorada y se volvió hacia su hermano Heini. Brigitte hizo un gesto de desaprobación ante semejante actitud de mocosa maleducada y Jobst sirvió ponche de fresa en el vaso de Franziska. Brindaron, y Walter Iversen afirmó que hacía mucho tiempo que no pasaba una velada en una compañía tan agradable. Sus ojos estaban oscuros, solo brillaban de vez en cuando, cuando se reía o cuando miraba a Franziska de reojo, pensativo.

La conversación fue relajada como en la mesa, Jobst y Heini contaron algunas experiencias emocionantes del campo de batalla, Elfriede dijo tonterías, Brigitte confesó su pánico escénico ante el día que le esperaba. Walter se divertía. De vez en cuando se inclinaba hacia Franziska para comentar algo con ella a media voz, y entonces solo los separaban unos centímetros y sentía la atracción mágica que ejercía el cuerpo del comandante en ella. Su cabello espeso y oscuro brillaba bajo la luz de la lámpara, percibía el olor de su uniforme, de su piel, notaba su calor. Una especie de escalofrío se apoderó de ella, le costaba dar respuestas sensatas.

Gerlinde y su hermano Kurt-Erwin se unieron a ellos, atraídos por las risas. Llamaron a Liese para que llevara más vasos, pero la chica estaba ocupada porque el tío Alexander acababa de tirar de la mesa varios vasos de ponche en un arrebato al emocionarse hablando.

—Iré yo —se ofreció Franziska, y se levantó.

El cuarto de caza, que en invierno era el centro de todas las reuniones familiares, estaba ahora desierto. Había solo un farol sobre la mesa, que arrojaba su luz inestable sobre la chimenea de obra, el viejo reloj de pie, los trofeos de caza en las paredes y las vitrinas donde su madre guardaba los vasos de cristal caros. Franziska agarró la llave que estaba arriba, sobre el armario con vitrina, y abrió la puerta para sacar dos copitas cuando de pronto oyó por detrás un leve crujido. Se dio la vuelta, asustada.

—No tenga miedo —musitó Walter Iversen—. Solo soy yo.

Franziska sintió un mareo. ¿Había provocado ella esa situación? Por supuesto. Aunque fuera de manera inconsciente, pero con la misma seguridad que un sonámbulo.

—Es usted muy amable por ayudarme a llevarlas —bromeó ella, un tanto desvalida—. Las copas son de cristal de Bohemia y pesan bastante.

No obstante, él no le siguió la broma, se acercó mucho a ella, le quitó las dos copas de la mano y las dejó en la mesa.

—Llevo mucho tiempo pensando en qué hacer para estar a solas con usted —dijo—. Y ahora el azar acude en mi ayuda.

¿Se estaba riendo de ella? Franziska quiso decir algo, pero él le puso el dedo índice sobre los labios con suavidad.

Ella empezó a temblar.

—Chist —susurró él con una sonrisa—. Por favor, no me distraiga. Soy torpe en las declaraciones amorosas y me lío con facilidad…

Ella guardó silencio, esperó con el corazón acelerado. De pronto eran cómplices, dos ladrones en plena noche, dos personas que se acercaban, a escondidas, apasionadamente y al mismo tiempo con miedo de dar un paso en falso.

—No soy una hoja en blanco, Franziska —empezó él a toda prisa—. De hecho, sería raro en un hombre de mi edad. Pero sé que he encontrado lo que siempre había buscado. Lo sé con toda certeza.

Se detuvo y la escudriñó con la mirada. Franziska calló y lo miró, fascinada, bebió con ansias sus palabras, deseosa de más.

—Tenía que ser como tú. Tan delgada y morena, tan lista y testaruda. Tenía que amar la naturaleza y sus criaturas, ser una Diana a caballo, una amiga alegre y una compañera fiel. Un remanso de paz en mi inquieta vida, un puerto seguro, un refugio y al mismo tiempo mi mayor tesoro, que defendería hasta mi último suspiro. Todo eso lo veo en ti, Franziska. Dime si voy por buen camino.

¿Qué es la felicidad? Un éxtasis que se apodera de nosotros, nos atraviesa, nos empujar a cometer locuras que de ser plenamente conscientes no haríamos jamás. Franziska levantó los brazos, le rodeó el cuello, notó cómo él la acercaba hacia sí y respiró durante unos dichosos segundos la pura felicidad.

—No lo sé —se oyó susurrar a sí misma—. Exiges mucho…

El beso del comandante no fue ni tierno ni cauteloso; la dejó sin respiración, le provocó un mareo, jadeó.

—Disculpa —susurró él—. Es mi impaciencia. Estamos en guerra, y la vida puede terminar en cualquier momento.

—Pero no, pronto habrá un acuerdo de paz —murmuró ella, como si pretendiera consolarlo.

Los labios del comandante estaban tan cerca de su boca que el deseo de un beso casi le dolía.

—Me temo que te equivocas...

Un mínimo movimiento hacia él, y sus labios se encontraron de nuevo. Una pasión dulce, salvaje, prohibida invadió a Franziska cuando las manos de Walter avanzaron con cautela, le acariciaron la espalda y fueron ascendiendo. Mientras, fuera, en la terraza, se oían risas, cháchara y la voz del tío Alexander pidiendo cerveza a gritos. Se quedaron abrazados, notaron la respiración y el latido de sus corazones y creyeron estar unidos para siempre.

—Dime si me quieres, Franziska...

Ella le susurró la respuesta al oído, y la recompensó con una lluvia de besos y murmurando que era la persona más feliz sobre la faz de la tierra.

—¿Dónde se ha metido Franzi? —exclamó Gerlinde fuera, en la terraza—. ¿Vamos a tener que beber con las manos?

Se separaron, él se disculpó con un gesto, le apretó las manos y se dirigió al salón para no aparecer en la terraza al mismo tiempo que ella.

¡Qué noche! Franziska se sentía salvada, todos los miedos se habían desvanecido y habían sido sustituidos por una sensación de felicidad extrema. No le importó cuando Elfriede puso el grito en el cielo porque quería un segundo vaso de ponche, y le dio un golpecito en la espalda a Gerlinde con paciencia cuando se atragantó con una fresa.

Más tarde fueron todos juntos al jardín, entre risas y gritos, cogidos de las manos para no caerse en la penumbra. Walter siempre estaba cerca, de vez en cuando la agarraba de la mano, y una vez la llevó detrás de un enebro para besarla. Jobst y Heine habían abierto la casa guardabotes y sacado los botes de remos.

—¡Dame la linterna! —gritó Jobst, travieso, al chico que su madre les había enviado por precaución—. ¡Si no, asustaremos a la dama del lago!

Subieron entre risitas y gritos de terror a los botes oscilantes, los caballeros agarraron los remos, las damas se sentaron en la popa, alguien empezó a cantar una canción popular y los demás se unieron.

—... que no quería, que no quería, que no quería navegaaaar...

A Franziska le habría gustado salir de paseo por el lago oscuro sola con Walter, pero por desgracia Elfriede subió al bote con ellos y estuvo todo el rato hablando sin parar. Sin embargo, Franziska se sentía demasiado feliz en ese momento para enfadarse con su hermana pequeña.

Franziska

Julio de 1990

La vieja casa hablaba con ella. Las vigas de madera de la planta superior crujían bajo el sol matutino. El rocío chascaba al gotear junto a las manchas de moho de las ripias del tejado; en la pared que daba al oeste se deslizaba un pedazo de yeso. Era como si un viejo oficial estirara su cuerpo y se preparara para un nuevo día. Gimiendo del esfuerzo, le sonrió. Ese viejo oficial aún estaba muy vivo, y tendría fuerzas para muchos siglos más.

«Tú y yo —pensó ella con una sonrisa—. Quedamos las dos, y las dos nos mantendremos unidas. Un día volverás a ser nueva y joven, y por tus estancias corretearán niños. Confía en mí, yo soy tu espíritu protector, tu amiga. Tu hija.»

Durante los últimos dos meses rara vez había abandonado su puesto de vigilancia y nunca de noche. Habían surgido rumores que no podía creer. Había viajado a Schwerin, a Stralsund, a Güstrow y a Rostock. No había conseguido nada: en los departamentos de la RDA reinaba un caos infernal, nadie era responsable, nadie quería pronunciarse con claridad. Decían que cuando el acuerdo de reunificación estuviera firmado por fin tendrían capacidad para actuar.

Franziska no lo creía. Suponía que después se desataría el auténtico caos.

Llamó a un abogado de Frankfurt, el mismo que la había ayudado en la venta del negocio de bebidas. Le explicó que la situación de momento era completamente imprevisible, y que en todo caso debería comunicar sus pretensiones a ver qué pasaba.

—¿Y dónde? —preguntó ella.

—A su debido tiempo crearán departamentos para regular cuestiones de patrimonio pendientes.

—¿Qué significa «a su debido tiempo»? —insistió, con cierta impaciencia.

—Pronto —fue la respuesta imprecisa del abogado.

—¿Podrá arreglarme este asunto, señor Wissendörffer?

—Con mucho gusto, señora Kettler. Me pondré en contacto con usted a su debido tiempo.

No le dio muy buena sensación. Estaba convencida de que había dejado su caso en un montón de expedientes sin resolver y se dedicaba a otros quehaceres que le proporcionaban dinero más rápido. Bueno, un abogado también tenía que vivir de algo.

Aquella mañana de finales de julio, cuando la vieja casa se desperezaba bajo el sol, la desgracia avanzó con paso firme hacia Franziska.

Lo vio cuando detuvo su Wartburg en la calle y bajó. Parpadeó de buen humor, se colocó la gorra en la cabeza y cerró la puerta del vehículo. Esos coches del Este debían de ser de hojalata y plástico duro, por lo menos sonaban igual. «Barato», criticaba Ernst-Wilhelm. Su marido tenía debilidad por los coches caros.

—Buenos días —saludó Gregor Pospuscheit, que le tapó el sol con su silueta rolliza.

—Buenos días. —Franziska estaba sentada como casi siempre delante de la cabaña, tomando café. Entretanto se había hecho con una mesa y dos sillas, y en el interior había instalado algunos lujos modestos, como una hamaca y una estantería de pared repleta de todo tipo de cosas.

—Siento amargarle el día —le comunicó Pospuscheit con una sonrisa—. Pero el día 31 es el último para usted.

Dejó la taza de café con cuidado sobre la mesa de camping. Así que le rescindía el contrato de alquiler, que de todos modos era ilegal. Y eso que había pagado puntualmente.

—¿Por qué motivo?

Él se encogió de hombros e intentó echar un vistazo a la cabaña por la rendija de la puerta entornada. Corrían rumores de que guardaba un arma y munición.

—Por decisión del consejo municipal —respondió Pospuscheit—. La tienda y la oficina municipal también se trasladarán.

Franziska lo miró e imaginó lo peor.

—¿Por qué? —preguntó de nuevo, con más insistencia.

—No tiene por qué saberlo, señora baronesa —repuso él con malicia. Después se dio un golpecito en la gorra y se dispuso a dar media vuelta.

Franziska notó que caía presa del pánico.

—Si quieren derruir la casa —exclamó, alterada—, le espera resistencia. ¡Se lo advierto, señor Pospuscheit!

Oyó lo estridente y temblorosa que sonaba su voz, pero le daba igual. Tenía que saber que estaba dispuesta a llegar hasta el final. ¡Hasta el final de todo!

—¡Bah! —Pospuscheit la observó con una sonrisa. Por lo visto le causaba un gran placer sacarla así de sus casillas—. No se tocará ni una sola viga de la casa, señora baronesa. Al contrario. El municipio ha decidido venderla.

Necesitó un momento para comprender el alcance de semejante afirmación. Querían vender la mansión. La casa que era parte de su herencia. Su propiedad. Si aún existía justicia en este mundo, esa casa le pertenecía a ella.

—No pueden venderla. Hay que devolverla a sus legítimos propietarios.

Sus rasgos adquirieron un aire taimado cuando contestó con aire de satisfacción:

—En eso se equivoca, señora baronesa. Lo que fue confiscado por los rusos entre 1945 y 1949 y repartido entre los campesinos locales no se devuelve. Y así sigue siendo. El terreno pertenece a la cooperativa de producción agrícola, y la casa se queda en el municipio. Podemos hacer lo que queramos con ella.

Había oído rumores sobre eso, pero le habían parecido completamente absurdos. No podía ser, sería una segunda expropiación.

—No crea que me puede intimidar, señor Pospuscheit —dijo, procurando calmar el corazón desbocado—. Si ponen a la venta esta casa o mi terreno, iré a los tribunales. —La expresión taimada desapareció de su rostro, pero Franziska no sabía si sus palabras le habían impresionado.

—Haga lo que pueda, señora baronesa. Si esta cabaña no ha desaparecido a finales de mes, vendremos con la excavadora. Esto es una ocupación ilegal de un terreno propiedad del municipio.

Quiso replicarle que en ese caso tendría que recurrir a la prensa y a su abogado, pues al fin y al cabo tenía un contrato de alquiler sin contar con la bendición del ayuntamiento. Sin embargo, se quedó callada y dejó que se fuera. No tenía sentido discutir con ese tirano. Si le buscaba las cosquillas, estaba en situación de enviarle de nuevo a sus jóvenes seguidores alcohólicos a acosarla. ¿Por qué demonios los vecinos del pueblo habían escogido a esa persona como alcalde?

Lanzó una mirada a la casa y de pronto se sintió sola y

desvalida. ¿Qué podía hacer si la vendían? Absolutamente nada, admitió a regañadientes para sus adentros. En el mejor de los casos tendría que litigar durante muchos años para recuperar su propiedad. No le bastaría con la vida que le quedaba. Necesitaba un consejo. Apoyo jurídico. Pero solo se le ocurría el señor Wissendörffer.

Metió la vajilla en la cabaña, guardó también la mesa y la silla y cerró. En esa tierra toda cautela era insuficiente. La barbacoa que compró se la robaron una noche, junto con los cubiertos y el carbón. De haber estado aún el perro, no habría ocurrido.

Por supuesto, podía llamar por teléfono desde casa de los padres de Mücke, los Rokowski, con quien habían entablado cierta amistad. También la familia de Elke, los Stock, y el padre de Jürgen, Krischan Mielke, eran buena gente. Con todo, aquel asunto había que tratarlo con discreción y en un pueblo enseguida corría la voz. Iría a Waren y utilizaría una cabina telefónica. Así por lo menos se desharía de las últimas monedas de la RDA que nadie quería tras la unión monetaria. Eran ligeras como una pluma, como el dinero de mentira que compró tiempo atrás para la tienda de juguete de su hija. De aluminio. O de hojalata.

Tuvo que esperar media hora, pues no era la única que quería gastar con sensatez los peniques y marcos del Este. Tres jubilados parlanchines estaban delante de ella, charlando animadamente con sus parientes, y no terminaron la conversación hasta que no gastaron las monedas de hojalata.

—Tiene usted suerte, señora Kettler —comentó el señor Wissendörffer con alegría—. Estoy entrando por la puerta. ¿Qué fuego hay que apagar esta vez?

La conexión era un tanto inestable, seguramente por culpa de los micrófonos ocultos que la Stasi había instalado por todas partes. Después de explicar su situación, la alegría del abogado se desvaneció.

—Ahí podría haber problemas —afirmó, abatido.

—Entonces ¿pueden hacerlo? ¿Venderla sin más? La mansión no les pertenece.

—Según la legislación vigente, sí —repuso el abogado.

¡Por supuesto! Ya imaginaba que no la iba a ayudar. Blandengue.

—¿Y qué puedo hacer ahora? —preguntó, mordaz.

—Comprar.

Se quedó literalmente de piedra.

—¿Comprar? —preguntó, horrorizada, y se puso a toser—. ¿Yo? ¡No lo dirá en serio!

—Por desgracia sí, señora Kettler. Antes de que la propiedad acabe en manos de otra persona, como un agente inmobiliario o un oligarca ruso, debería echarle mano usted. Si la reclamación llega a buen puerto, puede contar con una compensación.

—¿Y si la reclamación es rechazada?

—Entonces por lo menos habrá salvado su mansión —concluyó el letrado, que luego comentó que lamentaba extraordinariamente no poder ofrecerle una mejor salida y se puso a su disposición en cualquier momento. Si llegaba a haber un contrato de compra, él mismo lo revisaría para que no se llevara ninguna sorpresa desagradable.

—Gracias, me pondré en contacto con usted —balbuceó Franziska, y colgó.

Estuvo un rato mirando incrédula el teléfono y luego salió de la cabina. No le hacían falta más sorpresas desagradables. Al menos no ese día. Iría a hacer la compra y a continuación entraría en una de las cafeterías de reciente apertura para reflexionar con calma. Escogió una pequeña de la calle que ofrecía pastel de manzana con nata, pero no se sentó fuera, por donde pasaban los transeúntes y se quedaban mirando la taza de café, sino en la sala interior.

El mobiliario parecía bastante improvisado, el mostrador de pasteles seguramente había sido adquirido de segunda mano, aunque la cafetera, un monstruo brillante con mucho cromo, parecía nueva. Las mesas y los asientos estaban muy mezclados y daban la impresión de proceder de diversas viviendas desmontadas. Pese a todo, a Franziska le gustó. La cafetería era acogedora y cómoda. Tal vez fuera por el aroma. Olía a una mezcla de café, vainilla, canela, detergente, cojines de sofá y cortinas lavadas con suavizante. Olía a algo más que le costó distinguir.

—Un café y un trozo de pastel de manzana con nata, por favor.

—¿Café con leche y azúcar? —preguntó la camarera, gruñona.

—Solo, por favor.

—Como quiera... —Era una mujer de mediana edad, rolliza, con el cabello teñido de rojo y con permanente, que llevaba unos zapatos desgastados. No era demasiado simpática. Franziska se arrepintió de su elección, convencida de que en la otra cafetería la habrían tratado con más educación.

—Son tres con cincuenta. —La camarera volvió de la cocina y le plantó delante un plato con pastel y la cafetera pequeña.

Vaya, primero se paga y luego se disfruta. Con todo, el trozo de pastel estaba bueno, la nata era abundante, y el café también estaba bien.

—¿Hace usted el pastel? —preguntó Franziska.

—¿No le gusta?

¡Por Dios! Solo quería decir algo amable, pero tal vez por allí solo estaban acostumbrados a los gruñidos.

—Sí, está delicioso. Hacía tiempo que no comía un pastel de manzana tan bueno.

Se oyó ladrar un perro de fondo. Por supuesto, ese era el olor que no era capaz de distinguir. Olía un poco a perro.

—¡Vaya! —exclamó la camarera pelirroja, esforzándose por asimilar el elogio inesperado—. Me alegro. Se lo diré ahora mismo a mi marido. Es él quien hace los pasteles.

—¿Tiene perros?

La mujer asintió. Esta vez no entendió la pregunta como una crítica, así que empezó a hacer publicidad.

—Criamos perros pastores. Buenas razas, sin DC. En la RDA hace años que los hemos eliminado. Nuestros perros pastores están sanos como una manzana y son muy resistentes.

—¿DC? —Miró intrigada a la mujer.

—Displasia de cadera. Es bastante frecuente cuando hay una cría excesiva.

Franziska asintió, había oído hablar de ello.

El perro siguió ladrando. Detrás, alguien rugió:

—¡Calla, maldita sea!

El chucho no se dejó amedrentar.

—¿Tienen cachorros ahora mismo?

—Llegarán dentro de dos semanas. Y luego se quedan ocho semanas con la madre.

Era lógico, esa gente criaba con seriedad. La displasia de cadera era una desgracia con la que se había criado a los pobres animales. Durante un tiempo, la línea del lomo descendiente estuvo muy de moda, por eso las articulaciones de la cadera quedaron fuera de control. A veces estaba tan mal colocada que había que matarlos de cachorros.

—¿Puedo ver sus perros?

—Claro. ¿Quiere comprar uno?

—Tal vez. —A la propia Franziska le sorprendió su respuesta, no era más que una locura. Aunque... Se sentía sola e impotente. Necesitaba un ser vivo a su lado. Un compañero. Un protector. Un amigo.

De pronto la camarera se mostraba muy simpática. Se presentó como Irene Konradi, le contó que hacía ya más de veinte años que ella y su marido criaban perros pastores y que también habían proporcionado sabuesos rastreadores a la policía fronteriza. Cuando Franziska se levantó, la llevó por un pasillo mohoso que pasaba junto a la cocina y las despensas hasta la parte trasera de la casa, y de ahí al jardín. Las perreras eran de madera y no muy grandes, con unas rejas de acero para cerrar las cajas. En una de ellas un perro pastor ladraba fuera de sí.

—¿Qué le pasa? —se quejó Irene Konradi—. Normalmente no monta semejante circo.

Franziska no esperaba nada bueno de ese día, y ahora veía que estaba equivocada. En la estrecha caja de madera estaba sentado Falko, que gemía, se rascaba, mordía desesperado las barras metálicas e intentaba una y otra vez superar la reja con un potente salto.

—¿Puedo tener ese?

—¿Ese de ahí? Era de alguien que ya no podía tenerlo. Es un buen macho para criar.

Irene Konradi tuvo que gritar para hacerse entender porque los demás perros también empezaron a ladrar. Era difícil saber si se solidarizaban con el chucho solitario o querían reprenderlo. Falko se calmó en el acto cuando Franziska se acercó a la reja.

—Siéntate. Así, muy bien. Buen perro.

—Madre mía —murmuró Irene, asombrada—. Lo ha conseguido.

—Falko y yo nos conocemos. ¿Cuánto quiere por él?

Entretanto, su marido había salido de la cocina.

—¿Para qué quiere el perro? —preguntó.

—Tengo una casa con un terreno grande. Necesito un perro que vigile.

Su padre habría dicho que estaba haciendo castillos en el aire. Soñando. Y si...

—¿Dónde? —repuso Irene, intrigada.

—En Dranitz.

El matrimonio intercambió una mirada, ella se encogió de hombros y él arrugó la nariz. El señor Konradi llevaba una camiseta sin mangas que dejaba ver unos impresionantes músculos en el antebrazo.

—Trescientos marcos —exigió.

Franziska dudó. No llevaba tanto encima.

—Doscientos —dijo Irene, que le dio un codazo en el costado a su marido—. Porque ya conoce al perro...

Franziska sacó el monedero y empezó a contar. Falko permanecía sentado, atento, y seguía con los ojos cada uno de sus movimientos. Esperanzado. Confiado.

—Solo llevo ciento ochenta y cinco marcos —dijo al fin.

—De acuerdo. —El criador cogió las monedas que le daba, empujó el pestillo y abrió la reja.

El perro emitió un sonido como si fuera a estornudar, con la mirada aún clavada en Franziska. Era evidente que esperaba sus órdenes.

—Ven aquí —le indicó con firmeza.

Falko salió despacio de su prisión, como un príncipe liberado y orgulloso, le lamió la mano y movió con fuerza la cola. Cuando le acarició la cabeza, levantó el hocico de placer y las orejas.

—Quiere ir con usted —aseguró Irene—. Seguro que le dará muchas alegrías. Es un animal excelente. Si quiere, en primavera puede aparearse con Cora, es nueva. Podrá ganar dinero por el apareamiento y un cachorro sano.

—Ya veremos —contestó Franziska—. Primero necesito una correa.

—Ahora se la damos. Ve a buscar la que dejó Ulli, Paule.

Paule Konradi estaba un poco de mal humor por el descuento que su media naranja había hecho por el perro, pero pese a su complexión fornida, parecía buena persona. Acarició el lomo de Falko y le rascó las orejas.

—Estaba muy triste. No comió nada durante tres días, pensábamos que se nos iba. Ese Ulli es un canalla. Coge un perro y luego no puede quedárselo.

El perro pastor habría seguido a Franziska también sin correa, pero prefería ir con cuidado. En la orilla del Müritz había patos y unos cuantos gansos, en Dranitz al perro le encantaba cazarlos. Falko subió de un salto y sin dudar al asiento trasero del coche, dio dos vueltas, tiró al suelo un paraguas y se sentó. La miró, jadeando. Estaba entusiasmado. Activo.

«Estoy loca —pensó mientras regresaba a Dranitz—. Compro un perro para que vigile una casa que ni siquiera es mía. Pero bueno, se puede empezar la casa por el tejado.» ¿Quién decía eso? ¿Su padre? No, el inspector. Gustav Schneyder se llamaba.

Empezar la casa por el tejado... Primero comprar un perro, luego la casa, que de todos modos le pertenecía. Y, en algún momento, más adelante, recuperar el dinero. Tal vez.

No tenía ni idea de cuál podía ser el precio. Seguramente Pospuscheit y su consejo municipal también estaban tanteando en la oscuridad. Tenía que ser rápida, hacer una buena oferta que no pudieran rechazar. Antes de que aparecieran otros interesados y subiera el precio.

La cuestión era si el alcalde estaba dispuesto a venderle la mansión precisamente a ella, la sanguijuela de alta cuna, hija de un terrateniente.

Suponía que incluso querría echarle mano él mismo. Ese tirano era perfectamente capaz. Tenía el mando del consejo municipal, a fin de cuentas era el primer edil. Estuvo a punto de pasarse el desvío a Dranitz, tan absorta estaba en sus oscuros presagios. Falko se puso en pie, apoyó el hocico en la ranura de la ventanilla y se puso a ladrar de contento. Por lo menos él confiaba en volver a tomar posesión de la zona. Seguramente lo primero que haría sería volver a marcar el terreno.

En la carretera, a la altura de la mansión, había un coche rojo. Era un color tan descarado y llamativo que solo podía tratarse de un coche occidental. A Franziska se le aceleró el corazón. Cielo santo, habían sido más rápidos de lo que pensaba. Algún buitre del Oeste había visto la mansión y había hecho una primera oferta.

A Falko le interesó poco el Opel Kadett rojo; pasó corriendo por el lado hacia la cabaña y se quedó ahí, mirando a la derecha. Franziska abrió el maletero y cuando estaba llevando la compra oyó un grito.

—¡Falko! —gritó, asustada.

«Ahora no te busques problemas también por el perro», pensó, afligida. Cerró el maletero y corrió por el bosquecillo hasta su caseta. Allí había una joven, con la espalda contra la pared de la cabaña y los brazos estirados para ahuyentar al perro.

—¡No le va a hacer nada! —gritó Franziska—. Solo quiere olisquear.

La chica levantó la cabeza y se la quedó mirando. La escudriñó.

—¿Abuela? —dijo por fin, vacilante—. ¿Eres mi abuela?

Perpleja, Franziska observó con más atención a la chica. Estaba muy pálida, tenía ojeras como si se hubiera pasado toda la noche bailando. El cabello pelirrojo, bastante desgreñado... era el pelo de Elfriede, su hermana. Y la nariz... Dios mío...

—¿Jenny? —susurró—. ¿Eres Jenny?

—Exacto —dijo, y bajó los brazos.

Diario de Elfriede, hija del barón Von Dranitz

Prohibido leerlo

Quien lo haga perderá todo el cabello y será bizco para siempre como la vieja Koop

3 de agosto de 1940
Arriba en mi habitación,
por la tarde, hacia las cinco

Son malos conmigo. Todos. Incluso mamá. Por nada me hacen quedarme en mi cuarto hasta que la señorita Sophie me venga a buscar. Probablemente no me darán la cena. Pero me da igual. De todas formas no me apetece comer nada. Y la boda de la semana que viene me la puedo ahorrar. No voy a ir. ¡Basta! Es mi última palabra.

Que no se crean que me voy a poner ese vestido horrible que me han cosido. Un saco de color rosa. Corto como el de una niña pequeña. Y ya tengo catorce años.

Franzi, claro, llevará un vestido largo. Rojo con flores blancas. Con cintura y sin mangas. Además, se pondrá el bolero blanco que en realidad me dio a mí.

En esta casa a nadie le interesa que ya tenga pechos. Me tratan como a una...

La señorita sube la escalera, oigo sus bufidos, por lo visto tiene prisa...

5 de agosto de 1940

Anteayer llegó Heini. Es el único motivo por el que al final bajé a cenar. Heini llevaba su uniforme nuevo con charreteras, ahora es subteniente. Todos estamos muy muy orgullosos de él porque fue condecorado en la heroica victoria contra la Francia enemiga.

—¿Por qué llorabas, Elfriede? —me preguntó cuando entré en el comedor.

—Se ha puesto terca otra vez —contestó Franzi.

Eso es típico de Franzi. Contesta a preguntas que no van dirigidas a ella porque me las han hecho a mí. Y, claro, ahora los tengo otra vez a todos en contra. La niña malcriada, díscola y obstinada. El diablo pelirrojo...

—Siéntate en tu sitio, por favor, Elfriede —dijo mamá—. Y no nos arruines la alegría del reencuentro.

No dije nada más. Tampoco comí nada. Solo cuando Heini me guiñó el ojo le devolví la sonrisa. Papá me miró unas cuantas veces, pero se quedó callado. Mine, que servía la sopa, hizo un gesto de desaprobación con la cabeza y me dijo que tenía que comer algo porque estaba muy delgada. Pero a mamá le da igual si peso media libra...

7 de agosto

Hoy ha sido un día bonito. He ido a remar al lago con Heini y Franzi, y nos lo hemos pasado muy bien. Franzi ha estado a punto de caerse al agua por querer arrancar un nenúfar. Yo la he sujetado, y Heini se ha ocupado de que el bote no volcara.

Mañana viene Jobst con su novia. La tía Susanne y el tío Alex ya están aquí, duermen en la habitación de invitados. Todos tenemos que apretarnos un poco porque hay muchos invitados a la boda. Yo tengo que dormir con Franzi porque los Wolfert ocupan mi cuarto, y Brigitte, la que se casa con mi hermano Jobst, también dormirá conmigo y Franzi hasta el sábado. Luego Jobst y ella tendrán su propio dormitorio, pero no por mucho tiempo, porque a finales de semana Jobst tiene que volver con su unidad. Brigitte es rubia y lleva los labios pintados. Me ha traído chocolate, como si fuera una niña pequeña...

Esta tarde me han dejado estar con los adultos en el cuarto de caza y beber media copa de vino tinto. Estaba asqueroso, pero he dicho que estaba delicioso. Todos se han reído. Ha sido una tarde divertida, el abuelo y papá han contado historias de cazadores, y el tío Bodo ha cogido la guitarra de mamá y se ha puesto a cantar.

10 de agosto de 1940
Por la mañana, hacia las cinco, en la habitación de Franzi

Hoy es la boda. Estoy muy emocionada, pero Franzi y Brigitte siguen dormidas. Brigitte se ha rizado el pelo con unos rulos metálicos, está ridícula. Tiene la nariz chata y los ojos pequeños, no sé qué le encuentra Jobst. Tampoco es simpática. Ayer, antes de dormir, estuvo mucho rato cuchicheando con Franzi. Yo me hice la dormida, pero lo oí todo. Hablaban del compañero que ha traído Jobst. Se llama Iversen, y es comandante. Jobst lo ha invitado como testigo, por si acaso, porque no sabíamos si Heini tendría vacaciones, pero ya no lo necesitamos. Ayer le estuvo haciendo la corte a Franzi. Fuera ya había anochecido y Liese había colocado farolillos en la terraza.

Más tarde fuimos todos por el jardín con lámparas hasta el lago, y Heini repartió a todo el mundo en los botes. Al final subieron Franzi y el comandante Iversen al bote, y yo me senté con ellos. El comandante es alto, tiene el pelo moreno y los ojos muy azules. Se iluminan como si hubiera una luz detrás de ellos. Sabe gastar buenas bromas. Cuando se ríe es cuando más me gusta.

Ahora se ha despertado Franzi. Se ha puesto de costado y ha gruñido. Brigitte no se mueve. Luego tenemos que ayudarla a vestirse. El peinado se lo hará la señorita Sophie, y luego hay que sujetar de algún modo el velo al cabello y a los hombros. Ha dicho que mide tres metros de largo y es todo de encaje.

Fuera llueve...

10 de agosto de 1940
En la buhardilla, junto al baúl

Me encontraba fatal, por eso me he ido corriendo. He corrido por el jardín oscuro, mojado por la lluvia, y me he refugiado bajo un plátano; pensaba que tenía que vomitar. Sin embargo, al poco tiempo me encontraba mejor. Me he levantado despacio y me he apoyado en el tronco. Era bonito estar bajo el gran árbol, respirando el aire limpio de la noche y escuchando la lluvia. Solo se distinguía de la mansión una gran sombra angulosa, con las ventanas iluminadas brillando en medio.

Al cabo de un rato cerré los ojos y volví a oír su voz, tan clara como si estuviera a mi lado. «*¿Me concede un baile, señorita?*»

Como llovía, después del banquete apartaron la mesa larga para poder bailar en el salón.

—¿Me concede este baile, señorita?

Yo miré alrededor porque no podía creer que el comandante se refiriera a mí. Pero detrás solo estaban la abuela Dranitz y el tío Alwin, y con ellos seguro que no hablaba.

—Señorita Elfriede, ¿cierto? ¿Me concede ese gusto? Por favor...

Me sonrió. A mí. De verdad, a mí.

Justo en ese instante ocurrió. Algo sobrenatural. Un rayo desde las nubes celestiales. Todo dio vueltas alrededor, noté los oídos sordos, el piano, las voces y las risas se desvanecieron. Solo quedaban sus ojos, su boca, la mano que me tendía.

—¿Yo? Pero yo... no sé bailar...

Era mentira, pues la señorita había practicado con Franzi, y yo presté mucha atención. Era el vestido. Ese vestido horrible de niña que me quedaba como un trapo rosa.

—No me lo creo. Una chica tan guapa tiene que saber bailar.

Había dicho «guapa». Completamente en serio. Sin sonreír.

Y luego bailamos. Fue maravilloso. Y fue horrible. Volé como un pájaro. Y sentía un miedo terrible. Él me guio. Me dio ánimos y me dijo que era ágil. Y musical. Y me miraba de una manera... No sé cómo. Pero me daba la sensación de que todo en mi interior temblaba y se desmoronaba.

Después no hubo nada más. Bailó con otras, y estuve con la abuela, esperando, pero no volvió a venir. Los milagros siempre ocurren una sola vez.

Entonces salí del salón. En el comedor, los dos criados con librea que mamá había contratado para la boda estaban sirviendo champán y vino en las copas que luego llevaron al salón en bandejas de plata. Las botellas vacías estaban en un carrito de servicio. En todas quedaba un sorbito, y yo me las llevé a la boca y las vacié, incluido el licor casero. Luego me encontré mal.

Escribo aquí arriba porque he escondido mi diario en el baúl. En la mansión hay demasiada gente, no se puede dejar nada importante por ahí.

15 de agosto de 1940

Ya ha terminado todo. Los invitados se han ido. Jobst regresó ayer con su unidad, Heini tuvo que irse hace ya tres días. Y él tampoco está. El comandante Iversen regresó a Berlín justo después de la boda. A primera hora de la mañana el cochero Leo enganchó la yegua y el macho castrado para llevar al tren a los Hirschhausen y al comandante, a Waren. La tía Susanne y el tío Alexander llevaban un montón de maletas y cajas, y mamá encima les ha dado productos ahumados y verdura en conserva. El comandante llevaba solo una maleta pequeña, la sujetaba en el regazo porque ya no quedaba sitio en el landó. Al irse alzó la vista y yo abrí la ventana para saludar. Me daba igual llevar solo el camisón. Levantó el brazo y me saludó. Luego la tía Susanne le dio un codazo en el costado a su marido y miró hacia arriba. Los dos hicieron un gesto de desaprobación con la cabeza.

Cuando se fue, una pena profunda se apoderó de mí. Solo podía pensar en él, daba igual dónde estuviera ni qué hiciera. Siempre veía sus ojos brillantes. Oía su voz. «Señorita, concédame el honor...»

En la casa nadie se ocupa de mí. Papá y el inspector se pasan todo el día fuera porque el centeno ya está segado y trillado, y mamá se ha ido a Güstrow, a casa del tío Bodo. También Grete, la hermana pequeña del carretero Schwadke a la que mamá había contratado para que ayudara, se ha ido. Lleva unas trenzas gruesas de color cobre y tiene la piel muy blanca y pecosa. Me cae bien porque es pelirroja, como yo. Cuando se ríe inclina el torso hacia atrás y se tapa la boca con la mano. A veces jugaba con ella a pillar en el jardín. Cuando aún estaba Heini se unió al juego dos veces, y fue divertido.

Ahora estoy completamente sola, abandonada por todos en la orilla del lago, mirando los insectos tejedores que corren con sus largas patas de hilo sobre la superficie del lago. La señorita Sophie está de vacaciones, de visita con su familia en Schwerin, y Franzi está pegada a Brigitte. Cuando entro en la habitación a verlas paran de hablar, y Franzi pregunta de manera muy desagradable qué quiero.

—Sentarme en el sofá a leer un libro.

—Eso también puedes hacerlo arriba, en tu habitación.

Sé que nadie me soporta.

En el patio todo está lleno de polvo. Los trabajadores polacos han extendido unos paños grandes para trillar el cereal. Golpean las espigas con los mayales, una detrás de otra. Pim, pam, pim, pam. El ritmo es importante, porque de lo contrario se molestarían unos a otros. Papá dijo que el año que viene tendríamos una máquina de trillar.

Aquí, en el lago, el ruido llega amortiguado. El agua brilla al sol, en la orilla, donde los sauces sumergen sus ramas, se esconden las crías de pato. Siento una pena horrible porque no paro de pensar en él.

Creo que si ahora mismo me ahogara en el lago, ni siquiera se darían cuenta. Como mucho cuando no apareciera para la cena...

17 de agosto de 1940
En mi habitación, hacia las once de la noche

He cerrado la puerta. Fuera no hay nadie despierto, pero lo he hecho de todas formas. Me he dado cuenta de que funciona mejor con la puerta cerrada.

«Estimado comandante...», empiezo a escribirle la carta. Por desgracia, mi letra parece un garabato. Antes me parecía ridículo molestarse en escribir con una letra bonita, pero ahora me gustaría haber practicado más.

«Estimado comandante Iversen...»

Empiezo tres veces y vuelvo a tirar la hoja. De pronto me vienen a la cabeza las novelas de mamá que no me permite leer. Están en la biblioteca, en la parte baja de la estantería. La señorita Sophie dice que esos libros pecaminosos arruinarían el ánimo infantil. Pero a mí me parecen muy prácticos, porque de pronto sé lo que quiero escribir:

> Ha dejado usted una impresión imborrable en mi alma, y me resulta completamente imposible olvidarle. Si volviera a venir a la mansión Dranitz sería la persona más feliz bajo el sol.
>
> Le espera impaciente,
>
> Su Elfriede von Dranitz

Suena un poco exagerado, pero las cartas de amor se escriben así. Seguro que lo entenderá.

Mamá apuntó su unidad en el librito donde anota todas las direcciones. Lo vi porque ayer estaba abierto sobre su escritorio en el saloncito.

Cuando termino, doblo la carta y la meto en un sobre. Mañana se la daré a Leo, el cochero, que va a Waren a recoger a la señorita Sophie de la estación. Puede llevar la carta a correos.

Luego tendré que esperar. Tal vez llegue rápido. Quizá tarde mucho. Pero algo pasará. Eso seguro.

26 de septiembre de 1940

Hoy, cuando estábamos desayunando, ha llegado una carta con el correo. Papá le ha dado vueltas en las manos, y luego la ha abierto. La ha leído rápido, luego se ha dado cuenta de que mamá lo estaba mirando todo el tiempo y se ha levantado de la mesa. Se ha acercado muy despacio a mamá, le ha dejado la carta delante y luego la ha estrechado entre sus brazos. Mamá se ha llevado la mano a la boca, pero aun así se la oía llorar. Papá le ha acariciado los hombros mucho rato, como si no quisiera parar nunca.

—¿Jobst? —ha preguntado Brigitte a media voz.

Mamá ha negado con la cabeza, no podía hablar.

—Heinrich —ha dicho papá—. Hace tres días. Mientras patrullaba. Con alevosía y por la espalda.

Se ha desmoronado. Ha sido un momento horrible. Nunca había visto a papá tan desvalido. Ha llorado. Llorar de verdad. Y eso que siempre dice que solo las chicas lloran.

—Ahora tenemos que ser fuertes, Elfriede —me ha dicho Franzi—. Nuestro Heini no va a volver.

Me ha rodeado con los brazos y se ha puesto a llorar a mares. Tenía la blusa y el pelo completamente mojados.

—Tú tranquila —le he susurrado al oído—. Seguro que Heini vuelve. Por lo menos por Navidad. Me lo prometió.

16 de octubre de 1940

Ayer lo trajeron. El ataúd estaba en un depósito militar junto con cuatro más, que se llevaron a Malchin y Demmin. No quisieron decirnos los nombres, pero en las cajas mortuorias también había oficiales. Mamá dice que en nuestra familia varios hombres jóvenes ya sufrieron una muerte heroica porque la mayoría eligió la carrera militar. Vuelve a estar serena.

No lo entendí hasta que no estuve en el pasillo junto a la escalera del servicio y vi a las mujeres abajo, en la cocina, llorando a moco tendido. Entonces comprendí de repente que Heini está muerto. De un tiro. Caído. Fallecido. Me mareé, me pareció ver un gran pájaro oscuro volando por encima de mí. Sus enormes alas, unas alas fúnebres negras, se habían posado encima de mí. Me presionaban contra el suelo y no podía ponerme en pie.

Minc y la señorita Sophie me llevaron al salón verde y me tumbaron en el sofá. Entonces oí que mamá les decía a las mujeres de la cocina que estaba prohibido llorar.

Hoy Heini será enterrado en el cementerio familiar, fuera, en el jardín. Me alegro de que por fin encuentre la paz y nadie más vea su rostro destrozado. Lo han dejado en el salón toda la noche para el velatorio. Solo me han permitido verlo un momento, pero esta vez me alegré de que me echaran enseguida. Llevaba puesto el uniforme de subteniente, con las manos entrelazadas. La cara me resultaba desconocida, estaba desgarrada alrededor de la boca y muy oscura, casi negra. Han dejado flores y coronas al lado del ataúd, y en los dos grandes candelabros a derecha e izquierda ardían las velas.

Cuando lo vi, todo mi interior se volvió de hielo. Me metí en la cama y soñé que Heini remaba por el lago conmigo y que jugábamos a pillar en el jardín. Que saltaba del coche de caballos en el patio y subía los escalones del porche de columnas. Que me llamaba: «¿Elfriede? ¿Dónde estás? ¿Qué has hecho ahora, diablillo? Ven, cuéntamelo...».

El entierro de esta tarde ha sido bonito. Lucía el sol, y las hojas de los árboles del jardín brillaban. Estaban los Wolfert y los Hirschhausen, el tío Bodo y los abuelos. Jobst no ha conseguido vacaciones, ahora está en Noruega. Todos iban vestidos de negro. Yo llevaba un vestido heredado de Franzi y un abrigo de mamá. Ha venido todo el pueblo. La que más lloraba era la pobre Grete. Iba del brazo del carretero Schwadke, su hermano, y estaba muy pálida. Schwadke también estaba afligido porque ha recibido una notificación llamándolo a filas en la Wehrmacht.

Cuando llevaban el ataúd a la iglesia, ha llegado un invitado tardío. Ha venido en un vehículo militar gris con un conductor y el muchacho. Era el comandante.

17 de octubre de 1940
Pasada medianoche en mi habitación

No puedo dormir. Contar ovejas no me sirve de nada, ya he imaginado como mínimo cincuenta ovejas y las mismas cabras, pero no puedo contarlas porque se mezclan todas. Tropiezan por todas partes, igual que mis pensamientos.

Tenía tantas esperanzas de que viniera, y de pronto ahí estaba. Ha venido al entierro de Heini. Me llevé un susto cuando lo reconocí. Sí, fui feliz. Se puede estar triste y feliz a la vez. Seguro que Heini lo habría entendido.

No se ha quedado mucho. En la mesa larga se ha sentado entre mamá y Franzi. Ha estado hablando con Brigitte y también con los abuelos. Yo he tenido que sentarme detrás, con el primo Kurt-Erwin y la prima Gerlinde, que nació el mismo año que yo, pero aún es muy tonta y pueril. Ha sido bochornoso sentarme con ellos, seguro que el comandante cree que aún soy una niña tonta. Me ha mirado dos veces y me ha hecho un gesto amable con la cabeza. Nada más. Hacia las cuatro se ha despedido porque tenía que volver a Berlín. Me ha dado la mano rápidamente y me ha murmurado un «le acompaño en el sentimiento». Franzi y mamá han salido cuando se iba, pero yo he tenido que jugar a la pulga saltarina con Kurt-Erwin y Gerlinde porque me lo ha pedido la señorita Sophie...

Cuando estaba en el baño me he percatado de que en la habitación de Franzi aún había luz. Se veía por la rendija de la puerta. Probablemente tampoco puede dormir y está leyendo sus libros de poemas. Odio la poesía, porque la señorita siempre quiere que me aprenda alguno de memoria.

13 de noviembre de 1940

Ha llegado el frío. Hoy a primera hora el tejado rojo de la casa del inspector estaba blanco por la escarcha, igual que las casitas a ambos lados de la mansión, las de caballería, donde se veían hilos de hielo en las tejas. Liese ha recorrido toda la casa a primera hora para encender las estufas. Ayer mamá y papá tuvieron la misma discusión de todos los años. Papá considera que se gasta demasiada madera. Los dormitorios solo hay que calentarlos cuando hay alguien enfermo, y las estancias que la familia no utiliza tampoco necesitan estufas. Mamá, en cambio, no quiere dejar que el salón verde y la biblioteca se enfríen del todo por el papel pintado y los costosos muebles. Además, hay que pensar en el agua.

Como de costumbre, papá ha cedido en la mayoría de los puntos, y mamá ha prometido dar instrucciones a las chicas para que ahorren madera.

Franzi quiere ir a Berlín a estudiar fotografía. Papá de momento se niega, porque a mamá le preocupa que encuentre malas compañías allí. Son artistas de dudosa moral. Toda una Franziska von Dranitz no puede arruinar su reputación.

Franzi considera que mamá está desesperadamente anticuada. Según ella, hoy en día es normal que una mujer aprenda un oficio, solo hay que ver las películas de la genial Leni Riefenstahl. Sin embargo, no era un buen ejemplo, porque mamá había leído algo sobre esa mujer en la prensa.

—¿Y qué has leído? —pregunté.

—Eres demasiado joven para eso, Elfriede —contestó mamá—. Pero Franziska sabe perfectamente a qué me refiero.

Antes he ido a la habitación de Franzi. Se ha alegrado de verme y me ha dicho que soy la única que la puede entender. Brigitte es una boba que repite lo que sale de boca de mamá, y además siempre se encuentra mal porque está embarazada.

He estado mucho tiempo con Franzi y hemos hablado sobre Berlín. Eso es la auténtica vida, ha dicho. Aquí, en la mansión, una mujer joven solo puede marchitarse. Ha sido muy cariñosa conmigo y me ha regalado dos vestidos, con sus zapatos a juego. Ya soy casi tan alta como Franzi. En febrero cumpliré quince años.

27 de noviembre de 1940

Ha ocurrido algo horrible. La pobre Grete Schwadke está muerta. Esta mañana a primera hora la ha encontrado su madre sin vida en la cama. No querían decirme de qué había muerto, pero lo he oído junto a la puerta de la cocina. La cocinera Hanne ha dicho que la ha matado la vieja Koop. Y Liese ha comentado que Grete era preciosa. Demasiado. Y demasiado joven. Entonces Mine ha asegurado que todos deberían haber cuidado mejor de la chica. Ni siquiera sabía cómo explicárselo por carta a Karl-Erich. Se desesperaría del todo, le tenía mucho cariño a su hermana y aún quería más a Mine por cuidar de la chica. En ese momento la señorita Sophie me ha pillado escuchando y he tenido que subir con ella a la biblioteca, donde he tenido que escribir veinte veces: «Nunca volveré a escuchar detrás de una puerta porque es una insolencia y da mal ejemplo a los empleados».

Sigo sin saber de qué ha muerto la pobre Grete. Si la vieja Koop la ha matado, ¿cómo lo ha hecho? ¿Esa bruja asquerosa entró de noche en el dormitorio para matarla?

Pues no me lo creo. Va coja, y ya no tiene muy buena vista. Pero, por si acaso, cerraré bien mi ventana.

2 de diciembre de 1940

Ha nevado durante la noche. Lo he sabido en cuanto me he despertado porque en el patio se oía rascar la pala sobre los adoquines. Cuando he corrido las cortinas los cristales estaban llenos de flores de escarcha. Son maravillosas, tan delicadas y transparentes, pero pronto el sol las derretirá hasta convertirlas en gotitas de agua.

En el patio, Leo y dos jóvenes mozos de cuadra han abierto un camino para el coche de caballos. Mamá y Franzi querían ir hoy a Berlín. Franzi tiene una oferta de un estudio de fotografía y mamá quiere verlo todo bien antes de dar su permiso. Franzi viviría en casa de la tía Guste y el tío Albert, unos parientes de mamá. Ya son bastante mayores, pero no los he visto ni una sola vez.

Franzi siempre consigue lo que se propone.

La señorita Sophie se irá de la mansión después de Navidad porque se casa, así que me pondrán una señorita nueva. Será la cuarta y espero que la última educadora. No me gusta nada estudiar. Calcular es fácil, pero los dictados me parecen horribles. Aún peores son las redacciones, no paro de mordisquear el lápiz y no se me ocurre nada hasta que casi ha pasado el tiempo. Lo peor es memorizar, porque se me olvidan enseguida las palabras y frases. Por desgracia, ahora mismo la señorita Sophie se esfuerza especialmente conmigo. Tengo que sentarme con ella a hacer tareas no solo por la mañana, sino también dos horas más por la tarde. No quiere que su sucesora la culpe, así que ahora tengo que pagar yo que me haya enseñado mal. ¡Es increíble! Me encantaría ir a Berlín. Él está allí y tal vez podría verlo. Pero mamá no quiere que vaya con ellas de ninguna manera.

12 de diciembre de 1940

Ayer volvieron. El coche de caballos estaba lleno de paquetes, Mine y Liese tuvieron que subir la escalera por lo menos cinco veces y volver a bajar hasta que todo estuvo en su sitio. Papá hizo un gesto de desaprobación y dijo que no entiende cómo habían metido todas esas cosas en el compartimiento del tren. Franzi se lanzó a su cuello y le besó en las mejillas. Estaba muy relajada y no paraba de reír.

Durante la cena han estado hablando de Berlín. De la pensión donde se habían alojado. Del Tiergarten. De la ópera. De una plaza Ku'Damm por donde habían «vagado». También han ido al cine y han visto una película sobre Bismarck. A mamá el estudio de fotografía le ha parecido muy correcto, está en Charlottenburg y el dueño le ha dado una impresión muy seria.

—Hemos acordado que después de Navidades, para empezar, contratará de prueba cuatro semanas a Franziska. Luego ya veremos —informó, y después ha contado que en el Tiergarten se encontraron por casualidad con el comandante Iversen y las acompañó a la ópera y al cine.

—El comandante Iversen ya no tiene familia —dijo mamá—. Cuando termine su servicio, vendrá a Dranitz unos días por Navidad. Lo he invitado.

Enseguida me pareció oír campanas en la cabeza. «¡Va a venir!», grité de júbilo por dentro. «Por Navidad estará aquí, con nosotros. Ha recibido mi carta y sabe que lo espero.»

Después de cenar estuvimos un rato juntos en el cuarto de caza. El inspector Schneyder también nos acompañó y papá sirvió vino tinto francés. Dentro de unas semanas el inspector Schneyder tiene que irse a la Wehrmacht. Papá dijo que lo iba a echar mucho de menos. Brigitte fue la primera en irse a dormir, está cada vez más delgada y pálida, pero por lo menos ya no vomita después de cada bocado. Era asqueroso, yo misma me encontraba muy mal cuando se levantaba de la mesa de un salto y se iba corriendo.

Más tarde Franzi y yo subimos juntas la escalera.

—Tengo que hablar contigo, Elfriede... —dijo.

Yo estaba demasiado contenta para notar algo. El hecho de que no se dirigiera a mí con un diminutivo tendría que haberme llamado la atención. Quiso que fuera a su habitación, y yo obedecí. Hacía un frío terrible en los dormitorios, pero Mine había cerrado las contraventanas y había puesto bolsas calientes en las camas.

—El comandante Iversen me ha dado esto... —Franzi abrió su bolsa de viaje, con un bordado de colores, y empezó a buscar dentro. Sacó algo. Un sobre. Con mi letra. Sacó la carta del sobre, leyó por encima las escasas frases y me miró con un gesto de desaprobación—. Creo que tú misma sabes lo insensato que ha sido tu comportamiento, ¿no?

No pude contestar, estaba helada hasta los huesos. Le había dado mi carta a Franzi. ¿Qué significaba eso?

—Al principio, el comandante pensó que tu carta era una broma, pero luego temió haber cometido una torpeza durante su estancia en Dranitz. Por eso me pidió consejo y le prometí solucionar el asunto contigo.

Yo seguía callada. Despacio y sin piedad se fue rompiendo algo grande y bonito en mi interior, se desintegró y los pedacitos se fueron volando con el viento como hojas de otoño.

—Esta historia quedará entre nosotras, ¿de acuerdo? Mamá se alteraría demasiado, no vale la pena. —Franzi me sonrió. Me clavó un puñal en el corazón con una sonrisa—. Por favor, prométeme que nunca vas a volver a hacer algo tan inoportuno. Es muy bochornoso, he pasado mucha vergüenza por ti.

De pronto la odiaba. Ahí delante, con esos aires de superioridad. Tan displicente. Con mi carta en la mano, gesticulando con ella. El cuerpo del delito. La prueba de mi increíble estupidez. Salté hacia ella como un rayo, le arranqué la carta de la mano y le di un golpe en el pecho con todas mis fuerzas. ¡Eso sí que no se lo esperaba! Oí el grito, medio ahogado, entre jadeos, pero yo ya estaba en el pasillo. Me puse a salvo en mi cuarto, di un portazo y cerré por dentro. Apoyé la espalda en la puerta y escuché. Nada. Solo mi estúpido corazón, que latía como un martillo de forja. Más tarde me senté en el suelo y rompí la carta en mil minúsculos trocitos. Paré cuando fueron tan pequeños que ya no podía manejarlos, ni siquiera con las uñas. Aún abrumada por la vergüenza y la decepción, lo recogí todo, abrí la ventana y lo solté en la noche.

19 de diciembre de 1940

Todas las mañanas, antes del desayuno, camino hasta el cementerio para hablar con Heini. Nuestro sepulcro familiar está rodeado de un muro bajo de ladrillo, con una pequeña capilla en el medio, y alrededor están situadas las lápidas. Algunas son muy antiguas y están tan cubiertas de moho y manchas grises que apenas se leen los nombres y las fechas. La tumba de Heini es un montículo bajo con coronas de hoja de pino y hiedra, aún no hay lápida, solo una cruz de madera.

Subteniente Heinrich-Ernst von Dranitz
Nacido el 15 de marzo de 1917
Caído por la patria el 23 de septiembre de 1940

En primavera tendrá una lápida como Dios manda, papá ya la ha encargado.

A Heini puedo contarle todas mis penas. Igual que antes, cuando aún estaba vivo. Me escucha y me da consejos. Nunca me reprocha nada. A veces se ríe de mis historias, otras me dice que se alegra cuando voy a verlo. Se siente muy solo en el cementerio. Le he prometido visitarlo todos los días. Mientras viva.

Me ha aconsejado que no pierda el tiempo en pensar más en él. Es un traidor.

«No te merece, pequeña Elfriede», oigo que dice. «Déjalo. Vendrán otros. Vendrá el adecuado. Un día. Estoy seguro.»

«Sí», contesto. «Tienes razón, Heini.» Entonces busco grava y la coloco en su montículo de manera que parezca un corazón. No le digo a Heini que para mí no hay otro. Solo él. Y un día será mío. Estoy segura.

26 de diciembre de 1940

Casi me muero. Fue horrible. Jamás volveré a hacerlo. Me duele todo un horror. Los brazos, las piernas, la cabeza, la barriga. Sobre todo, el pecho. Como si me ardiera un fuego dentro. Papá se sienta en mi cama y me acaricia la cabeza. «¿Por qué lo has hecho, Elfriede? ¿Por qué?»

No sabía que me quisiera tanto.

Todos los demás en esta casa me odian. Sobre todo, Franzi. Me dijo a gritos que soy un maldito bicho y que solo lo había hecho para estropeárselo todo. Se equivoca. Lo he hecho porque me ha mentido y engañado. Y porque no puede hacerme eso.

Él llegó ayer con Jobst, que tiene dos días de vacaciones por Navidad. Fuimos todos juntos a la misa de Nochebuena en la iglesia del pueblo, luego mamá y Franzi obsequiaron a nuestro pueblo. Como todos los años. Pero apenas había hombres, casi todos estaban con la Wehrmacht. Las mujeres y las niñas recitaron poemas de agradecimiento y, mientras las escuchábamos, vi cómo él ponía un brazo con mucho cuidado alrededor del hombro de Franzi. Entonces entendí lo tonta que había sido. Más tonta que un arado.

Hice como si no viera nada, pero ahora sabía que mi hermana Franzi era una traidora cruel. Por eso no me sorprendió en absoluto lo que ocurrió por la noche. Esperaron hasta que Mine y Liese llevaron los postres, buñuelos de harina con ciruelas pasas, además de vino dulce húngaro. Mamá no quería baile porque Heini ha caído, por eso llevaba también un vestido negro.

Papá ha pronunciado un discurso. Ha dicho que su hijo menor tuvo una muerte heroica y que la vida debe continuar, pese a todo. Luego ha anunciado el compromiso.

El comandante y Franzi han recibido las felicitaciones de todo el mundo, y Jobst quería ser testigo a toda costa. Brigitte le ha dado un abrazo a Franzi y la ha llamado «hermana», y mamá tenía lágrimas en los ojos.

Nadie me prestaba atención. He salido corriendo al jardín, he cruzado el gran prado y luego he corrido entre los árboles. La hierba estaba blanca de escarcha, y las hojas de pino tenían puntas de hielo plateadas. Cuando ya estaba casi en la orilla del lago, he oído que alguien me llamaba. Creo que era Mine. Las luces de la mansión se reflejaban mortecinas en el lago helado, vi la casa guardabotes y subí a la pasarela. Entonces me di cuenta del frío que hacía. El hielo crujió un poco, pensé en el agua oscura y fría que había debajo y me entró miedo. Me dieron ganas de dar media vuelta y volver corriendo a la casa, si no hubiera sido porque oí de pronto una voz.

—¡Elfriede! ¡Vuelve ahora mismo!

Era mi hermano Jobst. Mine debía de haberlos alertado a todos. Vi luces entre los árboles, antorchas, linternas. Franzi estaba con ellos, la oía gritar, y también a él.

—¡Señorita Elfriede! —me llegó su voz—. ¡No haga ninguna tontería, se lo ruego!

Entonces supe que tenía que hacerlo. Me senté en el borde de la pasarela y coloqué los pies en la superficie de hielo. Luego me puse en pie. El hielo aguantó unos cuantos pasos, luego crujió y se rompió a mi alrededor, y de pronto todo fue muy rápido. El agua negra me engulló.

Fue bonito estar muerta. Solo que el despertar fue horrible.

Jenny

Julio de 1990

Pues sí que empezaba bien. En vez de vivir en la mansión que pertenecía a su familia, la abuela se alojaba en una caseta del jardín. Dentro tenía un perro pastor. A Jenny no le gustaban los perros. En uno de los pisos compartidos había uno de mezcla que se llamaba Timo, un chucho repugnante. Robaba como un cuervo y ladraba cuando a alguien se le ocurría acariciarle. Jenny aún tenía cicatrices de sus dientes afilados. Dos en la rodilla derecha, una en la muñeca y una encima del ojo. Por suerte solo le dio en la ceja.

Se sentó con cuidado en la tumbona del jardín. Puaj, ese saco de dormir apestaba a buhardilla y ropa usada. Hacía un tiempo que se había vuelto muy sensible a los olores. Necesitaba ir al lavabo, pero allí no había retrete. Ni ducha. Ni electricidad. Ni siquiera un televisor. «He aterrizado en la Edad Media», pensó, irritada.

Por lo menos había reconocido a su abuela al instante. Estaba exactamente igual que en su recuerdo: de estatura media, delgada, el pelo rizado gris. Se movía rápido y con seguridad, no como una anciana.

Se oyó un rasguño en la puerta. Una pata amarilla con las

garras oscuras apareció entre la puerta y el marco y un hocico puntiagudo la abrió a empujones. Por lo menos era tan hábil como Timo, que también abría todas las puertas en el piso compartido. Incluso la de la nevera.

—¿Te encuentras mejor? —preguntó la abuela. Dejó una taza con una bolsita de té en la caja de madera que tenía al lado.

Jenny notó un olor desagradable en la nariz.

—Mucho mejor, gracias —contestó, vacilante.

—Aun así, bebe un poco de manzanilla. Calma el estómago.

Esperaba poder escabullirse, pero la abuela señaló la taza y le hizo un gesto exigente. Jenny bebió por obligación esa cosa caliente, se quemó la lengua y de pronto recordó viejos tiempos. Una cama ancha en un edificio antiguo de la Kettenhofweg, las sábanas revueltas, su madre quitando una almohada. Había estado enferma, había vomitado y tenía que beber infusión de manzanilla. También entonces se quemó la lengua.

—¿Qué has comido? —preguntó la abuela.

Jenny arrugó la frente.

—Una pizza. Con champiñones. —Al pensar en el trozo de pizza en el área de servicio de pronto le volvieron las náuseas. Estaba blanda y tibia, pero tenía tanta hambre que se la había tragado.

—Aquí no saben hacer pizza decente —afirmó Franziska, y le quitó la taza medio vacía—. Tendrían que aprender.

El perro se había sentado junto a la puerta, con las orejas puntiagudas rectas hacia arriba. Observaba con atención y jadeaba.

—¿Cornelia te ha enviado? —preguntó la abuela.

¡Qué idea tan absurda! Si no se encontrara tan mal, habría soltado una carcajada. Su madre antes se habría dejado arrancar el dedo meñique que enviar a Jenny a ver a su abuela. A Franziska: su madre nunca llamaba mamá a su madre, y odiaba también que Jenny la llamara a ella así. Hasta para su propia hija era Cornelia.

—No... Solo quería volver a verte.

La abuela la escudriñó con sus ojos de color gris verdoso.

—¿Y cómo sabías dónde encontrarme?

—Se lo pregunté a mi madre —gruñó Jenny, consciente de que sonaba poco convincente.

Por suerte, la abuela no ahondó más en el tema. Anunció que tenía que ir a buscar las compras del coche y desapareció, seguida del perro.

Jenny respiró hondo. Ese olor a perro era horrible, sobre todo cuando hacía tanto calor y encima jadeaba. Una cosa estaba clara: no iba a pasar la noche allí bajo ningún concepto. Prefería dormir en el coche o intentar alquilar una habitación en la zona.

Visitar a su abuela no había sido la mejor idea. Parecía una mujer peculiar. En todo caso, no parecía nada burguesa, como siempre había asegurado su madre. No encajaba en absoluto con la preciosa casa con el sofá de fieltro de Königstein. Pero en una caseta del jardín...

Franziska regresó con dos bolsas y con Falko pisándole los talones, y empezó a guardar en la estantería la coliflor, las patatas, las manzanas, las zanahorias, la mantequilla y un paquete de queso suizo envasado al vacío.

—¿Tienes pensado quedarte mucho tiempo? —preguntó por encima del hombro.

No sonó desagradable, más bien objetiva. Aunque tampoco era exactamente una invitación. La alegría de la abuela por verla se mantenía discreta. Jenny se sentía decepcionada, pero ¿qué esperaba? ¿Que la recibiera con los brazos abiertos? ¿Que su abuela le preguntara con interés por sus planes y preocupaciones y le ofreciera consuelo y cariño? Bueno, sí, en el fondo esperaba justo eso.

Se aclaró la garganta.

—Aún no lo sé... Vengo en mal momento, ¿verdad?

La abuela levantó un tablón. Debajo había un hoyo con ladrillos que usaba de nevera. Metió el queso y las zanahorias y volvió a colocar el tablón. Como decía: pura Edad Media.

—Es cierto —contestó su abuela, y se incorporó—. Pero aun así me alegro de verte. Si quieres quedarte una temporada, encontraremos una solución.

Jenny asintió. La abuela no era persona de grandes aspavientos ni arrebatos sentimentales. Era pragmática y pensaba con claridad. ¿Por qué no? Mejor que el teatro que le montaba su madre por cualquier tontería.

—Quería ver la casa —explicó, y se dirigió a la ventana, donde se veía una parte de la antigua mansión—. La vi aquel día en la fotografía, ¿sabes? En el entierro del abuelo.

La expresión de la abuela, neutral en el mejor de los casos, se transformó en una sonrisa.

—¿Aún te acuerdas?

Jenny asintió. Se calló el enfado de su madre cuando ella le preguntó por la fotografía. Pero seguramente por eso esa imagen se le había grabado tan bien en la memoria, porque Cornelia no la soportaba.

—A tu madre no le gustaba. —Su abuela se inmiscuyó en sus pensamientos, al tiempo que acariciaba la cabeza de Falko—. Tal vez fuera culpa mía. Hablaba demasiado de la mansión Dranitz. No podía olvidarla, es la casa de mis padres.

Los ojos de la señora mayor que tan decidida parecía en su caseta cobraron un brillo de ensueño.

A Jenny le pareció fascinante: su abuela albergaba dos almas en su interior. Una fría y objetiva y otra apasionada y romántica.

—¿Tú y tus padres vivíais solos ahí? —preguntó—. Es bastante grande...

—Claro que no, no vivíamos solo nosotros. Coge la mesa. Vamos a sentarnos fuera, siempre y cuando te encuentres mejor de verdad.

Jenny asintió.

Su abuela agarró las dos sillas y empujó la puerta con el pie. El perro salió corriendo tras ella. Jenny se peleó con la mesa, que no paraba de desplegarse y costaba hacerla pasar por la estrecha puerta, hasta que por fin lo consiguió.

Fuera se estaba mucho mejor. Los árboles altos tras la cabaña arrojaban suficiente sombra, y a Jenny le sentó bien el aire fresco. La abuela le puso delante de las narices el resto de la infusión de manzanilla, que ya estaba tibia, además de una botella de limonada y un cuenco con pan tostado.

A Jenny le rugió el estómago. Cogió con resolución dos tostadas y se las comió mientras la abuela le hablaba del pasado. La joven estaba asombrada. No se lo imaginaba así. La noble familia Von Dranitz tenía muchos empleados: dos criadas, una institutriz, dos cocheros, un carretero y un inspector, además de mozos y muchachas para el trabajo en el campo. Vivían en el pueblo, en la casa de los campesinos, que también pertenecía a los señores. Aparte de la abuela, en la casa vivían sus dos hermanos mayores, su hermana pequeña, sus padres y sus abuelos.

—La casa del inspector está justo detrás de nosotras —le explicó la abuela, y señaló los árboles altos que daban sombra a la cabaña y a sus asientos.

Jenny vio unos restos de paredes quebradizas mientras su abuela le describía una preciosa casa con revoque blanco, voladizos y terraza. Bueno, aquello ya era historia.

—¿Y tus hermanos? —preguntó con cautela—. ¿Dónde están? Quiero decir... ¿siguen vivos?

La mirada de la abuela se endureció. Jenny comprendió que se había equivocado con la pregunta. Se apresuró a cambiar de tema, pero su abuela se le adelantó.

—Tu madre no te ha hablado mucho de la familia, ¿no es cierto? —Al ver que su nieta desviaba la mirada, cohibida, continuó—: Mis dos hermanos cayeron en la guerra. Y mi hermana menor murió durante la ocupación rusa.

Por un momento se hizo el silencio. Ninguna de las dos mujeres dijo una palabra, solo los pájaros seguían gorjeando incansables, el perro jadeaba y en el cielo un avión emitía un leve zumbido. La guerra. Por supuesto, en el colegio habían hablado de la Segunda Guerra Mundial. También de la Primera. La guerra de los Treinta Años. Las guerras napoleónicas. Habían visto imágenes y fotografías, películas y documentales. Las guerras eran terribles, crueles, inhumanas. Millones de soldados muertos. Aún más civiles. Jenny siempre había sacado buena nota en Historia porque le interesaba y se le daba bien. Pero lo que le estaba contando la abuela era distinto. Le afectaba de cerca. Se trataba de los hermanos de la abuela, su hermana pequeña...

Jenny se aclaró la garganta.

—¿Y cómo murió? Tu hermana pequeña, me refiero...

La abuela lanzó una mirada a la mansión y se quedó callada tanto tiempo que Jenny ya creía que no iba a contestar a su pregunta.

—No lo sé exactamente —dijo por fin a media voz, con la mirada aún fija en la gran casa señorial—. Yo ya estaba en Occidente cuando me enteré de la muerte de Elfriede.

A Jenny le pasaron por la cabeza mil preguntas a la vez. ¿Por qué estaba la abuela en Occidente cuando su hermana pequeña perdió la vida en el Este? ¿Había podido huir y tuvo que dejar atrás a Elfriede? ¿Y qué pasó con los abuelos? ¿Con los empleados? ¿Con la mansión?

—Parece que... eh... necesita unas cuantas reparaciones —comentó con precaución, al tiempo que señalaba la mansión.

En realidad le parecía que tenía un aspecto muy destartalado, pero no deseaba herir los sentimientos de la abuela.

—Sí, hay mucho que hacer. —La anciana asintió—. Pero me alegro de que la casa al menos siga en pie. Por aquel entonces los rusos prendieron fuego a muchos edificios. Y durante la época de la RDA numerosas mansiones y bonitos castillos acabaron en ruinas.

Jenny había oído hablar de ello. Su madre sentía muchas simpatías por la RDA. El socialismo era la única forma justa de convivencia humana, decía siempre Cornelia. Con el socialismo no hacían falta castillos ni palacios. Toda esa porquería capitalista se podía derribar y construir viviendas en su lugar.

Jenny no era de la misma opinión. Durante la época escolar había desarrollado el gusto por la historia, le atraían las casas señoriales y los jardines de la princesa Sofía, y una vez fue con la clase de excursión al castillo de Hülshoff, donde nació no sé qué poetisa. Aquello le entusiasmó. Un castillo rodeado de agua donde se reflejaban los viejos árboles y las paredes. No, eso no se podía derribar. Solo unos idiotas arrasarían con semejante edificio.

Con todo, la mansión Dranitz era otra cosa. Parecía bastante desguazada. El porche ya no existía. El revoque se caía de las paredes y en la entrada colgaba ese horrible letrero. «Konsum», decía. Con una flecha que indicaba la esquina. Pintado, sin más. En el socialismo los letreros luminosos se consideraban un desperdicio de electricidad.

—¿Y ahora te pertenece de nuevo a ti? —preguntó, un tanto insegura.

A la abuela se le ensombreció el semblante, pero asintió.

—Volverá a ser mía. Sí.

Jenny lo entendió en dos sentidos. En primer lugar, la mansión Dranitz de momento aún no era propiedad de la abuela. En segundo lugar: estaba decidida a recuperarla. Firmemente convencida. Por lo visto había problemas, de lo contrario no se mostraría tan obstinada.

—¿Podemos entrar?

La abuela vació en la hierba el resto de su botella de limonada junto con una abeja que nadaba en ella. La abeja zumbó entusiasmada y se salvó sobre una hoja de diente de león. El perro se acercó, intrigado, e intentó atrapar la abeja. ¡Qué bobo!

—Fuera, Falko —le conminó la abuela, y luego se volvió hacia su nieta—: ¿Por qué no?

Volvieron a guardar juntas las cosas en la cabaña y Jenny miró con cierta congoja cómo su abuela cerraba la puerta con cuidado.

—¿Es que aquí roban?

—¡Como si fueran cuervos!

¡Madre mía! Los del Este robaban muebles de jardín, coliflor y sacos de dormir mohosos. ¿Cómo estaban entonces ellos?

Jenny se quedó horrorizada con el estado de desmoronamiento de la casa, aunque la abuela le hablara de los maravillosos techos estucados y las puertas de dos hojas que aún se conservaban.

—Hay mucho que hacer —no paraba de decir mientras iba de estancia en estancia—. Pero me ilusiona. ¿Tú lo entiendes, Jenny?

Ella solo entendía una cosa: la abuela quería borrar cuarenta años de historia. Volver a levantarlo todo tal y como era antes. Retroceder en el tiempo. Volver a su juventud, a su infancia. Pero eso era una locura. Sabía por su trabajo en el despacho de arquitectura lo que costaba una reforma así. Una fortuna. Mucho más de lo que valía la preciosa casa de Königstein. La abuela se excedería en lo económico, por no hablar del esfuerzo físico y de los nervios que le esperaba.

Lo más sensato era quitarle la idea de la cabeza. Algo que no resultaría fácil.

De vuelta en la cabaña, volvieron a sacar la mesa y las sillas y la abuela empezó a manipular la coliflor.

—¡Ten! —dijo, y le puso a Jenny un cuenco en el regazo—. Puedes pelar patatas. Y luego me hablas de ti.

—¿De mí?

—Exacto. Tu abuela es muy curiosa. Quiere saberlo todo sobre ti.

La abuela sabía escuchar. Coció patatas con verdura sobre el fuego y escuchó. No interrumpió a su nieta ni una sola vez. Le sentó bien soltarlo todo por fin.

Mine

Finales de agosto de 1990

Karl-Erich volvía a tomar demasiado café. Astuto como era, se había aliado con Ulli, que le cambiaba las tazas a la velocidad de un rayo cuando Mine le había servido. Como si fuera tan tonta como para no darse cuenta.

A Mine le gustaba cuando se mostraba tan descarado. Siempre le había gustado. Pero con la tensión alta no era divertido.

—Solo hoy, como excepción —le aseguró Ulli, que tenía mala conciencia—. Puedes ponerle más agua caliente, abuela.

—No, no —se opuso Karl-Erich, que tapó la taza con la mano.

—Entonces ¿ya te ha escrito? —preguntó Mine.

—Ha llamado. Está bien. El tío y la tía se han llevado una alegría. Ya era hora de la segunda siega. En eso ha podido ayudar. —Hablaban de Angela, la esposa de Ulli. Había descubierto a unos parientes en Austria. Un tío por parte de su madre con el que antes no podía tener contacto. Llamó a Schladming, y enseguida le preguntaron si quería ir—. Ahora solo tienen unas cuantas vacas. Para los turistas. Alquilan habitaciones e incluso varias casas de vacaciones —siguió explicando Ulli.

Angela había ido sola. Ulli no podía coger vacaciones, la situación en el astillero era demasiado tensa. Se habían producido más despidos, y eso significaba que había que aguantar en el puesto de trabajo, hacerse imprescindible. La empresa necesitaba «sanearse». No podían arrastrar mano de obra que sobraba.

—Antes no existía nada de eso —gruñó Karl-Erich con gesto huraño—. Ni en la RDA ni antes con el barón.

—A cambio, ahora podemos viajar adonde queramos —repuso Ulli.

—Angela puede hacerlo —replicó Mine—. Tú no.

—Yo también —insistió él, malhumorado—. Cuando esté todo arreglado en el astillero, yo también volveré a tener vacaciones—. Por ahora aún hay que construir en Stralsund los veinticinco barcos de arrastre que van a la Unión Soviética. Y tal vez uno o dos de pasajeros para Noruega.

Y, en el peor de los casos, Ulli aún podía ir a Rostock. O a Bremen. A Papenburg. Como ingeniero de construcción naval cualificado tenía buenas oportunidades en todas partes.

—Tampoco es que Angela esté ahí de vacaciones —aclaró—. Está ayudando. Prepara el bufé de desayuno para los turistas. Y luego lleva el heno. Me ha contado por carta que también quieren pagarle algo.

—Bueno, entonces... —intervino Mine, como si con eso estuviera todo arreglado. En realidad tenía sus dudas sobre el altruismo de los nuevos parientes. Podría ser que solo buscaran mano de obra barata. Cogió las pinzas de la cocina y quiso servirle a Ulli otro trozo de pastel de molde, pero él lo rechazó.

—Mejor abre la ventana para que el abuelo y yo podamos fumar un cigarrillo.

—Siempre el maldito pitillo —gruñó Mine, pero se levantó y apartó el cactus que estaba al sol sobre el alféizar. Dejó las hojas de la ventana entreabiertas. Pensó en la conversación que tendrían Ulli y Karl-Erich a continuación, y no hacía falta que los Kruse, que vivían abajo, la oyeran.

—Pues es su nieta —dijo Ulli, en efecto—. Debería habérmelo imaginado. Igual de caprichosa que la vieja.

Karl-Erich sacó un cigarrillo de la cajetilla que le ofrecía Ulli.

—Un diablo pelirrojo, según Anna Loop —informó con una sonrisa. Se colocó el cigarrillo entre los labios y sujetó el otro extremo hacia la llamita del mechero de Ulli. Le dio una placentera calada y expulsó el humo hacia la ventana.

—Me imagino que aquí se ve enseguida —continuó el joven, y se encendió su cigarrillo. Karl-Erich asintió mientras tosía.

Ulli lo miró con preocupación.

—Pospuscheit —dijo Karl, con la cara roja—, ese habla muy mal de ella. Explícaselo, Mine.

La anciana había presenciado la escena y se la había imaginado ya varias veces de colores luminosos. Durante tres días no se hablaba de otro tema en el pueblo. Pospuscheit había pretendido prohibirle el acceso al Konsum a la chica. Se había plantado en la puerta, con los brazos cruzados en el pecho y las piernas separadas. A cualquier otra le habría dado miedo, pero no a la nieta de la baronesa. Se acercó a él y le clavó el dedo índice en la barriga. Pospuscheit se tambaleó hacia atrás por la sorpresa y, cosas del destino, había tres cajas con sardinas en aceite para llevar al almacén. Detrás de las sardinas en aceite estaba la estantería con harina, azúcar y fideos, y en la parte superior los botecitos con las hierbas para la sopa.

Fue una locura ordenarlo después de que Pospuscheit lo volcara todo como si fuera un dominó y volviera a incorporarse sin dejar de soltar palabrotas. Y la pelirroja Jenny, con todo el desastre de objetos rotos, se limitó a mirarlo con calma y preguntarle con inocencia si se había hecho daño. Luego hizo su compra con tranquilidad y la llevó a la caja. Karin Pospuscheit estaba tan estupefacta que no dijo nada.

Ulli hizo un gesto de incredulidad con la cabeza mientras reía al oír la historia.

—Seguro que no le ha hecho ningún daño a Pospuscheit, ese viejo descarado. —Le dio una calada a su cigarrillo y luego preguntó, intrigado—: ¿Vive con su abuela en la caseta del jardín?

—No —contestó Karl-Erich—. Vive en casa de los padres de Mücke. Aún tienen una habitación libre en la buhardilla desde que Klaus está en Rostock.

—¿Se lleva bien con Mücke? —se asombró Ulli.

—Muy bien. Son muy amigas.

Ulli hizo una mueca de asombro. A Mine le parecía que Ulli había adelgazado. Tal vez fuera por el corte de pelo que se había hecho. Al estilo occidental. Como un erizo, para el gusto de Mine. Seguro que él tampoco trabajaba mucho.

—Bueno —comentó el joven un instante después, y expulsó el humo por la ventana—. Mücke tiene buen corazón. —Luego quiso saber si había novedades en Dranitz.

Karl-Erich hizo un gesto elocuente y dio una calada ansiosa. Expulsó el humo antes de hablar.

—Bueno, sí, una cosa. A nosotros no nos va mejor que en vuestro astillero de Stralsund. Lo que antes servía para algo ahora ya no tiene valor, y lo que antes estaba mal visto y prohibido, ahora se anuncia a los cuatro vientos. La cooperativa de producción agrícola se ha terminado. Se disolverá y se convertirá en una cooperativa agraria según el modelo occidental. Ha sido una propuesta de Pospuscheit, y como está tan preocupado por todos nosotros, quiere ser también el presidente. De lo contrario, todos perderíamos pronto nuestro trabajo, según él. La cooperativa no es rentable, no podría seguir el ritmo de Occidente...

Ulli escuchaba con la cabeza gacha. Cuando Karl-Erich terminó, soltó un fuerte bufido.

—Pero ¿la cooperativa según el modelo occidental sí podrá seguir el ritmo? Precisamente Pospuscheit quiere conservar los puestos de trabajo aquí. Pues mucha suerte.

Karl-Erich explicó que había habido tres votos en contra. Fueron él, Krischan Mielke, el padre de Jürgen, y Valentin Rokowski, el padre de Mücke. Pero los otros seis estaban a favor, así que estaba decidido.

—Entonces ya se sabe a quién echarán primero —murmuró Ulli—. Pospuscheit es un rencoroso. No olvida nada.

—A nosotros nos da igual —comentó Mine—. Estamos jubilados y ya nadie nos puede echar. Pero a los jóvenes les espera una época difícil.

Ulli arrugó la frente y Mine se arrepintió al instante de haber pronunciado esa frase. Los jóvenes encontrarán su camino. Aunque sea duro. A fin de cuentas, ellos mismos habían sobrevivido a la guerra y a los años de escasez de la posguerra, y de algún modo siempre habían salido adelante.

—¿Y la mansión? —preguntó Ulli—. ¿Qué pasa con ella? ¿La recuperará la señora baronesa?

—De momento no está nada resuelto. —Karl-Erich aplastó el cigarrillo en el cenicero—. Hace poco se celebró una larga sesión en el consejo municipal, hubo muchas disputas por la renovación de las calles y la iluminación, demasiado cara. Luego ya nadie tenía ganas de pelearse además por la mansión. Si fuera por Pospuscheit, la convertiría en un supermercado. Pero no lo va a conseguir. Aunque nos cuenta que el Konsum se perderá y todos tendremos que ir a comprar a Waren.

—Quiere poner ahí un supermercado —caviló Ulli—.

Pero necesita un aparcamiento enorme. No solo tendrían que derribar la mansión, también medio bosque.

—Y habría que ensanchar las calles. Por los proveedores —coincidió Karl-Erich—. Pero, claro, así habría puestos de trabajo para los vecinos de Dranitz. La madre de Kalle, Gerda, ya sueña con abrir un quiosco. Con prensa, licores y salchichas al curri.

Ulli se encogió de hombros.

Mine recordó que antes él jugaba con sus amigos en el lago. En el antiguo jardín de la mansión, ahora convertido en bosque. Un supermercado con un enorme aparcamiento asfaltado acabaría con el reino de su infancia. Pero así era la vida. Nadie podía retroceder en el tiempo.

—¡Ah, hay algo aún mejor! —exclamó Karl-Erich, y golpeó en la mesa con la mano agarrotada por el reuma—. También hay un ruso que quiere comprar el terreno. Incluso restauraría la vieja mansión. Ese tipo tiene dinero a espuertas, se ha enriquecido con la glásnost.

—¡No! —exclamó Ulli, y se pasó la mano por su nuevo peinado de erizo—. No me digas que quiere poner aquí una de esas tienduchas de porno... —se interrumpió y se disculpó con una mirada a su abuela.

—Tienes toda la razón. —Mine asintió—. Quiere abrir aquí un centro erótico. Con cine y bar. Y un..., ¿cómo se llamaba, Karl-Erich?

—Club de intercambio —murmuró él—. Ni idea de qué intercambian. Seguramente los billetes, y en dirección a la caja.

Ulli soltó un leve silbido entre dientes.

—Bueno, eso son puestos de trabajo —dijo con sarcasmo—. Los vecinos de Dranitz podrían hacerse ricos. Ya veo a Gerda Pechstein con su licor y las salchichas con curri. Solo que supongo que el jefe se traerá a sus chicas de Rusia...

—No saldrá adelante —afirmó Karl-Erich, convencido—. Ya puede ofrecer lo que sea, aquí nadie quiere algo así. Para eso prefiero el supermercado.

—¿Y qué pasa con la señora baronesa? —preguntó Ulli—. ¿Ya ha comunicado sus intereses?

Karl-Erich asintió y miró con cautela a Mine. Sabía que en el fondo su mujer estaba de parte de la baronesa, aunque no lo demostrara abiertamente. En cuanto a él, no le hacían falta ni terratenientes ni barones. Ya no. Esa época había pasado.

—Sí —contestó a su nieto, prudente—. Pero cree que le van a dar la casa y todo lo que depende de ella por cuatro duros. Franziska von Dranitz se va a llevar una sorpresa. Por veinte mil marcos no le van a dar ni siquiera la casa del inspector.

—¿Qué dices de la casa del inspector? —El muchacho se levantó para abrir más la ventana—. Pero si no es más que un montón de piedras viejas. No la querría ni regalada.

Karl-Erich alcanzó de nuevo la cajetilla de cigarrillos y estuvo hurgando en ella hasta que por fin logró sujetar entre los dedos reumáticos uno de sus queridos pitillos. Pasó por alto la cara de preocupación de Mine hasta que tuvo problemas con el mechero de Ulli y le lanzó una mirada suplicante. La mujer suspiró, pero le hizo el favor.

—La señora baronesa sí —continuó Karl-Erich, que echó el humo hacia Ulli—. De hecho, preferiría que se lo regalaran todo. El lago, el antiguo terreno del parque, la mansión y a ser posible también el terreno de la cooperativa de producción agrícola. Se inventa que tiene derecho a ello.

Mine guardó silencio. Costaba decidir quién tenía derecho y quién no. ¿A quién pertenecían la casa y el jardín? Los rusos se lo quitaron al barón y lo entregaron al municipio y los campesinos. Era su derecho como vencedores. «La tierra de los nobles en manos de los campesinos», decían. El municipio no le había quitado la mansión al barón, así que tampoco tenían por qué devolvérsela a la baronesa. Por lo menos, no a cambio de nada. Podía pagar, Franziska von Dranitz no era una mujer pobre. ¿O cómo se llamaba ahora? Ah, sí, Franziska Kettler.

Ulli había abierto del todo las hojas de la ventana, apoyó las manos en el alféizar y observó la mansión. Tampoco se veía mucho desde ahí. En invierno, cuando las hojas habían caído, se veía más.

—¿La baronesa antes también era pelirroja? —preguntó.

A Mine le sorprendió la pregunta. Qué cosas se planteaba el chico...

—No, Franziska no. Su madre, Margarethe von Dranitz, era una Von Wolfert de nacimiento. De ahí viene el pelo rojo.

Ulli se inclinó mucho hacia delante, parecía que había descubierto algo. Su nieto tenía buena vista.

—Ese es su coche, ¿verdad? El Kadett rojo.

—No. Ese es el de la nieta, Jenny —le informó Karl-Erich—. Te gusta, ¿eh?

—¡Tonterías! —Ulli retrocedió al tiempo que lo negaba con la cabeza. Tenía que irse a casa, dijo, y rechazó la ensalada de patata que Mine había hecho especialmente para él—. Aún tengo que ver a unos colegas. Siempre hay algo que comentar, pero eso ya lo sabéis...

Su abuela le llenó un cuenco de ensalada de patata y añadió unas cuantas salchichas. Puso un plato encima y lo metió todo en una bolsa de plástico. Así podría comer algo cuando saliera del bar. Antes casi nunca salía de noche, ahora lo hacía solo porque Angela no estaba.

—Saluda a Mücke de mi parte —dijo cuando le dio un abrazo de despedida—. Que tenga cuidado con Jenny. Díselo.

—Se lo diré —prometió Mine, aunque pensó para sus

adentros que era más bien Ulli el que debería andarse con cuidado.

Karl-Erich esperó hasta que su mujer recogió la mesa y lavó los platos. Luego sacó con una sonrisa pícara una cajetilla del bolsillo de los pantalones y la dejó sobre la mesa.

—¡Anda, mira! —exclamó con falsa sorpresa—. ¡Ulli se ha olvidado sus cigarrillos!

Franziska

Septiembre de 1990

La noche había sido fría, se había helado pese al saco de dormir y la manta de lana. Ahora, al amanecer, Franziska veía una fina niebla entre los árboles. La mansión también estaba envuelta en un vaho lechoso, lo que le confería al edificio un aire atemporal, casi irreal. Tal vez fuera porque los daños en el revoque y las ventanas destrozadas de la planta baja ya no se veían con tanta claridad. Con un poco de imaginación podía ver el porche con columnas y las terrazas cubiertas de hiedra. Pero ¿había hiedra? ¿O era parra salvaje? Lástima que su memoria fallara a menudo en esos detalles.

Hacía casi dos semanas que volvía a estar sola en Dranitz. Jenny, la nieta que había aparecido por sorpresa, había regresado a Berlín. Por lo visto quería dejar su piso y luego volver. Franziska no estaba segura de si Jenny lo decía en serio. Esperaba que sí. Mucho, incluso. Pero algo que le decía que no.

Por desgracia, ella tampoco había dado muy buena impresión a su nieta. Sobre todo al principio. Cielo santo, esa chica era una reproducción perfecta de su hermana menor, Elfriede, tanto que al principio tuvo que sobreponerse al susto. En vez de estrechar a su nieta entre sus brazos con alegría, se quedó ahí quieta, lidiando con los recuerdos que la asaltaban. Pero luego mejoró, se acercaron, y la chica incluso habló mucho.

Le había dolido en el alma que Cornelia hubiera tenido tan poca influencia maternal en su hija. La chica dejó las prácticas en el banco para lanzarse al cuello de un tipo casado, ¡que encima era su jefe! ¡No podía ser cierto! No expresó su opinión al respecto, había aprendido del pasado y se quedó callada. De todos modos, ya no tenía sentido regañarla: Jenny era una Von Dranitz, aprendería de las experiencias amargas y en un futuro sería más lista. O eso esperaba. En muchos aspectos le había parecido muy sensata, aunque un poco testaruda. Al menos en lo que decía sobre las reformas pendientes parecía tener la cabeza en su sitio. Por suerte, en el carácter era muy distinta de la lastimosa Elfriede.

A Franziska le alegraba que se llevara tan bien con Mücke. Las dos chicas pasaron un domingo entero fuera con Falko, dieron la vuelta al lago y se bañaron. Al día siguiente Jenny le contó que quería ocupar una habitación en casa de los padres de Mücke. Eso también había sido una decisión sensata, porque en la cabaña no había espacio para las dos.

Sí, tenía muchas esperanzas de que Jenny volviera. Sin duda, aún era muy joven, tenía poco más de veinte años. Pero su energía, su alegría, su talante natural, era todo lo que Franziska echaba de menos ahora mismo. Con Jenny a su lado, la ingente tarea que le había impuesto la vida le resultaba mucho más fácil de asumir.

«Un bonito sueño», pensó, y se llamó al orden. A fin de cuentas no tenía derecho a pasarle a su nieta semejante carga. Era solo tarea suya.

El día anterior había recibido la amable visita de Gregor Pospuscheit. Aporreó la puerta de su cabaña cuando ella estaba echando una siesta. Falko, que estaba tumbado en el suelo, a su lado, se levantó de un salto ladrando furioso. Franziska se llevó tal susto que por un momento se encontró fatal.

—Qué tal —saludó el alcalde cuando abrió. Miró con desconfianza a Falko, que gruñía, y dio un paso con cautela.

—Buenos días —contestó Franziska con hostilidad—. ¿Qué desea?

Falko gruñó más fuerte y levantó los belfos, enseñando los colmillos.

—¡Sujete al perro! —le reprendió Pospuscheit, que se quedó en el umbral—. He venido en calidad de alcalde y representante del municipio.

Franziska lo observó con suspicacia.

—No hace nada.

Pospuscheit estaba convencido de lo contrario. Tres años antes le había dado una patada al perro en la barriga porque le había saltado encima, desde entonces Falko demostraba una aversión extrema hacia él.

—Solo quería comunicarle algo rápidamente —empezó—. Para que pueda prepararse, señora baronesa.

Qué cínica sonaba semejante afirmación en su boca, pensó Franziska, pero no contestó nada, solo lo miró, a la espera.

—Hemos... —continuó Pospuscheit, pero luego se interrumpió porque Gerda Pechstein y Anna Loop se dirigían al Konsum y los miraron intrigadas. Las saludó con la cabeza, esbozó una sonrisa ambigua y luego siguió hablando a media voz—: hemos recibido una oferta del supermercado. —Hizo una pausa para comprobar el efecto de sus palabras.

Franziska procuró conservar la calma. Un supermercado así disponía de los medios suficientes para desbancar a un interés privado, como había sido clasificada ella, por desgracia.

—Sí, ¿y? —preguntó por fin, al ver que él no continuaba.

Pospuscheit se retiró la gorra de la frente con una amplia sonrisa.

—Ochocientos mil marcos.

Eso sí que era mucho dinero. Ese importe superaba con creces sus posibilidades, aunque vendiera su casa. Y tenía que guardar dinero para pagar las reformas necesarias. Pese a todo, estaba muy lejos de darse por vencida.

—¿Solo por la casa?

Él hizo un gesto altivo. Seguramente se había llevado una decepción al ver que ella mantenía la compostura en vez de ponerse hecha una furia o quejarse.

—No. Por la casa y el terreno juntos.

—¿También por el lago? —preguntó ella.

—¿Cómo se le ocurre? Por supuesto que no. ¿Para qué quiere un lago un supermercado?

Era lógico. El lago seguía siendo propiedad del municipio. Iban a derribar la casa sin más. Acabar con los árboles del antiguo recinto del parque y aplanarlo todo. El que habían creado y cuidado varias generaciones de su familia, enterrar el jardín de su infancia bajo una capa gris de asfalto. Seguramente también el lugar del sepulcro familiar donde yacían sus antepasados. Solo había estado una vez allí y había comprobado que ni las paredes ni la capilla habían resistido a la RDA. Todo había sido destrozado a propósito, y lo que no había conseguido el ser humano lo había hecho la naturaleza. Las lápidas estaban invadidas por zarcillo y maleza, crecían pinos y abedules donde antes los arbustos bajos y el césped rodeaban las tumbas de los Von Dranitz.

—¿Y por qué me lo cuenta, señor Pospuscheit? —preguntó con más aspereza de la que pretendía. Esperaba que no viera lo afectada que estaba en realidad.

Sin embargo, el alcalde se encogió de hombros y puso cara de inocente.

—¿Podría ser que usted sopesara la situación y decidiera participar? En todo caso, quería darle la oportunidad. No soy rencoroso, señora baronesa. Los mismos derechos para todos, así es aquí, en el Este. No sé si sabe a lo que me refiero...

Increíble. Ese usurero jugaba al póquer al mejor estilo occidental y tenía la desfachatez de hablar de derechos. ¿A qué derechos se refería? Si se tratara de justicia, le devolverían su propiedad familiar y además le darían una indemnización.

—Si la comunidad quiere tener aquí un supermercado, estupendo —contestó, con falsa indiferencia—. Pero no crea que aportará muchos puestos de trabajo. ¿Ha visto alguna vez cuántos empleados trabajan en esas grandes superficies? Se cuentan con los dedos de una mano. Es lógico: muchos productos, precios bajos y ahorrar costes por donde se pueda.

No parecía muy convencido. Consideraba que sus palabras eran pesimistas para aguarle la fiesta del supermercado. En efecto, esa era su intención, ya que sabía por Mücke que había un tercer interesado en juego. Si lo que la chica le había contado era cierto, ese ruso podía pujar mucho más que cualquier gigante de los supermercados.

—Entonces no se enfade, señora baronesa. —Pospuscheit se dio un golpecito en la gorra y dio media vuelta, dispuesto a irse—. Si cambia de opinión, hágamelo saber. Pero no espere demasiado. La siguiente sesión del consejo municipal tendrá lugar dentro de dos semanas, y entonces todas las ofertas tendrán que estar sobre la mesa.

Dio media vuelta y se dirigió a la calle. Con las piernas separadas y paso firme, ese Pospuscheit pisaba fuerte. Además de contar con una buena dosis de ingenio. ¿Se trataba de un soborno? «Pequeñas ayudas en la toma de decisiones», lo llamaban. ¿Ese era el motivo de la visita del alcalde? ¿Acaso esperaba que ella le ofreciera un soborno? ¡Podía esperar sentado, ese estafador!

Así que aún disponía de dos semanas. Tenía que volver a hablar con Mücke y Elke. Sus padres estaban en el consejo municipal y, por suerte, el alcalde no tomaba él solo la decisión de quién se llevaba la adjudicación. En eso todos tenían algo que decir. Tal vez Mücke pudiera poner a Kalle de su parte. Su madre también estaba en el consejo municipal. Eso ya serían cuatro votos. Casi la mitad. En total había nueve votos. ¿O eran diez? ¿El voto de Pospuscheit tenía más peso por ser el alcalde? Bueno, de todos modos sabía cómo influir en su gente.

Estaba muy ajustado, pero lucharía y jamás se daría por vencida. ¡A fin de cuentas se trataba de la herencia de la familia Von Dranitz!

Franziska ató al perro y salió de la cabaña. A los dos les sentaría bien un poco de movimiento. La niebla matutina empezó a levantarse, ya rodeaba las copas de los árboles y se disipaba en un fino velo. Caminó entre los árboles y encontró los restos de un antiguo camino que recorría a menudo de pequeña. Por aquel entonces toda una red de esos senderos de arena atravesaba el gran parque, se cruzaban, se bifurcaban, rodeaban el lago y regresaban a la mansión dibujando arcos y lazos. Cuarenta años después la mayoría de esas vías trilladas habían desaparecido, la hierba y los matorrales los habían cubierto y por todas partes crecían pinos y chopos. Ese camino también se conservaba solo en parte, y se perdía una y otra vez entre las raíces de los árboles y el moho, pero consiguió seguirlo durante un buen tramo. Sabía adónde conducía, pero solía regresar antes de que se vieran los tristes restos entre los árboles. Ese día continuó.

Solo era una sensación. Tal vez sentimentalismo. Un arrebato romántico que se había apoderado de ella como salido de la nada. Se subió a los restos de los muros del cementerio y caminó entre las viejas lápidas. Algunas estaban tumbadas, con la inscripción hacia abajo, pero la mayoría seguían en pie, legibles.

Libussa Maria von Dranitz
nacida Von Maltzan
1868-1944

Era su abuela. Recordaba muy bien a esa anciana bajita y vivaracha. En la misma lápida había otra inscripción:

Otto von Dranitz
1863-1945

Su abuelo. Un hombre espigado, apenas encorvado por la edad, con el cabello espeso y oscuro que los años no habían blanqueado. Solo la barba y el bigote lucían canas. Se negó a abandonar la mansión, se quedó cuando ella y su madre cargaron el coche de caballos con las pertenencias más importantes y emprendieron la huida con dos criadas y el cochero. Cuando regresaron a la mansión, arrollados por el frente ruso, desvalijados y medio muertos de hambre, se enteraron de que los rusos lo habían matado de un disparo. Fueron los empleados leales los que lo enterraron en el cementerio. Pero ¿quién encargó grabar la inscripción en la lápida? Por entones ella tenía otras preocupaciones…

Advirtió que Falko miraba algo fijamente y le ordenó que se acercara a sus pies. El perro lo hizo con desgana, pero obedeció y se sentó a su lado. Franziska siguió su mirada y vio a una mujer en el borde del viejo cementerio. Era menuda y llevaba una chaqueta oscura sobre el vestido, además de un pañuelo atado a la cabeza. Del brazo colgaba una cesta con asas. Seguramente iba a buscar setas. Estaba quieta, parecía indecisa sobre si debía continuar o era mejor dar media vuelta.

—Mine... —le salió a Franziska sin querer, luego se corrigió enseguida—. Señora Schwadke.

Falko se levantó de un salto y salió corriendo hacia la anciana. Husmeó entusiasmado en su cesta, estornudó y se frotó la cabeza en la cadera de Mine, que le rascó con cariño detrás de las orejas puntiagudas. Luego empujó al perro a un lado y se acercó a Franziska cojeando, con pasos pequeños y lentos.

«Ya debe de tener más de ochenta años —calculó Franziska—, y aún va a buscar setas. Se conserva bien, nuestra Mine.» Pasó por encima de dos lápidas para acercarse a ella y se detuvo delante de los restos del amurallado.

El rostro de Mine seguía siendo redondo, pero lleno de arrugas, la boca estrecha, sin labios y completamente arrugada. Solo los ojos conservaban el mismo color azul claro y la viveza de antes.

—Buenos días, señora baronesa —la saludó con una voz más grave que antes, pero aún potente.

—Buenos días, señora Schwadke —respondió Franziska. Sonaba muy formal. ¿No era esa su querida Mine, la que siempre había servido con lealtad a su familia?

Franziska superó el resto del muro y tendió la mano a Mine. Ella pareció alegrarse y la aceptó. Notó una mano firme y dura en la suya, la mano de una campesina, llena de callos y durezas. ¡Y eso que entonces Mine creyó haber escapado del campo como criada en la mansión!

—El azar nos ha unido —murmuró Mine, cohibida—. Quería ver si ya había rebozuelos. Tal vez también *boletus* comestibles...

—¿Y ha encontrado algo?

Mine negó con la cabeza. Sus ojos vagaron por el viejo cementerio.

—Lo destrozaron, señora baronesa. Entonces me dolió en

el alma. Eran chicos jóvenes, estaban furiosos con todo. Se desfogaron con las lápidas y desmontaron todo lo que pudieron hacer pedazos.

—¿Los rusos? —preguntó Franziska, con la voz tomada.

—No, señora baronesa. —Mine hizo un gesto apesadumbrado con la cabeza—. Esos hacía tiempo que se habían ido.

Franziska decidió aclarar la situación de una vez por todas.

—Lo de «señora baronesa» se ha acabado ya. Esa época ha pasado. Soy la señora Kettler. Y usted es para mí Mine Schwadke. ¿Lo hacemos así?

—No —repuso Mine con calma—. Para mí usted era antes la hija del barón. Ahora es la señora baronesa. Eso es así y tampoco va a cambiar. Y cómo se dirija usted a mí, es asunto suyo. Pero no me molestaría que me llamara «Mine».

Franziska estaba conmovida y enfadada al mismo tiempo. Era típico de Mine. Pese a toda su lealtad, siempre conseguía salirse con la suya. Si no quería de ninguna manera, no había otra.

Por suerte, Mine le ahorró tener que responder al seguir hablando.

—Hacía tiempo que quería hablar con usted. Siempre lo aplazaba, porque hay unas cuantas cosas que no son tan fáciles de decir. Y también porque Karl-Erich no está del todo a favor… —Miró a Franziska y se colocó bien el pañuelo de la cabeza.

A Franziska le daba la impresión de que se sentía cohibida, pero en todo caso sonreía. Era una sonrisa amplia que ocupaba toda la cara y añadía infinidad de arrugas a las ya existentes.

—Karl-Erich —dijo Franziska, nostálgica—. Así que volvió a casa tras la guerra. Y se convirtió en un buen socialista… —Se mordió los labios. En realidad no quería decir lo de socialista. Por supuesto, los habían «reeducado» a todos, pero no se le podía reprochar a nadie.

Sin embargo, no parecía que Mine hubiera oído siquiera sus palabras.

—Vino en 1949 —explicó—. Entonces yo servía en la finca de Henner Kruse como criada porque tenía a los tres niños y no podía permitir que pasaran hambre. Cuando llegó la cooperativa de producción agrícola, nos fue bien. Karl-Erich trabajó como carretero y reparaba los tractores y las cosechadoras. Y yo era ordeñadora. —La preciosa y vivaracha Mine ordeñaba vacas, ella que tan orgullosa estaba de trabajar de sirvienta en la mansión. En las ocasiones especiales incluso se ponía un vestido negro y un fino delantal blanco de encaje, además de una cofia de lino blanco a juego.

—Sí, la guerra lo cambió todo —reconoció Franziska—. Pero tú y yo hemos tomado las riendas de nuestras vidas pese a todo, ¿verdad? Y ahora he vuelto a la vieja patria...

Mine no perdió la sonrisa.

—Sí, señora baronesa. Ha vuelto aquí, y está bien. Ya no queda nadie más en Dranitz que recuerde los viejos tiempos. El viejo Henner, tal vez, pero ya chochea mucho. Solo Karl-Erich y yo sabemos aún cómo eran aquellos tiempos.

Franziska dudó un momento si plantear la pregunta que le quemaba en la lengua, si bien temía la respuesta, pero la formuló de todas formas.

—No me gusta abordarte con esto de buenas a primeras, Mine, pero es que me quema en el alma. Mi madre y yo nunca descubrimos qué le ocurrió a Elfriede.

Mine asintió, luego se apartó y alzó la vista al cielo.

—Enseguida empezará a llover —murmuró, sin entrar en la pregunta de Franziska—. Será mejor que me dé prisa si no quiero llegar a casa calada hasta los huesos. Que le vaya bien, señora baronesa. Hasta pronto...

Antes de que Franziska pudiera decir nada, se escabulló bajo las ramas bajas de los pinos y desapareció en la maleza.

—¡Hasta pronto, Mine! —le gritó Franziska—. Me ha gustado volver a verte. Iré a visitarte. Si puedo...

No obtuvo respuesta. Se quedó un rato quieta, escuchando el leve murmullo de la lluvia incipiente. Mine. Había sido la alegría de la casa. Siempre disponible. Siempre servicial. Cariñosa. Paciente. Dios mío, cómo la había cambiado la edad. ¿O había sido el socialismo? Tal vez. Necesitarían tiempo para recuperar la antigua relación de confianza.

Ay, la guerra. Esa guerra cruel y sin sentido. ¡Lo había destruido y aniquilado todo! ¿Se curarían algún día las heridas que había abierto?

Jenny

Octubre de 1990

¡Pim, pam, pum! Se acabó el pasado. Nada de reliquias. Todo fuera. ¡Fuera los trastos! ¡Espacio para algo nuevo!

Lo que sea que venga.

Había pegado varias hojas a los postes de las farolas de la zona para invitar a un mercadillo en su casa esa misma mañana. El éxito fue abrumador: en unas horas el piso estaba vacío.

No tenía que pensar en otro inquilino, su antigua compañera de trabajo, Angelika, se había ofrecido por sorpresa a alquilar el piso. Quería mudarse al día siguiente, pero eso a Jenny no le importaba, porque a cambio podía alojarse temporalmente en el piso de Angelika, cuyo contrato de alquiler vencía a finales de mes.

Con el monedero abarrotado en la mano tras el éxito del mercadillo, Jenny miró pensativa los espacios vacíos. Ahora tenía otras preocupaciones. Ya sabía a qué se debían las náuseas matutinas y por qué no paraba de vomitar. ¡Pero si tomaba la píldora! Bueno, por lo visto esas nuevas microcosas que estaban en el mercado desde hacía uno o dos años no eran tan de fiar. ¿Qué iba a hacer? ¿De verdad debía seguir el consejo del ginecólogo, que el día anterior había confirmado sus sospechas, y buscar un hospital lo antes posible?

Sí, no había más tela que cortar: Jenny Kettler estaba embarazada. De su exjefe, Simon Strassner. «Bueno, te ha salido realmente genial», pensó, y de pronto se sintió bastante sola.

El contestador parpadeó. Jenny oyó el mensaje y comprobó que era de Kacpar. Había intentado ponerse en contacto con ella en varias ocasiones y había grabado dos veces un mensaje breve. Decía que lo llamara, por favor, que estaba preocupado por su repentina desaparición. Además de Kacpar, le habían dejado un mensaje Angelika, la abuela, su madre, Mücke y Simon. Sí, Simon había reunido el valor para llamarla y dejarle unas frases en el contestador, palabras vacías que solo reforzaban su decisión de no volver a verlo.

«... que nuestra relación tuviera que acabar así», se quejaba en tono lastimero. «... tu arrebato de histeria... completamente injustificado y por sorpresa... me hirió en lo más profundo... decantó mi decisión, que al principio había recaído en ti, en otra dirección... Te deseo para tu futuro... No te guardo rencor por nada... Si nuestros caminos se vuelven a cruzar...»

—Espero que no —susurró, y apretó el botón de parar—. Siempre he salido adelante sola, a fin de cuentas mamá ya tenía suficiente consigo misma y sus compañeros de piso, y ahora voy a tener un bebé. ¿O debería abortar?

Iba a sacar el cable del enchufe cuando sonó el teléfono. Fue un tono agudo que resonó en las paredes vacías. Jenny estiró el brazo hacia el auricular en un gesto automático y contestó.

—¿Diga?

—¿Jenny? ¡Tía, por fin te encuentro! Tengo un montonazo de novedades...

¡Mücke! Debería haberle devuelto la llamada hacía tiempo, pero no estaba de humor para hacerlo. Ahora se alegraba de oír la voz alegre y exaltada de su nueva amiga.

—¡Hola! Siento no haber dado señales de vida. Tenía mucho que hacer, he vendido todos mis muebles y también ropa y otros trastos...

—¿Todo fuera? Entonces ahora eres rica, ¿no?

Típico de Mücke. Siempre veía solo el lado positivo de la vida. Mücke sería un buen motivo para volver a Dranitz. Y la abuela, claro. Pero Mücke aún más. Lástima que en la tierra de los del Este no hubiera trabajo para ella.

—Ser rica es otra cosa... —dijo entre risas—. Pero ahora mismo prefiero tener la pasta en el monedero que todos los cachivaches que había por el piso.

—Por Simon, ¿verdad?

Chica lista. Mücke había dado en el clavo sin dudar. Jenny no había querido conservar nada que le recordara a Simon. Tampoco sus estúpidos ositos de peluche. Por mucho que lo echara de menos...

—Ahora cuéntame —le exigió a Mücke—. ¡No puedes tenerme más en vilo!

—Primero mejor siéntate o te caerás.

—Me gustaría, pero no tengo sillas. Espera, que voy al dormitorio y me siento en la cama; se la llevan mañana a primera hora.

—Pues agárrate, Jenny: tu abuela ha comprado la mansión y el bosque, junto con el lago, y todo por unos míseros setenta mil marcos.

Por la casa destartalada era mucho dinero. El bosque, el antiguo parque y el lago, eso era harina de otro costal. Ahí sí que podría haber hecho la abuela un buen negocio.

—No está mal —contestó Jenny, a la expectativa—. ¿Y lo consiguió así, sin más?

—¡Qué va! —exclamó Mücke—. En la sesión del consejo municipal volaron cuchillos. Pospuscheit y unos cuantos más preferían vender al supermercado, pero Anne, que es la secretaria de la oficina municipal, se enteró de que le habían prometido a Pospi una mordida. Y mi padre lo expuso en la sesión. Imagínate la que se armó...

Jenny se rio entusiasmada. Se lo merecía, ese asqueroso del alcalde. Le había prohibido a su mujer venderles alimentos a ella y a su abuela en el Konsum. Fue fantástico verlo caer hacia atrás en las cajas de sardinas en aceite y topar con la estantería de los botecitos de especias. Se armó una buena. Seguro que luego Karin se llevó lo suyo por no haber ordenado las cajas.

—Parece que se llenaba los bolsillos a la chita callando —comentó.

—¡Bah! —le contestó Mücke—. Los demás no son mejores. Solo se enfadaron porque no compartió con ellos el dinero del soborno. Por eso votaron a favor de tu abuela. Por pura rabia...

—Cuando dos se pelean, un tercero sale ganando —citó Jenny un viejo dicho—. Seguro que la abuela está contenta.

—Claro. Ahora se muda al piso del doctor Meinhard, y Kalle se queda con la cabaña.

—¿Kalle? ¿La va a instalar en su jardín?

Mücke se alegraba en secreto, porque ahora podía atacar con la segunda sorpresa.

—Ah, ¿no te lo he contado? La madre de Kalle, Gerda Pechstein, ha comprado la casa del inspector. Bueno, las ruinas y el parque que la rodea. Fue la venganza de Pospi. Aportó un plano del terreno bastante dudoso y probó que la casa del inspector y el parque no pertenecían al jardín de la mansión. Por eso la comunidad podía venderlo por separado. Gerda fue la más rápida en poner el dinero necesario en el banco.

—Ay... ¿Y para qué quiere la casa del inspector?

—Creo que la quiere para Kalle.

Las dos se echaron a reír. Kalle era un buen chico, iba detrás de Mücke, pero ella no le hacía mucho caso. Había otro en juego, pero Mücke no le había dicho quién. Aunque Jenny tenía sus sospechas. Si era cierto, tendría que hablar seriamente con Mücke. No servía de nada enamorarse de un hombre casado, lo sabía por experiencia propia.

—¿Y tú qué tal? —preguntó Mücke—. ¿Has hecho algo?

Mücke era la única persona, aparte del ginecólogo, que sabía lo de su embarazo. Sus pensamientos se desviaron hacia los numerosos folletos informativos sobre las opciones de interrumpir el embarazo que aún llevaba en el bolso grande. El médico le había dejado claro que un aborto era un paso serio que había que sopesar con cuidado.

Jenny se aclaró la garganta.

—Sí, pero no es tan fácil. Aquí se llama «indicación». Debo tener una enfermedad incurable o algún otro problema físico o mental importante. Una violación también es un motivo para abortar. Otra posibilidad es demostrar que no puedo tener el niño por motivos sociales. Es lo que más se adapta a mí: ni marido, ni trabajo ni piso. Con eso debería bastar.

—Vaya... —Mücke sonaba sorprendida—. ¡Es complicado! Aquí puedes interrumpir el embarazo hasta el tercer mes incluido. Da igual el motivo. Solo hay problemas cuando se ha superado el plazo. Opinamos que la mujer debe decidir si quiere tener un niño o no.

Jenny lo había oído. Era evidente que no todo en la RDA era peor que en el Oeste. En todo caso, las leyes sobre el aborto eran más avanzadas, aunque seguramente se habían perdido en el acuerdo de unificación que firmaron los políticos en octubre.

—Sí —murmuró—. Es como es. Es bastante asqueroso, tanto teatro.

Mücke se aclaró la garganta y luego dijo a media voz:

—Procura buscar un médico decente y una buena clínica, ¿vale? Es muy importante.

—Lo sé. —Jenny subió una rodilla y se la rodeó con el brazo que le quedaba libre.

—¿Y cuándo sería?

«Eso me gustaría saber», pensó Jenny, pero no quería decepcionar a su amiga.

—Si me decido a hacerlo, en algún momento de la semana que viene, supongo. —Le explicó que a partir de ese día ya no estaría localizable por teléfono porque se alojaría temporalmente en casa de una antigua compañera de trabajo.

—Entonces ¿la semana que viene? —La voz de Mücke sonó entusiasmada en el auricular—. Vaya, Jenny, tengo muchas ganas de que vuelvas. Y tu abuela más. Está ansiosa de tenerte de regreso en Dranitz.

¡Madre mía! Ahora le pesaba en la conciencia también la abuela.

—Yo también me alegro —dijo, con la sensación de ser una cobarde embustera—. Hasta entonces.

Jenny acababa de colgar cuando el teléfono sonó de nuevo. Cuántas veces había deseado oír ese timbre, esperando que Simon llamara para anunciar que iría corriendo a buscarla. «Llevo todo el día pensando en ti. ¿Puedo pasar a verte un momento?»

«No, no puedes», contestaría, y se acercó a su maleta. Nunca más. Y adiós... Levantó la maleta y comprobó que pesaba mucho. El teléfono no paraba de sonar. Simon no era, eso seguro; siempre colgaba después del tercer tono. ¿Por qué no paraba de pensar en Simon? Tenía que salir de allí, eso era.

Sin embargo, tal vez fuera Angelika que quería decirle algo importante sobre el piso. Lo mejor sería contestar, o de lo contrario se pondría en contacto con media ciudad.

—¡Jenny! Ya iba a colgar...

«Pues haberlo hecho», gruñó para sus adentros, enfadada.

—Hola, Kacpar —saludó con poco entusiasmo.

—He pensado mucho en ti. Se te echa de menos en el despacho. Mucho. Angelika también lo dice.

Qué raro. Mientras trabajó en el despacho de Simon, Angelika no le había demostrado mucho afecto, y ahora le alquilaba su casita y le ofrecía vivir hasta finales de mes en su piso medio amueblado.

—Ya —dijo con desgana—. Seguro que pronto Simon contratará a una becaria. Como se suele decir, nadie es irreemplazable.

—Una becaria no podría sustituirte. Por cierto, me gustaría invitarte a cenar esta noche, Jenny.

El día anterior le habría dado las gracias y habría rechazado la invitación porque no se fiaba de su estómago removido, pero ahora volvía a tener un hambre de lobos. Lo pensó un momento. Estaba claro que quería algo de ella. Por otro lado, era un buen tipo y no merecía ser descartado sin más. Podía concederle una cena de despedida.

—¿Por qué no? Esta noche no tengo plan. ¿Vamos a un italiano? Me apetece un plato de espaguetis a la boloñesa y antes una gran ensalada. —Dios mío, pero ¿qué estaba diciendo? Con suerte le saldría bien.

—Te recojo. A las siete estoy en tu casa.

—De acuerdo. Vivo en...

—Sé dónde vives. Hasta luego.

—Hasta luego, Kacpar —se despidió Jenny y colgó. Miró pensativa el cable de teléfono tenso, que ya llegaba a la cama. Por supuesto que lo sabía. Solo tenía que consultar los expedientes del personal. Estupendo. Tal vez podría ayudarla con la maleta.

Fue puntual, justo como esperaba. Kacpar era de fiar, sincero y un buen arquitecto. Lástima que no fuera su tipo.

¡Cómo sonrió cuando ella le abrió la puerta! Le dio la mano, feliz y un tanto cohibido, una mano firme y cálida, que agarraba con cuidado. Colocó la pesada maleta en el coche y subieron a un Ford para ir juntos a un italiano.

Había escogido un pequeño local en un callejón que, atrapado entre un bar y un cine, no llamaba mucho la atención. Cuando entraron entendió por qué la había llevado allí. El dueño lo saludó con grandes aspavientos, la hija se acercó corriendo, los llevó a una mesa libre y les entregó las cartas.

—¿Quieres echar un vistazo o te mantienes en tu elección? —preguntó Kacpar con una sonrisa.

—¡Por supuesto! —contestó Jenny también sonriendo—. Espaguetis a la boloñesa y antes una ensalada grande. Con atún. Tengo un hambre de lobos.

Pidieron una botella de chianti y agua, el jefe les llevó pan de pizza y un plato de aceitunas como entrante. Jenny se sirvió con gusto. Era increíble lo que le estaban provocando las hormonas, podría estar todo el día comiendo. Daba igual. En unos días habría solucionado el tema.

—¿Va todo bien en el despacho? —preguntó con indiferencia—. ¿De verdad te divierte el trabajo?

Él bebió a su salud y le sonrió ensimismado.

—Claro. Esta profesión siempre me ha divertido, por eso me hice arquitecto. Pero creo que mis días con Simon Strassner están contados. No encajamos.

Eso no era nada nuevo. Simon se había aprovechado de Kacpar de una manera impúdica, había presentado sus ideas como propias y ganado mucho dinero con los esbozos del joven.

—¿Eso significa que estás buscando algo mejor?

Kacpar asintió. Sirvieron la ensalada. Tenía una pinta deliciosa, y solo el olor podía elevar a las más altas esferas a un cliente hambriento.

Jenny engulló a paladas jamón, queso, atún, aceitunas y hojas de lechuga y escuchó lo que Kacpar le contaba sobre sus planes de futuro. Quería abrir un despacho propio y ya había hablado de ello con Simon, que estaba dispuesto a proporcionarle encargos al principio. Sonaba muy generoso, pero Jenny sabía muy bien que Simon Strassner descargaría en Kacpar lo que a él le costara tiempo y nervios y le procurara pocos beneficios.

Mientras Kacpar le hablaba de su esperanza de ganar el concurso de no sé qué terminal, Jenny dejó caer los cubiertos, los dejó junto al plato de ensalada vacío y se concentró en su estómago. Todo bien. Se encontraba estupendamente. Satisfecha y aun así... ¡Ay! ¿Qué era eso? ¿No serían gases? Podría ser, con tanta ensalada y la cebolla. Las aceitunas tampoco le habían sentado bien nunca. ¡Ay, otra vez! Una fuerte presión en la barriga, casi como si le dieran una patada por dentro. ¿Y si perdía el bebé? No podían ser movimientos del bebé, como mucho estaba al final del primer trimestre. Se recompuso y centró de nuevo su atención en su acompañante.

—¿Y tú? —Kacpar no había pedido ninguna ensalada y se concentraba en el chianti.

—Yo... eh... sí, bueno... —balbuceó Jenny—, he decidido terminar el bachillerato. Y luego quiero estudiar.

Kacpar le dedicó una sonrisa de aprobación y comentó que era una buena decisión. Le preguntó si ya había pensado cómo quería hacerlo, ¿tal vez ir a un instituto nocturno para poder trabajar de día? Sería duro, pero lo conseguiría. De eso estaba seguro.

Jenny asintió, sonrió ante el enorme plato de espaguetis a la boloñesa que le plantó delante la hija del dueño y agarró los cubiertos.

—Aunque te mudes a Mecklemburgo-Pomerania Occidental...

De pronto Jenny dejó caer la cuchara y el tenedor y lo miró perpleja. ¿Cómo lo sabía? Nunca le había hablado de la abuela ni de Dranitz. Ni siquiera Simon lo sabía...

—No me mires así —le dijo, un tanto avergonzado—. Angelika me contó que tu abuela había heredado una mansión allí...

¡Típico de Angelika! Era incapaz de cerrar la boca. Jenny se arrepintió de haber mencionado a su abuela y la mansión delante de su antigua colega.

—Heredado no —murmuró—, ha tenido que comprarla.

Espolvoreó parmesano con generosidad por encima de sus espaguetis y empezó a comer. Estaba delicioso. Ese fino aroma a albahaca y una pizca de ajo. Rara vez había disfrutado así de una comida. Entre bocado y bocado le habló de la mansión Dranitz, de su abuela, valiente y un poco loca, de la casa destartalada, el lago, el antiguo parque...

—Suena genial —exclamó Kacpar cuando ella hizo una pausa para tomar un gran sorbo de vino. Él había pedido un escalope con patatas. Para eso no hacía falta ir a un italiano. Pinchaba sus patatas, masticaba, bebía vino y no paraba de hacerle preguntas. Cuándo se había construido la casa. Qué uso se le había dado. Qué intenciones tenía su abuela para la casa.

—Mi familia también tuvo una mansión en una época —explicó—. Hace mucho tiempo. Tras la Segunda Guerra Mundial los rusos se adjudicaron el terreno. Y eso no va a cambiar.

—¿Sí? —Jenny lo miró sorprendida. Kacpar Woronski, propietario de una mansión. No le pegaba nada, no era un tipo arraigado, parecía más bien un artista. Un artista sensible y fiable con mucha alma, pero sin habilidad para los negocios.

—Entiendo muy bien a tu abuela —continuó—, y por eso... —No llegó a terminar la frase porque, de pronto, Jenny se sintió mal. El malestar la cogió por sorpresa.

—Ahora mismo vuelvo. —Se levantó de un salto y corrió al lavabo. Cuando abrió la puerta vio que Kacpar la miraba con una expresión de intriga en el rostro.

En el baño, Jenny dejó correr agua fría sobre sus muñecas. Al poco tiempo se encontró mejor. Vaya.

Por lo visto la circulación se le estaba volviendo loca. Tal vez no debería haber bebido dos copas de chianti. El alcohol no era bueno para las embarazadas. Aunque si de todos modos no quería quedarse con el niño, daba igual, ¿no? Se peinó y se estudió en el espejo. Un rostro pálido le devolvió la mirada, un poco tenso, pero por lo demás volvía a estar bien.

De regreso en la mesa, Jenny vació su plato y bebió otra copa de vino.

—¿Sabes, Jenny? Me parece muy valiente lo que está haciendo tu abuela. Me gustaría ofrecerle mi ayuda. Como arquitecto. Por puro interés personal, no pediría nada a cambio.

—Ya. —Jenny lo miró con escepticismo. ¿Quería ofrecerle su apoyo? ¿Así, sin compensación ninguna? ¿O tal vez creía que de ese modo se ganaría a Jenny?

Kacpar la miró expectante.

—Puedo preguntárselo —contestó ella, vacilante.

—Sí, por favor. De verdad que me darías una alegría. —Lanzó una mirada al plato vacío de Jenny—. Tienes buen apetito. ¿Puedo invitarte a un postre? Aquí tienen un tiramisú delicioso.

Jenny lo pensó. La presión en la barriga había cedido, pero no quería sobrecargar el estómago. Echó un vistazo a la carta de postres. Tiramisú, helado de vainilla con cerezas al marrasquino, *zuppa inglese*...

—¿Te vas a mudar allí? —preguntó de repente.

Jenny levantó la mirada de la tentadora oferta.

—No lo sé.

—Creo que tu abuela se alegraría. Y para ti también sería una buena solución. Temporal. —Esbozó una sonrisa de oreja a oreja y reprimió el hipo.

¿Cuántas copas de chianti se había tomado? ¿Había pedido una segunda botella cuando ella estaba en el lavabo?

—¿A qué te refieres? —preguntó ella con cautela.

—Bueno, estás embarazada, eso es maravilloso. Un niño en el campo, en una vieja mansión, tal vez con animales...

Jenny no daba crédito. ¿Cómo sabía lo de su embarazo?

Como si le hubiera leído la pregunta en los ojos, Kacpar continuó:

—Angelika me contó que habías preguntado por una clínica. Sea lo que sea lo que estés pensando, no lo hagas. Seguro que luego te arrepentirás. Un niño es una gran suerte.

Angelika. ¿Es que no podía callarse nada? En efecto, había preguntado por una buena clínica, pero con la excusa de una inflamación del apéndice. Por lo visto, su antigua compañera de trabajo había sumado dos más dos. Jenny hizo un gesto al dueño del restaurante y pidió la cuenta, que luego le dio a Kacpar. De pronto, solo quería estar sola y no había nada que se adecuara mejor a ese fin que su piso vacío, sin muebles, que pisaría por última vez esa noche...

Franzi

Navidad de 1942

—¡Viene, mamá! —Franziska miró con alivio el telegrama que Liese le acababa de llevar al salón grande.

> Llego 24 diciembre STOP Tengo ganas veros STOP Saludos STOP Walter

Iba a venir. Todo iba bien. Hablarían y, por fin, él se explicaría. Le confesaría lo que le afligía el alma. Qué fuerzas imprevisibles se había interpuesto entre ellos para provocar semejante cambio. Ay, ya no lo reconocía, al hombre al que amaba por encima de todo. Su silencio la asfixiaba, mataba su amor.

Abajo, en la cocina, el cartero del telegrama era agasajado con café y unas figuras de pasta hechas con harina y agua y pintadas de colores, típicas de Navidad, que casi siempre representaban a los Reyes Magos y que la cocinera preparaba todos los años. Con migas de mantequilla y una gruesa capa de azúcar encima, en realidad era un pecado donde aún había guerra y la gente de las grandes ciudades tenía que reducir gastos.

—¡Dios mío! —exclamó mamá—. El tío Alexander y la tía

Susanne no podrán venir hasta después de Navidad. Y Jobst celebrará las fiestas en Rusia.

Jobst había sido ascendido a teniente y luchaba en Rusia, de modo que no se podía contar con él en esas fechas. A esas alturas Kurt-Erwin también era soldado de la Wehrmacht y había vivido su bautismo de fuego en las batallas de los alrededores de Moscú, según les había contado el tío Alwin.

—Me alegro de que por lo menos Walter celebre con nosotros la Navidad —dijo el abuelo—. De lo contrario, solo nos reuniríamos mujeres y vejestorios en torno al árbol. —Durante el invierno había tenido muchos problemas con su reuma, y en ese momento estaba sentado en la butaca muy cerca de la estufa, con una manta de lana sobre las rodillas hinchadas.

—Que no te oiga Heinrich —le amenazó la madre en broma.

El anciano calló y se quedó mirando afligido la estufa de varios pisos y hierro fundido decorada con ángeles barrocos y todo tipo de ornamentos y arabescos. Tras sus comentarios cínicos se escondía la pena por su nieto preferido, Heini, en el que tantas esperanzas había depositado, caído un año antes.

Brigitte había sufrido un aborto natural que a punto estuvo de costarle la vida, y el doctor Albertus les dijo que un segundo embarazo podría significar su muerte. Ahora todos esperaban que el comandante Walter Iversen por fin se casara con su prometida para que surgiera una nueva generación de herederos. Sin embargo, el señor comandante se tomaba su tiempo, aplazaba la fecha de la boda una y otra vez con la excusa de no estar disponible. Nadie entendía su extraña actitud.

—¿Va a venir? Ya te digo yo que ya no te quiere —soltó Elfriede con malicia—. Quiere a otra y no se atreve a confesártelo.

—¡Cierra la boca! —rugió Franzi, furiosa.

—Claro que es así. ¡Sé que tengo razón! —Elfriede se levantó de un salto, salió corriendo del salón y subió la escalera que llevaba a su habitación. Los demás oyeron cómo cerraba la puerta de un golpe.

Su madre hizo un gesto de desesperación con la cabeza.

—No se lo tengas en cuenta. Aún es una niña y no dice más que tonterías.

Bueno, eso Franziska lo sabía muy bien, pero no dijo nada. Ella tampoco creía lo que decía su hermana menor. Conocía muy bien a Walter y sabía que no era un hipócrita. En sus cartas le aseguraba una y otra vez que la quería mucho, que siempre la llevaba en sus pensamientos, pero... «Eres la piedra angular de mi existencia, Franziska», le escribió en su última carta. «Sin ti, sin la esperanza de tener un futuro feliz, esta pena me resultaría insoportable...»

¿Era por la guerra? ¿El lado cruel del heroísmo? ¿O a qué se refería con «pena»? Esa palabra no encajaba en absoluto con el joven alegre y seguro que le había confesado su amor un año antes de forma tan tempestuosa en el cuarto de caza. Pero, claro, desde entonces habían pasado muchas cosas. Por desgracia, no le faltaba razón: la guerra continuaba, ahora la Wehrmacht avanzaba hacia Rusia y luchaba en los alrededores de Moscú. ¿No lo había intentado ya Napoleón?

—Aunque corran tiempos difíciles, padre —le dijo su madre al anciano junto a la chimenea—, celebraremos la Navidad como exige la tradición. Nos lo debemos a nosotros mismos y a todos los que confían en nosotros. —Volvió a esconder una horquilla que se le había soltado en el peinado. El cabello, antes de un color cobre brillante, ahora se veía apagado y atravesado por mechones blancos, pero la energía que desbordaba por toda la casa permanecía intacta pese al dolor por el hijo menor.

«Mamá es el alma de Dranitz», pensó Franziska, al tiempo que miraba con admiración su figura esbelta y erguida. Daba ánimos, apoyaba, cuidaba y pensaba en todo. En la familia, los parientes y el servicio.

—Ve a ver a Elfriede, por favor, Franzi. No me gusta que esté enfurruñada sola en su habitación, no le sienta bien.

Franziska se levantó, obediente, recorrió el frío pasillo y subió la escalera. En la mansión había muchas corrientes en invierno, y solo algunas estancias estaban calientes, mientras los pasillos y dormitorios seguían fríos. Su madre siempre les advertía a todos que cerraran las puertas para mantener el calor en las habitaciones. De todos modos, tras el horneado de Navidad siempre olía de maravilla en el pasillo; abajo, en la cocina, ya estarían preparando los Kollatschen, unas pastas rellenas de mermelada o frutas azucaradas. También había galletas de frutos secos y Kinjees, las típicas en forma de niño, que la cocinera metía en latas para poder repartirlas en Nochebuena y el día de Navidad entre el servicio y los invitados.

No, las costumbres navideñas ya no eran iguales que antes de la guerra. Los hombres jóvenes habían sido llamados a filas en la Wehrmacht, y solo unos cuantos muchachos se habían disfrazado para hacer travesuras en el pueblo. Sin embargo, con sus voces chillonas enseguida eran descubiertos, y las chicas a las que querían asustar no se los tomaban en serio. Dos años antes, el carretero Schwadke se había envuelto en una sábana para hacer de «niño Jesús» y cuando los muchachos fueron a por Mine se produjo una fuerte pelea. El viejo cura Hansen entonces echó pestes de esas «costumbres paganas», y los chicos apaleados acabaron sentados el segundo domingo de Adviento, compungidos y magullados, en los bancos traseros de la iglesia.

«Bueno», pensó con un suspiro, y se detuvo vacilante frente a la puerta de la habitación de Elfriede. La guerra no podía durar eternamente. Seguro que el año siguiente los jóvenes estarían de vuelta en casa, y los trabajadores forzosos de Francia que estaban alojados en el pueblo, en la casa de los campesinos, regresarían a su país. Eran muchachos simpáticos, los franceses, trabajaban mucho y les entusiasmaba que su padre hablara con ellos en francés. Lo que no les contó es que lo había aprendido durante la Primera Guerra Mundial, porque estaba destinado con su regimiento en Francia.

Elfriede estaba acurrucada en su cama, se había puesto el abrigado edredón sobre los hombros y escribía en su diario. Cuando entró Franziska, alzó la vista, enojada, y cerró el librito.

—¡Tienes que llamar a la puerta! —rugió.

—Perdona. Mamá cree que tienes que bajar de nuevo con nosotros.

Elfriede la miró distraída. Como tantas veces, parecía que no estaba escuchando.

—¿Y bien, va a venir o no?

Franziska abrió las cortinas y contempló el melancólico día de diciembre. El jardín le parecía desangelado, los caminos mugrientos, en los prados había charcos por todas partes que reflejaban las ramas desnudas de los árboles.

—¿Te refieres al comandante Iversen? —preguntó por encima del hombro—. Sí, en el telegrama anunciaba que iba a venir. ¿Ya tienes ganas de que llegue Navidad? Mamá nos ha comprado regalos en Waren.

—¿Crees que mi vestido de color azul marino estará listo pasado mañana?

Eso era Nochebuena. Su hermana menor era una chica muy rara. Los regalos le eran indiferentes, su única preocupación era el vestido nuevo que le estaba cosiendo Mine siguiendo un patrón que le había enviado desde Berlín la tía Guste. Muy moderno, con la falda por debajo de las rodillas. Como si fuera una mujer adulta.

—Seguro que sí —contestó Franziska con una sonrisa—. Y estarás preciosa.

—Lo sé... —repuso Elfriede, con la mirada perdida clavada

en el armario ropero, pintado de blanco, con un gran espejo en el medio.

—Vamos, no hagamos esperar demasiado a mamá y al abuelo. Abajo hace calor, aquí arriba vas a pillar una pulmonía con este frío tan húmedo.

Elfriede se levantó a regañadientes y siguió a su hermana mayor hasta la puerta.

«Estoy siendo injusta —se dijo Franziska mientras bajaba la escalera con Elfriede hacia el salón verde—. Ya tiene dieciséis años y no es una niña. ¿Por qué siempre la tratamos como a una niña pequeña?»

Ese año, el 24 de diciembre fue frío y gris, y cuando Franziska regresó de su paseo matutino a caballo, los primeros copos de nieve se arremolinaban alrededor de la mansión. Los perros hacía tiempo que habían olido la nieve y estaban muy excitados. Los caballos, que también habían intuido el esplendor blanco, sacudían la crin entre bufidos y no querían entrar en el establo, preferían quedarse fuera en el prado.

En la mansión olía a todo tipo de hierbas y especias. La cocinera Hanne ya estaba mechando el lomo de corzo y lo preparaba para el horno. Además, habían hecho café y en el pasillo había cuencos con galletas de frutos secos. De vez en cuando llegaba alguien del pueblo para desear unas felices fiestas, y el cartero, la señora que ayudaba con la colada y la vieja Loop, que siempre echaba las cartas, recogieron sus regalos y se tomaron un café con una pasta de Navidad y, por supuesto, un licor.

En el salón ya se erguía el gran abeto que Mine y Liese habían decorado el día anterior con estrellas de papel, manzanitas rojas y velas blancas para la celebración con el servicio. El árbol de Navidad de verdad, el que lucía bolas plateadas, pajaritos y tiras de colores, estaba en el cuarto de caza, donde más tarde celebraría la Nochebuena la familia más cercana.

Franziska echó un vistazo rápido al guardarropa, pero no vio un abrigo de uniforme ni unas botas: aún no había llegado. Su madre estaba en el salón con Mine y Liese, y su padre con los abuelos en el cuarto de caza, donde ya ardía la chimenea. En la escalera se le acercó Elfriede con el vestido aún sin coser.

—¿Dónde está Mine? ¡Tiene que coser el dobladillo!

—Está ayudando a mamá en el salón. ¿Por qué no te lo coses tú misma? —preguntó Franziska.

—¡No sé hacerlo! —se lamentó la joven al borde de las lágrimas.

—Lleva el vestido a mi habitación, te lo acabaré yo —le ofreció a su desesperada hermana.

—¿De verdad? ¡Ay, Franzi, eres la mejor hermana, la más bonita, la más querida! —exclamó Elfriede, y se lanzó de pronto al cuello de Franziska, agradecida. Tuvo que zafarse del abrazo exaltado o de lo contrario se habrían caído las dos por la escalera.

Franziska tenía prisa, aún tenía que envolver los regalos. Para la abuela había tejido una chaquetita suave de lana rosa; para Elfriede, un amplio pañuelo para los hombros que quedaría perfecto con su vestido azul. El abuelo recibiría unos calcetines de lana tejidos a mano, y su madre unos preciosos gemelos para el teatro que había comprado en Schwerin. Para su padre había ampliado la fotografía de la mansión y la había enmarcado; quedaría bien con los muebles del cuarto de caza. Además, envolvería en papel navideño un volumen de poemas de Hölderlin y lo decoraría con un lazo rojo. Era el regalo de Walter. ¿Qué le entregaría él ese año? ¿Otro volumen de poemas de Rilke? ¿Una pulsera de plata de Rusia? ¿O una cajita con dos alianzas de oro? Ay. Estaba exultante solo con su llegada. Ansiaba que la estrechara entre los brazos, oír el latido de su corazón cuando la arrimara contra el pecho. Jamás podría confesarle todos los sueños locos y pecaminosos que la asaltaban antes de quedarse dormida. Ni siquiera cuando estuvieran casados y fueran el uno del otro.

Cosió volando con la aguja y consiguió envolver sus regalos en preciosos paquetes y ponerles cartelitos antes del mediodía. El almuerzo de ese día era escaso por tradición, sopa de gallina con arroz, pan y un ligero vino del Mosela.

Su padre había vuelto de la finca vecina, a la que había ido a caballo tras el desayuno para llegar a un acuerdo amistoso sobre una disputa de límites del terreno. Saltaba a la vista que lo había conseguido, le brillaba la cara de satisfacción.

—¡Si sigue nevando así, mañana podremos ir con los esquís a la iglesia! —exclamó, y señaló la ventana con la cuchara sopera.

—Ojalá las calles estuvieran transitables —suspiró en cambio la abuela.

Franziska no pudo disimular su preocupación ante el comentario.

—Seguro que pronto llegará el comandante —intervino su madre, y puso una mano a modo de consuelo sobre la de su hija mayor. Una fina capa blanca cubría ya el adoquinado, la grava y los arbustos de enebro del jardín estaban manchados de blanco y en los charcos nadaba una nieve medio derretida gris y viscosa.

Dos o tres camiones pasaron por la carretera a ritmo lento, además de algunos vehículos tirados por caballos que transportaban barriles de cerveza y madera. Franziska vio a un grupo de lugareños que trasladaban dos abetos pequeños. Para Navidad existía una ley no escrita según la cual tenían que ir a buscar sus árboles de Navidad al bosque de la mansión.

—Daos prisa, chicas —las apremió su madre—. Heinemann ya ha enganchado los caballos.

El inspector Heinemann sustituía a Schneyder, que estaba luchando con la Wehrmacht.

Ahora empezaba la «parte agotadora» del día, como siempre decía Elfriede. Hacia las dos se interpretaba en la escuela del pueblo un auto de Navidad, al que también estaban invitados el cura y la señora baronesa y su familia. Antes, cuando eran pequeñas, podían participar. Mientras los chicos preferían el papel del posadero malvado, las chicas, por supuesto, querían encarnar a la virgen María. Casi siempre los niños de las fincas señoriales iban disfrazados de ángeles o pastores, solo Jobst pudo interpretar una vez al posadero.

—Antes nosotras llevábamos las alas de plumas de ganso —afirmó Elfriede entre risitas cuando ocuparon las sillas que habían preparado para ellas en la abarrotada escuela.

—Chist —le conminó su madre.

Era de una belleza tan increíble y al mismo tiempo tan triste que a Franziska se le llenaron los ojos de lágrimas. Conocía de memoria cada palabra, sabía perfectamente cuándo un niño se quedaba encallado, quién iba a perder el ala y por qué por detrás, junto con los angelitos, se cuchicheaba tanto. Seguro que justo en ese momento uno de los pequeños necesitaba ir con urgencia al lavabo. El coro entonó «De lo alto del cielo vengo yo», y Franziska cantó a pleno pulmón mientras a su lado Elfriede se sorbía los mocos. Una vez más, no llevaba pañuelo de bolsillo y se limpiaba la nariz con la manga del abrigo en un gesto muy poco distinguido.

Más tarde, cuando la actuación llegó a su final feliz, niños y profesores se arremolinaron en torno a la baronesa. Su madre elogió la actuación y agradeció la invitación, luego entregó al profesor Schwenn un regalo para la escuela, que casi siempre eran lápices, cuadernos y gomas de borrar de colores, tizas o un mapa nuevo para colgar. A continuación, todos los niños podían meter la mano en la gran bolsa que Elfriede les ofrecía.

Dentro estaban las galletas de frutos secos y los Kinjees que había hecho la cocinera, pero también caramelos envueltos de colores y las ansiadas piruletas con sabor a cereza. No estaba permitido escoger, había que agarrar lo primero que cayera en las manos.

El discurso de agradecimiento del profesor Schwenn solía verse interrumpido por agudos chillidos. Sonaba horrible, los pequeños se tapaban los oídos y los niños mayores corrían a las ventanas.

—¡Tened cuidado con las alas! —se quejó el profesor Schwenn—. El año que viene las volveremos a necesitar.

Fuera se habían reunido los pastores de la comunidad para dar la bienvenida a la Navidad. Entraban en todas las granjas, donde les servían licor y les pagaban el sueldo de todo el año. Las trompetillas de metal pasaban de generación en generación, se guardaban todo el año en los graneros y buhardillas, empañadas y abolladas, pero daba igual: su sonido seguía siendo igual de horrible. Pese a que no era su obligación, las señoras nobles también daban un donativo a los pastores y a cambio recibían un concierto ensordecedor.

Luego, por fin podían subir al coche de caballos y regresar a la mansión. Era un milagro que los caballos no huyeran con semejante escándalo. Debía de ser por la magia de la Navidad, que, como todo el mundo sabe, también sienten los animales. En cuanto volvían a sus establos decorados con ramas de pino y muérdago, recibían una ración adicional de comida.

En el patio no había ningún vehículo de la Wehrmacht cuando el inspector Heinemann detuvo el carruaje frente al porche de columnas. Franziska oyó el suspiro de decepción de Elfriede. Su madre también parecía un poco preocupada, pero no dijo nada. Ella calló y procuró que no se le notara la angustia. Mil miedos asaltaron el corazón de Franziska.

Ya las estaban esperando. Liese les recogió los abrigos y les llevó calzado limpio. Llevaba escritas en el rostro la ilusión y la feliz tensión ante el gran acontecimiento.

En el salón donde el servicio ya se había reunido para el festivo reparto de regalos se oían murmullos, y por todas partes olía a agujas de abeto y repostería. Su padre, con el traje de cazador, esperaba en la puerta entornada. A su lado estaban la abuela, vestida de negro ceremonioso y, pese al dolor infernal que sufría en las rodillas hinchadas, el abuelo, recto como un palo y sin bastón.

—¡Ahí vamos, querida! —exclamó su padre cuando las damas llegaron, y le indicó a Liese con la cabeza que abriera la puerta del salón.

«El año anterior estaba también Walter», pensó Franziska con tristeza, mientras entraba en el salón al lado de Elfriede. Encendieron las velas del gran abeto, apagaron el resto de las luces, y todos admiraron absortos el árbol de Navidad y su decoración de colores. El viejo cura, Hansen, leyó la historia de Navidad con el mismo patetismo que en la iglesia, luego su padre dirigió unas palabras a los empleados, les agradeció su lealtad, el duro trabajo, habló de la época que vivían, que era como una prueba, y expresó su esperanza de que todas las víctimas del pueblo alemán no fueran en vano. Alrededor, a todo el mundo se le ensombreció el semblante y rodaron algunas lágrimas. También en las familias de los empleados habían caído hombres.

—Y, aun así, nuestro Señor nos regala todos los años la estrella de Belén —concluyó su padre el discurso—. La luz que anuncia el nacimiento del Salvador. Pongamos nuestras esperanzas en él, os guiará y llevará la lucha del pueblo alemán a un fin pacífico.

«El año pasado el discurso de papá sonó mucho más pomposo —recordó Franziska—, pero entonces aún esperábamos que esta maldita guerra terminara pronto.»

Volvieron a encender las lámparas del salón y todos se sentaron a la larga mesa para disfrutar de la comida de Navidad con los señores y su familia. Consistía en una sopa de gallina con nata y huevo, luego había cabeza de cerdo con col rizada y bolas de patata y para terminar pudín de nata agria con arándanos en conserva. Además, el señor les obsequió con un barril de cerveza y dos botellas de licor. Antes, cuando había más hombres en la mesa, había un gran barril de cerveza y uno pequeño con aguardiente de trigo casero, pero ahora los únicos hombres adultos que quedaban eran el viejo mozo de cuadra, Joshka, y el inspector Heinemann, que era cojo de una pierna, además del abuelo y el barón.

—¿Crees que aún va a venir? —susurró Elfriede, abatida.

—Creo que sí —contestó Franziska sin mucho convencimiento mientras comía sin apetito la col rizada. No quería comer demasiado, porque después la celebración continuaba en el cuarto de caza. Allí le esperaban las auténticas delicias que había preparado la cocinera. La tradición mandaba que los empleados no trabajaban después de la celebración de Navidad, y que la familia de los señores se las arreglaba sola en Nochebuena.

Tras la comida, el servicio se despidió y regresó a sus dependencias, mientras la familia Von Dranitz se sentaba a la mesa en el cuarto de caza. Fuera, al otro lado de la ventana, ya era noche cerrada. Bajo el brillo de la lámpara eléctrica del patio Franziska vio arremolinarse los copos de nieve. Eran gruesos y, cuando el viento los arrojaba contra los cristales de la ventana, se quedaban pegados.

Brigitte bajó con ellos. Tras el aborto se sentía muy débil y casi siempre estaba tumbada en la cama, pero quería pasar la Nochebuena con la familia.

—El teléfono —dijo Elfriede en cuanto tomó asiento en el cuarto de caza. Tenía el oído muy fino, pero hasta ese momento Franziska no percibió el sonido que llegaba del salón rojo, donde estaba el aparato.

Su padre, que ya había empezado a encender las luces del árbol de Navidad, le dio las velas al abuelo y salió.

Durante unos horribles minutos Franziska imaginó infinidad de situaciones: el vehículo del ejército volcado, con las ruedas todavía girando y sus ocupantes tirados en la nieve, bañados en sangre. El cuerpo inerte de Walter, su rostro pálido y desfigurado, el abrigo en llamas...

Su padre regresó y cerró la puerta. Fue breve.

—El comandante Iversen ruega que le disculpemos. Un ataque inesperado. Se pondrá en contacto en cuanto le sea posible.

Solo su madre comentó la noticia. Elfriede enterró los dientes en el labio inferior y calló, y Franziska casi sintió alivio. Por lo menos no era un accidente, estaba sano y salvo. Y ante una orden de entrada en acción no podía hacer nada. Hasta pasado un rato no sintió una profunda decepción. No iba a llegar. No iba a verlo, a sentirlo. Toda la añoranza, las ilusiones, habían sido en vano.

—No nos dejemos doblegar —continuó su padre y animó con la mirada al grupo—. Tengamos una fiesta alegre, queridos. Dios se llevó a nuestro Heini a su reino, pero protegerá a nuestro Jobst y seguro que nos lo devolverá. Ven a mis brazos, Margarethe, te agradezco todo tu amor y lealtad, no hay en el mundo mejor esposa que tú. —Estrechó a su mujer entre sus brazos y luego se volvió hacia sus hijas—. Ahora os toca a vosotras, mis chicas...

Se abrazaron todos, se desearon una feliz Navidad, y se controlaron para no apesadumbrar a los demás. Hacía dos años que ni Jobst ni Heini se sentaban con ellos bajo el árbol de Navidad. Sus sitios permanecían vacíos. El futuro de Dranitz estaba en manos de Dios.

Franziska

Finales de octubre de 1990

El holandés Van der Voos miraba preocupado la puerta de la bodega de la mansión, tras la cual se encontraba su amplio almacén de muebles. Se quitó las gafas y las limpió a conciencia. No, no había contrato de alquiler con el municipio...

—Es una lástima. Es un almacén realmente fantástico, con mucho espacio y encima seco. ¿Está usted segura, señora baronesa?

Franziska se impacientó. ¿Qué manía era esa de dirigirse a ella continuamente como «señora baronesa»? Detrás estaba de nuevo Pospuscheit, que no perdía ocasión de incordiarla.

—Me apellido Kettler —le corrigió con aspereza—. Pretendo renovar a fondo el edificio. No me sirve para nada un almacén de muebles en el sótano.

Tardó un tiempo en encontrarlo, porque solo iba a Dranitz de vez en cuando. Mücke, que era amiga de Anne Junkers, la secretaria del alcalde, le había ayudado a buscarlo. Mücke valía un imperio, Franziska no sabía qué habría hecho sin esa criatura alegre y encantadora.

—Señora Kettler —insistió con obstinación el holandés—, me resulta imposible vaciar el almacén en tan poco tiempo. ¿Cómo voy a encontrar algo adecuado tan rápido? ¿Tal vez le gustaría echar un vistazo?

La puerta del sótano era de acero, Franziska la conocía bien. Antes, en el espacio que se encontraba detrás, se cortaba la carne de los animales cazados, la dejaban colgada y la conservaban. Bajo el sótano había otra estancia, pequeña y alicatada hasta el techo, donde se despellejaba y despedazaba a los animales. El abuelo había sido un gran cazador en sus tiempos; su padre menos, pero sus hermanos Jobst y Heini estaban a la altura del abuelo. A Franziska solo le gustaba la caza por los perros, la muerte no le atraía.

La puerta de acero chirrió. Probablemente el marco estaba deformado por culpa de la mampostería. Los recibió un olor mohoso a lignito. A Van der Voos le costó encontrar el interruptor anticuado, marrón oscuro y redondo, con una rebaba en el medio que había que girar. La iluminación era la típica de la RDA, una lámpara de sótano atornillada al techo que arrojaba una luz mortecina y amarillenta. Franziska vio un caos de mesas y sillas apiladas unas encima de otras, armarios junto a la pared, bufés, cómodas, arcones, cuadros y dibujos enmarcados.

—Dios mío, ¿qué hace usted con todos esos muebles? —exclamó.

El holandés acarició el respaldo de una silla con la mano en un gesto profesional y le explicó que llevaría la mayoría de los objetos a un restaurador. Otros los vendería. Tenía que calcular muy bien para no perder dinero.

A Franziska no le parecía que fuera a perder dinero. Al contrario, se iba a forrar. Seguramente había comprado todos esos preciosos muebles antiguos por unas migajas, tal vez incluso los había rescatado de la basura. La gente de aquí estaba loca por las baratijas de las empresas occidentales de venta por catálogo. Los padres de Elke, por ejemplo, habían comprado un nuevo tresillo con tapizado de tejido vaquero.

—Esto es madera de roble, del período de los fundadores —afirmó ella con conocimiento—. Y esto, *Biedermeier*, y detrás veo estilo imperial e incluso modernismo...

En medio de la sala, oculta debajo de todo tipo de sillas y muebles pequeños, había una imponente mesa de roble. En el salón grande había tres de ese tipo. En las reuniones de cazadores o grandes celebraciones familiares ponían las tres mesas juntas, y podían sentarse hasta cincuenta personas.

—Me interesaría esa mesa de ahí —continuó Franziska, tras un repaso exhaustivo—. ¿Tiene las sillas a juego?

—Sí, claro, señora bar... eh, señora Kettler, justo ahí detrás, espere, que se las enseño. —Mientras buscaba las sillas con esmero, Franziska estudió los armarios y cómodas y vio varias estructuras de cama de madera tallada. Pintadas de negro, tenebrosas, al gusto de principios del siglo xx. Tal vez podría lacar la madera de blanco.

—Oiga, señor Van der Voos —dijo Franziska al holandés—, le propongo un negocio. Yo le dejo este espacio del sótano durante medio año sin alquiler y a cambio escojo algunos de sus muebles.

El hombre estaba entusiasmado, elogiaba alguna que otra pieza, y cuando comprendió que Franziska entendía de muebles y seleccionaba con determinación los mejores, negoció un año entero.

Ella accedió. El espacio del sótano carecía de interés de momento para las reformas. Había espacio de sobra en otros lugares para guardar cubos de pintura, utensilios y materiales. El sótano de la mansión era enorme, y había estancias que, aparte de ella, solo conocían Mine y Karl-Erich. En su momento habían escondido allí la plata de la familia y las joyas de su madre, pero aun así los rusos lo encontraron todo.

Hacía una semana que la mansión, el parque y el lago volvían a ser de su propiedad. Había convocado a su abogado en Dranitz y, para que todo fuera correcto, llevaron a un notario de Waren que había aceptado su caso pese a la ingente sobrecarga de trabajo, de modo que la entrada en el registro de la propiedad también estaba hecha. Ella, Franziska Kettler, era de nuevo señora de la mansión Dranitz, aunque las tierras que antes pertenecían a la mansión estuvieran en manos de otros. De qué le servían campos, bosques y prados. Su sueño era la mansión, el parque y el lago, los lugares donde había pasado su infancia y juventud.

Tras la larga y descorazonadora espera en condiciones deplorables, ahora se sentía liberada. Sumida en una actividad frenética, de noche apenas dormía unas horas, se pasaba todo el día en pie, solucionaba un montón de asuntos, recorría la zona, encargaba materiales de construcción, reclutaba obreros, hacía planes y cálculos aproximados de los costes. Estaba como embriagada. Iba a recuperar lo que se había destrozado, reconstruir lo que se había desmoronado. ¡Ojalá su madre hubiera vivido! Con lo que deseaba poder regresar a Dranitz. Ahora era ella, Franziska, la que llevaba a cabo lo que a su madre le había sido negado.

Las primeras noches en la mansión las pasó en el antiguo cuarto de las criadas, en el jardín. Cuando empezaron las reformas se mudó a la antigua lavandería, donde instaló una cama y un colchón que compró en unos grandes almacenes. Nada caro, pero bastante más cómodo que el tambaleante catre donde había dormido durante varios meses y que le había destrozado la espalda. Falko observaba a su dueña junto al almacén, decidido a ahuyentar a todos los intrusos.

Durante el día tenía que vigilar que no se fuera al Konsum a saquear el mostrador de salchichas. A petición de los vecinos del pueblo, había accedido a permitir que la tienda siguiera de momento en la mansión. De todos modos, aún no estaba claro qué iba a ocurrir con los supermercados de la RDA, pero mientras existiera el Konsum los habitantes de Dranitz no tenían que ir a comprar en coche, algo que les iba muy bien, sobre todo a la gente mayor que no estaba motorizada.

Era importante estar a buenas con la gente, demostrarles que no había regresado como baronesa engreída, sino como una buena vecina. Por supuesto, las relaciones eran distintas que antes, cuando el barón Von Dranitz se sentía responsable del bienestar de los vecinos del pueblo. Muchos trabajaban directamente en la finca, pero los demás, operarios y pequeños campesinos, tenían estrechos vínculos con la mansión. La familia Von Dranitz celebraba las fiestas de pueblo con ellos, los niños de la mansión iban a la escuela del pueblo y todos los domingos y festivos el barón acudía con su esposa y sus hijos a la iglesia a escuchar el sermón.

Franziska se despidió del comerciante holandés de muebles, del que recibió una llave del almacén y el permiso de sacar algunos muebles seleccionados en caso de necesidad. Subió exultante la escalera, que ya estaba cubierta con un plástico. Arriba, las reformas ya estaban en marcha. Habían arrancado el papel de la pared y los suelos, y Franziska había comprobado encantada que bajo el linóleo aparecía el viejo parqué de madera casi intacto. Solo en algunos puntos se veía negro por la humedad y habría que sustituir la madera.

—Lo primero que yo encargaría arreglar sería el techo —le propuso Karl Pechstein, al que todos llamaban «Kalle»—. Hasta que no sea impermeable, es una tontería que empecemos, porque en menos que canta un gallo tendrá toda la casa llena de moho.

No resultó fácil encontrar una empresa de techadores decente en la zona. Al final, Franziska llamó a una empresa de Frankfurt que iba a enviar a un empleado para hacer una inspección, pero de momento no había aparecido nadie. Tendría que insistir. Lo malo era que por la mañana cada llamada de teléfono era una pelea. El único aparato que funcionaba se encontraba en la oficina del alcalde, y cuando Gregor Pospuscheit estaba presente era imposible llamar. Había acordado con las autoridades locales que la oficina podía seguir en la mansión hasta diciembre, pero por el bien de todos sería mejor que no permanecieran más tiempo bajo el mismo techo.

«Y las ventanas, tiene que ponerlas todas nuevas, señora baronesa. No sirve de nada que el techo sea impermeable si luego la humedad penetra por las ventanas», le había dicho Kalle. Desvió la mirada hacia los grandes ventanales, que, en efecto, necesitaban un saneamiento urgente.

Kalle se había erigido en director de la pequeña tropa de reforma y se tomaba su función muy en serio. No solo porque quisiera impresionar a Mücke. Pospuscheit, el nuevo director comercial de la nueva cooperativa agraria, lo había despedido a él y a unos cuantos más. Por motivos empresariales, dijo, pero en realidad el señor presidente estaba enfadado porque Gerda Pechstein, la madre de Kalle, le había arrebatado la casa del inspector delante de las narices. Franziska estaba resuelta a ofrecer trabajo a Kalle y sus amigos. Los jóvenes eran los que más merecían su dinero por las reformas de la mansión.

«Casi como era antes —pensó con una sonrisa—, solo que pronto me quedaré sin dinero y tendré que vender la casa de Königstein.» Tiritó de frío. No era de extrañar, llevaba lloviendo desde primera hora de la mañana, y por las ventanas de la primera planta, que no cerraban bien, entraba una desagradable humedad. En el pasillo había una fila de sacos de plástico azul, llenos hasta los topes de papel de pared viejo y linóleo destrozado, que Falko olisqueaba con desconfianza. Kalle había prometido llevarlos a un vertedero cercano en los días siguientes. Franziska prefería no saber si se trataba de un vertedero oficial de la RDA o de una escombrera ilegal. Kalle se había limitado a comentar que allí lo hacía todo el mundo.

Franziska pasó junto a las paredes sin papel, de las que se caía el revoque en grandes pedazos, y por detrás aparecieron los ladrillos de color rojo claro con un aspecto sorprendentemente nuevo. Solo las juntas se desmoronaban; tendrían que rascar la vieja argamasa y volver a pegar las piedras, una tarea ardua pero necesaria. Suspiró. De momento, el aspecto de los antiguos dormitorios de la familia era realmente desalentador. Se dirigió a la ventana con otro suspiro e intentó distinguir en el horizonte los pueblos que le enseñaba su padre cuando aún era pequeña, pero con la intensa lluvia apenas se distinguía nada.

El otoño se acercaba a pasos agigantados, pensó angustiada, y cuando llegara el invierno todo resultaría mucho más difícil. Por primera vez desde que Dranitz volvía a pertenecerle se sintió agotada y dudó de poder superar las tareas pendientes. No era de extrañar. Necesitaba con urgencia unas horas de sueño. Y algo caliente. ¡Si por lo menos pudiera encender una de esas estufas de madera! No eran las mismas que antes. Eran más pequeñas y contaban con unas placas de tierra refractaria que conservaban el calor. Los ocupantes de esas habitaciones en tiempos de la RDA debían de haberlas usado mucho, porque alrededor de ellas las paredes y los suelos estaban cubiertos de hollín.

Falko, que seguía a Franziska como una sombra, se separó de su lado y corrió al baño. De allí llegaban voces exaltadas hasta el pasillo: Kalle y sus compañeros discutían de nuevo sobre un problema que acababa de surgir. Franziska se obligó a mirar hacia delante. Tenía que aguantar unas semanas más, y luego al menos habría dos estancias habitables. Después todo sería más fácil, porque tendría un lugar al que retirarse.

—El agua busca su camino —oyó la voz potente de Kalle—. Puede ser perfectamente que venga de fuera. O de arriba.

—¡Chorradas! Eso es una cañería rota. Está muy claro. Mira eso, es cardenillo. La tubería de latón se ha ido al traste.

Ese era Wolf Kotischke, el mejor amigo de Kalle. Solo ayudaba a última hora de la tarde en las reformas porque trabajaba como tractorista en la cooperativa. Los buenos conductores de tractor eran importantes, Pospuscheit no iba a despedirlo tan rápido, aunque tuviera esa intención.

—¿Hay algún problema? —preguntó Franziska, y pasó por encima de un cubo lleno de baldosas descartadas que estaba en el umbral de la puerta.

—La pared está húmeda —le comunicó Kalle, y le enseñó una gran mancha en el muro que quedaba al descubierto—. Seguramente una cañería rota.

Franziska asintió. Las cañerías de agua eran del siglo anterior. No recordaba que su padre hubiera ordenado cambiarlas, y en tiempos de la RDA, y en eso coincidían todos los ayudantes de las obras, no se había renovado casi nada.

—Podríamos remendar la tubería —continuó Kalle con gesto escéptico—, pero puede que mañana salga el agua por cualquier otro sitio.

Franziska asintió. Kalle tenía razón: necesitaban un instalador. No tenía sentido reparar la tubería y alicatar de nuevo para luego tener que arrancarlo todo otra vez.

Kalle prometió encontrar un buen instalador. Hasta entonces quería dedicarse a las paredes y techos de las habitaciones. Retirar el revoque antiguo, rascar las juntas, llevarse los escombros...

—¿Cuándo podré vivir aquí? —preguntó Franziska.

Kalle se rascó la nuca de exuberantes rizos y contestó, pensativo:

—Eh... Como pronto dentro de tres semanas, diría, siempre y cuando el clima ayude. Si sigue como ahora, no conseguiremos que el yeso se seque.

—¿Tres semanas más? —gimió ella—. Pero cuando venga mi nieta necesitará una habitación decente. No puede vivir eternamente en casa de los Rokowski. ¿No puede ser antes?

Los hombres se miraron y se encogieron de hombros.

—Claro —murmuró Wolf—. Todo puede ser si uno quiere.

—Estupendo. —Franziska sonrió aliviada—. ¡Confío plenamente en usted!

Seguida de su perro, salió del baño y echó un vistazo al reloj: ya eran las cinco y media. Con suerte aún localizaría a alguien en la empresa de techadores. Pospuscheit ya se habría ido de la oficina, así que podría hablar por teléfono con calma. Le habían dado una llave del vestíbulo, donde Anne Junkers tenía su lugar de trabajo y donde estaba el teléfono. Además, le habían permitido usar el retrete y el lavabo mientras su baño no estuviera listo.

Aquel día el pasillo estaba especialmente oscuro por culpa de las pesadas nubes de lluvia que cubrían el cielo como un edredón gris. La oficina municipal, con sus austeros muebles de madera y las paredes sin decorar, poco antes le había parecido fea y triste, pero ahora casi le daban ganas de mudarse allí. Estaba limpio y caliente, tenía baño y retrete e incluso una mesita de té con un fogón. Muy distinto de la habitación húmeda y fría en la que se alojaba en esos momento.

«Bueno —masculló, y dejó a un lado la angustia—. Déjate de comedias. Hubo una época en la que no sabías si ibas a sobrevivir a la siguiente noche. ¿Qué son unas cuantas molestias en comparación con la guerra?»

En la empresa de techadores contestó una mujer joven que le comunicó que en ese momento estaban muy ocupados, pero que la semana siguiente enviaría a alguien.

—¿Puede darme una fecha más concreta? —insistió Franziska—. Me gustaría estar presente para enseñárselo todo a su empleado. Además corre prisa, el techo tiene goteras en varios puntos y llueve a mares desde ayer.

La joven prometió ocuparse de ello y colgó.

Franziska también colgó el auricular del gancho, pero en vez de subir de nuevo se quedó un ratito más sentada en la silla del despacho, acariciando la cabeza de Falko. Le gustó que le pusiera el hocico caliente en la rodilla. ¿Debería también renovar el cableado eléctrico? Se suponía que no podían ser los originales, los que hizo poner su abuelo. Bueno, se lo preguntaría a Kalle.

Fuera, por fin la lluvia había parado, pero a cambio unos espesos velos de niebla rodeaban la casa. Al día siguiente llamaría a un agente inmobiliario de Königstein, un conocido que antes iba como invitado a su casa de vez en cuando. Cuando Ernst-Wilhelm seguía vivo. Conocía la propiedad, sabría apreciar qué valía la pena vender. Necesitaba el dinero para seguir allí, solo cubrir de nuevo el tejado exigiría una suma de cinco cifras. Tampoco iría mal una calefacción de gasoil. Ojalá Ernst-Wilhelm estuviera a su lado, él sabía de esas cosas. Aunque seguramente ni siquiera habría estado de acuerdo en vender la casa de Königstein. Habían trabajado mucho durante todos esos años, apenas habían disfrutado de tiempo libre. Ernst-Wilhelm estaba muy orgulloso de la casa, había dibujado él mismo los planos y luchado mucho con los arquitectos por cada detalle.

«Lo siento, pero Dranitz es más importante. No solo para mí, sino para toda mi familia. Esta casa nos unirá de nuevo a todos. Soy una Von Dranitz y cargo con esa obligación, la misión que me ha encomendado mi familia», pensó afligida.

De pronto le dio la sensación de que se le congelaban los pensamientos. Debía de ser por el frío. Estaba helada, necesitaba con urgencia la chaqueta de punto gruesa que se había comprado en Waren. En la primera planta se oían golpes cada vez más fuertes, lo que en realidad era una buena señal, pues los obreros parecían avanzar. De todos modos, en ese momento solo deseaba que los chicos se fueran a casa para poder meterse en la cama, bajo el edredón calentito.

«Dormir», suspiró, y se levantó, cansada, de la silla de Anne Junkers. «Necesito sin falta dormir unas horas seguidas. De lo contrario no aguantaré. Que sigan con sus martilleos y golpes, voy a sacar el perro un rato y luego me acostaré. Que cierre Kalle con llave, para eso le di la copia.»

Mientras Falko hacía sus necesidades fuera, ella esperaba impaciente en la puerta. ¿Qué hacía el perro tanto tiempo en la niebla? ¿Otra vez estaba cazando una marta fisgona? Sintió un vacío en su interior que no auguraba nada bueno. ¿No se estaría resfriando? Tenía la garganta un poco irritada y le dolía al tragar. «No te pongas enferma ahora», se reprendió, «tienes que aguantar. Por lo menos las próximas semanas».

Falko apareció en la oscuridad, se sacudió, pasó corriendo por su lado y subió a la primera planta. Odiaba el plástico que cubría la escalera, había tardado un tiempo en sentirse preparado para pisarlo. Arriba, los obreros habían terminado el trabajo del día y se cruzaron con ella en la escalera, le dieron las buenas noches y Kalle le ofreció por enésima vez una habitación en casa de sus padres.

—Aquí no se puede vivir, señora baronesa. ¡Se va a poner enferma en medio de las obras!

—Soy dura de pelar, joven —repuso ella, y agradeció con educación la oferta. No, no iba a abandonar la propiedad. Estaba comprometida con esa casa, la iba a vigilar y proteger. Allí quería pasar los últimos años de su existencia, y allí quería morir.

«Pero no tan pronto», pensó afligida cuando cerró la puerta de la casa detrás de los obreros. El temblor interior dio paso a los escalofríos, el corazón le palpitaba con fuerza y tenía frío y calor a la vez. Así que era un resfriado, por lo visto con fiebre. A los setenta, una no era tan resistente como a los veinticinco. Subió a rastras los peldaños, agotada, acarició el pellejo húmedo del lomo de Falko, que la esperaba arriba, y estuvo sopesando qué hacer. Anne Junkers, la amable secretaria del alcalde, ¿no tenía un paquete de aspirinas guardado en el cajón del escritorio? Por supuesto, la semana anterior se quejó de su sensibilidad al tiempo, por eso siempre tenía a mano unas cuantas pastillas para el dolor de cabeza.

Franziska regresó al vestíbulo de Pospuscheit y abrió el cajón del escritorio de Anne, donde, en efecto, había una cajita de aspirinas con diez unidades dentro. Franziska tragó con cuidado dos a la vez y se metió el paquete en el bolsillo de los pantalones. ¡Sería ridículo que no lograra controlar un resfriado tan tonto!

Su dormitorio provisional estaba helado. Franziska se envolvió en una chaqueta gruesa de lana y luego se metió bajo el edredón. Ya tiritaba de frío, notaba manos y pies helados y, pese a la aspirina, empezó a dolerle la cabeza.

«Mañana me encontraré mejor. Solo necesito dormir una noche entera», decidió. En efecto, pronto cayó en un sueño inquieto y febril, no paraba de dar vueltas entre gemidos, atormentada por sueños salvajes. Veía infinidad de cubos negros llenos de escombros, ordenados en filas, que rodaban sobre sí mismos como un enorme ejército. «¡Que vienen los rusos!», oyó que gritaba alguien. «¡Tenemos que huir!» Los cubos rodaban sobre las colinas, dibujaban profundos surcos negros en las brillantes ondas color violeta plateado de la barcea, se acercaban a la mansión.

Franziska se despertó gritando asustada y se tomó dos pastillas más. La fiebre y la jaqueca remitieron durante un rato, y en su lugar apareció un intenso dolor de estómago.

Hacia el amanecer volvió a dormirse, completamente agotada, y soñó con un prado lleno de vacas mugiendo.

—¿Señora baronesa? —Oyó de pronto que la llamaba de lejos una voz masculina que le resultaba familiar—. ¿Hola? ¿Está usted despierta?

—Aún está durmiendo —contestó una voz de mujer—. Voy a ir a verla un momento.

Mücke. ¿No era esa Mücke? Franziska abrió los ojos y comprobó que fuera ya volvía a haber luz. Un ataque de tos se ocupó de despertarla del todo. Se sentía fatal, le dolía todo el cuerpo, notaba la cabeza pesada y espesa. Se sentó con mucho esfuerzo, se puso los zapatos y se acercó con paso tambaleante a la ventana. Abajo, en el patio, estaba Kalle en medio de un rebaño de vacas de color blanco y negro. Eran unas grandes vacas lecheras Holsteiner con las ubres a rebosar. Los delirios no cesaron ni cuando Franziska se frotó los ojos varias veces y parpadeó.

Jenny

Finales de octubre de 1990

Simplemente no pudo evitarlo. Y eso que ya había hecho tres paradas y en total había engullido cinco bocadillos, dos raciones de ensalada y tres tazas de café con leche. Sin embargo, se le hizo la boca agua con el cartel de la enorme hamburguesa. Además, pidió una ración de patatas fritas crujientes y brillantes por la grasa con mucha mayonesa y un enorme refresco de cola.

Era culpa suya. ¿Por qué había esperado tanto para ir al médico? ¿Acaso no oía hablar constantemente de esos niños que llegaban al mundo pese a que sus madres tomaban la píldora? ¿Por qué no había sospechado en cuanto le faltó el período por primera vez? Pensó que era por la píldora o por el estrés con Simon.

Sus pensamientos vagaron hacia Kacpar. «Un niño es una gran suerte», le dijo la noche que pasaron juntos en el italiano, y tenía razón. ¡Siempre y cuando no tuvieras que criarlo sola y encima sin trabajo! Pero eso seguro que no se lo imaginaba el joven arquitecto en ciernes Kacpar Woronski.

Estaba siendo injusta. Había ido a visitarle al antiguo piso de Angelika para ofrecerle ayuda económica si la necesitaba.

Sin más, como un buen amigo. Sin ninguna obligación por su parte.

Lo había rechazado, claro. Era peligroso meterse en semejante situación. Kacpar era un tipo adorable, pero estaba locamente enamorado de ella y con eso esperaba crear un vínculo. En realidad era una lástima, pero no se podía forzar el amor. El amor era imprevisible y, por lo visto, siempre aparecía en el momento equivocado.

También su visita al hospital había sido en mal momento. En la revisión general comprobaron que ya estaba de cuatro meses y no de tres, como suponía. «Está usted en la semana dieciséis, señora Kettler», le comunicó el ginecólogo. «Por tanto, ya no es posible una interrupción del embarazo por indicación médica. Debería haber venido antes.»

En la semana dieciséis... ¿Podía ser que en el italiano hubiera notado movimientos del niño?

Como no se le ocurría nada mejor, llenó el depósito del Kadett rojo y ahora iba de camino a Dranitz. Se alojaría en casa de su abuela. Al menos durante los meses siguientes. Por muy dispuesto a ayudar que estuviera Kacpar, Mücke y la abuela eran la mejor opción. Sobre todo, Mücke. Tenía realmente ganas de verla.

Jenny entró en el aparcamiento delante del área de servicio, aparcó y pidió una hamburguesa doble, una ración de patatas fritas con mayonesa y un refresco de cola, llevó su bandeja a una de las mesitas y engulló la comida con avidez. Si seguía comiendo así, pronto tendrían que hacerla rodar como si fuera un barril. Era horrible. Un embarazo era un estado cruel, cada día estaba más gorda, fea y desvalida, pero por desgracia el hecho de saberlo no mermaba su apetito. Después de tres meses vomitando casi todo lo que comía, ahora su cuerpo obtenía lo que necesitaba. Y su pequeño compañero de comidas también, claro. Imaginó un embrión, en su burbuja de líquido amniótico, mordisqueando una patata frita. Eh... Esa porquería seguro que no era nada sana para bebés. Tal vez debería procurar alimentarse de forma razonable.

Cuando recogió la bandeja vio una concha de plástico transparente en la pared bajo la cual había un teléfono público. Miró el reloj. Mücke estaría justo en la pausa del mediodía, tal vez la localizaría en la guardería.

—¿Mücke? Hola, soy Jenny. —Maldita sea, el aparato se tragaba la calderilla como si no le hubieran dado de comer durante semanas.

—¡Jenny! ¡Me vas a volver loca! ¡Menos mal que llamas! ¿Cómo estás? ¿Cuándo llegas? —gritó Mücke al otro lado de la línea en el auricular.

—Estoy de camino, por así decirlo. ¿Cómo estáis vosotros? ¿Todo bien? —Jenny hurgó en el portamonedas en busca de las últimas monedas de diez peniques, pero tuvo que meter un marco.

—¡Qué dices! —se lamentó Mücke—. Aquí tocados y hundidos. Me alegro de que por fin vengas.

—¿A qué te refieres con tocados y hundidos? Pensaba que la abuela estaba tan contenta en la mansión poniendo el nuevo papel de pared —bromeó Jenny, pero por lo visto Mücke carecía de sentido del humor en ese momento.

—Está muy enferma —le contó su amiga—. Tiene una pulmonía grave, pero no quiere ir al hospital bajo ningún concepto. Tu abuela es tozuda como una mula. Mine está con ella a todas horas, y yo me ocupo de Falko.

¡Estupendo! Jenny esperaba meterse en un nido cálido y hogareño para incubar su huevo con calma, y ahora todo iba fatal por ahí. Pulmonía, por Dios. En el caso de una mujer mayor podría ser mortal, según las circunstancias.

—¿Y las reformas? —tartamudeó—. Pensaba que podía mudarme a su casa...

Se oyó un crujido en la línea, Mücke debía de haber hecho algo con el cable. O aún no se habían librado de los micrófonos ocultos de la Stasi.

—A ella le parecería genial, pero de momento solo hay paredes desnudas y un montón de escombros. Puedes volver a vivir con nosotros. —Mücke dudó, pero luego se lo preguntó—: ¿Ha salido todo bien?

Por supuesto, ambas sabían a qué se refería con esa pregunta.

—Luego te lo explico —contestó Jenny con evasivas.

—¡Ay, no, pobre! —Mücke lo había captado enseguida—. Venga, ven ya, y hablaremos de todo.

Jenny se alegró de haber llamado, así por lo menos estaba preparada para enfrentarse a todo ese desastre. Lo primero sería enviar a su abuela a un hospital, era increíble lo testaruda que podía llegar a ser la gente mayor. ¡Peor que niños pequeños!

Ya había salido de Wittstock y, si todo iba bien, al cabo de media hora o cuarenta y cinco minutos estaría en Dranitz. El cielo se despejó y salió el sol. Hola, era la nieta de la propietaria de una mansión. Es más, era la nieta de la baronesa.

Por fuera no se notaba que la mansión hubiera cambiado de dueños. Solo los cubos llenos de escombros que yacían junto a la entrada insinuaban que había reformas en marcha. Jenny giró el vehículo con cuidado sobre el terreno, intentó evitar los charcos y aparcó al lado del Astra blanco de su abuela. La caseta seguía ahí, alguien había construido una valla de madera baja alrededor, y delante estaba Falko tumbado, que la observaba con desconfianza.

—Hola, perro —lo saludó—. He vuelto. ¿Aún me conoces?

El animal se levantó y se acercó a ella al trote, olisqueó la mano que le ofrecía, luego las perneras de los pantalones y, finalmente, dio media vuelta y volvió a tumbarse delante de la valla. Su alegría no fue abrumadora, pero bueno, podría haber saltado sobre ella a morderla.

¿Por qué había vallado la abuela la cabaña? Se acercó unos pasos y luego se detuvo, asombrada. Era evidente que Franziska pretendía abrir una granja. Para empezar, tenía dos lechones. Jenny se quedó un rato fascinada delante del cercado, mirando cómo retozaban los dos cerditos rosados. Eran muy monos, pasaban corriendo con las orejas aleteando alrededor de la caseta, chillando y gruñendo, y parecía que lo pasaban en grande. Era increíble que luego fueran atravesados con un pincho para asarlos sobre una llama. Jenny se estremeció. A partir de entonces solo comería gallina o vaca.

—¡Jenny! ¡Eh, Jenny, ahora mismo bajo! —bramó Mücke por una ventana en la primera planta de la mansión.

De la tienda salieron dos mujeres con bidones de leche que la saludaron con un gesto amable de la cabeza. Cuando pasaron por su lado, oyó que una comentaba:

—Ahí está por fin. Ya era hora...

Mücke salió corriendo de la casa, se le lanzó al cuello y luego puso una mano sobre la barriga un poco abultada de Jenny.

—Aún sigue ahí, ¿eh? —preguntó en voz baja.

—Ya estoy de dieciocho semanas —susurró Jenny.

Mücke suspiró, luego se encogió de hombros y sonrió.

—No te preocupes. Seguro que será un niño fantástico. ¡El heredero de Dranitz!

—¡Para ya! —Jenny no estaba para bromas.

Cuando Mücke se dio cuenta, le acarició el pelo en actitud fraternal.

—No es para tanto —dijo para consolarla—. Ya lo arreglaremos.

Solo era una manera de hablar, pero le sentó bien. Sí, había sido un acierto ir allí. Mücke era la mejor amiga que había tenido jamás. Tampoco había tenido muchas, en parte porque su madre se mudaba con mucha frecuencia. Desvió la mirada hacia la cabaña de su abuela con los dos lechones.

—Esos son Artur y la pequeña Susanne —le explicó Mücke—. Se los olvidaron en el transporte.

Jenny se sentía muy desubicada. En las pocas semanas que había pasado en Berlín, allí habían ocurrido cosas decisivas. La madre de Kalle había comprado las ruinas de la casa del inspector y se la había regalado a su hijo. La cooperativa de producción agrícola se había convertido en una cooperativa a la occidental, cuyo director no era otro que Gregor Pospuscheit, que había despedido en el acto a Kalle y a unos cuantos de sus amigos.

—Ese miserable —soltó Jenny, asqueada.

—Y tanto...

—Es muy amable por parte de Kalle que se haya quedado con los cerdos —comentó Jenny—. Tiene que ser un buen tipo si le gusta aguantar animales, ¿no?

Mücke se encogió de hombros. Claro que lo era. No tenía nada en contra de Kalle. Le caía muy bien.

—Entiendo —murmuró Jenny—. Es un buen tipo, pero no se enciende la chispa.

—¡No, para nada! Por cierto, las vacas también se han ido. Se las llevaron todas, Kalle solo pudo salvar a cinco. Ahora están ahí abajo, junto al lago. Kalle ha cercado una parte, porque de lo contrario no sabe dónde dejarlas. El terreno de la casa del inspector es demasiado pequeño.

—¿Las vacas están en el querido jardín de la abuela? ¿Y qué dice ella? —preguntó Jenny, divertida.

—Nada en absoluto. Se lo diremos más adelante, cuando no esté tan enferma —contestó la joven, con remordimientos.

—Tonterías. ¿Dónde está la abuela, por cierto?

—Sube la escalera y sigue la tos...

Por lo visto, Mücke no había perdido el humor negro. Mientras las dos chicas subían la escalera cubierta con un plástico, le explicó con orgullo que ordeñaban las vacas dos veces al día y vendían la leche en el Konsum. En el pueblo ya nadie tenía ganado, así que la gente estaba entusiasmada. Y como Mine había guardado la vieja mantequera, incluso habían hecho mantequilla. Era dorada y blanda, muy distinta de la mantequilla barata de la tienda, y estaba deliciosa. Ante semejante descripción a Jenny se le abrió un apetito infernal por un pedazo de pan de centeno con mantequilla fresca, y tuvo que tragar varias veces porque se le estaba haciendo la boca agua.

Desde arriba resonó la tos de su abuela, superada por unas potentes voces masculinas. Kalle estaba sentado en el suelo con otros dos operarios, tomando una cerveza. Al ver a Mücke y a Jenny, los hombres les señalaron con orgullo las paredes recién empapeladas. Ramas de rosal, flores de color salmón y blancas, en medio hojitas verdes, de vez en cuando un pájaro azul cielo.

—No es del todo de nuestro gusto, un poco cursi, pero la baronesa lo quería así —explicó Kalle, en pocas palabras.

Jenny saludó, se deshizo en elogios y dijo que era maravilloso, y siguió la tos a toda prisa. Madre mía, seguro que su abuela había cogido algo.

La encontró tumbada, con los ojos cerrados, en una habitación pequeña y mohosa, entre unos vetustos armarios y estanterías marrones. En el espacio vacío que quedaba en medio encajaban justo la cama y una mesita. Encima había una bandeja con una botella de agua medio vacía, varias cajitas de medicamentos, un termómetro y un cuenco con un potaje.

—¿Abuela? ¿Estás dormida? —preguntó en voz baja.

Todo el mundo sabe que era una de las preguntas más absurdas que se le puede hacer a una persona dormida, pero a Jenny no se le ocurrió nada más al ver el rostro pálido y enjuto de su abuela.

Franziska abrió los ojos y se quedó mirando un momento a su nieta, como si le costara reconocerla. Luego sufrió un fuerte ataque de tos.

—¡Jenny! —dijo con voz ronca—. ¡Jenny! ¿Eres tú realmente?

—Sí, claro, ¿qué pensabas? —preguntó la joven, perpleja.

—Al principio te he confundido con Elfriede —le explicó la anciana, concentrada—. ¿Sabes? Últimamente no paro de ver cosas raras. Debe de ser por este estúpido resfriado...

—¿Elfriede? ¿Quién es Elfriede?

—Elfriede... —Tosió y se presionó con una mano el pecho dolorido—. Elfriede era mi hermana pequeña.

Jenny lo recordó. La abuela se lo había contado. Tenía una hermana y dos hermanos, pero todos murieron durante la guerra. Fuera como fuese, tenía que hacer algo lo antes posible para que su abuela no muriera de esa estúpida tos.

—Tienes que ir al hospital urgentemente, abuela —fue su primer intento—. Una pulmonía no es una broma.

—Tonterías. —Hizo un gesto de desprecio y buscó a tientas la botella de agua—. No tengo una pulmonía. Me encuentro bien, solo estoy un poco débil. Anteayer volví a ponerme en pie y les dije a los chicos dónde había que poner cada papel de pared.

Sacó dos pastillas azules del plástico y se las tragó con un par de sorbos de agua. Luego se volvió a tumbar con la respiración entrecortada.

Mücke entró detrás de Jenny y le rozó con suavidad el hombro.

—Es cierto. Anteayer estuvo corriendo por toda la casa

en vez de quedarse en la cama. Y ayer lo volvió a pillar bien. Una recaída. Algo así puede acabar mal...

La abuela tosió.

—Llegas justo en el momento adecuado, Jenny —dijo con voz ronca cuando pasó el ataque—. Tu habitación ya está empapelada, y también han montado la ventana. Ahora podemos ir a buscar los muebles al almacén. Y Mine quiere coser las cortinas, las mismas que tenía Elfriede.

—Para, abuela —le cortó Jenny con cautela, y se sentó en el borde de la cama—. Creo que deberías ir uno o dos días al hospital y que te hagan una buena revisión. Para que puedas recuperarte rápido.

—Pero no puede ser —mascculló Franziska entre dos ataques de tos—. Vienen los techadores, el instalador quiere ver el salón por la calefacción de fuel...

—Solo uno o dos días y volverás a estar aquí. Y entre tanto yo me ocupo de todo, ¡te lo prometo!

—Tal vez no sea mala idea —susurró Franziska, y apretó la mano de su nieta, agradecida. Jenny notó una sensación cálida en el corazón. Era bonito que alguien confiara en ella. La relación con su madre estaba repleta de escepticismo y desconfianza mutuos. Con un poco de suerte aún no era demasiado tarde, aunque su abuela tenía un aspecto bastante deplorable.

—Voy a llamar a la ambulancia —le susurró Mücke al oído, y se dispuso a irse—. ¡Que se recupere pronto, señora Kettler!

La abuela no soltó la mano de Jenny. Miró a los ojos a su nieta con una sonrisa.

—Me alegro mucho de que hayas venido, niña. Pero no creas que te voy a dejar la carga de esta mansión. La reforma es asunto mío, y solo mío. Pero si tú quieres, sería bonito...

A Jenny se le humedecieron los ojos. La imagen encima

del piano de Königstein. Entendía muy bien a esa anciana. Llevaba años soportando esa nostalgia y, ahora que por fin tenía su objetivo al alcance de la mano, le fallaban las fuerzas.

—Claro que me gustaría —dijo, con una firmeza que la sorprendió a ella misma—. Soy una Von Dranitz, pertenezco a este sitio. Somos compañeras, abuela.

Se quedó sentada en la cama hasta que llegó la ambulancia de Neustrelitz. La abuela estaba extraordinariamente animada, hablaba de los techadores, que estaban arreglando las vigas y querían cubrir de nuevo el tejado. Del instalador, que ya estaba poniendo cañerías en el baño. Del holandés dueño de todos los muebles del sótano.

—Escoge las piezas más bonitas, mi niña —susurró—. Hay auténticas joyas. Aquí la gente no sabe los tesoros de los que se desprenden.

—Lo haré, abuela. Y tú te recuperarás muy pronto.

Los dos jóvenes sanitarios ayudaron a la enferma a subir a la camilla y se quejaron de los escombros, que estaban por todas partes. Abajo esperaba Mücke, que sujetaba con fuerza a Falko para evitar que saltara a la camilla. Cuando se fue la ambulancia, el perro tiró con furia de la correa, y Mücke tardó un buen rato en calmarlo.

Jenny siguió el proceso desde la ventana de una de las habitaciones recién empapeladas. Cuando la ambulancia desapareció tras los pinos, se sintió bastante sola. La señora Von Dranitz. No era así como lo había imaginado.

—¿Y qué, joven? —dijo Kalle tras ella—. ¿Te gusta la nueva habitación? El papel pintado está puesto, pero tiene que secarse.

—Está superbonito —lo elogió—. Rosas y pájaros azules… Siempre quise un papel así.

Mine

Noviembre de 1990

El viento era frío e implacable. Agitó la falda de Mine en cuanto bajó del autobús y tiraba de su pañuelo. A duras penas consiguió ordenar el bolso, el paraguas y la bolsa con la comida de tal manera que todo estuviera bajo control y pudiese empezar a caminar. No estaba lejos, solo un par de calles, pero siempre le preocupaba perderse y no volver a encontrar la parada de autobús. No obstante, hoy Ulli quería ir a recogerla a la clínica y llevarla a casa, lo que era un gran alivio. Ahora su nieto también tenía tiempo entre semana: en el astillero habían empezado a trabajar a jornada reducida.

—Buenos días —saludó cuando la rolliza celadora con el pelo teñido de negro corrió el cristal—. Vengo a ver a la señora Kettler, por favor.

El edificio de las habitaciones de la clínica era un bloque gris de cemento, como muchos otros en las ciudades, en forma de caja. Ulli y Angela también vivían en un bloque. Se pusieron muy contentos cuando les dieron el piso por mediación del astillero. Ahora, en cambio, a Angela le parecía demasiado estrecho y las paredes muy delgadas. Se oía todo lo que se decía en el salón del vecino.

—Tercera planta, habitación 215. Coja el ascensor allí detrás. Pero, por favor, no pulse el botón verde.

Mine le dio las gracias a la celadora y se dirigió hacia el ascensor. Para entonces ya había averiguado que tres personas trabajaban en la entrada por turnos. Una señora joven y rubia con gafas, que era bastante desagradable. La rolliza teñida de negro que rondaba los cincuenta, que era maja. Y un joven, que como mucho tenía treinta años y era muy guapo. Karl-Erich se había burlado de ella cuando se lo contó, pero le dio la impresión de que ese celador se parecía al joven barón. A Heinrich-Ernst, que había muerto tan joven.

—¿Quién sabe? —bromeó Karl-Erich, pero su voz había sonado mordaz—. Al joven barón le iba la marcha. Cogía a todas las que le gustaban. Al final, será un nieto o bisnieto suyo.

No se lo tendría que haber contado. Karl-Erich no podía olvidar lo de Grete, se llevaría a la tumba la ira contra el pobre y joven señor. Estaba a punto de subir la escalera, como siempre, cuando la saludó una enfermera y no tuvo más remedio que entrar con ella en el estrecho ascensor.

—¿No está muy acostumbrada a los ascensores? —preguntó la enfermera con una sonrisa—. Es muy práctico cuando se va cargada.

Mine asintió.

—Sí, es verdad...

Siempre había sido una mujer de campo y eso tampoco había cambiado. Durante veinticinco años había ordeñado vacas, colado, embotellado y preparado la leche para el transporte. Solo antes, cuando todavía era criada en casa del terrateniente, vestía hermosos y limpios vestidos y delantales, y entonces ya pensaba que merecía algo mejor. Pero la vida le había mostrado cuál era su lugar.

La amable enfermera salió en la segunda planta y Mine temió que el ascensor volviese a bajar, pero paró en la tercera y la puerta se abrió con un sonidito. Un matrimonio de ancianos con cara de circunstancias estaba esperando. Sin saludar, ambos entraron en el ascensor y bajaron.

«Así es en la ciudad», pensó Mine. «Cada uno carga solo con sus preocupaciones, porque no conoce a la gente con la que se cruza.» No, aun así, el destino se había portado bien con ella. Tenía su sitio en el pueblo, conocía a todos los vecinos, incluso a aquellos que entonces, cuando se fundó la cooperativa de producción agrícola, llegaron para instalarse allí.

El Imperio del káiser, el de Hitler, la RDA y ahora la Alemania reunificada: todo eso se había esfumado, pero el pueblo, su Dranitz, permanecía. Ninguno de ellos había podido con él. Sí, así era. Los palacios y castillos acababan en ruinas, pero las cabañas de los campesinos, esas habían aguantado. ¿Quién lo había dicho? Probablemente Karl-Erich y se lo había espetado a la baronesa.

La habitación número 215, que estaba justo al lado del puesto de las enfermeras, era un gran cuarto con cinco camas. Solo hacía unos días que la baronesa estaba allí, antes había estado en la cuarta planta, en una habitación muy pequeña con solo una compañera. Entonces aún tenía colgada sobre ella una cosa transparente de plástico: una bolsa de oxígeno. Los médicos necesitaron casi dos semanas para encontrar el antibiótico adecuado que fuese eficaz contra la pulmonía. Durante un tiempo la pobre baronesa estuvo tan mal que apenas respiraba. Su nieta, Jenny, había ido todos los días a la clínica y casi siempre había llevado a Mine.

Llamó a la puerta y, como nadie respondió, la abrió con cuidado. La baronesa estaba sentada en la cama y charlaba con la compañera de habitación. Cuando la vio, se interrumpió y le pidió que pasase.

—Aquí está mi fiel amiga. Mine, entra. Coge esa silla y siéntate a mi lado.

Volvía a estar muy animada, parecía también mucho más sana. Mine se acordó horrorizada de su primera visita a la clínica: pensó que la baronesa no saldría con vida. Pero Franziska von Dranitz resistía como un gato. Ya había estado también así entonces, cuando huyeron de los rusos y luego tuvieron que regresar porque no la querían dejar pasar al sector inglés.

La anciana acercó una silla, se sentó y sacó la fiambrera y una botella con zumo de cereza de la bolsa. Sonriendo, las puso en la mesita de noche y aclaró:

—Es un puchero de pescado con bacalao y pepinillo. Sigue caliente, he envuelto la cazuela en una toalla. Cómalo enseguida, señora baronesa, para que no se enfríe.

También había pensado en el tenedor y la cuchara, porque allí solo los daban cuando llevaban la comida. Mine se dio cuenta pronto de que la comida hospitalaria era mala, todo estaba recocido y soso. La baronesa jamás se recuperaría si no comía como era debido, hasta Karl-Erich lo decía. Por eso le llevaba siempre que podía una comida caliente cocinada por ella. Y también mermelada de cereza y zumo. Se sentía en deuda con Franziska von Dranitz y, sobre todo, con la difunta baronesa, Margarethe von Dranitz.

—¿Qué haría sin ti y tu cocina, Mine? —preguntó Franziska sonriendo, y se colocó una almohada en la espalda.

—Para algo tengo que servir, señora —respondió ella un poco socarrona y miró con satisfacción cómo la baronesa degustaba el potaje. Esta vez le había salido especialmente bien. Había guardado una cazuela en casa para Ulli, que seguía de rodríguez.

—¿Ya están trabajando los techadores? —quiso saber la baronesa entre dos cucharadas.

—Pululan por el desván —le informó Mine—. Pero lo que hacen se lo puede contar Jenny, que lo sabe mejor.

—Tardaré una buena temporada en salir de aquí —se quejó, y miró impaciente hacia la puerta, como si quisiese invocar el alta médica. Después volvió a centrarse en el bacalao—. Dime, Mine —empezó de nuevo tras unos minutos. Le entregó a la antigua criada de la familia Von Dranitz la fiambrera rebañada con los cubiertos—. Siempre he querido preguntarte algo...

«Ay madre —pensó Mine—. Ahora sí que voy a tener que mentir. O, por lo menos, andarme con medias verdades.»

—Mi madre y yo siempre intentamos saber algo de mi hermana Elfriede. Pero aparte de que falleció poco después de la guerra, no supimos nada. He buscado su tumba en el cementerio familiar, pero no he podido encontrarla.

Mine volvió a meter la fiambrera con mucho esmero en la bolsa de tela y elucubró sobre cómo podía salir del apuro.

—Está enterrada abajo, en el pueblo —dijo por fin—. Entonces, cuando nuestra iglesia seguía en pie, le dimos sepultura en el cementerio. Después se demolió la vieja iglesia y se construyó la casa de cultura en su lugar.

—Eso lo vi —dijo la baronesa y torció el gesto—. Pero ¿qué fue de las tumbas, del cementerio... No quedó piedra sobre piedra?

—Pues no —la tranquilizó Mine; después siguió dubitativa—: O sí... Las tumbas de detrás de la iglesia siguen ahí. En el parque, detrás de la casa de cultura, ¿no las ha visto?

—El parque sí, pero las tumbas no. En cualquier caso, ni una lápida.

—Esas se colocaron alrededor de todo el muro. Ahora tenemos el nuevo cementerio al otro lado del pueblo. Allí también hay una capilla para los funerales, que construyeron los hombres de la zona.

—Ah —musitó la baronesa—. ¿Y quién grabó el epitafio de mi abuelo en el cementerio familiar? ¿También los hombres del pueblo?

—No —replicó Mine—, eso lo dispuso su hermana Elfriede.

—¡Elfriede! ¡Dios mío! Eso tuvo que ser poco antes de su muerte… Cuéntame, Mine —insistió Franziska—. ¿Falleció en Dranitz? ¿En la mansión?

Mine asintió.

—Murió en el otoño de 1946, en la mansión. Donde está ahora la oficina municipal.

—Ah —volvió a decir la señora baronesa. Mine vio lo mucho que le afectó la noticia.

—Tengo que irme —dijo angustiada al tiempo que se levantaba—. Ulli, mi nieto, viene a recogerme y no lo quiero tener esperando…

—Claro que no. Pero todavía tienes que contarme cómo murió exactamente la pequeña Elfriede. Es muy importante para mí y creo que mi hija y Jenny también deben saberlo.

Mine ya se había puesto la chaqueta y atado el pañuelo y se dirigía a la salida. Tendría que esperar un cuarto de hora abajo a Ulli, pero ahora mismo lo principal para ella era salir de allí. Por la noche lo hablaría todo otra vez con Karl-Erich. Él decía siempre: «Algún día tendrá que saberlo», pero a Mine le parecía que no tenía que ser necesariamente ahora, cuando todavía no estaba recuperada del todo. Y cuando se lo dijesen a Franziska von Dranitz, antes tendrían que pensar bien las palabras.

—Quizá mañana o pasado ya me den el alta —le gritó la baronesa.

—Tómese su tiempo, señora —dijo Mine por encima del hombro—. Jenny maneja la situación magníficamente. Es una mujer con mucho carácter. Como su señora madre entonces… —Abrió la puerta y salió al pasillo aliviada. Conseguido. Acababa de zafarse otra vez. Quizá fuera una mera estupidez preocuparse tanto, como decía Karl-Erich. Había que pensar en el futuro.

Contenta de que nadie la obligase a subir al ascensor, bajó por la escalera. No se fiaba de esa cámara acorazada colgante. Y, además, se preguntaba por qué no podía pulsar el botón verde. ¿Qué pasaba si alguien lo hacía sin querer?

Abajo, en el vestíbulo, estaba, para su alegría, Ulli, con su nueva chaqueta acolchada azul claro y un gorro. Desenfadado, con una mano apoyada en el mostrador de la garita, charlaba con la rolliza teñida de negro. Parecían llevarse bien, pues ella tenía el cristal corrido y delante de Ulli había una taza de café llena. Mine los miraba boquiabierta. Su nieto tenía mucho de Karl-Erich, pensó cuando se dirigió cojeando hacia ellos. Es cierto que el joven barón Heinrich solía alterarlo, pero en aquel tiempo el carretero Karl-Erich Schwadke no perdía oportunidad. Al menos antes de que se casasen. Y Ulli se había casado demasiado pronto. Aún no había sentado la cabeza como era debido cuando Angela ya lo había pescado.

Ulli alzó la vista.

—¡Aquí estás, abuela! Iba a subir a buscarte. —Le hizo un gesto a la celadora, le agradeció el café, que «podía resucitar a los muertos», después le cogió la bolsa con la fiambrera vacía y salieron. Para entonces ya había atardecido y soplaba un viento glacial.

—Anoche ya heló —comentó él—. Parece que será un invierno frío.

Su coche estaba en el arcén, no muy lejos del edificio de las habitaciones de la clínica. Era un Wartburg, y para conseguirlo, Angela y él tuvieron que apuntarse en una lista de espera. Ahora nadie quería conducir un Wartburg, todos se compraban coches occidentales, que eran más rápidos, más silenciosos, más elegantes y, sobre todo, más cómodos. Mine solo había conocido hasta entonces el coche de Jenny, que era un Opel Kamerad o Kornett o... Maldita sea, lo había olvidado. Pero tampoco le había parecido tan cómodo, aunque quizá se debiera también a que Jenny conducía con bastante brusquedad.

—Sí, hace mucho frío —reconoció cuando se sentó junto a Ulli en el asiento del copiloto—. Me alegra no haber tenido que coger el autobús.

—No entiendo por qué le sirves todos los días la comida a la señora baronesa —gruñó—. Hace mucho que pasaron esos tiempos, abuela.

—No todos los días —le contradijo Mine con una sonrisa.

—Y su nieta, esa bruja pelirroja... ¿Viene acaso a ver a su abuela de vez en cuando?

Mine contó que al principio Jenny había ido todos los días a Neustrelitz, pero la necesitaban a cada momento en la propiedad Dranitz. La joven se esforzaba mucho por seguir donde su abuela había tenido que dejarlo.

—Es una buena chica, Ulli. Y muy amiga de Mücke.

Lo sabía. Es cierto que no le gustaba, pero seguro que Mücke sabía lo que hacía.

—Pero en cualquier caso, todo es una chorrada. Esa ruina no la puede reformar nadie, allí solo sirve demoler y volver a construir —gruñó de nuevo.

Mine no dijo nada, pero le pareció que Ulli había cambiado. Se había vuelto más impaciente, lo veía todo siempre negro. Quizá tenía que ver con el astillero, pero de eso hablaba poco. O con Angela. Seguía en Schladming, en casa de su familia, y mientras tanto ayudaba a atender a los clientes de invierno. Dado que Schladming era en realidad una estación de esquí, ahora era cuando más trabajo había.

—¿Tienes que trabajar mañana o puedes quedarte esta noche? —quiso saber ella y lo miró de reojo ilusionada.

Al día siguiente era sábado, a menudo lo tenía libre. Negó con la cabeza: No, tenía trabajo. Quizá volvería el domingo. Mine asintió contenta. Era agradable que pasara su tiempo libre en Dranitz. Por Mücke. Le caía bien a la chica, siempre preguntaba en qué andaba. Era la adecuada para Ulli, necesitaba una mujer así. Angela debía quedarse tranquila en Austria con su familia. Parecía que aquello le gustaba, o de lo contrario hubiese regresado hacía tiempo.

Pronto aparecieron las luces de las pequeñas poblaciones, que se reflejaban en los lagos. En la carretera secundaria había hojas húmedas y tenía que conducir con precaución y una vez les cerró el paso una rama caída. Ulli se detuvo, encendió las luces de emergencia y retiró el obstáculo al arcén. El resto del camino transcurrió sin problemas. Entraron al pueblo, donde las ventanas iluminadas de las casitas relucían acogedoras. También en la mansión había luz. Al parecer, los obreros seguían ocupados en el desván.

—Seguro que Mücke está en casa de Jenny —comentó Mine—. Podemos recogerla y cenar juntos.

Ulli se encogió de hombros, pero no se detuvo delante de la antigua casa del servicio, sino que siguió hasta la mansión. Aparcó junto a la entrada principal, en la plaza del alcalde, pero Pospuscheit ya no tenía nada que decir. La semana siguiente la oficina municipal se trasladaría a la casa de cultura.

Mine permaneció sentada en el coche mientras Ulli subía los escalones de la entrada y llamaba al timbre. Esperó, pisándose con impaciencia un pie con otro, y se frotó las frías manos. Pasó un ratito hasta que alguien advirtió que había llamado. Probablemente estuviesen muy ocupadas arriba, en el desván.

La puerta se abrió de golpe y Jenny, con vaqueros y una rebeca holgada que parecía de su abuela, apareció en el umbral. Cuando vio a Ulli, retrocedió sorprendida un paso y frunció el ceño, aunque después alegró la cara. Mine no pudo entender lo que dijo, pero parecía estar muy emocionada y alegre. Ulli le clavó los ojos como a una extraña aparición, pero ella no lo advirtió, sino que hizo una seña a Mine para que bajase y pasase a la casa.

«Pero ¿y ahora qué les pasa?», pensó Mine disgustada. Tenía pocas ganas de salir del coche, tan agradable y calentito, y entrar deprisa en la fría mansión. ¿Qué debía hacer? En realidad, solo quería recoger a Mücke.

—Entre, entre —oyó la voz aguda de Jenny—. Es maravilloso. Más de cuarenta años llevan ahí colgados, están intactos. Seguro que los conoce...

Mine lanzó una mirada interrogativa a Ulli, que se encogió de hombros.

—¿Qué sucede? —preguntó Mine—. ¿Habéis descubierto algo? ¿Dónde está Mücke? ¡Queríamos recogerla para ir a cenar!

Jenny la cogió por el brazo y la empujó hacia el umbral.

Mine nunca la había visto así, tan fuera de sí, llena de entusiasmo, con ese brillo en los ojos.

—Cuidado con la escalera —le advirtió Jenny—. ¡Largo, Falko! Son Mine y Ulli, ¡pero si ya los conoces! Sí, Ulli también se alegra de volver a verte... No te apoyes en el pasamanos, Ulli, todavía no está atornillado del todo.

Un poco sofocada, Mine llegó al primer piso poco después que los demás. Jenny la guio por la casa reformada, en la que antes vivía el doctor Meinhard. Entonces ahí estaban los dormitorios de los señores. Ahora las paredes estaban empapeladas con motivos florales, en las habitaciones había muebles antiguos, que según Jenny habían pertenecido al anticuario holandés, los viejos suelos estaban pulidos y encerados, y también el cuarto de baño parecía estar listo. Azulejos blancos con un friso de piedrecitas doradas, eso le había contado

Mücke. Todavía faltaba la antigua bañera, pero iban a restaurarla porque la baronesa no quería tener otra en su cuarto de baño.

En el antiguo dormitorio del matrimonio Von Dranitz acababan de terminar con el empapelado. Un plástico lleno de trozos de papel cubría el suelo, y en medio, al lado de Mücke, había una mesa de caballete. Los miró con las mejillas encendidas de emoción.

—¡Mira, Mine! —exclamó entusiasmada—. Tienes que reconocerlos. Son tres grandes. Y dos más pequeños. Con paisajes y edificios...

Entonces Mine vio los cuadros sobre la mesa de caballete. Dios, era el antiguo barón Otto —el Señor lo tenga en su gloria— con su mujer, Libussa. Y allí estaba Urahne con el traje negro y la estrella dorada en el pecho. Entonces se decía que participó en la batalla contra Napoleón.

—Alguien tuvo que sacar los cuadros de los marcos y enrollarlos —aclaró Jenny—. Tenemos que tratarlos con mucho cuidado y restaurarlos. La abuela estará entusiasmada cuando venga a casa. ¿Ya sabe cuándo le darán el alta?

«A casa», había dicho. Mine se asombró. ¡Cómo se había aclimatado Jenny! Y lo mucho que se parecía a su abuela. Sobre todo, en su carácter enérgico. Físicamente era más como Elfriede. Pero ella no lo sabía y no sería Mine quien se lo contara.

—Mañana o pasado, ha dicho la señora baronesa...

Ulli parecía interesarse mucho por los viejos óleos. Los miraba con detenimiento, escuchaba quién o qué representaban y luego tocó las fundas de hule con las que alguien hacía unos cuarenta y cinco años había envuelto los cuadros para guardarlos enrollados en el desván, tras una viga.

—Buen material —dijo sonriendo—. No está roto ni apenas resquebrajado. Género de antes de la guerra.

Jenny se rio.

—¡Todo esto es una locura! —exclamó, y abrazó a Mücke—. Que hayamos encontrado estos cuadros. Y que la abuela vuelva mañana de la clínica...

—Sí —respondió Mücke satisfecha y agarró a Jenny—. Así debió ser. Cuando tu bisabuelo no estaba en el ajo.

Riéndose, se volvieron hacia las pinturas y Mine les contó que dos de ellos estaban colgados en el cuarto de caza, y los demás en el salón. Allí se colocaba también antes el gran árbol de Navidad, el de los empleados.

—Con estrellas de paja que hacíamos para la señora baronesa. Y colgábamos manzanitas rojas. Arriba poníamos una estrella de papel dorado. Las velas eran blancas y en el rincón había siempre un cubo con agua por la corriente de aire...

—¿Sabéis qué? —dijo Jenny, ceremoniosa—. En Navidades estáis todos invitados a nuestra casa. También Kalle y sus amigos. Y Karl-Erich, lo recogeré con el coche. Y, por supuesto, tú y tu mujer también tenéis que venir... Si tenéis tiempo.

Le hablaba a Ulli. A Mine le sorprendió ver que su nieto se sonrojaba. Seguro que se debía al calor de la habitación. Tenían la estufa encendida y Ulli había engordado.

—Por qué no... sí... con mucho gusto... —farfulló. Entonces explicó que conocía a un buen restaurador de Schwerin, había trabajado en una iglesia y sabía de cuadros. Le preguntaría lo que se podía hacer.

—¡Sería genial! —exclamó Jenny contenta.

Ahora Mine estaba obligada a invitarla también a cenar, de lo contrario hubiese sido demasiado descortés. Sin embargo, para su alivio la nieta de Franziska le dio las gracias y rehusó el ofrecimiento. Dijo que todavía tenía que dejar lista la habitación de la abuela y además la habían invitado a comer en casa de los padres de Elke. Jürgen por fin había encontrado un trabajo en el Oeste que le convenía. Elke y él se mudarían a Hannover.

—Ya —dijo Ulli—. Pues así no se puede hacer nada.

No quedó claro si se refería a la joven pareja, que abandonaba su tierra natal, o a Jenny, que no cenaba con ellos.

Más tarde, cuando se sentaron a la mesa en la cocina de Mine y dieron buena cuenta del puchero de pescado con pepinillos, siguieron charlando sobre el sorprendente hallazgo y la anciana les contó cómo los rusos habían registrado la mansión de arriba abajo porque sabían que los alemanes habían escondido los objetos de valor. Desenterraron rápidamente el arcón con la plata y las joyas familiares del sótano.

—En cualquier caso, con las pinturas no habrían sabido qué hacer —meditó Ulli—. El antiguo barón las habría podido dejar colgadas sin ningún problema.

—Tienes razón —respondió Karl-Erich—. Los rusos les tenían un odio tremendo a todos los latifundistas porque en Rusia los habían tratado como siervos. Eran unos pobres diablos. No sabían lo que era un retrete y pensaban, cuando arrancaban un grifo de la pared y se lo llevaban, que solo tenían que abrirlo y el agua ya saldría, estuvieran donde estuviesen. Las pinturas las hubiesen desgarrado y despedazado. Así hicieron con los muebles. Todo destrozado y hecho mierda...

—¡Karl-Erich! —advirtió Mine, que no quería oír cosas semejantes mientras comía.

Mücke bajó la mirada. Antes a nadie se le habría permitido hablar así de los rusos. Como mucho en voz baja. Siempre habían sido los hermanos mayores del espíritu del socialismo.

—¿Y la baronesa? —preguntó Ulli—. La abuela de Jenny, me refiero. ¿Estaba aquí cuando vinieron los rusos?

—Después —explicó Mine, que no tenía ganas de desempolvar viejas historias—. Huyó con su madre y unos amigos. Pero el frente ruso les ganó la delantera y los ingleses ya no los dejaron pasar a su sector. Entonces volvieron.

—¿Y luego?

Mine pidió ayuda a Karl-Erich con la mirada. Él también podía decir algo con calma, aunque entonces lo hubieran hecho prisionero de guerra.

Karl-Erich se aclaró la voz.

—Vivieron un tiempo en la mansión, pero los rusos los echaron. Primero tuvieron que alejarse a treinta kilómetros de su hacienda, y más tarde la propiedad se repartió entre los campesinos y los nobles se fueron al Oeste.

—¿Voluntariamente? —preguntó Mücke con los párpados entornados por la tensión.

—Ni idea —gruñó Karl-Erich.

—Seguro que no —apuntó Mine.

El silencio se apoderó de la mesa. La anciana recogió los platos vacíos y llevó el postre. Jalea de frutas confitadas con nata montada.

—Jenny —Ulli carraspeó dos veces y luego volvió a empezar—. Jenny está...

Mine suspiró y se sirvió tres cucharadas de jalea en su cuenco de cristal.

—¡Está embarazada, claro! —confirmó Mücke sonriendo—. Bien visto, Ulli. Chapó.

El joven se puso rojo de la vergüenza.

—¿Y el padre? —quiso saber.

—Uf —mascculló Mücke, que sacudió la mano como si quisiera espantar una mosca molesta.

Ulli asintió y se comió pensativo la jalea; también Mine reflexionaba.

Franziska

Diciembre de 1990

Estaba sobrecogida. Tras salir de la clínica, Jenny la había guiado por la casa. Tres habitaciones estaban casi terminadas y amuebladas. Además, el precioso cuarto de baño... Madre mía, la chica tenía buen gusto. Azulejos blancos con mosaicos dorados. Y grifos dorados. Ese mismo día habían llevado la bañera restaurada. Un sueño hecho realidad.

Pero aquello no era todo. Había más. Estaba Jenny. Su nieta, que llegó tan vacilante, enseguida se fue y ahora de golpe, con todo en contra, revelaba sus grandes habilidades. En este sentido había sido casi un golpe de suerte haber cogido una pulmonía y haber quedado fuera de combate durante más tiempo. Pues sí, Jenny era una Von Dranitz. Su difunta madre Margarethe habría estado orgullosa de esta chica.

—Esta tarima es guay... elegante, quería decir —se entusiasmó Jenny y señaló el suelo recién encerado—. Solo hemos tenido que reemplazar los cabios, que estaban totalmente estropeados.

Franziska sonrió satisfecha.

—No te preocupes, Jenny. Ese adjetivo, «guay», me resulta muy familiar. Era una de las palabras favoritas de tu madre.

La joven torció el gesto y Franziska comprendió que a su nieta no le gustaba hablar de Cornelia. Qué pena. Ella había tenido una relación muy estrecha con su madre, por eso le dolía tanto no tener una buena relación con su hija. No sabía cuál era el motivo exacto, pero la discordia entre madre e hija parecía continuar entre Cornelia y Jenny.

—La cocina sigue siendo un desastre —continuó Jenny—. Instalación marca RDA. Pero el horno funciona y la nevera también.

Qué orgullosa estaba de sus logros. A fin de cuentas, su hermosa nieta había cambiado. Ya no parecía tan pálida y raquítica. Al contrario, había engordado y tenía un buen apetito.

—Siéntate, abuela. Por desgracia, el sofá huele un poco a moho, pero porque es muy antiguo. Estilo *Biedermeier*, dijo el holandés. Hemos cepillado y engrasado las sillas. ¡Puaj —se estremeció al recordarlo—, estaban llenas de telarañas!

La madre de Elke cosería las cortinas, solo tenían que comprar la tela. Y cuando por fin hubiesen vaciado la oficina municipal y el cuarto del alcalde, podrían reformar también esas habitaciones.

—Pero antes deberíamos pensar en una calefacción decente. Una calefacción central, que caliente todas las habitaciones. Además, necesitamos una idea básica. Si decidimos convertir la casa en un hotel, deberíamos consultar a un arquitecto.

Franziska se sentó en el sofá junto a Jenny y asintió a todo lo que decía su nieta. Cierto, había pensado en una especie de hotel, no muy turístico, sino pequeño y elegante. Para huéspedes adinerados. No obstante, quería reservarse algunas habitaciones para uso propio.

Era increíblemente hermoso sentarse junto a esa entusiasta joven, sentir el blando respaldo del sofá y a la vez mirar por la ventana al jardín. Por lo menos antes era un jardín bien cuidado. Ahora estaba desatendido, tendrían que rehacerlo todo y talar algunos árboles.

—Los techadores quieren colocar las tejas la próxima semana —aclaró Jenny—. Después nos mandarán una factura exorbitante. Pero ¿tienes tanto dinero, abuela?

—No habrá problemas —respondió Franziska con evasivas. Había ordenado al banco vender algunos de los valores que Ernst-Wilhelm había adquirido. Por supuesto, como autónomo, había tomado precauciones para la vejez, invirtiendo dinero donde pensó que produciría buenos intereses. Ella, como empleada suya, recibía además una pequeña pensión. Pero, sobre todo, quería vender la casa para dedicar el beneficio a la reforma.

—El abuelo y tú ganasteis muchísimo dinero, ¿no es cierto? —preguntó Jenny con curiosidad—. Vuestra casa en Königstein no es precisamente modesta...

Muchísimo dinero. ¿Qué pensaba esa chica? ¿Que era millonaria? Bueno, no era una mujer pobre, pero tenía una relación distinta con el dinero y las propiedades que los jóvenes de hoy en día.

—Cuando mi madre y yo llegamos al Oeste —empezó a contar con precaución—, todos teníamos una maleta de cartón. Nos la dieron en la frontera. Una vieja manta militar, una chaqueta y dos mudas. Esas eran mis únicas pertenencias. Mi madre había salvado algunos documentos. Con ellos llegamos a un campo de refugiados en Hamburgo. Nos alojábamos seis en una pequeña habitación.

Jenny la miró con los ojos fuera de las órbitas.

—¿Cómo? ¿Solo teníais una maleta de cartón? —preguntó incrédula—. ¿No os permitieron llevar equipaje?

La guerra, reflexionó Franziska. ¿Cómo se le podía explicar a esa joven, que había crecido en el bienestar y la seguridad, lo que significa la guerra? Arbitrariedad. Nada de leyes. Odio que se descarga sobre los débiles. Sobre los inocentes. Porque los culpables no están al alcance.

—Subimos muy cargadas al tren en Schwerin. Pero cada vez que el tren se detenía, las puertas se abrían bruscamente y las bandas de maleantes se abalanzaban sobre nosotros. Les quitaban a las personas mayores las chaquetas y los zapatos, y registraban el equipaje. Y lo que hicieron con las mujeres, mejor no lo quieras saber.

Jenny tragó saliva.

—Los rusos, ¿no?

—No. Eran de todas las nacionalidades. Muchos alemanes, pero también checos, polacos... Hombres desarraigados, antiguos soldados que no habían aprendido otra cosa que luchar y matar.

En silencio, Jenny se levantó para echar más madera a la estufa. Estuvo mirando un rato las llamas ascendentes, y después preguntó:

—¿A ti también te violaron?

—Sí, dos veces —respondió Franziska en voz baja—. A otras les fue peor. Algunas murieron. —¿Cómo debía decirle a su nieta lo que sintió?—. Entonces no se hablaba de ello, sobraba con el miedo, la vergüenza, la humillación.

Jenny se volvió a sentar junto a ella, se recostó y se puso las manos sobre el vientre.

—¿Cómo pudisteis seguir viviendo? —preguntó sin voz—. Ese tipo de cosas le persiguen a una durante toda la vida.

—Queríamos vivir —respondió Franziska simplemente—. Es asombroso lo que hay en una persona. Tanta fuerza. Tanto aguante. Tanta esperanza.

—Ahora entiendo por qué querías volver a tener a toda costa esta casa. —Su mirada vagó por la habitación antes de regresar a su abuela—. Quieres recuperar el recuerdo de un mundo mejor.

—En el fondo esto es una locura, Jenny. Solo vale si se tiene una idea en la cabeza. Un concepto claro de lo que será. Si se visualiza con claridad y se cree firmemente en ello, entonces puede funcionar.

—Te refieres a una visión.

—Exacto. —Franziska estaba impresionada. Jenny tenía como mucho veinte... No, veintiún años. Sin embargo, parecía comprender a la perfección lo que quería decir. Lo que entonces describía como esperanza había sido en el fondo una visión. Su recuerdo de un mundo mejor.

—¿Y qué sucedió entonces? —quiso saber Jenny—. Me refiero a después de que llegaseis al Oeste.

¿Salieron adelante su madre y ella? A primera vista, sí. La nueva patria. La construcción. El incipiente bienestar. Y, pese a ello, nunca había desaparecido la añoranza de su antigua patria.

—Primero tuvimos que quedarnos en ese campamento —contó Franziska—. Era el año 1947. Había ruinas por todas partes. Casi nadie tenía trabajo. En invierno nos conformábamos con tener un poco de calor. También los alimentos escaseaban. Solo salí del campamento porque Ernst-Wilhelm aceptó un puesto en una empresa constructora. Entonces nos casamos y nos asignaron un pequeño piso de dos habitaciones que teníamos que compartir. Primero madre no quiso, pero después se mudó con nosotros.

Jenny miró a su abuela, conmovida. Probablemente vivir con su marido y su madre en un espacio tan reducido era un recuerdo horrible. La propia Franziska se había alegrado mucho entonces de tener a su madre con ella. Había sido a Ernst-Wilhelm al que no le gustaba esa situación.

—Pero el abuelo empezó bastante pronto a montar su

empresa, ¿no? Y después la cosa fue mejorando —preguntó Jenny con insistencia.

—Primero di a luz a una hija. Entonces estaba muy contenta de que mi madre viviese con nosotros. Tuve problemas tras el parto y ella me ayudó mucho. —De repente se acordó de lo afortunada que había sido cuando una vecina le dejó el viejo cochecito. Y la ropa de bebé era terriblemente cara, así que cosieron algunas prendas con viejas camisas y ropa interior estropeada. Tras la reforma monetaria la situación mejoró un poco.

—¿Te alegraste entonces de tener a tu hija?

Franziska miró a Jenny, un poco desconcertada por su inesperada pregunta. Pero, claro, le había contado demasiados horrores y ahora la chica tenía la impresión de que el mundo de entonces era incierto y lúgubre. Pero no era así. Se reunían y reían. Adornaban un pequeño árbol de Navidad y se intercambiaban regalos. Se alegraban por todo. Una toalla. Un florero. Una cafetera...

—Por supuesto que me alegré. Sentimos una felicidad indescriptible con el nacimiento de nuestra hija. «Una nueva vida, un nuevo comienzo»: eso dijo mi madre entonces. Y así fue.

Jenny sonrió y cerró los ojos un momento. Tenía un gesto socarrón en la boca, como si supiese algo que los demás ignorasen. Franziska se vio obligada a pensar en Elfriede. El pelo cobrizo, que siempre se encrespaba de tan firmes que se hacía las trenzas. La tez pálida. La nariz... Qué raro que Cornelia hubiese heredado tanto la nariz de los Dranitz como el pelo rojo.

—Es cierto que Ernst-Wilhelm y yo hemos trabajado mucho —siguió—. Quizá demasiado. Apenas pensábamos en algo que no fuese la empresa y quizá desatendimos a nuestra hija. Mi marido era de Königsberg, su padre había tenido allí una fábrica. Era como una necesidad. Una orden. Queríamos alcanzar otra vez el estatus que habíamos tenido. No bajar del tren nunca más como refugiados pobres y andrajosos con tan solo una maleta de cartón. Que los lugareños no volvieran a insultarnos diciendo que éramos una panda de piojosos y advenedizos. —Se detuvo al darse cuenta de que había abierto una esclusa que estaba mejor cerrada. Bastaba por hoy. Bastaba en general. Esa jovencita inocente no podía entender lo que ocurrió entonces, cuando el mundo se vino abajo. Solo la iba a agobiar. De repente, sintió que Jenny la había cogido de la mano y apretaba ligeramente.

—Estoy tan contenta de haberte conocido por fin, abuela —dijo en voz baja. Su voz estaba llena de ternura—. Y de que me cuentes todas estas cosas. Es simplemente... es simplemente genial.

Las primeras semanas que pasó en la mansión después de la larga estancia en el hospital le parecieron a Franziska pura felicidad. La recompensa a su valor, su aguante, su perspicacia. Estaba junto a la ventana de su antigua habitación de la infancia y miraba el vasto paisaje, cómo la niebla de diciembre se extendía sobre los campos, los pinares convertidos en oscuras sombras en la blanquecina bruma, y el lago, cubierto de nubes, silencioso, en calma invernal.

Una bandada de ocas silvestres sobrevoló la mansión en un vuelo silencioso y constante, como una flecha dirigiéndose al blanco. Sobre los árboles del parque, los cuervos se peleaban por los mejores sitios y las cornejas bailoteaban sobre las tierras de labranza sin temor de los rapaces que anidaban en los pinos.

«Allí al fondo, los pueblos... ¿Ves la torre de su iglesia?», le había preguntado su padre antaño, tras ponerle la mano en el hombro. «Pertenecen todos a la finca. Y más allá, tras el bosquecillo, la tierra se vuelve fértil, allí están nuestras mejores tierras de labranza...»

Oyó su voz, creyó sentir su mano como si siguiese detrás de ella. Le dijo que debía empaparse bien de todo aquello y no olvidarlo jamás. Por entonces aún se daba por sentado que Jobst, el primogénito, se encargaría un día de la propiedad.

«Tú te casarás, Franzi. Y al parecer acabarás viviendo en Berlín. Pero no te olvides de Dranitz, mi niña...» Nunca lo había olvidado. Incluso cuando sucedió algo muy distinto a lo que su padre pensaba. Ella, Franziska, volvía a estar hoy aquí, junto a la ventana de su habitación, y miraba el paisaje que apenas había cambiado desde entonces.

Un tiempo más tarde aparecieron los primeros disgustos.

—¿Cómo es que sigues viviendo en casa de los padres de Mücke, Jenny? Pero si tienes una habitación aquí, en Dranitz.

—Bueno, ya sabes, abuela, no me molan mucho los muebles viejos. Y siempre tengo tanto de lo que hablar con Mücke...

Franziska no decía nada, pero estaba consternada. ¿Cómo es que no le gustaban los hermosos y antiguos muebles? ¡Los jóvenes no tenían ni idea! Pero bueno, no tenía que ser injusta. Era una cuestión de gusto. Y por supuesto que Jenny necesitaba una amiga de su edad. Había cosas que una joven no quería comentar con su abuela.

Pese a ello, el buen humor de Franziska se había desvanecido. En lugar de abismarse en viejos recuerdos, prefería ocuparse de las siguientes reformas. A fin de cuentas, no podía dejárselo todo a su nieta. Por fin habían trasladado la oficina municipal con todos los expedientes y estanterías, y las habitaciones estaban vacías, por lo que podían empezar.

—¿Empapelar? —preguntó Jenny y lanzó a Franziska una mirada de sorpresa llena de reproches—. ¿No deberías ocuparte primero del concepto general? Me refiero... Quieres convertir la mansión en un hotel. ¿O solo mentiste para que el municipio te dejase la casa a buen precio?

Franziska estaba horrorizada. Justo así reaccionaba Elfriede cuando buscaba problemas.

—Por supuesto que tengo la intención de llevar a cabo este proyecto —respondió con voz firme—. Pero no ahora mismo. Estaría por encima de mis posibilidades. Dentro de unos años, en cambio...

—Cuando tengas ochenta años —objetó Jenny, escéptica—. ¡Genial! Mücke les ha contado a todos que vas a crear puestos de trabajo. ¡Pospuscheit, el muy imbécil, ya ha despedido a diez personas!

Franziska notó cómo se le disparaba la presión arterial. ¿Qué significaba ese tono de reproche?

—Pero ¿qué estás diciendo? —se resistió, enojada—. En esta casa damos trabajo por lo menos a cinco personas del pueblo, además de a un fontanero y a un soldador del pueblo vecino. ¡Y sin contar las vacas lecheras de Kalle, que pastan gratis en mis prados, y del estiércol de cerdo, que apesta hasta el cielo y del que prefiero ni hablar!

Jenny no parecía dispuesta a dar el brazo a torcer.

—Si eres lista, solicita una subvención. Todos la reciben cuando construyen algo aquí, en el Este. De todas formas, tienes que presentar un proyecto razonable.

—No me hace falta —gruñó Franziska—. Yo pago, así que puedo hacer lo que quiera.

—Sí, bueno —suspiró Jenny—. Entonces haz lo que quieras, abuela. Pero sin mí. No tengo ganas de criar a mi hijo en un museo de la memoria de los Von Dranitz.

Franziska miró a su nieta con los ojos fuera de las órbitas. ¿Qué acababa de decir Jenny?

—¿Qué hijo? ¿Tienes un hijo? —balbució desconcertada.

Su nieta puso los ojos en blanco y soltó un ligero gemido.

—Todavía no —aclaró irritada—. Estoy embarazada.

Franziska se apoyó contra el marco de la puerta. Jenny esperaba un hijo. ¡Su nieta estaba embarazada y ella no había notado nada! Por supuesto que le había llamado la atención que hubiese engordado bastante, pero lo había atribuido a la buena comida del campo. Dejó vagar la mirada por el protuberante vientre de Jenny. Tenía que ser la vejez. Al parecer, provocaba ceguera.

—¿De cuántos meses estás?

—Al final del sexto.

—Entonces sales de cuentas en...

—Abril.

Se miraron, Franziska seguía desconcertada, Jenny un poco divertida.

—¿De verdad no habías notado nada?

Franziska sacudió avergonzada la cabeza.

—Ahora que lo sé, lo entiendo todo. Primero siempre te encontrabas muy mal, y luego me alegré porque cogiste peso. Qué estúpido por mi parte —murmuró. Jenny la miró con los ojos entornados. Insegura. Terca. Un poquito esperanzada.

—¿Qué te parece? —preguntó en voz baja.

La respuesta de Franziska llegó sin vacilaciones, directa del corazón.

—¡Es maravilloso, Jenny! ¡Me alegro muchísimo!

—¿De verdad?

—¡De verdad de la buena!

Franziska sintió cómo una gran alegría se apoderaba de ella. Le hubiese encantado regocijarse a gritos. ¡Un bebé! Abrazó a su nieta, se rio, dijo sandeces y estuvo de acuerdo con todo lo que Jenny había propuesto.

—Sí, tienes razón, niña. Si lo de la subvención funciona, lo hacemos. Un hotel para los más exigentes, con sala de conferencias y restaurante. Daremos trabajo a las personas del pueblo, eso haremos, ahora que la siguiente generación está en camino...

Jenny rio aliviada. Le contó que hacía tiempo que todo el pueblo lo sabía, todos sus amigos lo habían notado... menos su abuela.

—¿Por qué no me dijiste nada, niña? —quiso saber Franziska

Jenny dio algún rodeo, abochornada, hasta que confesó con una sonrisa:

—Porque mamá siempre ha dicho que el abuelo y tú sois... Bueno, que sois muy conservadores...

—Quieres decir anticuados —interrumpió Franziska.

Jenny se encogió de hombros y ella decidió dejar las cosas como estaban. No quería de ninguna manera seguir alimentando la pelea entre Cornelia y su hija. Al contrario, aspiraba a que con paciencia y energía, ambas se reconciliasen. Al fin y al cabo, Cornelia iba a ser abuela. Y ella —¡qué horror!—, bisabuela.

Durante los días siguientes se sentaron a menudo juntas en la habitación de Jenny —era la habitación de Jenny, aunque de momento no quisiera vivir allí— e hicieron muchos planes. El restaurante y todas las salas relacionadas deberían estar en la planta baja. En el sótano se instalaría un spa con sauna, así como las dependencias del servicio. Las habitaciones irían en la primera planta; en el desván, la sala de conferencias, el salón de reuniones y quizá un pequeño teatro. En el jardín, Franziska quería construir un picadero con establos. Su nieta deseaba una piscina junto a la sauna.

—Me gustaría invitar a un conocido de Berlín a nuestra cena de Navidad —propuso Jenny de repente.

—No será el padre de tu...

—¡Claro que no, abuela!

Franziska no tenía inconveniente. La invitación de Jenny había sido una idea maravillosa: ella también lo había pensado. Una fiesta con los vecinos del pueblo que les echaban una mano con tanta determinación sería un digno final para este emocionante año y tendería un puente con el pasado.

Enseguida empezó a planificar. Había que subir la mesa grande y las sillas del almacén del holandés. Dos sábanas servirían como manteles, pero la vajilla era un problema. Los rusos habían destrozado la maravillosa vajilla de Meissen con motivos de cebollas de su madre, y la suya estaba en Königstein.

—Pero si es muy fácil, abuela —exclamó Jenny—. Cada cual se trae su plato, los cubiertos y una copa.

Eso no le gustó en absoluto a Franziska, aunque, por otro lado, sería un solemne disparate adquirir de golpe y porrazo un servicio de doce piezas. Así que cedió. A cambio, cocinaría con Mine un espléndido menú. Por supuesto, ganso asado, como antaño. De primero debía haber carpa en eneldo, después ganso asado con albóndigas y lombarda, y por último pudin de nata agria con jalea de frambuesa. Mine prepararía el postre, Franziska asaría los gansos en dos tandas, porque en el horno solo cabía uno. Después tendría que mantener caliente el primero en una caja con ladrillos y toallas ardientes. Así lo hacía la antigua cocinera.

La mañana del 24 de diciembre llamaron sobre las nueve a la puerta principal de la mansión. Falko ladró agitado y no se tranquilizó hasta que Franziska lo reprendió con severidad antes de abrir. Esperaba al cartero o a Kalle, que hacia esa hora solía llevar una jarra de leche fresca y llenaba el pasillo de un fuerte olor a cuadra, pero en la puerta había un hombre delgado, moreno, con hermosos ojos azules, que se presentó con mucha amabilidad y educación.

—Me llamo Woronski, soy un conocido de la señora Jenny Kettler. Espero no llegar demasiado pronto...

Un polaco... Bueno.

—En absoluto, joven. Llega justo a tiempo para desayunar, mi nieta tiene que estar a punto de llegar...

—Estoy muy avergonzado, señora Von Dranitz.

—Me apellido Kettler.

—Perdón.

Una persona agradable, pero parecía tener miedo a los perros. Lo mandó al Konsum a comprar bollos recién hechos y a continuación puso la mesa con extrema meticulosidad. Cuando el olor a café recorrió las habitaciones, Franziska oyó que Jenny abría la puerta. Acto seguido apareció en vaqueros y con una rebeca holgada en el salón.

—¡Eh, Kacpar! ¡Me alegro de que ya estés aquí! ¿Qué? ¿Te gusta?

Al joven casi se le salieron los ojos de las órbitas del entusiasmo, y la inequívoca barriga de Jenny no parecía confundirlo en absoluto. Con cuidado, se dirigió hacia ella, la saludó con un abrazo y la besó en ambas mejillas.

—Bueno —respondió cuando la hubo soltado—, sin duda el edificio tiene presencia. Se podría hacer algo con él. Pero, sobre todo, con el terreno. ¿El lago también forma parte del conjunto?

¡Era arquitecto! Poco a poco Franziska entendió por qué Jenny había dado voz y voto a este agradable muchacho.

Tras un desayuno abundante, los dos recorrieron toda la casa, examinaron desde el sótano hasta el desván y, según parecía, tenían mucho que comentar. El resto del día se llenó de preparativos. Jenny dio una vuelta con Kalle, Wolf, Falko y el arquitecto polaco por el bosque para talar un árbol de Navidad, y Mine llegó con —¡milagro!— tres bolas de Navidad plateadas que se había llevado en su momento de la mansión. Mientras tanto, un exquisito olor atravesó toda la casa: el primer ganso ya crepitaba en el horno y el segundo esperaba en la mesa de la cocina, bien rellenos los dos de castañas y manzanas. Falko los vigilaba, ansioso. Mücke picó la lombarda mientras Franziska cortaba en rodajas las cebollas, el tocino y las manzanas.

Prometía ser una fiesta perfecta. Los tres hombres colocaron el abeto en un cubo con arena que Jenny decoró con hojas de pino; Wolf les regaló una guirnalda de luces eléctrica, Kalle trajo espumillón y el joven polaco hizo unas bellísimas estrellas plegadas de papel blanco.

Jenny adornó la larga mesa con hojas y piñas de abeto, colocó pequeñas velas y se negó rotundamente a utilizar como manteles las sábanas que Franziska había preparado.

—¿Para qué necesitamos manteles? ¡Pero si la mesa antigua es preciosa!

Sobre las cinco llegaron Elke y Jürgen, que trajeron a Karl-Erich, al que acomodaron en un sillón alto con muchos cojines.

—¡Menudo banquete! —exclamó entusiasmado el antiguo carretero—. ¡Casi tan bonito como entonces!

La mesa ofrecía una imagen colorida gracias a los muchos y diversos platos y recipientes para beber. Nada hacía juego y, sin embargo, la impresión general era de alguna manera armónica. Mücke y Jenny sirvieron el primer plato y todos brindaron por la anfitriona y degustaron las sabrosas carpas con salsa de eneldo. Después, Jenny intentó entonar «O Tannenbaum», pero fracasó por culpa de Falko, que quería acompañarla a toda costa, lo que provocó grandes carcajadas.

—Qué pena que Ulli no haya podido venir —se lamentó Mine cuando Kalle trajo el primer ganso.

Franziska se puso en pie para dar un breve discurso a sus invitados. Destacó lo feliz que se sentía de poder dar a la casa de sus antepasados una vida nueva y aseguró que era muy bonito ver a tantos amigos reunidos a su alrededor.

—Esta casa fue construida en el siglo XIX, ha visto ir y venir muchas generaciones, pero sigue en pie... —En ese momento algo crujió sobre ella, un polvo blanco cayó y varios trozos de revoque se desprendieron del techo. Todos gritaron asustados, Mine se abalanzó sobre los platos con el ganso asado para protegerlo y el arquitecto Woronski se quitó restos de cal del pelo.

Franziska se quedó paralizada y miró fijamente hacia el techo de la habitación, donde se veían varios agujeros y manchas oscuras. Falko reptó por precaución bajo la mesa.

—¡Te lo dije! —susurró Kacpar a Jenny, que se sentaba junto a él.

—¡Tú y tu maldito pesimismo! —refunfuñó esta.

—Pero no ayuda —insistió—. Toda la armadura del tejado está carcomida, se tiene que derribar. Y las paredes y los suelos del primer piso también. Hay que rehacerlo todo...

—Pues nada. ¡Apaga y vámonos! —añadió Karl-Erich, lacónico.

Diario de Elfriede von Dranitz

5 de agosto de 1944

En estos terribles días, en los que entre todos nosotros hay un silencio funesto, lo he reencontrado. Fue una casualidad. Subí con Mine al desván para buscar algunos de los vestidos escondidos que guardamos allí en las maletas de ultramar. Como ahora hay tan poco que comprar, nos arreglamos las chaquetas y faldas con las prendas viejas. Y allí estaba, entre los vestidos de verano de mamá y el bolero de Franzi. Olía bastante al antipolillas que habíamos esparcido en la maleta por culpa de la chaqueta de lana de andar por casa de papá, pero estaba intacto, y el hilo que le había atado seguía bien anudado. Mi antiguo diario.

¡Cuántas tonterías había escrito en él! Al hojearlo no pude evitar sonreír a menudo o sacudir la cabeza. También había partes de las que me avergonzaba y pensé seriamente en arrancar las páginas. Pero al final no lo hice. Porque ese libro es mi único y verdadero amigo, y porque quiero ser honesta con él. En realidad, no había nadie en esa casa a quien pudiese confiar mis pensamientos y sentimientos, mi corazón. Mamá no, tampoco papá. Mucho menos Franzi o Brigitte, ni siquiera los abuelos. Tampoco Mine. Solo Heini... Sí, Heini era mi único confidente. Y ahora lo es este libro.

Guardan silencio. Me evitan, dicen trivialidades amables, no responden mis preguntas. Es como un muro que no puedo atravesar. Extiendo los brazos y mis dedos tocan una sierra dura y transparente. Los veo sonreír, compasivos, suplicando comprensión, ausentes. Déjanos en paz, pequeña Elfriede. No nos atormentes con tus preguntas. No hay nada que decir. Solo el silencio. La rigidez.

La pobre Brigitte ronda como una sombra muda. Desde que perdió el bebé cada vez está más enferma; nadie sabe cómo soportará el próximo golpe.

Hace tres meses que es viuda. También mi hermano Jobst cayó. No podemos enterrarlo porque su cadáver está en algún lugar de Sebastopol y los rusos no devuelven a los oficiales alemanes caídos. Esta vez fueron dos de sus camaradas los que nos trajeron la noticia del fallecimiento. La recibimos en el salón de mamá y les servimos té y tarta; el ambiente era grotesco, porque tardaron mucho en dar su mensaje. Saltaba a la vista que no sabían cómo hacerlo. Cuando por fin desembucharon, Brigitte se quedó paralizada, como si todo eso no le importase nada. Mamá la abrazó y Franzi me agarró con fuerza. El abuelo empezó a maldecir. Dijo que su nieto había caído por la patria. Por la patria: no por Adolf Hitler. Por él no había combatido. Ningún Von Dranitz había luchado por esos arribistas. Solo por el káiser y por nuestra Alemania.

Mamá y Franzi se esforzaron por tranquilizarlo y, después de que papá lo hubo acompañado fuera, Franzi les dijo a los oficiales que el abuelo estaba perturbado, que la aflicción lo había enajenado. Hicieron como si lo comprendiesen, pero más tarde Liese, que les llevó los abrigos y gorros al vestíbulo, nos contó que estaban «indignados» y que había que echarle el ojo a «esa gente».

Esto ocurrió en mayo. Fue terrible, todos estábamos deprimidos y esperábamos que la guerra terminara pronto. Entonces la pared de cristal todavía no nos separaba. Mamá, Franzi y yo nos hablábamos, llorábamos juntas y nos ocupábamos de Brigitte. Cada vez estaba más delgada y las oscuras ojeras más negras, pero decía que estaba bien, que no nos preocupáramos por ella.

Franzi recibía regularmente correo de su prometido. Si llegaba una carta para ella, la cogía y subía para encerrarse en su habitación. No enseñaba las cartas de Walter a nadie y las escondía tan bien que nunca pude encontrarlas. Sí, sé que es indecente leer el correo ajeno, pero pese a ello lo hubiese hecho. Solo para ver su letra. Para sentir el papel que sus manos habían tocado. Embriagarme con sus palabras, aunque no estuvieran dirigidas a mí.

Me he acostumbrado. Él quiere a Franzi. Solo soy la malvada hermana pequeña que ha impedido la boda. Al menos Franzi dice que es culpa mía que Walter haya aplazado la boda. Supuestamente tenía miedo de que yo me volviese a tirar al agua o cometiera un disparate. Pero no es cierto. Franzi se equivoca. No sabe nada, pero tampoco nada de él.

Me di cuenta de lo cambiado que estaba Walter cuando regresó de Rusia. Fue hace unos dos años y medio, en febrero del 42, cuando vino a Dranitz para unas breves vacaciones. Se había convertido en otra persona. Miré sus ojos, su boca tenía un gesto extraño, también su voz sonaba más baja y seria. Franzi, en su enamoramiento, no se dio cuenta de nada porque estaba muy feliz de tenerlo a su lado. Deseaba una boda rápida, pero él le pidió esperar hasta después de la guerra. Nadie en Dranitz pudo entenderlo, porque la gente se estaba casando sin demora precisamente por la guerra. En privado, muchas familias opinaban que los hombres, si tenían que combatir y morir, antes debían al menos procrear.

¡Cómo me atacó entonces mi hermana mayor! Qué malévola fue conmigo. «Mal bicho», me llamó. «Envidiosa. Cainita.» Que yo había destrozado su amor. Destruido su felicidad. Dios me castigaría por ello con el fuego del infierno. Fue tan lejos que al final mamá salió en mi defensa y papá dijo que más valía que se ocupase de sus asuntos. Si el comandante Iversen no quería casarse con ella, también podía deberse a que se había quedado durante meses sola en Berlín para convertirse en fotógrafa, lo que una joven decorosa no hacía de ninguna manera. Franzi había abandonado su formación tras casi cuatro meses y había vuelto a Dranitz. El porqué solo se lo había confiado a mamá, y esta se lo callaba. Qué pena. Es una desgracia ser la benjamina de la familia, porque nunca dejan de tratarte como a una niña pequeña.

Sin embargo, nada de eso tiene que ver con el gran y oscuro silencio que asfixia desde hace dos semanas cada ruido, cada movimiento en la mansión y me quita la respiración. Sé que mis padres y Franzi hablan en voz baja y están preocupados, pero si entro en la habitación, me sonríen y hablan de la cosecha o del nuevo inspector; se llama Heinemann, y como cojea de una pierna no tiene que ir a la guerra.

Pero lo que más me perturba es que a veces me despierto por la noche y oigo sollozar a Franzi en la habitación contigua. Entonces un miedo glacial se apodera de mí y junto las manos para rezar. No creo que Dios nos ayude, pero rezar es lo único que puedo hacer.

8 de agosto de 1944

Es evidente. El horror que se cernía sobre nosotros ha sucedido. Se han llevado a mis padres y a Franzi. No sabemos si los volveremos a ver algún día. Solo algo es seguro: Walter será ejecutado, o quizá lleve ya tiempo muerto.

Sucedió esta mañana, cuando estaba en nuestro cementerio para llevar flores frescas a Heini. Le había contado mis penas, como he hecho a menudo estos días, y él me consoló. «Tranquila, hermana, algo pasa. No lo hacen con mala intención. Te quieren y pretenden protegerte.» He discutido un poco con él porque también me trata como a una niña, pero entonces he visto los camiones grises del ejército. Eran dos. Uno más pequeño, en el que iban los oficiales, y un furgón abierto en cuyo interior había al menos veinte soldados.

«Quédate aquí», me susurró Heini. «No vuelvas a la finca. Aquí estás segura, Elfriede.» Pero no lo resistí y fui por el parque a la casa del inspector. No me abrieron cuando llamé a la puerta, así que seguí caminando hasta que me vio uno de los soldados que montaban guardia ante la puerta principal de la mansión. Entonces vinieron y me llevaron a la casa. Dentro había ruido por todas partes, soldados que corrían de un lado a otro, un teniente que daba órdenes con voz penetrante. Me condujeron al salón rojo de mamá, donde debía esperar. Me senté en un sillón y tuve la sensación de estar en un sueño absurdo.

La puerta del despacho de papá estaba solo entornada y pude ver cómo registraban su escritorio, sacaban y vertían el contenido de todos los cajones sobre la alfombra y hacían trizas los expedientes. Del salón verde llegaban voces; una era de un hombre desconocido, sonaba cortante y malvada; la otra era de Franzi. Hablaba tranquila y quedamente.

Cuando ya creía que se habían olvidado de mí entró un comandante. Estaba enfadado y sudaba bajo el uniforme. Que si era Elfriede von Dranitz y, en caso afirmativo, por qué me había escondido de ellos.

Le dije que no me había escondido. Había ido como todas

las mañanas al cementerio familiar para hablar con mi hermano.

—¿Con qué hermano?

—Con Heini. Heinrich-Ernst von Dranitz. Era teniente y murió hace cuatro años.

El comandante me miró fijamente, como si me quisiera ensartar.

—Así que ha hablado con un muerto… Veamos. ¿Cuál era su relación con el comandante Walter Iversen?

No comprendí por qué lo preguntaba, pero estaba decidida a revelar lo mínimo que pudiese.

—Estaba prometido con mi hermana —respondí.

—¿Se anuló el compromiso?

—No lo sé.

Quería saber con qué frecuencia venía Walter a la finca Dranitz. Qué conversaciones se mantenían. Si había habido una correspondencia regular. Siempre respondía que no lo sabía exactamente. Por suerte, él también me tomó por una niña y me creyó.

—El insidioso atentado contra nuestro querido Führer también tendrá consecuencias para su familia, señorita Von Dranitz. Cuanto más me cuente, tanto mejor para usted —vociferó.

Lo había leído en el periódico, pero no le había dado mucha importancia al asunto. Al fin y al cabo, no le había pasado nada al Führer. Ponía que se actuaría con implacable severidad contra los conspiradores.

¿Acaso Walter era uno de los autores del atentado? ¿Me lo habían ocultado? ¿Por eso el muro de cristal?

—¿Cuántos años tiene, señorita Von Dranitz?

—Dieciocho…

—Vaya —dijo alargando las vocales—. Me había parecido más joven. —Escribió algo en un cuaderno negro, lo cerró de golpe y metió el bolígrafo en el bolsillo interior de la chaqueta del uniforme—. ¡Quédese aquí por ahora! —ordenó y salió del salón rojo.

Yo estaba junto a la ventana y vi cómo se llevaban a mamá y a papá. Luego también a Franzi. Los tres tuvieron que subir al furgón y sentarse entre los soldados, como delincuentes. Fue horrible tener que presenciarlo. Aún peor fue pensar que ejecutarían sin lugar a duda al comandante Walter Iversen.

Cuando desaparecieron, salí con mucho cuidado de la habitación. Apenas me atreví a asomarme. La casa en la que vivo desde que nací me pareció extraña. La disposición de las cosas estaba alterada, la armonía de las habitaciones, rota, revuelta por manos ajenas; unos ojos desconocidos habían revelado el contenido de los armarios y las cómodas. Mine subió de la cocina, los ojos rojos de llorar. Habían interrogado allí abajo a los empleados y les habían prohibido abandonar la cocina.

El abuelo estaba sentado en el cuarto de caza, con la mirada vidriosa tras ahogar su ira en aguardiente de pera.

—Un oficial que quiere dinamitar a su caudillo por la espalda: eso es un infame traidor. Un cobarde. Un perjuro —maldijo para sí—. ¡Y encima el muy imbécil no le da ni una vez! —añadió y sirvió el siguiente vaso.

19 de agosto de 1944

Hoy papá ha vuelto con nosotros. El inspector Heinemann lo ha tenido que recoger en la estación de tren en Waren, al igual que a mamá y a Franzi. Ambas fueron liberadas anteayer, pero a papá lo retuvieron otros dos días más bajo arresto. Cuando bajó del coche, Franzi corrió a su encuentro y lo abrazó; mamá esperó en el salón. No quería que los empleados los viesen al saludarse. Papá no habló mucho. También me abrazó, y fue raro, porque tenía un olor extraño y sus mejillas estaban cubiertas de una barba blanca de varios días.

—Mine te ha preparado un baño —dijo mamá.

Entretanto habíamos ordenado y reparado los daños, aunque sabíamos que en la finca Dranitz nada volvería a ser como antes. Por la noche nos sentamos en el comedor y no nos dirigimos la palabra. La abuela estaba en la cama y Brigitte se sentía demasiado débil para levantarse.

—¿Por qué no me habíais dicho nada de eso? —quise saber.

Mamá aclaró que no había nada que contar. Lo que sea que Walter Iversen hubiese hecho o sabido, no lo había comunicado a nadie de la familia. Tampoco a Franzi.

—¿Y por qué quemaste ayer todas sus cartas?

Se enfadó y dijo que eso a mí no me importaba, que lo había hecho porque Walter se lo había pedido en su última misiva. Y mamá me suplicó que no se lo contase a nadie. No los creía. Me mentían.

—Sí que lo sabíais. ¿Por qué estabais todos tan raros?

Al principio no entendían a qué me refería. Luego papá dijo que un buen amigo lo había llamado y advertido poco después del atentado. El comandante Iversen había tenido contacto con los autores del ataque, de ahí que su prometida y su familia tuviesen que esperar también algunas dificultades.

—Creíamos que, en caso de urgencia, era mejor para ti no saber nada, Elfriede —aclaró mamá—. A menudo eres tan precipitada e irreflexiva que nos preocupaba que pudieses ponerte en peligro.

Siempre es lo mismo. Me toman por una niña ingenua a la que no se le puede confiar nada importante. Cuando

Franzi tenía mi edad, la trataban de manera muy distinta. Franzi siempre era la lista, la mayor, a la que los adultos se confiaban.

—Según parece, el cáliz se ha apartado de nosotros por ahora —dijo papá y miró alrededor—. Dios quiera que quede así. Brindemos por nuestra patria. Por el honor y la justicia. ¡Y por un final próximo de la guerra!

Brindamos y bebimos con semblantes serios. Franzi dio solo un diminuto sorbo, apenas podía comer y preguntó a mamá si podía ir a su habitación.

—¿Qué ha sido del comandante Iversen? —pregunté, preocupada.

Papá esperó para responder hasta que Franzi hubo abandonado el comedor; después me miró. Ahora que se había afeitado, me llamó la atención lo lívida que estaba su tez y las bolsas bajo sus ojos.

—No lo volveremos a ver, Elfriede...

3 de septiembre de 1944

Hace una semana que Franzi se marchó a Berlín. Lo hizo a escondidas y sin el permiso de nuestros padres; la abuela, que ya está chocha y no entiende nada, le dio dinero. Franzi le contó que quería mandar hacer su vestido de novia y tenía que comprar la tela.

Fue indecente par parte de Franzi engañarla así, pero la puedo entender. Durante un tiempo también pensé en ir a buscarlo, quizá incluso poder ayudarlo. En caso de que todavía se le pueda ayudar... He soñado tantas veces que lo libero de su oscura prisión, avanzo a hurtadillas con él por las nocturnas calles de la gran ciudad y lo pongo en libertad.

En Bremerhaven nos subiríamos a un barco y viajaríamos a América. A Australia. A India. Habitaríamos una cabaña a orillas del mar y nos alimentaríamos de frutas. O viviríamos en una casa hecha de troncos, como las que construyen los granjeros en Estados Unidos. Entonces él me pertenecería. Sería mi amante. Para siempre. Sí, soy una soñadora, pero solo los sueños me protegen de la oscura y profunda desesperación. Franzi no es una soñadora. Coge las cosas, toma lo que quiere. Solo que esta vez regresará con las manos vacías.

Ayer llegó a casa un escrito de Berlín. Era una sentencia judicial. Walter Iversen fue condenado a morir en la horca por traidor y autor de un atentado. La sentencia se ejecutó el 30 de agosto.

Soy una persona indecente, pérfida, ruin. Solo lo confieso aquí, en mi diario, pues he prometido ser sincera. Walter está muerto. Nada ni nadie puede traerlo de vuelta. Lo hemos perdido para siempre. Y, sin embargo, estoy aliviada. Franzi no se casará con él, nunca serán una pareja feliz que se ama, nunca tendrán hijos juntos. Mi suplicio se ha acabado. El destino es cruel, pero justo. No se me permitió tenerlo y ahora Franzi tampoco lo conseguirá.

Sigue en Berlín, vive en casa de nuestros tíos y ya ha llamado dos veces. Presumiblemente regresará pronto a Dranitz. Puede tomarse todo el tiempo que quiera; sin ella se está mucho más a gusto.

—Ahora solo te tenemos a ti, mi pequeña Elfriede —dice mamá una y otra vez. Mamá y papá me miman y consienten. En realidad, es muy triste. Antes éramos muchos a la mesa, y ahora Jobst y Heini ya no están y también falta Franzi. En cambio, Brigitte se ha recuperado, se levanta todas las mañanas, se viste y asiste a todas las comidas. Pero de pronto soy la preferida de mis padres. El único hijo que les queda. La pequeña, que crecerá de pronto. La chica en que depositan todas sus esperanzas.

Es bonito poseer por primera vez todo su amor.

2 de octubre de 1944

Ayer recibimos la visita de la tía Susanne y el tío Alexander. Poseen una finca cerca de Königsberg, en Prusia Oriental, a la que íbamos muy a menudo de niños en verano y nos bañábamos en el Báltico. Tía Susanne es la hermana mayor de mamá; como no puede tener hijos, llegaron a pensar que Heini quizá quisiera hacerse cargo de la finca Hirschhausen. Pero eso es agua pasada.

Por desgracia solo se quedaron tres días, pero pese a ello pasamos un momento agradable que nos distrajo de todo lo triste. Tampoco me ha molestado que Franzi haya vuelto. Al contrario, ahora nos llevamos muy bien, damos largos paseos juntas y hablamos de todo lo imaginable. Menos de Walter.

Nuestra cocinera, Hanne, se superó y, pese a la escasez de alimentos, hizo unas maravillosas sopas e incluso un gulasch de liebre con mucho primor. Y papá sacó las mejores botellas de su bodega. Por desgracia, tenemos que entregar muchísimos alimentos, también nos quitaron la mantequilla y pronto se llevarán los últimos cerdos y vacas del establo. Tía Susanne nos contó que en Prusia Oriental pasa lo mismo que aquí, y que además tienen trabajadores polacos en la finca a los que tienen que alimentar. En la nuestra son franceses. Pero es gente simpática, nos saludan con amabilidad y trabajan bien. Creo que están contentos por no tener que combatir.

Por las noches nos sentábamos juntos en el cuarto de caza y contábamos viejas historias. Nos reímos mucho, lo que más tarde me pareció curioso, pues no dejan de ser tiempos tristes. Pero quizá justo cuando se cae en desgracia se siente una fuerte añoranza de la alegría y las carcajadas. Tía Susanne contó que los abuelos Wolfert siguen sanos, pero ambos chochean mucho, y que el abuelo olvidó hacía poco ponerse el pantalón y se presentó en calzoncillos a desayunar.

Más tarde, cuando Brigitte y Franzi ya habían subido, estuvieron hablando de la guerra. Los rusos son impenetrables en la frontera, informó el tío Alexander. Ya hay gente en Prusia Oriental que recoge sus enseres para huir al Oeste.

—¡Una vergüenza! —exclamó tía Susanne—. Quien hace algo así le prepara el terreno al enemigo. Nosotros, Alexander y yo, jamás abandonaremos nuestra patria.

—Tampoco lo hará ninguno de nosotros —afirmó papá y mamá asintió.

Por supuesto, es muy fácil decirlo. Estamos en Mecklemburgo, a un día de viaje de Berlín. Aquí los rusos no llegarán tan rápido.

24 de diciembre de 1944

He trenzado una corona de ramas de abeto y hojas de pino para Heini y se la he dejado a primera hora sobre la tumba. Es Nochebuena, veremos todos juntos el auto de Navidad en la escuela y después entregaremos los regalos a los empleados. Hace muchísimo frío, el termómetro marca ocho grados bajo cero. Mañana iremos a la iglesia, como todos los años. También los franceses reciben un regalo de Navidad, papá ya lo hizo el año pasado y lo seguiremos haciendo, como le hubiese gustado.

Hace cuatro semanas la Wehrmacht convocó a papá, a pesar de que ya tiene cincuenta y cinco años. Pero lo peor para él fue que lo desposeyeron de su rango de oficial. En la última guerra fue capitán de caballería, pero ahora tiene que combatir como soldado raso. Nadie lo ha dicho en voz alta, porque no queremos hacer daño a Franzi, pero le han hecho eso a papá porque su hija estaba prometida con uno de los autores del atentado.

No tengo mucho tiempo para escribir en mi diario. En la mansión están alojadas cuatro familias de Prusia Oriental y tres de ellas tienen niños pequeños. Además, tenemos que cuidar a la abuela enferma. Mine y Liese no pueden con todo solas, también Hanne está desbordada, de modo que todos tenemos que ayudar. Está bien así, el trabajo distrae de la tristeza.

20 de enero de 1945

Hay nieve, el suelo está congelado. A los franceses les costó mucho cavar la tumba para la abuela. Murió el año pasado, el 28 de diciembre. Ahora en la capilla yacen dos ancianos que vinieron con la caravana de refugiados de Prusia Oriental y murieron en la mansión.

Todo ha cambiado. Estamos desbordados de refugiados, ocupan todas las habitaciones de la buhardilla, también hemos puesto camas en el salón y biombos para ellos, y tenemos que encender la calefacción continuamente. Es gente muy variada. Algunos son educados, hay personas cultas, como una pareja de profesores con dos hijas, una joven que sabe tocar el órgano y dos señoras mayores que han perdido a su familia por el camino. Pero también hay otro tipo de personas. Gente que nunca ha visto un retrete o un orinal y que como hace frío hacen sus necesidades en un rincón de la habitación. Se pasan todo el día en el campamento y esperan a que les llevemos algo de comer. Y después todavía se exceden, exigen aguardiente y dicen que somos ricos y podemos servirles pollo asado y vino tinto.

Es difícil mantener la calma. Mamá ha dicho que es nuestro deber como cristianos dar refugio y alimento a todas estas pobres personas que han perdido su patria. Pero Mine comentó abajo, en la cocina, que no teníamos otra opción que llenar todas esas bocas, que si no lo hacíamos voluntariamente, tomarían lo que necesitan e incluso algo más.

Si papá estuviese con nosotros nos sentiríamos más seguros. Pero no hay noticias de él y el abuelo está muy confuso. Desde que la abuela ha muerto, no hace más que sentarse en el cuarto de caza con la mirada perdida. Y cuando alguien entra en la habitación, él pregunta si ya ha llegado el novio. Nadie sabe a qué se refiere exactamente.

8 de febrero de 1945

Los soldados de la Wehrmacht circulan por Dranitz. Ayer se detuvieron aquí y los oficiales comieron con nosotros en el cuarto de caza. Franzi trajo del escondite en el sótano unas botellas del vino de papá y todos estábamos muy contentos. Más tarde, cuando el pelotón desapareció, pasaron por el pueblo varios camiones en los que se transportaban heridos. Mine dice que se oía gritar y quejarse a los pobres muchachos.

En la capilla ya yacen cuatro muertos. No los podemos enterrar porque el suelo está congelado.

Vienen cada vez más refugiados. En Prusia Oriental los

rusos están causando estragos, matan a todos los hombres y violan a las mujeres. Tiran a los bebés contra la pared. No tenemos noticias de la tía Susanne ni del tío Alexander. Mamá tiene mucho miedo por su hermana.

13 de febrero de 1945

El ministro de Propaganda, Goebbels, ha hablado en la radio. Ha dicho que todos tenemos que librar el último y determinante combate para alcanzar la victoria final. La comunicación telefónica con Berlín está cortada. Están bombardeando nuestras ciudades. Franzi está en la cama, tiene mucha fiebre. En su habitación viven tres mujeres de Pillau y una de ellas se ocupa de mi hermana. Ahora tengo que controlar las estufas, apenas nos queda madera.

16 de marzo de 1945

Hoy ha muerto nuestra pobre Brigitte. Se ha mantenido en pie hasta el final con gran disciplina y nos ha ayudado en lo que podía. Ha fallecido dulcemente por la noche. Mamá dice que está con nuestro Jobst y su pequeño nonato.

20 de marzo de 1945

He buscado mucho tiempo mi diario y llegué a temer haberlo perdido. Es un ir y venir continuo en la finca Dranitz. Desde que hace un poco más de calor, muchos de los refugiados se ponen en camino hacia casa de sus familiares o amigos, donde esperan alojarse. Se rumorea que los rusos se dirigen hacia Berlín. Entonces también vendrán aquí... Uno de los oficiales de la Wehrmacht que paró hace tres días en nuestra casa le sugirió a mamá que hiciéramos las maletas.

2 de abril de 1945

¡Papá ha vuelto! Todos estamos locos de alegría. Está herido en el hombro y en la rodilla derecha, y exhausto. Tenemos que esconderlo en el sótano para que nadie lo vea.

10 de abril de 1945

Nuevas caravanas de refugiados se amontonan a lo largo de la calle. En medio, los vehículos de la Wehrmacht obligan a las personas a franquearles el paso. A los exhaustos refugiados les cuesta un esfuerzo infinito apartarse, sus caballos están demacrados y débiles, apenas pueden tirar de las cargas. Papá le ha dicho a Franzi que deben coger los dos coches y enganchar el caballo castrado y la yegua. El inspector Heinemann puede conducir uno de ellos, y el profesor de Prusia Oriental llevar el otro carruaje.

Mamá se ha negado a abandonar la finca. Yo también me quedaré. Nadie me va a sacar de aquí.

10 de mayo de 1945

Ya se los oye. Su artillería traquetea y retumba como truenos lejanos. A veces tiembla el suelo. Cuando miro hacia arriba por uno de los tragaluces, los veo en las colinas. Vehículos blindados de color gris oscuro, camiones, hombres. Disparan una y otra vez. Han arrasado dos de nuestros pueblos y ahora se dirigen como una ola negra y fatídica hacia la mansión.

Franzi y mamá me lo han pedido con mucha insistencia, pero no huiré con ellas. Me quedo con papá y el abuelo.

Se han marchado esta mañana temprano con los dos carruajes muy cargados con cajas y sábanas, batería de cocina, alimentos y las joyas de mamá. La plata la hemos enterrado en el sótano.

Hemos sacado a dos mujeres muertas y una chica del lago. Se ahogaron por el miedo a los rusos. Liese dice que no son las únicas... Papá fue al pueblo y les prohibió cometer semejante pecado. «Todas nuestras vidas están en manos de Dios», dijo. Por la noche me dio un pantalón, una camisa y una chaqueta medio rota. Me he cortado el pelo y ahora soy un chico. Friedel, el mozo de cuadra. Me reí cuando me vi en el espejo con la ropa andrajosa y el gorro torcido en la cabeza.

Voy a esconder mi diario en el establo, debajo de las cajas de pienso. Aunque lo encuentren, no saben leer alemán.

No les tengo miedo a los rusos. Papá está a mi lado. Y también Heini ha prometido protegerme.

Jenny

Febrero de 1991

Jenny dejaba atrás una dura lucha. Fuera bromas: la abuela era más testaruda que todo un regimiento de tanques. ¡Jamás abandonaría Dranitz! Jamás daría permiso para derribar la casa hasta los cimientos. No había ido hasta allí para eso. Quería conservar, volver a construir, reformar, restaurar, ¡pero no demoler!

—¡Por encima de mi cadáver! —había gritado.

Sin embargo, Jenny también era una Von Dranitz. Y a la hora de la verdad, también podía empecinarse.

—Podría haber sido sencillo, abuela. ¡Si no te hubiésemos llevado a la clínica a tiempo!

—Bueno —admitió—, me puse enferma, pero eso no te da derecho a darme órdenes, ni mucho menos. Esta es mi casa, mi propiedad...

—¿Y quién se queda con la choza si la cosa no es tan leve la próxima vez, abuela?

Jenny tuvo mala conciencia al ver la mirada de horror de Franziska clavada en ella. Pero al final estas cosas se tienen que hablar.

—Quiero decirte quién se la queda —siguió Jenny—. Mi

madre será tu heredera. ¿Y qué hará con la finca Dranitz? ¿Y bien? Creo que ambas lo sabemos perfectamente.

Cornelia vendería la propiedad lo antes posible, eso estaba claro. Odiaba todo lo que recordara al noble pasado terrateniente de su madre. Incluso se podía esperar de ella que regalase la mansión a la cooperativa. Porque ella era en primer lugar una comunista empedernida y, en segundo lugar, no conocía al buitre de Pospuscheit.

—Si lo que quieres es que Dranitz se quede en la familia —continuó la joven—, ¡deberías aceptar mis propuestas, abuela!

La cabezota baronesa tuvo que ceder. Primero parecía que le resultase sumamente difícil, pero luego sonrió de pronto y empezó incluso a reír.

—¡Eres un hueso duro de roer, niña! —dijo—. Puñeteramente duro. Pero es lo que se necesita en Dranitz. Eres la persona adecuada, lo sé. Y me alegra. Más de lo que imaginas. Aun así, no permitiré que mi nieta me atropelle por mucho tiempo. Sigo teniendo la sartén por el mango, mi diablo pelirrojo...

Jenny estaba dispuesta a aceptar todas las ofertas de paz. Por supuesto que la abuela llevaba la voz cantante. Y no había que olvidar que era su mansión, su dinero y además lo había organizado todo. Aun así, Jenny tenía la sensación de estar demasiado metida en este asunto para dejarlo ahora. La finca Dranitz sí era algo por lo que merecía la pena vivir. Un objetivo. Un sentido. Un futuro para ella y su bebé.

—La armadura del tejado: vale —cedió Franziska—. Lo comprendo. Esos timadores me han engañado, han puesto las nuevas tejas sobre la madera carcomida... —Por desgracia ya no se podía hacer nada, ya que para entonces la empresa había quebrado. Justo después de que ella transfiriera el dinero—. Pero la primera planta se queda como está.

Sin la ayuda de Kacpar, Jenny no lo hubiese conseguido.

Tenía talento para describir los hechos de forma clara y comprensible, pero sobre todo permanecía siempre tranquilo, con una sonrisa en los labios. Incluso cuando mediaba entre las posiciones encontradas y corría el riesgo de que ambas partes se encendiesen. Casi se podía decir que Kacpar Woronski se divertía domando dos leonas a la vez.

—Piense lo que hubiese hecho su padre, señora Kettler —dijo él con seriedad—. Creo que su padre era un hombre que miraba hacia el futuro. Para él era muy importante la subsistencia de la vivienda familiar. Para garantizarlo, debería reformar totalmente el tejado. Necesita calefacción, los cuartos del sótano tienen que sanearse y, además, debería realizar varias reformas en el interior del edificio. Para ello tenemos que elaborar un plan financiero.

Solicitar subvenciones, conseguir créditos bancarios... Franziska lo rehusó.

—No lo necesitamos. Venderé mi casa en Königstein. Además, tengo ahorros...

—También los necesitará, señora Kettler. Hasta que reciba el primer ingreso pueden pasar unos años. —Propuso que inscribiese a Jenny como copropietaria en el registro de la propiedad. Así sería más fácil obtener un crédito bancario.

—¿Estás loco? ¿Me tengo que echar semejante cantidad de deudas al hombro? —lo abroncó Jenny—. Una vez estuve de prácticas en un banco. Vale, solo las empecé, pero una cosa es segura: quien pide dinero a un banco debe tener claro que devolverá el cuádruple. Porque la banca, queridos míos, siempre gana.

A mediados de febrero pasaron por fin a los hechos. Franziska se decidió a ir a Königstein, donde tres solícitos agentes inmobiliarios muy dinámicos ya rondaban por su casa. Puesto que la mansión no se podía habitar por las recientes reformas, Jenny quería que ambas se instalasen en el apartamento recién desocupado de Elke y Jürgen. A finales de enero la pareja celebró una animada despedida antes de mudarse ligeros de equipaje. Dejaron todos los muebles, salvo unos pocos, porque olían a la RDA, y de todas formas querían empezar de cero.

—No me dejes volver a poner las cosas antiguas en el sótano —le advirtió Franziska a su nieta—. Ese holandés es capaz de venderlas.

—¡En cualquier caso, tiene que sacar todos sus trastos! —replicó Jenny sin compasión—. Ya has alquilado una nave a la cooperativa. Antes estaban ahí las ponedoras. Mine dice que quien entra cae muerto, porque apesta a caca de gallina.

Franziska lanzó una carcajada.

También encontraron un alojamiento en el pueblo para Kacpar: ocupó la antigua habitación de Jenny en casa de los padres de Mücke. Es cierto que al principio vacilaron cuando les dijeron que un polaco quería vivir con ellos, pero después Woronski se presentó y conquistó sus corazones.

—Un arquitecto —comentó la madre de Mücke, y su hija asintió—. Y tan modesto...

—Un tío simpático, es cierto —convino Mücke, encogiéndose de hombros.

—Y por si fuera poco, sigue estando de buen ver, Mücke.

—Mmm.

La señora Rokowski le recordó a su hija que ella también tenía ascendencia polaca por parte de padre, pero que los Rokowski ya habían emigrado el siglo pasado a Mecklemburgo-Pomerania Occidental.

—Creo que le daremos otro edredón, mamá —propuso Mücke—. Hace un frío del demonio en esa habitación y la estufa no es muy buena.

A Jenny le contó esta conversación media hora más tarde con pelos y señales. Las dos amigas apenas podían parar de reír.

—¡A tu madre no le importaría tenerlo de yerno! En serio, ¡esto puede llegar lejos! —bromeó Jenny.

—¡Seguro! Mamá ya me está emparejando con él...

—¡Enhorabuena! Te quedas con un esposo dulce y trabajador de ojos sinceros y azules.

—No, gracias. —Mücke hizo un gesto con la mano—. No me van los cándidos.

Barrieron y fregaron el nuevo domicilio de Jenny y Franziska. Elke y Jürgen apenas habían limpiado durante la última semana y habían recogido la cocina solo lo justo tras la gran fiesta de despedida.

—¿Y cuáles te van, entonces? —preguntó Jenny sonriendo mientras metía cuatro botellas de cerveza vacías en la caja.

—Altos, cachas, con algo en el coco: pues un buen tío...

—¿Barba?

—¡No! Rasca.

—Entonces Kalle encaja, ¿o no?

—¡Kalle! —Mücke sacudió la cabeza—. Solo es un buen amigo.

Mmm. A Kalle seguro que no le gustaría oír eso, pensó Jenny, que limpiaba con abnegación la cocina eléctrica con líquido abrasivo. Tuvo que parar al notar las patadas del bebé en el vientre.

—Será una niña —sonrió Mücke—. Ya quiere ayudarte a limpiar.

—Me gustaría que fuese niña —dijo Jenny pensativa.

En realidad, no se imaginaba trayendo a un niño al mundo. Y menos uno que se pareciese a Simon.

—¿Te has enterado de que Ulli se ha ido a Schladming? —preguntó Mücke, que se puso en ese momento con las ventanas del salón—. Porque Angela no ha vuelto a casa ni siquiera en Navidades.

A Jenny los problemas conyugales de Ulli le daban bastante igual. Al menos parecía un tío honrado y era muy amable con sus abuelos. Pero por lo demás, era un paleto. Un verdadero paleto de la RDA. Desagradable a más no poder. Quizá por eso Angela lo había abandonado.

—Pues yo creo que tiene a otro. De veras que lo siento por Ulli. —Mücke llenó un cubo de agua para limpiar la ventana.

—Bueno, quizá se reconcilien. —La cocina ya estaba lista.

La amiga de Jenny ni se planteaba esa posibilidad. Le recordó que antes ya discutían mucho, y solo cuando Angela se quedó embarazada, Ulli la trató con guante blanco. La llevaba en palmitas.

—Pero Angela sigue siendo la misma bruja que antes —contó—. Seguro que es duro para él, pero en el fondo, Ulli debería alegrarse de habérsela quitado de encima.

Jenny no dijo nada. Hacía tiempo que había notado que Mücke estaba enamorada de Ulli Schwadke. Y su abuela promovía el asunto: según ella, Mücke era justo la mujer adecuada para su nieto.

—¿Hace mucho que conoces a Ulli? —le preguntó a Mücke.

—¡Claro! —Apretó los ojos y ladeó la cabeza para comprobar si el cristal estaba por fin limpio—. Lo conozco desde que nací. Era muy pequeño cuando sus padres sufrieron un accidente. Se estrellaron con el Trabant contra un árbol. Por eso creció en casa de Mine y Karl-Erich. Pero entonces, ya sabes, para él yo solo era un pequeño y rechoncho panecillo...

Jenny se echó a reír y se puso enseguida la mano sobre el vientre. Ahí alguien quería reírse también. E incluso patalear.

—¿Te has dado cuenta de que le molas a Ulli? —preguntó Mücke, mirándola de reojo—. Siempre pregunta por ti cuando está aquí.

—Ay, Dios mío —se lamentó Jenny y se dejó caer sobre la silla de la cocina.

—Te has puesto muy pálida —constató Mücke—. La limpieza no te sienta demasiado bien. ¿Sabes qué? Coge a Falko y ve a dar una vuelta por la nieve. Yo sigo con las ventanas; de todos modos, por aquí ya está todo listo.

—Pero no te puedo dejar trabajando aquí sola —se resistió Jenny.

—Claro que puedes. ¡Ve a que te dé el aire!

Fuera brillaba un intenso sol de invierno, que cegaba y hacía resplandecer la apelmazada nieve. El cielo estaba azul claro y apenas había nubes: el tiempo perfecto para una postal de invierno.

Con Falko de la correa, Jenny recorrió las calles del pueblo. El perro estaba bastante apático desde que Franziska se había ido: es posible que echase de menos a su dueña. Pobre. Probablemente pensaba que había desaparecido para siempre. Franziska había pensado incluso en llevarlo con ella a Königstein, pero al final no lo había hecho. Necesitaba sitio en el coche para transportar a la vuelta todo tipo de recuerdos queridos a Dranitz. Sobre todo, la vieja foto de la mansión que estaba colgada sobre el piano. Jenny se lo había pedido expresamente.

Un flamante Volvo pasó de largo junto a ellos y serpenteó en la curva a toda velocidad porque el conductor no levantó el pie del acelerador. Jenny reconoció a Pospuscheit al volante, junto a él, su mujer, Karin, y en el asiento trasero, Gerda Pechstein, la madre de Kalle. Probablemente iban a Waren para comprar. Desde que ya no había Konsum en Dranitz, los habitantes del pueblo tenían que compartir coche para ir a hacer sus compras. Mine había oído que Pospuscheit contaba por todas partes que eso había que agradecérselo a la baronesa. Si se le hubiese hecho caso a él, ahora habría un bellísimo supermercado con todo tipo de ofertas especiales en el terreno de la mansión. Y también habría creado puestos de trabajo.

«Canalla», pensó Jenny mientras esperaba a que Falko olisqueara una esquina de la casa y dejase su marca olfativa. Qué pena que no se estampara con su nuevo y ostentoso coche contra la horrible «casa de cultura». Se apretó la bufanda al cuello y se esforzó por abotonarse el abrigo. Lo consiguió, pero le pareció que iba como una salchicha embutida. En ese momento tenía la sensación de engordar por lo menos medio kilo al día. Aún faltaban unas ocho semanas, si no se habían equivocado en los cálculos. Uf, en realidad ya le bastaba.

A la salida del pueblo surgió ante ella la vista sobre la mansión y el bosque de atrás. Se veía bonita, tan invernalmente cubierta de nieve bajo el claro y frío cielo. En realidad, no importaba que faltase el porche, solo había que reconstruir las dos casitas de caballería a derecha e izquierda que se veían en la foto antigua. Una para Franziska y la otra para...

Junto a ella, un coche frenó con tanta brusquedad que la nieve húmeda saltó por los aires y el vehículo dio unos cuantos bandazos por la calle. Esta vez era un Trabant. Estos orientales conducían como locos.

—¿Kalle? —exclamó cuando reconoció al hombre tras el volante—. Tío, pero ¿qué haces? ¡Con este tiempo nadie pega esos frenazos!

Kalle bajó la ventanilla y echó pestes a grito pelado de los malditos capitalistas de mierda, que primero explotaban al trabajador diligente y luego lo mandaban al infierno.

—Los empapelados que hemos encolado —la reprendió—. Aguantan, te lo digo yo. No se mueven, aunque toda la choza se derrumbe. ¡Lo que yo encolo aguanta!

Falko se irguió y empezó a gruñir. Pese a que su dueña no estaba presente, la chica al otro lado de la correa estaba bajo su protección.

—Pero ¿qué pasa? ¿He dicho algo del empapelado? —preguntó Jenny, a la que no le gustaba que la regañasen sin motivo.

—Tú no, sino el exquisito señor que al parecer corta ahora el bacalao en vuestra casa. Ese hijo de su madre...

Vaya, pensó Jenny. La madre de Mücke había dado rienda suelta a su entusiasmo con el nuevo inquilino, y precisamente delante de Kalle.

—Que lo sepáis —siguió echando pestes el joven—. La casa del inspector me pertenece. Y el huerto con el prado también. Allí no se os ha perdido nada. ¿Entendido?

—Muy bien, Kalle —lo apaciguó Jenny.

—O sea, que me pongo por mi cuenta —siguió y escupió por la ventana abierta en la nieve.

Jenny tranquilizó a Falko, que seguía gruñendo, y sonrió sosegada a Kalle. Qué bonito, quería montar algo. Sí que era loable. Aunque, en realidad, no lo creía demasiado capaz. Kalle era de los que tenían el cerebro en los bíceps y no en la cabeza.

—¿Quieres abrir un taller de artesanía? —preguntó con interés.

La sonrisa de Kalle le pareció un tanto maliciosa. Quizá fuera por su barba cerrada. Se la podría haber recortado para no parecer un gnomo de bosque.

—No. Cabras.

Jenny se inclinó un poco hacia delante para poder oírlo mejor.

—¿Has dicho «cabras»?

—¡Exacto! —asintió Kalle.

Jenny lo miró fijamente, confusa.

—¿Cómo que cabras? ¿Quieres abrir una granja escuela?

—No es mala idea —sonrió Kalle—. Pero, sobre todo, se trata de la leche. Leche de cabra. Queso de cabra. Yogur de cabra. Requesón de cabra...

—¿Requesón de cabra? —balbució Jenny—. ¿Quieres... quieres tener cabras? ¿En la casa del inspector?

—¡Exacto! Se convertirá en un establo para cabras con lechería y quesería. La cooperativa me arrendará los pastos y quizá también un granero para el heno.

Jenny hizo un gesto con el índice en la sien.

—Se te va totalmente la olla, Kalle. ¿De dónde vas a sacar el dinero? Y, sobre todo: ¡de eso hay que saber!

—Yo me encargo. ¡Chao! —Kalle aceleró. Las ruedas derraparon sobre la carretera nevada, después volvieron a agarrar y el Trabant se puso en marcha en dirección al pueblo.

Desconcertada, Jenny lo siguió con la mirada. Una cría de cabras. Cabras que balan, con cuernos curvos y barbas puntiagudas. Y, por supuesto, machos cabríos. Son los que más apestan. Y todo eso enfrente de su hotel de lujo. Césped al borde del lago con peste a macho cabrío y balidos de cabra. A la abuela le daría un ataque al corazón cuando se enterase.

Curioso, Falko siguió a Jenny hasta la mansión y buscó con la mirada la sección de salchichas del Konsum, que muy a su pesar ya no existía. En su lugar solo había mesas y estanterías, cajas de madera vacías, botellas de bebidas, cartones y un montón de residuos plásticos. Antes no los había en la RDA, todos los envases eran de cartón o papel.

Sobre una de las mesas, Kacpar había extendido su plano y sujetado los extremos con dos ladrillos. Estaba haciendo anotaciones con un lápiz cuando vio a Jenny y le hizo señas.

—¡Mira esto! —exclamó—. Pondremos grandes vidrieras por todas partes, así la vista del jardín será maravillosa. Y fuera construiremos varias terrazas, separadas unas de otras por bancales o bloques erráticos. Es más íntimo que un área exterior.

Jenny se acercó despacio a él y se inclinó sobre el plano.

—Dime, ¿a ti también te ha hablado Kalle de su cría de cabras? —preguntó y señaló el lugar del terreno en que se encontraba la casa del inspector.

Kacpar la miró inquisitivo, después se rio e hizo un gesto de desprecio con la mano.

—Está enfadado porque he criticado su empapelado. Y por la constructora de Hamburgo. —Había establecido contacto con una empresa especializada en la reforma de casas antiguas y estaban negociando—. Creo que lo más sensato es que contratemos a profesionales. Por supuesto, supervisaré las obras, es muy importante para mí.

Sus ojos azules parecían sumamente insistentes. Poco a poco Jenny fue entendiendo que el dulce y tímido Kacpar podía ser endiabladamente resuelto.

—Pero deberíamos contratar a toda costa a trabajadores de la zona —objetó ella—. Sobre todo, de Dranitz…

—Para echar una mano está bien, pero necesitamos un equipo experimentado. Es una gran ventaja. Mira, el plano para el restaurante. —Señaló el dibujo que estaba delante de ella—. Ahí va el bufé, construido en círculo, en medio puede trabajar un cocinero.

—Claro —replicó Jenny con cinismo—. Y para desayunar, tortitas con requesón de cabra…

Mine

Finales de marzo de 1991

La baronesa estuvo fuera varias semanas. Había vuelto dos días antes, con el coche abarrotado de todo tipo de trastos, y el día anterior llegó otro camión de mudanzas. Era generosa, eso había que reconocérselo. Incluso Karl-Erich, que siempre guardaba un poco de distancia con ella, tuvo que admitirlo. Les había regalado su flamante máquina de café, además de una manta eléctrica, graduable a tres niveles, que iba bien para los huesos reumáticos de Karl-Erich. Tres alfombras auténticas y anudadas a mano, que la baronesa y su marido habían traído de Turquía, lucían ahora en el pasillo y en el dormitorio, lo que les vendría muy bien en invierno, cuando la vivienda era sumamente fría.

«Esa no se ha podido separar de sus trastos», criticó Karl-Erich, pero aun así aceptó los regalos, e incluso le dio amablemente las gracias. Ulli vio las alfombras, las tocó y después les preguntó si no sabían que las manufacturaban niños. Con diez años tenían que anudar alfombras durante horas por un sueldo miserable, y no se les permitía ir al colegio. Los comerciantes se embolsaban los grandes beneficios cuando vendían el género a los turistas.

Mine sabía la razón por la que estaba tan malhumorado. Angela había solicitado el divorcio. En el fondo era lo mejor que le podía pasar, aunque Ulli todavía no lo sabía.

—¡No nos estropees las bonitas alfombras! —objetó ella—. Ya están anudadas y vendidas, ahora queremos disfrutarlas.

Ulli se encogió de hombros y se limitó a murmurar sobre la canallada que había sido confinar a los habitantes de la RDA como gallinas en jaulas, mientras los del otro lado podían viajar adonde quisiesen. A Turquía, Italia, Francia, Estados Unidos...

—Austria —gruñó Karl-Erich entremedias y Ulli se calló.

Ahora iba bastante a menudo a verlos porque en el astillero seguían de jornada reducida y a veces sus colegas y él no tenían nada que hacer durante varios días. Pintaba negro. Los rusos, que habían encargado los arrastreros, eran insolventes y habían cancelado el negocio. En la Unión Soviética, el hermano mayor, la glásnost causaba estragos. Había informes de que algunos rusos se estaban haciendo millonarios, mientras que otros, que antes tenían suficiente para vivir, ahora mendigaban en las calles. La libertad tenía sus inconvenientes. Para los poderosos, los que se abrían paso a codazos, los que no tenían dificultades en timar a los demás, la libertad era algo muy positivo. Se lanzaban sin escrúpulos sobre los débiles y les cogían hasta el último centavo. Nadie se lo impedía, mucho menos Gorbachov...

—Aquí también será así —vaticinó Ulli, que como siempre lo veía todo negro—. Dentro de poco los alquileres subirán y entonces los jubilados ya no podrán pagar sus viviendas. ¿Sabéis lo que cuesta una cerveza del otro lado? Tres cincuenta. Aquí hace años que la pagamos a cuarenta y cinco peniques.

—Peniques orientales —puntualizó Mine—. ¿Y qué tiene

de malo? ¡Ya no se pimplará tanto y tampoco habrá tantos accidentes!

Ulli sabía que su padre estaba borracho cuando provocó su muerte y la de su madre. Los abuelos se lo contaron la primera vez que se emborrachó de verdad tras la *Jugendweihe*, la consagración de la juventud. Como apercibimiento. Para que controlase el alcohol. Hasta entonces había ayudado, bebía una cerveza y unos chupitos con sus colegas en el bar, pero después se iba andando a casa. O cogía el tranvía.

—¿Te quedas hasta el lunes? —quiso saber Mine—. Entonces invitamos mañana a Mücke con sus padres a comer. Me han dado un lomo de corzo riquísimo.

—¿El padre de Elke ha vuelto a cazar furtivamente? —preguntó Ulli sonriendo.

—No, ¡nunca lo haría! El corzo se le cruzó por casualidad y entonces su escopeta se disparó de repente. ¿Debía abandonar el corzo muerto?

Ulli se encogió de hombros, pero la sonrisa permaneció en sus labios. Mine se alegró. El pobre joven atravesaba un mal momento. En lo profesional, nadie sabía cómo evolucionaría, y a la vez su matrimonio fracasaba. Necesitaba un objetivo. Un nuevo amor. Mücke era la adecuada para él, permanecería a su lado y no huiría cuando hubiese problemas, como Angela. Con Mücke también arreglaría lo profesional. Si no era en el astillero de Stralsund, pues en otra parte. Es cierto que eso le gustaría poco a Mine, pero si Ulli era feliz con ella en el Oeste, no se interpondría en su camino.

—Divorciarse se ha convertido en un vicio hoy en día —masculló Karl-Erich, que torció el gesto porque el nervio ciático lo estaba atormentando. La médica de Waren le había recetado unas pastillas que aliviaban el dolor, pero no el reuma. Contra eso todavía no habían inventado nada, ni siquiera en Estados Unidos. Y si lo hiciesen, de todas maneras, sería demasiado caro.

Ulli se levantó de la mesa de la cocina para mirar por la ventana. Volvía a nevar, a pesar de que ya era finales de marzo y las primeras flores de la primavera habían salido hacía tiempo de la dura tierra. Este año había acónitos amarillos y espesos tapizados de campanillas de invierno especialmente exuberantes.

—Antes —continuó Karl-Erich—, las parejas seguían unidas. Porque en un matrimonio siempre hay buenos y malos momentos. Puedes ir de flor en flor. Los problemas siguen siendo siempre los mismos.

Mine sabía que a Karl-Erich nunca le gustaron las leyes de divorcio en la RDA. Este continuo juego de las sillas era bastante sencillo porque las mujeres tenían un trabajo y un sueldo, y porque el Estado cuidaba de los niños. Eso no estaba bien. Lo correcto era lo que Mine y Karl-Erich habían hecho. El año pasado habían celebrado las bodas de oro. Ya no habría algo así en el futuro.

—Déjalo estar —murmuró ella y le puso la caja de pastillas encima de la mesa—. A veces es un error desde el principio y entonces está bien que uno pueda divorciarse. Tienes que tomar dos de las azules y una de las rojas. ¡No al revés! —No podía ver el rostro de Ulli, que le daba la espalda en la ventana, pero por su tensa postura supo que los desvaríos de Karl-Erich no le estaban haciendo ninguna gracia.

—Allí enfrente, en la mansión, está puesta la calefacción. —Estiró el cuello para poder ver el tejado de la casa señorial por encima de las del pueblo—. Pensaba que la señora baronesa y Jenny se habían mudado.

Ahora también Mine vio un fino penacho de humo sobre el tejado, que la ventisca disipaba enseguida.

—Probablemente la baronesa esté examinando las cajas

con Jenny. Ayer llegó un camión de mudanzas entero a la mansión. Lo dejaron todo en el gran salón.

—¿En el gran salón? —preguntó Ulli y arrugó la nariz.

—Bueno, donde estaba antes el Konsum. Era el salón. Allí celebraban las grandes fiestas familiares. Y primero las reuniones de caza...

—Claro... —murmuró Ulli, taciturno—. Los señores nobles se divertían allí, a cuenta de los habitantes del pueblo, por supuesto...

Mine, que no quería empezar una discusión, no lo contradijo. Había disfrutado la época en casa del señor, estaba orgullosa de haber trabajado como sirviente para la familia Von Dranitz. Sí, sabía que Ulli se refería a la historia de la hermana de Karl-Erich, que por desgracia era cierta. Pero pasó lo que pasó y ahora no se podía retroceder en el tiempo. Por eso preguntó:

—¿Me llevarías hasta allí, Ulli? Quería hablar de todas maneras con la señora baronesa. Porque todavía tenemos la cuna arriba, en el desván... —El joven estaba distraído y salió al aire libre.

Hacía mucho tiempo que se llevaron la cuna de la mansión porque la necesitaba para la benjamina, Olle, y porque de todas formas los rusos lo rompían todo en la casa. Era una pesada cuna de roble tallada, lo bastante grande como para que durmiese en ella un niño de seis meses. Todos los descendientes de la familia Von Dranitz habían pasado por esa cuna, después también Olle y más tarde Ulli, cuando sus padres iban de visita con él.

—¿Para el hijo bastardo de Jenny? —preguntó Ulli con una carcajada—. ¿Cuánto le queda?

—Ya no mucho, otras dos o tres semanas... En realidad, podrías pasarte por la casa del inspector e intercambiar unas palabras con Kalle. Me preocupa ese chaval.

Kalle se había endeudado mucho con la esperanza de obtener una importante subvención para emprendedores y ya hacía bricolaje con empeño en las ruinas de la casa del inspector. Mücke les había contado que mientras llegaba el dinero había reclutado a un par de colegas para sacar escombros y piedras. En mayo debería haber un establo de cabras, al lado una quesería y un granero para el pienso de invierno. Jenny estaba fuera de sí por esa locura, y la baronesa solo había dicho que ya cambiaría de opinión.

—¿Y qué quieres que le diga? —preguntó Ulli con semblante escéptico.

—Pero si lo conoces desde pequeño —se inmiscuyó Karl-Erich en la conversación—. Para él eres como un hermano mayor. Aclárale la cabeza.

Sin embargo, Ulli no estaba dispuesto a hacer lo que le pedían. Kalle era mayor, tenía que saber lo que hacía. Quizá no fuera tan mala idea lo de las cabras. A Kalle le gustaban los animales y lo creía capaz de obtener un rendimiento máximo de esas cabras.

—Pero tiene que dejar en paz a los vecinos —advirtió Karl-Erich—. Si no, todo se va por el sumidero.

—Tienes razón, abuelo —contestó Ulli con una sonrisa—. Pero las cabras pelirrojas son difíciles de amansar…

Karl-Erich torció su arrugado rostro de anciano y se rio con Ulli a más no poder. «Bromas de hombres», pensó Mine enfadada. Bueno, lo principal era que se divirtiesen.

Abajo, en las calles del pueblo, el viento metía la nieve en las foristias recién florecidas. Anna Loop estaba con la madre de Elke en la casa de cultura cuando vieron a Mine y Ulli, y los saludaron.

—Bueno, Ulli, ¿vienes a visitar a la abuela?

El joven asintió y abrió el coche. Mine gritó que su nieto no había olvidado su pueblo natal.

—Qué manía de preguntar —gruñó Ulli cuando se sentaron en el coche y pusieron rumbo a la mansión—. ¿Qué otra cosa voy a hacer aquí? ¿Vacaciones de playa en el lago?

—No se refieren a eso —lo apaciguó Mine.

—No, en absoluto. Loop nos quiere tirar de la lengua. Espera que esté sin trabajo...

Delante de la mansión estaba el Opel Kadett rojo de Jenny y una furgoneta abollada, una nueva adquisición de Kalle. Varios hombres estaban ocupados entre los viejos muros de la casa del inspector con picos y palas. Parecía que le habían declarado la guerra a la maleza que se había establecido allí.

Ulli dejó que Mine se bajase delante de la entrada de la mansión y se acercó despacio a pie hacia Kalle y sus ayudantes. Mine se detuvo y miró curiosa al otro lado. Los jóvenes se saludaron como viejos amigos, Ulli se subió a los escombros dentro de los muros en ruinas y también los colegas de Kalle lo recibieron con alborozo. Tan solo faltaba que cogiese una pala y ayudase. Pero no lo hizo. Se quedó allí y charló con ellos, se rio y siguió hablando. Mejores amigos. Bueno: quizá estaba bien así.

Cuando Mine se volvió hacia la entrada, comprobó que la puerta estaba entornada. Entró con cuidado al pasillo y aguzó el oído. Se oían voces de mujer, la baronesa estaba hablando con Jenny. Había eliminado la pared de madera que dividía el salón y ahora se accedía como antes, desde el cuarto de caza. Mine avanzó cojeando a través del antiguo comedor, donde se habían acumulado escombros y todo tipo de basuras, al cuarto de caza y abrió la antigua puerta de doble hoja que daba al salón.

—¡Mine! —exclamó la baronesa cuando entró—. Qué bien que vengas. Mira esta foto antigua. Mi madre la guardó todos estos años y yo la mandé ampliar en su momento.

La anciana recorrió el salón con la mirada. ¡Menudo caos! Armarios y sillones, un bufé antiguo con innumerables cajones y estantes, alfombras enrolladas, el somier de una cama y en la parte trasera del salón, arcones, cajas y cartones. Jenny estaba sentada sobre un sofá de felpa rojo; a su lado había dos pilas con álbumes de fotos. Tenía las mejillas sonrosadas y le brillaban los ojos: el álbum, que apoyaba inclinado sobre su abultado vientre de embarazada, parecía contener maravillosos secretos.

Le ofrecieron a Mine un sillón de felpa, en el que se hundió sorprendentemente, y sostuvo la foto cuadrada en las manos. Ay, madre: ¡la mansión! Tal y como había sido entonces. En todo su esplendor a mediados de verano. A la anciana se le saltaron las lágrimas al pensar en los viejos tiempos. Cuando todavía era joven y hermosa, y Karl-Erich la miraba enamorado. Cuando el mundo parecía todavía estar bien y el barón Von Dranitz cuidaba de todos ellos.

—Así fue —oyó decir en voz baja a la baronesa, que estaba detrás de ella—. Y así debe volver a ser, Mine. Lo quiero conseguir en esta vida.

—Ay, señora baronesa —suspiró Mine, que carraspeó, ronca de la emoción—. Si fuese diez años más joven…

En ese instante Ulli entró en el salón, miró alrededor y después se dirigió hacia el sofá de felpa rojo y le preguntó a Jenny si se podía sentar a su lado. Ella puso los álbumes de fotos en el suelo y dio unos golpecitos en el cojín en señal de invitación.

A Mine no le gustó nada cómo miraba a Jenny. ¡Madre mía, incluso se atusaba el pelo, sonreía y se ponía en su sitio el cuello de la camisa, a pesar de su avanzado embarazo! De un hombre con el que no quería tener ningún trato. ¡Ay, Ulli! Pero por más que uno tropiece con la misma piedra…

—Mira, este era mi Ernst-Wilhelm —dijo Franziska y le puso a Mine una foto delante de las narices. Un joven de pelo liso peinado hacia atrás, ojos claros y cara alargada. Había sido tomada justo después del final de la guerra y el chaval parecía un completo muerto de hambre—. Nos conocimos en el campo de refugiados —continuó la baronesa—. No era fácil entonces. En el otro lado nadie nos recibió con los brazos abiertos. Tuvimos que ascender con dificultad, a base de trabajo. En los primeros años no se podía pensar para nada en traer un niño al...

Un fuerte gemido la interrumpió. Jenny, con los ojos desorbitados, apretaba ambas manos sobre el vientre.

—¡Abuelaaa! Creo que empieza... Llevo todo el día con un dolor tirante en el vientre, pero pensaba que había vuelto a pasar demasiado tiempo sentada. Ahhh... ¡Otra vez los tirones!

Todos se quedaron de piedra. Ulli se serenó el primero. Pasó los brazos por debajo de la embarazada y la ayudó con cuidado a bajar del sofá.

—Tranquila, Jenny, yo te llevo a la clínica. Mi coche está justo delante de la puerta.

—Duele muuuchooo —jadeaba Jenny, que se retorcía de dolor—, no puedo caminar ni un solo paso... ¡Aaahhh!

—Ábreme la puerta, Mine, la llevo al coche. —Ulli pasó un brazo por debajo de la rodilla de Jenny, el otro por su hombro y la levantó. Era un hombre fuerte. Ella se volvió a retorcer. Las contracciones venían en pequeños intervalos, demasiado cortos para el gusto de Mine.

—¡Aaahhh!

Ulli ya casi estaba en la puerta, pero entonces Mine comprendió que aquello no era una buena idea.

—¡Quédate aquí! —ordenó, sorprendida por lo enérgica que sonó su voz.

—Abre la puerta, abuela...

—¡No! Déjala aquí. ¿O quieres que tenga el niño en el coche?

—Estamos a una media hora de la clínica.

—Por los intervalos de contracciones, el niño saldrá como mucho dentro de diez minutos. —Mine sonaba ahora muy tranquila.

Ulli se detuvo indeciso, con Jenny quejándose y retorciéndose en los brazos. Él sabía que Mine entendía del asunto. Durante años había ayudado en el pueblo con los partos, aunque nunca había estudiado.

—Bajo tu responsabilidad —respondió y volvió a llevar a la embarazada al sofá. Jenny empezó a jadear.

—Señora baronesa, una manta, toalla, agua caliente, unas tijeras. —Mine tomó el mando.

Por fin Franziska se puso en movimiento. Asintió, rompió un cartón, sacó un montón de toallas y se las lanzó a Ulli. Después se fue deprisa a calentar agua.

—¿Cómo es que va tan rápido? —susurró Ulli, que se había sentado en el borde de uno de los sillones, totalmente sofocado—. Pensaba que un parto duraba horas.

Mine se sentó de tal manera que él no pudiese ver lo que estaba pasando. Los hombres tenían los nervios irritables, solían desmayarse o incordiar.

—Vete a la cocina y busca unas tijeras... —Un estridente grito de dolor ahogó sus palabras. Ulli no se movió del sitio.

—¡Aaahhh!

Contracciones. Pocas veces Mine había vivido un parto tan precipitado.

—Pronto lo habrás conseguido, chica —dijo la anciana con voz firme—. Ya puedo ver la cabecita. No empujes demasiado fuerte... Despacio...

—No puedo ir despacio —se lamentó Jenny—. Ya no quiero más. Ya no puedo más. ¡Me duele mucho! ¡Aaahhh!

—Ahí está.

La cabecita asomaba. Ahora los hombros, la parte más complicada. Y fuera... ¡Conseguido! Un agudo grito resonó en el salón.

—¡Dame las toallas! —ordenó Mine a su nieto—. ¿Dónde está la baronesa con el agua caliente? ¿Y las tijeras? —Mine se volvió hacia la puerta—. ¡El bebé ya ha salido, señora baronesa! ¡Una niña! ¿Dónde está usted?

Jenny, boca arriba, estaba totalmente agotada y apática. Su pulso iba rápido, pero no era de extrañar. Al fin y al cabo, un parto precipitado no era ninguna tontería.

—¿Una niña? —susurró—. Gracias a Dios. Dámela, Mine.

—Enseguida...

Por fin llegó la baronesa con una cazuela humeante en la que había distintos cuchillos y tijeras que había encontrado en el cajón de la cocina.

—Muy bien —murmuró Mine, después—: Ulli, corta el paño en tiras, para la venda umbilical.

—La comadrona está en camino. He llamado a la clínica, nos mandan a alguien —les comunicó Franziska con la serenidad renovada.

Ajá: por eso había tardado tanto. No solo había hervido el agua, sino que también había telefoneado. Tanto mejor.

Mine envolvió a la recién nacida en varias capas de toallas y se la puso a Jenny en los brazos. Esta contempló a su hija, un poco incorporada, con la espalda apoyada contra el brazo del sofá.

—¡Mirad, tiene el pelo negro azabache y esos deditos! —se entusiasmó, sorprendida y cariñosa al mismo tiempo—. Tan diminuta y ya tiene uñas... Ay Dios, qué monada...

La baronesa se puso de cuclillas delante de su nieta y su bisnieta, sin atreverse apenas a tocar a la recién nacida.

—Una niña, ay, qué bonito, Jenny. Mine, lo has hecho genial. Sabía que podíamos confiar en ti.

El elogio ablandó el corazón de la anciana como la mantequilla. Al fin y al cabo, hacía veinte años que no ayudaba a traer al mundo a ningún niño y no contaba con que lo volvería a hacer a los ochenta.

—Bueno —respondió con modestia—. No he hecho nada, señora baronesa. La naturaleza lo hace por sí sola...

—Podríamos llamarla Libussa Maria —propuso la orgullosa bisabuela—. Así se llamaba mi abuela. O Ida, como mi abuela por parte de madre, de soltera Von Wolfert. O Irene, como la mujer de Alwin, un primo mío...

—¿Estás loca, abuela? Libussa Maria... No puedo hacerle eso a mi hija —la contradijo Jenny con una vehemencia sorprendente.

—¿Y Susanne? Margarethe, como tu abuela...

En ese momento entró la comadrona en el salón. Sacó a la baronesa, Mine y Ulli de la habitación y examinó a Jenny y al bebé. Cuando les permitió volver a entrar les informó de que tanto la madre como la niña estaban bien, y la placenta había salido íntegra, pero aun así, Jenny tenía que ir a la clínica.

—El perineo está desgarrado y hay que coserlo.

Ulli se ofreció a llevar a Jenny y la pequeña a Neustrelitz, y la baronesa insistió en acompañarlas.

La comadrona se despidió y Mine también decidió volver a casa. Allí ya no podía hacer nada más.

Por el camino, la anciana disfrutó del aire fresco en la cara, que iba acompañado de finos copos de nieve. Ahuyentaban las malas sombras que acechaban, los recuerdos de otro parto hacía muchos, muchos años, que no había salido tan bien.

Franziska

Abril de 1991

El jueves, 28 de marzo de 1991, Jenny Kettler dio a luz en la finca Dranitz a una hija sana. La niña se llama Julia Kettler, es nieta de Cornelia Kettler y bisnieta de Franziska Kettler, de soltera Von Dranitz.

Franziska soltó la pluma estilográfica y prestó atención a Jenny. Había oído un breve grito que acto seguido se convirtió en un murmullo. La pequeña Julia no aguantaba que la cambiasen de lado cuando mamaba.

Julia: menudo nombre. Pero Jenny se había empeñado y Julia era mucho mejor que Jennifer, Laura o Lena. Franziska pasó la mano por la cabeza de Falko, que pretendía animarla con golpes suaves a dar un paseo vespertino. Entonces releyó lo escrito con ojo crítico. ¿No era demasiado conciso? ¿Debería adornarlo un poco? Hacía una semana que había decidido anotar el acontecimiento en el diario de la reconstrucción de la mansión, redactar, por así decirlo, una crónica que empezase el día en que volvió a ver por primera vez la casa de sus padres tras la reunificación. Un trabajo que debía consolarla por las preocupaciones y disgustos, y que, sobre todo, era un remedio contra su impaciencia.

Había muchas historias bonitas que contar. Sobre todo, que Jenny estaba a su lado, que su nieta se consagraba a la finca Dranitz y ahora había dado a luz a una niña. La pequeña Julia había nacido en la mansión. No aquí, en el estrecho piso de dos habitaciones del pueblo, o en la clínica de Neustrelitz. No, había nacido en el gran salón de la mansión, donde antes se celebraban las bodas y los bautizos de los Von Dranitz. ¡Si eso no era un buen presagio para el futuro!

> La recién nacida se registró debidamente en la alcaldía y se inscribió en el registro de nacimientos. El nombre completo de la niña es Julia Franziska Margarethe Kettler. El padre del bebé...

Ahora venía el problema, ya que Jenny había asegurado en la alcaldía que no se conocía al padre del bebé. Había sido un encuentro muy desagradable, sobre todo porque el alcalde, Pospuscheit, sonreía arrogante todo el tiempo y no escatimó en insinuaciones ambiguas. Por suerte, a Jenny no le preocupó demasiado y mandó a paseo a ese primitivo neandertal con frialdad.

Pensó que era una pena que no registrase al polaco como padre. Era un buen chico, un verdadero golpe de suerte. Woronski, que continuaba infatigable la reconstrucción de la mansión sin reparar en su salud. Era un fanático, pero sin duda un premio para Dranitz. No solo poseía la pericia necesaria, sino que también era una persona práctica y tenía visión. Es cierto que debían vigilar que no se apartase de la realidad con sus fantasiosas ideas, pero se podía hablar con él.

Woronski merecía un gran elogio. Si Franziska había creído al principio que solo se comprometía porque estaba enamorado de Jenny, ahora estaba convencida de que su amor estaba dirigido a la mansión. Dranitz era su pasión: no les podía haber pasado nada mejor.

No obstante, Franziska se sentía profundamente infeliz. Desde la ventana de su piso se podía ver una parte de la mansión. Hacía una semana que espiaba, se había llevado incluso los viejos prismáticos de Ernst-Wilhelm para poder seguir mejor los trabajos. Ahora evitaba la ventana para no caer una y otra vez en la desesperación. Cielo santo: habían quitado todas las tejas y arrancado la armadura. Solo las chimeneas se elevaban sobre el nublado cielo de abril. Y ahora estaban derribando también parte de la primera planta. Los hermosos empapelados. El bonito cuarto de baño. La cocina. Por supuesto, habían colocado a salvo todo lo que podía estropearse, pero aun así, ver la casa mutilada, cubierta con plástico azul, era difícil de soportar. ¿Cómo iba a secarse si llovía sin cesar?

—Quédate aquí, abuela —la abroncó Jenny cuando volvió a ponerse el abrigo para ir allí—. No haces más que molestar, y cuando vuelves estás totalmente deprimida.

—Pero quiero saber qué sucede allí.

—Kacpar sabe lo que hace. Mejor coge esta baliza acústica en brazos e intenta que se duerma de una vez… —Señalaba la cuna, que llevaba un rato meciendo sin que la pequeña Julia parase de protestar a gritos.

—Los niños tienen que gritar. Fortalece los pulmones. Si vas corriendo cada vez que pía, estarás criando a una egoísta consentida.

Jenny tenía otra opinión. Su hija no gritaba sin motivo, quizá le dolía el estómago o se sentía sola. Le parecía una barbaridad dejar berrear sin más a un niño. Por suerte, la propia Franziska tampoco se atenía a su teoría y a menudo se levantaba por la noche y se quedaba con la gritona para que Jenny pudiese dormir un poco. A veces, cuando Julia se quejaba, también se la llevaba a su cama calentita y la pequeña se dormía entonces al lado de su bisabuela, dulce y plácidamente. La niña necesitaba contacto físico, sola en la cuna se sentía abandonada.

Esa era la cuna en la que habían dormido numerosas generaciones de niños Dranitz. Menuda alegría le había dado Mine cuando subió al pequeño piso ese precioso y antiguo mueble por la escalera con la ayuda de Ulli. Las hermosas tallas se habían conservado sin rayones. Delante, el nacimiento de Cristo; a derecha e izquierda, la Circuncisión y el Ofrecimiento en el templo; en la parte trasera, la huida de la Sagrada Familia a Egipto. Mine había conseguido más almohadas y cosido fundas de tela rosa a cuadros. A continuación, habían colocado a la pequeña Julia en la cuna a modo de prueba, pero el diminuto bebé parecía totalmente perdido.

—La niña todavía tiene que crecer bastante —dijo Mine.

Con todo, la pequeña gritaba como una adulta. Hasta que la sacaban de la cuna y la paseaban por el piso. Franziska, Mine y Mücke se iban turnando. La amistad de Jenny con Mücke había sufrido un poco por el conflicto con Kalle, ya que se mantenía con firmeza del lado de él. Le parecía estupendo que él quisiese ponerse por cuenta propia y le había prometido echar una mano los fines de semana. Después Jenny se había moderado un poco, ya no criticaba la cría de cabras de Kalle y solo decía que esperaba que no se equivocase en los cálculos.

—¡Lo vigilaré con lupa! —prometió Mücke—. Y una granja escuela solo puede tener ventajas para el hotel.

Franziska discrepaba, pero tampoco iban a discutir antes de tiempo. Hasta el momento no había ni hotel ni cría de cabras: tendrían que esperar a ver en qué acababa todo aquello.

—Bueno, vale —murmuró ella cuando Falko la empujó por tercera vez con la nariz contra la rodilla—. Demos nuestra vuelta nocturna. Veremos qué formas oscuras nos volvemos a encontrar hoy por la mansión.

Jenny estaba ocupada con su hija, que ahora pataleaba llena y contenta sobre el cambiador.

—¡Pero solo por el pueblo, abuela! —le gritó—. ¡No vuelvas a jugar a ser la vigilante de las obras!

En el pueblo seguía habiendo vida pese a lo avanzado de la hora; en la casa de cultura había gente joven que bebía cerveza y conversaba en voz alta. A las afueras del pueblo, en la calle de la mansión, Heino Mahnke había abierto una tienda de comestibles con bar donde los lugareños se sentaban durante todo el día, hasta la noche. Kalle y sus colegas estaban allí casi siempre.

La luna iluminaba la noche, se podía incluso ver las estrellas... Apenas había nubes y, sobre todo, nada de lluvia. Franziska salió despacio del pueblo en dirección a la mansión. Disfrutaba de la vista sobre las colinas gris ceniza, donde ya crecía la siembra, las islas que formaban los pinares negros, las oscuras depresiones donde se acumulaba agua en otoño y primavera.

Si se pasaban por alto los bajos pabellones de la antigua cooperativa de producción agrícola, nada había cambiado desde su juventud. Solo que entonces ella y sus hermanos se movían a caballo, aunque más tarde montaba a menudo sola con su padre porque Jobst y Heinrich tenían que estudiar.

Allí estaban los fantasmas de la noche, con los que debía tener cuidado. No eran esos de los que Jenny la había advertido tanto, eran los otros, las sombras que se liberaban de las profundidades del pasado desde hacía algún tiempo y la atormentaban. Recuerdos que brotaban de repente en su interior, tan claros y vivos que a veces se asustaba de sí misma y se preguntaba dónde habían estado escondidas todas esas imágenes a lo largo de los años.

Como en una película, vio cazar a los jinetes por los caminos vecinales, siluetas negras ante las colinas iluminadas por la luna. Allí estaba Jobst, que siempre se adelantaba un poco; Heini con la gorra de visera justo detrás de él, y después su padre, sobre el gran caballo castrado, Joschka. Y allí estaba ella, que cabalgaba sobre el delgado alazán y extendía el brazo. Franzi, la futura baronesa Von Dranitz, veinteañera, hermosa y vivaz. Alargó el brazo hacia el jinete que se detuvo justo a su lado. Él le sonrió y se cogieron las manos durante un momento. La visión la atravesó como un rayo: Walter. ¿Cuánto tiempo hacía? Le pareció una eternidad. Walter Iversen: el gran, único y eterno amor de su vida. Por lo menos eso pensaba entonces. Y era la verdad, porque su matrimonio con Ernst-Wilhelm no tuvo mucho que ver con la pasión. Había sido más bien un matrimonio de conveniencia entre dos personas que se gustaban y se necesitaban. Con Walter, por el contrario, había sentido pura felicidad. Una dicha embriagadora. Entonces nadie intuía lo corta que sería su vida. Y lo cruel y humillante que sería el final.

Estaba tan absorta en las sombras de otros tiempos que no advirtió las reales hasta el último momento. Los gruñidos de Falko la alertaron. Unas formas oscuras se movían en la casa del inspector, arrastraban un objeto pesado entre tres personas al otro lado de la calle, donde esperaba una furgoneta con las luces de cruce encendidas.

Sin pensar mucho, Franziska se detuvo y gritó con todas sus fuerzas:

—¡Suelten eso! ¡Ahora mismo! ¡O les lanzo al perro!

Las tres siluetas se incomodaron poco por sus gritos, y cuando Falko empezó a ladrar furioso se apresuraron a meter la carga en el vehículo.

Franziska soltó la correa del pastor alemán.

—¡A por ellos, Falko!

El perro salió disparado a través de la noche como una flecha negra y desapareció en la oscuridad. Acto seguido se oyeron ladridos furiosos y palabrotas en un idioma eslavo. El trío se quebró, uno de los hombres de las sombras dejó caer un pesado objeto y se refugió en el coche, mientras los otros dos intentaron apartar al perro a patadas y pedradas. A Franziska le entró miedo por Falko. Maldita sea, iba a tener que utilizar la pistola que metía en el bolsillo del abrigo antes de todos sus paseos vespertinos. Una simple medida de precaución. Al fin y al cabo, tenía demasiado presente el recuerdo de la intrusión en su caseta del jardín. ¡Si tuviese todavía las instrucciones de uso en mente! ¿Cómo era aquello? Primero había que quitarle el seguro a la pistola. Pero ¿dónde? Palpó el metal frío y liso, encontró por fin el pequeño pestillo y lo quitó.

Después todo sucedió muy rápido. Tres disparos, tan fuertes que ella misma pensó que se había quedado sorda, resonaron en la noche. Oyó aullar al perro, después el ruido de las puertas del coche que se cerraban. Otros dos disparos y la furgoneta arrancó y aceleró dando bandazos en dirección a Waren.

—¡Falko! ¡Falko... ven aquí!

Se le hizo horriblemente largo hasta que el perro apareció junto a ella, jadeando, con la cabeza gacha. Unas gotas oscuras le caían del morro. A la mortecina luz de la luna comprobó que sangraba por el hocico. Una pedrada lo había alcanzado de lado y tenía los belfos hendidos, una fea herida. Debía regresar al pueblo lo antes posible para que lo curasen. La veterinaria más cercana tenía su consultorio en Waren, así que se dirigió rápidamente al bar de Heino Mahnke.

—¡Kalle Pechstein! ¿Estás ahí? —gritó—. Deberías ocuparte mejor de tu obra. ¡Acaban de robarte la hormigonera!

En el bar estaban sentados cinco hombres y tres mujeres,

entre ellos Kalle, Mücke y Gerda Pechstein. Horrorizados, todos clavaron los ojos desorbitados en Franziska, que llevaba el pelo despeinado y el abrigo ensangrentado.

Mücke fue la primera en recuperarse.

—¿Le han disparado los ladrones? —balbució.

—¿A mí? Tonterías. Pero Falko está herido y hay que llevarlo con urgencia a la veterinaria de Waren.

Kalle y sus colegas saltaron de sus asientos y salieron corriendo del bar en dirección a la obra.

Mücke se precipitó hacia Franziska.

—¡Vamos, la llevo a la veterinaria! Conozco a la doctora Gebauer. Vivió aquí. Hace unos años que tiene el consultorio en Waren. —Corrió con Franziska hasta el Trabant de sus padres—. Salvaremos a Falko —exclamó por encima del hombro—, ¡y después les patearé el culo a esos maltratadores de animales hasta que me duelan los pies!

Jenny

Junio de 1991

¡Nunca más! Nunca más volvería a traer un niño al mundo. ¡Era una auténtica tortura! Ya no podía dormir por las noches. Mientras tanto, casi se había acostumbrado a la teoría de la abuela de deja-que-la-niña-grite-es-bueno-para-los-pulmones. Pero solo un poco. Aunque a menudo le entraban ganas de dar una patada a la cuna para que se balancease, girarse hacia el otro lado de la cama y ponerse la almohada sobre las orejas.

Una y otra vez aparecía ese maldito instinto maternal. ¿Y si está enferma? ¿Y si ha vuelto a escupir la leche y se ahoga?

—¿Por qué vuelve a berrear? —preguntó la abuela, que también se había levantado y arrastraba los pies por la habitación en bata y zapatillas.

Jenny no respondió, se hizo simplemente la muerta para que la abuela, ya que estaba en pie, se ocupase de la pequeña Julia. Durante unos pocos y maravillosos minutos tenía paz, todo se apaciguaba a su alrededor y caía en la tranquila inconsciencia del sueño profundo.

—¿Jenny? Jenny, lo siento, creo que tiene hambre. Tienes que darle el pecho.

Ay, dolía despertarse cuando una estaba tan agotada. El sueño se pegaba a ella con mil hilos y tenía que soltarse por la fuerza.

¡Maldita lactancia! Tenía que acabar de una vez. Ocho semanas eran más que suficiente y la leche en polvo era sana y sabía bien. ¡También tenía que descansar!

Los gritos de Julia fueron a más.

No servía de nada. Jenny se sentó en la cama y se echó a su hija al pecho. De repente, la enrojecida llorona volvió a ser esa cosita pequeña y fascinante que dependía de su mamá, por completo desvalida. ¡Pero qué bien olía! El cálido aroma a bebé recién lavado y a caramelo. La cara, que ahora brillaba de alegría, humedecida por las lágrimas. Era maravilloso tener un niño. Sin duda, lo mejor. A quien no lo experimentase, a quien no lo viviese, le faltaba algo muy importante. No sabía lo que era la vida.

—Maldita, adorable, vil y fascinante hija —murmuró con dulzura—. Julia, mi pequeña Julia, Jule…

¡Ojalá no fuese pelirroja como su madre! En todo caso, hasta ahora la fina pelusilla en su cabecita era oscura. Julia parecía haber heredado el pelo de su abuela. A propósito de la abuela de Julia: Jenny había recibido recientemente una llamada sorpresa de su madre.

—¿Jenny? ¿De verdad eres tú? ¡Por fin puedo hablar contigo! —sonó la voz de Cornelia por el auricular.

¿De dónde diablos había sacado su número de teléfono? No hacía mucho que la abuela y ella tenían teléfono en el antiguo piso de Elke y Jürgen.

—Ah… ¡Hola, mamá! ¡Menuda sorpresa!

Al otro lado de la línea algo cayó al suelo. Su madre se lamentó y llamó a un tal Herrmann. Le pidió que apartara de una vez sus libros. Después, siguió en tono de reproche:

—He recibido un parte de nacimiento. Me has convertido

en abuela. Sin previo aviso. ¡Sin más! ¡He envejecido al momento!

—¿Un parte de nacimiento? —preguntó Jenny, sorprendida. Solo podía haber sido la abuela. Había enviado mensajitos a sus espaldas.

—Hay que tener el detalle de anunciar el nacimiento de una nieta sana... —le dijo. Ay, Dios, ¿a quién más había agraciado con semejante anuncio?—. ¡Es increíble las locuras que hacéis las dos juntas, tú y tu abuela! ¡Una se endeuda en la vejez para ver cumplido un sueño de infancia y la otra tiene una hija ilegítima!

—¡Y precisamente tú me lo echas en cara! —se defendió Jenny.

—Por mí puedes traer al mundo tantos niños bastardos como te apetezca, pero estaría bien que me lo dijeses. Al fin y al cabo, soy tu madre. Quizá me gustaría pasar por vuestra casa para conocer a mi nieta. ¿Es pelirroja como tú?

—¡No! —bufó Jenny desagradable, aunque no estaba claro si se refería al pelo rojo o a la visita de su madre a Dranitz. Su madre allí, en la mansión. Lo que faltaba. La abuela y el bebé ya eran lo bastante agotadores. Con Cornelia, que metía baza en todo, que quería controlarlo y elegirlo todo, sería un auténtico horror.

—Pensaba pasarme el próximo domingo —anunció su madre en ese instante.

—Ahora no es buen momento, mamá —se apresuró a objetar Jenny—. Espera por favor hasta el verano. Estamos en plenas obras y no tenemos tiempo para visitas.

—No soy una visita. ¡Soy tu madre! —gritó en el auricular.

—Por eso mismo. Hablamos en julio o agosto. Adiós, mamá, hasta entonces.

Lo bueno del teléfono era que una podía simplemente

colgar. Cortarlo. Fin. No más discusiones. Era la única posibilidad de ponerse a salvo de su madre. Era una auténtica maestra de la persuasión. Al parecer lo había aprendido durante los años sesenta en las reuniones con sus camaradas de la APO, la oposición extraparlamentaria. Eran, en conjunto, una banda de charlatanes.

Por la tarde, cuando la abuela volvió de la obra, Jenny le habló del anuncio del nacimiento. A Franziska la había pillado una repentina lluvia de junio que la había calado hasta los huesos. También Falko estaba empapado y se sacudía en el pasillo. Ninguno estaba precisamente de buen humor.

—Por supuesto que envié el parte de nacimiento —declaró la abuela, como si fuese lo más normal del mundo—. También a mi hija Cornelia. Al fin y al cabo, tiene derecho a saber que ha sido abuela.

—Claro, dio saltos de alegría —respondió Jenny sarcástica—. ¿Y a quién más le mandaste el mensajito?

—A algunos viejos amigos y familiares. No los conoces...

Eso tampoco le hacía ninguna gracia. ¿Cómo es que informaba a gente que no conocía del nacimiento de su hija?

—Además, deberías pensar en si quieres darle la noticia al padre de Julia. Quizá se alegre.

—Seguro. ¡Se volverá loco de la emoción!

Franziska escudriñó a su nieta con la mirada. Jenny no le había contado que Julia era la hija de su antiguo jefe, se había guardado para sí la traición de Simon, pero la anciana había sacado sus propias conclusiones y Jenny no lo había desmentido cuando le contó su suposición sin rodeos.

—Algún día tendrás que decirle a tu hija quién es su padre —insistió testaruda.

—No urge, abuela. No espero una pensión alimentaria ni ninguna otra ayuda por su parte. Cuando Julia sea mayor, hablaré con ella del tema, prometido. Pero hasta entonces queda mucho tiempo... —Y dio el asunto por zanjado, sin importar lo mucho que la abuela quisiese seguir atosigando e insistiendo. Al fin y al cabo, no era la única madre del mundo que había indicado «padre desconocido» en el registro. Otras mujeres también se las apañaban.

En ese momento dio señales de vida la pequeña Julia, que por lo visto volvía a tener hambre. Jenny fue hacia ella de mala gana y la sacó de la cuna. Dar el pecho, cambiar los pañales, acunar... Todo el día igual. Poco a poco fue entendiendo a Franziska cuando hablaba tan bien de los viejos tiempos. La baronesa Margarethe von Dranitz no había dado el pecho a sus hijos. Para ello tenía a una nodriza. Y a una cocinera. Y una lavandera. Y una niñera, y Franziska también había tenido ayuda. De Margarethe, que entonces era mucho más joven que la abuela ahora y por eso podía echarle una mano. ¿Y ella qué tenía?

—Estás histérica por el bebé —dijo Mücke poco después—. ¡En serio, estás insoportable, Jenny!

Si al principio se había esforzado en evitar el tema «Kalle» en presencia de Mücke, ahora cada vez le costaba más. En repetidas ocasiones había discutido con su amiga por las «ideas imbéciles» de Kalle, y había que agradecer a Franziska que no hubiesen llegado hasta entonces a las manos en serio.

—¿Acaso no te das cuenta? —preguntó Franziska cuando Mücke se hubo ido.

—¿Darme cuenta de qué? ¿De que se está transformando en una cabra loca? Viene bien. Pronto podrá irse al establo de Kalle.

Franziska sacudió la cabeza con un suspiro y comentó que Jenny no solía ser tan tonta.

—Todos los sábados y domingos Ulli está por aquí. Va contigo a pasear con la niña, trae juguetes, incluso te ayuda a cambiar los pañales…

Era cierto. Y era muy agradable que Ulli fuera a verlas, porque era muy paciente y sufrido y se divertía muchísimo con la pequeña. Aun así, Jenny sabía que Mücke estaba colada por Ulli.

—¿Lo he invitado yo? —preguntó desafiante—. Viene él solito. Y además, Mücke casi siempre está presente.

—Precisamente —suspiró Franziska—. Así se entera de primera mano de cuánto te desea Ulli.

—¡Menuda tontería! —exclamó Jenny furiosa—. No quiero nada de él. No quiero nada de nadie. ¡Estoy hasta las narices de los hombres, te lo juro!

El sábado por la tarde Ulli volvía a estar a disposición. Recién duchado, con camisa planchada y unas deportivas flamantes, la miró expectante. Enamorado.

—Entonces me voy —dijo Mücke, que había doblado y guardado la ropa del bebé en los cajones de la cómoda—. Quiero ir hasta casa de Kalle, está poniendo piedras…

—¿Y eso? —preguntó Ulli, muy decepcionado—. He traído tarta para todos. De Mine. Os manda saludos.

Jenny se alegró de que Ulli retuviera tan decididamente a Mücke y ella se sumó. Primero podrían tomar café y luego irían con Mücke hasta la obra. Llevarían a la pequeña Julia en el fular portabebés. Se lo había regalado Mücke, y aunque Jenny tardó un tiempo en acostumbrarse al fular, ahora lo llevaba con mucho gusto. Sobre todo, porque su hija parecía relajada y feliz cuando estaba tan ceñida al cuerpo de su mamá.

Mücke cedió, pero permaneció más bien callada mientras tomaban café y se entretuvo sobre todo con la pequeña Julia.

Ulli contó que su divorcio tardaría más de lo esperado por la nueva situación jurídica, ya que los juzgados y los abogados estaban sobrecargados.

—¿Y qué tal por el astillero? —quiso saber Franziska.

Se encogió de hombros.

—Tenemos encargos para tres transatlánticos. Para Noruega. Eso sí...

—¡Ah, bueno! —También Jenny se mostraba optimista—. Los noruegos seguro que no están en quiebra y pueden pagar lo que piden.

—Eso creemos también —reconoció Ulli y sonrió contento—. Siempre se necesitan barcos.

Después de tomar el café, Mücke ayudó a preparar a la pequeña Julia para la excursión y a envolverla en el fular portabebés y Ulli le puso la correa a Falko, cuya herida en el hocico estaba por suerte totalmente cicatrizada. Franziska les deseó que se divirtiesen mucho y anunció que quería retirarse a dormir una larga siesta.

—Pobre abuela —dijo Jenny mientras iban por las calles del pueblo en dirección a la mansión—. Todas las noches está despierta durante horas. Antes por las reformas, que cuestan un montón de dinero, y luego por esta pequeña llorona... —Le acarició la cabeza a su hija con cariño.

—Pero poco a poco tendría que aguantar toda la noche —opinó Mücke—. Algunos ya lo consiguen a las seis semanas.

—Las mujeres Von Dranitz son especialmente despiertas —bromeó Ulli.

—¿A qué te refieres? —preguntó Mücke.

Ulli miró inseguro a Jenny, pero estaba absorta contemplando las espigas de centeno y no parecía haber captado su comentario.

—Era broma —replicó él, evasivo.

Al contrario que en la mansión, que parecía casi una ruina, se podían distinguir notables avances en la antigua casa del inspector. El perímetro del terreno estaba liberado de escombros y vegetación, los ladrillos todavía aprovechables habían sido apilados ordenadamente, y al lado Kalle y sus colegas habían construido un almacén con tejado de chapa ondulada, piedras, arena, sacos de cemento y la hormigonera, el objeto de la disputa. Los primeros muros ya estaban levantados y encima tenían que colocar un techo de hormigón. Kalle proyectó los espacios de trabajo en el primer piso; en la planta baja quería poner una tienda, donde vendería queso, yogur, mantequilla y leche de cabra.

Mücke y Ulli fueron hacia los hombres para charlar un poco mientras Jenny silbaba al perro y seguía despacio el estrecho camino, que llevaba al antiguo cementerio familiar. No tenía ganas de hablar con Kalle, que no le había dado las gracias a la abuela por su misión nocturna para salvar su hormigonera. Un tío grosero, y además rencoroso, ya que todavía parecía ofendido porque Kacpar había criticado las paredes que él había empapelado.

La pequeña Julia estaba dormida, la gorrita un poco grande sobre los ojos. Un olor a moho y tierra caliente le subió a la nariz. Entre los pinos había aquí y allá lugares donde crecían árboles de hoja caduca, sobre todo hayas, que ahora, a principios de junio, abrían por completo su follaje. Unas resplandecientes manchas solares brillaban a través de las ramas, y más arriba, en el bosque, los rayos del sol caían como embudos dorados entre los troncos sobre el musgoso suelo del bosque.

—¡Jenny! Pero espera… —oyó exclamar de repente a alguien detrás de ella. Se volvió.

Ulli la seguía a paso ligero. Se había remangado la camisa, de manera que se le veían los fornidos brazos.

—¿Haces culturismo? —quiso saber, sonriendo.

—¿Yo? ¿Por qué? Ah... No... —murmuró avergonzado—. Es de familia. Mi abuelo levantaba un carro de labranza y lo sujetaba hasta que la rueda estaba cambiada, o al menos eso me ha contado Mine.

Jenny notó que el tema lo incomodaba. En realidad, era curioso. Otros se mataban todos los días durante horas en el gimnasio para estar así y a él le daba vergüenza.

—¿Y tu padre era así también? —quiso saber.

Asintió. Miró al pinar y parpadeó porque los rayos del sol le cegaban los ojos.

—¿Todavía te acuerdas de él?

—Claro. Tenía diez años cuando pasó. Trabajaba de soldador en el astillero. Los fines de semana jugaba conmigo y mis amigos al fútbol. Y en el colegio yo tenía que ser bueno, le importaba mucho la educación. Quería que fuese ingeniero. Como mi madre.

—¿Tu madre era ingeniera?

Qué locura. Su madre era ingeniera naval y trabajó siempre. Recorría con botas de seguridad y casco las estructuras de los barcos, mientras el pequeño Ulli se tomaba la papilla en la guardería. Así era en la RDA. Jenny pensó si estaría dispuesta a dejar a la pequeña Julia todas las mañanas en una guardería para ir corriendo después a la oficina. Bueno, no estaría mal dejar alguna vez a la dulce y pequeña baliza acústica en otras manos durante un ratito...

—¿Has estado alguna vez allí? —preguntó Ulli, señalando el final del sendero. A través de la clara maleza se distinguían unos paredones.

—Sí. Con la abuela. Es el antiguo cementerio familiar. Pero unos imbéciles han destruido la capilla y derribado las lápidas.

—Sí, por desgracia —asintió él—. Mine dice que sucedió

en los años cincuenta. Entonces había aún por esta zona un montón de chiflados. No les había bastado con la guerra, tenían que seguir destrozando y rompiendo.

Jenny levantó con cuidado la gorra de Julia un poco más. Dormida, tenía unos mofletitos gordos y rosados, parecían hinchados.

Cuando llegaron al cementerio, Ulli le tendió la mano para que pudiese subir sobre los restos del muro derruido. Permitió por una vez que la ayudase, pero solo porque con Julia atada al pecho no podía caerse bajo ningún concepto. Era agradable sentir su mano, fuerte y grande. Pero ¿por qué Angela huyó de él? Bueno, probablemente tuviese sus defectos. Como todos los hombres. Ahora no los mostraba, pero segurísimo que estaban ahí. Quizá bebía. O era irascible y podía ponerse violento...

—Es increíble lo rápido que el bosque devora todo esto —comentó él entonces, mirando a su alrededor.

En efecto. El calvero con los restos de la antigua capilla estaba cubierto de vegetación, la naturaleza había recuperado los lugares creados por la mano del ser humano a una velocidad asombrosa. De la propia capilla no quedaba mucho más que los sólidos cimientos de bloques erráticos, que habían sido cortados y unidos. Pesaban demasiado para los destructores. Falko parecía conocer bien el lugar, ya que levantó varias veces la pata en distintos sitios. Era evidente que el cementerio era su territorio.

—Los trozos más voluminosos no pudieron llevárselos —certificó Ulli—. Pero los ladrillos y las tejas se pueden ver en el pueblo, en algún que otro cobertizo. ¡Mira! —exclamó—. ¡Esa la puedo levantar!

Típico de los hombres. Ese era su defecto: era un fanfarrón enmascarado. Agarró una de las lápidas caídas, cubiertas de musgo gris, y la levantó poco a poco. Los músculos de los brazos se le marcaban: no había duda, habría ganado cualquier concurso de culturismo.

—Qué pena —dijo Jenny y se agachó, con Julia bien sujeta en brazos—. Allí quitaron un trozo bastante grande a la fuerza. —Apartó al perro, que ya volvía a levantar la pata—. Largo, Falko. Aquí no se juega.

La lápida estaba muy deteriorada en la parte delantera, pero por lo menos se podían distinguir algunas letras y números. Jenny rompió unas ramas de un arbusto silvestre y limpió las letras con ellas.

IVERSEN
tiembre de 1946

—Ahí ponía septiembre —confirmó Jenny—. La persona murió en septiembre del año 1946. O sea, poco después de la guerra...

—¿Había alguien en tu familia que se apellidase Iversen?

Jenny no tenía ni idea. Le preguntaría a la abuela, tenía en la cabeza el árbol genealógico de los Von Dranitz, con sus complicadas ramificaciones.

—Quizá tampoco se llame Iversen, porque antes había otras letras. Tiversen, Griversen, qué sé yo...

—Suena raro —opinó Ulli—. Mejor Iversen. Podría venir de Noruega...

—Seguro que no hay ningún noruego en nuestro árbol genealógico.

—¿Quién sabe? —Rio—. ¿Puedo levantar también esa de allí enfrente?

—No, déjala estar...

La pequeña Julia volvió a dar señales de vida y quiso que la amamantasen otra vez.

Jenny se sentó sobre una de las lápidas caídas y colocó a

su hija. Para no molestar a madre e hija, Ulli fue mientras tanto a cazar liebres con Falko. Una y otra vez Jenny dirigía la mirada a la tumba descubierta. *Iversen. …tiembre 1946.* Después tenía que preguntarle sin falta a la abuela.

Franzi

Finales de septiembre de 1944

El compartimento del tren estaba irremediablemente abarrotado. Franziska se había hecho a duras penas con un sitio entre dos mujeres gordas, una de las cuales sostenía en el regazo a una pequeña que no paraba quieta y lloraba a lágrima viva sin parar. Enfrente estaban sentadas dos chicas flacas de ojos grandes y dos señoras mayores. Había varias maletas de cartón en medio, y las rejillas portaequipajes estaban atestadas de talegos y bolsas que caían una y otra vez sobre los viajeros en cuanto el tren giraba.

Franziska se sentía miserable. Le sonaba el estómago, ya que no había comido nada desde la mañana. La mujer junto a ella sacó huevos duros y un bocadillo de jamón y compartió la comida con el niño pequeño. La chica de enfrente siguió el camino de los alimentos hasta las bocas de sus dueños con ojos hambrientos, pero no dijo nada. Franziska miró por la ventana los prados y pueblecillos que pasaban, que parecían sin excepción tristes y grises por las nubes.

Volvía a casa. A Dranitz, donde el mundo todavía estaba en orden.

Tres semanas en la capital, Berlín, habían bastado para

abrirle los ojos. Qué desprevenidos habían estado en su idilio rural, habían seguido la marcha de la alta política solo por la prensa y la radio, y creían que Heini y Jobst, sus queridos hermanos, habían caído en la lucha heroica por la patria.

—Han quemado absurdamente a los chicos —había dicho tío Albert—. Un crimen contra la juventud alemana. Pero no hay que decirlo en voz alta porque el Gajewski ese está en la Gestapo y aguza las orejas.

Ella no había querido admitirlo. Sin duda, a esas alturas tampoco en Mecklemburgo ya nadie confiaba en la «victoria final», pero no podía ser que esa guerra hubiese sido desde el comienzo un disparate. ¿No creían Heini y Jobst firmemente en el asunto del Führer? Sus hermanos no eran idiotas.

Solo el abuelo arremetía incansable contra Adolf Hitler. Por ello, los jóvenes se reían de él y murmuraban a sus espaldas que estaba mayor y no entendía el mundo. Pero quizá el anciano había sido el único que había demostrado tener una visión clara.

Le vinieron a la memoria las palabras de la tía Guste.

—Ay, Otto. Solo confía en Hindenburg. Es militarista, pero por lo demás, un tipo muy noble...

Sus tíos siempre habían tenido su propia opinión. Su madre afirmaba que se debía a que ambos vivían en la capital, siguiendo el pulso de los tiempos, donde se hacía la alta política. Cuando Franziska trabajaba en la tienda de fotografía y vivía con ellos, también hablaban de vez en cuando de política. Entonces ella todavía se reía de ambos por su tendencia a despotricar contra la «peste marrón». Sin embargo, ahora Franziska entendía cosas que la espeluznaban. ¿No sabía lo que sucedía en los campos de concentración? ¿Nunca había pensado dónde estaban los judíos? ¿Exiliados? ¿A Estados Unidos? ¿A Israel? Algunos sí. Aquellos que pudieron huir a tiempo. A los demás, los mataron a todos. Hombres, mujeres, niños. Cruelmente asesinados.

—Pero ¿cómo lo sabéis? —preguntó, moviendo la cabeza—. Son solo rumores.

Había leído sobre los campos de trabajo en el periódico y había visto fotos. Allí se enviaba a los vagos, delincuentes o comunistas, y también a judíos y gitanos. Estaban allí para que los reeducasen. En Dranitz, a nadie le parecía mal aquello. Al fin y al cabo, los buhoneros judíos no eran bien vistos en los pueblecitos y las fincas. Y en las ciudades cercanas hacía tiempo que no existían comunidades hebreas.

—A quien va a un campo de esos nadie lo vuelve a ver. Tienen cámaras de gas —dijo el tío Albert.

Tía Guste le clavó el codo en el costado.

—Cállate. Solo falta que Gajewski tenga la oreja pegada a la pared.

¿En qué se había convertido Alemania? ¿El sublime país de los poetas y pensadores? ¿Su orgullosa patria? En un nido de criminales. Un cenagal de mentiras. Una mina de asesinos. Y un lugar para la devastación. Franziska apenas había reconocido Berlín. Barrios enteros bombardeados; el Theater am Kurfürstendamm convertido en una escombrera; el jardín zoológico, destruido; tampoco estaba ya la ópera en la Bismarckstraße. Desde marzo —según le había contado la tía Guste—, ya no se estaba seguro durante el día por los bombardeos enemigos, así que lo primero que le enseñó a Franziska fue el refugio antiaéreo.

—Entonces Goebbels fanfarroneaba en alto: «Si cae una sola bomba sobre Berlín, podéis llamarme Meier». Cuando ocurrieron los primeros ataques, unos jóvenes corretearon delante de la Cancillería y gritaron «¡Meier, Meier!», que es apellido judío. Pero los silenciaron rápidamente.

Franziska intentó desesperada cerrar los ojos ante la realidad. Se trataba de Walter, el hombre que amaba por encima de todo en el mundo, sin el cual ya no quería vivir. ¡Pero tenía que haber un modo de salvarlo! Estableció contacto con un conocido común, le pidió que le facilitase la entrada en la Cancillería del Reich, realizó varios intentos para ser recibida, pero fracasó. Una vez incluso la detuvieron e interrogaron, aunque después la pusieron en libertad.

—Ahí la tenemos —dijo el tío Albert cuando regresó a última hora de la tarde al piso de la Bleibtreustraße—. La tienen tomada contigo...

Durante tres días la dejaron en paz, pero sospechaba que la observaban. Los conocidos a los que llamaba mandaban decir que no estaban. Otros no le abrían la puerta. El estudio fotográfico donde había estado contratada ya no existía, había sido víctima de un bombardeo, junto con las casas vecinas. A primera hora del cuarto día, dos hombres con abrigos oscuros llamaron a la puerta del piso. Tuvo que vestirse deprisa. Se llevaron su bolso con la documentación y el dinero. Minutos más tarde estaba sentada en una limusina que la llevó a la Prinz-Albrecht-Straße. El cuartel general de la Gestapo se encontraba en un imponente edificio que antaño había sido un museo.

Franziska fue valiente, al menos el primer día. No era una delincuente, no conocía a ninguno de los autores del atentado, al contrario. Estaba ahí para asegurar a los responsables que el comandante Walter Iversen no tenía nada, pero nada que ver con el insidioso atentado contra el Führer. Era inocente. Lo podía jurar. Walter Iversen apoyaba firmemente el nacionalsocialismo, era un adepto convencido del Estado del Führer...

No obstante, mientras luchaba valerosa por su amor, cada vez tenía más claro que mentía. ¿Cómo sabía ella si Walter creía en el nacionalsocialismo? Jamás habían hablado de ello. ¿No había evitado varias veces a propósito ese tema?

—No anuló nuestro compromiso. Quería casarse conmigo. Tras la victoria final, siempre lo dijo...

El hombre al otro lado de la mesa ya no era joven, tenía un

bigote gris, la piel era tersa, la frente alta. Tenía unos ojos atentos de color gris azulado que la examinaban sin pausa.

—Tras la victoria final. Ya, ya…

¿Se había dado cuenta de que no decía la verdad? Walter jamás había hablado de la «victoria final», sino del final de la guerra.

—Aquí en los expedientes tengo la declaración de su padre, señorita Von Dranitz. Afirma que el compromiso ya estaba anulado en 1942. La misma declaración hizo también su madre, que, no obstante, señaló el año 1941. ¿Qué fecha es la correcta?

Expedientes. Esos astutos burócratas habían llevado los atestados policiales a Berlín. Pero Franziska no se dio por vencida.

—En efecto, mis padres dieron el compromiso por anulado. Pero yo me aferré a él. ¿Acaso no lo entiende? Quiero al comandante Iversen. Lo quiero y lo conozco mejor que cualquier otra persona. Walter Iversen jamás sería capaz de semejante cobardía. Estoy firmemente convencida de ello.

La examinó medio socarrón, medio aprobatorio, mientras ella trataba de persuadirlo, siempre encontraba argumentos nuevos, sucesivas pruebas para la inocencia de su amado, cada vez más atrapada en una red de mentiras. Cuando por fin guardó silencio, él empezó a hacerle preguntas. Eran las mismas que había tenido que responder en Rostock, allí también le preguntaron una y otra vez lo mismo, le restregaron sus réplicas por las narices, le tendieron trampas, intentaron sonsacarle cosas que podían utilizarse en su contra.

No participó en el juego. Afirmó haber respondido a todas las preguntas hacía tiempo.

—No tengo nada más que decirle, señor oficial…

—Si no responde, tenemos medios para romper su silencio. —Salió y la dejó sola. Sin una gota de agua ni un café. Tras un buen rato volvió y lo intentó de nuevo. Franziska resistió. No sabía cuánto tiempo llevaba sentada en esa sala sin ventanas, pues le habían confiscado el reloj de pulsera. En algún momento se derrumbó, se puso histérica y empezó a gritar.

—¡Hagan conmigo lo que quieran! Pero el comandante Iversen es inocente, esa es la pura verdad. Lo juro, estoy dispuesta a morir por ello. ¡De todas formas sin él ya no quiero vivir!

Pasó dos días y dos noches en una celda oscura y diminuta, escuchó muerta de miedo los pasos del carcelero, el tintineo de las llaves, el arrastre metálico cuando la estrecha ventana de la puerta de acero se descorría. Se vio expuesta a las miradas de la carcelera. Oyó gritos de personas a quienes golpeaban y torturaban, y las incisivas voces de sus verdugos. ¿Qué tipo de gente era aquella, que disfrutaba atormentando a los demás? Perversos, psicópatas, monstruos que tenían aquí vía libre, servían a su Führer y al Reich alemán. ¿Qué harían con Walter?

La guarda abrió, le ordenó que saliese de la celda y caminase delante de ella. Sin más comentarios, avanzaron por el largo pasillo, por delante de innumerables celdas en las que languidecían compañeros de fatigas. Franziska iba erguida y sin vacilar. Era una Von Dranitz. No importaba lo que le tuvieran preparado, mantendría la compostura, no les daría la satisfacción de implorar clemencia.

—¡Deténgase! —exclamó la guarda y la llevó a un despacho que estaba iluminado por una lámpara de escritorio verde. Las cortinas estaban corridas. Sobre el escritorio había un bolso de mano, y a su lado estaba el reloj de pulsera.

—¡Compruebe si falta algo!

Estaba demasiado confusa para revisarlo bien. Firmó el formulario y salió pocos minutos más tarde a la noche. Soplaba un frío viento, tiritaba en falda y blusa. No comprendía que la hubiesen soltado.

Berlín estaba totalmente a oscuras, no había ni una estrella en el cielo, las farolas apenas iluminaban y todas las ventanas estaban cubiertas con papel oscuro. Cogió el metropolitano hasta la Bleibtreustraße, y después tuvo que esperar más de una hora abajo, en la estación, porque arriba sonaba la alarma aérea. No fue hasta por la mañana cuando llamó a la puerta de sus tíos. Cuando por fin le abrieron, se desplomó, totalmente agotada.

No sabía a qué feliz circunstancia se debía su liberación. La tía Guste y el tío Albert hicieron lo posible para animarla, apenas preguntaron adónde la habían llevado y qué habían hecho con ella. Parecían saberlo.

—Has tenido una suerte extraordinaria, niña —dijo el tío Albert en voz baja—. O un ángel de la guarda. Pero no hay que abusar del ángel.

Franziska comprendió que los ponía en peligro con su visita, era incluso posible que fuesen el blanco de las acusaciones de la Gestapo por su culpa. Se lo recriminó a sí misma. Desde el principio había sido un viaje absurdo, suicida, que había emprendido contra la voluntad de sus padres. ¿Y qué había conseguido? Nada en absoluto. Solo había puesto en peligro a dos personas queridas y preocupado gravemente a sus padres.

Pero, sobre todo, le había quedado claro que Walter Iversen sí tenía algo que ver con el atentado. Debió conocer la verdad poco después de su compromiso y se puso en contacto con círculos que trabajaban para conseguir la caída del nacionalsocialismo. Por eso había aplazado una y otra vez la boda. Por eso se presentaba cada vez menos en su casa de Dranitz. La quería proteger, temía que la encarcelasen y desahuciasen en caso de que lo descubriesen a él y a sus amigos. El comandante Walter Iversen había arriesgado su vida para salvar a Alemania del nacionalsocialismo. Había fracasado trágicamente, pero de todas formas era un héroe.

¡Pero qué furiosa estaba con él! ¿Por qué no se lo había contado? ¿Tan poco confiaba en ella que le ocultaba sus pensamientos y planes más importantes? ¿Qué amor era ese que no podía compartirse? ¿No era en lo bueno y en lo malo, como era voluntad de Dios? Si alguno quería llamar a semejante conducta «magnánima»... Ella la consideraba indescriptiblemente ofensiva.

Lo quería. No importaba lo que hubiese hecho: quería estar a su lado. Le daba igual cuál fuese su castigo —palizas, torturas, humillaciones, la muerte—, estaba dispuesta a soportarlo. Quería morir con él. Eso era lo que entendía por un gran amor eterno. Sin embargo, el comandante Walter Iversen no lo veía de la misma manera. Mezquino y egoísta, había optado por la muerte y el heroísmo solo para él, y a ella no le quedaba más que volver a Dranitz ese día gris de septiembre con el corazón destrozado.

La lluvia golpeaba la luna del compartimento del tren, trazaba largos hilos en el sucio cristal y difuminaba el paisaje. En el compartimento estaban hablando, las dos mujeres gordas junto a Franziska estaban embarazadas, sus maridos en la guerra y ellas iban con sus hijos al campo, donde se estaba más a salvo de los bombardeos que en la ciudad. También las dos chicas delgadas iban con sus abuelas de camino a casa de unos familiares en Neuruppin. La señora más mayor, que estaba sentada a la izquierda, junto a la puerta, durmió casi todo el tiempo; solo cuando el tren se detuvo abrió los ojos y miró a su alrededor asustada. En cuanto continuó, se recostó y los cerró de nuevo.

El tren llegó a Waren con retraso, pero cuando pisó el andén vio que la esperaba Jossip Guhl con el carruaje. Había dado a las yeguas un poco de avena. Cuando vio a Franziska, se quitó la gorra pese a la lluvia y saludó a la futura baronesa con una reverencia.

—Gracias a Dios, señorita, que vuelve a estar con nosotros... Sus padres se alegran mucho.

—Gracias, Jossip. Yo también estoy muy contenta de volver a estar aquí.

A Jossip no lo habían llamado a filas por sus problemas de cadera y ahora tenía que ayudar en el establo, ya que solo les quedaba un único mozo de cuadra. La capota del carruaje estaba subida para protegerla de la lluvia. En el asiento, Franziska encontró su abrigo de invierno: su madre sabía que apenas se había llevado ropa. Se acurrucó en el tejido de lana y notó en ese momento lo agotada que estaba.

«Dormir —suspiró—. Solo dormir. Olvidar todo lo horrible. Y cuando me levante, volverá a ser como antes...»

Apoyó la cabeza contra el duro acolchado y no se despertó hasta que el carruaje se detuvo delante del porche con columnas de la mansión. Su madre estaba allí, junto a Elfriede. Mine ya bajaba los escalones para coger el equipaje, Bijoux acudió corriendo de la finca para saludar a su queridísima ama.

Era una alegría indescriptible volver a estar en casa. Su madre la abrazó, Elfriede lloró y se echó a su pecho. En el pasillo esperaba su padre, que la llamó «loca» e «hija perdida» con lágrimas en los ojos.

—Mamá, papá, lo siento muchísimo. Perdonadme, por favor. No estaba bien de la cabeza.

Sus padres no le hicieron ningún reproche. Su madre había preparado un baño caliente y ropa limpia, como siempre hacía cuando alguien volvía de un viaje. El día anterior por la noche, la tía Guste había anunciado por teléfono el regreso de Franziska.

—¡Cuando acabes, baja a comer, Franzi! —le gritó su madre, que subió corriendo—. Hanne ha hecho bolitas de requesón con frambuesas especialmente para ti. Se puso como loca de contenta cuando le dije ayer por la noche que volvías hoy a casa.

Elfriede esperó hasta que su hermana terminó de bañarse y volviese a estar vestida. Entonces paró a Franziska en el pasillo y se le cruzó en el camino.

—¡Ahí tienes! —dijo y le puso un escrito delante de la nariz—. Así ya lo sabes. Ya no volverá. Porque está muerto. Por eso.

La carta cayó por los escalones, Elfriede rompió a llorar y corrió a su habitación. Con un mal presentimiento, Franziska recogió la hoja y ojeó los renglones, pero apenas pudo leer hasta el final porque le temblaba la mano.

«... condenado a muerte en la horca. La sentencia se ejecutó el 30 de agosto.»

Franziska

Junio de 1991

No pegó ojo en toda la noche, y esta vez no era culpa de su bisnieta. Al contrario, se alegró cuando la pequeña empezó a gimotear, porque así tenía un motivo para levantarse y hacer algo útil. Pasear a esa cosita llena de vida, mecerla, hablar con ella en voz baja, mirar los interrogativos ojos azules de su bisnieta: todo eso la distraía de las angustiosas sombras que la acuciaban en cuanto volvía a la cama y apagaba la luz. Entonces la atacaban y no había escapatoria posible.

No se lo imaginaba. Cuando llegó de golpe y porrazo y adquirió esa casa, no calculó cómo le afectarían los recuerdos. Creía que iba a resucitar los felices tiempos de su infancia y juventud, recomponer las desgarradas tradiciones familiares para dejarlas en manos de su nieta Jenny en algún momento. Ahora comprendía que no solo habían quedado las cosas bonitas en la memoria, sino que también la habitaban los terribles, los aterradores, los dolorosos recuerdos. Aquello que había reprimido durante todos esos años. Acechaban en el sótano de su subconsciente, condenados a no moverse para no perturbar la nueva, la segunda vida que absorbía toda la fuerza. Pero ahora parecía que alguien les hubiese abierto la puerta, habían escapado de su oscuro agujero y se vengaban del largo cautiverio.

Si por lo menos el tejado estuviese acabado de una vez... En realidad, los carpinteros tenían que estar preparados, estaba todo hablado y medido, y todos los días esperaban las furgonetas con las vigas. Pero ni siquiera la mejor techumbre instalada en la mansión habría podido ahuyentar al fantasma que Jenny había invocado el día anterior a media mañana con una inocente pregunta.

—Oye, abuela, ¿había alguien en nuestra familia que se apellidase Iversen?

A Franziska casi le dio un vuelco el corazón.

—¿De dónde sacas eso? —preguntó, esforzándose por mantener la voz controlada.

Jenny, que le estaba poniendo a la pequeña Julia un pañal limpio, respondió como de pasada:

—Está en una de las lápidas del antiguo cementerio familiar. ¡Ay, Julia, estate quieta si no quieres que te pegue el pañal a la pierna!

Era otro golpe bajo. El nombre de Walter en una lápida del cementerio familiar. ¿Cómo era posible? Walter había sido ejecutado. Por esos canallas de Berlín, que habían jugado al gato y al ratón con ella cuando llevaba tiempo muerto. Colgado. La muerte más ignominiosa para un oficial. Pero ¿qué importaba ya eso? Muerto significaba muerto.

¿Habían encontrado los rusos o los estadounidenses el cadáver de Walter y lo habían trasladado a Dranitz? Era más que improbable, pues entonces se decía que incineraban a los perpetradores de atentados y a los confidentes ejecutados. En tal caso, esa tumba solo se pudo colocar en el cementerio familiar como homenaje. Sí, tuvo que haber sido eso. Elfriede, que también había dispuesto el entierro del abuelo y el epitafio en su losa, había mandado colocar una lápida conmemorativa para Walter. Eso encajaba. Su hermana pequeña estaba locamente enamorada de él. Quizá necesitaba un lugar para sus penas.

Franziska quiso ir a la mañana siguiente al cementerio. Tenía que ver esa inscripción. Cerciorarse. Ya tenía la mano en el picaporte cuando llamaron a la puerta. Al abrir, descubrió una imagen aterradora.

—¡Cielo santo, Kacpar! ¿Se ha caído?

El ojo izquierdo del joven polaco estaba casi cerrado por la inflamación, los labios hendidos y sangraba de la oreja.

—¿Caído? —respondió a duras penas. Tenía los labios tumefactos—. Bueno, directamente sobre el puño del señor Pechstein.

—¿De Kalle? —preguntó Franziska horrorizada.

En ese momento Jenny apareció dando tumbos por el pasillo, soñolienta.

—Hombre, Kacpar —se quejó—, ¿qué quieres a estas horas de la madrugada? —Luego se fijó en su rostro. Horrorizada, abrió los ojos de golpe—. Pero ¿qué te ha pasado? ¿Te has chocado con algo?

—Se ha dado con el puño de Kalle —aclaró Franziska sin voz—. Hay que ponerle algo frío. Pase, señor Woronski, le traigo hielo del congelador. —Le ofreció asiento en una de las sillas de la cocina y cogió una bolsa de guisantes congelados de la nevera.

Kacpar se la puso con cuidado sobre el ojo hinchado y contuvo un gemido.

—Este Kalle… —dijo Jenny—. ¿Ha perdido la cabeza del todo? Cuenta, ¿qué ha pasado exactamente?

Al lado sonó un potente bramido: la pequeña Julia estaba despierta y volvía a tener hambre. Jenny corrió a su habitación para atender a la pequeña mientras Franziska se sentaba a la mesa junto a Kacpar.

El joven esperó hasta que Jenny regresó con su hija y después masculló con dificultad:

—Fueron los albañiles. Los de Leuchtmann & Sohn. Se bajaron de la furgoneta y fueron hacia la mansión. Al parecer, uno de ellos hizo un comentario sobre los muros inclinados de Kalle...

Leuchtmann & Sohn era la empresa constructora de Hamburgo. Kacpar los había alojado por cautela en una pensión dos pueblos más allá porque la gente de Dranitz no hablaba bien de los obreros occidentales. Una furgoneta los llevaba todas las mañanas a la obra.

—Sí que están bastante inclinados —observó objetiva Franziska.

—Están tan corvos y torcidos que es probable que la choza se desplome antes de la inauguración. —Kacpar rechinó los dientes.

—¿Y por un par de comentarios estúpidos Kalle se abalanzó sobre ti? —porfió incrédula Jenny.

El arquitecto aclaró que él estaba en el sótano para señalar con tiza los lugares donde había que colocar los tubos de calefacción.

—Cuando oí el ruido, subí corriendo la escalera, pero entonces una palabra llevó a la otra y volaron las botellas de cerveza. Botellas de cerveza vacías. Por suerte.

Claro. Kalle jamás habría utilizado botellas llenas como proyectiles, era una pena desperdiciar cerveza buena.

—Y entonces se vio entre dos fuegos —dedujo Franziska.

Kacpar dio la vuelta a la bolsa de guisantes y se quejó en voz baja.

—Ordené a mi gente que parase inmediatamente, pero entonces también volaron los ladrillos. Y después ese trol barbudo, Kalle Pechstein, fue a por mí. Yo pensaba que quería tenderme la mano para hacer las paces, pero no, ¡me pegó de lleno en el ojo!

Horrorizada, Franziska lo miraba fijamente.

—Si la chica no hubiese venido me habría matado a golpes, ese mierdas...

—¿Qué chica? —quiso saber Jenny y apartó a la satisfecha Julia del pecho.

—Mücke. Pasaba por allí en bici. Vino corriendo hacia nosotros y le saltó literalmente al cuello a Pechstein. Dios: estaba furiosa. Incluso lo abofeteó y gritó que lo iba a estropear todo...

Jenny se lamentó y golpeó en la espalda a la pequeña para que soltase el aire.

—Bueno, te ha salido genial, Kacpar. ¿No te había dicho que tenemos que contratar sobre todo a la gente de aquí? ¡Pospuscheit, el viejo buitre, despide en la cooperativa a un trabajador tras otro y, si luego en la finca Dranitz no trabajan más que los occidentales, está claro que la gente pierde los estribos!

—Por supuesto que podríamos haber contratado a Kalle y sus colegas —se defendió Kacpar en voz baja; se esforzaba por sonar paciente—. Pero entonces las paredes del primer piso de la mansión estarían ahora igual de corvas y torcidas que las del establo de Kalle.

Los golpes de Jenny por fin surtieron efecto y Julia soltó el eructo. Por desgracia, venía acompañado. Vomitó un potente chorro de leche sobre el hombro de Jenny.

—¡Julia Kettler, marrana! —se lamentó Jenny—. Abuela, dame por favor una toalla. —Se limpió la leche, después se volvió a dirigir a Kacpar—. No me puedes decir que en la zona no hay profesionales. Tenemos que llevarnos bien con Kalle y su gente porque, si nos tienen en el punto de mira, podemos contar con sabotajes a diario.

—Tonterías —objetó Kacpar—. Se volverán a calmar. Porque tenemos a Mücke de nuestra parte.

—¿Mücke? —Jenny lo miró escéptica—. No quiere que Kalle se meta en problemas. Amiga o no, a la hora de la verdad no sé si apoyará nuestros planes de rehabilitación, aunque de momento lo parezca.

Franziska no creía que a Mücke le diese igual el destino de la mansión, pero tampoco podía ayudarlos mucho, en eso Jenny tenía toda la razón: debían impedir a toda costa que Kalle pusiese a todo el pueblo en su contra.

—Tenemos que contratar enseguida a un par de personas de Dranitz. No importa para qué: lo principal es que estén contratados por nosotros —decidió—. Algo habrá, ¿no es cierto, señor aparejador?

Kacpar se mostró dispuesto a ceder. Es cierto que no creía que se produjera ningún tipo de sabotaje, pero, por supuesto, había tareas para mano de obra no cualificada.

—Bueno —zanjó contenta Franziska—. Ponemos una nota en casa de Mahnke y voy a la mansión: quizá pueda intercambiar unas palabras sensatas con Kalle. Es posible que le haga más caso a una señora mayor.

Kacpar se ofreció a ir con ella, siempre y cuando pudiese ir antes rápidamente al cuarto de baño.

—Los carpinteros han dicho que llegaban hoy, quizá ya estén allí. ¿Me podría dar un analgésico?

«Lo respeto —pensó Franziska—. Es cierto que parece un poco quejica, pero si es necesario, se controla.» Le mostró el cuarto de baño, le pidió que no lo mirase mucho porque no estaba ordenado y le dio un paquete de aspirinas.

—¡Ay, Dios! —lo oyó quejarse, después de cerrar la puerta tras de sí. Seguramente acababa de verse en el espejo.

Jenny ya estaba en el pasillo esperando, el bolso al hombro y la pequeña Julia en brazos.

—¿Quieres ir a la obra? ¿Con el bebé? ¿Con ese polvo? Quítatelo de la cabeza, Jenny. Kacpar y yo ya lo arreglamos.

—Quiero ir a Waren —respondió decidida su nieta—. A comprar leche infantil. ¡La lechería de mamá cierra! —Dicho lo cual, salió del piso.

Por la ventana, Franziska vio cómo Jenny caminaba calle abajo hacia su Kadett rojo y ataba a la pequeña Julia al asiento infantil. Así de fácil era. En sus tiempos no habría pasado eso. De repente, Franziska se sintió muy vieja y agotada. Los fantasmas nocturnos habían hecho mella. Pese a todo, se sentó al volante de su coche, llamó a Falko y le dijo a Kacpar que ocupase el asiento del copiloto. En su estado, era imposible que pudiese conducir.

En esos últimos días de junio el cielo se alzaba con muchas nubes sobre el campo, llovía una y otra vez intensamente, lo que le venía bien a la cosecha, pero no a la obra. También aquella mañana se acumularon traicioneras y oscuras formaciones de nubes delante del sol, que Kacpar contemplaba preocupado. Sin embargo, cuando vio lo que había delante de la mansión, prevaleció el entusiasmo.

—Los carpinteros están aquí. Y también ha venido la grúa. ¡Maravilloso! Pare en la carretera, señora Kettler, para no estorbar.

Delante de la mansión se montó la grúa; al lado ya estaba la furgoneta con las vigas cortadas. Dos carpinteros vestidos de negro observaban los movimientos de la grúa con ojo crítico y hacían señas al operador de la máquina.

Kacpar, confiado, le hizo un gesto a Franziska y salió del coche. Acto seguido estaba hablando con los carpinteros, gesticulaba con los brazos y asentía a lo que le decían. La pastilla parecía surtir efecto, por lo visto ya no tenía dolores.

«La gente joven vuelve a estar en forma enseguida —reflexionó Franziska—. Tienen unas reservas de energía muy distintas a las nuestras. Y ninguna sombra del pasado que les traiga de cabeza...»

Sintió muchas ganas de recostar el asiento y echar una cabezadita, pero se controló. Todavía no era tan vieja. ¿Y qué era una noche en vela? En su día, cuando huyó de los rusos y no le permitieron pasar la frontera, no pudo dormir una sola noche. Entonces todas las mujeres se escondían en cualquier lugar del bosque, en el desván, en las cunetas. Y quien se dormía a la intemperie, ya no despertaba. Tenía entonces veinticinco años, pero su madre, que siempre permaneció a su lado, ya superaba los cincuenta. Sufrió una pulmonía y estuvo a punto de morir.

«Atrás, fantasmas —pensó enojada—. De día no. Ya basta con que me acoséis por la noche.» Salió decidida del coche para no correr el riesgo de dormirse en el asiento. Su mirada vagó por la obra de Kalle. Mientras tanto, los dos cerditos se habían convertido en imponentes y rosados puercos, seguían viviendo en la caseta del jardín y se revolcaban en un fangal marrón que antes había sido un prado. Se dirigieron a la cerca para saludar gruñendo a Falko y miraron a Franziska con ojos astutos y azules. Falko olisqueó los húmedos y arqueados hocicos, estornudó y se apartó para dejar su marca en la esquina de la cerca. Había decidido considerar a esas apestosas raciones de carne sobre pezuñas no como venado susceptible de ser cazado, sino como miembros de la manada. Al menos de momento.

—¿Kalle? ¿Hola? ¡Kalle! —llamó Franziska antes de entrar con cuidado en la obra. Miró desconfiada los muros que se inclinaban hacia el este y rodeó una cubeta de argamasa medio vacía cuyo contenido se había endurecido hacía tiempo. No había nadie a la vista. Al parecer, el joven señor Pechstein había dejado el trabajo por ese día. Por lo que fuese. Era posible que también hubiera heridos que lamentar por su parte. Franziska suspiró. Habría sido mejor poder hablar ahora con él, aclarar el asunto, llegar a un trato. Pero ahora Kalle probablemente guardase y cultivase su rencor hasta hacer de una pulga un elefante.

Miró hacia la mansión, donde ahora se alzaba la primera y enorme viga, que las experimentadas manos de los hombres recibieron. Progresaba, aquella noche la casa ya no parecería una ruina de la guerra. Franziska suspiró aliviada y decidió caer en la tentación. Llamó a Falko con un silbido y tomó el sendero que llevaba al cementerio.

Había empezado a chispear, atardecía en el sendero y la humedad del bosque exhalaba múltiples aromas. Franziska avanzó despacio, intentó concentrarse en el canto de los pájaros, en el murmullo del viento en las ramas, el goteo de la lluvia. Con todo, los recuerdos liberados no se dejaron ahuyentar, acechaban entre los troncos y se pegaban a ella como finas telarañas del pasado.

—¿Por qué tiene que aplazarse nuestra boda? —oyó su propia voz con veinticinco años—. Acláramelo, por favor, Walter. No lo entiendo.

—No te puedo dar el motivo, Franzi. Si me quieres, no me sigas presionando.

Era como si caminase a su lado. Como entonces, cuando recorrieron juntos ese camino, despacio, cogidos de la mano. Querían estar a solas para terminar de hablar por fin sobre lo que parecía haber entre ellos.

—¿Ya no me quieres, Walter? ¿Es eso? Pues dímelo. Por favor, seamos sinceros.

Entonces se detuvo y la abrazó. Ay, ese momento. Cuando sus ojos teñían el mundo en torno a ella de azul brillante. Nunca había podido olvidar ese instante. Lo había repudiado, es cierto, porque no quería reconocer que los abrazos de Ernst-Wilhelm la dejaban indiferente.

—No pienses eso, por favor, Franzi. Nunca te he querido como en este instante, y te querré hasta el final de mi vida. Te lo juro.

Sus besos estaban llenos de anhelo vital, de felicidad, de la dulzura de existir. Ella creyó entonces que el bosque y el cielo estrellado giraban a su alrededor en un jubiloso baile. De haber intentado en ese momento tomarla, no se habría resistido. Pero no lo hizo. Más tarde comprendió por qué.

—No tienes que jurarlo, amor, te creo. Esperaré hasta que me digas que nuestra hora ha llegado.

El crujido de las ramas rompiéndose devolvió a Franziska al presente. Falko había olido una liebre o un corzo y se había internado en la maleza.

—¡Falko! —exclamó, sabedora de que era demasiado tarde. Una vez que el instinto cazador se había apoderado de él, la obediencia desaparecía durante un rato.

Siguió despacio, subió a los restos del muro del cementerio y dejó vagar la mirada por las tumbas caídas buscando algo. Tenía que estar allí. Una de las lápidas estaba de pie, con la parte delantera hacia arriba. ¿Era cosa de Ulli? Daba la impresión de que se parecía a su abuelo. El carretero Schwadke había sido por entonces el muchacho más fuerte y rápido de todos los pueblos a la redonda. ¿Quizá por ello había salido ileso de la guerra y la prisión?

Sintió que se le aceleraba el latido del corazón cuando se acercó a la lápida. Quizá no había sido buena idea ir, sobre todo porque ahora se estaba mareando bastante por culpa de la agitación. Tenía que superar un muro, adentrarse en el reino de las sombras. Como Orfeo había hecho en busca de su amada...

IVERSEN
tiembre de 1946

Miró las letras y los números, y no entendió hasta pasados unos segundos que solo tenía ante sí un fragmento. ¿Dónde estaba el resto? Escarbó en la cavidad cuadrada en el suelo de la que Ulli había sacado la lápida, pero allí solo encontró algunos pedazos. Esquirlas. Habían roto la tumba. Le habían tirado piedras. La habían destrozado.

IVERSEN

Su apellido. Faltaba el nombre, Walter; lo habían destruido. ¿Había mandado Elfriede poner también su cargo de oficial? ¿Comandante Walter Iversen? Jamás lo sabría.

Franziska se inclinó, pasó la mano por las letras y sintió cómo le brotaban las lágrimas. Allí estaba ahora, toda una mujer mayor con el pelo gris, acariciando esa palabra, su apellido, esculpida en piedra. Todo lo que quedaba de él. Con cariño, pasó el índice por los bordes de las letras y se oyó sollozar. Su amor. Su gran amor. Muerto hacía tanto. Y tan vivo como si lo tuviese delante.

La tristeza se apoderó tanto de ella que, pese a la llovizna, tuvo que sentarse sobre una de las lápidas caídas, delante del muro de la destruida capilla. No, no lo conseguiría. Se había propuesto demasiado. Le faltaba el valor, la fuerza. Era demasiado mayor. El pasado la alcanzaba, las sombras podían más que ella.

«Ya no puedo volver atrás —pensó desesperada—. Lo he abandonado todo. Mi casa, mis ahorros, mis amigos de Königstein. Todo lo que habíamos logrado con tanto esfuerzo tras la guerra.» Buscó en la chaqueta un pañuelo. Entonces el perro volvió a aparecer.

—Aquí estás, haragán.

Falko iba con la lengua fuera, de la piel le colgaban hierbas secas y lampazos marrones: parecía haber sido una caza emocionante, pero por suerte infructuosa. Se veía que tenía mala conciencia.

Con la espalda apoyada contra el muro de la destruida capilla, le pasó la mano a Falko por la cabeza. La lluvia murmuraba, el bosque se saciaba, el musgo estaba repleto de diminutas perlas de agua.

Se dio cuenta de que aquello era muy extraño. Mandó grabar la lápida en septiembre de 1946, poco antes de que ella muriese...

Volvió la calma. Las sombras retornaron al reino del crepúsculo, de donde habían salido. Franziska cerró los ojos y también Falko, cansado, puso la cabeza sobre las patas. Parecía dormido, pero sus orejas reaccionaban a cada ruido. Custodiaba el sueño de su ama.

Mine

Julio de 1991

Ulli se apoyó con ambas manos en el alféizar y se inclinó bastante para poder ver mejor la mansión.

—Sí que son unos máquinas los carpinteros de Hamburgo —reconoció—. El armazón se mantiene. Ahora están con el desván. La semana que viene será la coronación.

Karl-Erich clasificó malhumorado sus pastillas. El puñetero nervio ciático no quería darle aún tregua y el analgésico le provocaba dolor de estómago.

Mine tenía que esforzarse con él, nada le valía, todo lo criticaba. Antes, cuando todavía estaba sano, nada lo trastornaba, siempre había sido optimista. Mine lo quería por su capacidad resolutiva y se reía de los chistes que hacía sobre la gente, pero desde que el cuerpo ya no le obedecía se había convertido en un auténtico cascarrabias.

—De lo que te alegras —le gruñó a su nieto—. Son de Hamburgo. Como si aquí no hubiese buenos carpinteros. Pero la señora baronesa no piensa para nada en los del pueblo. No confía en nosotros. Prefiere traerse a sus trabajadores occidentales.

A Mine le pareció que Karl-Erich no estaba del todo equivocado. Por otro lado, le molestaba que su marido lo volviese a ver todo negro.

—Ha contratado a diez u once personas de Dranitz —objetó—. Tampoco se puede pasar por alto. Y la empresa constructora no la contrató la señora baronesa, sino el aparejador, Woronski.

Karl-Erich resopló e hizo rodar de un lado a otro la pastilla roja sobre el mantel. Esa porquería. Le estaba abrasando las paredes estomacales esa mierda.

—El cuervo polaco de bonitos ojos azules —se burló—. Uno de ellos está ahora aún más azulado que el otro. Así le puede ir en la vida.

Ulli quiso volver a cerrar la ventana, pero Mine le pidió que la dejara medio abierta. Era un día caluroso, un poco de aire fresco les sentaría bien. Quizá la brisa de primavera le despejara a Karl-Erich la oscura niebla de la cabeza.

—No fue ninguna heroicidad por parte de Kalle —opinó Ulli, moviendo la cabeza—. Pegar, con eso no se resuelve ningún problema. Y encima a ese Woronski, menudo enclenque... Un soplo de brisa lo derribaría.

Kalle ya los había visitado dos o tres veces y había preguntado por Mücke, que se mantenía alejada de él desde la pelea. «Va detrás del guapo de Woronski», afirmó. Precisamente Mücke, que era una chica decente.

Mine le había hablado enseguida a Ulli de las suposiciones de Kalle porque quería ver su reacción. Se decepcionó mucho, pues Ulli solo sonrió y dijo que ambos hacían buena pareja. Mücke con su sentido práctico y el aparejador polaco con sus visiones en la cabeza.

—¿Visiones en la cabeza? —preguntó Mine sin comprender—. ¿Eso es una enfermedad? ¿Como gusanos o úlceras?

Ulli se rio a carcajadas y le pasó el brazo por el hombro a su abuela.

—Tiene planes, ¿entiendes? Planes valientes y maravillosos. Ideas que están tres pasos por delante de las demás y que a nadie más se le ocurren.

Ella le preguntó cómo lo sabía con tanta exactitud. Si Mücke le había hablado de las ideas del polaco.

Ulli negó con la cabeza.

—Me lo ha dicho Jenny. Lo conoce de Berlín y lo ha traído aquí.

—Ahí está... —Karl-Erich arqueó sus frondosas cejas seniles—. La futura señora baronesa y el señor Woronski. En cristiano: el cuervo.

—¡No! —exclamó enojado Ulli—. No hay nada entre ellos. Jenny es demasiado lista para mezclarse con uno así.

Así llegaron al asunto. Jenny. La nieta de la baronesa. La futura baronesa, como le gustaba llamarla a Karl-Erich. ¿Cómo estaba Ulli tan loco por ella como para visitarla todos los fines de semana?, quiso saber Mine. Le dijo si no sabía que en el pueblo ya se hablaba de ello. Ulli se cerró en banda. No visitaba a Jenny, le interesaba el curso de la rehabilitación y, además, le gustaba pasar por casa de Kalle, que tenía su obra justo al lado de la mansión. Pero, sobre todo, iba a Dranitz para visitar a Mine y Karl-Erich.

Los dos ancianos tuvieron que contentarse con eso de momento, aunque sabían que Ulli solo decía la verdad a medias. ¿Era normal que llevara siempre algún regalo para la pequeña Julia? Animales de trapo. Peleles de color rosa. Un mordedor de madera. Una toalla de baño infantil roja de rizo suave. Un libro de dibujos almohadillado de plástico que se podía meter en la bañera...

Por supuesto, siempre dejaba las cosas abajo, en el coche, para que sus abuelos no lo viesen, pero se olvidaba de Mücke, que visitaba a su amiga Jenny. Y Mücke había visto los regalos de Ulli e informó a Mine con pelos y señales.

—Se lo pasa en grande con la pequeña —le contó Mücke

encogiéndose de hombros—. Entonces se alegró igual con su bebé, aunque al final no vino al mundo. Ulli es todo un padrazo.

Mine entornó los párpados dudosa y preguntó si Mücke de verdad creía que Ulli se presentaba constantemente en casa de Jenny solo por la pequeña.

—No. —Mücke sacudió la cabeza. Cuando siguió hablando, su voz sonaba extrañamente dura—. Le gusta Jenny. Le gustan las pelirrojas. No se puede hacer nada.

Menudo idiota era su nieto. Apenas se había zafado de Angela y ya se precipitaba a la siguiente desgracia. Había hablado del asunto con Karl-Erich, que opinaba igual, pero se exaltaba porque ella prefería guardar silencio.

—No puedes imponer a nadie a su suerte —dijo ella con un suspiro, y acarició la mano de Karl-Erich, corva por el reuma—. Nosotros, como abuelos, no. Ya entrará en razón. Ulli es un chico listo.

—Cuando se trata de algo así —respondió Karl-Erich—, los hombres estamos ciegos y sordos, y nos abalanzamos a sabiendas hacia la desgracia.

—Bueno, seguro que lo sabes —replicó Mine sonriendo, pero Karl-Erich, que siempre reaccionaba con una elocuente sonrisa burlona a semejantes comentarios, permaneció serio.

Aquel domingo Ulli comió con ellos bacalao con ensalada de patatas y salsa de hierbas y bebió mosto de manzana. Luego se levantó de la mesa y anunció que quería ir a casa de Kalle, aunque seguro que estaba en la obra.

—Pues ten cuidado de no enredarte por el camino —respondió Karl-Erich, que se movió de un lado a otro de la silla porque la ciática lo atormentaba.

—¡Descuida, abuelo! —replicó Ulli, que sabía lo que había querido decir el anciano.

Sin embargo, Karl-Erich no se dio por satisfecho. La cuestión lo inquietaba desde hacía tiempo y necesitaba soltarlo de una vez.

—¡No sirve de nada, Ulli! —exclamó y golpeó la mesa con el puño—. No sirve de nada cuando los de arriba se mezclan con los de abajo. Los nobles siguen siendo nobles. Los siervos siguen siendo siervos. La futura baronesa te gusta, pero no piensa como nosotros. No ve las cosas como nosotros. No es de los nuestros. Los nobles siempre nos han mirado por encima del hombro. No somos de la misma clase que ellos. Engañan a la gente como nosotros, se aprovechan de ellos. A sus ojos no somos personas. Solo trabajadores, que están muy por debajo de ellos.

Ulli lo miró fijamente. Mine se alegró de que no respondiese nada a la verborrea de su abuelo. Ella sabía lo que subyacía. Se trataba del viejo asunto con la pobre Grete, que seguía trayendo de cabeza a su marido y que ahora dolía mucho más que antes.

Por suerte, Ulli también lo sabía. Intercambió una mirada apresurada con Mine y asintió pacíficamente.

—Está bien, abuelito. No tengo la intención de empezar nada con ella. Pero tampoco con Mücke. Fin. Se acabó. Mücke es una chica adorable y me gusta mucho. Como hermana. Ni más ni menos. —Por fin lo había soltado. Ojalá sus abuelos lo dejasen ahora por fin en paz con el asunto de Mücke—. ¡Volveré para cenar! —exclamó muy animado, se puso la chaqueta y salió del piso.

—Ahí lo tienes —dijo Karl-Erich en tono de reproche cuando Ulli estuvo fuera—. Lo dijiste con buena intención e intentaste jugar a la casamentera. Y ahora te ha salido el tiro por la culata.

Mine quitó la mesa en silencio y empezó a fregar la vajilla. El comentario de Karl-Erich la había molestado. ¿Acaso quería decir que todo el problema era culpa de ella? ¿Porque le había querido echar una mano a Ulli?

—Los jóvenes hacen lo que quieren —murmuró y echó agua caliente del hervidor en el fregadero. Antes Karl-Erich secaba la vajilla. No lo hacía de buena gana, siempre soltaba algún chiste estúpido al respecto. Que si se había convertido en aprendiz de Mine y tenía que escuchar que los tenedores y los cuchillos no podían estar mojados cuando los pusieran en los cajones... Ahora tenía los dedos tan anquilosados que le costaba coger los cubiertos. Ya había hecho añicos dos grandes platos. Entonces Mine decidió que la vajilla podía secarse sola en el escurridor.

Karl-Erich no dijo nada, pero ella sabía que le había afectado. Ya no le necesitaba para nada, ni siquiera como ayudante en casa.

—Poco a poco le quitan todo a uno —había dicho una vez. Primero le costó caminar, luego se le torcieron las manos, y ahora tampoco la espalda le dejaba en paz.

—¿Me puedes rascar? —preguntó con gesto dolorido—. Ahí, a la izquierda. En el omóplato.

—¿Sigue sin mejorar? Espera, voy por la pomada... —Mine se secó las manos y abrió el armario de cocina, donde guardaban los medicamentos entre el servicio de café. La pomada antirreumática olía bastante fuerte y quemaba la piel: era infernal. Antes, los enfermos de reuma se frotaban con fluido de caballo, que era aún peor, pero ayudaba más. Por lo menos eso decía Karl-Erich, aunque entonces todavía no tenía reuma. Lo ayudó a quitarse el chaleco y la camisa, le sacó la camiseta interior y dijo que tenía la espalda muy roja en la parte izquierda de tanto darle friegas.

—¿También te duele cuando respiras? —quiso saber.

—Sí. Y cuando muevo el brazo. Pon la pomada.

—Pero ya está muy inflamado... —Mine escrutó escéptica la espalda de Karl-Erich.

—Da igual.

Cogió solo un poco de pomada y se esforzó por ser cuidadosa. No quería negarle el tratamiento del todo, o de lo contrario habría vuelto a quejarse. Decía que solo era una carga para ella y tonterías semejantes.

—¿Duele? —preguntó compasiva.

—Como si te clavasen un cuchillo —gruñó y tomó aire silbando—. Déjalo. Basta.

Opinaba lo mismo. Le bajó la camiseta interior con cuidado, pero, cuando quiso ayudarlo a ponerse la camisa, se negó.

—Deja. De todas maneras, voy a echar la siesta un rato.

Quería meterse en la cama, algo insólito en él. Normalmente se quedaba traspuesto en su sillón y ella le ponía un taburete debajo de las piernas. Poco a poco le surgieron dudas. Lo del dolor debajo del omóplato izquierdo ya era raro.

—¿No quieres ir al médico, Karl-Erich? —preguntó apremiante—. Podría ser otra cosa.

Él negó con la cabeza y se apoyó con dificultad en el tablero. Lo ayudó a ponerse de pie, después fue junto a él hasta el dormitorio y apartó la manta para que pudiera sentarse. Aunque lo sostuvo, cayó pesadamente sobre el colchón, pero no se quejó, solo torció dolorido la boca.

—Si duermo una horita, se me pasa. Y además es domingo, ningún médico pasa consulta hoy de todas maneras.

—Para casos de necesidad hay un servicio de urgencias —le recordó Mine.

Agarró la manta que ella le puso encima e intentó cogerla y subirla.

—Para que se burlen de nosotros después, porque vamos por una pequeñez así...

Era inútil. Karl-Erich siempre había desconfiado de los médicos, odiaba que lo explorasen y «sobasen», al igual que detestaba tener que tomar medicamentos. ¿Cuántas veces había afirmado ya estar rebosante de salud, que eran solo esas malditas pastillas las que le sentaban mal? Había confiado toda la vida en un cuerpo fuerte y se negaba a aceptar que ya no lo era.

Mine abrió la ventana y corrió las cortinas. Cuando se volvió hacia él, había cerrado los ojos. ¿Ya dormía? No, solo fingía, podía ver cómo se le contraían los párpados. Probablemente tenía dolores, pero no quería admitirlo. ¿Por qué los hombres se comportaban siempre como niños pequeños? Karl-Erich, Ulli, Kalle... todos de la misma calaña.

Retuvo el profundo suspiro hasta que hubo cerrado tras de sí la puerta del dormitorio. Al menos ahora podía secar la vajilla y guardarla en el armario, y después prepararía la cena. Y de paso no estaría mal hacerse un café. Para no cansarse y quedarse dormida al final en el sillón. Estaba acabando con los tenedores cuando llamaron a la puerta. ¿Había vuelto Ulli a olvidar las llaves? El chaval estaba bastante despistado. Y todo por la futura baronesa. A veces Mine pensaba que habría sido mucho mejor mantener las distancias. Así la baronesa y su nieta no les causarían problemas.

Arrastró los pies hasta la puerta, abrió y se asustó. No era Ulli, sino Franziska von Dranitz en persona.

—Buenos días, Mine —saludó—. Espero que estés teniendo un feliz domingo. ¿Me permites pasar un momento?

La baronesa parecía bastante trasnochada. No era de extrañar, con lo que exigía una obra así. Mine abrió la puerta y la invitó con un movimiento del brazo.

—Pase, señora baronesa. Qué bien que nos visite. Karl-Erich se acaba de acostar, tiene que disculparlo.

Llevó a Franziska al cuarto de estar, la colocó en el sillón bueno y le preguntó si quería tomar un café.

—Solo si ya lo has preparado. —Sonriendo, la baronesa echó un vistazo al reino de Mine y Karl-Erich. Era muy acogedor.

—No tarda nada. Vuelvo enseguida...

Era bastante raro. Acababa de desear que la baronesa se hubiese quedado en el otro lado, en el Oeste, y ahora corría a la cocina para prepararle café. Fue totalmente automático y lo hizo incluso con gusto. Como antes, cuando todavía eran la sirvienta Mine y la joven y futura baronesa Franziska. No, estaba bien que la baronesa hubiese vuelto. Se cerraba un círculo. Y eso le gustaba. Era necesario que inicio y fin se diesen la mano.

Cuando volvió al cuarto de estar con una jarra de café y dos tazas, la baronesa miraba los campos desde la ventana.

—El centeno se ve bien —observó Mine y puso la mesita de café—. La cooperativa ha comprado nuevas máquinas, lo cosechan todo en un par de semanas.

—Sí —la secundó la baronesa—. Eso me han dicho. Ojalá ganen tanto con el centeno como esperan.

Eso también lo había dicho Karl-Erich. Porque los precios fluctuaban en el mercado mundial y a menudo estaban por los suelos en un buen año de cosecha.

—Antes papá también plantaba patatas aquí —dijo pensativa Franziska—. Y barcea en los suelos pobres. Además de avena y colinabo.

Mine se acordaba bien. Había dado de comer barcea a los animales, era lo único para lo que servía. Pero era bonita cuando el viento la atravesaba. Como olas plateadas y violáceas.

—Tengo que preguntarte algo —comenzó la baronesa cuando Mine le sirvió café.

—Voy un momento a por nata y azúcar —respondió Mine, que regresó cojeando a la cocina. Sabía lo que quería preguntar. Ulli le había contado lo que él y Jenny habían descubierto en el cementerio. Aunque dentro de la desgracia, aún había tenido suerte, porque las letras solo se habían conservado en parte. Era una cruz lo de las mentiras eternas. Pero la verdad era difícil de explicar. Dolería. Y precisamente hoy la baronesa parecía cansada y lívida.

—Hay una tumba con el nombre de Walter Iversen en nuestro antiguo cementerio familiar. Fue Elfriede quien la mandó levantar, ¿no es cierto?

Mine enmudeció mientras la cabeza le trabajaba desesperada. La baronesa creía que Elfriede había mandado levantar la lápida. Dios mío...

—Sí, sí —respondió desvalida y removió el azúcar en el café con tal torpeza que se desbordó y formó un charquito en el platillo.

—Pero el comandante Iversen no está enterrado allí, ¿no? —insistió la baronesa.

—No, no. —Mine sacudió la cabeza, contenta de no tener que mentir—. No está allí.

—Ya me lo imaginaba. —Franziska cogió su taza y sopló con cuidado el líquido humeante—. Elfriede tuvo que morir poco después —prosiguió pensativa.

Mine secó el platillo con un trapo de cocina, bebió un largo trago de café y volvió a dejar la taza con dificultad.

—Sí, murió en otoño de 1946.

—Fue... ¿la violaron? Me dijeron que se desangró. —La mirada de Franziska se dirigió a la ventana para mantener a raya a los fantasmas del pasado.

A Mine se le volvió a aparecer todo. Elfriede estaba delgada como una niña, salvo su vientre, que era enorme, y se retorcía de dolor. Cómo había luchado. Y cómo se volvió cada vez más débil. Cada vez más pálida. Cogió en brazos a su pequeño unos minutos, lo oyó gritar y después murió. Totalmente en silencio y sola.

—Murió de un aborto espontáneo. Lo que pasó, yo no lo sé, señora baronesa.

Franziska asintió y bajó la cabeza. Estuvo callada un momento, después sonrió a Mine, agradecida.

—Está bien, Mine. Dejemos en paz los viejos tiempos. Si la mansión se termina de reformar, Jenny y la pequeña Julia se mudarán allí conmigo. Un bebé es una nueva vida, un nuevo comienzo.

Mine carraspeó. Sacó el pañuelo e hizo como si se tuviese que sonar para disimular las inoportunas lágrimas.

—Lo ha dicho muy bien, señora baronesa.

Del dormitorio les llegó una tos ronca de anciano y después el grito afónico de Karl-Erich:

—¡Mine! Ven un segundo...

La anciana se asustó. Su voz sonaba tan lastimosa que de pronto tuvo miedo por él.

—Disculpe —le dijo a Franziska, se puso de pie y corrió a la habitación de al lado. Cuando se asomó a la cama, él le tendió los brazos. Tenía el rostro blanco y los labios azulados.

—Súbeme —jadeó—. Ya no aguanto más.

No preguntó nada, hizo simplemente lo que él quería. No era fácil incorporarlo, le pareció pesado como una roca. Cuando por fin estuvo sentado, se inclinó hacia delante y jadeó, la mano derecha apretada sobre el pecho.

—No me llega aire —dijo fatigado—. Ha sido de repente...

—¿Te duele el pecho? ¿Ahí arriba? —preguntó Mine con insistencia, pero no le respondió, solo miraba fijamente al frente en silencio y se estremecía una y otra vez—. Se acabó —le dijo ella—. Voy a llamar a la ambulancia. Esto no puede seguir así.

De pronto, se revitalizó.

—¡Nada de ambulancias! ¡No quiero ir a la clínica! ¿Me has entendido, Mine? ¡A la clínica no!

—Pero Karl-Erich... —repuso ella.

—¡No! —jadeó y clavó los ojos desorbitados en su mujer—. Quiero quedarme aquí. ¡En la clínica la gente se muere!

Se detuvo cuando intervino una voz enérgica.

—¡Diablos, Schwadke! —maldijo la señora baronesa, que estaba en el umbral de la puerta—. Yo tampoco quería ir al hospital. Casi me muero por cabezota. ¡Y a usted también le pasará si sigue siendo tan terco!

No dijo nada, solo gimió en voz baja para sí mismo. Jadeaba.

—No quiere —dijo desamparada Mine—. No lo puedo obligar...

Franziska se asomó decidida a la cama de su antiguo carretero, que, jadeante, estaba más inclinado que sentado y conservaba pese a ello su testarudez.

—Le propongo algo. Vamos juntos a la clínica de Neustrelitz y dejamos que los médicos miren qué le pasa. Y si después quiere volver a casa, le prometo que también lo traeré.

Torció el arrugado gesto y levantó desconfiado la vista hacia ella. Mine contuvo la respiración. Él había echado pestes durante toda la vida contra los nobles hacendados y los barones. Los explotadores que habían vivido a todo tren, aunque sabía perfectamente que eso no era cierto.

—Trato hecho —accedió él. Le temblaba el mentón.

—Trato hecho —respondió Franziska.

Karl-Erich se esforzó por separar la deformada mano derecha del pecho y tendérsela. Franziska tomó su mano y la apretó.

—Mine, ayúdame a ponerme algo —pidió—. No me puedo sentar en el coche de la señora baronesa en ropa interior.

Franziska se rio, soltó la mano y fue a acabarse deprisa el café, según dijo. Mine sacó del armario por orden de su marido la nueva camisa de cuadros, los pantalones buenos, los calcetines a conjunto y los zapatos ortopédicos. Estaba aliviada. Si seguía siendo presumido, no podía estar tan mal como temía al principio.

Entre las dos consiguieron bajarlo por la escalera y con algo de esfuerzo también ponerlo en el asiento delantero del Opel Astra. Mine se subió detrás. Le pareció muy práctico un coche de cuatro puertas. «Cinco», decía siempre Ulli, porque incluía el maletero.

—Sí que son buenos los coches occidentales —observó Karl-Erich antes de toser—. ¿Tiene también aire acondicionado y asientos con calefacción?

Jenny

Julio de 1991

«El teléfono es una invención del diablo.»

¿Quién lo decía siempre? ¿Su madre? No, ella seguro que no. A veces estaba colgada al teléfono durante horas y bloqueaba el aparato para sus compañeros de piso. Entonces era de alguna película antigua que le había gustado.

No pudo evitar descolgar el feo y gris auricular de la RDA cuando empezó a zumbar, y decir «Kettler», como hizo en ese instante.

—¿Jenny? —oyó que decía una voz familiar—. Por favor, no cuelgues. Escúchame primero. Te lo ruego.

Se dejó caer en el sillón afelpado de la abuela, le faltaba el aire. Simon... ¿De dónde había sacado su número? Probablemente había llamado a su madre. Y ella le había dado su número, sin más. Típico de Cornelia.

—No quiero hablar contigo —dijo e iba a colgar cuando él exclamó «¡No! ¡Espera, Jenny!» en el auricular.

—Solo un par de palabras, por favor...

¿Por qué no colgaba? Habría sido tan fácil. El auricular a la horquilla y se acabó. Y en caso de que volviese a llamar, simplemente bloquear la línea.

—¿Qué quieres? —preguntó en cambio, titubeante—. ¡Sé breve, tengo cosas que hacer!

—¿Es verdad que tenemos una hija?

Jenny tragó saliva.

—¿De dónde sacas eso?

—Me han enviado un parte de nacimiento.

¡La abuela! ¡La iba a oír!

—Ha sido un error.

—¿Un error? ¿A qué te refieres? Aquí pone que has dado a luz a una niña que se llama Julia... ¿Hay algo que no cuadre?

Tenía poco sentido negarlo. Mejor tomar la ofensiva, quizá entonces la dejaría en paz.

—¿Qué tal están tu querida mujer y los niños? —preguntó con la voz empapada de sarcasmo—. ¿Todos bien? ¿Felicidad en familia?

Oyó un bufido en el auricular que sonó a una mezcla de suspiro y silbido colérico.

—Me separé hace tres meses. El divorcio está en trámite.

—¿Le mentía? ¿O su Gisela había encontrado por fin el valor de liarse la manta a la cabeza? Bueno: le daba igual. Se había hartado de él. De sus mentiras. De su cobardía. Se acabó. Ya. Fin.

—El divorcio no me incumbe. Y en lo que respecta a mi hija: es mía. ¿Lo entiendes, Simon Strassner? Únicamente mía. No te necesitamos. Ni a ti ni tu dinero. ¿Me he explicado con claridad?

Él adoptó entonces un tono distante. Así hablaba con los clientes de los que se quería deshacer.

—No has cambiado ni un pelo, Jenny. Cuando recibí la tarjeta, primero pensé que quizá podríamos hablar como amigos. Pero, por desgracia, no es posible. De todas maneras, tengo que advertirte que tengo ciertos derechos como padre del bebé. Jurídicamente...

—Primero tienes que probar que eres el padre —lo interrumpió.

Simon enmudeció. Mucho rato.

—Contigo no se puede hablar —dijo cuando ella ya creía que había colgado—. Volveré a llamar más tarde. Hasta luego...

—¡Hasta nunca! —exclamó, pero la línea ya se había cortado.

Colgó el auricular con prudencia de la horquilla y permaneció sentada durante un momento en el sofá para asimilar la llamada. ¡Abuela! Maldita sea, empezaba incluso a comprender un poco a su madre. ¿Cómo podía permitirse enviar un parte de nacimiento no solo a su madre, sino también a Simon?

En el dormitorio, la pequeña Julia empezó a dar la lata exigiendo su ración de leche. Primero el pecho y luego un biberón. Jenny solo le daba el pecho por la mañana y por la noche, a mediodía preparaba un biberón y dentro de poco lo intentaría con la papilla. La papilla llenaba. Los niños llenos no daban la lata. Ojalá se acabase por fin la leche materna. Cuando la pequeña Julia empezó con el biberón, pensó que su propia leche se agotaría, pero por desgracia no fue así. A su cuerpo le daba igual que en la cocina hubiese ahora un gran bote con leche en polvo y todo tipo de biberones, seguía produciendo leche para la pequeña Julia.

—Tienes que tomártelo con calma —le había recomendado Mücke—. Parar no funciona. Pillarás una buena mastitis. Eso sí que duele. Cada vez un poco menos, entonces se acaba en algún momento.

Ojalá.

La abuela se escaqueaba de dar el biberón todo lo que podía. Prefería curiosear por la obra y examinar los avances. Dentro de poco había que poner los tubos de la calefacción, pero estaba la cuestión de la antigua muralla que habían descubierto durante las obras de excavación en el sótano.

—Cieguen —había ordenado la abuela, que no quería aceptar más retrasos—. Seguimos otros tres metros a la derecha con la calefacción.

Kacpar objetó que debían dar parte a la oficina de Patrimonio. En todo caso, era muy habitual en la RFA, pues los muros que habían encontrado eran claramente de la Edad Media. Pero aquí, en el Este, cada cual hacía de momento lo que quería, le aseguró después. Y cegar seguía siendo mejor que demoler.

Jenny llenó el hervidor y lo encendió. Dosificó la leche en polvo con una cuchara y metió el polvo blanco en un biberón. Añadió el agua hervida, agitó con fuerza y desenroscó la tetina de la botella. Después comprobó la temperatura en la muñeca y fue a la lujosa cuna tallada, que había empezado a tambalearse con los gritos y pataleos de la pequeña Julia.

—Tú también eres una Dranitz alborotadora, ¿o no? —dijo cariñosa y levantó a su vocinglera hija para meterle el biberón en la boca bien abierta. De pronto, se hizo el silencio. La pequeña chupaba contenta.

Jenny se sentó con la niña en el sofá. Sus pensamientos se encaminaron hacia su abuela. ¿Sospechaba en qué lío la había metido con su campaña de partes de nacimiento que había hecho por su cuenta? Se acordó de que la abuela había vuelto hacía poco al piso calada hasta los huesos y con manchas de musgo en la falda. Le contó con una sonrisa extraña que se había dormido en el cementerio. Curioso. ¿Quién se quedaba dormido en el cementerio? Y, además, lloviendo. Solo los que tenían su sitio allí. Pero para la abuela era aún demasiado pronto...

El timbre la sacó bruscamente de sus pensamientos y también la pequeña Julia se sobresaltó con el sonido estridente y escupió la leche. Con su hija en brazos, Jenny fue a la puerta y abrió. Fuera estaba Ulli, que la miraba con una sonrisa expectante. En las manos sostenía un ramo de flores y una cajita rosa envuelta con un lazo. Cuando vio el gesto de reprobación de Jenny, se le borró la sonrisa de los labios.

—Hola, preciosas. Llego en mal momento, ¿no?

Era un buen tipo. Lo quería muchísimo. ¡Qué decepcionado parecía ahora!

—¡Nos han fastidiado la comida! —dijo en tono de falso reproche.

—Ah, lo siento —respondió compungido—. Entonces será mejor que me vaya... —Le guiñó un ojo, socarrón. Conocía el juego. Sabía que lo invitaría a pasar enseguida.

Y efectivamente:

—No, tranquilo. Ya que estás aquí, puedes ir a buscarme una toalla. La pequeña Julia ha vomitado un poco.

Ulli entró, dejó la cajita y las flores, y salió pitando hacia la cómoda. Chico listo, ya se manejaba bastante bien en su pequeño piso. Angela lo había educado bien.

—Ha sido el récord del mundo en vómito —bromeó y frotó con la toalla el lugar húmedo sobre su hombro—. Hasta el suelo. Y a las zapatillas de la abuela también les ha llegado algo.

Jenny sonrió.

—Ten, cógela. Voy a poner las flores en agua.

Sacó del armario un florero de cristal de la abuela, lo llenó de agua y metió las flores. Rosas asalmonadas con gerberas y gisófilas blancas.

—Qué bonito —dijo y después cogió la cajita—. ¿Qué hay dentro? —preguntó curiosa y la agitó con cuidado. Era ligera. No golpeteaba. ¿Un animal de trapo?

—Ábrela —la animó sonriendo. Se había dado cuenta de que le encantaban las cajitas. En eso era como una niña pequeña.

Deshizo con cuidado el lazo, retiró el papel de regalo y gritó alborozada.

—¡Una foca! ¡Es una monada! ¡Y esos ojos grandes y brillantes!

Él se alegró. Jenny le había contado una vez que le habían hecho pocos regalos cuando era pequeña. A su madre esa costumbre burguesa de repartir cajitas para el cumpleaños y las Navidades le parecía bastante trivial. Le compraban juguetes cuando su madre tenía dinero. Uno de los compañeros de piso le llevó una vez un traje de vaquero porque quería hacerle la corte a Cornelia.

—Es una cría de foca —aclaró Ulli con una media sonrisa—. Un bebé foca. Todavía blanquito. Cuando crecen tienen la piel gris.

Jenny frotó las mejillas contra el suave tejido y le pareció una pena dárselo a un bebé vomitón.

—Me lo llevo a la cama. Para acurrucarme.

Ulli la contempló durante un momento con una mirada muy singular, después levantó a la pequeña Julia y dio vueltas con ella. Gorjeos. Chillidos. Risas. Ella quería repetir una y otra vez.

—¡Ten cuidado de que no vuelva a vomitar! —exclamó divertida Jenny.

—¿La metemos en el carrito? Hace un día estupendo. De hecho, había pensado que estaríais en la mansión...

—No... Solo la abuela y Kacpar. La pequeña Julia y yo hemos pasado una noche agotadora.

Jenny bajó a Julia por la escalera y Ulli cargó con el cochecito. Abajo, metieron al bebé en el carrito, pusieron las llaves de casa debajo de la manta, y el pañal de recambio y el pelele para los casos de emergencia en la bolsa. Jenny empujó el carrito que Mücke le había conseguido a través de una amiga. Ulli caminaba a su lado a grandes zancadas.

—¿Cogemos ese camino? —propuso él—. De niños siempre bajábamos por ahí corriendo para ir al lago.

—¿Os bañabais allí? —preguntó Jenny.

—Claro. Nos bañábamos, íbamos en barca y pescábamos. Lo pasábamos genial. Y ningún adulto a la redonda...

—Nosotros íbamos a menudo al lago Masch —le contó Jenny—. Está en el medio de Hanover. Cogíamos el tranvía. Sin pagar.

—¿Y no tenías problemas con tu madre?

Jenny se rio.

—Solo cuando yo era tan tonta para dejarme pillar...

Ulli sacudió la cabeza, pero se rio.

—¡Pensaba que había que educar a los hijos para que fueran honrados y decentes!

—En eso tienes razón —admitió Jenny—, pero sobre todo deberían tener los ojos abiertos y no dejarse tomar el pelo. Demasiada gente engaña, lo sé por experiencia. —Le vino a la mente la cara de Simon Strassner, pero en ese momento no quería pensar en él—. No se debería confiar demasiado en nadie —continuó y ahuyentó una mosca grande del carrito—. También os daréis cuenta en el astillero.

Por lo visto le había tocado la fibra.

—¿A qué te refieres?

—Bueno, en el fondo sois una empresa en apuros. Como todas las empresas del Este. Eso lo sabe hasta un niño. Quizá construyáis barcos muy buenos, pero nada rentables. Demasiado caros. Gastos de personal muy elevados. Y otros os quitan los contratos.

Resopló enfadado y le recomendó no hablar de cosas de las que no sabía nada.

—La calidad siempre ha sido lo más importante —afirmó—. Y por eso el astillero se salvará. ¡Estoy convencido de ello!

—Si tú lo dices...

Avanzaron en silencio. Jenny hizo como si estuviese ocupada con el carrito y Ulli había metido las manos en los bolsillos y oteaba el camino. En la bifurcación, preguntó si quería que empujara el carrito. Jenny aceptó la oferta de paz. Por lo menos no se las daba de ofendido. Un punto para él.

—Nos tenéis que agradecer que la mansión siga en pie —dijo—. En realidad, se debería haber demolido, pero entonces se unieron muchas personas en Dranitz e hicieron una solicitud. También mis abuelos y mis padres. Porque opinaban que la mansión pertenece a Dranitz. Como una especie de emblema. Una parte de la identidad. Así que la dejaron en pie. —Se detuvo y dejó vagar la mirada por el florido paisaje—. Esto es bonito, ¿no te parece?

Jenny asintió y le sonrió. Por un momento permanecieron así. En silencio. Después, Ulli levantó muy despacio la mano y le tocó el mentón. Le pasó un mechón rojo detrás de la oreja, que enseguida se volvió a desprender y ondeó al viento.

—Los Von Dranitz y los Schwadke —dijo él en voz baja y se acercó tanto a ella que su camisa le tocaba el brazo desnudo—. Siempre han estado relacionados. De algún modo van de la mano, ¿no?

Un segundo más y habría pasado. Cuánto le hubiese gustado a Jenny besarlo, sentir sus manos fuertes, su cuerpo de hombre, caliente y musculoso. Pero no podía ser. Primero tenía que desterrar a Simon de su vida para siempre.

—¡Déjalo, Ulli Schwadke! —refunfuñó y lo rechazó con brusquedad.

Ulli la miró perplejo durante un segundo. Luego recuperó la compostura.

—¡Eh! ¡No te hagas ilusiones, señorita baronesa!

—No te hagas el tonto... Primero empujar el carrito y después tirarse a la mamá. Es el truquito de los del Este, ¿eh?

—Claro —respondió irónico—. Primero tirarse a la mamá y luego dejar el carrito: ¿ese es el truquito de los del Oeste?

Jenny le lanzó una mirada furiosa, dio la vuelta al carrito y regresó al pueblo.

Ulli la siguió.

—Ah, por cierto —dijo adusto cuando llegaron a las primeras casas—. He consultado la guía telefónica de Stralsund y, como no encontré nada, también la de Rostock. Muchos del campo se fueron entonces a las ciudades. Imagínate: allí hay un Iversen. Walter Iversen, registrador de barcos en la autoridad portuaria. No obstante, la guía telefónica es de 1985.

Jenny se detuvo y abrió la boca para responder algo, pero se le adelantó.

—Solo quería que lo supieras. Hasta luego. —Se volvió a poner en marcha y dobló por un camino. Por lo visto quería correr un rato para soltar la ira acumulada.

Franziska

Julio de 1991

Ya desde los primeros kilómetros Karl-Erich permanecía mudo. Se había vuelto a poner la mano sobre el pecho. Pese al ruido del coche, Franziska oyó su pesada respiración. En el retrovisor podía ver el rostro preocupado de Mine. Se había puesto un pañuelo, que le empujaba hacia delante las arrugas de la barbilla. Pero qué mayores estaban todos. Con qué inclemencia el tiempo había cambiado sus cuerpos. Todavía tenía en la mente a Mine, joven, apenas una veinteañera, en su primer día en la mansión, cuando todos elogiaban lo hábil que era la nueva chica. Y de buena presencia, además, había añadido el abuelo sonriendo. Mine, con el rostro redondo como una manzana y las trenzas castañas, que recogía bajo la gorra blanca. Era ágil. Y lista. Sabía siempre por dónde iban los tiros. Estaba atenta. Se veía que el trabajo le gustaba.

Franziska sonreía por el retrovisor para animar a Mine. El rostro de la anciana seguía serio, impasible. Quizá ella no había mirado el retrovisor y simplemente estaba en Babia.

La clínica de Neustrelitz solo funcionaba a medio gas. Estaban pendientes unas reestructuraciones como consecuencia de la reunificación, había que levantar nuevos edificios, crear nuevos empleos, nuevas áreas de medicina. Franziska dejó a Mine con Karl-Erich en el coche y le aseguró a la enfermera de guardia, una rubia joven con gafas, que se trataba de una urgencia y corría prisa.

—¿Qué tipo de urgencia? —preguntó.

—Sospecho que un infarto...

Entonces todo fue muy rápido. Pocos minutos más tarde Franziska y Mine se encontraron en el pasillo de la primera planta, justo delante de la unidad de cuidados intensivos. Ahora había que esperar. Las tres, las tres y media... Una enfermera con pelo corto y un piercing en la nariz se acercó a ellas y aclaró que el paciente estaba ahora estable, pero todavía no podían verlo. Le habían puesto suero y el médico le había dado un calmante.

Otra espera. Ya eran las cinco. Franziska intentó sin éxito localizar a Jenny, después pidió a las enfermeras una infusión de menta y un biscote que le llevó a Mine en una bandeja. Ambas bebieron el té en silencio.

—Señora baronesa —dijo Mine de repente y soltó un profundo suspiro—. Señora baronesa, tengo que decirle algo.

Sonaba a confesión. Franziska se preparó. En realidad, ya había tenido suficientes emociones por hoy.

—Adelante, Mine.

La anciana suspiró de nuevo y sacudió con cuidado las migas de biscote de su falda.

—No le he dicho la verdad, y Karl-Erich siempre ha insistido en que usted tendría que saberlo en algún momento... —Dejó de hablar y buscó las palabras adecuadas.

Franziska guardó silencio, esperó, leyó lo que ponía en el letrero iluminado sobre la puerta de la unidad de cuidados intensivos que estaba junto a ellas.

—La tumba del cementerio, donde pone Iversen, sí que es una tumba de verdad. No es solo una lápida conmemorativa.

Franziska se asustó. Entonces sí que estaba enterrado en el cementerio familiar. Pero ¿cómo era posible? ¿Habían devuelto los esbirros de Hitler su cadáver? ¿Sus cenizas?

—Sabes, Mine, creo que no quiero saberlo —murmuró en voz baja—. Fue hace muchísimo tiempo. Y no es bueno removerlo. Porque después todo reaparece...

Mine asintió. Lo entendía perfectamente. Seguro que la anciana también reprimía algunos recuerdos porque dolía demasiado recuperarlos.

—Aun así, necesito decírselo, señora baronesa. Porque sigue habiendo gente que lo sabe. En la tumba en que pone Iversen...

Abrieron la puerta de unidad de cuidados intensivos.

—¿Señora Schwadke? Ya puede hablar con su marido.

Mine se apretó el pañuelo y se levantó. Respiró hondo. A Franziska no le molestó que no terminara la frase. Poco a poco, con el típico andar despatarrado de los aldeanos, fue cojeando hacia la puerta.

Ella apoyó cansada la cabeza contra la pared pintada de verde. Menos mal que había convencido a Karl-Erich para llevarlo a la clínica. Ojalá no tuviese la ocurrencia de querer volver esta noche a Dranitz. Ella se lo había prometido, pero seguro que no era lo que más le convenía.

Alguien tocó al otro lado de la puerta y luego apareció Mine.

—Venga, señora baronesa. Por favor, quiere decirle algo...

Franziska suspiró y se levantó de la incómoda silla. ¿Podía entrar a la unidad de cuidados intensivos sin permiso?

La enfermería estaba acristalada a un lado, probablemente había una enfermera para supervisar a los pacientes. Las paredes restantes estaban llenas de aparatos que emitían leves pitidos y zumbidos: cajas grises con pantallas y monitores rojos y blancos. Angustiada, la mirada de Franziska se deslizó por las camas, que estaban a poca distancia las unas de las otras, sin biombos ni cortinas por medio. Sobre cada cama pendía una barra cromada que servía para colgar las botellas de suero. Allí se supervisaban seis pacientes día y noche. Karl-Erich estaba justo delante, no muy lejos de la puerta, conectado a los inquietantes utensilios por infinitos cables y vías.

Se acercó dubitativa, volvió a mirar interrogante a Mine y, cuando esta le hizo una seña con la cabeza, se asomó a su cama.

—Esto es por culpa de Grete —lo oyó susurrar—. Por culpa de Grete...

Franziska se inclinó más sobre él para poder entenderlo mejor. ¿Grete? ¿Qué Grete?

—Su hermana —murmuró Mine, que estaba a su lado, como si hubiera oído la pregunta que no había llegado a formular.

¡Por supuesto! Ahora se acordaba. Mine había dicho que él simplemente no podía olvidar ese asunto. Dios mío, hacía ya tanto de aquello...

—Fue culpa mía —susurró él—. No presté atención. Tendría que haber notado algo...

—No —respondió Franziska—. Nadie lo notó. Ni siquiera Elfriede, que pasaba tanto tiempo con ambos. Los dos, Heinrich y Grete, lo hicieron a escondidas.

Se detuvo y observó su rostro. Ya no tenía la frente pálida, sino enrojecida. No sabía si era buena o mala señal. En todo caso, el pitido en la caja gris junto a su cama seguía siendo constante.

—Entonces ¿por qué no me dijo nada? —siguió susurrando—. No le habría cortado la cabeza. La quería.

—Todos la queríamos —aseguró triste Franziska—. Elfriede lloró mucho por ella. No estuvo bien por parte de Heini. Fue injusto. Una injusticia amarga y terrible. Siempre fue nuestro preferido, ¿lo entiendes, Karl-Erich? Siempre tan alegre, tan optimista. Podía hacer reír a todos cuando quisiese. Pero la guerra se lo llevó, como a tantos otros. Quizá habría sido de otra manera de haber seguido vivo...

Tuvo que tragar saliva porque, de repente, le brotaron las lágrimas. Buscó a toda prisa un pañuelo y se limpió la nariz y se frotó los ojos. Sin embargo, las lágrimas no cesaban, cada vez eran más abundantes.

—Lo siento —murmuró—. Lo siento infinitamente.

El pitido se entrecortó. Detrás de ella hubo movimiento, una enfermera entró corriendo en la habitación, giró la ruedecilla de una vía de suero y esperó hasta que el pitido volvió a ser constante.

—Es mejor que se vayan. Mañana a partir de las diez vuelve a ser horario de visita. En caso de que haya algo urgente, las llamaremos.

Karl-Erich tenía ahora los ojos cerrados, parecía dormir plácidamente. Es posible que la conversación lo hubiese agotado. No obstante, Franziska tenía la sensación de que se había resuelto algo entre ellos. Se había quebrado una resistencia. Por fin había salido a relucir un tema que llevaba mucho tiempo latente. Y les había sentado bien a ambos.

De vuelta a Dranitz, Franziska se detuvo delante de la antigua casa de los campesinos para que Mine se bajase. La anciana le dio las gracias y se volvió para irse cuando de repente pareció venirle algo a la mente.

—Ah, sí —dijo y se volvió de nuevo hacia Franziska—. Lo de la tumba en el cementerio... Dentro no está Walter Iversen. Es la tumba de su hermana Elfriede.

Acto seguido se dio la vuelta y desapareció deprisa en la casa.

Franziska permaneció sentada en el coche, petrificada, miró la valla de madera del jardín, de la que se desconchaba la pintura, e intentó sacar algo en claro de las palabras de Mine. Al parecer, se lo habían ocultado durante todo el tiempo, probablemente para protegerla, para ahorrarle la culpa. Su pobre hermana pequeña debía de estar muy trastornada cuando murió.

Diario de Elfriede von Dranitz

15 de mayo de 1945

Estoy sentada en un rincón de la cuadra, donde el fuego ha causado menos estragos y todavía está en pie una parte de las paredes. Están carbonizadas y siguen oliendo a fuego, también un poco a amoníaco, porque aquí estaba antes el Príncipe de las estrellas, nuestro semental. Ya no está, como tampoco están los demás caballos; los rusos se los han llevado todos. También han ahuyentado a las vacas, sacrificaron a los cerdos y las gallinas desaparecieron.

No imaginaba que hubiera personas tan crueles. Sus rostros son apáticos, sus cuerpos apestan a sudor y aguardiente. Dispararon a nuestros perros, que aullaban de dolor, pero esos diablos no pararon de disparar y reír hasta que todos estuvieron muertos. Destrozaron la puerta de la casa, aunque estaba abierta, golpearon y desvalijaron a los refugiados que estaban escondidos en la casa, violentaron a todas las mujeres, también a las ancianas y a las niñas pequeñas. Después, por diversión, empezaron a destruir nuestros muebles y solo pararon cuando descubrieron la bodega de papá. Prefirieron emborracharse con el vino tinto.

En el pueblo, ninguna casa estaba a salvo. Mine no me

quiso decir lo que pasó allí, pero lloró cuando ayer nos trajo algo de comer. Nos dijo que a ella no le pasó nada malo. Cuesta creerlo, pero a los demonios rusos les gustan los niños pequeños. Se encapricharon del pequeño Vinzent, que tiene apenas dos años. Le llevaron a Mine incluso harina y manteca, y una vaca para que tuviese leche para los niños.

Han fusilado al abuelo. Abrió de golpe la puerta y se plantó en el umbral con una de nuestras escopetas de caza en las manos cuando saltaron de su camión y corrieron a la mansión. Eso ha contado la vieja Koop, dice haberlo visto desde el lago. Los disparos los oímos papá y yo en la cuadra.

—Lo quiso así —aseguró papá en voz baja cuando Koop se alejó cojeando—. Quiso morir como un hombre, con el arma en la mano, cara a cara con el enemigo. Que Dios lo tenga en su gloria.

Creo que papá se avergüenza de su disfraz. Preferiría luchar, los hombres son así. Pero contra semejante superioridad no puede luchar nadie, solo se puede morir. Y papá quiere vivir. Por nosotros, por mamá, por mí y por Franzi. Por la finca. Por nuestra familia. Por lo que venga después, cuando lleguen días mejores y volvamos a estar todos juntos.

Los rusos no nos hicieron nada cuando llegaron a la cuadra. Solo tenían ojos para nuestros bonitos animales y no hicieron caso de dos mozos de cuadra. Uno de los soldados nos ofreció incluso su cantimplora y bebimos un trago de ella. Era vodka barato. Pero quería hermanarse con nosotros con buena intención. Nunca se sabe qué se puede esperar de ellos. A veces son bondadosos y divertidos como los niños y al minuto siguiente su voz se transforma y pegan y matan como las bestias. No obstante, los oficiales están hechos de otra pasta, son gente formada y solo beben el mejor vino tinto de la bodega de papá. Quizá incluso se podría hablar con ellos con sensatez, pero no nos atrevemos; mejor seguir vestidos de mozos de cuadra. Dirigen un regimiento severo, no dudan en fusilar a sus propios soldados por una leve infracción.

Había escondido mi diario debajo de la camisa cuando papá y yo fuimos por la noche a hurtadillas a la mansión en busca del abuelo. Fue prudente por mi parte, porque cuando llevábamos el cadáver por el parque al cementerio, vimos de pronto las llamas. Habían prendido fuego a la cuadra. Los caballos se habían ido hacía tiempo, pero el heno y la paja de la buhardilla ardían en llamas.

—Mejor así —murmuró papá con amargura—. ¿Para qué necesitamos heno si nos han robado todos los animales?

Fue terriblemente agotador arrastrar el cuerpo hasta el cementerio. Tenía que detenerme a menudo y soltarle los tobillos para descansar un poco. Tenía los tobillos helados y duros al tacto, pero el rostro estaba liso y hermoso, como si solo durmiese. Le habían disparado en el pecho, pero papá le abrochó la chaqueta para que yo no viera la sangre. La llave de la capilla seguía estando en el mismo lugar, debajo de una piedra plana junto a la entrada. Pusimos al abuelo detrás del altar, en el suelo de piedra, le juntamos las manos y yo le atusé el pelo y la barba. Papá recitó el versículo «El Señor es mi pastor, nada me falta: en verdes praderas me hace reposar...» y ambos rezamos el padrenuestro. Después fui a la tumba de Heini para contárselo todo y me dijo que estaba contento de tener al abuelo a su lado.

Llovía cuando papá y yo volvimos. Nos vimos obligados a tener cuidado, porque en el jardín había una horda de rusos sentados alrededor del fuego que se reían, alborotaban y bebían aguardiente. Había mujeres con ellos. La lluvia no parecía molestarlos. Papá y yo pasamos la noche en el cobertizo de la casa del inspector.

20 de mayo de 1945

Hace mucho frío por la noche y tengo un hambre horrible. Mine ha dicho que vaya al pueblo, a su casa. Quiere hacerme pasar por su hermano pequeño. Así podría comer con ellos, cocina gachas con leche porque sigue teniendo una vaca. Pero tengo miedo y no me gusta bajar al pueblo.

Cada vez llegan más rusos. Unos siguen su camino después de haber causado suficientes estragos y les suceden otros para coger lo que sobra. A menudo son tártaros de ojos sesgados y pequeñas caras amarillentas. Llevan barbas finas y gritan más que los rusos: «*Uri, uri!*». Así exigen que les entreguemos nuestras pertenencias y cosas peores. Desvalijan a los pobres refugiados de la mansión una y otra vez, las mujeres se esconden en el jardín, pero como algunas tienen niños pequeños los gritos las delatan a menudo y los rusos las encuentran. Los pequeños lloran porque tienen hambre y las madres no pueden darles nada. Las provisiones de la mansión se han agotado, no hay nadie allí que se ocupe de los hambrientos.

Papá dice que podemos estar contentos de que no incendiaran la mansión como hicieron con la casa del inspector. Le prendieron fuego porque se pelearon por la noche y se dispararon violentamente. Dentro está todo calcinado, el tejado se vino abajo, las llamas han chamuscado los antiguos árboles junto a la casa, sus copas están deshojadas y negras. Como tres rusos murieron en el incendio, llevaron al patio a todos los refugiados que estaban en la mansión y escogieron a diez personas con intención de fusilarlas. Entonces una de las mujeres gritó que mejor debían fusilar al terrateniente, que se había disfrazado de mozo de cuadra y malvivía en el establo quemado. Sabía algo de ruso porque era de Prusia Oriental, de modo que entendieron lo que dijo. Fueron a buscar a papá y el oficial lo interrogó. Pero no lo fusilaron, sino que lo encerraron en un camión y se marcharon. Después volvieron a meter a los refugiados en la casa, solo algunas de las mujeres tuvieron que ir con los soldados.

Cuando vinieron a buscar a papá, me dijo que huyera lo antes posible y me escondiera en el cementerio. Pero solo llegué hasta el cruce, allí trepé al viejo roble, me escondí en el follaje y miré hacia la mansión. No fui hasta por la tarde, cuando todo había pasado, a la tumba de Heini y pasé la noche entre las lápidas. Lloré mucho tiempo antes de dormirme por fin.

Ahora estoy totalmente sola. Solo Heini mantiene su promesa y sigue conmigo. Me ha dicho que baje al pueblo, a casa de Mine, o de lo contrario me moriré de hambre. Que no tenga miedo.

Nadie me delatará. Está seguro.

10 de junio de 1945

Hoy han vuelto mamá y Franzi a la finca con uno de nuestros coches. Habían cambiado por el camino el caballo medio muerto de hambre que tiraba del coche por el broche de ónice de mamá, los rusos les habían robado nuestros caballos. El broche de ónice era una antigua pieza familiar, aunque nunca pude soportarla porque era demasiado negra y triste. Era la última joya que le quedaba a mamá; el resto, todas las joyas familiares, se las llevaron los rusos. También todo lo que les pareció útil de algún modo: las camas, los alimentos, las ollas, la ropa y las pieles, incluso los libros. Tampoco están ya los dos carruajes, ni el inspector Heinemann ni el profesor de Prusia Oriental. Han tomado sus respectivos caminos y las han dejado solas.

Mamá me contó que llegaron al sector británico, pero allí todo estaba bloqueado, los británicos no dejaron pasar a nadie más y se vieron obligadas a regresar.

Mamá no dijo ni una palabra cuando le conté lo que le había pasado a papá, pero Franzi rompió a llorar. Ahora vivimos las tres en un cuarto de criados de la mansión y tenemos que dar gracias de que los refugiados no nos delaten. Es cierto que ahora vienen menos rusos a Dranitz, pero si se enteran de que somos las terratenientes, nos deportarán o matarán. Al igual que han hecho también en Rusia con el zar y todos los nobles.

Les he dicho a mamá y Franzi quién es la mujer que denunció a papá. Tiene tres hijos, unos insolentes que se comportan como si fuesen especiales. Su madre siempre tiene mucha comida porque se acuesta con los soldados rusos. Cuando cocina, echa a las demás mujeres para que no vean todas las provisiones que tiene y mendiguen. Nadie se atreve a llevarle la contraria por su buena relación con los rusos. Mamá, Franzi y yo la evitamos todo posible, ya ha amenazado un par de veces con que los cabrones de los nobles ya no pintaban nada aquí.

Por dentro la mansión está horrible, apenas he reconocido las habitaciones. Todo destrozado y pisoteado, sucio, apestoso. Cagan en medio de la habitación, algunos han embadurnado incluso las paredes con excrementos. ¿Qué tipo de personas son? ¿En qué les ha convertido la guerra?

Entre las tres hemos tardado varios días en adecentar un poco la pequeña buhardilla. Sobre todo, queríamos librarnos del repulsivo hedor. La plata que habíamos enterrado en el sótano ha desaparecido, todavía se ve el agujero donde estaba la caja. Han sido los rusos, nos dijeron. Ya los primeros que vinieron se pusieron a cavar en el sótano. Sabían que los terratenientes alemanes siempre enterraban allí sus tesoros...

Mamá no se lo cree. Está convencida de que alguien ha revelado el escondite. Pero Franzi dijo que le importan un bledo la plata y las joyas familiares. Si al menos papá estuviese todavía con nosotras... Y si el país pudiese por fin estar en paz. La guerra nos ha arrebatado a todos los hombres. A Jobst y Heini, al abuelo y después también a papá. Y a Walter. A él lo tienen sobre la conciencia los esbirros del Führer. No murió en el campo del honor, tampoco en la batalla. Lo mataron de manera injuriosa. Ahorcado. Y, sin embargo, era un héroe. Walter era más valiente que Jobst y Heini. Más valiente y listo que todos los oficiales alemanes y sus obedientes soldados. Walter estaba con aquellos que querían quitar de en medio a Adolf Hitler para después negociar un tratado de paz que nos habría ahorrado toda esta miseria. Fue una terrible desgracia que el atentado fracasase.

Franzi y yo dormimos en una cama. A menudo cuchicheamos antes de dormir, charlamos de cosas que no podemos comentar delante de mamá. Mamá sigue creyendo que es una deshonra para un oficial matar a su general, pero creo que Franzi tiene razón. Ninguna de las dos olvidaremos a Walter jamás en la vida.

Ayer excavamos entre las tres una tumba para el abuelo. Fue un arduo trabajo, ya que solo teníamos una pala. Dos ablandábamos la tierra con palos y la tercera paleaba. Lo cubrimos con grava y piedrecillas porque no teníamos ataúd para él. Después volvimos a rellenar la tierra y nivelamos el montículo con la pala. Franzi y yo hicimos una cruz con ramas y la pusimos sobre la tumba para poder encontrar el sitio. Un día, cuando podamos volver a vivir en paz en nuestro país, mandaremos ponerle una lápida, como le corresponde a un Von Dranitz.

Franzi me ha cortado el pelo con un cuchillo porque no tenemos tijeras. Ahora lo llevo aún más corto que antes y muy irregular. Mamá afirma que el pelo corto me queda bien, que parezco muy «moderna» así.

Tenemos poco que comer porque apenas crece nada en el huerto de la finca. Nadie ha sembrado lechugas o zanahorias, los refugiados arrancan lo poco que brota en cuanto sobresale de la tierra. Mamá dice que luego será mucho peor, porque en primavera ya no se sembró nada en los campos y, por tanto, no cosecharemos ni trigo ni avena y dependeremos por completo de los ocupantes. Nuestros pobres caballos y vacas deben ir hasta Rusia: jamás lo conseguirán. Menuda locura. A veces una no sabe si estos rusos solo son tontos o terriblemente malvados. ¿Qué piensan hacer cuando los animales mueran de hambre y flaqueza durante el largo camino?

Con todo, estoy muy contenta de que ahora mamá y Franzi estén conmigo. Entre las tres es más fácil soportar todo lo malo. A menudo nos sentamos juntas por la noche y hablamos del pasado, revivimos los buenos tiempos, los años dorados, las grandes fiestas familiares, las batidas, los días de Acción de Gracias con los criados y temporeros. Entonces a mamá le gusta describir todo lo que se servía en la gran mesa, las deliciosas sopas con carne de liebre y gallina, los lomos de corzo con arándanos rojos, las bolitas de requesón en salsa dulce. Nos relamemos y sentimos en la lengua el sabor de la carne tierna y la salsa grasa, y creemos que nos llena a pesar de que solo habíamos comido un mendrugo y un par de cucharadas de gachas en todo el día.

Para no desesperarnos, contamos chistes tontos, nos reímos de un ruso inocente que quería beber de la taza del cuarto de baño porque no había visto un retrete en su vida. O bromeamos sobre nuestro aspecto, la ropa andrajosa, los zapatos desvencijados, el estado de nuestro pelo. Solo tenemos lo que llevamos puesto; cuando mamá y Franzi lavan su ropa interior, van desnudas debajo del vestido. Nadie sabe cómo será en invierno, no hay estufa en nuestro cuarto y no tenemos ni abrigos ni chaquetas, ni siquiera calcetines calientes. Mamá dice que está bien que papá no nos pueda ver así, no sería bueno para él.

Hemos quitado dos tablones del techo sobre el armario para poder escondernos en el desván perdido si llegan más rusos. Pasa mucha gente por la mansión que no sabe dónde quedarse. No se parecen a los refugiados que vinieron en primavera de Prusia Oriental, estos no tienen ni coches ni equipaje. Franzi dice que son polacos o rusos que secuestraron como trabajadores extranjeros. También hay entre ellos antiguos presos de los campos de concentración, algunos llevan todavía las batas grises y tienen la cara demacrada. Hay cierta locura en los ojos. Los rusos les dan alimentos, pero a menudo vienen a la mansión y exigen algo que comer. Si no se les da, lo toman a la fuerza.

Franzi se ríe de mí porque siempre escribo en este diario. Ha salvado algunos de nuestros libros y los esconde en el desván para poder leer poesía. Mamá me ha prohibido discutir con ella por este motivo: cada una debe aguantarlo como le guste. Solo temo que mi lapicero se acabe pronto, ya es tan pequeño que apenas puedo sostenerlo con los dedos.

Septiembre de 1945

Ha sido una época mala. Mamá contrajo el tifus y ya habíamos perdido la esperanza. Mine nos proporcionó un carro para que pudiésemos llevarla al hospital militar de Waren. Se opuso con uñas y dientes porque quería morir aquí, en nuestra finca, pero Franzi consiguió por fin persuadirla. Aquí no hay médico ni medicamentos, solo en Waren pueden tratarla y tiene alguna posibilidad de sobrevivir. Mamá no estuvo de acuerdo hasta que algunas refugiadas vinieron a vernos y nos dijeron que tenían miedo por los niños pequeños; al fin y al cabo, la enfermedad era contagiosa. Entonces la envolvimos en todas nuestras mantas y tendimos por encima del coche un toldo que los soldados de la Wehrmacht habían dejado aquí hacía meses. Franzi y yo tiramos del carro y Mine lloró porque hacía mucho frío y llovía, y no nos podía ayudar. No podía dejar a sus hijos solos. De camino nos encontramos tres veces con un pelotón de rusos, pero gritamos «¡Tifus, tifus!», y nos evitaron.

En el hospital militar pusieron a mamá en una sala con muchos otros enfermos de tifus. No nos permitieron pasar, teníamos que irnos inmediatamente. Franzi sacudió afligida la cabeza y dijo que quizá había estado mal llevar a nuestra pobre madre allí. Pero ahora ya no se podía dar marcha atrás y además se quedaron con nuestras mantas. Franzi y yo nos acurrucamos la una contra la otra por la noche para calentarnos. Ayer Mine nos trajo una manta y un par de cosas que pertenecían a Karl-Erich. Calcetines tricotados y dos jerséis gordos. ¡Qué haríamos sin Mine!

Mamá se quedó tres semanas en el hospital militar. Al principio no nos permitieron verla, hicimos el camino a Waren en vano, y tampoco sabíamos si le podíamos dar la leche y los trozos de pan que le habíamos llevado. Pero Franzi pudo hablar con el médico, un joven de Berlín que durante la guerra fue sanitario en Francia. Creo que le hizo perder un poco la cabeza, pues prometió ocuparse de mamá para que volviese sana.

Cumplió su palabra. La semana pasada nos permitieron traer a mamá a Dranitz. Sigue estando muy débil y se ha quedado en los huesos, la falda y la blusa le cuelgan como de un perchero. Pero hacemos todo lo que podemos para que se mejore. También Mine ayuda en lo que puede, y algunas personas del pueblo nos traen pan, harina y verduras. Ahora que todos pasamos las mismas calamidades, muestran compasión y hablan bien de los buenos tiempos, cuando el barón von Dranitz estaba en la finca y todos teníamos suficiente para comer.

—Él sí que era un señor que se preocupaba de todos nosotros —dijo Bott, la abuela de Liese—. Los rusos dicen que debemos tener tierras y echar a los terratenientes, pero tenemos que entregarles harina, manteca y carne. ¿De dónde lo sacamos? Nadie ha sembrado en primavera y se han llevado todos nuestros animales.

Lo que dijo no es exactamente así. Los rusos han sacado el ganado de la granja, pero les han dejado a los campesinos del pueblo muchos animales. Los aldeanos han cultivado también sus jardines, solo el huerto de la finca está revuelto y vacío.

Mamá ha dicho que tenemos que estarles agradecidas. Y que se alegra porque la gente del pueblo nos sigue guardando lealtad. Que es una gran suerte.

Octubre de 1945

Hoy hemos tenido que presentarnos ante el alcalde que el gobierno militar ruso ha investido. Se llama Otto Brockmann y no es de aquí, sino de Schwerin. Es una persona desagradable, baja, huesuda, calva, solo las cejas son negras y frondosas. Nos ha mirado de arriba abajo, vestidas con nuestra ropa andrajosa, y ha comentado que ya hemos explotado suficiente tiempo a los campesinos de esta tierra. El gobierno militar soviético había convenido que todos los nobles abandonasen su tierra. Les da igual adónde vayamos, pero tiene que haber por lo menos treinta kilómetros entre nuestro domicilio y la finca.

Nos quedamos como si nos hubiesen golpeado la cabeza. Mamá señaló que su esposo era prisionero soviético y que nos buscaría cuando saliese de la cárcel, por lo que quería esperarlo aquí.

—¿Cree de verdad que los soviéticos dejarán escapar a un terrateniente? —preguntó arrogante Brockmann. Opinaba que jamás volveríamos a ver a papá. Teníamos dos semanas de plazo para recoger nuestras cosas, después tendríamos que haber abandonado la mansión. De lo contrario, nos arriesgaríamos a ir a la cárcel. Nuestra tierra sería confiscada y repartida entre los campesinos.

A nosotras no nos quedan más que unos cuantos muebles y recuerdos, podíamos sacarlas con un coche de caballos. Del coche y el caballo nos teníamos que ocupar nosotras.

—Conténtense con que seamos generosos y salga viva, señora Dranitz. En Rusia los furiosos campesinos hicieron trizas a los hacendados y los lanzaron a los perros.

Recibimos un papel que debíamos rellenar. Se lo teníamos que presentar a Brockmann cuando partiésemos y él tenía que sellarlo.

20 de octubre de 1945

Franzi nos ha procurado un caballo con la ayuda de Mine. Cargaremos el coche en que volvieron Franzi y mamá con nuestras cosas. No es mucho. Dos colchones, una cómoda, una alfombra pequeña, mantas de lana, dos almohadas. Batería de cocina, platos de latón y cucharas. Una palangana. Un saquito de harina, algo de azúcar. Los libros de Franzi. Mamá quería llevarse algunos cuadros, pero los refugiados no nos querían dejar entrar en su habitación porque tenían miedo a que les robásemos. Algunos se mudaron en verano al Oeste, pero llegaron otros que quieren pasar el invierno aquí. Mamá conserva algunos documentos en una carpeta que cuida como oro en paño.

Nos iremos la semana que viene. Treinta kilómetros no es tan lejos como parece, dice mamá. Solo hasta Malchow. Allí quizá encontremos una casa de campo deshabitada. Cuando hayamos pasado el verano y papá vuelva a estar con nosotras, todo irá mejor.

—Lo conseguiremos, chicas —nos asegura mamá una y otra vez—. No van a poder con nosotras. Somos más fuertes, porque creemos firmemente en Dios. Y en nosotras mismas.

Por la noche tuve un terrible dolor de garganta y la cabeza me zumbaba hasta estallar. Mamá quería que me quedase en la cama, bien envuelta en las mantas. Ahora no puedo resfriarme bajo ningún concepto. Pero no aguanté en la cama, toda la habitación olía de golpe a betún viejo y a madera podrida, de modo que me puse muy mala. Me envolví en la manta y me senté junto a la ventana. Los árboles de hoja caduca del jardín estaban rojos y amarillos, brillaban hermosísimos con los oblicuos rayos de otoño. Diseminan sus hojas por el césped, que ahora está espigado como un prado porque nadie lo ha segado. También he podido ver el cementerio, la capilla de ladrillo rojo sobresale entre los pinos, y encima resplandece la veleta pequeña y dorada. Es de una crueldad indescriptible que nos echen de aquí; también tendré que dejar la tumba de Heini. Jamás podré volver a dialogar con él, jamás podré volver a oír su tranquila y relajante voz. No, no me quiero ir de aquí. Prefiero morir.

24 de octubre de 1945

Mamá me ha traído el diario a la cama. Tengo fiebre. La cabeza me va a explotar y me cruje la tripa. Escribir me cansa horriblemente.

25 de octubre de 1945

He visto a la abuela. Y a la tía Susanne. Estaban junto a mi cama y se lanzaban pelotas de colores. Cuando las pelotas pasaban sobre mí, se convertían en velos y arrastraban largas y ondeantes cintas tras de sí. Mamá cuchichea con Franzi. Me envuelven paños húmedos en las muñecas y tobillos, pero el fuego que me quema por dentro no se puede apagar. Estoy tan enferma que ni siquiera me puedo levantar sin ayuda.

Diciembre de 1945

La buena de Mine me ha guardado el diario. Ahora vivo con ella, en el cuarto que antes pertenecía a su hermano. Mine y los niños duermen todos juntos en el lecho conyugal. Ha dicho que seguro que habrá gritos cuando Karl-Erich vuelva porque no admitirá a los niños en su dormitorio, pero de momento nadie ha vuelto. Ni Karl-Erich ni el cochero Guhl ni el inspector Schneyder ni el profesor Schwenn. Solo nos queda el viejo pastor Hansen, que ya está muy por encima de los setenta y no era necesario que fuese a la guerra.

Mamá y Franzi se han ido. No me acuerdo de cuándo me abandonaron porque tenía la fiebre muy alta. Mine dice que estuve muy cerca de la muerte. Me llevaron al hospital militar en Waren después de que mamá y Franzi se fueran; Mine se lo había prometido. No sé mucho más, durante la mayor parte del tiempo estaba en un mundo fantástico, que a veces era muy bonito, pero en la mayoría de las ocasiones parecía angustioso y sombrío.

Era por los dolores. Me dolía todo, la cabeza, las extremidades, la espalda, la tripa. Sentía cada uno de los pelos de mi cabeza y me ardían los ojos en las órbitas. Pero lo peor era la debilidad. Solo quería estar tumbada y zambullirme en el mundo fantástico. Perderme en él. Descender hasta el fondo de los sueños y quedarme allí. Sin dolores. Sin pena. Sin horror. Solo estar tumbada tranquila, y no regresar jamás a la vida real.

Pero la fiebre bajó y sané. No era agradable estar en la gran crujía y ver la miseria de la gente a mi alrededor. No soy apta para ser enfermera, no puedo ver cómo sufren otras personas. Cómo se lamentan, se quejan, resuellan, vomitan en los baldes. Algunos también murieron.

Le pedí al doctor que me dejara ir y volví a pie a Dranitz. Nevaba, pero no hacía mucho frío. Tenía una manta, que me puse en los hombros, y calcetines de lana de Mine. Mis viejos zapatos son por desgracia permeables, pero no importaba. Caminé despacio y cogí los copos de nieve con la boca. Se derritieron fría y pulcramente en mis labios y respiré el limpio aire del invierno. Cuando llegué por la noche a Dranitz estaba exhausta, pero había vuelto a la vida.

Mine dice que debo esperar hasta que lleguen noticias de

mamá y Franzi. No tendría sentido ir a Malchow si quizá no se pudieron quedar allí y siguieron adelante. Dice que estoy demasiado débil para ir a buscarlas sola y que, además, el doctor le dijo que la fiebre podía volver.

Ya he estado tres veces en la tumba de Heini. Tengo que ir con cuidado, porque han llegado más rusos y me ha crecido bastante el pelo. A Mine no le gusta cortarlo mucho, así que me ha prestado un gorro de Karl-Erich para que parezca un chico. Echo mucho de menos a mamá y a Franzi. Pero si me dejan, preferiría quedarme aquí. Primero por papá. Para que al menos encuentre a alguien de la familia cuando vuelva.

21 de diciembre de 1945

La tierra tiembla y el paraíso se ha abierto. La fiebre ha vuelto, me ha lanzado su pesado y feliz sueño. Quizá siga soñando ahora. Quizá todo sea una ilusión.

Pero lo he visto en sus ojos. Él me ha abrazado y hemos subido a las nubes…

Desde el principio: hoy al mediodía, cuando le daba gachas al pequeño Vinzent en la cocina, alguien llamó a la puerta. Mine miró inmediatamente por la ventanita de la cocina porque hay que tener cuidado, pero, pese a que no había rusos, se volvió a oír el golpeteo. Supuso que era un refugiado que tenía hambre y quería calentarse y abrimos la puerta.

Parecía muy extraño. No lo reconocimos y también él nos miró fijamente, como si tuviese que acordarse. Entonces torció de repente la boca y sonrió. En ese momento creí que estaba loca. Que veía a un muerto.

—Pequeña Elfriede —dijo—. Eres Elfriede, ¿no?

Ni Mine ni yo le respondimos. Nos quedamos de piedra. Solo Vinzent empezó a lloriquear porque ya nadie le daba de comer.

—No os asustéis —dijo el forastero con la mirada en el suelo—. He cambiado mucho, lo sé.

Entonces empecé a hablar a borbotones. Las palabras me brotaban porque sí de la boca, sin que las pudiese controlar, se precipitaban unas sobre otras, se enredaban, se superponían.

—¡Pensábamos que estabas muerto! Nos enviaron una sentencia de muerte... Ponía... ponía que se había ejecutado hacía mucho...

Entonces empecé a sollozar. Oí los gritos de Mine, después se abrió de repente ante mí un abismo giratorio y envolvente que me absorbió. Oscuridad. Y luego nada más. Ni pensamientos ni ruidos ni tiempo. En algún momento temblaron sobre mí unas sombras, crujieron unos escalones, un niño lloró...

—¡Bueno! ¡Has vuelto, pequeña Elfriede! Nos has dado un buen susto.

Su rostro encima de mí. Muy extraño. Muy diferente a antaño. Sombras por todas partes. Alrededor de los ojos. En las mejillas. Alrededor de la boca. Los ojos miraban de otra manera. Amargos. Tristes. Sonreía, pero su sonrisa no era la misma. No encajaba en ese rostro destrozado.

Lo miré todo el tiempo. Tampoco aparté la vista de él cuando me puso encima de la cama y me tapó con una manta de lana. Tenía las manos finas y blancas, las muñecas huesudas. Con el dorso de la mano derecha se tocó una cicatriz roja.

—¡Quédate! —le pedí cuando quiso retirarse en silencio.

Se sentó en mi cama y no sabía bien qué decir.

—Habéis pensado que era un fantasma, ¿verdad? —dijo al cabo de un rato.

Sonreí y asentí avergonzada.

—Me dejaron con vida —continuó con voz ronca—. No sé si estuvo bien o mal... —Se interrumpió y apartó la vista de mí.

Entonces le agarré la mano y la apreté.

—Está bien —musité—. Estoy muy contenta de que estés vivo, Walter.

Me miró de manera extraña. Como si estuviese equivocada. Como si no hubiese motivo para estar alegre. Aun así, se inclinó sobre mí y me besó en las mejillas. Muy suavemente, como papá hacía a veces.

—Mi pequeña Elfriede —murmuró—. Sí, es bonito reencontrarse con los buenos amigos. Bonito, pero también difícil. Porque ya no somos los mismos.

23 de diciembre de 1945

Se ha ido a primera hora. Quiere ir a pie a Malchow para buscar allí a mamá y a Franzi. No me ha querido llevar.

—Solo serás un estorbo para mí, pequeña Elfriede. No tienes zapatos decentes y tampoco puedes ir tan rápido. Cuando haya encontrado a Franzi volveré para recogerte. Te lo prometo.

Estaba furiosa con él. Es cierto que tengo los zapatos agujereados, pero aun así camino más rápido que él con sus botas recias.

—¡Sigo la marcha de tu pata coja!

No respondió nada y más tarde me avergoncé mucho de haber dicho algo tan mezquino. Arrastraba la pierna izquierda. Mine cree que la Gestapo lo torturó en la cárcel. Por eso no tiene problemas ahora con los rusos, cuenta con un documento que certifica que fue prisionero de los nazis. Le dieron un abrigo caliente y botas, y podía utilizar el tren sin pagar.

—Volverá —me consoló Mine—. No es un mentiroso, cumple su palabra.

Yo estaba terriblemente triste cuando se marchó. Me controlé durante todo el día, pero por la noche no pude parar de llorar. ¿Por qué había dicho algo tan horrible? Ahora me odiaría. Se ha ido para buscar a Franzi. Su novia. Por supuesto que la sigue queriendo. Quizá incluso más que antes. Nos preguntó por ella, quería saber si la Gestapo nos había interrogado, si habían tomado represalias contra nosotros, si Franzi lo había desdeñado por haber actuado contra el honor de los oficiales. Si estaba comprometida de nuevo. Cuando le conté que Franzi había ido a Berlín para salvarlo de la cárcel, se le llenaron los ojos de lágrimas. No debería haberme ido tanto de la lengua, pero tampoco sé mentir bien. Ahora quiere a Franzi incluso más.

«El amor es como la sarna», dice la gente del pueblo. «Quien lo pilla, no se libra de él con facilidad.»

Es probable que haya encontrado a mamá y Franzi hace mucho. Seguro que primero se llevaron un buen susto, igual que nos pasó a nosotras. Pero después se abrazaron y Walter besó a Franzi. No como a mí, en las mejillas. Fijo que la besó en la boca y a la vez la estrechó cariñosamente. Como hacen los enamorados. Ahora están sentados a la mesa en una bonita casita de campesinos y se cuentan lo que les ha pasado. Hacen planes de futuro.

Si el exprisionero de la Gestapo Walter Iversen quiere casarse con una noble, la futura baronesa Von Dranitz, los rusos no estarán muy entusiasmados. Quizá pierda entonces sus privilegios. Pero seguro que eso no le impide tomar a Franzi como esposa. Qué feliz es ahora mi inteligente y hermosa hermana mayor. Con todas las desgracias que nos han sucedido, ahora puede mirar al futuro esperanzada. Yo, en cambio...

Me recogerán, eso seguro. Walter vendrá con el coche de caballos y Franzi estará sentada a su lado en el pescante. Bien acurrucada junto a él. Como una esposa enamorada. No quiero ir con ellos a Malchow. No quiero tener que ver cómo se dan el «sí, quiero» y se miran a los ojos llenos de añoranza. ¡Por encima de todo no quiero oír lo que hacen en el dormitorio! No quiero, no quiero, no quiero...

Ya es la tercera noche que lloro, pero no ayuda en absoluto. Solo va a peor. ¿Por qué no he muerto de tifus? Me habría evitado esta miseria.

25 de diciembre de 1945

Ha llegado a primera hora. Sin caballo ni coche. Llueve, todos los caminos están inundados. Estaba calado hasta los huesos y tenía las botas llenas de barro. Con una extraña y desfigurada sonrisa nos ha deseado «Felices fiestas», pero no nos ha acompañado a la misa de Navidad. Tampoco quería quedarse en la cocina al calor de los fogones. En su lugar se ha hecho un catre en el desván, justo al lado de la chimenea, y se ha echado a dormir.

—¡Con la ropa mojada! —ha dicho Mine con un gesto de desaprobación—. Si no se nos pone enfermo...

Me he pasado toda la misa de Navidad rezando a Dios. Que lo mantenga sano. Que no se case con Franzi. Que se quede aquí. Que no siga enfadado conmigo...

No son deseos piadosos, lo sé. Pero Dios mira de todas maneras dentro de mi corazón y sabe cómo es. ¿Por qué debería entonces fingir deseos piadosos?

Cuando hemos llegado de la iglesia seguía allí arriba acurrucado, con los ojos cerrados. Mine ha subido a llevarle un par de cosas secas de Karl-Erich, pero no se las ha puesto. Tampoco quería comer. Hasta la noche, cuando acostamos a los niños, no ha bajado a la cocina y nos ha contado que no había encontrado a Franzi ni a mamá en Malchow. No les permitieron quedarse, no querían tenerlas allí, así que tuvieron que seguir su camino. Al parecer fueron con el caballo y el carro a Karow, y de allí siguieron en tren hasta Güstrow. Después a Lübeck. Al Oeste. Salieron del sector ruso.

—Ay, Dios, ay, Dios —se lamentó Mine—. ¿Cómo puede ser? Tan lejos. Entonces seguro que no vuelven nunca.

Walter ha visto lo horrorizada que yo estaba y se ha arrepentido de haber contado tanto. Ha dicho que no eran más que rumores, solo chismes sin demostrar. Quizá no era en absoluto cierto. Y aun cuando Franzi y mamá intentasen pasar al Oeste, era muy improbable que lo lograsen.

Estaba contenta de que me quisiese consolar. Le dije que llevaba mucho tiempo esperando noticias de mamá y Franzi. Y que me había quedado aquí totalmente sola, la última de nuestra familia. Que a menudo me sentía sola, desamparada.

Mine frunció el ceño y dijo que no tenía inconveniente en que Walter se quedase un par de días más en su casa, pero quiso saber qué planes tenía.

—Ninguno —dijo él—. Pero puedo echar una mano en la finca.

Saltaba a la vista que a Mine no le parecía bien. Seguro que necesitaba ayuda, pero era por la gente. Y porque Karl-Erich era muy celoso.

—Si vuelve a casa y encuentra un hombre viviendo conmigo, pensará cualquier cosa de mí.

—Lo entiendo —dijo Walter y sonrió.

Walter y yo sabíamos muy bien que Mine nos mentía.

Simplemente no quería que estuviese cerca de mí. Porque había visto cómo lo miraba. Y porque Walter había sentido compasión por mí y quería consolarme en mi soledad.

27 de diciembre de 1945

Walter se ha instalado en dos habitaciones de la mansión. Son el salón rojo y la biblioteca. Lo he ayudado a ordenar y limpiar. Han causado tremendos estragos, Walter estaba igual de horrorizado que yo. Habían echado al fuego los hermosos y antiguos libros que el abuelo había mandado traer de Berlín y que habían costado mucho dinero. Solo han quedado algunos tomos, y de los muebles, solo dos pequeños sillones con la tela cortada, además del sofá. Walter me lo ha preparado como si fuera una cama. Dormirá en la biblioteca y de dos estanterías hará una cama.

—Cuidaré de ti, pequeña Elfriede —prometió—. A partir de ahora ya no estarás sola. Seré un padre y hermano para ti, se lo debo a vuestra familia.

Le he dicho que le estoy infinitamente agradecida. Y que deberíamos seguir juntos hasta que tengamos noticias de mamá y Franzi. Está de acuerdo. Por lo que sea, ha renunciado a buscar a Franzi. Cuando la menciono, algo que solo ocurre rara vez, se le pone un gesto amargo en la boca que le hace parecer muy viejo. Pero cuando estoy alegre y gasto bromas, lo acepta. Me quiere cerca y, cuando le hago reír, lo disfruta como algo largamente añorado. Por el día está fuera, corta leña, habla con los habitantes que quedan, pide prestadas herramientas y echa una mano a los demás. Tiene una buena forma de tratar con la gente. Sobre todo, le hacen caso las mujeres.

Al mediodía comemos lo que he cocinado abajo, en la cocina de la mansión. No es espectacular, porque no soy cocinera, pero me elogia a menudo. Por la tarde enciende la estufa, después elige uno de los libros y me lo lee. Si está demasiado oscuro para leer tiene que parar, porque tenemos pocas velas y las necesitamos para las emergencias. Entonces nos sentamos junto a la pequeña estufa, miramos nuestras sombras en las paredes a la luz rojiza de las brasas y hablamos en voz baja. Nos contamos cosas extrañas, asuntos de los que no se hablaría durante el día. De los sueños febriles y del hermoso mundo ya desaparecido. De los pensamientos que inquietan a una persona en la celda cuando no sabe si sobrevivirá a la noche. De esperanzas frustradas. De la espléndida y dichosa época que se ha perdido para siempre. Hablamos a media voz, a veces susurramos. Nos vemos solo como siluetas oscuras, pero sentimos la presencia del otro con más fuerza que a la luz del día. Dos sombras que se conmueven con palabras. Que se precipitan la una sobre la otra, retroceden la una ante la otra y aun así están hechas la una para la otra...

31 de enero de 1946

Me pertenece. Soy su ama y él es mi siervo. Soy su obediente esclava, él es mi maestro. Nos hemos entrelazado el uno con el otro, unido para siempre, nada puede romper la red que nos rodea.

Fue muy fácil. No sospeché lo mucho que dependía de mí. Lo escasa que fue su resistencia. Soy una seductora, es una habilidad innata. Cada movimiento de mi cuerpo, cada gesto, cada mirada echa leña al fuego de su pasión. Me susurra al oído que no puede hacerlo, que es deshonroso, pero me burlo de él. Acaricio ligeramente el interior de sus manos, paso los brazos por su cuello, los dedos le rodean la nuca, mi boca está caliente y mis labios tan carnosos que no hay escapatoria. Es divertido quebrar su resistencia, sentir cómo la pasión lo domina cada vez más, le sobreviene la embriaguez y hace lo que jamás querría hacer. O lo que siempre ha anhelado.

Me convenzo de que Walter solo me ha querido a mí desde el principio porque he cautivado sus sentidos. Yo, la diabla maliciosa, loca, pelirroja. La hermana pequeña y maligna. La amada cariñosamente salvaje. No, mi honrada hermana jamás habría encendido esa lasciva voracidad en él, este envolvente delirio de fuego, las dulces llamas del infierno que arden sobre nuestro lecho de amor, que nos consumen hasta las cenizas, de las que renacemos todos los días.

He conseguido mi objetivo. La guerra, que ha traído tanta desgracia, me ha dado el amor.

3 de marzo de 1946

Ha escondido mi diario. No quiere que escriba tonterías. Me puse hecha una furia porque lo ha leído sin mi permiso.

—No se anotan semejantes cosas, pequeña Elfriede. Es indecente.

—Entonces ¿hacemos cosas indecentes?

Me ha besado y ha dicho que había una diferencia entre hacer y escribir sobre ello. Hacemos toda clase de locuras y es una pena que ahora no pueda confiarle nada a este diario. Pero obedezco y dejo de lado el lápiz, pues mi severo señor ha empezado a encender la estufa. No quiere que tenga frío, pues no llevo ni vestido ni camisa cuando lo seduzco…

4 de abril de 1946

Me muero, no puedo comer, ni siquiera beber manzanilla. Todo lo vomito y llevo semanas así. Walter está preocupado por mí, porque cada vez estoy más delgada. Dice que pronto solo seré una briza.

Espero un bebé. Un hijo. El hijo de Walter. Si no estuviese tan enferma, estaría infinitamente orgullosa y feliz...

Walter ha ido a ver al alcalde. Quiere que nos casemos. Mi hijo y yo llevaremos su apellido.

Ay, Dios, ¿dónde está el cubo? Estoy muy mal.

10 de mayo de 1946

La vida me trata bien. Nunca había estado tan contenta y llena de felicidad. Ahora tengo todo lo que había anhelado. Mi marido y mi futuro bebé.

La primavera se ha tendido sobre el campo sacudido por la guerra, la nueva siembra crece, los prados están de color verde suave. Hay disputas y discordia entre la gente a quien han dado nuestra tierra, algunos son obreros o vienen de otras profesiones y no entienden nada de agricultura. Walter viaja mucho, se ha procurado un caballo y un coche y negocia con distintos artículos en el mercado negro, entre ellos también el aguardiente casero de los campesinos. Es la mejor opción para conseguir alimentos y un poco de comida. También participan los rusos, Walter tiene una gran clientela. Ahora está lleno de dinamismo y se le ocurren todas las ideas posibles para mejorar nuestra situación.

—Me has devuelto la esperanza y la fe en mí mismo —me dice una y otra vez.

Nuestra boda fue muy modesta en comparación con las grandes fiestas del pasado, pero hermosa. Llevé un vestido blanco que Mine me cosió con unas sábanas y una cortina como velo. La corona de mirto me la ahorré, pues mi vientre ya está tan abultado que no puedo ocultar el embarazo. Pero al pastor Hansen no le molestó. Más tarde lo celebramos con un número reducido de invitados. Estaban Mine y sus hijos, los refugiados que siguen viviendo en la mansión y el pastor. Walter había conseguido dos liebres y Mine cocinó con ellas un puchero maravilloso. Después hubo flan, galletas de miel y café en grano de verdad.

Me encuentro bien, solo que a veces estoy muy cansada. Mine dice que no es nada raro durante un embarazo. Walter es infinitamente cariñoso conmigo, pero debido al bebé ya no me quiere tocar.

Lo quiero más que a mi vida. Cuando está a mi lado, no me falta nada para la felicidad plena. Solo temo que nuestro hijo pueda alterar este equilibrio una vez que haya nacido…

Jenny

Julio de 1991

La noche de la barbacoa en casa de los padres de Mücke fue un chasco total. Por lo menos para Jenny. En realidad, los demás se lo habían pasado bien en el jardín de los Rokowski, adornado con linternas. Salchichas de Turingia, ensalada de patatas casera y, por supuesto, patatas fritas al horno. Con kétchup. No daban abasto con lo que había allí. Ella apenas tragó con dificultad una salchicha y añadió dos cucharadas de ensalada de patatas: después solo se mantuvo a base de cerveza.

—Sigues dando el pecho —le recordó Mücke en tono de reproche—. No puedes emborracharte.

¿Cómo es que esos orientales querían darle lecciones continuamente? Al día siguiente a primera hora le daría a la pequeña Julia un biberón: ¿dónde estaba el problema? Si al menos hubiese venido la abuela, pero, según había contado la señora Kruse a los Rokowski, se había ido con Mine y Karl-Erich y no había vuelto a aparecer. Kruse dijo que Karl-Erich estaba pálido como un muerto. Temían que cayera fulminado en cualquier momento. No había sido para nada un paseo en coche.

Más tarde se unió Ulli y les explicó que su abuelo estaba en la clínica de Neustrelitz. Se lo había contado Mine, que había vuelto a casa.

—Quiero ir a verlo enseguida —dijo, mientras se hinchaba hambriento a patatas fritas y salchichas de Turingia—. No me gusta dejar a la abuela sola.

Era un detalle por su parte. Jenny pensó si debía decírselo, al fin y al cabo, le había soltado un montón de pullas, pero Ulli se mantuvo alejado de ella, se sentó junto a Mücke y conversó con su amiga. Por desgracia, Jenny no entendía nada porque el padre de Mücke había puesto la radio muy alta: era un milagro que los vecinos no tuviesen un ataque de locura homicida. Ulli no la miró ni una sola vez. Sí que se las daba de ofendido. Una pena...

Después habló con Kacpar, que le sirvió cerveza y cogió a la pequeña Julia en brazos. Sin embargo, ella no estaba demasiado animada, por lo que se despidió bastante pronto con la excusa de que estaba muerta de cansancio porque la niña siempre la despertaba por la noche. No era mentira del todo, pero tampoco respondía a la verdad.

—Saluda a tu abuela —dijo Mücke, que la acompañó hasta la puerta del jardín—. Ulli me ha contado que le ha salvado la vida a Karl-Erich. ¡Es una mujer genial la baronesa!

Jenny asintió, abrazó a su amiga y empujó el carrito haciendo eses hasta su piso por las calles del pueblo. La cerveza surtió bastante efecto. A la mañana siguiente Franziska le contó que había entrado en el piso tambaleándose con el bebé, había cogido en brazos a la pequeña Julia y se había tirado en la cama en el acto. Había olvidado el carrito abajo; si la abuela no lo hubiese subido, ahora probablemente ya no estaría. ¿Por qué se había emborrachado tanto?

—No me acuerdo de nada —se lamentó Jenny, que tenía una resaca terrible. Pero ¿qué le pasaba? Antes tres cervezas no le hacían nada, pero ahora se encontraba fatal, apenas conseguía cambiar el pañal a la pequeña Julia y darle el biberón.

La abuela le dio dos analgésicos y una taza grande de café solo y después le contó que Karl-Erich había sufrido un infarto, pero en la clínica de Neustrelitz estaba en buenas manos.

—Llevaba días con dolores detrás del omóplato izquierdo —dijo sacudiendo la cabeza—, pero nada de médicos. Y, sobre todo, nada de clínicas. ¡Estos viejos!

Jenny escondió una sonrisa tras la taza de café: su abuela había olvidado con qué firmeza se había negado ella misma a ir al hospital. Ya, ¡estos viejos! Tragó las pastillas y se alegró de que la abuela se ocupase de Julia. Por la mañana, la pequeña estaba muy activa y solo quería jugar, jugar y jugar.

Tras el café, Jenny se encontró un poco mejor; también las pastillas empezaron a surtir efecto. Untó un bollo con mantequilla y mermelada y miró divertida cómo la abuela y la bisnieta se divertían con un burrito de tela. Era impresionante lo fuerte que su hija podía agarrar. Y soltar no era lo suyo. Todo lo que cogía se lo metía inmediatamente en la boca.

—Dime, abuela —empezó cuando el dolor de cabeza remitió—. Respecto a ese Iversen. Ya sabes, la extraña lápida en el antiguo cementerio...

La abuela alzó la vista un segundo, luego continuó jugando con la pequeña Julia. No parecía tener mucho interés en esa conversación.

Jenny no se dejó amilanar.

—Ulli ha consultado la guía telefónica de Rostock. Aparece un Walter Iversen. ¿Podría tener algo que ver con nosotros?

—¿Rostock? ¿De dónde saca Ulli lo de Rostock? —preguntó la abuela, sorprendida, y se agachó para recoger el zarrapastroso burro del suelo.

—Ni idea. La guía tenía cinco años, pero el nombre cuadra. Quizá sea un familiar del Iversen que está enterrado en nuestro cementerio...

Pasó un rato hasta que la abuela respondió de forma muy escueta.

—¡Walter Iversen está muerto!

Por lo visto no estaba dispuesta a seguir hablando del tema, ya que se levantó para poner a la pequeña Julia en la cuna. Se oyeron unos llantos en la habitación de Jenny: la niña no quería saber nada de la tradición familiar. Tampoco de la carcoma. La abuela cantó una nana, después una segunda, y finalmente lo intentó con suaves palabras. Poco después volvió a aparecer en la cocina, con la bisnieta llorona en brazos.

—Sigue estando demasiado despierta.

—¿Por qué estás tan segura de que está muerto, abuela? —volvió Jenny al tema.

—Porque lo sé.

Jenny captó el aviso subliminal en el tono de Franziska, pero no era de las que se dejaban impresionar por mensajes implícitos.

—Conoces a un Iversen, ¿verdad? Y se llama Walter de nombre.

Silencio. La pequeña Julia paró de gritar y miró pensativa a su bisabuela.

—¿Por qué no iba a estar en el cementerio si es verdad que está muerto? —siguió insistiendo Jenny.

Entonces la abuela perdió la paciencia. Golpeó contra el platillo la taza de café que tenía levantada y reprendió enojada a su nieta:

—¡Porque no! Allí arriba no yace ningún Iversen, sino mi hermana Elfriede. ¡Bueno! Y ahora se acabó. ¡No quiero oír más del tema! ¿Me has entendido, Jenny?

No, no había entendido nada. De todas formas, nadie habría podido entender ni una sola palabra en esa habitación, pues la pequeña Julia empezó de nuevo a gritar con toda la fuerza de sus pulmones. Jenny se tapó los oídos. La abuela se levantó, paseó a su nieta por la habitación y trató de calmarla en voz baja y tranquilizadora.

Vaya. ¿Qué pasaba entonces? Elfriede era la hermana menor de la abuela, por tanto, la tía abuela de Jenny. No había ido al Oeste porque había muerto. Terrible: debía de ser todavía muy joven.

—Mi tía abuela Elfriede yace entonces bajo una lápida en la que pone Iversen —resumió, sin respetar la evidente contrariedad de la abuela—. Si es cierto, entonces tuvo que haberse casado con ese Iversen, ¿no? Si no, pondría «Von Dranitz» en la losa...

La abuela lanzó un gemido colérico y la miró como si estuviese a punto de lanzarle la cafetera a su nieta.

—¿Por qué tantas suspicacias? —refunfuñó—. ¡Elfriede no pudo casarse con Walter Iversen porque los nazis lo asesinaron en 1944!

Jenny se sobresaltó.

—Está bien, abuela. No te pongas así, o Julia no parará nunca de gritar.

No obstante, tras el esfuerzo la niña se había dormido plácidamente en brazos de la abuela. Entonces la depositaron en la cuna, la taparon con cariño y la mecieron otro poco. Mientras balanceaba a su bisnieta, la abuela pareció recobrar el juicio. Volvió a la cocina, se sentó a la mesa y respiró hondo.

—Solo para que estés al corriente —dijo—. Walter Iversen era mi prometido. Estuvo implicado en 1944 en un atentado contra Hitler y lo condenaron a muerte por ello. —Se detuvo y miró fugazmente los ojos desorbitados por el horror de Jenny, después desvió la mirada de su nieta, buscó apoyo en el guardarropa, se perdió en las cortinas. Tras un rato siguió hablando en voz más baja—: Entonces fui a Berlín e intenté a la desesperada hacer algo por él. Pero lo único que conseguí fue que me encerrasen durante tres días y me interrogasen como posible cómplice. Solo gracias a un buen amigo de mi padre por fin me dejaron salir, pero no lo supe hasta mucho después. Cuando volví a la finca Dranitz, Elfriede me enseñó la sentencia de muerte. Debajo ponía que ya se había ejecutado.

—No —se le escapó a Jenny—. Lo siento mucho, abuela. No... no lo sabía...

—¡Ahora ya lo sabes!

Franziska empezó a recoger los platos del desayuno, cerró los tarros de mermelada y estuvo a punto de tirar la jarrita de leche.

Jenny miró por la ventana, miles de preguntas le pasaban por la cabeza.

—Y... ¿y si no le hubiesen matado en realidad? —preguntó en voz baja—. Podría ser que...

La abuela metió los platos estrepitosamente en el fregadero y se volvió hacia su nieta.

—¡Ya basta, Jenny! —exclamó enojada—. No quiero volver a hablar del tema. Y mucho menos de tus irreverentes quimeras. ¿Me has entendido?

—Sí, pero...

—Nada de peros. —La anciana apartó la silla y salió de la cocina a paso ligero.

Jenny fregó pensativa los platos. Nunca había visto así a la abuela. ¡Se había puesto histérica! Eso solo podía significar que este asunto la afectaba mucho. Walter Iversen tuvo que haber sido su gran amor. Claro: había ido incluso a Berlín, había arriesgado su vida para salvarlo. Pero ¿por qué su tía abuela yacía en la tumba de Walter Iversen? Algo no encajaba en la historia, solo que no sabía decir exactamente el qué. ¿Mine podría informarla con más detalle? Decidida, Jenny lanzó una mirada a la cuna de Julia. Su hija dormía profundamente, así que podía irse tranquila durante una horita. De todas maneras, Mine tampoco parecía demasiado dispuesta a hablar del pasado. Tendría que ser diplomática.

Cuando vio el coche de Ulli delante de la casa de Mine, entendió que ese día no iba a ser una misión diplomática. No obstante, llamó, subió la escalera y enseguida olió el delicioso aroma del puchero de pescado de Mine.

La anciana le abrió la puerta.

—Pasa —la invitó—. Estamos comiendo.

Jenny lanzó una mirada a la cocina, donde Ulli y Mücke estaban sentados en armonía y disfrutaban del potaje. Ambos alzaron la vista solò un segundo con poca amabilidad y después siguieron comiendo.

—¿Quieres comer? —preguntó Mine. No sonaba entusiasmada de tener otro invitado.

Jenny se aclaró la voz.

—Gracias. He desayunado tarde. Bueno, no quiero seguir molestando. Ya pasaré más tarde. ¡Hasta luego!

—¡Hasta luego! —exclamó Mücke después. Ulli no dijo una sola palabra, ni «hola» ni «adiós». ¡Gilipollas!

Franziska

Julio de 1991

Ahí estaban otra vez los fantasmas. La asediaban incluso mientras conducía, aparecían delante del parabrisas, bailaban en el retrovisor. Franziska frenó y dobló hacia un camino. El coche avanzó a trompicones por el suelo irregular, lo que no le venía nada bien a la suspensión, pero ahuyentaba los recuerdos indeseados. En la linde del bosque, junto a un banco podrido que probablemente fuese de los tiempos de antes de la guerra, se detuvo y se bajó. Dejó que el perro, que iba sentado en el asiento trasero, corriese por el campo. Primero tenía que recomponerse. Ahuyentar los fantasmas. Sincerarse consigo misma. Antes no tenía sentido dejarse ver por la obra. De lo contrario, a Kacpar y los techadores les daría la impresión de que ya no estaba en sus cabales. La gente joven no vacilaba en tachar a las personas mayores de ancianos seniles.

Avanzó un par de pasos, pestañeó al sol e inhaló el aroma de principios de verano. Centeno, manzanilla, aliarias, altramuces y mucho más en flor. Creía que también podía oler el húmedo y arenoso suelo, los guijarros, el polvo. Se dio cuenta demasiado tarde de que el aroma de las plantas y el campo avivaba los recuerdos y ya no había escapatoria.

La melena pelirroja de Elfriede surgió del centeno que medraba, la oyó reírse, una risa silenciosa e introvertida que en su día interpretó como maliciosa. La vil hermana pequeña los había seguido. No se alegraba por su vida en pareja con el prometido, sino que los perseguía en secreto, con insistencia. En cuanto Walter se detenía e intentaba abrazarla, ahí estaba la pequeña Elfriede. La brujita. El diablo pelirrojo. Surgía súbitamente de detrás de un arbusto, aparecía entre los oscuros pinos, se elevaba sobre el centeno, donde se había agazapado. Cualquier indio habría estado orgulloso de esa silenciosa persecución. Al final Walter se enfureció, la pilló y la agarró por los hombros. ¿Qué le ocurría? Nadie tenía ganas de sus estúpidos juegos. O iba a pasear con ellos o volvía corriendo a casa. Elfriede sonrió de una manera extraña mientras la mantenía cogida por los hombros. Suplicante. Venga, sacúdeme. Pégame. Hazme daño. Lo importante es que me toques. ¡Es lo único que quiero!

Elfriede, que ahora yacía bajo la lápida en la que ponía el nombre de él. ¿A santo de qué Mine le había mentido en su día? ¡Le dijo que Elfriede estaba enterrada en el cementerio del pueblo!

Franziska sintió de repente mucho miedo. No debía pensar en las consecuencias. Le esperaban mil penas si seguía por esos derroteros. Dolores que no podría soportar. Dolores mortales. Tenía la vista clavada en el campo de centeno, que se extendía en suaves colinas hasta el horizonte, un ondulante mar verde. Las olas subían y bajaban, se dirigían hacia ella, parecían romper contra los troncos de los pinos, bañaban el camino, el viejo banco, su Opel blanco…

El miedo iba en aumento. La invadió la deprimente sensación de haberlo hecho todo mal. No debería haberle hecho eso. Ernst-Wilhelm había sido una persona decente, había estado de su parte, había sido un apoyo firme y seguro para ella cuando ambos tuvieron que empezar desde cero. No había perseguido planes propios y de altos vuelos, como había hecho Walter. Ernst-Wilhelm pensaba primero en ella y en Cornelia, en su trabajo, en la empresa, en la casa común en Königstein. Nunca habría tenido la ocurrencia de asesinar a un tirano para salvar Alemania de la miseria.

Vio a su marido sentado al escritorio de la empresa, con la calva rosa y brillante, las gafas con montura dorada caídas hasta la punta de la nariz, la boca fina con gesto amargo, como siempre que se sentaba a hacer las cuentas. Cuando ella entraba con una bandeja con café en las manos, alzaba la vista y le sonreía. Menos mal que estaba ahí. Eso también era amor. El afecto continuo y leal entre dos personas unidas por el destino. Antes de su muerte había insistido en firmar un testamento mancomunado para que más tarde todo le perteneciese solo a ella. Porque nunca se sabía si Cornelia se iba a casar algún día y qué tipo de yerno iban a tener.

Ella había vendido la propiedad común. Desechado su pasado compartido. ¿Cómo podía haberlo hecho? De repente se arrepintió, habría preferido deshacer todo lo hecho. Volver a mudarse a su hermosa casa de Königstein y cerrar todas las puertas. Quería sentarse en el sofá y contemplar la foto de Dranitz sobre el piano, tomar café con Ernst-Wilhelm y acompañarlo con dos rebanadas de *Königskuchen*, el exquisito bizcocho de grosellas, limón y almendras. Como hacían entonces, en los años cincuenta.

Una abeja pasó tan cerca de ella que se enredó en su pelo y luchó zumbando ruidosamente por su libertad. Asustada, Franziska pasó los dedos por los mechones, pero la abeja ya se había liberado sola.

«Se acabó la melancolía», pensó. «No se puede vivir marcha atrás, solo funciona hacia delante. Lo pasado, pasado está.» ¿Quién lo decía siempre? Exacto: Ernst-Wilhelm. Silbó al perro, le tiró un palo y le mandó traerlo dos veces. Después señaló con la mano el asiento trasero del Opel Astra y Falko saltó mansamente sobre su sitio.

Condujo hasta el siguiente camino, donde dio la vuelta con el coche y llegó a la carretera. El nuevo armazón de la mansión le parecía lujoso y más alto que el antiguo tejado, demasiado ostentoso para el edificio. No obstante, según los planes de Jenny, si querían convertirla en un hotel necesitaban techos altos para la sala de conferencias y los despachos del ático. Antes, algunos de los empleados dormían en la buhardilla, cuando hacía malo se tendía allí la colada y después albergó maravillosos y antiguos cachivaches, las maletas y arcones, los sofás desechados, las carcomidas cómodas repletas de tarros de mermelada. ¡Cuántas veces había jugado de niña al escondite allí con sus hermanos! ¡Cuántos emocionantes secretos habían descubierto! Ay, y aquel búho gris que anidaba en una de las vigas y los miraba con ojos grandes y amarillos al rondar...

Los techadores ya estaban manos a la obra en la cara norte.

—¡Señora Kettler! —oyó exclamar a Kacpar apenas hubo bajado del coche delante del edificio—. Qué bien que haya venido. Tenemos que decidir qué hacemos con los escombros.

En el sótano y la primera planta, donde ya estaban puestos los tubos de la calefacción y las tuberías, se acumulaba toda clase de desechos, sobre todo el revoque que se había quitado de las paredes, pero también cables y cuerdas, interruptores, alambres y cosas por el estilo. Sin contar los restos de los antiguos inquilinos. Por lo visto, habían utilizado el sótano durante cuarenta años como basurero.

—Al vertedero —propuso ella, encogiéndose de hombros.

Kacpar le explicó que era bastante caro. Camiones, obreros, tasas...

—¿Qué tal si echamos una parte en el agujero de ahí enfrente? Se tiene que rellenar de todas maneras.

—¿Y qué pasa con las ratas y los bichos? —observó Franziska.

—Sin problema. Estará todo bien apisonado y pondremos cal encima.

Franziska no estaba entusiasmada. Primero, porque en esa fosa habían aparecido los muros medievales. No se podía rellenar con basura y echar cal encima. Era un pedazo de historia. Su padre había dicho una vez que en Dranitz se fundó un convento durante la Edad Media. En algún lugar había habido también una crónica, pero había desaparecido durante los disturbios de la guerra.

—¿Quién quiere saberlo? —gruñó Kacpar—. Si nos cae encima la oficina de Patrimonio o cualquier arqueólogo, ya no seremos reyes en nuestra propia casa.

—Entonces debe quedar tapado de manera que después se pueda volver a acceder sin dificultades —insistió algo más decidida de lo que hubiese sido preciso por culpa de la forma de expresarse de Kacpar. *Ya no seremos reyes en nuestra propia casa...* Actuaba como si fuese copropietario de Dranitz. El joven parecía identificarse demasiado con este proyecto de construcción, tenía que vigilar que no perdiese el contacto con la realidad.

—Nuestro vecino parece haberse rendido —cambió de tema Kacpar con cierta malicia—. Hace días que solo viene para dar de comer a sus animales, no avanza en la obra.

En realidad, a Franziska también le había llamado la atención que todo estuviese tan tranquilo en la propiedad de Kalle. Pese a su mala educación, le daba un poco de pena. Era de prever que fracasaría en sus grandilocuentes planes. Para un proyecto así le faltaba astucia, tacto y, por supuesto, también el dinero suficiente.

—Mejor que derribe sus muros torcidos —volvió a cargar las tintas Kacpar—. Antes de que alguien se haga daño. Mire, ahí hay uno.

Franziska miró fijamente la casa del inspector. En efecto, alguien pasaba entre los muros medio acabados. No podía ser Kalle, que llevaba siempre una cazadora vaquera manchada y deshilachada y una gorra roja. El visitante era también más rechoncho que el joven y mucho menos ágil. Se subió a un montoncito de piedras y tuvo que agarrarse al mismo tiempo a la cerca.

—Pospuscheit —se le escapó a Franziska—. ¿Qué se le ha perdido en la obra de Kalle?

Kacpar había oído hablar de las intrigas del nuevo director de la cooperativa a través de terceras personas. Ahora, curioso, también miraba con atención.

—Con que no se haga daño...

—No sería una gran catástrofe —apuntó maliciosa Franziska.

Kacpar comentó que Kalle podía pasarlas canutas si pasaba algo, porque no había asegurado su obra con una valla. Luego perdió el interés y volvió con los techadores.

Franziska siguió con la mirada cómo desaparecía con pasos rápidos por la entrada y caviló lo que motivaba a ese apuesto joven a consagrarse totalmente a la rehabilitación de su mansión. ¿Lo hacía por amor a Jenny? ¿Tenía quizá esperanzas de heredar la mansión rehabilitada y el próspero hotel algún día mediante matrimonio? No lo creía poseedor de semejante mentalidad calculadora. Por otro lado, ¿qué haría cuando todo, Dios mediante, estuviese un día terminado? ¿Despedirse con un cordial apretón de manos y seguir su camino? Es posible. Pero seguramente primero le pasaría una exorbitante factura. Y con razón.

Volvió a sentir un miedo que hasta entonces le había sido

ajeno. El dinero, una y otra vez el maldito dinero. ¿Alcanzaría lo que tenía para la dispendiosa rehabilitación? ¿Para la mansión y el jardín? ¿Para las casitas de caballería que Jenny quería mandar reconstruir al estilo antiguo? ¿Para instalaciones deportivas y de relajación? Equitación. Paseos en carruaje. Tenis. Piscina. Sauna... Tenía que haberse vuelto loca. Jamás podría pagar todo eso. Tendría que hipotecar la propiedad, pedir prestado dinero con grandes intereses y al final todo pertenecería a los bancos.

Perdida en sus pensamientos, bajó por los matorrales y la maleza hasta llegar frente a su antiguo domicilio, la caseta del jardín. Los dos cerdos, que sin duda hacía tiempo eran de engorde, salieron corriendo curiosos a su encuentro y no se molestaron cuando Falko puso la pata en la cerca. Parecía que se divertían mucho con su terreno removido y fangoso. A los huéspedes de su hotel de lujo en construcción no les gustarían demasiado semejantes vecinos apestosos y gruñones. Pero aún faltaba mucho para la inauguración con champán y paseos en carruaje. Posiblemente más que la vida de un cerdo...

Falko gruñó y después ladró agresivo. Pospuscheit había abandonado la obra y se dirigía directamente hacia Franziska. Llamó al perro, le ordenó sentarse y estar tranquilo. Falko obedeció, se sentó con la cabeza gacha y el pelaje de la nuca encrespado y clavó los ojos enfadado en Pospuscheit.

—¡Buenos días, señora baronesa! —Andaba despreocupado a través de la maleza, miró un segundo a los filetes con patas que gruñían y se detuvo al ver a Falko.

—¡Buenos días, señor director de la cooperativa! —exclamó ella con marcada amabilidad—. ¿Estaba buscando al señor Pechstein?

No respondió en el acto, sino que clavó los ojos en el perro, que gruñía, como si pensara si le valía más batirse en retirada. Sin embargo, puesto que Falko permanecía sentado, dijo con gesto de preocupación:

—No pinta bien para el pobre Kalle. Se ha excedido con la casa del inspector. Y luego todas las bestias. La granja. Eso cuesta dinero y trabajo. Bueno: pronto vendrá el agente judicial.

Franziska pensó de dónde habría sacado esa información. Mücke estaba por desgracia muy callada en todo lo que concernía a Kalle. No se podía imaginar que ya estuviesen tan mal económicamente como para que lo embargasen. Madre mía, entonces la alegre vida del cerdo se acabaría pronto, y las cinco vacas que pastaban arriba, a orillas del lago, también acabarían en el matadero. En fin, así eran las cosas. No obstante, no le gustaba nada. Probablemente porque era evidente que Pospuscheit estaba allí para sacar provecho de la mala situación de Kalle.

—Pero no le irá tan mal, señor Pospuscheit —objetó—. Quizá Kalle Pechstein tiene buenos amigos que acudan en su ayuda.

Levantó el mentón de golpe y la examinó con mirada hostil. Ajá, por lo visto había dado en el blanco.

—En ese caso solo la puedo advertir, señora baronesa —mascullo—. Esto es un pozo sin fondo. Todos los muros de ahí enfrente no valen un pimiento. Es una chapuza. Un soplo de viento y se derrumbarán. Ya conoce a Kalle Pechstein.

Vaya, sí que lo conocía. ¡Solo había que pensar en la pelea con Kacpar! Kalle era un cabezota rebelde. Pero ahora no se trataba de eso.

—Claro que conozco al señor Pechstein —replicó resuelta—. ¡Y estoy segurísima de que no le gustará que husmee en su obra, señor director de la cooperativa!

Pospuscheit soltó un bufido despectivo y afirmó que Kalle estaba al corriente de su visita.

—¿De verdad? —preguntó incrédula.

—¿A usted qué le importa? —la reprendió—. Usted también está en terreno ajeno. ¡Hasta los arbustos de allí, todo pertenece a la casa del inspector!

Por desgracia tenía razón. Estaba en el antiguo huerto, que se había convertido en un yermo. Ya durante su infancia ese jardín había sido para ella terreno prohibido, porque las sabrosas fresas pertenecían a la familia del inspector. Pero eso no le importaba a Pospuscheit, no tenía por qué darle órdenes.

—¡Si cree que puede aprovecharse de la difícil situación económica del señor Pechstein, se equivoca! —lo advirtió.

—¡Meta las narices en sus asuntos, señora baronesa!

Los gruñidos de Falko se intensificaron hasta convertirse en un grave retumbo en el tórax. Franziska le ordenó tranquilizarse, pero siguió gruñendo más bajo.

—Lo mismo podría decirle, señor camarada...

Lo de camarada le molestó enormemente. Notó que iba a reaccionar con agresividad, pero se controló por miedo al perro, que gruñía.

—Yo en su lugar tendría más cuidado —añadió malicioso—. Ha cavado un buen hoyo allí arriba y ha sacado a la luz un par de muros antiguos. Podría interesar a la oficina de Patrimonio, una advertencia bastaría...

Se le aceleró el pulso: ese canalla quería chantajearla. Probablemente no era la primera vez que rondaba el terreno ajeno, si no ¿cómo sabía lo de los muros medievales?

—Mejor tenga cuidado de no fracasar con su cooperativa, señor Pospuscheit —contratacó ella—. Ya ha despedido a un montón de gente. No creo que nadie en el pueblo tenga ganas de venderle ni un palmo de terreno. ¡El señor Pechstein seguro que no!

—¡Ya lo veremos! —gruñó y sonrió perverso, como si tuviese todavía un as en la manga. Con la mirada puesta en el perro, retrocedió un par de pasos, se volvió y se marchó. Por supuesto, por en medio de la obra de Kalle.

Franziska sintió crecer en su interior el espíritu combativo. Los miembros de la familia Von Dranitz siempre habían sido luchadores. Vencería a este muchacho, y junto con Mücke y Jenny echaría por tierra los planes de Pospuscheit. Kalle no era un vecino fácil, pero con él se las arreglaría, sobre todo si Mücke estaba de su lado. Pero seguro que Pospuscheit haría todo lo posible para arruinar su hotel. Por principios. Porque ese buitre se moría de envidia.

—¡Falko! ¡Ven aquí!

El perro, que había seguido a Pospuscheit, dio la vuelta y le lanzó una mirada de reproche. Le acarició la cabeza, sintió el liso y sedoso pelaje entre sus orejas y forcejeó para ponerle el bozal. Lo agarró con fuerza y lo sacudió un poco. Él lo interpretó como una invitación para jugar y se revolvió. Ladró alegre.

—Bueno. Una vuelta pequeña por el lago. ¡Andando!

Salió corriendo y ella lo siguió, mientras cavilaba sobre lo que debía hacer a continuación y se agachaba para coger un palo y tirárselo al perro cerca de él. Ya no había fantasmas. Todo iba bien. Sonrió satisfecha. En el fondo, Gregor Pospuscheit le había hecho un gran favor.

Cuando hubo tirado el palo, miró un segundo a la carretera y comprobó que el alcalde se subía a una camioneta de reparto azul claro. No pudo reconocer quién estaba sentado al volante, pero sabía que la veterinaria de Waren tenía un coche así.

Mine

Julio de 1991

—No, joven, no estoy inválido. No hace falta que me lleves. Puedo caminar solo...

—¡Menos lobos, abuelo! Agárrate a la barandilla. Estoy justo detrás de ti.

Mine, que estaba arriba de la escalera, reía y lloraba a la vez. Le gritó a Karl-Erich que fuera poco a poco y prestara atención a los escalones asimétricos. Alzó la vista hacia ella y sonrió. Le gritó que preparara café, podía beber una taza al día y la quería ahora mismo. ¡Ay, Dios mío! Tenía el rostro congestionado. Con que no se fatigase en exceso... Subía la escalera como un cervato...

En el último descansillo tuvo que tomar aliento, pero no dejó que Ulli le echase una mano.

—¡Quita, joven! Solo tengo que respirar un momento, porque de lo contrario no podré saludar como es debido a la jovencita de allí arriba. —Volvió a alzar la vista y sonrió con picardía. Como si tuviese pensado hacer algo con ella. Cosas que hacían antes, y no poco. Karl-Erich había sido un muchacho salvaje, lo hacía tres veces seguidas y a la mañana siguiente volvía a empezar. Cielos, ¿por qué pensaba ahora en eso? La pasión fogosa había terminado hacía ya mucho. Pero aún la conservaban en algún lugar de su interior, tan mayores como eran; al menos el recuerdo seguía vivo.

—¡Vamos, que si no se me escapa! —exclamó y encaró los últimos peldaños. Ulli iba detrás de él, muy atento para agarrarlo inmediatamente en caso de que el abuelo tropezase o perdiese el equilibrio. Ay, Ulli, de no ser por él... Parecía muy serio, solo cuando alzó un segundo la mirada hacia ella se le dibujó una alegre sonrisa en el rostro.

—¡Bueno, cariño! ¿Me has sido fiel? —jadeó Karl-Erich en el último peldaño.

Mine se echó a llorar cuando su marido la abrazó. Seguía oliendo a clínica, a productos desinfectantes o algo así. Además, iba bien afeitado, algo poco habitual.

—No hace falta que llores —le reprendió él con cariño. Le pasó los dedos torcidos por la mejilla húmeda y la besó en la boca. Menudo loco. Al hacerlo se apoyó en ella con todo su peso y a punto estuvo de tirarla.

—Ven, abuelo —dijo Ulli—. Entremos. El doctor ha dicho que debes acostarte.

—Ahora no. Ahora quiero tomar café. Con vosotros dos, en la cocina. Vamos, Mine, no te quedes ahí plantada, mujer. Hazle a tu marido una taza de café solo.

—Sí, sí, calma, calma —le sosegó Mine, sonriendo.

Necesitó un poco de tiempo para separarse de ella, pero luego fue cojeando él solo por el umbral hasta la cocina y se dejó caer en su silla. Mine, que ya trajinaba en la cocina, se alegró de haber puesto la almohada de crin para que no le molestase la ciática.

—Voy un momento a coger su bolsa del coche. ¡Vuelvo enseguida, abuela! —exclamó Ulli y volvió a bajar corriendo. Mine oyó cómo hablaba abajo con Kruse. Por supuesto, la vecina estaba otra vez en el pasillo. No se le pasaba una.

Karl-Erich había apoyado los brazos y miraba parpadeando por la ventana, sobre la que daba el sol del mediodía.

—Ya lo he visto —dijo—. El tejado está a punto. Y cubierto con tejas buenas de verdad. Queda presuntuoso, ¿verdad? Es más alto que antes. Bueno, la señora baronesa tiene muchas pretensiones.

—Tienes mucho que agradecerle —observó Mine, que puso el hervidor en el centro de la cocina.

—Es cierto —asintió—. Es como su padre, el señor barón. Siempre ha cuidado de su gente y se ha preocupado. —Y después dijo algo muy sorprendente. También Ulli, que acababa de entrar en el piso con la bolsa del hospital de Karl-Erich, lo oyó—. Está bien que la señora baronesa vuelva a estar aquí. Sí, ahora me alegra de veras. Y en el pasado por Grete, no pudo hacer nada.

Ulli y Mine intercambiaron una mirada de sorpresa, después la anciana se volvió hacia el bote de café y Ulli puso los panecillos que había traído en una pequeña cesta.

—¡Mermelada de cereza y bien de mantequilla encima! —exclamó Karl-Erich lleno de ilusión—. ¡Madre, qué harto estoy de las galletas secas del hospital!

Mine echó el agua hirviendo en el filtro. Enseguida, el aroma a café recién hecho se extendió por la cocina. ¿Le habían dado algo en la clínica para que estuviera tan alegre?

—Quiero la taza grande —insistió cuando ella le puso una taza delante de las narices—. La de allí arriba, sobre el armario.

Era una taza de sopa que Ulli y Angela les habían traído una vez de unas vacaciones en Hungría. En ella cabía tres veces más café que en una de las normales.

Ulli cogió la taza del armario y la pasó por el grifo porque estaba llena de polvo.

—Por lo menos vais a estrenar nuestro regalo —bromeó.

Mine se ahorró la protesta; de todas formas, no serviría de nada. Sin embargo, hizo el café bastante flojo para que no le sentase mal a Karl-Erich. Estaba tan contenta de volver a tenerlo a su lado. Cuando estuvo tan sola, pensó que no quería vivir si Karl-Erich no volvía. Por supuesto, a Ulli, que la visitaba siempre que podía, no le había dicho nada de eso.

—¿Qué tal por el astillero? —preguntó Karl-Erich mientras removía el azúcar en el café con leche.

Ulli eludió la pregunta. Lo hacía siempre por no inquietar a sus abuelos, pero se daban cuenta de que tenía mucho tiempo entre semana. Jornada reducida. O algo peor.

—He recibido una carta de Angela —contó—. Ahora ya no quiere divorciarse.

Mine y Karl-Erich estaban indignados. Eso no podía ser. No podía cambiar de opinión según soplase el viento. Debía decidirse. O lo tomas o lo dejas. Además, a Mine le gustaba que Ulli estuviese tanto con Mücke últimamente. Pero no dijo nada. Por precaución. Para que Ulli no volviese a decir que quería emparejarlo o algo así. ¡Si al menos se librase de Angela!

Llamaron a la puerta. Mine quiso levantarse, pero Ulli dijo que se quedara sentada.

—Si es la señora Kruse porque necesita un huevo o una cucharada de azúcar, dile que luego bajo...

Sin embargo, acto seguido oyó la voz de Jenny. ¡Ay, Dios mío! Pero ¿qué quería esta vez? Siempre iba cuando estaban sentados a la mesa.

—¡La futura baronesa! —exclamó Karl-Erich, afable—. ¡Pasa! Todavía nos queda café. ¡Siempre para las mujeres guapas!

Mine estaba ahora totalmente convencida de que le habían dado estimulantes. El día anterior ya le habían llamado la atención las bromas que gastaba a las enfermeras. Volvía a hacerse el gallito, su Karl-Erich. Con las patas y las alas cortadas, pero la cresta roja bien levantada. ¡Hombres!

Jenny entró en la cocina como si estuviese en su casa. Saludó a Karl-Erich con un abrazo, le apretó su ensortijada melena pelirroja en la mejilla y dijo que era genial que se encontrara bien de nuevo. Claro que el anciano estaba entusiasmado. Ulli se había quedado en la puerta, con el gesto torcido. «Bien hecho», pensó Mine. Parecía que se había acabado su pasión por la futura baronesa.

—¡Vaya!, ¿tenéis mermelada de cereza casera? ¡Qué rica! —Untó medio bollo con mantequilla sin parar de charlar. Tenía un rato libre porque Mücke había ido a pasear con la pequeña Julia, las obras de la mansión avanzaban bien, hacía un calor tremendo fuera, una no sabía qué ponerse y demás trivialidades.

Ulli se sentó en su sitio sin decir nada, estiró las piernas y tamborileó sobre el hule, con la mirada fija en Jenny. «Claro», pensó Mine. Cómo se vestía ahora. Ni siquiera llevaba sujetador debajo de la camiseta. ¿Ya no daba el pecho? Y Ulli, el pobre, está ansioso. Angela se había ido hacía ya mucho. Así va. Entonces también era así. Tenía la misma melena pelirroja. Brillaba al sol como el cobre. Y ella también miraba así. Se movía igual. Así que él no tuvo alternativa. Y pasó...

—Tengo que haceros una pregunta a ambos —dijo Jenny de repente y sonrió a Mine como si fuese su abuela.

—Dispara —respondió Karl-Erich, al que el café, si era posible, había excitado aún más.

—¿Os acordáis de Walter Iversen? Estaba prometido con la abuela y los nazis lo asesinaron. Horrible, ¿verdad? Se supone que estuvo involucrado en el atentado contra Hitler...

Mine miró a Ulli. También él le había preguntado por Iversen, pero le dijo que no se acordaba bien. No insistió, pero ahora Karl-Erich se embaló y fue muy penoso, porque Ulli se dio cuenta de que ella había mentido.

—El comandante Iversen —dijo y asintió para sí—. Sí, claro. Me acuerdo bien de él. Era una persona agradable. Afable. Nada arrogante, como otros. Y era apuesto, ¿verdad, Mine? Tú también lo adorabas. Bueno, admítelo, mujer. Hace ya mucho tiempo...

Mine sirvió café a Jenny y Ulli, y murmuró que no se acordaba con detalle. Fue una tontería, pues Karl-Erich siguió hablando.

—¿No te acuerdas? ¿Aunque viviera durante un año allí, en la mansión, con Sonja? No, Mine, ahora esto tiene que salir, hay que decirlo porque es la verdad.

Golpeó la mesita de café con la mano torcida y miró a Mine tan indignado que ella se puso muy nerviosa. Si no hubiese hablado de más por esas pastillas...

Masticando, Jenny miró sucesivamente a Mine y Karl-Erich.

—¿A qué se refiere, Karl-Erich? ¿Cuándo vivió Walter Iversen en la mansión?

—Bueno, en los años cincuenta. ¿Cuándo se fue Sonja, Mine? En el sesenta y tres o sesenta y cuatro. Más o menos...

Mine decidió decir lo menos posible. Para no poner a Karl-Erich en su contra, solo asintió y dejó la cafetera con mucho esmero sobre el salvamanteles.

—Un momento —intervino ahora Ulli en la conversación—. ¿Walter Iversen, el que yace allí arriba, en el cementerio, estuvo prometido con la señora Kettler? ¿Y luego lo asesinaron los nazis?

—Sí —dijo Jenny.

—No —la contradijo Karl-Erich.

Mine no dijo nada, pero vio cómo Ulli y Jenny intercambiaban miradas de desconcierto. Al final se iba a destapar todo porque Jenny quería atar a Ulli. Igual que Elfriede entonces. A ella también se le ocurría siempre algo nuevo para que el comandante Iversen tuviese que ocuparse de ella.

—¿Y ahora qué pasa? —preguntó Jenny.

Karl-Erich se limpió con esmero un resto de mermelada de la comisura de los labios con una servilleta de papel.

—Volvió. A ella le mintió la Gestapo, los muy cerdos. Mandaron una sentencia de muerte, pero no la ejecutaron. Los rusos liberaron a los prisioneros de los nazis en el cuarenta y cinco, entre ellos Iversen. Pero cuando vino, la futura baronesa Franziska y su madre ya se habían ido.

Jenny estaba tan sobrecogida por estas noticias que tuvo que volver a dejar el bollo mordido en el plato.

Ulli lanzó a Mine una mirada de reproche. Era capaz de mirar muy mal. Pero Mine lo hacía con buenas intenciones. No siempre era una bendición conocer el pasado. Era mejor olvidar algunas cosas, que solo traían nuevos pesares.

—¿Cómo que ya se habían ido? —quiso saber Jenny—. ¿Al Oeste? ¿Y por qué no las siguió? Al fin y al cabo, la abuela era su prometida. Y arriesgó su vida para sacarlo de la cárcel, lo que demuestra que tuvo que haberlo querido mucho.

Eso tampoco lo sabía Karl-Erich con tanto detalle. Después de todo, por aquel entonces estaba preso en Rusia, pero Mine lo había presenciado todo. Lanzó una mirada exhortativa a su mujer y ella comprendió que ya no servía de nada guardar silencio.

—Fue así —empezó con dificultades—. El comandante Iversen sí que las siguió, pero no las encontró. Los rusos echaban y martirizaban a todos los nobles, así que la baronesa Von Dranitz y la futura baronesa Franziska pasaron al sector inglés. Por eso la búsqueda del señor comandante no tuvo éxito.

A Jenny le pareció que era raro. Le sonaba como si él hubiese buscado a su prometida con pocas ganas.

—Estaba enfermo —lo defendió Mine—. Lo habían torturado y quién sabe qué más. Parecía un fantasma cuando llamó a la puerta de nuestra casa.

Jenny apretó los labios, después se volvió de nuevo hacia su medio bollo.

—¿Y entonces vivió más tarde aquí con esa tal Sonja? Así que el comandante Iversen se consoló. ¿Se casó con ella?

Mine suspiró y miró enojada a Karl-Erich, que sorbía la última gota de su taza de café.

—Sonja no era su mujer —respondió Mine—. Era su hija. La crio él solo porque su mujer murió en el parto.

Jenny frunció el ceño, masticó con ímpetu, después cogió la taza de café y la volvió a dejar porque ya estaba vacía.

—Ahora caigo —continuó después—. Su mujer era mi tía Elfriede. Está enterrada arriba, en el cementerio, ¿verdad? Walter Iversen, que estuvo prometido con mi abuela, se casó más tarde con su hermana pequeña. Ambos tienen una hija. Sonja. ¡Qué fuerte! ¿Y por qué nadie nos lo ha dicho? Vosotros dos lo habéis sabido todo este tiempo, ¿no?

Karl-Erich se quedó de repente completamente callado porque la futura baronesa parecía muy indignada.

«Ves», le hubiese gustado decir a Mine, «lo has conseguido». Pero tampoco serviría de nada.

—Dame las pastillas de mi bolsa, Ulli —pidió él, apocado—. Ahí delante, a la derecha, en el bolsillo de la cremallera…

Cuánto se parecía Jenny a Elfriede. Se podía enfadar de verdad, «acalorarse», como decía entonces el señor barón. Las vueltas que daba la vida. Franziska von Dranitz había tenido una nieta que se parecía a su hermana pequeña…

—Pero ¿cómo es que la tía Elfriede no se fue con la abuela y su madre al Oeste? ¿Se la olvidaron aquí?

—Elfriede tenía entonces tifus y estaba en el hospital militar. Por eso no se la pudieron llevar —aclaró Mine, ahora también indignada. ¿Qué pensaba esta mocosa? ¡Como si la buena de la baronesa Margarethe hubiese dejado a una de sus hijas en la estacada sin motivo!

Jenny asintió.

—Entiendo. ¿Y qué es de Walter Iversen y su hija, Sonja? ¿Dónde están? ¿En Rostock quizá?

Ulli puso a su abuelo tres cajas distintas junto a la taza de café y le llevó un vaso de agua antes de volver a sentarse a la mesa. Mine notó que el asunto no le gustaba.

—No exageres, Jenny —protestó él—. También se puede hablar tranquilamente. ¡Al fin y al cabo ya no son unos chavales!

Jenny respiró hondo y se apoyó en el respaldo de la silla.

—Lo siento.

Ulli le pasó a Mine el papel que ponía qué pastillas tenía que tomar Karl-Erich en cada momento. Luego le contó las píldoras al abuelo y las puso en la cuchara de café. Karl-Erich pudo cogerlas y metérselas en la boca.

—Sonja se casó con dieciocho o diecinueve años —siguió Mine—. Y después se marchó al Oeste con su marido. Tampoco era fácil entonces, pero salieron a escondidas. El señor Iversen tuvo problemas con la Stasi. Después se mudó a Rostock. Lo que ha hecho allí no lo sabemos. No volvió a dar señales de vida.

—Se hizo registrador de barcos —supuso Ulli—. Lo pone en la guía telefónica.

—¿Apuntaste también el número? —quiso saber Jenny—. Bueno, da igual: podemos llamar a información.

Karl-Erich se tragó las píldoras, se enjuagó con agua, se atragantó y tosió.

—So, caballo —dijo con voz ronca—. Si llamáis sin más a Iversen y le decís que su antigua prometida, Franziska von Dranitz, está aquí, al final todavía le dará algo.

Jenny se encogió de hombros despreocupada y dijo que en realidad un reencuentro así, tras tantos años de separación, era una gran alegría.

—Al fin y al cabo, ambos fueron pareja —agregó con una sonrisa.

—Eso sí —soltó Mine con cuidado—. Pero han pasado muchas cosas entretanto. Y lo de Elfriede no va a alegrar precisamente a la señora baronesa.

—¡Qué va! —exclamó Jenny e hizo un movimiento con la mano como si quisiese barrer toda la vajilla junto con la cafetera de la mesa—. La abuela siempre ha hablado muy bien de su hermana. Según cuenta, su madre y ella no dejaron de buscarla, y la entristecía mucho la muerte prematura de Elfriede. ¡Seguro que se alegra muchísimo de tener una sobrina!

—En todo caso deberías hablar con tu abuela primero de todo, antes de llamar a Rostock —opinó Ulli.

Jenny quitó una mancha de mermelada del plato con el último bollo que quedaba, se lo metió en la boca y se levantó.

—Ya veremos —respondió despreocupada—. Ha sido todo un detalle por vuestra parte que me hayáis contado todo esto. ¡Muchísimas gracias! —Abrazó a los tres para despedirse y poco después salió por la puerta.

—Hemos activado una bomba de relojería —dijo Ulli con mala conciencia cuando Jenny se hubo marchado.

Qué listos eran siempre los hombres, pensó Mine. Después.

Jenny

Agosto de 1991

Tres días pasó Jenny presa del pánico. La pequeña Julia tenía fiebre, no quería leche ni papilla: a duras penas habían podido meterle con la cuchara algo de manzanilla. El pediatra de Waren contó algo de una infección que estaba afectando a muchos bebés. Tenía que beber, beber y beber. Manzanilla con un poco de azúcar, zumo de naranja, agua, infusión de menta, de hinojo: daba igual, lo principal es que fuesen líquidos. No podía deshidratarse bajo ningún concepto.

Por suerte, la abuela mantenía la calma. Hacía té, lo metía en los biberones, intentaba una y otra vez darle algo a esa cosita febril. Sobre todo, el jarabe blanquecino que el doctor le había recetado. Por la noche se turnaban cada tres horas. El domingo llegó Mücke para ayudar, pero entonces la pequeña empezó a mejorar. Era increíble. Unas horas antes seguía con casi cuarenta de fiebre y ahora pataleaba alegremente en el cambiador. Y también estaba hambrienta. Solo que lo de la leche materna se había acabado para siempre: se le había cortado a Jenny del susto. Pero de todas formas, la papilla, que la abuela enriquecía con plátano, le gustaba mucho más.

Si en algún momento se sentaban un segundo a tomar una

taza de café, la abuela no paraba de hablar de Pospuscheit. No dejaba de merodear por la obra de Kalle. Supuso que estaba interesado en la casa del inspector solo para torpedearle más tarde el hotel.

—¿No te ha contado Mücke nada de Kalle? —preguntó al ver que Jenny apenas decía nada.

—No —respondió Jenny. Es cierto que Mücke seguía siendo su mejor y única amiga, pero ya no era como al principio. Lo quisiesen o no, había un tal Ulli Schwadke entre ellas.

—Pienso a menudo en Kacpar —dijo la abuela, al tiempo que escudriñaba a Jenny con la mirada—. Trabaja una barbaridad y vive con mucha sobriedad. Se pasa todas las noches arriba, en su buhardilla en casa de los Rokowski.

Jenny se rio de su abuela. No sabía que el bueno de Kacpar sembraba el terror los fines de semana en las ciudades vecinas como Waren, Neustrelitz o Güstrow y disfrutaba de la vida nocturna del lugar. Ya había ido también a Stralsund o Rostock.

—¿Y a qué se dedica allí? —preguntó Franziska, intrigada.

Jenny se encogió de hombros. Quizá se arrastraba de bar en bar y se emborrachaba. O iba al burdel. Quizá fuese homosexual...

—¡Cielo santo! —se lamentó indignada la abuela—. ¡Y yo que siempre he pensado que estaba enamorado de ti!

Eso pensaba también Jenny hasta entonces, pero al parecer se había equivocado. Ese muchacho era un misterio.

—Si es homosexual —caviló la abuela—, no me extrañaría que fuera detrás de Ulli.

Tampoco a Jenny le pareció raro.

—A los homosexuales les gustan las señoras mayores —replicó—. Tipo madres o también abuelas: ¡como tú!

De eso, por el contrario, no se rio Franziska. Solo comentó que el amor tenía muchas caras y formas, y no se podía condenar precipitadamente a nadie.

Jenny estuvo de acuerdo con ella y le pareció el momento adecuado para poner a la abuela al corriente de sus planes.

—Me gustaría ir con Mücke a Rostock. ¿Puedo dejar contigo a la pequeña Julia, ahora que ha superado lo más difícil? Podrías dar una vuelta con el carrito por el lago y a la vez pasear a Falko.

Franziska se mostró escéptica.

—Por supuesto que te concedo un día con Mücke. Pero ¿por qué precisamente Rostock?

—Una investigación genealógica —aclaró Jenny con una sonrisa inocente—. Me gustaría visitar a ese tal Walter Iversen. Al final está…

—¡Ya te he dicho que Walter Iversen está muerto! —la interrumpió la abuela furiosa.

—Lo sé. Pero a veces los nazis no decían la verdad a la gente. Afirmaban que alguien estaba muerto, ¡aunque en realidad seguía vivo!

La abuela dio tal puñetazo en la mesita de café que la vajilla tintineó. En la habitación de Jenny, la niña empezó a llorar.

—No quiero que hagas esas pesquisas. ¿Me has entendido? ¡Te lo prohíbo!

Jenny se levantó de golpe, escandalizada.

—¡No me puedes prohibir nada, abuela! También es mi familia. Y tengo derecho a conocerlos.

Su abuela la miró con los ojos fuera de las orbitas. Vaya, se había ido de la lengua en el fragor de la disputa. ¿Cómo es que no conseguía contarle a la abuela con sosiego lo que había descubierto en casa de Mine? Probablemente se debiese a que la abuela se bloqueaba enseguida en cuanto abordaba el tema «Walter Iversen».

—¡Ese hombre no pertenece a nuestra familia! —porfió obstinada la abuela.

—¿Ah, no? ¿Alguna vez te has planteado por qué tu hermana Elfriede yace bajo una lápida en la que se grabó «Iversen»? —Echando pestes, Jenny corrió a su habitación para sacar a la vocinglera Julia de la cuna.

Petrificada, Franziska permaneció sentada a la mesa de la cocina. Después puso las tazas vacías en el fregadero y abrió el grifo. Estaba tan absorta en sus pensamientos que no oyó el timbre.

—¿No está tu abuela? —se sorprendió Mücke cuando Jenny abrió tras el tercer timbrazo.

—El ambiente está cargado...

—¿Por lo de Rostock? No me digas que no te concede ni esa mínima diversión.

Jenny vaciló. No le había contado a Mücke toda la historia, solo que quería visitar a un hombre que había estado prometido con su abuela. A Mücke le pareció muy emocionante.

—Voy a verla —dijo Mücke con una sonrisa—. A preparar biberones...

La joven era experta en misiones diplomáticas. Poco después regresó con los biberones listos y anunció que podían marcharse en ese mismo instante. La señora Kettler se ocuparía de Julia.

—¡Eres fenomenal, Mücke! —exclamó aliviada Jenny y le metió a su hija el chupete en la boquita abierta.

Mücke había dicho que se tardaba más o menos una hora en llegar a Rostock. Lo sabía bien porque terminó allí su formación como maestra y durante la semana había vivido en una residencia de estudiantes.

—Rostock es muy bonito, Jenny. Allí puedes comprar como

es debido. ¡Y qué centro, con esas antiguas casas patricias! ¡Y el puerto! Y también puedes ir a comer. Es una ciudad grande de verdad. No de provincias, como Waren o Neustrelitz.

Jenny la escuchó paciente y se lo imaginó. Conocía Berlín este, de ahí que pudiese visualizar sin problema las grandes ciudades de la RDA. Edificios con las típicas placas de hormigón en ediciones de lujo, quizá un par de inmuebles rehabilitados de otros tiempos, pero por lo demás todo desmoronado y podrido. Eso, por supuesto, no lo mencionaba Mücke. Se había puesto de punta en blanco y llevaba dinero porque quería ir de compras. En realidad, tenía que ir algún día hasta Hamburgo con Mücke, para que viese un par de tiendas de verdad y no gastase el dinero ganado con tanto esfuerzo en artículos de baja calidad.

Charlaron sobre ropa y los últimos peinados, sobre Elke, que había escrito contando que esperaba un bebé y Jürgen estaba loco de alegría. Después, Mücke le confesó que quizá cerrasen la guardería de Dranitz porque antes pertenecía a la cooperativa de producción agrícola y la nueva dirección no quería hacerse cargo de ella.

—No importa —respondió Jenny—. Tendrás un trabajo en nuestro hotel. Así ya no tendrás que lidiar con los pequeños mocosos.

—Pero me gusta hacerlo —objetó Mücke—. Me gustan los niños, son muy sinceros y todavía no tan retorcidos como los adultos. —Entonces contó las horribles historias de gente que había trabajado para la Stasi y espiado a sus amigos y familiares. Incluso el pastor del pueblo vecino había estado en la Stasi. Algunos en la zona ya lo sospechaban, porque en 1986 le concedieron de buenas a primeras un viaje al Oeste. Algo así era imposible para la gente normal, por lo que debía de tener contactos. En enero de 1990, el pastor se marchó al Oeste y se quedó allí.

—¿Y en Dranitz? —preguntó angustiada Jenny—. ¿Había también alguno que trabajase para la Stasi?

Mücke dijo que en la cooperativa habían descubierto a una o dos personas, pero que habían escapado a tiempo, pues de lo contrario les habría ido muy mal.

Jenny comprendió que la gente en esa parte de Alemania había vivido cosas totalmente distintas que ella. La Stasi: eso recordaba a la Gestapo, entonces bajo el poder de Hitler. Qué horrible no poder confiar ni en los mejores amigos. Con todo, era una tierra muy bonita. Tan extensa y verde bajo el veraniego cielo azul claro. Por todas partes se veían pequeños pueblos y antiguas casitas de campo, y en medio conventos desmoronados, lagos que resplandecían verdosos a la luz del verano, sobre los que flotaban veleros blancos. Y los románticos paseos: en el Oeste ya no existía algo así, habían talado todos los árboles a derecha e izquierda de las carreteras. Por los accidentes. Aunque se conducía más despacio si las verdes copas de los árboles se doblaban sobre los coches y el sol centelleaba como una dorada lluvia.

Rostock era exactamente como se lo había imaginado. El tranvía que circulaba por allí ya se había jubilado en la RFA en los años sesenta. Casas estropeadas, de las que aún se intuía que habían sido lujosas y bonitas. Delante había coches occidentales. No fallaba. De vez en cuando destacaba un puesto de pizza como una mancha de color rojo entre el gris uniforme. También se habían enlucido los antiguos nombres de negocios con letras llamativas.

El «progreso» les había traído una droguería y un indio que vendía camisas de colores en la tienda de plumas estilográficas. Los extrarradios eran aún más feos, llenos de bloques de cemento y pequeñas casuchas de las que se desconchaban el revoque y la pintura. ¿Por qué los orientales no tenían materiales de construcción decentes? No tenía sentido esforzarse si aun así todo se volvía a despedazar.

—Ahí detrás, en el cruce a la derecha —la dirigió Mücke—. No, esta no, la siguiente...

El empedrado estaba aún más accidentado que en la carretera comarcal. A quien condujese deprisa por aquí con el Trabant le tenía que doler el trasero muchísimo. La señora de información había dicho que la dirección que buscaba era la Ernst-Reuter-Straße, 77; eso sonaba muy a la RDA.

Pasaron por delante de innumerables edificios grises de hormigón, bloques de viviendas de cuatro pisos con tejados planos, un prado de maleza delante, un arbusto aquí y allá; detrás, alguien había plantado un pequeño huerto.

—Después te enseño el centro —dijo Mücke, a la que esa zona desolada tampoco le gustaba demasiado—. Allí hay una fuente genial y tiendas elegantes. Eh, para. Ese es ya el setenta y cuatro. ¿Dónde vive Iversen? Setenta y siete, ¿no? Es justo allí enfrente.

Jenny frenó y aparcó en la acera, junto a un arce medio seco. Así que aquí vivía el tal Walter Iversen, el gran amor de su abuela. Venido bastante a menos, le pareció. Definitivamente, la abuela había llegado más lejos.

Con Mücke, estudió la multitud de botones junto a la entrada. Siempre vivían dos inquilinos en cada piso, pero a veces también había varios apellidos en una etiqueta. Walter Iversen vivía en el último piso del lado derecho. La cosa se ponía seria.

Jenny pulsó el botón blanco. Esperó. No pasó nada. Intercambió una mirada con Mücke y volvió a llamar. Tampoco hubo respuesta.

—Quizá sí que haya muerto —señaló Mücke—. O se haya ido al Oeste.

Jenny retrocedió y miró hacia arriba. Había cortinas en las ventanas, lo que significaba que allí también vivía alguien.

—Subamos a ver —decidió Mücke y abrió la puerta, que solo estaba entornada.

El vestíbulo estaba fregado, pero olía a moho y en los rincones se caía la cal. La pintura predominante era gris. Como en todas partes. Subieron la escalera y miraron con asombro los trastos que los inquilinos habían depositado en el pasillo junto a sus puertas: botas de goma, paraguas, cochecitos, bicicletas, cartones, correas, juguetes de todo tipo. Junto a la puerta de Walter Iversen no se veía nada, salvo un montón de polvo. Y un llamador amarillento y una placa.

Jenny llamó, pero, una vez más, nadie abrió. Decepcionada, se apoyó contra la pared y miró por la diminuta ventana del pasillo. Se podía ver un campanario y algunos edificios de ladrillo. ¿El ayuntamiento?

—Preguntemos enfrente —sugirió Mücke, que se dirigió a la puerta del otro lado, junto a la que se amontonaban varios cartones.

Por fin tuvieron suerte. Una señora mayor les abrió, sonrió con amabilidad y señaló con el índice las cajas de cartón.

—He puesto las cosas ahí.

Se llevó una gran decepción cuando Jenny aclaró que buscaban al señor Iversen y no tenían nada que ver con las cajas de cartón.

—Pensaba que venían del municipio. Están recaudando dinero para África. —Pescó las gafas del bolsillo de su delantal y examinó a las dos jóvenes, desconfiada—. ¿Qué quieren del señor Iversen? —preguntó, agresiva. La tranquilidad de su vecino no parecía serle indiferente.

—Solo nos gustaría preguntarle algo. Un asunto privado... ¿Está quizá de viaje? —Jenny puso su sonrisa más cautivadora.

—No —respondió la vecina y sacudió la cabeza, de pelo corto y cano—. Solo ha ido a comprar. De hecho, tiene que volver enseguida, tiene que traerme un litro de leche y tres cebollas.

Mücke agradeció la información y dijo que entonces esperarían al señor Iversen en el pasillo.

Cuando la vecina cerró la puerta, se sentaron junto a la de Walter Iversen. Mücke sacó del bolsillo unos caramelos de menta, y Jenny las galletas de mantequilla que la abuela había comprado para Julia. Mücke habló de la época de su formación en la academia de pedagogía y de lo marimacho que era su instructora. De vez en cuando miraban por la ventanita para comprobar si se veía a alguien en la calle que pudiera ser Walter Iversen. Dos veces pensó Mücke que era él, pero fue una falsa alarma. Cuando a Jenny, pese a los caramelos de menta y las galletas de mantequilla, le empezaron a sonar las tripas, pensaron si la extraña vecina nos les habría engañado.

—Está como una regadera —susurró Jenny, sacudiendo la cabeza—. Lo de los cartones me pareció muy raro. Mücke, creo...

En ese instante oyeron pasos en la escalera. Mücke empezó a toser porque se atragantó del susto con la última galleta, y el pulso de Jenny se acercó a la máxima frecuencia. Un sombrero apareció en el descansillo, uno anticuado de caballero. Después un rostro, unos hombros, una chaqueta marrón. Una bolsa de malla amarilla, pantalón gris, zapatos negros. El hombre subía los escalones despacio, pero con constancia y paso firme. Jenny lo miró: arrugas en el cuello y las mejillas, bien afeitado, cejas canas y pobladas, ojos profundos. Una boca fina, un poco torcida hacia abajo. Mirada atenta, desconfiada.

—¿Señor Iversen? —Jenny constató que su voz sonaba bastante débil.

El hombre se detuvo en el descansillo y miró a Jenny. Con los ojos como platos, abrió la boca para decir algo, pero no lo hizo.

—Es usted el señor Iversen, ¿no? —insistió Jenny.

—Por favor, disculpe el asalto. Nos gustaría hablar con usted. Se... se trata de un asunto familiar.

¿Estaba sordo? La seguía mirando, incapaz de apartar su mirada de ella, y se paró en el último escalón tieso como un palo, completamente inmóvil. Solo la bolsa se balanceaba de un lado a otro. Dentro había un paquete de café, un litro de leche, cebollas y tres plátanos.

Jenny buscó la ayuda de Mücke, que seguía tosiendo.

—Venimos de Dranitz —soltó por fin la joven, después de haber carraspeado tres veces—. Es un lugar pequeño cerca del lago Müritz. Mi amiga es la nieta de la propietaria de la finca. Pensábamos que conocía a la señora Kettler... Antes se llamaba Franziska von Dra...

—¡No! —exclamó él. Sonó como una amenaza. O como un grito de socorro.

Por fin se puso en movimiento, se dirigió a su puerta, sacó precipitadamente un manojo de llaves de la chaqueta y perdió dos veces el ojo de la cerradura antes de conseguir abrirla.

—Entonces ¿no conoce a mi abuela? —Jenny intentó que no cerrara la puerta—. ¡Pero no puede ser! Estuvo prometido con ella, señor Iversen. Y luego se casó con su hermana Elfr...

Iversen se apartó, entró en el piso y dio un portazo tras de sí.

—¡No puede ser verdad! —exclamó decepcionada Jenny—. ¿Por qué huye del pasado? ¡Si cree que lo voy a dejar en paz, se ha equivocado, comandante Iversen! —Alzó los puños para golpearlos contra la puerta, pero Mücke le cogió los brazos y los apartó de la puerta.

—No es motivo para ponerse histérica, Jenny —la tranquilizó su amiga—. Venga, vayámonos. Si no, la vieja loca nos va a reñir.

A regañadientes, Jenny reconoció que Mücke tenía razón y empezó a bajar la escalera. Quizá había sido demasiado optimista. En realidad, creía que Walter Iversen se alegraría. Que le echaría los brazos al cuello de alegría y entusiasmo. Por el contrario, se había refugiado en su cueva para levantar una barricada.

Cuando volvieron a estar en la calle, miraron a las ventanas. Ahí estaba. Las observaba con los brazos apoyados en el alféizar.

—Primero tiene que asimilarlo —la consoló Mücke—. Ven, vamos de compras. Te enseñaré el ayuntamiento y luego iremos al puerto. Y antes iremos a un mesón típico del Báltico a comer pescado.

Abatida, Jenny siguió a su amiga hasta el coche.

Mine

Agosto de 1991

Ulli siempre con sus locas ocurrencias. Llevó a Mine y Karl-Erich, con ese calor, al lago. Aunque hoy Karl-Erich respirase mal y se quejase varias veces de que notaba en el pecho un montón de piedras. Con todo, como Ulli había comprado para la ocasión salchichas para asar e incluso filetes, Mine no lo quería desilusionar. Normalmente el pobre chaval no tenía muchas alegrías. En el periódico ponía que el astillero había vuelto a despedir a gente. Antes trabajaban allí ocho mil personas, y ahora solo quedaban poco más de mil con salario. No sabía si Ulli estaba entre ellos, no decía nada.

Estaban sentados en el banco de la casa guardabotes, sudando a más no poder, sobre todo Karl-Erich, al que Ulli había puesto debajo un grueso cojín de gomaespuma. Jenny estaba sentada junto a ellos en una silla de jardín que su abuela había comprado poco después de su llegada a Dranitz. Ulli había invitado a Mücke y Jenny a remar por el lago, pero Jenny se había ofrecido para supervisar la barbacoa porque tenía que vigilar a la pequeña Julia. Rehusó el generoso ofrecimiento de Mücke de hacerse cargo para que Jenny fuese al lago porque enseguida se dio cuenta de que Ulli prefería ir con Mücke. Mejor así.

—Las salchichas ya casi están —anunció—. Si siguen en el lago más tiempo, se quedarán negras.

Mine aconsejó sacar las salchichas de Turingia hechas y poner los filetes. Karl-Erich se tragó sus píldoras con un poco de limonada, después apoyó la espalda contra la pared de la casa guardabotes y contempló el lago. Era un sábado a mediodía; dos veleros se deslizaban sobre el agua, los patos se mecían sobre las pequeñas olas, había un par de botes de remos. Por todas partes a orillas del lago la gente estaba al sol sobre las toallas, flotaba el olor a hoguera y carbón en el aire, les llegaba el aroma a carne asada con tomillo y mejorana, mezclado con un toque de crema solar y desodorante.

Jenny puso los filetes, que crepitaron al empezar a asarse, y después buscó a Ulli y Mücke, cuya barca flotaba en medio del lago con los remos replegados. Por lo visto, tenían muchas cosas de las que hablar, ya que no daban muestras de regresar a la orilla.

Mine estaba muy contenta con ese progreso. Sabía que Ulli no era tonto. Se había descarriado un poco, la futura baronesa le había hecho perder la cabeza, pero son cosas que pasan. En el fondo siempre supo que Mücke era la chica adecuada para él. La anciana se levantó para coger la ensalada de patatas que su nieto había puesto en una nevera portátil a la sombra de la casa guardabotes. Allí también estaba la caja de cerveza, encima de la que Ulli había puesto un montón de esas piezas azul claro de plástico que se guardan en el congelador. Goteaban bastante porque hacía mucho calor.

—Algo se avecina —anunció Karl-Erich cuando ella se volvió a sentar a su lado—. Por allí las brujas de la tormenta tejen sus pañuelos.

Mine entornó los párpados hacia la resplandeciente superficie del agua. En efecto, a lo lejos se distinguía una maraña de finos hilos de nubes. También hacía bochorno, tanto que les corría el sudor bajo la ropa y los mosquitos zumbaban a su alrededor como locos.

Julia parecía sentirlo también, estaba llorona y constantemente sedienta. Por fin Jenny cogió en brazos a la pequeña y se sentó con ella en un huequito del banco junto a Mine. Enseguida la pequeña empezó a manotear contenta y a sudar la gota gorda.

Mine admiró la gorrita rosa con hermosos volantes y supo que era un regalo de la madre de Jenny.

—¿No es espantosa? —preguntó Jenny, arrugando la nariz—. ¿En qué estaba pensando mi madre? Normalmente detesta todo tipo de bagatelas.

Mine se obligó a guardar silencio. En cambio, preguntó precavida cómo había ido en Rostock. Mücke le había hablado de la excursión.

—Ah, muy bien —respondió Jenny con evasivas.

—Comprasteis muchas cosas, ¿verdad? —Karl-Erich, que había aguzado el oído con la palabra «Rostock», se inmiscuyó en la conversación.

—Sí, algo de ropa para la niña. Y para Mücke, tres camisetas, el bikini que lleva hoy y un pantalón. Ha adelgazado bastante y apenas tenía nada que ponerse. —Era verdad y también le gustaba a Mine, porque Ulli prefería a las chicas delgadas, pero no era eso lo que quería saber.

—¿Y por lo demás? ¿Buscasteis al comandante Iversen?

—Mmm, sí —respondió Jenny, dubitativa—. Pero no... no estaba en casa. —Puso a la pequeña Julia en el regazo de Mine y se levantó a toda prisa para sacar los filetes de la parrilla.

Karl-Erich miró a Mine escéptico. Ella le hizo una seña para que no siguiese preguntando. Por lo visto, las dos jóvenes no habían conseguido nada. Mejor así. Con suerte, Jenny no lo intentaría una segunda vez. Deberían dejar tranquilo a Iversen. Había tenido muy mala suerte durante su vida. Primero la detención de la Gestapo, eso ya era lo bastante terrible. Luego la muerte de Elfriede, que lo dejó solo con su hija. Había criado a Sonja lo mejor que supo, pero no podía sustituir a su madre. Sonja era una Von Dranitz, rebelde, no quería adaptarse y empezó a ir con hombres muy pronto. Era una luchadora, igual que la baronesa. El Oeste y lo que fuese de su padre le daban igual. Le había afectado mucho a Iversen, pero lo superó. Luego, según le había contado Sonja después, tuvo problemas. Había ayudado a huir a mucha gente hacia el Oeste y lo encarcelaron por ello. Durante tres años estuvo preso, hasta poco antes de la reunificación. Y ahora solo quería estar tranquilo.

—Huele muy rico a quemado por aquí. —La alegre voz de Kalle sacó a Mine de sus pensamientos.

—Bien asado —respondió Jenny, segura de sí misma—. De todas maneras, aquí nadie come carne poco hecha.

Kalle llevaba unas bermudas verdes de cuadros y unas chanclas amarillas. Tenía el cuerpo marrón como los Santa Claus de chocolate con leche, solo en la frente lucía una franja blanca porque siempre le caía el pelo sobre la cara. De buen humor, les dio la mano a Mine y Karl-Erich. No pareció molestarle que precisamente Ulli estuviera remando con su Mücke por el lago. Bueno, pensó Mine. Kalle nunca fue el más listo. Una pena para él, pero ya encontraría a otra.

Jenny cogió tres cervezas, puso las salchichas con mostaza y la ensalada de patatas en platos de cartón y se los tendió. Si Ulli y Mücke querían quedarse un rato más en el lago, ya comerían más tarde.

—Ahí puedes pillar una buena quemadura —afirmó Kalle, que se sentó enfrente de Mine y Karl-Erich sobre una piedra a pleno sol y empinó la cerveza. Casi se bebió toda la botella de un solo trago.

Jenny le cogió a Mine a la niña, que estaba dormida en el regazo de la anciana, y la puso con cuidado en el carrito. Detrás, donde las brujas hilaban sus velos en el cielo, tronaba vagamente.

—La ensalada de patatas está buenísima —afirmó Kalle y le dedicó una sonrisa a Mine—. Las salchichas las hubiese dejado un poco más para que estuvieran bien negras y supiesen bien ahumadas, pero están ricas de todas maneras.

Jenny arrugó la nariz.

—Pensaba que dentro de poco tendrías lechones —comentó, mordaz—. Pospuscheit ya ha ido a mirar si los dos cerdos están lo bastante gordos.

Kalle puso la botella vacía con mucho cuidado junto a la piedra y dedicó a Jenny una mirada maliciosa.

—Si Pospuscheit les toca un solo pelo a Artur y Susanne, lo meteré personalmente en el asador. ¡Eso por descontado! —No, sus cerdos eran animales domésticos, como Falko, y ella no se lo comería, ¿no? Y así seguiría, ya que ahora había arrendado el terreno.

—Vaya. ¿Y a quién? ¿A Pospuscheit quizá?

Kalle resopló, indignado. A él sí que no.

—A la veterinaria. La doctora Gebauer. Pospuscheit ha mediado, el muy pillo. Necesita urgentemente un lugar donde meter a un perro o un gato. Ayuda a los bichos abandonados, quiere montar una especie de santuario de animales. Y todos mis animales pueden quedarse, se encargará también de ellos.

Jenny levantó las gafas de sol y examinó a Kalle con los ojos entornados.

—¿Un santuario de animales? ¿Perros y gatos abandonados, conejillos de Indias, ratas, jerbos y reptiles? ¿Lo que la gente se compra y luego ya no quiere tener?

—Sí, se podría decir así.

—¿Ya está arreglado o solo hablado? —quiso saber Jenny.

—El contrato se ha firmado y el primer mes también está ya pagado. —Kalle sonrió.

—¡Genial! —gruñó furiosa Jenny.

«Este Kalle», pensó Mine. «Menudo listillo. Se ha quitado las deudas de encima. Pero precisamente la doctora Gebauer... Pospuscheit lo tiene sobre su conciencia. Lo intenta todo para jugarle una mala pasada a la baronesa.»

—¿Dónde está vuestro chucho? —Kalle cambió de tema—. Ayer persiguió a mis vacas por el prado y al correr estuvieron a punto de perder las ubres.

—Falko está en casa de la abuela. Está resolviendo algo en la mansión y vendrá en cuanto haya acabado —respondió Jenny.

—Más vale que se dé prisa —dijo Kalle y se metió las manos en los bolsillos—. Va a caer una buena.

Mine y Karl-Erich miraron hacia los jirones de nubes; Jenny se había puesto las gafas de sol en la punta de la nariz y observaba en la misma dirección.

—¿Ese poco de ahí? —preguntó escéptica—. Pero ¿qué va a caer de ahí?

Kalle se encogió de hombros y miró por unos prismáticos pequeños. Los tenía en el bolsillo. Curiosa casualidad, ya que las chicas se seguían bañando desnudas en la orilla de enfrente.

—Dame —dijo Karl-Erich—. ¿Son unos gemelos?

—Los he comprado en el mercadillo... —Kalle batía la orilla y no daba muestras de querer compartir su tesoro.

—Ahí está Wolf con Anne Junkers en una toalla —informó, al tiempo que jugueteaba con el tornillo de ajuste para poder ver más nítidamente—. Tío, se pone manos a la obra. Y debajo de un árbol está también Woronski, el tonto del polaco. Vaya cómo está sin camisa ni pantalón largo. ¡Como un gusano del queso!

—Trae para acá... —apremió Karl-Erich.

—Sois unos mirones —reprendió Mine—. Qué repugnante.

De repente, un trueno retumbó tan fuerte que a Kalle casi se le caen los prismáticos de las manos.

Jenny miró preocupada al cielo. Los hilos de las brujas se habían vuelto grises y algunos ya se habían acumulado en oscuros nubarrones.

Mine tuvo miedo por Ulli y Mücke, que seguían de picos pardos en medio del lago. Ahora Ulli había cogido por fin los remos; ojalá se diese prisa. No era divertido estar por el lago en un bote de remos descubierto en plena tormenta.

—Marchaos ya —dijo Kalle, que se levantó—. Yo guardaré la cerveza para que no se moje.

Mine dejó plantado a Karl-Erich y se preocupó de su ensalada de patata; Jenny sacó los filetes de la parrilla y metió a su hija en el carrito dentro de la casa guardabotes. El trueno la había despertado y volvía a poner el grito en el cielo. Alrededor de la orilla hubo mucho movimiento. Los bañistas se vistieron a toda prisa, los hombres sacaron el carbón y lo rociaron con agua, las mujeres recogieron los platos, cazuelas y servilletas, y llamaron a los niños. Los dos veleros habían llegado a la otra orilla y uno recogía ya la vela.

—Pero ¿qué hace Ulli? —se exasperó Karl-Erich—. ¿Cómo es que no vuelve hacia nosotros? Se tambalea y no se decide...

—Dame. —Kalle le quitó los prismáticos de las manos y apuntó al centro del lago—. El muy chiflado rema para el otro lado —les dijo Kalle—. Me largo: ahora Mücke se ha tirado por la borda. Está nadando hacia la orilla. No, imposible...

Justo encima de ellos tronaba tan fuerte que todos bajaron

la cabeza instintivamente. Entonces el cielo abrió sus esclusas. Mine ayudó a Karl-Erich a entrar en la casa guardabotes, Kalle metió las sillas y Jenny se ocupó de la pequeña Julia, que seguía llorando. A través de la puerta abierta vieron caer rayos en el cielo oscuro, tan deslumbrantes que el lago estuvo iluminado durante unos segundos por una luz resplandeciente.

—¡Está como una cabra! —exclamó agitado Kalle.

En medio de la oscura superficie del agua, revuelta por la lluvia y el viento, Ulli luchaba contra los elementos. Había dado la vuelta al bote y ahora remaba directo hacia ellos, pero, como tenía el viento en contra y las olas subían tanto, la embarcación apenas parecía moverse del sitio.

—Ojalá no los alcancen los rayos —murmuró Karl-Erich, que estaba sentado en una silla al fondo de la casa guardabotes y estiraba la cabeza para ver por encima de los demás.

Mine estaba junto a Kalle en la puerta, le temblaba todo el cuerpo y había juntado las manos sobre el vientre.

—Dios mío —susurró—. Dios mío, por favor, deja que Ulli y Mücke lleguen sanos y salvos a la orilla...

Kalle maldecía en voz baja e intentaba una y otra vez distinguir algo con los prismáticos, pero la lluvia era como una impenetrable pared gris.

—Ella va hacia el polaco, el gusano del queso. Los muy chalados están debajo del árbol. Si los rayos los alcanzan, adiós a ambos.

Mine se sorprendió. Mücke se había refugiado junto a ese tal Kacpar Woronski. Curioso. ¿Y eso por qué? ¿Qué había hecho mal Ulli esta vez? Ay, el chaval era un torpe. Y ahora remaba por el lago rodeado de rayos y truenos. Igual de imprudente que su padre, Olle, que entonces conducía el coche con el que... Ay no, no quería pensar en ello ahora.

Jenny notó lo tensa que estaba Mine, rodeó a la anciana con un brazo y la apretó contra sí.

—No te preocupes —le susurró—. No le pasará nada. Es constructor de barcos, se las apaña en el agua... —Sonó como si se diera ánimos a sí misma.

—Venga, Ulli —masculló Kalle—. No flaquees, chaval. ¡Casi lo has conseguido!

De hecho, el bote se acercaba ahora mucho más rápido que antes, las paladas se habían vuelto más lentas y débiles, pero llevaban sin parar el barco a la orilla. Los truenos seguían retumbando sobre ellos, como si en las nubes reventasen barriles llenos de metralla.

—¡Ulli! —Jenny gritó y se precipitó hacia el embarcadero. La lluvia la azotaba, el viento le arrancó el sombrero de la cabeza y lo lanzó al lago, pero no se dio cuenta. Con el pelo mojado, se hallaba en la pasarela haciendo frente al viento, y cogió el cabo que Ulli le tiró.

—¡Amarra! —le urgió Ulli—. Átalo bien. Hombre, no sabes hacer un nudo marinero...

Kalle salió de su aturdimiento y corrió para ayudar. Ulli, jadeante por el esfuerzo, tiró los remos a la pasarela, saltó del bote y corrió entonces detrás de Jenny, seguido de cerca por Kalle, hacia la casa guardabotes.

—¿Cómo es que has tardado tanto? —gruñó esta en cuanto estuvieron a salvo—. Los rayos podrían haberte fulminado.

—¿Has tenido quizá miedo por mí? —preguntó Ulli. Ni siquiera reparó en su abuela, que estaba junto a él.

—Qué va —rehusó Jenny con voz trémula—. Solo me preguntaba cómo se puede ser tan tonto.

En vez de replicar, Ulli apoyó los brazos a derecha e izquierda de Jenny contra la pared de madera de la casa guardabotes y la besó. Justo junto a su abuela. Esta miró indignada a Karl-Erich, que seguía sentado al fondo en su silla y sonreía divertido.

De pronto, Jenny se soltó de Ulli y le propinó una bofetada.

—¡No las tienes a todas a tus pies, Ulli Schwadke!

Ulli se masajeó la mejilla, pero también sonrió de oreja a oreja.

Franziska

Agosto de 1991

Había recorrido el sótano y se había alegrado al comprobar que los bonitos y antiguos ladrillos habían salido prácticamente intactos de debajo del revoque. Limpios y de color rojo claro, como si estuviesen recién tapiados. Y eso que la mansión, por lo que sabían, fue construida a principios del siglo XIX. Entonces seguro que también mampostearon el sótano.

El abuelo había investigado en las crónicas antiguas sobre lo que había antes en ese lugar, había ido a Güstrow, a Rostock y a Stralsund, y había leído también los documentos que se conservaban del monasterio de Dobbertin. Ella recordaba que puso por escrito todo lo que pudo averiguar, pero entonces, por desgracia, no le entusiasmaban las crónicas antiguas. Era demasiado joven, soñaba con una carrera como fotógrafa en Berlín, estaba fascinada por la excitante y escandalosa vida en la capital y, sí, también estaba enamorada. Hasta los tuétanos.

Rascó con un cincel las junturas, pero desistió pronto, porque el viejo mortero estaba bastante duro. Había que sacarlo de entre los ladrillos y sustituirlo. Un trabajo polvoriento del que solo faltaba por hacer una última pared. Las obras de rehabilitación marchaban de maravilla, aunque desde fuera no se notara mucho. Los cables eléctricos estaban en su mayor parte tendidos y también los tubos de la calefacción estaban a pie de obra. Solo faltaba la calefacción, para lo que tenían que excavar una fosa nueva junto a la casa y todos esperaban de corazón que no volviesen a dar con algún muro histórico. Por suerte, Pospuscheit no había vuelto a dar señales de vida, pero Franziska no había olvidado su maliciosa amenaza.

Con un suspiro, se subió a los escombros acumulados, que aún había que desalojar, y miró el hueco cuadrangular en el suelo, donde había seis peldaños escarpados. Antes esa escalera estaba asegurada con una trampilla que solo se abría para los grandes acontecimientos de caza, cuando se depositaba el venado en el cuarto frío y alicatado. Se acordaba bien de cómo entraba de niña a escondidas en ese cuarto de los horrores. Miraba fijamente los ojos desorbitados e inertes de los corzos muertos, sus hocicos abiertos, contemplaba las manchas de sangre en el pellejo marrón y blanco. Le fascinaba aquel macabro escenario, que mostraba a las preciosas criaturas de pura raza en el momento de su muerte. Tras un rato se dio cuenta de que no estaba sola: Elfriede se había aproximado en silencio a su espalda y permanecía junto a la puerta con los ojos desorbitados y asustados. Ojos muy parecidos a los de los corzos.

No quería pensar en ello. Ahora lo importante era encontrar soluciones prácticas para las reformas pendientes. Estaba bien que fuese, a excepción de Mine, la única en quien seguían viviendo los viejos recuerdos. La anciana se negaba obstinadamente a bajar al sótano. No había querido decirle por qué a Franziska, pero se acordaba. Tenía que ver con los rusos que ocuparon la mansión.

Franziska ya había oído hacía un rato el retumbo que penetraba desde fuera, pero no había prestado atención. Ahora Falko bajó con pasos recelosos la escalera del sótano, el cuerpo agazapado, la cabeza inclinada. Una tormenta. Era un perro valiente en otras situaciones, pero tenía pánico a los rayos y los truenos.

—Ven aquí, pequeño cobarde —lo animó.

Se arrastró hasta ella con el rabo entre las piernas, se detuvo a su lado y apretó el hocico contra el suelo. Le temblaban las orejas cada vez que tronaba. Franziska se acuclilló junto a él y le acarició la espalda para tranquilizarlo. Luego se volvió a levantar y se asomó a una de las ventanas del sótano, pero aparte de los hilos de lluvia y los escombros acumulados no se veía mucho más.

Se alegró de que los techadores hubiesen montado un pararrayos, y cerró la ventana para que no entrasen escombros o arena. Falko seguía tendido en el suelo, pero había dejado de temblar. Franziska pensó preocupada en el tejado recién colocado. Ahora comprobarían lo bien que había trabajado la empresa de Hamburgo. Le preocupaban sobre todo las numerosas chimeneas, que tenían que cercarse con chapa de cinc y que habían traído de cabeza a los obreros. Preguntaron para qué necesitaba esas viejas chimeneas. Eran unos simples trabajadores y les costaba entenderlo, pero Franziska y Kacpar habían insistido en conservar todos los conductos de la chimenea. Unas chimeneas en las que encender un fuego en invierno formaba parte de la atmósfera de una mansión y los huéspedes sabrían apreciarlo.

Seguida de cerca por Falko, subió la escalera al primer piso, donde se asomó de nuevo a la ventana y miró hacia el pueblo, sumido en la masa de lluvia que caía con fuerza en los prados y campos. Del otro lado pudo reconocer el lago como una superficie gris y surcada por la lluvia. ¿Aquello era un bote de remos que se acercaba con dificultad a la orilla? La cortina de agua era demasiado espesa como para distinguir algo concreto, quizá se había equivocado. Una y otra vez retumbaba el trueno justo encima de la mansión; los fulgurantes rayos prefiguraban las tremendas energías que chocaban en las negras nubes.

Lo oyó en cuanto subió la antigua escalera de madera que llevaba al desván. El murmullo y el goteo, el silbido quedo. Por supuesto, la primera chimenea junto a la escalera tenía filtraciones. Cada vez más enfadada, siguió el camino del reguero, que se deslizaba por los ladrillos del conducto de la chimenea y buscaba su sendero por el suelo de madera. Pronto alcanzaría la escalera y el agua caería al primer piso.

Encontró un viejo trapo con el que atajó el raudal provisionalmente y revisó a continuación todos los conductos de las chimeneas. Tres de las cinco chimeneas tenían filtraciones. ¡Increíble! Furiosa con los arrogantes techadores, que siempre lo sabían todo y no admitían ni un solo comentario del arquitecto Woronski, ni mucho menos de una anciana, aunque fuera la propietaria de la casa y su contratante, bajó a la planta baja para buscar más trapos. Qué rabia que Kacpar, que solía andar por allí, se hubiese tomado justo hoy el día libre. Si había ido a tomar el sol en el lago, ahora estaría empapado.

Buscó en el pasillo un trapo o retal, pero no encontró nada adecuado, así que se dirigió al antiguo comedor. Cuando sacó una vieja alfombra de debajo de una pila de madera, de pronto tuvo la sensación de que la observaban. También al perro se le había erizado la piel de la nuca. Inquieta, dio varias vueltas y miró a su alrededor buscando. Nada.

Probablemente Pospuscheit merodease cerca. Seguro que pensaba que con este tiempo la mansión estaría vacía y querría curiosear. «¡Se va a enterar!», pensó.

Decidida, se asomó a la ventana. Vio a un hombre alto cerca de la puerta. Auténticos torrentes de agua caían del ala de su sombrero. También las hombreras del abrigo estaban empapadas. No, no era Pospuscheit. Aunque no pudiese reconocer su rostro por culpa de la fuerte lluvia, estaba segura de que no había visto a ese hombre en la vida.

Falko gruñó en voz baja. Lo reprendió, se quedó de pie ante la ventana y esperó a ver qué hacía el extraño. La lluvia, que seguía cayendo a chorros, no parecía molestarlo, pues permaneció tranquilo, se apartó el sombrero un poco del rostro y observó la pared de la casa, examinó las ventanas, la moldura, y luego dio un paso hacia atrás para ver mejor el tejado recién puesto.

De repente, la atravesó un temblor. Venía del centro del cuerpo y se extendía en todas las direcciones, se apoderó del abdomen, las piernas, el pecho y los brazos, hizo que su respiración se volviera lenta y superficial. La manera de moverse del hombre, de quitarse el sombrero y entornar los párpados para poder ver mejor hacia arriba... Sin darse cuenta, se le cerraron los dedos sobre el alféizar, cuya pintura blanca estaba descascarillada salvo por unos escasos restos. Sin aliento, con las sienes palpitantes, miró hacia la lluvia. «Un espejismo —pensó—. Un fantasma del pasado. Una de esas insidiosas sombras me ha alcanzado y me toma el pelo. Solo tengo que pestañear, frotarme los ojos y desaparecerá.»

Sin embargo, la sombra no quería disiparse. Parpadeó dos veces con fuerza y se frotó los ojos, pero seguía ahí.

En la mente de Franziska trastabillaron con violencia recuerdos, conjeturas y certezas. Un rayo deslumbrante centelleó en el oscuro cielo e iluminó el rostro del hombre que había sido su gran amor y que había dado por muerto durante años.

Había envejecido. Tenía los ojos hundidos, le sobresalía la

nariz, las mejillas eran estrechas y colgaban flácidas, formando dos profundas arrugas a ambos lados de la boca. Durante un momento sintió compasión; la vida no había sido benévola con él, había grabado huellas visibles en sus rasgos. ¿Qué hacía aquí? ¿A quién buscaba? Observó cómo miraba a derecha e izquierda, después dio un paso dubitativo en dirección a la puerta, volvió a detenerse y al final dio media vuelta. Decidió que sería mejor dejarlo marchar.

¿Qué seguía habiendo entre ellos tras todos esos años? Se casó con Elfriede, en lugar de buscarla. No era tonta. Había comprendido demasiado bien la frase que Jenny le había tirado a la cara con tanta inclemencia. «¿Alguna vez te has planteado por qué tu hermana Elfriede yace bajo una lápida en la que se grabó "Iversen"?»

Todos lo sabían, Mine, Karl-Erich y también Jenny. Solo ella se había empecinado todo el tiempo en no comprender lo que era obvio. Walter sobrevivió, volvió a Dranitz, encontró allí a Elfriede y quedó a su merced. Su hermana pequeña fue siempre una seductora, se ganó a papá y a sus hermanos, y probablemente Walter tampoco pudo resistirse a ella mucho tiempo.

De repente surgió una ira inmensa en su interior. Ah, no, no era tan fácil. Así no. No con ella. Se apartó del alféizar, se precipitó hacia la puerta, casi tropezó con un cubo de cal en el pasillo y asió el picaporte. Allí estaba él, veía alejarse su silueta oscura a través de la lluvia, las manos metidas en los bolsillos y la cabeza inclinada.

—¡Walter! —gritó tan fuerte como pudo, pero tenía la voz bronca y un trueno la ahogó. En cuanto lo llamó una segunda vez, él se detuvo y se volvió.

¿La reconoció? Quizá. También ella había cambiado. El pelo se le había encanecido y sus rasgos habían perdido hacía tiempo el atractivo juvenil. Era una señora mayor. Una anciana colérica. En realidad, él no tenía ningún motivo razonable para regresar a la casa, pero lo hizo. Se acercó a ella con pasos rápidos, se detuvo a poca distancia y la examinó con los ojos entornados.

—Franzi —susurró.

Oírle pronunciar su apodo cariñoso la conmovió en lo más profundo. Desde la muerte de su madre nadie la había vuelto a llamar Franzi. Ese tratamiento pertenecía a los viejos tiempos, cuando su padre y sus hermanos seguían vivos y ella era la futura baronesa. A la época en la que creía haber encontrado el amor de su vida...

Dio un paso hacia ella. Empapado, encorvado por la edad, pero igual de alto, un poco más que ella.

—Pensaba que no había nadie —dijo, como si quisiera disculparse—. Así que me iba a marchar.

—Pasa, estás chorreando —lo invitó y franqueó la puerta.

Dubitativo, la siguió al pasillo, miró alrededor y quiso decir algo, pero un trueno le cortó la palabra. Durante un rato permanecieron callados en la penumbra, se miraron, buscaron señales y gestos que se hubieran conservado a lo largo de los años. Seguía teniendo los ojos igual de azules, solo que los párpados estaban marchitos, las oscuras cejas ya no eran marrón oscuro, sino grises; ya no eran sedosas, sino peludas, hirsutas, deformadas. Los labios apenas habían cambiado, tampoco entonces eran carnosos.

Él también la miraba fijamente. Es probable que estudiase las arrugas bajo los ojos, alrededor de la boca. Las marchitas mejillas, el flácido cuello.

Avergonzada, Franziska apartó la mirada y cerró la puerta.

—¡Así que has resucitado de entre los muertos! —exclamó cuando se volvió hacia él, procurando contener el temblor de su voz.

—Sí… —respondió, apagado. No parecía ocurrírsele nada más que decir.

Su ira se avivó de nuevo. Por mucho que la llamara Franzi, la había traicionado. Así de simple.

—¿Por qué nunca diste señales de vida?

Él guardó silencio. Miraba cada vez más inquisitivo sus rasgos, asentía, sonreía reservado.

—No era tan sencillo.

—¿Por qué no me buscaste cuando saliste de la cárcel? Solo tendrías que haber preguntado. Haber seguido nuestra pista hasta el Oeste. Hasta Hamburgo. Luego hasta Hannover… —Sintió que no solo la embargaba la ira, sino también la desesperación. Su voz sonaba llena de reproches. Llorosa. Nunca la había querido de verdad, ese era el motivo. Por eso no la siguió entonces, pero seguro que no lo confesaría, buscaría excusas, pretextos, pero ella sabía que era la verdad. Quería a Elfriede. La deseaba desde que no era más que una niña. La tierna e infantil seductora. Lo contrario que ella, la adulta y sensata Franzi.

—Por favor —dijo en voz baja y retrocedió un paso—. Dame un respiro. No es fácil aclarar estas cosas.

Ella se controló, se avergonzó de dar una imagen tan lamentable. La hermana mayor y celosa. Qué tonta. Qué penosa. Una mujer de setenta años que se comportaba como una chica estúpida.

—Como quieras —accedió y abrió la puerta—. No corre prisa. Solo lo llevo esperando tres cuartas partes de mi vida. —No pretendía ser cínica, pero una cosa era segura: a ninguno le quedaba mucho tiempo. No en esta vida.

—Te llamaré —murmuró. Luego pasó a su lado hacia la lluvia.

Franziska permaneció en el pasillo con el corazón desbocado, dudando entre el abrumador deseo de ir tras él y el ansia de gritarle una iracunda imprecación. Al final no hizo ni lo uno ni lo otro, sino que apoyó la espalda contra la pared y cerró agotada los ojos.

Ese era el final de su gran amor. Un encuentro repentino en un pasillo húmedo por la lluvia, preguntas sin respuestas, conclusiones amargas y una salida precipitada, casi como una escapada. En realidad, habría sido mejor no volver a verse nunca. Así la bonita imagen que había llevado todos esos años en su corazón no se hubiese deformado con tanta crueldad. Walter habría seguido siendo hasta el final de su vida el joven alegre, el compañero de su hermano, el amigo despierto, curioso y pensativo, el amante... Pero nunca habían pertenecido el uno al otro. La vida lo había impedido.

Franziska se estremeció y salió con brusquedad de sus pensamientos porque, de repente, se oyeron ruidos en la habitación contigua. La tormenta había cedido y la lluvia también era solo un murmullo, de ahí que las voces penetrasen casi sin amortiguar en sus oídos.

—¡Ha sido muy malo conmigo!

Esa era Mücke, que sollozaba. Probablemente había entrado en la casa por una puerta trasera para guarecerse de la tempestad.

—Primero, no deberías haber subido de ningún modo al bote con él.

Kacpar. Su voz sonaba suave. Casi paternal. Qué amable que se preocupase por Mücke.

—Ten por seguro que jamás lo volveré a hacer. ¿Sabes lo que ha dicho? Que no siguiera tirándole los tejos. Para él no soy más que una molesta lapa. ¿Cómo puede ser tan descarado?

—No llores —la consoló Kacpar. Después todo permaneció en silencio. Muy silencioso. Franziska, que en realidad estaba ocupada con su propio pesar, no pudo evitar hacer sus conjeturas—. Ponte la toalla para que no te resfríes —oyó el previsor consejo de Kacpar.

—Enseguida —accedió Mücke—. Pero primero lo vuelves a hacer, ¿vale?

—Tantas veces como quieras...

Franziska los escuchó a ambos reírse en voz baja y comprendió que la tierra seguía girando. Amor y pesar, dicha y desesperación se alternaban hasta el infinito. Y quien conseguía atrapar una punta de la felicidad terrenal tenía que retenerla antes de que se alejase para siempre.

Jenny

Agosto de 1991

Volvía a ser uno de esos días en los que era mejor quedarse en la cama. Porque todo salía mal de alguna forma. Ya empezó sintiendo dolor de garganta cuando se despertó. «Genial —pensó—. Un resfriado. No me lo puedo permitir en este momento. Lo que necesito es dormir, pero de momento eso no me lo puedo ni plantear.»

La pequeña Julia estaba completamente despierta, chillaba, gorjeaba y parloteaba para sí alegre y desplazaba la cuna de los Dranitz con su enérgico pataleo, haciéndola oscilar tanto que tuvo miedo de que volcase. No se había dormido hasta por la mañana, pero ahí había terminado la noche de Jenny. Se levantó de la cama con esfuerzo, buscó el gargarismo en el cuarto de baño y apareció en la cocina para desayunar de mal humor y con un grueso jersey.

—¿Estás resfriada? —preguntó preocupada Franziska.

—Solo dolor de garganta —respondió Jenny, que empezó a toser.

—¡No contagies a la niña!

—¡Gracias por tu compasión, bisabuela!

Ninguna de las dos tenía ganas de reír. Al menos Franziska no. Hacía días que paseaba como alma en pena y se sentaba por la noche a ver viejos álbumes de fotos que había cogido de una caja en la mansión. Cualquier nimiedad podía sacarla de quicio, aunque lo que Kacpar había descubierto junto con los techadores no era de ningún modo poca cosa. Era sencillamente una tremenda faena. Alguien había subido al tejado y había arrancado la chapa de cinc en tres chimeneas. Probablemente se tratase de varias personas que habían utilizado tenazas y cinceles. Tuvo que ser de noche, porque durante el día siempre había alguien en la obra. Además, se veía bien el tejado de la mansión tanto desde el pueblo como desde los edificios de la cooperativa, sobre todo ahora que estaba cubierto por un brillante color rojo teja.

Todos estaban de un humor de perros, sobre todo la abuela, que estaba muy afligida y aseguró que no entendía por qué alguien hacía algo así.

—He invertido todo mi patrimonio en volver a arreglar esta casa. Para abrir un hotel, crear puestos de trabajo, traer vida a la zona. ¿Qué tiene la gente contra mí? ¿Por qué me hacen esto?

Nadie podía responder a sus preguntas. Kacpar echó pestes de los «orientales de mierda», que no hacían más que poner trabas a los demás. Mücke dijo que algunos del pueblo estaban enfadados por haber contratado una constructora de Hamburgo. A Jenny le pareció que la casa requería un equipo de vigilancia que pusiese fin a las fechorías de tipos así.

—En cuanto sea posible, me mudo allí con Falko —resolvió ese día la abuela en el desayuno—. ¡Aunque tenga que dormir en el suelo!

—¿Tú sola con Falko? —preguntó Jenny con voz ronca—. No. Cuando se pueda, iremos también Julia y yo.

La abuela no estaba de acuerdo, aducía que el bebé podía resfriarse en las húmedas habitaciones. Mientras se acribillaban mutuamente con argumentos, llamaron a la puerta. Jenny salió al pasillo para abrir. En el umbral encontró a Kalle, con la gorra roja en la mano. Su expresión decía claramente que traía noticias.

—Pasa —lo invitó—. ¿Quieres un café? No te me acerques, creo que he pillado un resfriado.

—Lo del café suena bien. ¿Tenéis también bollos? ¿Con mermelada de cereza de Mine?

—¡Para nuestros queridos invitados, siempre!

Kalle entró, se quitó la flamante chaqueta de cuero y la colgó con cuidado sobre el respaldo de la silla de la abuela antes de sentarse. Jenny le puso una taza y un plato, el joven echó un montón de azúcar en su café con leche y se zampó tres bollos con mucha mantequilla y mermelada de cereza. Cuando se lo hubo comido todo, recogió las migas del mantel de hule con los dedos humedecidos y dio buena cuenta de ellas con el resto del café.

—Agarraos —anunció entonces, con la mirada triunfante—. Esto os va a dejar sin habla. ¡La cooperativa está en quiebra!

—Era de esperar —comentó la abuela—. ¿Y qué será del centeno que sigue en los campos?

Tendrían que haber recolectado el grano hacía mucho, ya le tocaba a la espelta. Aquello iba a ser un banquete para los cuervos, las cornejas y los ratones de campo.

—No harán nada —pronosticó sombrío Kalle—. Se han llevado las máquinas.

—¿Se han llevado las máquinas nuevas?

—Claro. Pospuscheit no pagó las facturas, así que vinieron a por ellas. Pero eso no es todo. —Kalle hizo una pausa, cogió la taza de café vacía, miró dentro y la volvió a poner en su sitio. Jenny echó leche en polvo y agua hervida en el biberón de Julia, lo cerró y lo agitó. Franziska suspiró profundamente—. Pospuscheit, ese taimado bribón, ha vaciado la cuenta y ha puesto pies en polvorosa. Ya no hay pasta. Las participaciones y subvenciones: todo ha desaparecido —concluyó Kalle.

La abuela se quedó boquiabierta. Esperaba lo peor, pero no algo así.

—Pero... —balbució horrorizada—, eso es un delito. Seguro que ahora lo busca la policía.

El joven se encogió de hombros y dijo que si se había largado a Sudamérica o a las Bahamas, ya lo podían buscar bien.

—Y los de la cooperativa están bien jodi... Como mucho pueden vender la tierra, y eso gracias a que perteneció a la cooperativa y pasó a ser suya. —Se recostó, juntó las manos sobre el vientre y miró a Franziska con los ojos entornados—. Si le interesa, señora baronesa, podría gestionarle algo...

¿Se había vuelto loco? Jenny se puso el biberón en la mejilla, le pareció demasiado caliente y lo metió en agua fría. ¿Qué se creía el muy chiflado? ¿Que la abuela era el Tío Gilito y se bañaba todos los días en su almacén de dinero? Ya se podía ir preparando. Jenny estaba a punto de decir algo.

—No lo sé —replicó la abuela, arrastrando las palabras—. De momento no tengo fondos.

Kalle dijo que podía hipotecar la «choza». Junto con la tierra salía redondo. Solo tenía que comprar un par de máquinas: trabajadores había de sobra.

—Mmm. —La abuela ladeó pensativa la cabeza—. Tengo que pensarlo con calma, señor Pechstein.

Kalle asintió. Lo entendía. Al fin y al cabo, una decisión así no podía forzarse. Pero, por si acaso, dejó caer que tampoco les sobraba el tiempo, ya que había otros interesados, cooperativas de campesinos occidentales que solo querían forrarse y les daba igual echar a perder el suelo. Uno quería abrir una granja avícola con miles y miles de gallinas, y otro planeaba criar pavos.

—¿Sabe lo que apesta la caca de pavo? Ya se puede ir olvidando de su hotel de lujo. Los huéspedes se caerían muertos nada más bajarse del coche. —Kalle se levantó, le hizo una seña de ánimo a Franziska con la cabeza y se volvió a poner su lujosa chaqueta nueva de cuero y la gorra roja.

Jenny pensó que la chaqueta parecía muy cara. ¿De dónde habría sacado Kalle el dinero para semejante prenda? Se temía lo peor, que se hubiera compinchado con Pospuscheit y que esto solo fuera un montaje para desplumar a la abuela.

—Menudo conjunto —observó y estornudó—. Sí que causa buena impresión.

Kalle sonrió y giró sobre sí mismo como un gallo presumido.

—Así debe ser. Y de dónde la he sacado es todavía mejor. Buen invento, el capitalismo.

—¿Y qué tal va el amor? —quiso saber Jenny.

—Me importa una mierda —respondió y se largó a toda prisa.

Apenas Kalle estuvo fuera, la pequeña Julia dio señales de vida. Jenny fue a su habitación para darle el biberón a la niña mientras su abuela permanecía ensimismada a la mesa, con la cabeza apoyada en las manos.

Con una expresión soñadora en el rostro, Franziska miró por la ventana. Fuera estaba nublado, las nubes cubrían el cielo, y los campos de centeno, color mostaza, se extendían cansados sobre las colinas.

—Una buena finca —dijo en voz alta para que su nieta la oyese en la otra habitación—. Exactamente como antes. Entonces íbamos a caballo por el campo. Después llegó el tractor a vapor, fue un gran acontecimiento. Y para la fiesta de la cosecha los trabajadores venían a la finca y nos daban la corona de la cosecha.

Jenny hizo un gesto de desesperación. ¡Tractor a vapor!

¡Corona de la cosecha! La abuela acabaría comprando todos esos campos solo por nostalgia y se endeudaría. Si no lo estaba ya. Su abuela nunca le había dejado echar un vistazo a sus finanzas.

Franziska recogió la mesa del desayuno y se preparó para ir en coche con Falko a la mansión. Si dejaba de llover un rato podría meter a la pequeña Julia en el carrito e ir con ella también hasta la obra. Volvieron a llamar. Ojalá fuese Kacpar, así Jenny podría cantarle las cuarenta inmediatamente por lo de la zona de spa. Ella quería construir a toda costa un jacuzzi, pero la abuela se oponía.

—Señor Woronski, qué bien que haya venido. Precisamente quería ir a la obra —oyó decir a su abuela—. Pero ¿qué hace con esa maleta?

—Buenos días, señora Kettler —saludó Kacpar—. Por favor, disculpe que la coja desprevenida tan temprano, pero me veo obligado a comunicarle algo muy desagradable.

Jenny cogió a su hija en brazos y salió al pasillo.

—¿Una maleta? ¿No pretenderás irte de viaje?

—No se trata de querer, Jenny, pero no se me ocurre en absoluto ninguna otra solución. Rokowski me ha llamado «polaco de mierda» y me ha echado de la habitación. —Estaba tan afectado que no podía seguir hablando.

Jenny y la abuela intercambiaron una mirada. Ambas entendieron de pronto por qué el padre de Mücke reaccionaba así.

—Primero entre. Le prepararé un café. —Franziska apenas logró contener su indignación—. Esto es increíble —refunfuñó y se volvió para calentar agua—. Otro neandertal como Pospuscheit.

Kacpar se dejó caer en la silla, abatido.

Franziska se volvió hacia él.

—Es por Mücke, ¿verdad? —preguntó.

Kacpar vaciló, luego asintió y comentó en voz baja:

—Somos muy felices juntos, solo que...

—¿Solo que el padre de Mücke os ha pillado?

Desconcertada, Jenny miraba alternativamente a la abuela y a Kacpar.

—¿Mücke y Kacpar? ¿Cómo es que no sé nada?

—Porque no tienes que saberlo todo —respondió él, que se volvió de nuevo hacia la abuela. Le explicó que se habían esforzado por ser lo más silenciosos posible, pero la madre de Mücke tenía por desgracia un oído muy fino. Se lo dijo a su marido, cuya opinión sobre los polacos era muy peculiar.

—Precisamente él —se alteró la abuela—. Rokowski: ¡pero si él mismo tiene raíces polacas! ¿No mencionó Mücke una vez que los antepasados de su padre habían inmigrado el siglo pasado a Mecklemburgo-Pomerania Occidental? ¡Menudo necio! ¡Creo que los Rokowski deberían estar orgullosos y felices de tener un yerno tan capaz y dotado!

Vaya, la abuela ya pensaba en el matrimonio. Así eran las antiguas generaciones, pero Jenny sospechaba que Mücke no pensaba del mismo modo.

—Y ahora buscas un nuevo alojamiento —constató, seca—. ¿Lo sabe Mücke?

—Ni idea —replicó Kacpar, deprimido. La muchacha estaba trabajando en la guardería, pero no estaba seguro de que estuviese de su parte.

—Si queréis, podéis mudaros a la mansión —propuso la abuela, para sorpresa de Jenny—. En el primer piso ya están medianamente habitables un par de habitaciones y también hay un radiador, baño y cocina. Por supuesto, todo es un poco provisional, pero para empezar tendría que servir.

Kacpar asintió. También lo había pensado, ya que en esas circunstancias no sería fácil encontrar un piso en Dranitz.

—Yo también estoy pensando en instalarme allí con

Falko. —Franziska puso una taza de café en la mesa delante de Kacpar—. De hecho, después del sabotaje lo mejor es que la mansión esté habitada.

—¿Cómo? —intervino Jenny, un poco desbordada por el repentino curso que tomaba la conversación—. ¿Y qué será de Julia y de mí?

—Evidentemente, os quedáis aquí —resolvió la abuela—. Así tendréis suficiente espacio.

Era cierto, pero sin la abuela no sería lo mismo. Y Mücke también estaría ocupada. Jenny se sintió, de repente, muy sola.

Franziska

Agosto de 1991

Al igual que entonces, apoyó los brazos en el alféizar y entornó un poco los párpados para poder ver con más nitidez en la brumosa distancia.

—Te casarás, Franzi —volvía a oír la voz de su padre—. Seguirás a tu marido, quizá incluso hasta la capital. Pero jamás debes olvidar que aquí está tu patria.

Dranitz siempre había sido su patria. Había regresado y por fin había sido aceptada. Estaba allí como dueña de la casa y miraba los campos. Los estaban segando. Podía ver las polvaredas grises que envolvían a las cosechadoras. De momento se habían puesto en marcha tres de ellas. Desde allí arriba se acordó de los enormes escarabajos que avanzaban despacio en línea recta sobre los campos, se comían las espigas de color ocre, las digerían en sus tripas haciendo ruidos y silbando y excretaban los haces cuadrados de paja. Muy cerca estaban los sacos llenos de granos, que ataban dos trabajadores y cargaban a los coches ya listos.

No, esas no eran las máquinas carísimas y nuevas que el arrogante Pospuscheit había comprado y luego no había pagado. Eran modelos de segunda mano que Wolf y dos de sus compañeros habían conseguido en algún lugar y reparado. Todos habían aportado su granito de arena, ya que se necesitaba dinero para las piezas de repuesto y el carburante. Tampoco la baronesa había sido tacaña. Y esperaba de todo corazón que el pueblo valorase su aportación.

Al menos la cosecha no se pudriría en los campos. En cuanto a dónde y cómo se vendería ahora el centeno, con eso tenían que romperse la cabeza los miembros de la cooperativa. Sí, se dejó llevar durante un rato por el sueño absurdo de volver a comprar la tierra que perteneció a su familia y regresar a la explotación de la finca en lugar del hotel de lujo, una idea a la que se había acostumbrado solo con gran esfuerzo. Tener vacas y caballos, criar gallinas, patos y gansos, quizá incluso cerdos. Y, por supuesto, labrar los campos. Entonces sembraban centeno, además de avena, barcea, colinabo y patatas.

Su padre también había dirigido una de las destilerías de la zona. De niña miraba cómo el líquido claro fluía del recipiente de cobre a una cubeta y después era embotellado. El aguardiente estaba muy solicitado entre los aldeanos, y los días festivos y en la fiesta de la cosecha, el hacendado invitaba a un par de botellas o a veces incluso a un barril. En casa, los Dranitz solo bebían aguardiente de trigo de vez en cuando. Sus padres preferían vino tinto o espumoso.

No tardó en comprender que sus arrebatos nostálgicos no tenían sentido. No sabía nada de agricultura, pero era obvio que ya no se podía llevar una granja como en los años treinta o cuarenta. Los viejos tiempos pertenecían al pasado, terminaron cuando las echaron a ella y a su madre de Dranitz. Entonces todavía creían que podrían regresar, empezar de nuevo cuando los rusos liberasen a su padre. Pero fue diferente. Jamás volvió a verlo. Ninguna noticia, ningún aviso de defunción. Seguía desaparecido. Un dolor que aún ardía en su interior y nunca se apagaría.

Se apartó del alféizar de la ventana, se frotó los anquilosados brazos e intentó desterrar los sombríos recuerdos de la cabeza y concentrarse en sus planes de reforma. Estaba bien tener planes. Perseguir una meta. Todo lo que estaba haciendo aquí era por su familia. Por todas las personas que había querido y que ya no estaban. Por sus padres y por los abuelos. Por Jobst y Heini. Y también por Elfriede. Por los muertos que estaban junto a ella en su recuerdo, vivían con ella, la apoyaban.

Cerró la ventana con un suspiro y se sentó a la pequeña mesa que había puesto en medio de la habitación. La barbilla apoyada en la mano en un gesto pensativo y la vista clavada en la estantería de libros, donde también había, junto a toda clase de archivadores fiscales, varios viejos álbumes de fotos. Su madre había salvado y conservado hasta su muerte algunas de esas fotos junto con extractos del catastro y otros documentos de Dranitz. Franziska sabía que era peligroso mirar las fotos antiguas, descoloridas y amarillentas. Sin embargo, lo hizo. Pasó así varias noches, atravesó el cielo y el infierno, vivió todos los matices de la ira, los celos, la humillación, la desesperación: incluso estuvo a punto de quemarlas, esas imágenes mentirosas. Pero no lo hizo. ¡Era una Von Dranitz, no escondía la cabeza como un avestruz, quería saber la verdad! Mientras quedara tiempo.

Llamó a información y averiguó su número. Fue más fácil de lo que esperaba, descubrió incluso su dirección y el oficio que había ejercido: registrador de barcos. Fuera lo que fuese eso. Durante un rato miró fijamente la hoja donde lo había anotado todo, luego inspiró hondo y marcó el número. Esperó con miedo e impaciencia a que descolgasen del otro lado de la línea. Le molestaba y enfurecía estar tan nerviosa.

—Iversen —respondió él.

¿Por qué seguía estremeciéndose cuando escuchaba su

voz? Tragó saliva y tuvo que carraspear para pronunciar una palabra.

—Soy Franziska —se presentó con voz ronca y volvió a carraspear—. Me gustaría hablar contigo. Sin prisa, solo aclarar algunas preguntas. Con tranquilidad. Si no tienes inconveniente, puedo ir a tu casa.

Tardó un poco en responder. Probablemente tuviese que hacer frente primero a su asalto.

—¿Cuándo? —preguntó entonces, conciso.

—¿Mañana? ¿Sobre las once?

—Bien —respondió—. Hasta entonces. —Ella ya iba a colgar cuando él añadió—: Te lo agradezco, Franzi.

Se echó a llorar. «Maldita sea», pensó. «Maldita sea.» ¿Por qué el amor es tan tenaz? Se pega al alma como una sombra que no se puede arrancar. Y al mismo tiempo, todo aquello no era más que un error. Una estafa. Lloraba por un estafador...

Por supuesto, aquella noche no pudo dormir de pura excitación. Iba a presentarse ante él pálida y con unas profundas y oscuras ojeras. La perturbaba parecer fea y vieja. Aunque en realidad ya no importara, le resultaba desagradable. Era vanidosa. Durante toda la vida había sido guapa sin tener que hacer mucho por su aspecto. Pero ahora eso se había acabado.

Le contó a Kacpar que iba a Waren para comprar y que pensaba aprovechar para ir al médico, lo que podía llevarle mucho tiempo. Le pidió que avisara a Jenny, en caso de que se pasase por allí, y que cuidara de Falko. El perro correteaba libre por el terreno, Kacpar solo tenía que vigilar que no espantara las vacas de Kalle.

Rostock. Había estado allí por última vez con sus padres, hacía más de cincuenta años. Visitaron juntos a la tía Susanne y al tío Alexander en su finca de Prusia Oriental y a la vuelta bordearon la costa. Stralsund y Rostock. Tenía entonces once o doce años, y las habitaciones de los distintos alojamientos y hoteles la impresionaron mucho más que los edificios de ladrillo de las ciudades portuarias. Sobre todo, porque Jobst y Heini no paraban de hacer tonterías y la pequeña Elfriede estaba enferma. Su hermana era una niña delicada y achacosa que enfermaba con frecuencia, sobre todo cuando se iban de viaje.

En Rostock se abrió camino a fuerza de preguntar, aunque estuvo a punto de perderse varias veces; cuando por fin estuvo en la calle correcta, su reloj ya marcaba las once y cuarto. Bueno, después de casi cincuenta años ya no dependía de un cuarto de hora. No obstante, se enfadó: odiaba la impuntualidad.

Walter no vivía con muchos lujos, sino que llevaba una vida más bien sencilla. De todas formas, esos edificios no se podían medir con el criterio occidental: por todas partes se desconchaba la pintura y el revoque se desmoronaba de las paredes. Pero eso no era culpa de las personas que vivían allí, era porque no podían comprar materiales de construcción decentes. También porque apenas había existido la propiedad privada.

Franziska abrió la puerta entornada y subió despacio la escalera. Se detuvo con frecuencia para examinar los pasillos, los trastos que había por allí, y para intentar dominar su pulso acelerado. Fue en vano. Por fin estaba delante de su puerta y leyó el letrero en el que ponía su nombre: «Iversen». Estaba bastante descolorido. ¿Hacía ya tanto que vivía ahí?

Llamó, se asustó por el ruidoso timbre y se controló. Pasos. Sus pasos. Lentos, pero firmes. Entonces la puerta se abrió. Llevaba un pantalón oscuro, una camisa azul y encima un chaleco de punto. Zapatillas. Tenía el rostro pálido y se había peinado con pulcritud.

—Pasa —dijo sin desearle un «Buenos días»—. ¿Quieres café?

El pasillo era oscuro y pequeño. Lo siguió a un salón escasamente amueblado. Se plantó allí desconcertada, había olvidado su pregunta.

—Llego... llego muy tarde. Lo siento, me ha costado encontrarlo. Hacía mucho que no estaba en Rostock —se excusó, nerviosa.

Walter señaló uno de los dos sillones que estaban junto a una mesa de café. Tenían forma de caja y estaban tapizados con tela beis. Muebles de la RDA.

—Siéntate.

Tomó asiento y dejó vagar la mirada por la habitación mientras él iba a la cocina. Todo estaba descuidado. Una estantería. Una lámpara de pie. Una mesita. Dos sillones. Una televisión anticuada sobre un taburete. Suelo de linóleo. Ninguna alfombra. Cortinas de tul, antaño blancas. ¿Qué vida había llevado? ¿Cómo es que vivía de manera tan miserable?

Volvió con una cafetera amarilla, la puso sobre la mesa y abrió el armario para sacar dos tazas.

—No tienes muchas visitas, ¿no? —constató en voz baja.

—Más bien pocas —reconoció—. ¿Quieres leche? ¿Azúcar?

—Solo.

Miró cómo vertía el café, enroscaba el recipiente y se sentaba frente a ella. Ni una sonrisa. Su rostro estaba tenso.

—Estoy muy contento de que hayas venido —dijo por fin—. Me había desanimado y hubiese tardado mucho en volver a intentarlo...

Ella bebió un sorbo de café. Estaba fuerte, lo que no iba a ayudar a calmar su corazón.

—Fue culpa mía —respondió ella—. Viniste por sorpresa. Y para colmo aquella tormenta. Creo que fui muy descortés.

Una sonrisa asomó en los labios de Walter y, aunque sus ojos ya no eran los mismos, algo de su antigua alegría de vivir centelleó en ellos. Cuánto amaba entonces su carácter juvenil, esa naturalidad con la que preguntaba, quería ir al fondo de todas las cosas. Se alegraba de que la vida no hubiese conseguido dominarlo del todo.

—Por lo menos conseguiste ponerme en fuga. Pero, para ser sincero, también yo estaba bastante confuso. —Su rostro se ruborizó tras esta confesión.

Franziska asintió. Sí, lo había notado.

—No es de extrañar —continuó—. No nos hemos visto durante casi cincuenta años.

Walter volvió a sonreír, una sonrisa que pedía perdón y a la vez estaba llena de curiosidad. La contempló, estudió su rostro, las huellas que el tiempo había dejado. Las patas de gallo, la frente arrugada, los labios finos, el pelo que ahora era gris y más ralo.

—Te había dado por muerto —le recordó.

No dijo nada al respecto, bebió un sorbo de café y volvió a dejar la taza con cuidado. Le tembló un poco la mano; por lo visto él también tenía el pulso acelerado.

—Déjame intentar explicártelo.

Ella asintió, se recostó en el sillón y sintió el duro e incómodo respaldo. Ni siquiera había allí un cojín blando.

—Los vencedores soviéticos abrieron las cárceles de la Gestapo y nos liberaron. Fui en tren de Taganrog, en Ucrania, a Rostock y luego a Waren, bajo la protección del ejército soviético. Me hubiese encantado volver a encontrarte en Dranitz, pero tú y tu madre ya estabais en dirección al Oeste.

—No nos fuimos voluntariamente —le hizo ver ella—. Los rusos nos expropiaron y luego nos obligaron a abandonar el pueblo.

Él asintió y continuó en voz más baja:

—Visité a Mine y allí encontré a tu hermana. Estaba terriblemente pálida y delgada. Mine me contó que Elfriede había tenido tifus y tu madre le había pedido que se ocupase de ella, porque no podíais llevarla con vosotras.

Franziska se acordaba bien de aquello. Mamá estaba completamente desesperada, había negociado con los rusos, les había suplicado que le dejasen por lo menos tiempo hasta que su hija se curara, pero fue en vano. Le pusieron un coche de caballos delante de la puerta, dos rusos metieron sus enseres, no sin antes haber cogido varios objetos que les gustaban, y su madre no tuvo más remedio que pedirle a Mine que acogiese a Elfriede en su casa cuando le diesen el alta en la clínica. Su intención era volver más adelante y recuperar a su hija.

—Te quedaste con ellas, ¿verdad? —preguntó mordaz Franziska—. ¿Con la excusa de que te preocupaba la pobre y pequeña Elfriede?

Walter permaneció tranquilo, solo la miró un segundo, como si hubiese visto venir esa pregunta.

—Os seguí a ti y a tu madre —replicó—, Mine te lo confirmará. Pero en Karow perdí la pista. La gente era poco complaciente, nadie sabía adónde habíais ido. Entonces regresé a Dranitz.

Franziska guardó silencio. ¿Qué le podía recriminar? ¿Cómo habría podido encontrar en aquel caos a dos mujeres, madre e hija, ambas huyendo con destino desconocido? Clavó la mirada en su taza de café, el tablero de plástico gris, las huellas dactilares que aún se podían ver.

—Entonces así fue —dijo ella en voz baja—. Y entonces Elfriede te...

—Deja a Elfriede a un lado. —Su voz se volvió severa—. Hizo lo que tenía que hacer. Y yo claudiqué ante ella. Porque era lo único que me quedaba. —Guardó silencio un momento, los ojos fijos en el suelo. Después levantó la cabeza y la miró—. Todavía no he acabado —musitó—. Aún hay algo que deberías saber. Tienes derecho. Aunque no me resulte fácil hacerte esta confesión. ¿Nunca te has preguntado por qué no me ejecutaron? —Se pasó la inquieta mano por su rostro gris—. Seré breve —continuó precipitadamente y con voz ronca—. La Gestapo me dejó con vida porque me convertí en un delator. Sí, debes replantearte la bonita imagen que tienes de tu antiguo prometido, Franzi. El radiante héroe, el elegante comandante, el valiente cómplice del atentado fallido contra el Führer, se vino abajo. Delató a sus amigos para salvar el pellejo. Por eso sobrevivió. A costa de los demás, que confiaron en él, salvó el pescuezo...

Se desplomó contra el respaldo de su sillón, su respiración iba a trompicones y jadeaba. La confesión lo había agotado, probablemente llevaba mucho tiempo pensando si debía decírselo y cómo, y por fin las palabras habían salido de él. Un chorro de vapor de un recipiente a presión. Cerró los ojos, fatigado. Entre ellos pendían las palabras que había arrojado a la habitación.

Franziska se calmó la primera.

—¿Fue ese el motivo por el que no intentaste buscarme después?

—Sí.

—¿Porque pensaste que te despreciaría?

Asintió, los ojos aún cerrados.

De repente, sintió una infinita pena. ¿Quién podía juzgar lo que aquellos demonios le habían hecho en la cárcel? Cómo lo habían atormentado. Torturado. Amenazado con detener, con asesinar a su familia, a sus amigos... Y, pese a ello, no se había perdonado haberse convertido en un delator.

—¿Sabes? —susurró ella, que buscaba las palabras adecuadas—. Es posible que entonces me sintiera decepcionada. Era joven y no sabía mucho de la vida. Ahora es distinto,

Walter. Ahora sé que no necesitamos héroes. Necesitamos personas que pese a todos sus errores y deficiencias sean capaces de quererse...

Entreabrió los ojos y la miró fijamente, incrédulo.

Franziska permaneció seria.

—Quisiste a Elfriede, ¿verdad?

—No más que a ti. De una manera totalmente distinta —admitió. Y añadió, pensativo—: Ambos estábamos heridos y dependíamos del otro como dos niños perdidos. Estaba muy feliz de tenerme y yo estaba contento de poder darle esa felicidad. No sospechaba que moriría por eso. No sobrevivió al nacimiento de nuestra hija.

—¿Y el bebé? —quiso saber Franziska—. ¿Vive?

Walter asintió.

Franziska notó cómo los celos desaparecían y en su lugar surgía una dolorosa compasión en su interior. Su hermana pequeña había pagado esa corta felicidad con la vida. No pudo coger en brazos al bebé que había dado a luz, ver cómo crecía. ¿Por qué la vida había sido tan cruel con ella? Si entonces no hubiese estado enferma y se hubiera ido con ellas al Oeste, todo habría sido muy distinto... Las lágrimas le nublaron la vista.

—Lo siento muchísimo, Franzi —dijo Walter, al que también se le empañaron los ojos—. Pero me has hecho preguntas y quería responderlas con sinceridad y franqueza. Aunque las respuestas nos duelan a ambos.

—Sí, duelen —confirmó Franziska y se controló—. Pero estoy muy contenta de saberlas ahora. Había tantas cosas que no entendía, que me atormentaron durante décadas. Ahora me siento liberada... —Sus labios esbozaron una sonrisa. La vieja y confiada sonrisa que él amaba ya entonces—. Lo hecho, hecho está: ya no podemos cambiarlo. Pero no debemos permitir que el pasado envenene nuestra vida. Todavía nos queda un poco de tiempo, Walter. Saquemos esos recuerdos que nos llevan hacia delante y emprendamos con ellos un nuevo comienzo. Quiero que nos volvamos a ver.

Walter se echó hacia delante en el sillón y le tendió una mano. Sus dedos estaban ásperos y calientes, y envolvieron la mano de ella con fuerza. Como una promesa.

—Yo también lo deseo, Franzi —respondió en voz baja—. Después de todos estos años, no hay nada que desee más que estar a tu lado.

Mine

Octubre de 1991

Precisamente aquella tarde tenía que soplar un viento del este tan frío. Aunque Karl-Erich ya estaba de todas maneras resfriado y hubiera sido mejor que se quedase en la cocina junto a la estufa caliente. Sin embargo, no podía ni plantearlo, porque la baronesa los había invitado personalmente. Para la fiesta de la cosecha, había dicho. Y sería maravilloso si Mine pudiera hacer su ensalada de patata y un puchero de pescado.

—Pero antes eso no era costumbre en la mansión —comentó Karl-Erich con una sonrisa—. Que uno mismo tuviera que llevarse la comida.

Mine le dio un codazo y se puso colorada ante la insolencia de Karl-Erich con la baronesa, pero esta solo se rio y dijo que los tiempos habían cambiado y que la mansión seguía de momento en obras, pero que le prometía que la cerveza, el vino y el espumoso correrían a raudales.

—Nos alegramos mucho —se apresuró a decir Mine—. Haré la ensalada de patata. Y puchero de pescado también. ¡Puede confiar en mí, señora baronesa!

Por supuesto, Karl-Erich quería llevar el traje bueno. Y la mejor camisa. De ninguna manera la vieja chaqueta de punto por encima. Y tampoco una bufanda de lana. ¿Cómo se sentiría vestido con prendas viejas sentado a la mesa con la señora baronesa?

Mine discutió con él hasta que Ulli llamó a la puerta para recogerlos. Quería que al menos se pusiera los calcetines calientes. Eso no se veía con los pies debajo de la mesa. Seguro que no tenían calefacción decente en la habitación, como antes.

—No, entonces los zapatos negros no quedan bien —se quejó Karl-Erich—. Me quedan demasiado estrechos.

—¡Cómo puedes ser tan vanidoso con lo viejo que eres! —se quejó ella.

—Venga —urgió Ulli, que tenía prisa porque en el coche esperaba Jenny con la pequeña—. Nos llevamos la chaqueta de punto, abuelo. No a la mansión. La dejaré en el coche, por si acaso la necesitas a la vuelta.

A Mine le dijo que el abuelo seguro que no tendría frío, porque el vino tinto calentaba de lo lindo. Lo que no disipaba la preocupación de la anciana por su marido en absoluto.

—¡No debe beber alcohol, lo ha dicho el doctor! —protestó, pero Ulli solo se rio.

—¡Qué va! —objetó—. ¡El vino tinto es saludable para las arterias!

Mine desistió: los hombres siempre se apoyaban entre ellos. Le pidió a su nieto que bajara la fuente con la ensalada de patata con mucho cuidado y que en el coche ella la llevaría sobre el regazo. Karl-Erich tendría el puchero de pescado sobre las rodillas. Con un cojín debajo para que no le dolieran los huesos.

Ulli era un buen chico, lo hizo todo como Mine le pidió salvo coger la chaqueta de punto, que al final olvidaron.

Jenny estaba sentada detrás y colocó a su hija sobre el regazo. Qué cosita más adorable era la pequeña Julia, con sus ricitos oscuros.

—La abuela se ha esforzado mucho —contó excitada Jenny—. Quería celebrar a toda costa una fiesta de la cosecha igual que las de antes. ¿Todavía os acordáis, Mine?

Por supuesto que sí. De todas maneras, la fiesta de la cosecha se celebraba entonces a finales de octubre, no a principios, aunque las patatas y los colinabos estaban en el sótano y el granero, y los trabajadores que estaban de alquiler habían vuelto a su país. Siempre había sido bonito. Y muy solemne. Sí, los viejos tiempos. Antes de la guerra. Más tarde también hubo fiestas de la cosecha, arriba, en la cooperativa. Pero eran otra cosa, allí solo se pronunciaban largos discursos, se entregaban premios y después todos se emborrachaban. No era solemne.

—Claro que nos acordamos —aseguró Karl-Erich—, ¿eh, Mine? Allí te vi por primera vez. Estabas en la escalera, con una bandeja de copitas de licor en las manos.

—Ya sabía que te acordarías del licor —dijo Mine con una sonrisa.

Jenny y Ulli se echaron a reír, y Karl-Erich se les unió.

—Deja salir primero a Jenny con la pequeña —pidió Ulli cuando se detuvo delante de la puerta de la mansión—. Después me das la ensalada de patata, abuela, y esperas a bajar hasta que vuelva para ayudarte…

Luego todo sucedió de manera muy distinta, porque Kalle y Wolf llegaron con unos colegas y pusieron patas arriba el plan de Ulli. Llevaron la ensalada de patata, a Karl-Erich, el puchero de pescado y a Mine sin orden a través del antiguo comedor y el cuarto de caza al gran salón, aunque al final todo ocupó su lugar.

El salón estaba decorado festivamente y lucía casi tan bonito como antes. La baronesa corría de un lado para otro, daba instrucciones, saludaba a sus invitados y le regalaban flores. Incluso Gerda Pechstein había acudido, así como los

Rokowski. También Krischan Mielke, que siempre hablaba de su Jürgen, que tenía una carrera estelar al otro lado, en Hamburgo. Y los padres de Elke, los Stock. Pero también algunos de la antigua cooperativa, o más bien de la nueva. Esos que antes siempre ponían verde a la baronesa, pero que desde que Pospuscheit se largó con el dinero y la señora Von Dranitz les ayudó tan generosamente a recolectar la cosecha, tenían una opinión muy distinta de ella.

—¡Qué mesa tan bonita! —exclamó Karl-Erich cuando Franziska acudió a saludarlos—. Como antes en casa de su señor padre y de su señora madre. De verdad, exactamente igual que antes...

Mine pensó que Karl-Erich exageraba bastante, pero lo hacía para decir algo bonito a la baronesa, y eso estaba bien. Por supuesto, las sábanas blancas que estaban sobre las mesas no eran los manteles de damasco, y tampoco había servilletas de tela con unas iniciales bordadas, una M y una W, Margarethe von Wolfert. Sin mencionar la porcelana, la cubertería de plata y todos los valiosos recipientes que entonces tenían que bruñir durante horas en la cocina. En su lugar había floreros con unas magníficas dalias sobre la mesa, que resplandecían de todos los colores. Rojo vivo, lila, blanco y también amarillo.

Se sentaron a la mesa ordenados por edad, eso fue inteligente. Primero la baronesa y a su lado el señor Iversen. Justo después, Karl-Erich y ella. La antigua sirvienta, Mine.

—Que los dos se hayan por fin reconciliado... —le dijo al oído Karl-Erich—. Mira qué felices, como antaño. Aunque podrías habérselo dicho, lo del Elfriede.

Quizá tuviera razón, pero no se había atrevido a contarlo. No le correspondía. Al final y al cabo, era un asunto familiar.

—El comandante y la señora baronesa están haciendo manitas —constató Karl-Erich, que ya se había bebido dos copas de tinto francés—. Y le ha traído un regalo. Un paquetito plano. Seguro que es un collar de perlas o algo así…

—No tan alto —murmuró Mine—. Nos pueden oír.

Junto a ellos se habían sentado los Rokowski y los Stock; también Gerda Pechstein se acomodó al lado, así como unos cuantos más del pueblo. La juventud se había reunido al otro extremo de la mesa, en torno a Jenny. En aquella zona había mucho más barullo. Anne Junkers estaba sentada entre Wolf Kotischke y Kalle Pechstein, Ulli había reservado un sitio a Kacpar para que no tuviese que sentarse demasiado cerca de Kalle, y Mücke charlaba con Jenny y dos de sus colegas de la guardería. Estaban muy alborotadores, como los gansos jóvenes.

—¿Ya sabes que cierran la guardería? —le preguntó Tillie Rokowski con semblante preocupado—. Nuestra Mücke tendrá que mudarse a Schwerin o Rostock.

De pronto, la baronesa se levantó y golpeó con un tenedor su copa de vino. Las conversaciones cesaron.

—Queridos invitados y amigos —empezó—. Hace casi medio año tomé la loca decisión de regresar a mi antigua patria, Dranitz. Ha pasado mucho tiempo desde entonces, a veces he estado cerca de desistir, pero ahora estoy aquí entre vosotros y creo firmemente que todos juntos lograremos un nuevo comienzo. Apenas puedo expresar lo mucho que os agradezco a todos, a cada uno de vosotros…

Mine y Karl-Erich estaban muy conmovidos, aunque no tanto como la baronesa. Era como si su señor padre estuviese junto a ella, y la madre, Margarethe von Dranitz, se sentase al lado. Franziska enumeró todas las personas a las que estaba agradecida. Primero citó a su nieta Jenny, lo que le pareció correcto. Luego siguieron el señor Woronski y los demás. Y de cada cual dijo algo amable, incluso de Gerda Pechstein y de Kalle.

—Hay aquí, en el salón, una persona a la que desde hace muchos años estoy estrechamente unida y que ahora, después de tanto tiempo, he reencontrado por fin. Alzo mi copa por Walter Iversen…

Karl-Erich esbozó una amplia sonrisa al ver que el señor Iversen, muy avergonzado, alzaba su copa con alegría para brindar con la señora baronesa.

—Me has alegrado, me has hecho creer en la vida y en el futuro, querido Walter. Te agradezco que estés aquí, a mi lado.

Mine no logró entender lo que Iversen respondió, pero la baronesa no pudo evitar reírse un poco y que se le sonrojaran las mejillas. «Ay, sí», pensó Mine. Un antiguo amor renovado como ese podía ser romántico de verdad. Sobre todo, porque volvían a reunirse ahora, lo que era muy distinto a llevar juntos cincuenta años; en ese caso se habrían suavizado mucho y el romanticismo tampoco sería como al principio. No obstante, dependían el uno del otro, no podían vivir sin la otra persona y también eso era un tipo de amor.

—¿Conoce la señora baronesa la existencia de Sonja? —irrumpió Karl-Erich en su ensimismamiento.

Mine se encogió de hombros y le hizo una seña para que no hablase tan alto. Vaya con el vino tinto.

—Ya se lo habrá dicho —murmuró ella—. ¿Esa es tu tercera copa?

—No, no. Solo la segunda. Además, apenas cabe nada en ella.

La baronesa les deseó a todos una bonita y alegre fiesta, y alzó su copa para brindar por ellos.

—¡Por todos los que han vivido en esta casa! Y por vosotros, queridos amigos. ¡Por el futuro de Dranitz!

—¿Podemos comer ya, abuela? —exclamó Jenny desde el otro extremo de la mesa. Le siguieron risas. La baronesa declaró la mesa inaugurada, agradeció los deliciosos donativos y pidió que fueran pasando las fuentes, puesto que no había servicio.

Todos se sirvieron como es debido y comieron con ganas, casi tanto como antes, en opinión de Mine. Por supuesto que no era tan formal como en tiempos del antiguo barón. Entonces la baronesa cuidaba con celo los buenos modales en la mesa: los niños tenían que sentarse derechos y utilizar el cuchillo y tenedor correctamente. Nadie se estiraba para coger un trozo de carne, para eso estaba el personal, que pasaba con las fuentes. De todas maneras, Mine recordaba que los modales se volvían más laxos en cuanto acababa la parte oficial y los niños estaban en la cama. Entonces ya se caían unas cuantas copas y el precioso mantel de damasco terminaba siempre manchado de vino tinto.

Cuando el hambre estuvo saciada, al menos de momento, Wolf se levantó con una sonrisa socarrona y abandonó el salón, seguido de Mücke y sus amigas.

—Esos traman algo —dijo Karl-Erich, al que el hipo ya le estaba molestando.

La baronesa no se dio cuenta de nada porque mantenía una animada conversación con el señor Iversen. Y porque él la cogía todo el tiempo de la mano y ella parecía encantada. Ulli se había sentado junto a Jenny y cogió en ese momento a la pequeña en su regazo. ¡Pues sí que empezamos bien!

Entonces llegó la sorpresa, algo que se le había ocurrido a Wolf junto con las chicas. Primero, Wolf se puso delante de los comensales, ataviado con un viejo sombrero y un vellón sobre los hombros, lo que resultaba divertido. Con una sonrisa de oreja a oreja, sacó una hoja arrugada del bolsillo y empezó a declamar en voz alta:

Hemos segado y cortado el trigo
Y por el calor y la sed sufrido.

Las máquinas estaban enmohecidísimas,
Nos ha costado sangre, sudor y lágrimas.
Y nuestras chicas, con mucha o poca barriga,
Han tejido esta corona de espigas...

Se limpió el sudor. Al parecer hacía un calor tremendo debajo del vellón. Mientras tanto, Mücke y sus amigas llevaron al salón una magnífica corona de la cosecha. Todos se levantaron y admiraron la obra de arte que Mücke entregó a la baronesa, que estaba tan conmovida que apenas pudo hablar.

En su lugar volvió a sonar la voz de Wolf, cargada de vino, que todavía tenía una última estrofa en el papel:

¡A la hacendada Von Dranitz saludamos
Y con mucha cerveza la homenajeamos!

En medio del tremendo aplauso, el colega de Kalle se quitó el vellón y el sombrero, se secó la frente y aceptó la cerveza que Jenny le ofreció. Mine, que ya no aguantaba en la silla, se levantó, cogió una botella de vino e hizo la ronda. Como entonces, preguntó a los invitados si querían que les sirviese más y charló un poco con ellos.

—Bueno, Mine, igual que antes, ¿eh? —dijo Tillie Rokowski con una sonrisa y la copa tendida.

—No del todo —contestó la anciana—. Pero muy parecido. Qué bonito. Desde luego. Una fiesta preciosa.

Sirvió a la baronesa, después también al señor Iversen, que le hizo agradecido una seña con la cabeza. Se conocían de hacía tiempo, sabían mucho uno del otro y, sin embargo, siempre mantenían las distancias. El señor comandante y la sirvienta Mine. Así era y a ella nunca le había molestado.

—Estoy abrumada, Walter —le oyó decir a la baronesa—. Te agradezco la confianza. Dios mío, no me lo puedo creer.

Sí, lo recuerdo. Ella siempre escribía en él. Y nunca quería que lo leyese. Casi me remuerde la conciencia por hacerlo ahora. Y seguro que lloro. Echo de menos a la pequeña Elfriede, igual que a los demás.

Qué sentimental podía ser la baronesa. Tan sentimental y tan… juvenil. Tenía que deberse al señor Iversen, que había resucitado una parte en ella que hasta entonces no había mostrado a nadie.

—Léelo con toda tranquilidad, Franzi —respondió él y le acarició la mano—. Es un duro trago y te va a afectar. Pero creo que tienes derecho a conocer el diario de su hermana.

Mine vio cómo la baronesa se enjugaba una lágrima del rabillo del ojo, pero entonces se encogió de hombros y se inclinó hacia el comandante. Le susurró algo al oído y Mine escuchó cómo él decía a la defensiva:

—Despacio, despacio, eso hay que pensarlo bien, Franzi. —Pero sonreía al mismo tiempo.

—¿Qué hay que pensar, Walter? Te necesito a mi lado. Aquí, en la finca Dranitz.

«Ajá», pensó Mine. «Ahora se está jugando el todo por el todo. La baronesa tiene razón. Ya no les queda mucho tiempo, es una pena cada día que pasan separados el uno del otro.» Walter Iversen se recostó en la silla y respiró hondo.

—Si lo quieres de verdad, entonces hagámoslo.

Radiante, Mine regresó a su sitio con la botella de vino vacía.

—Oye —le dijo a Karl-Erich y le dio un codazo—. El señor Iversen se vuelve a mudar a la mansión. ¿Qué opinas?

Pero Karl-Erich no la oyó en absoluto, porque se había quedado dormido.

Mine puso la botella de vino sobre la mesa y se asomó a la ventana. Las voces y el barullo cesaron detrás de ella, ahora solo estaban Mine y la finca, antes y ahora. Sobre el lago había una luna llena redonda y blanquecina, que lanzaba una larga franja plateada sobre el agua negra. Si miraba en la otra dirección veía el bosque, y por un instante la anciana creyó distinguir la alta aguja de la capilla del cementerio. Pero tenía que deberse al vino. Ya no había capilla.

Su mirada volvió a vagar por la luna, grande y muy baja. Cuando entornó los párpados, le dio la impresión de que le hacía un guiño con una amplia sonrisa.

Descubre tu próxima lectura

Si quieres formar parte de nuestra comunidad,
regístrate en **www.megustaleer.club**
y recibirás recomendaciones personalizadas